Philipp Vandenberg, geboren 1941 in Breslau, landete gleich mit seinem ersten Buch einen Welterfolg: »Der Fluch der Pharaonen« war der phänomenale Auftakt zu vielen spannenden Thrillern und Sachbüchern, die oft einen archäologischen Hintergrund haben. Vandenberg zählt zu den erfolgreichsten Schriftstellern Deutschlands. Seine spannende Erzählweise und seine außerordentlichen Kenntnisse im archäologischen und kirchengeschichtlichen Bereich machten ihn zum »Meister des Vatikan-Thrillers«. Seine Bücher wurden in 34 Sprachen übersetzt. Der Autor lebt mit seiner Frau in einem tausend Jahre alten Dorf zwischen Starnberger- und Tegernsee.

Weitere Romane des Autors:

Bd. 11366 Der Pompejaner
Bd. 11686 Sixtinische Verschwörung
Bd. 11883 Das Pharao-Komplott
Bd. 12276 Das fünfte Evangelium
Bd. 12594 Der grüne Skarabäus
Bd. 12839 Der Fluch des Kopernikus
Bd. 14277 Der Spiegelmacher
Bd. 14771 Purpurschatten
Bd. 14956 Der König von Luxor
Bd. 15050 Die Tochter der Aphrodite
Bd. 15209 Der Gladiator
Bd. 15381 Die Akte Golgatha
Bd. 15778 Das vergessene Pergament

Der vorliegende Titel ist auch als Hörbuch bei Lübbe Audio erschienen

Philipp Vandenberg

Die Achte Sünde

Roman

BASTEI LÜBBE TASCHENBUCH
Band 16356
1. Auflage: Dezember 2009

Vollständige Taschenbuchausgabe
der im Gustav Lübbe Verlag erschienenen Hardcoverausgabe

Bastei Lübbe Taschenbücher und Gustav Lübbe Verlag
in der Verlagsgruppe Lübbe

Copyright © 2008 by Philipp Vandenberg und
Verlagsgruppe Lübbe GmbH & Co. KG, Bergisch Gladbach
Titelillustration: © Bettmann/CORBIS
Umschlaggestaltung: HildenDesign, München
Autorenfoto: pro event, Andreas Biesenbach
Satz: Druck & Grafik Siebel, Lindlar
Gesetzt aus der Adobe Caslon
Druck und Verarbeitung: GGP Media GmbH, Pößneck
Printed in Germany
ISBN 978-3-404-16356-4

Sie finden uns im Internet unter
www.luebbe.de
Bitte beachten Sie auch: www.lesejury.de

Der Preis dieses Bandes versteht sich einschließlich
der gesetzlichen Mehrwertsteuer.

PROLOG

Auch auf mehrmaliges Klingeln hin blieb die Wohnungstür verschlossen. Da holte er aus und schlug mit der Faust gegen die Türfüllung. Die beiden schwarz gekleideten Männer in seiner Begleitung blickten irritiert.

»So öffnen Sie doch!«, rief er aufgebracht. »Wir wollen nur Ihr Bestes. Öffnen Sie im Namen Gottes, des Allerhöchsten!«

Aus dem Innern der Wohnung kam eine ängstliche weibliche Stimme: »Ich kenne Sie nicht. Was wollen Sie? Verschwinden Sie!«

Die Stimme klang aufgeregt, aber keineswegs hysterisch, wie er erwartet hatte. In einem anderen Fall hätte Don Anselmo auf dem Absatz kehrtgemacht. Mit der Erfahrung von vierzig Jahren auf diesem Gebiet wusste er nur zu genau, dass es manchmal mehrerer Anläufe bedurfte, um ans Ziel zu gelangen. Aber in diesem Fall war alles anders, ganz anders. Und Don Anselmo hatte lange mit sich gerungen, ob er dem Drängen von höchster Stelle nachgeben und zu der schrecklichen Tat schreiten sollte.

Denn obwohl Don Anselmo in seinem klerikalen Leben schon tausendmal oder noch öfter den Teufel oder böse Dämonen mit so seltsamen Namen wie Incubus, Enoch oder Leviathan ausgetrieben und beklagenswerte Menschen von unerträglicher Seelenqual befreit hatte, kostete ihn jeder neue Fall Überwindung.

Nicht nur wegen der körperlichen Anstrengung, die das Procedere erforderte. Vor allem die Erlebnisse, welche mit seiner Aufgabe einhergingen, hatten sich tief in sein Gedächtnis eingegraben. Dazu gehörte, dass manche Dämonen, mochten sie Baal oder Forcas heißen, der eine mit drei Köpfen, der andere ein ansehnlicher Kraftprotz und von verschlagener Schläue, vor ihm selbst nicht haltmachten und in ihn einfuhren.

In einem Fall hatte sich Abu Gosch, der Dämon des Blutes, der jahrelang einer verkrüppelten Jungfrau aus Perugia beigewohnt hatte, bei der Teufelsaustreibung seiner bemächtigt, ohne dass er den Quälgeist bemerkte. Erst als er begann, sich selbst Schnitte und Verwundungen beizufügen, und daran ging, mithilfe einer Schere sein – zugegeben – nutzloses Fortpflanzungsorgan abzuschneiden, wurde ein Mitbruder aufmerksam und hielt ihn zurück.

Durch Auflegen einer eilends herbeigeschafften Reliquie der heiligen Margareta von Cortona wich der Dämon aus Don Anselmo. Margareta hatte in ihrer Jugend in Sünde und Schande gelebt, später aber durch Kasteiung und Selbstgeißelung zum rechten Glauben gefunden. Dabei hatte sie sich Schnitte entlang der Oberschenkel und am Unterleib zugefügt.

Erneut polterte Don Anselmo gegen die Tür und drückte auf den Klingelknopf. »Haben Sie vergessen, dass wir verabredet sind?«

»Verabredet? Ich bin mit niemandem verabredet.«

»Doch, letzte Woche. Erinnern Sie sich nicht?«

»Letzte Woche war ich noch gar nicht hier«, kam die Stimme aus dem Innern der Wohnung.

»Ich weiß«, erwiderte Don Anselmo. Nicht, weil es der Wahrheit entsprach, vielmehr wollte er der Frau keinen weiteren Anlass geben, sich aufzuregen.

»Typisch«, murmelte der ältere seiner Begleiter, ein hochgewachsener Fünfziger mit kahlem, glänzendem Schädel und der Bräune eines Trientiner Bergführers. »Wir Neurologen sprechen von neurasthenischer Schizophrenie. Kein seltenes Phänomen, bei dem der Patient die Erinnerung an nahe liegende Dinge verliert.«

»Unsinn«, bemerkte Don Anselmo ungehalten. »Das ist der Dämon Isaacaron. Er löscht alle klaren Gedanken aus und lenkt alles Tun und Handeln auf Verführung und Lust oder, wie man heute sagt, Sex.«

Der zweite Begleiter, ein dicklicher Jüngling mit geröteten Wangen und kurzem Haarschnitt, schlug die Augen nieder und blickte betreten auf sein blank poliertes Schuhwerk. Sein Verhalten ließ kaum Zweifel aufkommen, dass es sich um den Studenten eines Priesterseminars handelte.

Mit beiden Händen umklammerte der verschüchterte Studiosus den Griff einer kofferartigen schwarzen Ledertasche, in der die zur Teufelsaustreibung notwendigen Utensilien verstaut waren: eine violette Stola, zwei Flaschen mit unterschiedlichem Wasser, eine dicke weiße Kerze, eine Kapsel aus Nickel mit dem pulverisierten Docht einer geweihten Kerze, ein Kruzifix aus Messing, fünfzehn mal fünfundzwanzig Zentimeter, Spanngurte aus dem Autozubehörhandel und ein Buch im Oktavformat mit rotem Ledereinband und der in Gold geprägten Aufschrift:

RITUALE ROMANUM
EDITIO PRIMA POST TYPICAM[1]

Der Lärm hatte eine unerwünschte Zeugin angelockt, die ein Stockwerk tiefer neugierig ihren Kopf durch das Treppengeländer steckte. Als der Studiosus sie bemerkte, gab er dem Padre mit dem Kopf einen Wink und zeigte nach unten ins Treppenhaus.

Don Anselmo beugte sich über das Geländer, und mit belegter Stimme zischte er: »Weg da, das geht Sie nichts an!«

Im Nu war die Frau verschwunden. Ein paar Stockwerke tiefer fiel eine Tür ins Schloss.

Völlig unerwartet wurde plötzlich die Wohnungstür geöffnet. Wie eine Marienerscheinung aus dem neunzehnten Jahrhundert stand sie da in einem dünnen himmelblauen Schlafrock mit bleichem Gesicht und ohne Schminke, das halblange Haar nur flüchtig hochgesteckt und gerade deshalb von einer gewissen Laszivität.

Welch ein Prachtweib, dachte Don Anselmo, der die Frau nicht kannte, nicht von Angesicht, der aber gewarnt war und wusste, was

---

[1] Römisches Ritenverzeichnis. Erste Ausgabe nach der Urschrift

auf ihn zukommen würde. Er war es auch, der als Erster die Fassung wiederfand.

Denn während die beiden anderen noch dastanden und die Frau mit den Augen verschlangen wie eine Götterspeise, setzte der Padre einen Fuß in die Tür. Aus der Wohnung schlug ihnen stickige Wärme entgegen. Für eine Wohnung im obersten Stockwerk nicht ungewöhnlich um diese Jahreszeit. Auch die Nacht brachte keine Abkühlung.

Trotz der Hitze und aus Verlegenheit, ja sogar Scham den drei Männern gegenüber, hielt die schöne Frau den Kragen ihres Schlafrocks mit beiden Händen geschlossen.

»Sind Sie von der Polizei? Haben Sie einen Durchsuchungsbefehl?«, fragte sie verwirrt und starrte die Männer mit großen Augen an.

Don Anselmo hielt ihr einen Briefbogen unter die Nase. »Wir sind nicht von der Polizei, Signora. Sie wissen, worum es geht!«

Doch die Signora war viel zu aufgeregt, um das Schreiben zu lesen, das obendrein in lateinischer Sprache abgefasst war. Sie sah nur das päpstliche Wappen im Briefkopf und den Absender Città del Vaticano sowie dick unterstrichen NORMA OBSERVANDA CIRCA EXORCIZANDAM A DAEMONIO.

Ihr kleines Latinum, das sie in der Schule erworben hatte, reichte gerade, um dem holprigen Kirchenlatein einen Sinn zu geben: Richtlinie zur Austreibung eines Dämons.

Die schöne Signora holte tief Luft. Teufelsaustreibung!, schoss es durch ihr Gehirn.

Sie hatte davon gehört, sogar einen Hollywood-Film gesehen mit dem Titel *Der Exorzist*, ein gruseliges Machwerk, aber sie hatte das alles für Fiktion gehalten. Undenkbar, dass es heute noch so etwas gab.

»Hören Sie, das muss eine Verwechslung sein!« Ihre Stimme wurde laut: »Sie glauben doch nicht im Ernst, dass ich vom Teufel besessen bin?«

Don Anselmo setzte ein hintergründiges Lächeln auf: »Der

Satan bemächtigt sich nicht selten der schönsten Geschöpfe, die Gott der Herr geschaffen hat.«

Da begann die schöne Signora laut und künstlich zu lachen. Sie lachte, verschluckte sich und hustete sich die Seele aus dem Leib, und es hätte nicht viel gefehlt, und sie wäre an ihrem Gelächter erstickt.

Der Padre warf dem begleitenden Neurologen einen vielsagenden Blick zu, und der Doktor erwiderte die Geste mit einem leichten Kopfnicken. Schließlich streckte er seinen Arm aus und drängte die Frau zur Seite.

»Wir wollen doch kein weiteres Aufsehen erregen«, sagte er, während er die Wohnung betrat. Seine Begleiter folgten ihm stumm und ohne aufzublicken. Die Signora war zu überrumpelt, um sie aufzuhalten.

»Mein Name ist übrigens Don Anselmo«, sagte dieser, während er sich in dem geschmackvoll eingerichteten Salon umsah. »Und das ist der Neurologe Dottore ... der Name tut nichts zur Sache. Angelo, ein angehender Theologe, der zu großen Hoffnungen Anlass gibt, wird mir bei der Liberatio assistieren.« Angelo machte eine ungelenke Verbeugung wie ein Zirkusartist bei der Ankündigung seiner Nummer. Dann reichte er dem Padre seine Tasche.

»Hören Sie, was soll das alles?« Das Telefon fest im Blick, stand die schöne Signora vor dem Sofa mitten im Raum. Während der Padre begann, den Inhalt seiner Reisetasche auf dem niedrigen Couchtisch zu verteilen, suchte die Frau nach einer Möglichkeit, wie sie aus dieser verfluchten Situation herauskommen konnte. Mit ängstlichem Blick betrachtete sie jeden einzelnen Gegenstand, den Don Anselmo aus seiner Tasche hervorzog.

»Ich bitte Sie, was soll der Unsinn?« Ihre Stimme wurde laut. »Verlassen Sie sofort die Wohnung!«

Als sie die vier Spanngurte sah, die der Padre auf dem Tisch vor ihr ausbreitete, stieß sie einen gellenden, nicht enden wollenden Schrei aus. Da spürte sie, wie der dickliche Studiosus von hinten an sie herantrat und sie mit Bärenkräften in die Polster drückte.

Gleichzeitig trat der Dottore auf sie zu. Sie sah die Injektionsspritze in seiner Hand. Wie von Sinnen begann sie um sich zu schlagen. Aber jede Gegenwehr war vergebens. Sie spürte den Einstich an ihrem rechten Oberschenkel. Die Zimmerdecke begann zu schwanken. Dann setzte eine wohlige Benommenheit ein.

Mit einem Gefühl von Gleichgültigkeit nahm sie wahr, wie der Studiosus ihre Beine an den Fesseln zusammenband und Spanngurte um ihre Handgelenke legte. Auch als er sie aufhob und mit kräftigen Armen in das Schlafzimmer nebenan trug, sah sie keinen Anlass mehr, sich zu wehren.

Auf dem Bett, über dem sich ein duftiger Baldachin wölbte, zurrte der Studiosus die Fessel fest, indem er die Spannbänder unter dem Bett hindurchschob und miteinander verknotete.

Mit der rechten Hand an ihrer Halsschlagader zählte der Doktor den Puls. »Sechsundvierzig Puls«, meinte er und zog die Augenbrauen hoch. »Es ist schwierig, einem Patienten ohne Indikation die richtige Dosis zu verabreichen.«

»Das ist Isaacaron, der von ihr Besitz ergriffen hat«, rief Don Anselmo mit leuchtenden Augen. »Aber ich werde ihn austreiben aus dem schönen Leib dieses Weibes.« Ein teuflisches Grinsen huschte über das Gesicht des Exorzisten. Er sah seine Stunde gekommen.

Hektisch warf er sich die violette Stola über. Dann öffnete er die Schraubverschlüsse der beiden Wasserflaschen. Aus der ersten goss er ein wenig Wasser in die hohle Hand und besprengte damit die schöne Signora.

Diese zeigte keine Reaktion. Erst als er die Prozedur mit Wasser aus der zweiten Flasche wiederholte, begann die schöne Signora den Kopf nach links und rechts zu werfen. Ihr Körper bäumte sich auf, und mit matter Stimme sagte sie: »Was macht ihr mit mir, ihr Schweine? Bindet mich los! Drei Kerle gegen eine schwache Frau! Schämt ihr euch nicht?«

Der Studiosus zuckte zurück, als habe ihn der Blitz des Heiligen Geistes getroffen. Er kniff die Augen zusammen, als fühlte er

Schmerz wegen der unflätigen Worte. Gespannt sah der Doktor den Padre an, wie er wohl reagieren würde. Doch Don Anselmo zeigte keine Regung.

»Es ist der Dämon, der aus ihr spricht und solche Worte gebraucht«, zischte er. Und an den Neurologen gewandt: »Sie wundern sich vielleicht, warum ich verschiedenes Wasser verspritzt habe. Ich wollte ganz sicher gehen, dass wir es in dem Fall nicht mit Hysterie zu tun haben. Im Zustand der Hysterie reagieren manche nur so, als ob sie besessen wären, zum Beispiel, um sich interessant zu machen. Dann wäre die Signora ein Fall für Sie, Dottore, kein Fall für den Exorzisten. Also habe ich mit dem *Exorzismus probativus* begonnen. Ich habe die Signora zuerst mit gewöhnlichem Wasser besprengt, wie Sie gesehen haben, zeigte sie keine Reaktion. Das Wasser aus der zweiten Flasche war jedoch Weihwasser. Sie konnten selbst erleben, wie der Dämon darauf reagiert hat.«

»Don Anselmo …«, unterbrach der Studiosus seinen Lehrmeister, »Don Anselmo …«

»Er schweige gefälligst«, herrschte der Padre den Studiosus an und nahm das rote *Rituale Romanum* zur Hand. Mit sicherem Griff schlug er die gewünschte Seite auf. Dann nahm er das Kruzifix in die Rechte und begann, wobei er das Knie vor der zitternden Signora beugte, den Ritus:

»Allmächtiger Vater, einziger Gott, eile herbei, damit du den Menschen, den du nach deinem Ebenbild geschaffen hast, vom Untergang errettest. Richte, o Herr, deinen Zorn gegen das Tier, das deinen Weinberg abweist. Deine mächtige Rechte möge ihn bedrängen, von deiner Dienerin zu weichen, damit er nicht länger wage, die gefangen zu halten, die du für würdig erachtet hast, nach deinem Ebenbild erschaffen zu werden.«

Die schöne Signora zerrte an den Gurten, die sie an ihr Bett fesselten. Die Riemen schmerzten und verursachten dunkelrote Spuren. Soweit es ihre Haltung zuließ, warf sie sich von einer Seite auf die andere, und dabei entblößte sie ihren makellosen Körper vor den Blicken der Männer. Sie rang nach Luft.

Selbst der Ohnmacht nahe, öffnete der Studiosus seinen weißen durchgeschwitzten Priesterkragen. Seit seiner Entwöhnung von der Mutterbrust im Alter von eineinhalb Jahren hatte er kein sekundäres Geschlechtsmerkmal aus solcher Nähe betrachtet. Nachdem er das erregend schändliche Bild mit Wollust in sich aufgesogen hatte, warf er Don Anselmo einen vorwurfsvollen Blick zu.

Der Neurologe, von Natur aus eher dem eigenen Geschlecht zugetan und an ähnlich verlaufende Symptome von Hysterie gewöhnt, zeigte sich weniger beeindruckt, gab jedoch zu bedenken, die Prozedur könne die psychische wie die physische Natur der Signora überfordern. »Ich rate dringend, den Vorgang abzubrechen«, rief er in das Schreien, Jammern und Winseln, das die Schöne von sich gab.

Don Anselmo schien es zu überhören.

Aus der Flasche mit dem Weihwasser bespritzte er erneut die tobende Signora. Ihre gequälte Stimme hatte inzwischen eine solche Lautstärke angenommen, dass der Exorzist selbst mit erhobener Stimme zu rufen begann: »Ich befehle dir, wer auch immer du bist, unreiner Geist, und allen deinen Gefährten, die diese Dienerin Gottes beherrschen, dass du deinen Namen sagst, den Tag und die Stunde deines Ausgangs, mit irgendeinem Zeichen. Und du sollst mir, Gottes unwürdigem Diener, durchaus in allem gehorchen. Noch sollst du diesem Geschöpf oder den Anwesenden irgendwelchen Schaden zufügen!«

Kaum hatte Don Anselmo seine Beschwörung beendet, begann die schöne Signora mit aller Kraft, zu der ihre Stimme noch fähig war, zu schreien. »Hilfe, Hilfe. Hört mich denn niemand? Hilfe, Hilfe!«

Ihre Rufe waren so laut, dass der Padre dem Studiosus ein Zeichen gab, er möge der Signora ein Kissen über den Kopf stülpen, damit nicht das ganze Haus zusammenlaufe.

»Hören Sie auf, das können Sie nicht tun!«, herrschte der Dottore den Studiosus an und versuchte ihm das Kissen zu entreißen.

Doch mit Gottes Hilfe und der geballten Kraft seiner Jugend stieß dieser den Neurologen zur Seite, sodass er strauchelte und zu Boden stürzte.

»Das muss ich mir nicht bieten lassen!« Der Dottore schäumte vor Wut, rappelte sich hoch und humpelte dem Ausgang zu. »Betrachten Sie unsere Zusammenarbeit als beendet«, rief er im Gehen. Dann krachte die Tür ins Schloss.

Das Kissen über ihrem Kopf dämpfte die Schreie der schönen Signora. Ihre konvulsiven Bewegungen, mit denen sie sich aus den Fesseln zu befreien suchte, dauerten an.

Ihr Anblick entfachte bei dem Studiosus immer neue, sündige Gedanken. Wie, dachte er, mochten sich erst die Engel des Himmels präsentieren, wenn schon der Teufel auf Erden solch verführerische Gestalt annahm?

Don Anselmo, von alters wegen solchen Gedanken eher abhold, ließ sich nicht davon abhalten und fuhr fort, sein Werk zu vollenden:

»Ich beschwöre dich, alte Schlange, bei dem Richter über Lebende und Tote, entweiche eilends von dieser deiner Magd, die zum Schoß der Kirche Zuflucht nimmt. Es gebietet dir Gott der Vater. Es gebietet dir Gott der Sohn. Es gebietet dir Gott der Heilige Geist. Es gebietet dir der Glaube des heiligen Apostels Paulus. Es gebietet dir das Blut der Märtyrer. Es gebietet dir die Fürsprache aller Heiligen. Es gebietet dir die Stärke des christlichen Glaubens. Weiche also, du Verführer, du Feind der Tugend.«

»Don Anselmo, Don Anselmo!«, rief der Studiosus. »Sehen Sie nur!« Er zitterte am ganzen Körper.

Kapitel 1

Alberto, der Fahrer des Kardinals, drückte das Gaspedal des kleinen Fiat so tief durch, dass der Motor aufheulte wie ein gequältes Tier.

Kardinal Gonzaga saß aufrecht und steif wie eine ägyptische Statue auf dem Rücksitz. Mit belegter Stimme krächzte er: »Wir müssen vor Tagesanbruch am Ziel sein!«

»Ich weiß, Excellenza!« Alberto blickte auf die Uhr, die grün auf dem Armaturenbrett leuchtete: zweiundzwanzig Uhr zehn.

Schließlich erwachte der Beifahrer neben Alberto aus seinem Schweigen. Seit sie kurz hinter Florenz auf der Autostrada A 1 in Richtung Bologna eingebogen waren, hatte der Monsignore kein Wort von sich gegeben. Monsignor Soffici, der Privatsekretär des Kardinals, war gewiss kein großer Schweiger. Doch in dieser Situation schnürte ihm die Aufregung die Kehle zu.

Soffici räusperte sich gekünstelt. Dann meinte er, während er den Blick nicht von den Rücklichtern eines vorausfahrenden Wagens ließ: »Es ist keinem damit gedient, wenn wir im Straßengraben landen, Ihnen nicht und der heiligen Mutter Kirche schon gar nicht – wenn ich mir die Bemerkung erlauben darf, Excellenza!«

»Ach was!«, zischte Gonzaga unwillig und wischte sich mit dem Ärmel seines schwarzen Jacketts über den schweißnassen Kahlkopf. Die Hitze der schwülen Augustnacht machte ihm zu schaffen.

Alberto beobachtete ihn im Rückspiegel.

»Es war Ihre Idee, Excellenza, die Sache mit meinem Privatwagen durchzuführen. Ihr Dienstwagen hätte eine Klimaanlage, und das wäre in Ihrer Situation gewiss von Vorteil.«

»Das brauchen Sie mir nicht zu sagen«, herrschte Gonzaga den Chauffeur an.

Jetzt mischte sich auch der Monsignore ein: »Ja, eine schwarze Limousine mit Vatikan-Kennzeichen! Am besten noch eine Polizeieskorte mit Blaulicht und die Ankündigung in den Nachrichten: Heute Nacht transportiert auf der Autostrada von Florenz nach Bologna Seine Excellenz Kurienkardinal Philippo Gonzaga ...«

»Schweigen Sie!«, unterbrach der Kardinal den Redefluss seines Sekretärs. »Kein Wort mehr. Ich habe mich nicht beklagt. Wir haben uns entschieden, dass es am unverfänglichsten ist, wenn drei Männer bei Nacht in einem unscheinbaren Fiat von Rom in Richtung Brenner fahren. *Basta.*«

»War nur gut gemeint, Excellenza«, entschuldigte sich Alberto. Dann fielen die drei Männer erneut in angespanntes Schweigen.

Alberto hielt die Geschwindigkeit des Wagens konstant bei hundertsechzig Stundenkilometern. Der Kardinal auf dem Rücksitz starrte angestrengt durch die Windschutzscheibe nach vorne, wo die abgeblendeten Scheinwerfer sich mühsam einen Weg bahnten.

Soffici, ein drahtiger Vierziger mit Bürstenhaarschnitt und einer Brille mit Goldrand, bewegte in kurzen Abständen die Lippen, als ob er betete. Dabei verursachte er ein Geräusch wie ein tropfender Wasserhahn.

»Können Sie Ihre Gebete nicht stumm verrichten?«, sagte der Kardinal genervt. Devot wie ein gemaßregeltes Kind stellte der Monsignore seine Lippenbewegungen ein.

Hinter Modena, wo die A 1 weiter nach Westen, in Richtung Milano, führt, und die A 22 nach Norden abzweigt, wurde das Dröhnen des Motors von Händels *Halleluja* unterbrochen. Die Melodie kam aus der Innentasche von Sofficis Sakko. Nervös fingerte der Sekretär sein Mobiltelefon hervor und blickte auf das Display. Mit einer Verrenkung reichte er das kleine Gerät nach hinten: »Für Sie, Excellenza!«

Gonzaga, mit seinen Gedanken ganz woanders, streckte die

Linke aus, ohne seinen Sekretär anzusehen: »Geben Sie her!« Schließlich presste er das Telefon an sein Ohr.

»*Pronto!*«

Eine Weile lauschte er wortlos, dann sagte der Kardinal knapp: »Ich habe das Codewort verstanden. Hoffentlich können wir die Zeit einhalten. Im Übrigen fühle ich mich wie eine ägyptische Mumie, wie dieser ...« Er stockte.

»Tut-ench-Amun!«, kam Soffici auf dem Vordersitz zu Hilfe.

»Genau. Wie dieser Tut-ench-Amun. Gott zum Gruß.«

Kardinal Gonzaga reichte das Mobiltelefon zurück. »Wenn es schiefgeht, können Sie sich bald eine neue Melodie auf Ihr Handy herunterladen«, meinte er mit einem sarkastischen Unterton.

Der Sekretär wandte sich um: »Was sollte jetzt noch schiefgehen, Excellenza?«

Gonzaga hob theatralisch beide Arme, als wollte er das *Tedeum* anstimmen; aber seine Worte klangen eher blasphemisch: »Ein bisschen viel, was uns unser Herr Jesus in letzter Zeit zumutet. Würde mich nicht wundern, wenn unser Vorhaben noch in letzter Minute scheitert.«

Eine Weile herrschte nachdenkliches Schweigen. Schließlich sagte Gonzaga im Flüsterton, als könnte jemand ihr Gespräch belauschen: »Das Codewort lautet ›Apokalypse 20,7‹. Alberto, haben Sie mich verstanden?«

»Apokalypse 20,7«, wiederholte der Fahrer und nickte geflissentlich. »Wann werden wir erwartet?«

»Drei Uhr dreißig. Auf jeden Fall noch vor dem Morgengrauen.«

»*Madonna mia*, wie soll ich das schaffen?«

»Mit Gottes Hilfe und Vollgas!«

Schier endlos und schnurgerade führte die Autobahn durch die Poebene. Bei Nacht und mit erhöhtem Tempo verführt diese Straße zum Sekundenschlaf. Auch Alberto hatte mit der Müdigkeit zu kämpfen.

Aber dann ging ihm der Zweck der Reise durch den Kopf.

Ein absurdes Unternehmen, in das nur der Kardinalstaatssekretär, Monsignor Soffici und er eingeweiht waren.

An Soffici gewandt, begann der Kardinal erneut nach einer längeren Strecke des Schweigens: »Wirklich sinnreich dieses Codewort. Sie kennen den Text der Geheimen Offenbarung?«

»Natürlich, Excellenza.«

»Auch Kapitel zwanzig, Vers sieben?«

Soffici kam ins Stottern: »Ausgerechnet dieser Vers ist mir gerade nicht gegenwärtig; aber alle anderen vermag ich durchaus aus dem Gedächtnis zu zitieren.«

»Schon gut, Soffici, jetzt wissen Sie, warum Sie es bisher nur zum Monsignore gebracht haben und nicht weiter.«

»Wenn ich mir die Bemerkung erlauben darf, Excellenza, ich verneige mich in Demut vor dem Titel, den mir mein Amt einbrachte!«

Gonzaga verstand es vortrefflich, seinen jungenhaften Sekretär immer wieder auf perfide Weise zu beleidigen. Soffici blieb nur die Freiheit seiner Gedanken.

Die Luft im Wagen war penetrant mit »Pour Monsieur« von Coco Chanel geschwängert, einem gewöhnungsbedürftigen Männerparfüm, das der Kardinal in der exquisiten Boutique im Vatikan-Bahnhof günstig erstand. Mit dem Duftwasser pflegte der Kardinal seine marzipanfarbige Glatze einzureiben, seit der Küster von Santa Maria Maggiore ihm nach einem Pontifikalamt unter strengster Geheimhaltung verraten hatte, dass die genannte Prozedur den Haarwuchs fördere.

Auch von hinten und in der Dunkelheit entgingen dem Kardinal nicht die ruckartigen, unwilligen Kopfbewegungen, welche die Gedanken seines Sekretärs begleiteten. »Ich will Ihnen sagen, was in 20, 7 geschrieben steht!«

»Nicht nötig«, unterbrach Soffici den Kardinal. »Ich hatte nur einen kurzen Blackout. Der fragliche Satz lautet: ›Wenn die tausend Jahre vollendet sind, wird der Satan losgelassen werden aus dem Kerker.‹«

»Respekt, Monsignore«, erwiderte Gonzaga. »Allerdings erkenne ich keinen Zusammenhang mit unserer Mission.«

Alberto, der von Anfang an in das geheime Unternehmen eingeweiht war, unterdrückte ein verlegenes Kichern und wandte seine Aufmerksamkeit einem Fahrzeug zu, das seit beinahe dreißig Kilometern an seiner Stoßstange klebte. Jedes Mal wenn er seinen Fiat beschleunigte, blieb ihm auch dieser unangenehme Fahrzeuglenker auf den Fersen. Verlangsamte er die Fahrt, wurde auch das Auto hinter ihm langsamer.

Um den lästigen Hintermann abzuhängen, gab Alberto Gas.

Irgendwo zwischen den Ausfahrten Mantua und Verona passierte es: Mit brüllendem Motor scherte der verfolgende Wagen aus, überholte und setzte sich so dicht vor Albertos Fiat, dass dieser sich genötigt sah, abrupt abzubremsen. Alberto kommentierte das riskante Manöver mit einem Schimpfwort übelster Sorte, worauf der Sekretär sich mahnend räusperte. Plötzlich erschienen auf der rechten Seite des Fahrzeugs ein Arm und eine rot blinkende Kelle: Polizia.

»Auch das noch«, stöhnte Alberto. Widerwillig fügte er sich den heftigen Armbewegungen des Polizisten, seinen Anweisungen zu folgen.

Die Polizeiaktion war sorgfältig geplant. Keine dreihundert Meter entfernt gab es einen unbeleuchteten Parkplatz. Dorthin, wurde dem Fahrer bedeutet, möge er dem Polizeifahrzeug folgen.

Kaum hatte Alberto den Wagen zum Stehen gebracht, als drei Männer mit Maschinenpistolen aus ihrem Fahrzeug sprangen und den Fiat, ihre Waffen im Anschlag, umstellten.

Soffici hielt die Hände verschränkt und begann, deutlich hörbar die Lippen zu bewegen. Auf dem Rücksitz saß der Kardinal steif und bewegungslos, als wäre er tot. Eher gelassen begegnete der Chauffeur des Kardinals der brisanten Situation. Stumm kurbelte er die Seitenscheibe herab und blinzelte in das grelle Licht einer Handlampe.

»Aussteigen!«

Betont langsam und unwillig kam Alberto der rüden Aufforderung nach. Doch kaum war der Fahrer ausgestiegen, packte ihn je ein Carabiniere am linken und rechten Oberarm und presste seine Hände auf das Wagendach.

Alberto, ein in jeder Situation furchtloser Mann, und in dieser Hinsicht nicht gerade ein typischer Italiener, stieß einen gequälten Schrei aus, welcher der Situation in keiner Weise angemessen war. Er beruhigte sich erst, als er die Mündung der Maschinenpistole des dritten Carabiniere im Rücken spürte.

»Hören Sie«, rief er, nachdem ihn einer der Polizisten von oben bis unten nach Waffen abgetastet hatte. »Ich bin der Chauffeur Seiner Exzellenz des Kurienkardinals Gonzaga.«

»Schon gut«, kam die Antwort des Anführers des Trios, »und ich bin der Kaiser von China. Papiere!«

Alberto deutete auf den Kofferraum. Der Anführer ließ von seinem Opfer ab und ging zum Kofferraum. Dabei leuchtete er kurz ins Wageninnere. Er erschrak.

»Ist er tot?« Er drehte sich um, an Alberto gewandt.

»Er da!«

»Das ist Kardinal Gonzaga!«

»Das sagten Sie bereits. Dazu kommen wir später. Ich meine, der Mann gibt kein Lebenszeichen von sich.«

»Das hat durchaus seinen Grund.«

»Ich bin gespannt, ihn zu hören.«

Durch die geöffnete Fahrertür hatte der Kardinal die Auseinandersetzung des Polizisten mit seinem Chauffeur gehört. Deshalb hob er würdevoll seine Rechte.

Der Polizist wich einen Schritt zurück.

»Ich dachte wirklich, der Kerl ist tot«, raunte er den beiden anderen zu.

Die postierten sich zu beiden Seiten, als Alberto den Kofferraum öffnete.

»*Madonna*«, rief der eine, ein schlaksiger Kerl und einen Kopf größer als die beiden anderen und vermutlich der Anführer des

Einsatzkommandos. Gott weiß, was er im Kofferraum des kleinen Fiat erwartet hatte – auf keinen Fall eine purpurrote Schärpe, sorgsam gefaltet auf einem schwarzen, ebenso sorgsam gefalteten Talar mit roten Applikationen samt einem purpurfarbenen Scheitelkäppchen.

Aus einer Mappe aus rotem Saffianleder zog Alberto einen Reisepass mit goldfarbenem Aufdruck »Città del Vaticano« hervor. Den reichte er dem Carabiniere.

Hilfesuchend warf der Polizist seinen Kollegen einen Blick zu, und als diese noch immer ihre Maschinenpistolen im Anschlag hielten, zischte er durch die Zähne, sie sollten gefälligst die Waffen sinken lassen.

Das Foto im Reisepass des Kardinals entsprach gewiss nicht dem neuesten Stand – auch an einem Kardinal hält sich die Zeit schadhaft –, aber an der Echtheit des Dokuments konnte kein Zweifel bestehen. Name: S. E. Philippo Gonzaga, Cardinale di Curia, wohnhaft: Città del Vaticano.

Der Polizist stieß seinen Kollegen beiseite und trat salutierend vor die rückwärtige Seitenscheibe, hinter der Gonzaga noch immer regungslos verharrte.

»Entschuldigen Sie, Excellenza«, rief der Carabiniere durch die geschlossene Scheibe. »Ich konnte nicht wissen, dass Excellenza sich in einem alten Fiat auf Reisen begeben. Aber ich bin nur meiner Pflicht nachgekommen ...«

Gonzaga warf dem zerknirschten Polizisten einen abschätzigen Blick zu, dann öffnete er das Seitenfenster einen schmalen Spalt und streckte fordernd die linke Hand aus.

Vorsichtig und mit spitzen Fingern reichte der Carabiniere den Pass zurück. Er salutierte, und mit einer heftigen Kopfbewegung gab er den beiden anderen das Zeichen zu verschwinden.

»Das wäre ja noch einmal gut gegangen«, prustete Alberto und ließ sich auf den Fahrersitz fallen.

KAPITEL 2

Montagmorgen lief der Nachtzug von München nach Rom mit Verspätung in der Stazione Termini ein. Malberg hatte schlecht geschlafen, und das Frühstück, das ihm der Schlafwagenschaffner hereinreichte, war eine mittlere Katastrophe.

Auf dem Bahnsteig zog Malberg missmutig seinen Koffer hinter sich her. In tadellosem Italienisch nannte er dem Taxifahrer sein Ziel: »Via Giulia 62. Hotel Cardinal, *per favore*.«

Dies erwies sich insofern als Fehler, als der Taxifahrer aus unerfindlichen Gründen begann, dem sprachkundigen Fremden sein Leben zu erzählen, woran Malberg nicht das geringste Interesse hatte und von dem ihm nur fünf Töchter im Gedächtnis blieben.

Das Hotel lag nicht weit von der Piazza Navona in einem Viertel mit zahlreichen Antiquitätenhändlern und Antiquaren. Malberg war schon einige Male hier abgestiegen, und so begrüßte ihn der Concierge in der ganz in Rot gehaltenen Rezeption überschwänglich.

Auf dem Zimmer im ersten Stock packte er lustlos seinen Koffer aus – er hasste das Aus- und Einpacken wie die Pest –, dann griff er zum Telefon und wählte die elfstellige Nummer eines Mobiltelefons.

Es dauerte eine halbe Ewigkeit, bis am anderen Ende der Leitung abgehoben wurde. Eine verschlafene weibliche Stimme meldete sich: »Hallooo?«

»Marlene?«, fragte Malberg unsicher.

»Lukas, du? Wo steckst du? Wie spät ist es?«

»Also der Reihe nach«, begann Malberg amüsiert. »Ja, ich bin es. Ich habe eben im Hotel Cardinal eingecheckt. Und es ist zehn Uhr fünfundvierzig. Sonst noch Fragen?«

Die Frau am anderen Ende der Leitung lachte: »Lukas, du bist noch derselbe Spaßvogel wie früher!«

»Wir waren verabredet, erinnerst du dich?«

»Ich weiß. Aber der Vormittag ist nun mal nicht meine Zeit. Hör zu: Ich hole dich in einer Stunde am Hotel ab. Dann fahren wir gemeinsam zur Marchesa. Bis gleich.«

Malberg betrachtete verdutzt den Telefonhörer, als erwartete er noch ein Auf Wiedersehen, aber Marlene hatte längst aufgelegt.

Eigentlich kannte er Marlenes Sprunghaftigkeit, ihre Angewohnheit, von einem Augenblick auf den anderen einen Entschluss zu fassen oder in einen Rausch der Begeisterung zu verfallen. Schließlich hatten sie zwei volle Jahre eine Schulbank geteilt. Aber wie das so ist, nach der Schulzeit hatten sie sich aus den Augen verloren. Und als sie sich zum zwanzigsten Abitur-Jubiläum wiedertrafen, da löste Lenchen – wie er Marlene früher etwas despektierlich nannte – Erstaunen, ja Entzücken aus. Denn das einst so biedere Lenchen hatte sich zu einem stattlichen, ja aufregenden Frauenzimmer entwickelt.

Ihr Biologiestudium für das höhere Lehramt hatte Lenchen schon bald nach dem Abitur aufgegeben. Warum sie nach Rom gegangen war, konnte oder wollte Marlene nicht sagen. Auch nicht, wovon sie eigentlich lebte. Jedenfalls war sie im Gegensatz zu allen anderen aus der Klasse nicht verheiratet. Das verwunderte.

Bei Lukas Malberg, der als gutverdienender Antiquar in München lebte, hatte Marlene jedenfalls großen Eindruck hinterlassen. Als er sie letzte Woche anrief, meinte sie gesprächsweise, sie kenne da eine verarmte Marchesa, die sich von der Büchersammlung ihres verstorbenen Mannes trennen wolle – es seien wertvolle Folianten aus dem fünfzehnten Jahrhundert darunter. Malberg hatte sofort Interesse bekundet. Zugegeben, es waren nicht nur die Bücher, die ihn zu der Romreise veranlassten.

Er war ein gut aussehender Junggeselle und Marlene eine attraktive Frau. Und Rom bot die perfekte Kulisse für eine aufregende Affäre.

Natürlich war Marlene unpünktlich. Das hatte Lukas nicht anders erwartet. Der römische Verkehr führt ohnehin jeden Termin ad absurdum. Aber als Marlene gegen halb eins immer noch nicht eingetroffen war, griff Malberg zum Telefon und wählte die Nummer ihres Mobiltelefons. Doch es antwortete nur die Mailbox. Als er die Nummer ihres Festnetz-Anschlusses wählte, kam die automatische Ansage: »Dieser Anschluss ist zurzeit nicht erreichbar.«

In der Annahme, er habe sich verwählt, versuchte es Lukas erneut.

Nach dem dritten Versuch gab Malberg auf. Er blickte ratlos aus dem Fenster auf die Straße. Nach einer weiteren halben Stunde versuchte er es wieder.

»Dieser Anschluss ist zurzeit nicht erreichbar.«

Malberg wurde unruhig. Wenn etwas passiert war – warum ließ Marlene nichts von sich hören?

Auf einem Zettel hatte er außer ihrer Telefonnummer auch ihre Adresse notiert: Via Gora 23. Vor dem Hotel bestieg Malberg ein Taxi.

Das Haus in Trastevere, ein fünfstöckiger Klotz wie die meisten Häuser in der Straße, machte einen etwas heruntergekommenen Eindruck. Es war gewiss hundert Jahre alt, und der pompöse Eingang mit zwei hohen Säulen zu beiden Seiten konnte nicht darüber hinwegtäuschen, dass eine dringende Renovierung anstand.

Von ihren Erzählungen wusste Malberg, dass Marlene eine geräumige Dachwohnung mit Terrasse und Blick auf Tiber und Palatin bewohnte.

Vorbei an einer üppigen Concierge, die im Erdgeschoss uninteressiert durch einen Türspalt lugte, strebte Malberg dem Lift zu. Mit einem Schmunzeln nahm er den Namen auf dem Türschild der Hausbeschließerin wahr: Fellini. Das aus dunklem Mahagoni und geschliffenem Glas gefertigte Ungeheuer gab, noch ehe der Besucher einen Fuß hineingesetzt hatte, klagende und fauchende Geräusche von sich. Sie hallten durch das ganze Treppenhaus, als der Aufzug von oben herabschwebte. Malberg, der jeder Art von Fortbewegung, die von der Erde abhob, mit Misstrauen begegnete, entschloss sich, die Treppe zu nehmen.

Die Luft im Treppenhaus war stickig. Es roch nach Bohnerwachs und Wischwasser. Auf dem Weg nach oben wurde er beinahe von zwei Männern umgerannt, die in großer Eile nach unten hasteten.

»Können Sie nicht aufpassen!«, rief er den beiden hinterher.

Im obersten Stockwerk angelangt, wischte sich Malberg den Schweiß von der Stirn.

Eine zweiflügelige, weiß gestrichene Tür trug kein Namensschild. An der Wand eingelassen ein Klingelknopf aus Messing. Malberg klingelte.

Aus dem Innern der Wohnung drang kein Laut.

Nach einer Weile schellte Malberg ein zweites Mal, und als Marlene keine Reaktion zeigte, ein drittes und ein viertes Mal. Schließlich schlug er mit der flachen Hand gegen die Tür und rief: »Ich bin es, Lukas! Warum öffnest du nicht?«

In diesem Augenblick gab die Tür nach – sie war nur angelehnt. Malberg zögerte. Vorsichtig trat er ein.

»Marlene? Ist alles in Ordnung? Marlene?«

Malberg lauschte mit geöffnetem Mund.

»Marlene?«

Keine Antwort.

Malberg befiel auf einmal ein beklemmendes Gefühl. Er empfand plötzlich Angst, Furcht vor dem Ungewissen.

»Marlene?«

Sorgsam darauf bedacht, jedes Geräusch zu vermeiden, setzte Malberg einen Fuß vor den anderen. Ein herber, nicht unangenehmer Duft wie von Lilien lag in der Luft. Eher unbewusst nahm er im Flur die goldfarbenen Brokattapeten, die kostbaren Appliken und das antike Mobiliar wahr.

Der Salon, ein geschmackvoll möbliertes Interieur mit schweren Polstermöbeln und voluminösem amerikanischem Teppichboden, war in Unordnung. Was die Wohnung betraf, hatte Marlene nicht übertrieben, der Blick über Rom war atemberaubend. Hier ließ es sich leben.

Noch bevor Malberg in Träumereien verfallen konnte, holte ihn die Wirklichkeit ein: Das Telefon lag am Boden, die Steckdose war aus der Wand gerissen. Irgendetwas stimmte hier nicht.

Malberg wollte gerade das Telefon vom Boden aufheben, da fiel sein Blick auf die offene Tür zum Badezimmer.

Auf dem schwarzen Fliesenboden glitzerte eine große Wasserlache. Malberg trat näher. Jetzt wusste er, woher der Lilienduft kam. Eine teure Badeessenz. Als er in die Tür trat, pochte sein Herzschlag in den Ohren.

Wie gebannt starrte er auf die luxuriöse weiße Eckbadewanne: Da lag Marlene in der übergelaufenen Wanne, den Kopf unter Wasser, mit offenen, verdrehten Augen, den Mund zu einer Fratze verzerrt, als habe sie im Todeskampf einen Schmerzensschrei ausgestoßen. Ihre langen dunklen Haare trieben wie Schlingpflanzen im Badewasser. Obwohl ihr sonnengebräunter Körper schön und nackt war, ging von ihm etwas Furchterregendes aus. Ihre verrenkten Glieder erinnerten an einen toten, von der Brandung angeschwemmten Vogel.

»Marlene«, stammelte Malberg weinerlich. Er wusste, dass jede Hilfe zu spät kam. »Marlene ...«

Wie lange er wie paralysiert tatenlos in der Tür gestanden hatte, Malberg wusste es nicht. Plötzlich hörte er Stimmen im Treppenhaus. Er musste so schnell wie möglich aus der Wohnung verschwinden. Wenn man ihn hier fände, würde er sofort in Verdacht geraten. Denn dass Marlene sich das Leben genommen hatte, erschien ihm absurd.

Malberg machte kehrt und warf noch einen kurzen Blick in den luxuriösen Salon, als er auf einem Beistelltischchen ein aufgeschlagenes Notizbuch entdeckte. Der Gedanke, Marlene könnte auch seinen Namen, Adresse und Telefonnummer darin notiert haben, veranlasste ihn, das Notizbuch an sich zu nehmen und in der Jackentasche verschwinden zu lassen. Dann verließ er Marlenes Wohnung und zog die Tür leise hinter sich zu.

Wie konnte er unbemerkt aus dem Mietshaus verschwinden? Das Haus war nicht so groß, dass ein fremder Besucher unbemerkt geblieben wäre.

Auf Zehenspitzen schlich er zwei Stockwerke nach unten, als sich der altmodische Aufzug, der die Mitte des Treppenhauses einnahm, aufwärts in Bewegung setzte. Durch das Gitternetz, das den Aufzugsschacht wie ein Käfig umgab, erkannte Malberg eine Frau mittleren Alters. Sie schien ihn nicht zu bemerken. Im Parterre angelangt, hielt Malberg inne.

Wie zuvor stand die Tür der Conciergewohnung einen Spaltbreit offen. Aus dem Innern hörte man laute Radiomusik. Malberg zögerte. Im Vorbeigehen musste ihn die Hausbeschließerin bemerken. Da kam ihm der Zufall zu Hilfe.

Eine fette, struppige Katze mit irgendetwas im Maul huschte plötzlich aus der Tür. Die Concierge, eine stattliche Frau mit modischer Kurzhaarfrisur und blitzenden Kreolen im Ohr, verfolgte das Tier laut schreiend bis auf die Straße. Diese Gelegenheit nutzte Malberg, um das Haus unbemerkt zu verlassen.

Betont lässig schlenderte er die Via Gora entlang in Richtung Tiber. In seinem Innersten war Malberg aufgewühlt. Er fühlte kalten Schweiß im Nacken und hatte das Bedürfnis, fortzurennen so schnell er konnte; aber eine innere Stimme mahnte ihn, damit würde er sich nur verdächtig machen.

Es war merkwürdig, in seiner Verwirrtheit fühlte Malberg sich irgendwie fast schuldig an Marlenes Tod. Sie hatte am Telefon so fröhlich geklungen. Warum hatte er so lange gewartet? Er war zu spät gekommen. Und dann heulte er los. Malberg weinte so hemmungslos, dass ihm salzige Tränen über das Gesicht rannen.

Was in aller Welt war im fünften Stockwerk der Via Gora 23 vorgefallen? Vor drei Stunden hatte Malberg noch mit Marlene telefoniert. Jetzt war sie tot. Ermordet. Marlene!

Während er in die vielbefahrene Viale di Trastevere einbog, die geradewegs zum Tiberufer führt, tauchte vor seinen Augen das Bild von Marlenes unter Wasser treibendem Körper auf. Gequält blinzelte er in die Sonne, um diesen Albtraum loszuwerden. Fast blind tappte er vor sich hin. Nur fort von diesem furchtbaren Ort! Mit ausgestrecktem Arm versuchte er ein Taxi heranzuwinken; aber die Taxis brausten alle an ihm vorbei.

Schließlich trat Malberg auf die Straße, um sich bemerkbar zu machen. Da spürte er einen furchtbaren Schlag, der ihm die Luft nahm. Einen Augenblick glaubte er zu fliegen. Ein zweiter Schlag traf seinen Kopf, dann wurde es um ihn Nacht.

Kapitel 3

Als Lukas Malberg wieder zu sich kam, blickte er in das herbe Gesicht einer Krankenschwester. In allernächster Nähe vernahm er einen regelmäßigen, nervenden Piepston.

»Wo bin ich?«, erkundigte er sich bei der Schwester.

»Im Klinikum Santa Cecilia. Sie hatten einen Unfall.«

Erst jetzt bemerkte Malberg, dass sein Kopf schmerzte. Ihm war übel, und er hatte Mühe zu atmen.

»Einen Unfall? Ich kann mich nicht erinnern.« Malberg versuchte sich zu konzentrieren, aber der Versuch misslang.

»Kein Wunder, Sie haben eine Gehirnerschütterung. Trotzdem können Sie noch von Glück reden. Außer der Platzwunde am Kopf sind Sie noch glimpflich davongekommen.«

Malberg betastete seine Stirn und fühlte einen leichten Verband. »Einen Unfall, sagten Sie?«

»Auf der Via di Trastevere. Der Fahrer ist flüchtig.«

So sehr Malberg sich sein Gehirn zermarterte, im Dunkel seiner Erinnerung tauchte kein Unfall auf. Aber plötzlich, als habe ein Funke sein Gedächtnis entzündet, flammte in seinem Kopf ein Bild auf: Marlenes Leiche im Wasser der Badewanne. Malberg stöhnte auf.

»Sie sollten sich keine Sorgen machen«, antwortete die Schwester. »In einer Woche werden Sie wieder entlassen. Was Sie jetzt brauchen, ist vor allem Ruhe.«

Malberg kniff die Augenbrauen zusammen und sah die Schwester fragend an. »Und sonst?«

»Was meinen Sie?«

»Ich meine, sonst ist nichts passiert?«

Die Schwester schüttelte den Kopf. Dann sagte sie: »Ich kann Sie doch einen Augenblick allein lassen?«

»Schon gut«, erwiderte Malberg.

Allein in dem kahlen weißen Raum, bekam er es mit der Angst zu tun. Das EKG-Gerät, an welches er angeschlossen war, piepste nervtötend. Unter höchster Konzentration versuchte Malberg seine Erinnerungen zu ordnen: die Rom-Reise im Nachtzug, seine Ankunft im Hotel Cardinal, wie er mit Marlene telefoniert hatte, und dann der Albtraum, Marlene tot in der Badewanne.

Bei diesem Gedanken beschleunigte das Überwachungsgerät seine Taktfrequenz. Im selben Augenblick kam die Schwester in Begleitung eines Arztes zurück.

»Dottor Lizzani.« Der Doktor reichte Malberg die Hand. »Und wie ist Ihr Name?«, fragte Lizzani geschäftsmäßig.

»Lukas Malberg.«

»Sie sind Deutscher?«

»Ja. Doktor, aber ich kann mich an keinen Unfall erinnern.«

Lizzani warf der Schwester einen bedeutungsvollen Blick zu. Dann fragte er unvermittelt: »Wie viel ist drei mal neun?«

»Dottore«, empörte sich Malberg, »ich bin völlig in Ordnung. Es ist nur – ich kann mich an keinen Unfall erinnern!«

»Drei mal neun?«, wiederholte der Arzt unnachgiebig.

»Siebenundzwanzig«, knurrte der Patient unwillig. Und gekränkt fügte er hinzu: »… wenn ich mich nicht verrechnet habe.«

Dottor Lizzani ließ sich nicht beirren: »Haben Sie Angehörige in Rom, die wir benachrichtigen können?«

»Nein.«

»Sie sind hier auf Urlaub?«

»Nein, eher geschäftlich.«

Eher geschäftlich verlief auch die weitere Unterredung zwischen Arzt und Patient. Sie endete mit der Ankündigung des Dottore: »Wir werden Sie ein paar Tage zur Beobachtung hierbehalten, Signor Malberg. Und was Ihren Blackout wegen des Unfalls betrifft, müssen Sie sich keine Sorgen machen. Das ist völlig normal. Früher oder später wird sich Ihr Erinnerungsvermögen wieder einstellen.«

»Und die Drähte?«, meinte Malberg mit einem vorwurfsvollen Blick auf die Kabel, die zum Überwachungsgerät führten.

»Die kann Ihnen die Schwester abnehmen. Guten Tag, Signore.«

Nachdem die Schwester ihn vom Gewirr der Leitungen befreit und das Zimmer verlassen hatte, sah sich Malberg um. Aber außer dem EKG-Gerät, von dem die Verkabelung herabhing wie die Fangarme eines Polypen, gab es da nichts zu sehen. Nur weiße, kahle Wände und eine weiße Schrankwand. Ein weißer Stuhl mit seiner Kleidung.

Auf dem Nachttisch aus weiß gestrichenem Stahlrohr lagen seine Brieftasche und daneben das Notizbuch, das Malberg in Marlenes Wohnung an sich genommen hatte. Der Anblick versetzte ihm einen Schlag in die Magengrube. Ihm wurde übel.

Malberg bemerkte, wie seine Hände zitterten, als er in dem Notizbuch zu blättern begann. Die ungelenke Mädchenschrift wollte so gar nicht zum selbstbewussten Erscheinungsbild Marlenes passen. Noch größeres Erstaunen lösten jedoch die Eintragungen aus: keine Namen, keine Adressen, nur seltsam verschlüsselte Wörter. Was hatten diese Eintragungen zu bedeuten?

Laetare: Maleachi
Sexagesima: Jona
Reminiscere: Sacharja
Oculi: Nahum

Malbergs Befürchtungen, sein Name könnte in Marlenes Notizbuch festgehalten sein, erwiesen sich jedenfalls als falsch. Es gab überhaupt keine normalen Namen. Ratlos legte er die Aufzeichnungen beiseite.

Marlene! Malberg sah plötzlich wieder ihren unter Wasser getauchten Kopf und die langen Haare, die wie Schlingpflanzen im Wasser trieben. Er wusste, dass er diesen Anblick nie vergessen würde. Erste Bedenken machten sich breit, ob er sich in seiner

Panik richtig verhalten hatte, ob es nicht besser gewesen wäre, die Polizei zu verständigen.

Was hatte er für einen Grund davonzulaufen? Hatte er sich nicht gerade dadurch verdächtig gemacht? Und die Hausbeschließerin? Hatte sie ihn wirklich nicht gesehen? Würde sie ihn bei einer Gegenüberstellung wiedererkennen?

Ein Kaleidoskop von Gedanken und Möglichkeiten raste durch sein ohnehin angeschlagenes Gehirn, Bilder überlagerten sich und machten ihn nur noch ratloser. Und dazwischen immer wieder Marlenes weit aufgerissene Augen unter Wasser. Wie musste sie gelitten haben, bevor der Tod sie erlöste.

Noch nie im Leben war ihm der Tod so nahe gekommen. Den Tod kannte Malberg nur aus der Ferne. Wenn er aus der Zeitung oder den Nachrichten erfuhr, dass jemand gestorben war. Dann hatte er den Tod zwar registriert, aber der hatte ihn nie wirklich berührt. Marlenes Tod hingegen betraf ihn unmittelbar. Jetzt erst merkte er, mit welch hohen Erwartungen er zu der schönen Schulfreundin gefahren war.

Voller Unruhe rappelte er sich in seinem Krankenbett auf. Er musste wissen, was mit Marlene passiert war. Hier wollte er, hier *konnte* er nicht länger bleiben. Im Augenblick fühlte sich Malberg noch zu schwach. Aber morgen – das nahm er sich fest vor –, morgen würde er die Klinik verlassen.

Kapitel 4

Der schmale Fahrweg ging steil bergauf. Soffici, der Sekretär des Kardinals, hatte nach der langen Nachtfahrt das Steuer übernommen. Jetzt schlief Alberto auf dem Beifahrersitz, und nicht einmal die tiefen Schlaglöcher auf dem unbefestigten Weg konnten ihn aufwecken.

Im ersten Gang steuerte Soffici den Fiat durch die engen Kurven. Tiefhängende Äste des Unterholzes zu beiden Seiten schlugen gegen die Windschutzscheibe.

»Man kann nur hoffen, dass uns kein Fahrzeug entgegenkommt«, bemerkte Kardinalstaatssekretär Gonzaga nach längerem Schweigen. Er saß noch immer stocksteif auf seinem Rücksitz. Auf der ganzen Strecke hatte er kein Auge zugetan.

Nachdem sie hinter Wiesbaden die Autobahn verlassen hatten, hatte Gonzaga die Aufgabe des Wegweisers übernommen. Die Strecke, welche rechtsrheinisch nach Burg Layenfels führte, stand auf einem Zettel notiert. In Lorch, einem tausendjährigen Städtchen, zweigte eine Landstraße ab ins Wispertal, die gesäumt war von üppipen Weinbergen und bis zu einer Gabelung führte.

Gonzaga, der zu stolz war, eine Lesebrille zu tragen, hielt die Wegbeschreibung am ausgestreckten Arm.

»Jetzt immer links halten«, krächzte er mit belegter Stimme.

Inzwischen begann es zu regnen.

»Und Sie sind sicher, Excellenza, dass das der richtige Weg ist«, erkundigte sich Soffici unsicher.

Gonzaga gab keine Antwort. Er studierte zum wiederholten Mal den Zettel, der den Weg beschrieb. Schließlich zischte er: »Was heißt sicher, ich fahre den Weg auch zum ersten Mal. Aber irgendwohin muss diese gottverdammte Straße ja führen!«

Der Sekretär zuckte zusammen, und Alberto erwachte aus seinem Schlaf. Als er die Unsicherheit bemerkte, mit der Soffici den Wagen lenkte, erbat er sich, wieder selbst das Steuer zu übernehmen.

Soffici hielt an und stellte den Motor ab.

Die steile Straße war so schmal und so eingewachsen, dass Soffici und Alberto Mühe hatten auszusteigen, um die Plätze zu tauschen.

Es war totenstill. Man konnte nur den Regen hören, der auf die Sträucher klatschte. Während sich Alberto hinter das Steuer klemmte, kurbelte der Kardinal das Seitenfenster herunter. Frischer, moosiger Geruch drang in das Innere. Gonzaga sog ihn gierig ein. Aus der Ferne hörte man Hundegebell.

»Weiter!«, befahl der Kardinal.

Alberto startete den Motor, aber das Gefährt wollte nicht anspringen.

»Auch das noch!« Unwillig presste Gonzaga die Luft durch die Nase.

»Bei der Heiligen Jungfrau«, beteuerte Alberto, der sich schuldig fühlte an der Misere, »mein Wagen hat mich noch nie im Stich gelassen. Es ist das erste Mal, Excellenza.«

Der machte eine unwillige Handbewegung. Dann klopfte er Soffici von hinten auf die Schulter.

Monsignor Soffici verstand, was der Kardinalstaatssekretär damit sagen wollte. Aus dem Handschuhfach kramte Alberto eine Mütze hervor und reichte sie Soffici.

»Weit kann es nicht mehr sein«, rief Gonzaga durch das geöffnete Seitenfenster seinem Sekretär hinterher. Soffici verschwand nach wenigen Metern bergan hinter der nächsten Biegung.

In Augenblicken wie diesen verfluchte der Monsignore, obwohl von tiefer Frömmigkeit, seinen Dienstherrn. Nicht umsonst nannte man ihn in der Kurie hinter vorgehaltener Hand: Gonzaga la iena, Gonzaga die Hyäne. Man wusste nie, wie man bei ihm dran war. Jedenfalls hatte der zweite Mann hinter dem Papst im Vatikan mehr Feinde als Freunde. Genau genommen kannte Soffici nicht einen, den er als Gonzagas Freund hätte bezeichnen können.

Trotz allem war der Monsignore seinem Herrn scheinbar treu ergeben. Ein Mann wie er betrachtete seine Aufgabe als Dienst am Allerhöchsten. Ohne Bedenken hatte er, als Gonzaga ihn unter dem Siegel der Verschwiegenheit in das Unternehmen einweihte, einen heiligen Eid geschworen, das Geheimnis mit ins Grab zu nehmen.

Bergan wurde der Weg immer beschwerlicher. Soffici japste und rang nach Luft. Er war nicht gerade eine Sportlernatur. Das nasse Gestrüpp zu beiden Seiten des Weges schlug ihm ins Gesicht und trug auch nicht gerade dazu bei, seine Laune zu verbessern.

Da plötzlich, nach einer scharfen Biegung, schimmerte Mauerwerk durchs Geäst. Soffici hielt inne. Inzwischen waren seine Kleider durchnässt, und als er den Blick gen Himmel wandte, erkannte er hoch über den Bäumen Mauern und Türme einer wuchtigen Burg.

»Jesus-Maria«, entfuhr es ihm halblaut. Der Anblick des Bauwerks mit seinen Zinnen, Türmen und Erkern versetzte ihn in Unruhe. Burg Layenfels hatte er sich einladender vorgestellt.

Unsicher tappte Soffici auf das Burgtor zu. Im Näherkommen erkannte er ein Schilderhäuschen neben einem vergitterten Eingang. Hinter dem winzigen Fenster des Wächterhäuschens brannte Licht, obwohl es bereits Tag war. Das alles wirkte bedrohlich und geheimnisvoll, und Soffici konnte sich nur schwer vorstellen, dass diese Burg hoch über dem Rhein tatsächlich dem Zweck dienen sollte, den Gonzaga angedeutet hatte.

Aus dem Innern der Burg drang kein Laut, keine Stimme, keine Schritte, nichts. Auf Zehenspitzen versuchte Soffici einen Blick in das Fenster zu werfen: Der winzige quadratische Raum glich einer Mönchszelle. Kahle Wände, ein klobiger Tisch, davor ein Stuhl, gegenüber dem Fenster eine hölzerne Liege ohne Polster, darüber an der Wand ein altmodisches Telefon. Auf der unbequemen Liege döste ein Wächter mit gefalteten Händen vor sich hin. Eine helle, nackte Glühbirne an der Decke hinderte ihn am Einschlafen. Getrübt wurde die Idylle allerdings durch eine Maschinenpistole, die griffbereit auf dem Stuhl lag.

Gerade wollte sich Soffici durch Klopfen bemerkbar machen, da vernahm er ein Motorengeräusch. Alberto war es doch noch gelungen, seinen Fiat zum Laufen zu bringen. In Schrittgeschwindigkeit quälte er sich bergan.

Der Wächter im Schilderhäuschen schreckte hoch, griff zu seiner Waffe und trat ans Fenster. Soffici blickte in ein bleiches, ausgemergeltes Gesicht.

»Das Codewort!«, herrschte der Wächter ihn an.

»Das Codewort«, stammelte Soffici im Anblick der auf ihn gerichteten Maschinenpistole, »Apokalypse zwanzig-sieben.«

Der bleiche Wächter schlug das Fenster zu, nahm den Hörer des Wandtelefons ab und machte Meldung.

Ächzend schwebte das schwere Eisengitter wie von Geisterhand gehoben in die Höhe und verschwand im Obergeschoss des Torturms.

Alberto bremste den Wagen ab. Kurz darauf trat der Wächter vor das Eingangstor und winkte das Fahrzeug in den Burghof. Sie wurden erwartet. Aus dem Kreuzgang, der den fünfeckigen Burghof einrahmte, strömten von allen Seiten schwarz gekleidete Gestalten herbei. Im Nu bildeten sie einen andächtigen Kreis um das Fahrzeug.

Soffici trat hinzu und half dem Kardinalstaatssekretär aus dem Wagen. Der wirkte steif und beinahe verlegen im Angesicht der vielen Menschen.

Ein hochgewachsener, schmalschultriger Mann im dunklen Gehrock und mit langem nach hinten gekämmtem Haar trat auf Gonzaga zu und fragte grußlos, eher geschäftsmäßig: »Ist alles glatt gegangen?« Sein Name war Anicet.

Als Kardinalstaatssekretär war Gonzaga devotere Töne gewöhnt. Sein Amt verlieh ihm die höchste Würde, und die war er auch in dieser Situation nicht bereit abzulegen.

»Guten Morgen, Herr Kardinal«, erwiderte Gonzaga, ohne auf die Frage seines Gegenübers einzugehen. »Was für eine scheußliche Gegend.« Die beiden kannten sich aus einer gemeinsamen Vergangenheit. Jeder wusste über den anderen bestens Bescheid. Das Fatale an dieser Situation war nur: Anicet hatte den Kardinalstaatssekretär in der Hand. Und deshalb hasste Gonzaga diesen Anicet, der sich großsprecherisch Großmeister nannte, mehr als es einem Christenmenschen zukam – von einem Kardinal ganz zu schweigen. »Was Ihre Frage betrifft«, erwiderte der Kardinal schließlich, »ja, es ist gut gegangen.«

Anicet registrierte sehr wohl den zynischen Unterton in Gonzagas Antwort; aber er tat, als habe er den leisen Spott nicht bemerkt. Ja, in sein herbes Gesicht verirrte sich sogar ein höfliches Lächeln, als er den Kardinal jetzt mit einer einladenden Handbewegung aufforderte, ihm zu folgen.

Burg Layenfels war um die Mitte des neunzehnten Jahrhunderts von einem spleenigen Engländer nach dem Vorbild mittelalterlicher Befestigungsanlagen erbaut worden. Die Bauarbeiten wurden jedoch nie vollendet, weil James-Thomas Bulwer – so der Name des Engländers – an einem frostigen Karfreitag sich über die Brüstung des Burgfrieds lehnte und nach einem dreißig Meter tiefen Sturz sein Leben aushauchte.

Ein preußischer Knopffabrikant, der das unvollendete Bauwerk kaufte, fand ebenfalls wenig Freude daran, weil er, noch vor der endgültigen Vollendung, von seiner Geliebten, einer trinkfesten Berliner Tingeltangel-Tänzerin, aus Eifersucht erschossen wurde.

Seither ging die Mär, auf Burg Layenfels liege ein Fluch. Das Bauwerk verfiel über die Jahrzehnte zur Ruine, weil sich kein Käufer finden wollte, der bereit war, neben dem Kaufpreis eine Millionensumme für die Restaurierung und Vollendung der Burganlage zu investieren.

Groß war deshalb die Verwunderung bei den Stadtvätern von Lorch, in deren Besitz die Liegenschaft inzwischen übergegangen war, als eines Tages ein Italiener namens Tecina auftauchte. Der Mann war eine gepflegte Erscheinung, trug teure Kleidung und fuhr einen dunkelblauen Mercedes 500. Aber das war auch schon das Einzige, was man über ihn mit Sicherheit sagen konnte.

Einige behaupteten, er sei Rechtsanwalt und agiere als Strohmann für einen obskuren Orden, andere wussten von Verbindungen zur russischen Mafia. Beweisen konnte es keiner. Tatsache war, dass Tecina mit einem Barscheck bezahlte, den Kaufpreis und die Restaurierung. Da trat die Frage nach der Herkunft des Geldes in den Hintergrund.

Der Kardinalstaatssekretär glaubte das Geheimnis zu kennen, das sich hinter den Mauern von Burg Layenfels verbarg. Seine Gedanken drehten sich um nichts anderes. Sie erfüllten ihn mit Sorge, und ihm wurde speiübel, wenn er nur daran dachte. Außerdem empfand er es als entwürdigend, den Befehlen Anicets Folge zu leisten und hinter ihm herzutrotten wie ein Hund.

Der Weg führte über eine steinerne Außentreppe in den ersten Stock der Burg. Sie ging steil nach oben, und es gab kein Geländer, an dem er sich festhalten konnte. Gonzaga war müde und ausgelaugt und hatte Schwierigkeiten mit der kostbaren Hülle, die ihn umgab, den oberen Treppenabsatz zu erklimmen.

Wie in einer Prozession folgten die schwarz gekleideten Männer, einer hinter dem anderen, dem Kardinal. Einige murmelten Unverständliches, andere legten den Weg schweigend in sich gekehrt zurück.

Oben angelangt führte eine schmale, eisenbeschlagene Tür in den Rittersaal. Ein wuchtiges Tonnengewölbe überspannte den langen, schmalen Raum. Er war hell erleuchtet und bis auf einen Refektoriumstisch in der Mitte unmöbliert.

Etwas hilflos hielt Kardinal Gonzaga nach seinem Sekretär Ausschau. Der fing in der Menge – es mochten wohl hundert Männer sein – seinen Blick auf, kam seinem Herrn zu Hilfe und half ihm aus dem Mantel. Die Männer umringten den Kardinal wie gierige Hunde das erlegte Wild, als sie sahen, was unter dem

Mantel zum Vorschein kam. Wie auf ein lautloses Kommando hin reckten sie plötzlich die Hälse.

Nur Anicet hielt der unsichtbaren Kraft stand, die von Gonzaga ausging. Erwartungsvoll und mit einem Gesichtsausdruck, der zwischen Triumph und Neugierde schwankte, beobachtete er, wie Soffici das ockerfarbene, raue Tuch löste, welches der Kardinal wie ein Korsett um den Leib trug.

Während Gonzaga sich dreimal um die eigene Achse drehte, wickelte der Sekretär das Tuch ab und faltete es mehrmals. Dann legte er den Stapel auf den Tisch in der Mitte des Saales. Die Männer, die das Procedere mit Spannung verfolgt hatten, blieben stumm.

»In nomine domini«, murmelte Anicet süffisant und begann das Tuch zu entfalten.

Hundert Augenpaare verfolgten aufmerksam jeden Handgriff des Großmeisters. Obwohl jeder im Saal genau wusste, was vor seinen Augen ablief, war die Atmosphäre zum Zerreißen gespannt.

Der Länge nach hatte Anicet das Tuch bereits auf über zwei Meter ausgebreitet. Jetzt trat der Kardinal an das andere Ende, und gemeinsam mit dem Großmeister schlug er das doppelt gefaltete Leinen auseinander.

»Das ist der Anfang vom Ende«, triumphierte Anicet. Bis zu diesem Augenblick hatte sich der Großmeister in seiner Gewalt gehabt und kühl und emotionslos gehandelt. Nun aber, im Anblick des ausgebreiteten Tuches, rang er nach Luft, und er wiederholte ein ums andere Mal: »Der Anfang vom Ende.«

Die Männer um ihn herum blickten skeptisch, manche zeigten Anzeichen von Verwirrung. Ein kleiner, glatzköpfiger Mensch mit hochrotem Kopf klammerte sich an seinen Nebenmann und verbarg das Gesicht an dessen Brust, als könnte er den Anblick nicht ertragen. Ein anderer schüttelte den Kopf, als wollte er sagen: Nein, es kann nicht sein! Ein Dritter, dessen Tonsur seine mönchische Vergangenheit verriet, obwohl er statt Kutte einen dunklen Anzug trug, schlug sich wie in Ekstase heftig gegen die Brust.

Vor ihnen lag das Tuch, in welches Jesus von Nazareth nach seinem Kreuzestod eingehüllt worden war. Schattenhafte Spuren hatten auf dem Leinen den Negativ-Abdruck eines geschundenen Mannes hinterlassen. Deutlich waren Vorder- und Rückseite im Abstand von einem halben Meter zu erkennen. Und man brauchte nur lange genug auf die Stelle zu starren, wo das Gesicht gewesen sein musste, dann nahm das Bild dreidimensionale Formen an.

Der Kardinalstaatssekretär atmete schwer. In die Spannung, die der Anblick auch bei ihm hervorrief, mischte sich Wut auf Anicet und auf die Bruderschaft.

Von der Seite trat der Großmeister auf Gonzaga zu. Ohne den Blick von der kostbaren Reliquie zu wenden und als hätte er dessen Gedanken gelesen, raunte er ihm zu: »Ich kann verstehen, wenn Sie mich hassen, Herr Kardinal. Aber glauben Sie mir, es gab keine andere Möglichkeit.«

Kapitel 5

Nach dreitägigem Aufenthalt verließ Lukas Malberg die Klinik Santa Cecilia. Dies geschah gegen den Willen der Ärzte und mit der ausdrücklichen Ermahnung, jede Anstrengung, vor allem aber jede Aufregung, zu vermeiden.

Das war leichter gesagt als getan. Auf seinem stickigen Hotelzimmer – es war um den Ferragosto – versuchte Malberg zuallererst, den Kopf klar zu bekommen. Die Mitwisserschaft am mysteriösen Tod Marlenes hatte sein Urteils- und Wahrnehmungsvermögen beeinträchtigt. Und nach Stunden des Grübelns stellte sich Malberg ernsthaft die Frage, ob er das alles wirklich erlebt, ob er nicht geträumt hatte. Nachdenklich strich er über den Einband von Marlenes Notizbuch. Das jedenfalls war kein Traum. Er musste wissen, was passiert war.

Von Zweifeln geplagt, zog er den Zettel hervor, auf dem er Marlenes Telefonnummern notiert hatte, und griff zum Telefon. Er wählte die Nummer, und zu seinem Erstaunen vernahm er das Freizeichen.

»Hallo?«

Malberg erschrak zu Tode. Er brachte keinen Ton hervor.

Eine weibliche Stimme wiederholte die Frage, diesmal energischer: »Hallo? Wer ist da?«

»Lukas Malberg«, er kam ins Stottern und fuhr fort: »Marlene, bist du's?«

»Hier spricht die Marchesa Lorenza Falconieri. Sagten Sie Malberg? Der Antiquar aus München?«

»Ja«, erwiderte er kleinlaut und blickte verdutzt auf seinen Zettel.

»Ich muss Ihnen eine traurige Mitteilung machen«, begann die Marchesa zögernd. »Marlene ist tot.«

»Tot«, wiederholte Malberg.

»Ja. Die Polizei weiß noch nicht, ob es ein Unfall oder Selbstmord war ...«

»Ein Unfall oder Selbstmord?«, brauste Malberg auf. »Nie im Leben!«

»Man weiß es noch nicht«, wiederholte die Marchesa kühl und beherrscht. »Sie meinen, Marlene war nicht der Typ Frau, die ihrem Leben selbst ein Ende setzt? Mag sein. Vielleicht kannte ich sie nicht gut genug. Im Übrigen, wer kann schon in einen Menschen hineinsehen. Dann war es vermutlich doch ein Unfall.«

»Es war auch kein Unfall!«, polterte Malberg los. Er erschrak über seine eigenen Worte.

Die Marchesa schwieg einen Moment. »Woher wollen Sie das wissen?«, fragte sie misstrauisch.

Malberg schwieg verlegen. Er hatte das ungute Gefühl, sich immer mehr in eine Sache zu verstricken, mit der er eigentlich nichts zu tun hatte. In seiner Linken hielt er den Zettel mit Marlenes Telefonnummern. Darunter stand die der Marchesa. In der Aufregung hatte er die beiden offenbar verwechselt.

»Sie sind also an meinen Büchern interessiert«, hörte er die Marchesa jetzt sagen. Ihre Worte kamen unerwartet, und sie klangen eher geschäftsmäßig, jedenfalls nicht so, als hätten sie sich gerade über den Tod eines Menschen unterhalten, den man persönlich kannte.

»Ich bin Antiquar«, erwiderte Malberg. »Ich lebe davon, wertvolle Bücher zu kaufen und zu verkaufen.«

»Ich kenne Ihren Berufsstand zur Genüge, Signore. Der Marchese, Gott habe ihn selig, kaufte viel auf Auktionen, aber auch bei Antiquaren in Deutschland. Er war nahezu besessen, das eine oder andere Buch in seinen Besitz zu bringen. Für manches Buch gab er ein Vermögen aus. Laien würden niemals den Wert dieser Bücher auch nur erahnen. Deshalb hoffe ich auf Ihre Fairness, falls wir ins Geschäft kommen sollten. Wann können Sie kommen?«

»Wann passt es Ihnen, Marchesa?«

»Sagen wir gegen fünf?«
»Ist mir recht.«
»Meine Adresse haben Sie, Signor Malberg.«
»Ich habe sie notiert.«
»Ach – noch etwas: Erschrecken Sie nicht, wenn Sie das Haus sehen. Die unteren drei Stockwerke sind unbewohnt. Sie finden mich in der vierten Etage. *Buon giorno!*«

Das Haus lag zwischen der Piazza Navona und dem Tiberbogen in einer Seitenstraße der Via dei Coronari, nicht weit von Malbergs Hotel entfernt. Er machte sich zu Fuß auf den Weg.

In den Straßen hing die drückende Hitze des Sommers. Die meisten Römer hatten die Stadt verlassen. Es roch nach Staub und Autoabgasen. Malberg suchte die Schattenseiten der Straßen.

Nur gut, dass die Marchesa ihn auf den Zustand des Hauses vorbereitet hatte, sonst wäre er an dem heruntergekommenen Gebäude glatt vorbeigelaufen. Nein, das Haus machte nicht gerade einen vornehmen Eindruck. Als Wohnsitz einer leibhaftigen Marchesa war das Gemäuer eher schäbig. Jedenfalls hatte es bessere Zeiten erlebt.

An den Fenstereinrahmungen waren Teile des barocken Stucks herausgebrochen, von der Fassade bröckelte der Putz, und die heruntergekommene Eingangstür hatte seit Piranesis Zeiten keine Farbe mehr gesehen.

Malberg trat ein. Im halbdunklen Treppenhaus schlug ihm feuchte kalte Luft entgegen. Unwillkürlich fühlte er sich an Marlenes Haus erinnert.

Als er auf dem obersten Treppenabsatz angelangt war, trat eine zierliche, schwarz gekleidete Frau aus der Tür. Sie trug die Haare glatt nach hinten gekämmt und ein perfektes Make-up. Ihre makellosen Beine wurden von schwarzen Strümpfen und hochhackigen Pumps in Szene gesetzt. Streng wie ihre äußere Erscheinung war auch ihr Gesichtsausdruck, als sie Malberg jetzt die Hand entgegenstreckte und mit rauchiger Stimme sagte: »Signore!«

Mehr sagte sie nicht.

»Malberg, Lukas Malberg. Sehr freundlich, dass Sie mich empfangen, Marchesa!«

»Oh, ein Herr mit Manieren«, entgegnete die Marchesa und hielt Malbergs Hand einen Augenblick fest. Sie hatte dunkle, verweinte Augen.

Malberg wurde verlegen. Der Tonfall ihrer Worte verunsicherte ihn. Wollte sie sich über ihn lustig machen?

»Wenn Sie mir folgen wollen, Signore«, fuhr die Marchesa fort und ging voraus.

Eine Marchesa hatte sich Lukas Malberg ganz anders vorgestellt, weder klein noch zierlich, schon gar nicht so apart und gut aussehend. Sie mochte Mitte vierzig sein, vielleicht sogar fünfzig. Auf jeden Fall trug sie eine gewisse Klasse zur Schau, eine Klasse, bei der das Alter eine untergeordnete Rolle spielt.

Lorenza Falconieri führte Malberg in einen großen quadratischen Raum, der sich vor allem dadurch auszeichnete, dass alle vier Wände, ausgenommen ein breites Fenster und die Zimmertür, vom Boden bis zur Decke mit Bücherregalen bestückt waren. Ein runder schwarzer Tisch mit einem Fuß aus Löwenpranken in der Mitte der Bibliothek wurde von einer abgewohnten Couch mit blaugrünem Pfauenmuster und einem riesigen Ohrensessel eingerahmt.

»Einen Kaffee?«, fragte die Marchesa, nachdem sie Malberg einen Platz angeboten hatte.

»Sehr gerne, wenn es keine Umstände macht.«

Die Marchesa verschwand, und Malberg hatte Gelegenheit, die Bibliothek näher zu betrachten. Allein die Buchrücken versprachen Bedeutsames.

»Sehen Sie sich ruhig schon mal um«, schallte die Stimme der Marchesa aus der Küche. »Deswegen sind Sie ja gekommen!«

Neugierig trat Malberg an das der Fensterfront gegenüberliegende Regal und zog einen braunen Kalbsledereinband hervor. Er schlug die erste und die letzte Seite auf und nickte anerkennend. Dann nahm er ein zweites Buch mit dem gleichen Einband aus dem Regal und verfuhr ebenso, schließlich ein drittes und ein viertes.

»Ich nehme an, Sie wissen, was Sie da haben«, bemerkte Malberg, als die Marchesa mit einem silbernen Tablett zurückkam und zwei Tassen Kaffee auf dem schwarzen Tisch abstellte.

Lorenza ließ sich auf dem Sofa nieder und registrierte die andächtige Haltung, mit der Malberg einen Folianten in Händen hielt. »Ehrlich gesagt – nein«, erwiderte sie, »ich weiß nur, dass der Marchese ein Vermögen dafür ausgegeben hat. Leider verstehe ich nichts von alten Büchern, und ich bin gezwungen, mich einem Experten wie Ihnen anzuvertrauen.«

Malberg hob das schwergewichtige Buch mit beiden Händen wie eine Trophäe in die Höhe.

»Dies ist der vierte Band einer Koberger-Bibel, eine Inkunabel aus dem Jahre 1483 und eine Rarität ersten Ranges. Aber das Besondere ist in diesem Fall, dass auch die ersten drei Bände vorhanden sind. Ein solcher Fund ist äußerst selten und hat natürlich seinen Preis.«

Er schlug die letzte Seite des Buches auf und zeigte mit dem Finger auf den letzten Absatz.

»Sehen Sie hier, der Kolophon!«

»Kolophon?«

»Der Eintrag des Druckers. Im fünfzehnten Jahrhundert, als die Druckkunst noch in den Kinderschuhen steckte, hielt jeder Drucker den Tag der Vollendung eines Buches mit einem kurzen Eintrag auf der letzten Seite fest, vergleichbar mit der Signatur auf einem Gemälde. Hier sehen Sie: *Explicit Biblia Anthonij Koberger anno salutis M.CCCC.LXXXIII.V. Decembris* – also: diese Bibel vollendete Anton Koberger im Jahre des Heils 1483 am 5. Dezember.«

»Interessant«, staunte die Marchesa. »Ich gebe zu, ich habe mich für die alten Bücher meines Mannes nie interessiert. Wenn ich ehrlich bin, habe ich sie sogar gehasst.«

Malberg setzte sich zu ihr an den Tisch.

»Gehasst? Wie kann man Bücher hassen?«

»Das will ich Ihnen sagen, Signore!« Die dunklen Augen der

Marchesa funkelten zornig. »Die Sammelleidenschaft meines Mannes überstieg deutlich seine finanziellen Möglichkeiten. Um seiner Bücherleidenschaft frönen zu können, entwickelte er eine zweite Leidenschaft, er wurde zum Spieler. Die Casinos von Baden-Baden, Wien und Monte Carlo wurden sein Zuhause. Bisweilen gewann er sogar hohe Summen, aber eines Tages überraschte er mich mit der Erkenntnis, dass wir bankrott waren. Drei Wochen später war der Marchese tot. Herzinfarkt.«

»Das tut mir leid, Marchesa.«

»Marchesa, Marchesa!«, brauste Lorenza Falconieri auf. »Glauben Sie mir, Signore. Dieser lächerliche Adelstitel ist für mich eher eine Peinlichkeit, ein Schimpfwort. Sie sehen ja, in welchem Zustand sich das Haus befindet. Für eine Restaurierung fehlt mir das Geld. Die Mieter sind bereits ausgezogen. Und für so ein heruntergekommenes Gebäude einen Käufer zu finden ist beinahe unmöglich. Das ist die traurige Hinterlassenschaft des Marchese. Nennen Sie mich Lorenza.«

»Angenehm«, stotterte Malberg verlegen. »Ich heiße Lukas.«

»Lukas?« Die Marchesa hatte die Angewohnheit, in einem Tonfall zu sprechen, dass man meinen konnte, sie mache sich über einen lustig. Das verunsicherte Malberg.

»Also gut, Lukas. Was bieten Sie für die Koberger-Bibel?«

»Schwer zu sagen ...«

»Wie viel?« Lorenza blieb unnachgiebig.

»Es ist so«, wand sich Malberg, »die Bibel ist nicht paginiert, die einzelnen Buchseiten sind also nicht durchnummeriert. Ich müsste erst prüfen, ob die vier Bände komplett sind. Wenn das der Fall ist, biete ich Ihnen zwanzigtausend Euro.«

Lorenza sah Lukas prüfend an.

»Das ist kein schlechter Preis«, beteuerte Malberg. »Im Übrigen interessieren mich natürlich auch die anderen Bücher.«

»Ich vertraue Ihnen. Jedenfalls sagte Marlene, ich könne Ihnen blind vertrauen.« Lorenzas Miene verdüsterte sich: »Wie konnte das nur passieren ... Es ist schrecklich.«

Malberg nickte betreten. »Sie glauben immer noch an einen Unfall?«

»Sie nicht? Was macht Sie so sicher?« Die Marchesa warf Malberg einen vorwurfsvollen Blick zu.

Unwillkürlich fasste er an seine Brusttasche, in der er Marlenes Notizbuch immer noch hatte. Es wäre leichtsinnig gewesen, sich einer fremden Marchesa anzuvertrauen. Er hob die Schultern. Schließlich fragte er: »Wie haben Sie eigentlich von Marlenes Tod erfahren?«

»Von der Polizei. Meine Nummer war in Marlenes Telefon gespeichert. Ein Commissario sagte, man habe Marlene tot in der Badewanne gefunden. Ob ich bereit sei, Angaben zu ihrer Person zu machen. Ich war völlig fertig, und der Commissario stellte mir ein paar harmlose Fragen. Ich weiß nicht mehr, was ich geantwortet habe. Er gab mir seine Nummer, falls mir noch etwas einfiele, das zur Klärung des Falles beitragen könne.«

»Und? Ist Ihnen noch etwas eingefallen?«

Lorenza schüttelte den Kopf. Dann stand sie auf und trat ans Fenster. Sie wollte nicht, dass Malberg die Tränen in ihren Augen sah.

Malberg rutschte unbehaglich in seinem Sessel herum. Er hätte gerne etwas Tröstliches gesagt, wusste aber nicht, was. Schließlich stand er auf.

»Darf ich mich dann weiter umsehen?«, fragte er verlegen.

»Ja natürlich«, erwiderte Lorenza und verschwand.

Der Anblick der kostbaren Bücher, die sich durchweg in hervorragendem Zustand befanden, ließ Malberg vorübergehend Marlenes schreckliches Schicksal vergessen. Bald wurde ihm klar, dass die komplette Sammlung seinen Einkaufsetat bei Weitem übersteigen würde.

Allein die *Schedelsche Weltchronik*, ein Foliant des Nürnberger Doktors und Geschichtsschreibers Hartmann Schedel aus dem Jahre 1493, war so viel wert wie ein respektabler Mittelklassewagen. Das Buch enthielt mehr als tausend Holzschnitte aller bedeutenden Städte des Mittelalters. Sammler gaben dafür ein Vermögen aus.

In fieberhafte Unruhe versetzte den Antiquar ein eher unscheinbares Buch im Quartformat. Es dauerte eine Weile, bis Malberg begriff, dass es sich dabei um jene legendäre Ausgabe der Komödien des Terentius handelte, hinter der Sammler und Antiquare aus aller Welt seit einem halben Jahrhundert her waren. In dem Buch aus dem Jahre 1519 hatte der Reformator Philipp Melanchthon handschriftliche Korrekturen für eine Neuausgabe hinterlassen. Seit Melanchthons Zeiten waren die Besitzer dieses Buches lückenlos dokumentiert. In seiner halbtausendjährigen Geschichte gelangte das Buch von Deutschland nach England. Dort erwarb es ein jüdischer Sammler auf einer Auktion und brachte es im neunzehnten Jahrhundert zurück nach Deutschland. Auf der Flucht vor den Nazis schmuggelte es dieser Sammler unter dem Mantel versteckt nach New York, wo er es, der Not gehorchend, einem Sammler aus Florida veräußerte. Dessen Erben boten es irgendwann zum Verkauf an. Aber noch bevor die Branche davon Wind bekam, hatte die bibliophile Kostbarkeit einen neuen Besitzer gefunden. Einen Europäer hieß es. Mehr war nicht herauszubekommen.

Malberg sah, wie seine Hände zitterten. Spontan wollte er der Marchesa eröffnen, welchen Schatz sie hier aufbewahrte. Aber schon im nächsten Augenblick wurde ihm bewusst, dass er sich, wollte er das Buch erwerben, damit nur selbst schaden würde. Gewiss, Schweigen war in dieser Situation höchst unmoralisch. Aber lebten sie nicht alle in einer höchst unmoralischen Welt? Einer Welt, in der der Schlauere den Unwissenden betrog?

Als Antiquar lebte er schließlich davon, Bücher günstig einzukaufen und sie mit Gewinn weiterzuverkaufen. Sollte er der Marchesa ein Angebot machen? In welcher Höhe? Zehntausend Euro? Zwanzigtausend Euro? Gewiss würde sie dem Handel sofort zustimmen. Er könnte einen Scheck ausstellen. Der Deal wäre perfekt. Und er hätte das Geschäft seines Lebens gemacht.

»Noch einen Kaffee?«

Malberg fuhr zusammen. Er war so in Gedanken, dass er Lorenza gar nicht bemerkt hatte.

Entschuldigen Sie, wie ich sehe, gehen Sie völlig in Ihrem Beruf auf.«

Malberg quälte sich ein Lächeln ab und sah zu, wie die Marchesa Kaffee nachschenkte. »Wirklich beachtenswert, diese Sammlung«, bemerkte er – nur um etwas zu sagen. »Wirklich beachtenswert.«

Der schrille Ton der Türklingel erlöste Malberg aus seiner Ratlosigkeit.

»Entschuldigen Sie mich einen Augenblick.« Lorenza verschwand nach draußen.

Mit einem Ohr vernahm Malberg ein aufgeregtes Türgespräch mit einem Mann mit einer hohen Fistelstimme, das ihn nicht weiter interessierte. Wie benommen stellte er das kostbare Buch an seinen Platz zurück. Wie sollte er sich verhalten?

Versonnen blickte er auf die Tür, welche, von Büchern eingerahmt, linker Hand in einen anderen Raum führte. Ohne Hintergedanken öffnete er die Tür, während Lorenza noch mit dem unbekannten Besucher beschäftigt war.

Dahinter tat sich ein ziemlich kitschig eingerichtetes Boudoir auf mit einer Liege, einem mit goldfarbenem Brokat bezogenen Ohrensessel und einer Spiegelkommode aus eierschalenfarbenem Schleiflack – alles andere als sein Geschmack.

Gerade wollte er sich wieder zurückziehen, als sein Blick auf eine Reihe buchdeckelgroßer Fotografien fiel, welche die Wand an der Stirnseite der Liege zierten. Die Bilder hatten alle dasselbe Motiv: Marlene, Marlene nackt oder in Dessous.

Wie gebannt starrte Malberg auf die reizvolle Bildergalerie. Sein Verstand wehrte sich, daraus irgendwelche Schlüsse zu ziehen. Er war verwirrt. Jeden Augenblick konnte die Marchesa zurückkommen. Malberg zog es vor, sich zurückzuziehen.

Kaum hatte er die Tür zum Boudoir hinter sich geschlossen, erschien Lorenza wieder in der Bibliothek. Sie entschuldigte sich höflich für die kurze Abwesenheit, ohne auf die Gründe näher einzugehen. »Aber ich bin sicher, Sie haben sich nicht gelangweilt.«

Malberg schüttelte den Kopf und lächelte gekünstelt. Der verbotene Blick in das Boudoir der Marchesa hatte mit einem Mal die Dinge auf den Kopf gestellt. Die Entdeckung in ihrem Schlafzimmer überlagerte plötzlich alles andere.

Während er unter Lorenzas teilnahmslosen Blicken weitere Folianten aus den Regalen nahm und mit gespieltem Interesse darin blätterte, versuchte Malberg Klarheit darüber zu gewinnen, warum sich eine Frau Aktbilder ihrer Freundin über das Bett hängt.

Dafür gab es nur eine Erklärung.

Malberg hatte eigentlich nichts dagegen, wenn Frauen Frauen liebten, aber im Falle von Marlenes Tod warf die enge Bindung der beiden Frauen natürlich Fragen auf.

Unfähig, sich weiter auf die kostbaren Bücher zu konzentrieren, stellte er den Folianten an seinen Platz zurück. Und als ihn Lorenzas fragender Blick traf, meinte Malberg verunsichert, er wolle sie nicht länger aufhalten und werde sich in den nächsten Tagen mit einem konkreten Angebot bei ihr melden.

Kapitel 6

Es dämmerte bereits, als Malberg auf die Straße trat. Auf der Via dei Coronari herrschte wenig Verkehr. Kein Wunder, die meisten Römer hatten die Stadt verlassen und verbrachten den August am Meer oder auf dem Land. Und die Touristen hielten sich lieber in den Trattorias auf der Piazza Navona oder jenseits des Flusses in Trastevere auf.

Malberg schlug den Weg Richtung Hotel ein. Sein Hemd klebte ihm auf dem Rücken wie eine Folie. Aber es war nicht allein die Hitze des Abends, die ihm den Schweiß aus allen Poren trieb. Der Gedanke, zwischen Lorenza und Marlene könnte sich ein Eifersuchtsdrama abgespielt haben, jagte ihm wahre Schauer über den Rücken.

Wenn er die Begegnung mit der Marchesa noch einmal Revue passieren ließ, erinnerte er sich, dass sie ihn mit verweinten Augen empfangen hatte, dann aber sehr schnell zur Tagesordnung übergegangen war. Und was seine, Malbergs, Zweifel an ihrer Unfall- oder Selbstmord-Theorie betraf, so hatte sie aufgeregt und barsch reagiert. Auch gab es keine einleuchtende Erklärung dafür, warum sie einerseits behauptete, Marlene nicht gut genug gekannt zu haben, während andererseits deren Nacktfotos ihr Schlafzimmer zierten.

Irgendetwas stimmte nicht, und Malberg fragte sich, was es war.

Malberg suchte sein Hotelzimmer auf und stellte sich unter die kalte Dusche. Dann zog er eine luftige Leinenhose an und ein Polohemd.

Beim Portier erkundigte er sich nach einem nahe gelegenen Fischlokal, doch der verwies ihn auf eine junge Frau, die vor der Glaswand zum Innenhof des Hotels auf ihn wartete.

»Mein Name ist Caterina Lima.« Ein hübsches Mädchen trat auf Malberg zu. »Ich schreibe für das Nachrichtenmagazin *Guardiano*.«

Malberg konnte seine Überraschung nicht verbergen.

»Und was kann ich für Sie tun, Signorina? Ich glaube nicht, dass wir uns schon einmal begegnet sind. Eine so angenehme Erscheinung wäre mir gewiss in Erinnerung geblieben.«

Caterina lächelte selbstsicher. Ein Kompliment wie dieses hörte sie nicht selten. »Die Marchesa Falconieri sagte mir, Sie seien mit Marlene Ammer befreundet. – Ich meine: gewesen. Und sie sagte, ich würde Sie hier im Hotel finden.«

»Was heißt befreundet.« Malbergs Tonfall veränderte sich abrupt. »Wir waren ein paar Jahre in derselben Klasse und haben uns später aus den Augen verloren. Wie das so geht. Vor nicht allzu langer Zeit sind wir uns dann wieder begegnet.« Er schwieg einen Moment. »Aber warum wollen Sie das alles wissen?«

»Ja, also … Es ist nämlich so«, begann die Reporterin umständlich. »Als Journalistin lebt man vor allem von seinen Kontakten zu wichtigen Leuten …«

»Das ist mir nicht unbekannt, Signorina.«

»Nun ja, von einer solchen Kontaktperson bekam ich den Tipp, ich sollte mich für den Tod einer gewissen Marlene Ammer näher interessieren. Ich darf doch auf Ihre Diskretion hoffen, Signor Malberg?«

Malberg wurde unruhig. Mit einer stummen Handbewegung bedeutete er der Reporterin, sie sollten sich in den Innenhof des Hotels begeben.

»Und die Marchesa hat Sie auf mich aufmerksam gemacht?«, erkundigte sich Malberg, nachdem sie in den weiß gestrichenen Korbstühlen Platz genommen hatten.

»Ja«, erwiderte Caterina. »Hätte sie das nicht tun dürfen?«

Malberg hob die Schultern, ohne zu antworten.

»Mein Gewährsmann aus dem Polizeipräsidium sagte mir, die Ermittlungen im Fall Marlene Ammer seien auf Weisung von ganz oben eingestellt worden. Und das«, sie beugte sich vor und sah Malberg bedeutungsvoll an, »obwohl alle Indizien auf einen Mord hindeuteten. Derzeit lautet das Ermittlungsergebnis: Tod durch Unfall. Sturz in der Badewanne.«

»Auf Weisung von ganz oben?«

»So ist es.«

Malberg schwieg einen Moment. Das war in der Tat äußerst merkwürdig. Er sah die Journalistin an.

»Sie haben da Ihre Zweifel?«

Caterina nickte. »Mein Gewährsmann ist absolut seriös!«

Malberg lächelte mit einer Bittermiene: »Wissen Sie, Mord und Totschlag ist nicht unbedingt mein Ding. Ehrlich gesagt habe ich noch nie mit der Polizei zu tun gehabt. Welches Interesse sollte ein Mann aus dem Präsidium haben, die Ermittlungen in einem Fall, der zum Unfall deklariert wurde, wieder aufzunehmen?«

»Oh, da gibt es viele Gründe. Er könnte zum Beispiel Marlene Ammer persönlich gekannt haben.«

»Möglich. Aber unwahrscheinlich.«

»Oder es gibt da eine Rivalität in der Führungsetage.«

»Schon eher wahrscheinlich.«

»Schließen wir einen Racheakt der Mafia einmal aus, so könnte ein Staatssekretär im zuständigen Ministerium oder sogar der Minister in den Mord verwickelt sein ...«

»Ich glaube«, unterbrach Malberg die Reporterin, »da überschätzen Sie Lenchens Bedeutung!«

»Lenchen?«

»So nannten wir sie früher.«

»Lenchen! Klingt irgendwie komisch. – Oh, verzeihen Sie meine dumme Bemerkung, Signore. Darf ich Ihnen jetzt ein paar Fragen stellen?«

Malberg nickte zustimmend. Warum hatte die Marchesa ihm diese Journalistin auf den Hals gehetzt? Wusste sie mehr über ihn?

»Was für ein Mensch war Marlene?«, erkundigte sich die Reporterin vorsichtig.

»Jedenfalls kein Mensch, der mit dem Leben nicht fertig wird und sich in der Badewanne ertränkt.« Malbergs Antwort klang gereizt. »Und als wir uns zuletzt begegneten, machte sie nicht gerade einen tattrigen Eindruck, der die Vermutung nahelegt, sie könnte im Badezimmer gestürzt sein.«

»Wenn ich Sie recht verstehe, glauben Sie also auch an Mord? Warum? Haben Sie dafür irgendwelche Anhaltspunkte?«

Malberg erschrak. Natürlich hatte er von Anfang an nichts anderes geglaubt als daran, dass Marlene umgebracht worden war. Plötzlich hatte er die beiden Männer vor Augen, die ihn im Treppenhaus fast umgerannt hätten. Aber das konnte er dieser Journalistin natürlich nicht sagen. Er sah das Mädchen wortlos an.

Erst jetzt fiel ihm auf, dass Caterina Lima wirklich bildhübsch war. Ihre lässige, um nicht zu sagen nachlässige Kleidung mochte dazu beigetragen haben, dass er das zunächst nicht bemerkt hatte. Caterina trug rosafarbene verwaschene Jeans und eine Bluse undefinierbarer Farbgebung, an der nur die oberen drei Knöpfe bemerkenswert waren, welche den Blick auf einen respektablen Brustansatz freigaben. Sie war groß. Malberg liebte große Frauen. Beim Anblick ihrer langen blonden und im Nacken zu einem Zopf gebundenen Haare kamen ihm Zweifel an der Echtheit der Farbe. Denn ihre schmalen Brauen über den schräg angesetzten Augen waren dunkel, beinahe schwarz. Allerdings ist es kein Naturgesetz, dass Haare und Brauen von ein und derselben Farbe sein müssen. Während Caterina eine niedliche kleine Nase hatte, waren ihre Lippen voll wie die der jungen Sophia Loren – ein Anblick, der Malberg für Augenblicke den Grund ihrer Begegnung vergessen ließ. Dazu redete sie jedoch schnell wie eine Norditalienerin. Malberg, der die Landessprache durchaus beherrschte, hatte bisweilen Schwierigkeiten, ihr zu folgen.

Caterina entgingen Malbergs abschätzende Blicke nicht. Jedenfalls meinte sie plötzlich: »Entschuldigen Sie meine saloppe Aufmachung, aber als ich aus dem Haus ging, wusste ich noch nicht, dass ich Sie treffen würde.«

Malberg fühlte sich ertappt, und er versuchte der Situation die Peinlichkeit zu nehmen, indem er nüchtern ihre Frage beantwortete: »Ja, ich glaube an Mord.«

»Verstehe.« Die Reporterin wiegte den Kopf hin und her. Nach kurzem Nachdenken meinte sie: »Verzeihen Sie, wenn ich Sie das frage: In welchem Verhältnis standen Sie zu Signora Ammer?«

»Sie meinen, ob wir ein Verhältnis hatten?« Malberg rang sich ein Schmunzeln ab. »Die Antwort ist Nein. Sie war eine alte Schulfreundin. Mehr nicht.«

»Und die Signora war nie verheiratet.«

»Nein. Jedenfalls soweit mir bekannt ist.«

»Erstaunlich. Sie soll sehr attraktiv gewesen sein.«

»Ja, das stimmt. Sie machte im Übrigen eine wundersame Wandlung durch, vom Entlein zum Schwan sozusagen. Bis zum Ende unserer Schulzeit war sie nämlich alles andere als hübsch. Aber als ich sie nach Jahren wiedersah, blieb mir beinahe die Spucke weg. Aus dem unscheinbaren Lenchen war eine äußerst attraktive Marlene geworden.«

»Hat Marlene Ammer noch Angehörige?«

»Nicht, dass ich wüsste. Ihre Mutter, erzählte sie, ist vor zwei Jahren gestorben. Der Vater kam schon vorher bei einem Autounfall ums Leben. Nein, es gibt keine Hinterbliebenen.«

»Hatte sie Feinde? Oder machte sie je eine Andeutung, der zu entnehmen war, dass sie sich bedroht fühlte?«

Malberg war bemüht, einen klaren Kopf zu behalten.

Die Schwüle des Abends und die bohrenden Fragen der Reporterin waren kaum dazu angetan, die Situation, in die er geraten war, leichter zu machen.

»Hören Sie, Signorina Lima, wenn man sich nach zwanzig Jahren wiedertrifft, hat man sich viel zu erzählen. Da geraten solche Dinge eher ins Hintertreffen.«

»Ich verstehe«, bemerkte Caterina entschuldigend. Aber schon im nächsten Augenblick bohrte sie weiter: »Wie haben Sie eigentlich vom Tod der Signora erfahren?«

Malberg zuckte unmerklich zusammen. Er war sich nicht sicher, ob die Reporterin seine Reaktion bemerkt hatte. Er versuchte seine Aufregung zu überspielen: »Die Marchesa hat mich informiert. Hat sie Ihnen das nicht gesagt?«

»Ich kann mich nicht erinnern, nein!« Caterina Lima legte den rechten Zeigefinger auf die Lippen, als dächte sie nach.

Malberg war nicht der Typ, der sich von einer Reporterin in die Enge treiben ließ. Zumal es dafür keinen Grund gab. Aber irgendwie geriet das Gespräch allmählich zum Verhör, und Malberg fand sich plötzlich in der fragwürdigen Rolle wieder, sich verteidigen zu müssen. Er erhob sich.

»Tut mir leid, wenn ich Ihnen nicht weiterhelfen konnte. Was ich von Marlene wusste, habe ich gesagt. Jetzt entschuldigen Sie mich. Ich habe noch etwas vor.«

»Aber nein, Signore, Sie haben mir sehr geholfen. Entschuldigen Sie, wenn ich mit meinen Fragen zu direkt war. Ich stehe ja erst am Anfang meiner Recherchen. Darf ich Ihnen meine Karte dalassen, für den Fall, dass Ihnen noch etwas Wichtiges einfällt?«

Mehr aus Höflichkeit als aus Überzeugung antwortete Malberg: »Selbstverständlich, ich werde mich sicher noch ein paar Tage in Rom aufhalten. Sie wissen ja, wo Sie mich finden.«

Nachdenklich ließ er die Karte in der Brusttasche seines Polohemdes verschwinden.

KAPITEL 7

Dicke Regentropfen klatschten gegen die Butzenscheiben von Burg Layenfels. Das hölzerne Bett mit der einfachen Wolldecke als Unterlage war nicht die beste Voraussetzung für einen gesunden Schlaf. Soffici, der Sekretär des Kardinals, starrte in der Dunkelheit auf die dicken Holzbalken an der Decke.

Alberto, mit dem Soffici das winzige Zimmer teilte, wälzte sich auf seiner Lagerstatt von einer Seite auf die andere. Ein Mann in schwarzer Kleidung hatte ihnen mit wenigen dürren Worten die Unterkunft für die Nacht zugewiesen, einen kahlen, hohen Raum von kaum zehn Quadratmetern, mit zwei Holzpritschen und einem Stuhl zur Kleiderablage, in der Ecke ein Waschbecken, immerhin mit fließendem Wasser.

»Sie finden auch keine Ruhe, Monsignore?« Aus der Dunkelheit meldete sich Alberto im Flüsterton.

»Die Inquisition dürfte mit ihren Delinquenten nicht härter umgegangen sein«, gähnte Soffici in einem Anflug von Sarkasmus.

»Wo ist der Kardinal? Er war auf einmal verschwunden.«

»Keine Ahnung. Ehrlich gesagt, im Augenblick ist es mir auch ziemlich egal. Wie konnte sich Gonzaga nur so vergessen. Er hat uns diese ganze Suppe eingebrockt.«

»Wenn ich mich nicht irre«, erwiderte Alberto, »hat die Kirche den Zölibat selbst erfunden. Aus den Worten unseres Herrn Jesus geht jedenfalls nichts dergleichen hervor.«

»Meine Hochachtung! Man merkt, dass Sie kein gewöhnlicher Chauffeur sind, sondern in Diensten des Kardinalstaatssekretärs stehen.«

»Monsignore«, eiferte sich Alberto, »Sie vergessen, dass ich an der Gregoriana drei Semester Theologie studiert habe, bevor mir Elisabetta über den Weg lief.«

»Ich weiß, Alberto, ich weiß.«

»Irgendwie«, begann Alberto nach einer Weile des Schweigens, »fühle ich mich hier wie in einem Gefängnis. Was sind das nur für Menschen, die sich zu so etwas hinreißen lassen. Was heißt Menschen – *Un*menschen ist das passendere Wort!«

»Pssst!« Der Sekretär des Kardinals gab einen langgezogenen Zischlaut von sich. »Sie wissen, dass der Kardinal verboten hat, auch nur ein Wort über unsere geheime Aktion und diese Leute zu verlieren. Wir müssen damit rechnen, dass die Wände Ohren haben.«

»Sie meinen, wir werden überwacht und abgehört?«

Soffici gab keine Antwort.

Alberto erhob sich und tastete sich zum Waschbecken vor. Er drehte den Hahn auf und ließ das Wasser laufen.

»Was soll das?«, erkundigte sich der Monsignore, während Alberto sich zu seinem Lager zurücktastete.

»Sie sollten sich öfter mal einen Thriller ansehen, Monsignore! Dann wüssten Sie, wie man Abhöranlagen außer Funktion setzt.«

»Ach.«

»Ja. Das Wasserrauschen übertönt jedes Geflüster. Und weil die Abhörmikrofone nur das jeweils stärkste Geräusch übertragen, können wir uns jetzt ohne Bedenken leise unterhalten. Glauben Sie, dass wir hier jemals wieder heil herauskommen?«

»Ich glaube, da kann ich Sie beruhigen, Alberto. Diese Leute sind viel zu raffiniert. Ich kann mir nicht vorstellen, dass sie es darauf anlegen, einen Kardinal, seinen Sekretär und seinen Chauffeur in einem finsteren Verlies verschwinden zu lassen. Das würde zu viel Aufmerksamkeit auf sie lenken. Und wenn die ›Fideles Fidei Flagrantes‹ etwas scheuen, dann ist es die Öffentlichkeit.«

»›Fideles Fidei Flagrantes‹!«, spottete Alberto, »dass ich nicht lache.«

»Sie wissen, was dieser Name bedeutet?«

»Wenn mich meine mühsam erworbenen Lateinkenntnisse nicht im Stich lassen, soviel wie: die Getreuen, die für den Glauben brennen.«

»Ganz recht. Das klingt zynisch, beinahe makaber angesichts der Tatsache, dass sich in ihren Reihen finstere Gestalten tummeln, von denen sogar ein praktizierender Mafioso noch lernen kann.«

Durch die Butzenscheiben fiel das erste fahle Morgengrau. Alberto ging zum Waschbecken und schaufelte sich Wasser ins Gesicht. Dann setzte er sich auf seine Bettkante und murmelte: »Wenn ich nur wüsste, was diese Kerle damit bezwecken. Was glauben *Sie*, Monsignore? Was veranlasst diese selbst ernannten Glaubenshüter, sich am Grabtuch unseres Herrn Jesus zu vergreifen ...«

»Von dem nicht einmal sicher ist, ob es sich nicht um eine Fälschung aus dem Mittelalter handelt. Glauben Sie mir, Alberto, diese Frage raubt mir den Schlaf, seit Gonzaga mich in die Sache eingeweiht hat.«

Den Kopf in beide Hände gestützt, starrte Alberto zum Fenster. Er schreckte hoch, als jemand von außen an der Türklinke hantierte.

Im nächsten Augenblick trat eine dunkle Gestalt ins Zimmer. Der Mann trug ein Tablett in der Hand mit Frühstücksgeschirr und eine brennende Kerze. Das flackernde Licht beleuchtete sein weiches Gesicht auf skurrile Weise. Wortlos zog er die Tür hinter sich zu und stellte das Tablett auf den einzigen Stuhl. Er wollte die Unterkunft gerade wieder verlassen, da drehte er sich noch einmal um.

»Das mag Ihnen alles etwas absonderlich vorkommen«, flüsterte er stockend, »aber der Großmeister schätzt kein elektrisches Licht. Von wenigen Räumen abgesehen, verfügt kein privates Zimmer auf der Burg über elektrisches Licht. Gott, der Herr, der Tag und Nacht werden lässt nach seinem Willen, könnte mit einem Wink die Nacht zum Tag und den Tag zur Nacht machen, wenn er es wollte. Elektrisches Licht, sagt der Großmeister, sei Teufelswerk.«

Soffici fand als Erster die Sprache wieder und sagte: »Diese Ansicht steht aber in krassem Widerspruch zu den geheimen Forschungen, die auf Burg Layenfels stattfinden und die ohne elektrischen Strom unmöglich wären.«

Der Unbekannte im dunklen Habit knetete unruhig seine Hände. »Leider ist das nicht der einzige Widerspruch, mit dem die Fideles Fidei Flagrantes leben ...«

Soffici sah den Bruder prüfend an. Er war mittelgroß, etwa dreißig Jahre alt und wirkte gehemmt wie ein Novize.

»Das klingt nicht gerade so, als ob Sie der Bruderschaft mit Begeisterung zugetan wären.«

Der Bruder schluckte. Schließlich antwortete er bitter: »Da haben Sie recht.«

»Aber Sie haben sich freiwillig der Bruderschaft angeschlossen. Oder wurden Sie gezwungen?«

»Das nicht. Aber man hat mich mit Versprechungen gelockt, die sich in der Realität ins Gegenteil verkehrten. Das angekündigte Himmelreich wurde zum Fegefeuer, um nicht zu sagen zur Hölle – wenn Sie verstehen, was ich meine.«

»Da gibt es nicht viel zu begreifen«, erwiderte Soffici. Er war verwundert, dass der Kerl sich ihnen so bedenkenlos anvertraute. »Und warum kehren Sie den Flagrantes nicht einfach den Rücken?«

»Von hier aus gibt es kein Zurück. Nicht für mich!«

Der Monsignore sprang auf: »Was soll das heißen?«

»Soll heißen, Burg Layenfels hat einen Eingang, aber keinen Ausgang. Jedenfalls nicht für die, welche sich den Flagrantes einmal angeschlossen haben. Wer in die Bruderschaft eintritt, lässt sein bisheriges Leben hinter sich. Seine Herkunft, seine Bildung, sein Stand, sogar sein Name sind von einem Tag auf den anderen ausgelöscht. Bis auf einige wenige. Ich bin hier Zephyrinus.«

»Zephyrinus?«

»Der Name zählt zu jenen nicht mehr verehrten Heiligen, die vom Zweiten Vatikanischen Konzil aus dem Kalender gestrichen wurden, weil sie eher legendär sind und angeblich keiner historischen Überprüfung standhalten.«

»Dies ist mir nicht unbekannt, Bruder in Christo. Aber warum greifen die Flagrantes auf diese alten Namen zurück?«

»Aus Protest gegen die Liberalisierungstendenzen der Päpste. In diesen Mauern passieren Dinge, die niemand versteht – von ein paar wenigen abgesehen. Und die behalten auch ihre weltlichen Namen. Leider gehöre ich nicht dazu.«

»Warum hat man Sie dann aufgenommen?«

»Warum wohl! Ich brachte ein nicht unbedeutendes Vermögen aus einer Erbschaft mit und hoffte auf ein ruhiges Leben.«

Zephyrinus reichte beiden eine altmodische Henkeltasse und eine Scheibe trockenes Brot. Soffici und Alberto hatten schon ein opulenteres Frühstück genossen. Aber sie hatten seit zwölf Stunden nichts gegessen. Deshalb aßen sie das trockene Brot mit Andacht.

»Haben Sie sich eigentlich Gedanken darüber gemacht, was zurzeit hier abläuft?«, erkundigte sich Soffici mit halbvollem Mund.

»Sie meinen die Sache mit dem Grabtuch unseres Herrn?«

»Genau das!«

»Ach wissen Sie, auf Burg Layenfels passieren so viele rätselhafte Dinge, da stellt man sich keine Fragen.«

Er stockte. Auf dem Gang hörte man ein Geräusch.

»Ich bitte Sie, drehen Sie den Wasserhahn ab«, zischte Zephyrinus aufgeregt.

Alberto kam der Aufforderung nach. Gespannt lauschten die drei in die Stille. Schritte näherten sich und verschwanden.

Nach einer Weile drehte Alberto den Wasserhahn wieder auf.

»Warum tun Sie das?«, fragte Zephyrinus. Die Kerze flackerte und beleuchtete sein Gesicht.

»Wir haben unsere Gründe«, erwiderte Alberto, der dem Bruder trotz seiner kritischen Worte misstraute.

»Sagen Sie mir lieber, was mit dem Kardinal ist?«, sagte er dann unvermittelt. »Wo ist Gonzaga?« Er stellte seine leere Henkeltasse auf das Tablett zurück.

»Keine Sorge, er hat die Nacht ein paar Räume weiter in einer eigenen Kammer verbracht. Ich fand ihn schnarchend, als ich ihm das Frühstück brachte.«

»Was mich interessieren würde«, holte der Monsignore aus, »es heißt, die Flagrantes verfügten über unvorstellbaren Reichtum, Konten in Liechtenstein und Einnahmen aus Immobilien.«

Über Zephyrinus' teigiges Gesicht huschte ein verbittertes Lächeln. »Nicht nur das. Im Keller der Burg befindet sich ein altes, gut gesichertes Verlies, in dem Goldbarren in einer Menge gestapelt sind, die der Europäischen Zentralbank zur Ehre gereichen würde.«

»Und haben Sie das Gold je gesehen?«, fragte Alberto.

Zephyrinus hob die Schultern. »Das nicht. Von uns hat ja keiner Zutritt zu dem Verlies. Aber alle reden davon.«

Soffici schüttelte den Kopf und sagte: »Nicht die erste und nicht die einzige Bruderschaft, die unter dem Deckmantel des Glaubens dem Teufel in die Hände spielt. Aber ich will Ihnen nicht zu nahe treten!«

»Keineswegs«, erwiderte der Bruder, »die Flagrantes legen die Schrift nach eigenem Gutdünken aus. Sie halten sich eher an die Apokalypse des Johannes, wo es heißt: ›Kaufe von mir im Feuer geläutertes Gold, damit du reich werdest.‹«

Der Monsignore staunte. »Die Geheime Offenbarung des Johannes scheint bei den Flagrantes eine große Rolle zu spielen.«

»Ich will Ihnen auch sagen, warum«, pflichtete der Bruder Soffici bei. »Der Text der Apokalypse ist mit so vielen Rätseln behaftet, dass sich beinahe alles hineininterpretieren lässt. Aber jetzt entschuldigen Sie mich. Ich glaube, ich habe schon viel zu viel geredet. Gott befohlen!«

Lautlos, wie er gekommen war, verschwand Zephyrinus mit dem Frühstückstablett.

Alberto öffnete das Fenster und atmete die kühle Morgenluft

ein. Im ersten Licht des Tages erkannte er tief unten den unbefestigten Weg, auf dem sie gekommen waren. Vom Rhein, der sich hinter Bäumen und Buschwerk verbarg, stiegen Schleier von Nebelschwaden auf. Es roch nach feuchtem Laub. Am jenseitigen Flussufer hörte man das säuselnde Geräusch eines Schnellzuges.

Urplötzlich trat Kardinalstaatssekretär Gonzaga ins Zimmer. Hinter ihm ein Bruder, der ihnen bisher noch nicht begegnet war.

»Wir reisen ab«, sagte Gonzaga leise. Er schien verstört.

Auf Alberto und Soffici wirkte die Nachricht erlösend. Keiner wagte eine Frage zu stellen. Gemeinsam trotteten sie hinter dem Bruder her.

Im Innenhof der Burg wartete Albertos Fiat. Alberto liebte seinen Wagen, wie alle Männer das tun; aber er hatte noch nie so viel Zuneigung zu seinem Gefährt empfunden wie in diesem Augenblick, als er den Motor startete. Soffici nahm auf dem Beifahrersitz Platz. Gonzaga auf dem Rücksitz.

Weit und breit war niemand zu sehen. Das Eingangstor stand offen. Alberto gab Gas. Ein erlösendes Geräusch.

Der schwere Regen in der Nacht hatte tiefe Furchen in den unbefestigten Weg gewaschen. Alberto fuhr im Schritttempo bergab.

Hinter der ersten Biegung versperrte plötzlich ein Mann mit ausgebreiteten Armen den Weg.

»Das ist Zephyrinus!«, rief der Monsignore entgeistert. »Wo kommt der denn her?«

In seiner zerrissenen Kleidung und mit den ausgebreiteten Armen sah Zephyrinus aus wie eine Vogelscheuche.

»Wer ist das? Woher kennen Sie seinen Namen?«, knurrte der Kardinal unwillig.

Aber noch ehe Soffici antworten konnte, trat Zephyrinus an die Fahrerseite. Alberto kurbelte das Seitenfenster herab.

»Ich bitte Sie«, keuchte der Bruder atemlos, »nehmen Sie mich mit!«

»Wie kommen Sie hierher?«, erkundigte sich der Chauffeur.

Zephyrinus zeigte nach oben, und Alberto lehnte sich aus dem Wagenfenster. Über ihnen baumelte ein Seil aus einem Fenster.

»Sie sind ...?«

»Ja«, antwortete Zephyrinus tonlos.

Aus dem Fond des Wagens tönte Gonzaga ungeduldig: »Was will der Mann? Fahren Sie weiter!«

»Ich bitte Sie im Namen des Herrn«, flehte der Bruder.

»Sie sollen fahren!«, rief Gonzaga verärgert.

Alberto warf dem Monsignore einen fragenden Blick zu. Aber der reagierte nicht. Alberto ahnte, was es für Zephyrinus bedeutete, wenn sie ihn hier stehen ließen.

»Weiter!«, schrie der Kardinal.

Da schloss Alberto das Seitenfenster. Er sah gerade noch das verzweifelte Gesicht des Bruders. Da fiel ein Schuss. Ein Blutschwall klatschte gegen die Seitenscheibe. Zephyrinus sank stumm zu Boden.

Es dauerte endlose Sekunden, bis alle begriffen, was geschehen war. Als Soffici das Blut sah, das über die Scheibe rann, drehte sich sein Magen um. Er steckte den Kopf aus dem Wagen und übergab sich.

Da wiederholte Gonzaga wütend: »Fahren Sie, Alberto!«

Vorsichtig löste Alberto die Bremse und gab Gas.

Kapitel 8

Ein aufdringlicher Summton riss Malberg aus dem Schlaf. Durch die Vorhänge seines Hotelzimmers fiel ein dünner Sonnenstrahl. Die Uhr an seinem Bett zeigte acht Uhr fünfzig. Malberg hasste es, wenn vor zehn das Telefon klingelte.

»Malberg!«, meldete er sich mürrisch.

»Hier spricht Lorenza Falconieri«, vernahm er die aufgeweckte Stimme der Marchesa.

»Sie? Was verschafft mir die Ehre zu so früher Stunde?«, brummelte Malberg. So ganz war er noch nicht da.

»Ich hoffe, ich habe Sie nicht geweckt. Ich selbst habe heute Nacht kaum ein Auge zugetan. Diese Hitze! Dabei habe ich nachgedacht.«

»Und mit welchem Ergebnis?«

Malberg hatte erwartet, die Marchesa würde auf ihr Verhältnis zu Marlene eingehen.

Aber dann sagte sie: »Ich bin bereit, Ihnen die komplette Büchersammlung für zweihundertfünfzigtausend Euro zu überlassen. Vorausgesetzt, das Geschäft geht innerhalb von zwei Wochen über die Bühne. Andernfalls werde ich die Sammlung in einer Fachzeitschrift zum Verkauf anbieten.«

»Zweihundertfünfzigtausend Euro!« Plötzlich war Malberg hellwach. Nach allem, was er bisher gesehen hatte, war die Sammlung vermutlich das Dreifache wert, vielleicht sogar das Vierfache. Das Angebot hatte nur einen Haken: Wie sollte er in zwei Wochen zweihundertfünfzigtausend Euro auftreiben?

Malberg verdiente nicht schlecht. Er führte ein exklusives Antiquariat in der Münchner Ludwigstraße. Aber sein aufwändiger Lebensstil und die Miete für sein Ladengeschäft in bester Lage, seine Etagenwohnung in München-Grünwald und die Kosten für das Personal erforderten einen monatlichen Aufwand von dreißigtausend Euro. In manchem Monat waren seine Ausgaben höher als die Einnahmen.

»Malberg! Sind Sie noch da?«

»Ja, ja«, stammelte Malberg abwesend. »Ich denke nach, wie ich auf die Schnelle eine viertel Million auftreiben kann. Zweihundertfünfzigtausend Euro – das ist kein Pappenstiel.«

»Ich weiß«, erwiderte die Marchesa. »Aber wir wissen beide, dass der Wert der Bücher weit höher liegt. Überlegen Sie sich die Sache. Sie haben zwei Wochen Zeit. Zwei Wochen von heute, keinen Tag länger.«

»Ich verstehe.«

Lorenza Falconieri verabschiedete sich kurz angebunden und ließ Malberg etwas ratlos zurück.

Mit seinem Banker Harald Janik von der HVB stand Lukas Malberg ständig auf Kriegsfuß. Jedes Mal, wenn er zum Ankauf eines teuren Objekts einen Kredit brauchte, fand der Banker tausend Ausreden und beteuerte, die Genehmigung einer so hohen Summe ohne Sicherheiten würde ihn seinen Job kosten. Bedrucktes Altpapier – so pflegte er sich auszudrücken – sei jedenfalls keine Sicherheit.

Malberg musste schnell handeln. Und er handelte.

Am Telefon buchte er Flug LH 3859 von Rom-Fiumicino nach München, Abflug dreizehn Uhr, Ankunft vierzehn Uhr fünfunddreißig. Mit dem Taxi fuhr er zur Marchesa, machte mit seiner Digitalkamera ein paar Aufnahmen von der Sammlung und saß zwei Stunden später im Flugzeug nach Deutschland.

In München führte sein erster Weg vom Flughafen zur HVB-Zentrale am Promenadeplatz. Der protzige Bau aus der Gründerzeit stank nach Geld wie alle großen Bankgebäude. Auf dem Flug hatte sich Malberg eine Verhandlungsstrategie zurechtgelegt. Dazu hatte er die Fotos, die er am Morgen aufgenommen hatte, am Flughafen im Format dreißig mal vierzig ausdrucken lassen.

Zu seinem Erstaunen begegnete der Banker dem Wunsch nach einem Kredit weit weniger ablehnend als erwartet. Die großformatigen Bilder fanden sogar sein reges Interesse.

Malberg konnte sich den Sinneswandel Janiks zunächst nicht erklären. Aber er hatte auch noch nicht die Summe genannt, die er dringend benötigte.

»Was ist das Ganze wert?«, fragte Janik von oben herab.

Malberg schluckte. »Meinen Sie den Marktwert oder die Summe, für die ich die Bücher erwerben kann?«

»Als Banker und für die Kreditvergabe interessiert mich natürlich beides.«

»Ein Marktwert von zwei bis drei Millionen ist sicher realistisch.«

Harald Janik pfiff leise durch die Zähne. »Und wie hoch beläuft sich der Einkaufspreis?«

»Zweihundertfünfzigtausend Euro.«

»Und die wollen Sie als Kredit.«

»So ist es.«

»Warten Sie einen Augenblick!« Der Banker erhob sich von seinem staubfreien Stahlrohr-Schreibtisch und verschwand.

Malberg überlegte, wie er einem abschlägigen Bescheid begegnen sollte. Aber noch während er darüber nachsann, ohne eine Lösung zu finden, kam Janik zurück.

»Sie sind mir durchaus als seriöser Geschäftsmann bekannt«, begann er ungewohnt freundlich. »Obwohl wir Ihre Angaben ad hoc nicht nachprüfen können, vertrauen wir Ihnen. Nach Rücksprache mit der Geschäftsleitung erhalten Sie einen Kredit von zweihundertfünfzigtausend Euro für zwölf Monate zum Tageszins – unter *einer* Bedingung!«

»Und die wäre?«

»Sie bieten unserer Bank die besten Stücke der Sammlung zu einem Vorzugspreis an.«

Malberg wusste nicht, wie ihm geschah. Er sah Janik prüfend an, ob er seine Worte ernst meinte.

Janik fing seinen kritischen Blick auf und sagte: »Sie wundern sich vielleicht über meine Freigebigkeit.«

»Ehrlich gesagt, ja.«

»Dazu müssen Sie wissen, dass die Anlagestrategie der HVB zunehmend Kunst- und Antiquitäten mit einbezieht. Die Zeiten zweistelliger Steigerungsraten auf dem Immobilienmarkt sind vorbei. Die bedeutsamsten Kunstwerke gehören heute entweder dem Staat oder großen Banken. Neben der Wertanlage spielt dabei auch der Image bildende Faktor eine Rolle. Wie wollen Sie die viertel Million, in bar oder als Bankscheck?«

»Als Bankscheck«, antwortete Malberg beinahe verlegen. So einfach hatte er sich die Angelegenheit nicht vorgestellt. Wenn er sich erinnerte, wie unwillig sich Janik früher bei der Kreditvergabe verhalten hatte, dann konnte er fast nicht an sein Glück glauben. Jedenfalls verließ Lukas Malberg die Bank eine halbe Stunde später mit einem Bankscheck in der Tasche über eine viertel Million Euro.

Bevor er die Rückreise nach Rom antrat, sah Malberg in seinem Antiquariat an der Ludwigstraße nach dem Rechten. Fräulein Kleinlein, eine studierte Bibliothekarin, die kurz vor der Rente stand, führte das Geschäft seit beinahe zehn Jahren. Zwar war ihr Äußeres nicht gerade verkaufsfördernd, ihr Fachwissen jedoch umso mehr. Sie erkannte alle Drucker des fünfzehnten Jahrhunderts an ihren Schrifttypen, und was die ersten fünfzig Jahre der Druckkunst betraf, war ihr jede einzelne Ausgabe geläufig. Und das waren immerhin zweitausend.

Als Malberg das Antiquariat betrat, hatte Fräulein Kleinlein – sie legte Wert auf diese altmodische Anrede – gerade einen Kunden, der sich für ein illuminiertes Missale aus dem sechzehnten Jahrhundert interessierte. Malberg hatte es vor drei oder vier Jahren auf einer Auktion in Holland erworben und seltsamerweise bisher keinen Käufer gefunden.

Mit Engelszungen und viel Geduld erklärte Fräulein Kleinlein dem interessierten Kunden die kolorierten Kupferstiche und die Schrifttexte. Im Kontor sichtete Malberg inzwischen die Wochenbilanz. Der August war erfahrungsgemäß der umsatzschwächste Monat im Jahr. Museumsleute und Sammler waren im Urlaub.

Das Verkaufsgespräch verlief zäh. Malberg, der mit einem Ohr mithörte, gewann den Eindruck, dass der Kunde vor dem Kaufpreis von viertausend Euro zurückschreckte.

»Verzeihen Sie, wenn ich mich einmische«, Malberg trat aus dem Kontor, »aber es handelt sich bei dem Missale um ein ungewöhnlich gut erhaltenes Stück mit Originaleinband. Betrachten Sie die prachtvollen Kupferstiche. Die Kolorierung stammt aus der Zeit. Wir haben sie mit der Quarzlampe untersucht. Und was den Preis betrifft, bin ich gerne bereit, Ihnen entgegenzukommen. Sagen wir dreitausendfünfhundert!«

Behutsam blätterte Malberg Seite um Seite des kostbaren Folianten auf. Eher unterbewusst registrierte er die Datumsangaben für die Evangelien in der heiligen Messe: Sexagesima, Oculi, Laetare. Er hielt inne.

Aus der Jackentasche zog er Marlenes Notizbuch hervor. Fräulein Kleinlein warf ihrem Chef einen fragenden Blick zu. Der Kunde entschied sich zum Kauf. Aber Malberg fand kaum Interesse für das Geschäft.

Dass er nicht gleich darauf gekommen war! Hinter den seltsamen Eintragungen verbargen sich ganz bestimmte Kalendertage. Hastig klappte Malberg das Notizbuch zu. Ohne ein Wort zog er sich ins Kontor zurück und nahm an dem abgewetzten Biedermeier-Sekretär Platz, der ihm als Schreibtisch diente. Den Kopf auf die Hände gestützt, betrachtete er das aufgeschlagene Notizbuch.

Welches Geheimnis verbarg sich hinter den seltsamen Eintragungen? Plötzlich war sich Malberg nicht sicher, ob das überhaupt Marlenes Schrift war. Die Tatsache, dass er den Kalender in ihrer Wohnung gefunden hatte, sagte nicht unbedingt aus, dass es sich um ihre eigenen Eintragungen handelte. Malberg seufzte. Am liebsten hätte er den ganzen grässlichen Vorfall, in dem er nicht gerade eine rühmliche Rolle gespielt hatte, vergessen. Doch wie es schien, verfolgte ihn der Geist von Marlene.

Nach Abwicklung des Geschäfts betrat Fräulein Kleinlein das Kontor und legte sieben Fünfhundert-Euro-Scheine auf den Tisch. Sie war viel zu zurückhaltend, um Malberg nach dem Grund für sein seltsames Verhalten zu fragen.

»Fräulein Kleinlein«, begann Malberg schließlich, ohne den Blick von dem Notizbuch abzuwenden, »Sie sind doch einigermaßen bibelfest, jedenfalls ist Ihnen das Alte Testament geläufiger als mir. Was sagen Ihnen diese Eintragungen?«

Fräulein Kleinlein errötete ob der anerkennenden Worte ihres Chefs. Aber da gehörte nicht viel dazu. Das ältliche Fräulein wurde leicht verlegen, und mit Lob war sie nicht gerade verwöhnt. Umständlich rückte sie ihre viel zu große Hornbrille zurecht und begann in dem Notizbuch zu blättern, wobei sie nach jeder Seite den rechten Zeigefinger an der Unterlippe anfeuchtete.

Malberg ließ sie nicht aus den Augen, und ihm entging nicht, wie Fräulein Kleinlein nach jeder Seite kaum merklich den Kopf schüttelte. Schließlich blickte sie auf und fragte: »Was soll das sein? Von Martin Luther stammen diese Aufzeichnungen jedenfalls nicht.«

»Natürlich nicht«, knurrte Malberg ungehalten. »Mich interessiert nur der Inhalt.«

»Apokryph, ich meine, ziemlich rätselhaft. Laetare, Sexagesima, Reminiscere, Oculi – das sind Kalenderangaben des christlichen Kirchenjahres. Und zwar immer Sonntage.«

»Und die Namen dahinter? Es handelt sich dabei doch um Namen?«

»Zweifellos. Wenn ich mich nicht irre …« Fräulein Kleinlein nahm ein abgegriffenes Bibellexikon aus dem Wandregal und blätterte heftig. »Mein Gedächtnis hat mich nicht im Stich gelassen«, meinte sie triumphierend und schob den Steg ihrer Hornbrille auf die Nasenwurzel. »Im hebräischen Kanon«, begann sie zu lesen, »heißen die geschichtlichen Bücher von Josua bis zum

2. Buch der Könige die früheren Propheten. Ihnen steht die Gruppe der späteren Propheten gegenüber, die in ›große‹ und ›kleine‹ Propheten unterteilt werden. Die großen Propheten sind: Jesaja, Jeremia, Ezechiel und Daniel. Die zwölf kleinen Propheten sind: Hosea, Joel, Amos, Obadja, Jona, Micha, Nahum, Habakuk, Zephanja, Haggai, Sacharja, Maleachi.«

»Nahum, Sacharja, Maleachi ...«, murmelte Malberg tonlos. »Namen, die auch in dem Notizbuch vorkommen. Jedenfalls einige von ihnen.«

»So ist es. Aber wenn Sie mir die Bemerkung erlauben: Sinn macht das Ganze nicht. Es sei denn ...«

»Es sei denn?«

»Nun ja, der Gedanke ist absurd. – Nein, vergessen Sie's!«

Malberg wollte Fräulein Kleinlein nicht weiter bedrängen. Er fürchtete, sie könnte ihm unliebsame Fragen stellen. Im Übrigen glaubte er, den gleichen Gedanken zu haben wie seine Bibliothekarin.

KAPITEL 9

Die Fahrt rheinaufwärts in Richtung Frankfurt verlief in trüber Stimmung. Weder Kardinalstaatssekretär Gonzaga noch Monsignor Soffici verloren ein Wort. Auch Alberto blieb stumm. Er hielt den Blick starr auf die Straße gerichtet.

Die Erlebnisse der vergangenen vierundzwanzig Stunden hatten die drei Männer zutiefst aufgewühlt. Keiner fand auch nur einen Blick für die romantische Rheinlandschaft, welche die tiefstehende Sommersonne in glänzendes Licht tauchte.

Am Wiesbadener Kreuz bog Alberto auf die A 3 in Richtung Flughafen ab. Der morgendliche Berufsverkehr zwang ihn, seine Geschwindigkeit zu verlangsamen. Von Nordwesten schwebte eine Maschine nach der anderen ein, manche in so niedriger Höhe, dass Alberto unwillkürlich den Kopf einzog.

Am meisten litt Soffici unter dem Schweigen, das beinahe schon eine Stunde andauerte, und er grübelte nach, welche Ursachen ihre Sprachlosigkeit haben mochte. War es die Scham, die sie alle verstummen ließ, oder das Unbegreifliche, in das sie alle drei verwickelt waren.

Soffici atmete auf, als Alberto den Wagen auf dem Kurzparkstreifen vor der Abflughalle A zum Stehen brachte. Stumm verließ Gonzaga das Fahrzeug. Auch als Alberto die kleine Reisetasche aus dem Kofferraum holte und dem Kardinal in die Hand gab, nickte dieser nur stumm und verschwand in der gläsernen Eingangstür. Alberto und Soffici setzten die Rückreise im Auto fort.

Gonzaga trug zwei One-way-Tickets bei sich. Eines war auf den Namen Dottor Fabrizi ausgestellt, das andere auf den Namen Mr Gonzaga. Das eine galt für den Flug von Frankfurt nach

Mailand, das andere für den Flug Mailand–Rom. Gonzaga hatte wirklich an alles gedacht.

Die Stewardess am Alitalia-Schalter mahnte zur Eile. Auf der großen Anzeigetafel blinkten die grünen Lämpchen »Boarding«. Gonzaga beeilte sich. Er durfte die Maschine nicht versäumen. In letzter Minute erreichte er Gate 36 und nahm seinen Business-Platz in der Boeing 737 ein.

Es dauerte endlose Minuten, bis sich die nur zur Hälfte besetzte Maschine in Bewegung setzte und in die Schlange wartender Flugzeuge einreihte. Als der Flieger endlich abhob, überkam den Kardinal ein erlösendes Gefühl. Die Beklemmung der letzten Tage wich der Erleichterung. Endlich war der Albtraum zu Ende.

Nach steilem Start nahm die Boeing Kurs Richtung Süden. Gonzaga blickte teilnahmslos aus dem Fenster. Über seinem Sitz fauchte die Klimaanlage. Die Anschnallzeichen erloschen, und der Kardinal döste vor sich hin. Er war mit einem Mal todmüde. Nun fiel die Last von ihm ab, und er versuchte zu schlafen.

»Verzeihen Sie, wenn ich Sie anspreche.« Im Halbschlaf vernahm er die Stimme eines Mannes auf dem Nebensitz. Gonzaga hatte ihm bisher keine Beachtung geschenkt, weil der Sitz neben ihm beim Start leer geblieben war. Nun saß da ein Mann. Gonzaga blickte ihm ins Gesicht und erschrak. Der Fremde trug einen Hut, und seine Kopfhaut wies dunkelrote Brandflecken auf. Wimpern und Augenbrauen fehlten.

»Ich möchte Ihnen ein Geschäft anbieten«, sagte der entstellte Mann leise.

»Ein Geschäft?« Gonzaga zog die Augenbrauen hoch. »Danke, ich bin nicht ...«

»Wenn Ihnen daran gelegen ist«, fiel ihm der Fremde ins Wort, »wenn Ihnen daran gelegen ist, die heilige Mutter Kirche vor dem Chaos zu retten, sollten Sie mich anhören, Herr Kardinal.«

»Hören Sie, ich weiß nicht, was Sie von mir wollen und was Sie mit Ihrer seltsamen Anrede ›Herr Kardinal‹ bezwecken. Also lassen Sie mich in Ruhe, bitte!«

Der Rotgesichtige tat verständnislos und schüttelte den Kopf. Dabei wedelte er mit etwas, das Gonzaga zunächst für ein unbedeutendes Stück Plastikfolie hielt. »Machen wir uns doch nichts vor, Herr Kardinal. Ein Flanell-Anzug von Cerutti ist noch lange nicht in der Lage, die Identität eines Kardinalstaatssekretärs zu verschleiern.« Er grinste unverschämt.

In Sekundenschnelle versuchte Gonzaga eine Verbindung herzustellen zwischen den Ereignissen der vergangenen Nacht und dem Mann auf dem Sitz neben ihm. Der Versuch misslang.

»Wer sind Sie, und was wollen Sie?«, erkundigte sich Gonzaga misstrauisch.

»Mein Name tut nichts zur Sache. Ich möchte Ihnen nur ein Geschäft anbieten.«

»Also gut. Ich höre.«

»Das hier ist ein winziges Stück vom Grabtuch unseres Herrn.«

Gonzaga spürte einen Stromschlag vom Kopf bis in die Zehen durch seinen Körper schießen. Jetzt betrachtete er den Cellophanbeutel, den der fremde Mann ihm vor die Nase hielt: ein winziges Stück Stoff, nicht viel größer als eine Briefmarke, eingeschweißt zwischen zwei Folien. Die ockerfahle Farbe und das Webmuster hatten tatsächlich Ähnlichkeit mit dem Turiner Leintuch, das er zur Burg Layenfels gebracht hatte.

Gonzaga war bemüht, die Situation herunterzuspielen. »Angenommen, bei dem Objekt handelte es sich wirklich um eine Probe vom Grabtuch unseres Herrn – wie Sie sich auszudrücken pflegen, dann stellt sich doch die Frage, was ich damit soll?«

»Das, Kardinal Gonzaga, bliebe Ihnen überlassen. Sie könnten das Objekt im Tresor Alpha des Vatikanischen Geheimarchivs verschwinden lassen, Sie könnten es aber auch vernichten. Das wäre vielleicht sogar die sicherste Lösung.«

Gonzaga wurde zunehmend unruhig. Der Gebrandmarkte kannte nicht nur *ihn* sehr genau. Er musste auch Kenntnis von dem Unternehmen Apokalypse 20,7 haben. Wie sonst wäre es zu dieser Begegnung gekommen?

Was ihn jedoch völlig aus der Fassung brachte, waren seine Insider-Kenntnisse des Vatikanischen Geheimarchivs. Woher wusste er, dass die Archiv-Tresore mit den Buchstaben des griechischen Alphabets bezeichnet waren? Und woher, dass Tresor Alpha die größten Geheimnisse der Christenheit barg, Dokumente, die es offiziell gar nicht gab wie den Obduktionsbefund Johannes Pauls I., der nach dreiunddreißig Tagen als Papst tot in seinem Bett aufgefunden worden war? Oder das im Mittelalter gefälschte Constitutum Constantini, das die Kirche mit einem Federstrich zum reichsten Grundbesitzer des Abendlandes machte?

»Man müsste das Objekt zuerst einer eingehenden Untersuchung unterziehen«, bemerkte der Kardinal. »Im Übrigen, und das mag Sie vielleicht überraschen, fehlen in dem Turiner Grabtuch insgesamt drei winzige Stoffteile, die in jüngerer Zeit von fachkundigen Nonnen wieder eingesetzt wurden.«

»Da erzählen Sie mir nichts Neues, Herr Kardinal. Was *dieses* Objekt jedoch von den beiden anderen Stoffproben unterscheidet: Nur auf diesem winzigen Stück Stoff finden sich Blutspuren. Und was das bedeutet, brauche ich Ihnen nicht weiter zu erklären.«

Wie gebannt starrte Gonzaga auf das winzige trapezförmige Stück Stoff. Deutlich war ein gelblich-brauner Schatten in Tropfenform zu erkennen. Ja, er erinnerte sich genau an die trapezförmige Fehlstelle in dem Leinen, die inzwischen ausgebessert worden war. Mein Gott, wie kam dieser Krüppel in den Besitz der Reliquie?

Der Kardinal wagte nicht, dem Unbekannten diese Frage zu stellen. Er war ganz sicher, darauf keine oder, wenn überhaupt, eine falsche Antwort zu erhalten. Verzweifelt suchte Gonzaga nach dem roten Faden, auf dem sich alles aufreihen ließ, das Geschehen der letzten Tage und das unerwartete Ansinnen des Fremden. Aber in der Kürze der Zeit fand er keine Erklärung, nicht einmal eine Theorie, die auch nur ansatzweise eine Schlussfolgerung zuließ. Im Übrigen war Gonzaga viel zu aufgewühlt, um aus dem verwirrenden Geschehen logische Schlüsse zu ziehen.

»Sie haben noch gar nicht nach dem Preis gefragt«, unterbrach der Mann auf dem Nebensitz Gonzagas Gedanken.

Der sah ihn nur fragend an.

»Nun ja«, nahm der Unbekannte seine Rede wieder auf, »ein derartiges Objekt hat natürlich keinen Marktwert wie ein Gemälde von Tizian oder Caravaggio. Aber ich denke in der Preisregion der Genannten werden wir uns schon bewegen. Was meinen Sie?«

Gonzaga hatte nicht die geringste Ahnung, was ein Tizian oder Caravaggio wert war. Er weigerte sich auch, darüber nachzudenken. Wie konnte man einen vertrockneten Blutrest von unserem Herrn Jesus mit einem Ölgemälde von Menschenhand vergleichen?

»Immerhin«, fuhr der Fremde fort, »hätte ich die Reliquie ja auch den Flagrantes zum Kauf anbieten können. Aber ich wollte fair sein und zuerst den Vatikan fragen. Ich könnte mir vorstellen, dass dieses Stückchen Stoff der Kirche mehr wert ist als allen anderen.«

Der Kerl wusste also Bescheid. Gonzaga lief es heiß und kalt über den Rücken. Gewiss, das Ganze konnte ein großer Bluff sein. Aber für einen gewöhnlichen Ganoven hatte der Mann zu viele Detailkenntnisse. Wer die Bezeichnung der Tresore im Vatikanischen Geheimarchiv kannte, mit dem war nicht zu spaßen.

»Ich kenne Ihre Vorstellungen nicht«, begann Gonzaga umständlich. »Dachten Sie, ich würde im nächsten Augenblick einen Blankoscheck aus der Tasche ziehen? Oder was?«

»Herr Kardinal«, eiferte sich der Fremde, »Sie sollten uns und unser Angebot durchaus ernst nehmen!«

»Uns? Verstehe ich Sie recht, dass Sie kein Einzelgänger sind, dass eine kriminelle Organisation hinter Ihnen steht?«

Der entstellte Mann war sichtlich aufgebracht, und um sich zu beruhigen, vielleicht aber auch aus einer gewissen Verlegenheit heraus, strich er mit dem Handrücken seiner Rechten über das durchsichtige Cellophan. Er antwortete nicht.

»Nennen Sie endlich Ihren Preis!«, drängte der Kardinal.

»Machen Sie ein Angebot, und verdoppeln Sie die Summe!«

Gonzaga kochte vor Wut. Der Kerl war sich seiner Sache sicher.

Nach längerem Schweigen von beiden Seiten erhob sich der Fremde von seinem Sitz, beugte sich zu Gonzaga herunter, wobei seine Erscheinung noch bedrohlicher wirkte, und sagte: »Sie können sich Ihr Angebot noch einmal überlegen. Ich werde Sie in den nächsten Tagen anrufen.«

Damit verschwand er hinter dem silbergrauen Vorhang, der die Business-Class von der Economy-Class trennte.

Gonzaga blickte abwesend aus dem Fenster. Er war wie gelähmt. Fünftausend Meter unter ihm zog die Schweizer Alpenkette vorüber. Auf den höchsten Gipfeln lag Schnee. Gonzaga war klar, er hatte sich auf ein gefährliches Spiel eingelassen, auf ein verdammt gefährliches Spiel.

KAPITEL 10

Als Lukas Malberg am folgenden Tag wieder in Rom eintraf, fand er in seinem Hotel eine Nachricht von Caterina Lima vor: »Bitte dringend um Rückruf. Im Fall Marlene Ammer hat sich etwas Neues ergeben.«

Die geheimnisvollen Eintragungen in Marlenes Notizbuch hatten Malberg vorübergehend vom Geschäft seines Lebens abgelenkt, das er noch heute über die Bühne bringen wollte. Dazu hatte er einen Vertrag vorbereitet, der ihm, gegen Aushändigung des Bankschecks der HVB in Höhe einer viertel Million, die gesamte Büchersammlung des Marchese Falconieri übereignete.

Ein Problem, das noch gelöst werden musste, war der Transport der wertvollen Fracht von Rom nach München.

Nachdem er sein Zimmer im Hotel Cardinal bezogen hatte, griff Malberg zum Telefonhörer und wählte die Nummer der Reporterin.

Caterina tat sehr aufgeregt – Reporter sind bekanntlich immer aufgeregt –, jedenfalls machte sie den Vorschlag, sie sollten sich im Colline Emiliane zum Essen treffen. Und da Caterina bei aller Aufgeregtheit am Telefon auch eine gute Portion Charme versprühte, eine Eigenschaft, für die Malberg überaus empfänglich war, sagte er ohne Zögern zu und machte sich auf den Weg.

Das Lokal in der Via degli Avignonesi, einer kleinen, abseits vom Lärm gelegenen Straße, war angeblich ein Geheimtipp und berühmt für die hervorragende Küche der Emilia Romagna. Malberg wurde erwartet.

Er hatte Caterina in ganz anderer Erinnerung, lässig, um nicht zu sagen nachlässig gekleidet, mit einer praktischen Zopffrisur und ohne jedes Make-up. Völlig unerwartet trat sie ihm in einem kurzen Rock und weißer Bluse mit Carmen-Ausschnitt gegenüber. Ihre Haare trug sie offen, und die Lippen waren dezent geschminkt. Anders als bei ihrer ersten Begegnung, bei der ihr Redefluss kaum zu bremsen gewesen war, machte Caterina jetzt einen geradezu geknickten Eindruck. Sie sprach betont langsam, ja bedächtig, vor allem aber leise, wobei sie um sich blickte, ob niemand in dem nur zur Hälfte besetzten Lokal ihr Gespräch belauschte. Jedenfalls hatte Malberg diesen Eindruck.

»Die Geschichte mit Marlene stinkt«, begann sie leise, »sie stinkt sogar gewaltig.« Dabei schob sie Malberg eine Fotokopie über den Tisch.

»Was ist das?«

»Das Obduktionsergebnis des Gerichtsmedizinischen Instituts der Universität Rom. Der zuständige Pathologe, ein Dottor Martino Weber, stellte Hämatome am Hinterkopf fest. Außerdem ein gebrochenes Nasenbein, Fehlstellen in den Haaren und Reste eines Sedativums im Blut. Unter den Fingernägeln fand Weber Hautspuren, die auf einen Kampf hinweisen.«

Malberg nickte stumm. Während Caterina redete, tauchte vor seinen Augen das Bild Marlenes auf, ihr unter Wasser treibender nackter Körper. Er holte tief Luft, als wollte er Anlauf nehmen zu der Erklärung, das alles decke sich nur mit dem, was er mit eigenen Augen gesehen habe. Aber dann zog er es vor zu schweigen.

»Und trotzdem wurden die Ermittlungen eingestellt!«, fuhr Caterina fort. »Begreifen Sie das, Signore?«

Malberg und die aufgebrachte Reporterin bestellten Pasta und einen Vino della Casa. Caterina wartete auf eine Antwort. Aber Malberg schwieg beharrlich. Die beiden Männer im Treppenhaus! Denn dass es zwischen Marlene und der Marchesa zu einem derartigen Zerwürfnis gekommen war, hielt er für ausgeschlossen. Dass die beiden in einer ganz besonderen Beziehung standen, nicht. Von Lorenza Falconieri ging eine Kühle aus, die auf Männer wie auf Frauen anziehend wirkte. Er hatte Marlene Ewigkeiten nicht mehr gesehen. Was wusste er schon über sie? In all den Jahren war sie offenbar eine andere geworden. Aber was in aller Welt hinderte die Ermittler, den Mord an Marlene aufzuklären? Warum war das Verfahren eingestellt worden?

Während er lustlos in seiner Pasta herumstocherte, fühlte sich Malberg von der Reporterin beobachtet. Er spürte förmlich ihren prüfenden Blick. Malberg war sich sicher, dass Caterina Lima mehr wusste als sie preisgab. Kein Zweifel, sie misstraute ihm.

Gerade wollte er ihr die Wahrheit erzählen, wollte offenlegen, dass *er* den Mord entdeckt hatte, da kam ihm Caterina Lima zuvor: »Ich weiß nicht, was ich davon halten soll. Eigentlich dürfte ich mich mit Ihnen gar nicht mehr treffen.«

»Was soll das heißen? Ich denke, Sie recherchieren in dem Fall.«

»Ja. Bis gestern. Gestern hat man mir die Geschichte auf sehr unfeine Art entzogen. Nach der Redaktionskonferenz um elf ließ mich Bruno Bafile, mein Chefredakteur, kommen und eröffnete mir, ich sei mit sofortiger Wirkung von meinen Aufgaben als Polizeireporterin entbunden und dem Ressort ›Buntes‹ zugeteilt. Die Story ›Marlene Ammer‹ sei gestorben.«

»Gestorben?«

»So sagt man in der Journaille, wenn die Recherchen eingestellt werden.«

»Das verstehe ich nicht.«

»Ich auch nicht, Signore.«

»Ist so etwas denn üblich?«

»Ja natürlich, wenn eine Story aufgrund der Recherchen nichts mehr hergibt, wenn sich zum Beispiel herausstellt, dass ein Mord kein Mord, sondern ein Unfall gewesen ist, wie er tausendmal vorkommt, dann hört man auf weiter nachzuforschen und wendet sich einem anderen Fall zu.«

»Aber es war kein Unfall! Es war Mord!«

»Das glauben Sie, und ich weiß es. Umso rätselhafter erscheint mir meine Versetzung in ein anderes Ressort. Mir kommt es so vor, als habe man mich abgeschoben, damit ich keinen Schaden anrichten kann. Aber das macht die Geschichte nur noch interessanter.«

»Und was wollen Sie jetzt tun?«

»Ich bleibe dran an der Story, nicht offiziell, versteht sich. Als Polizeireporterin habe ich mir so gute Kontakte geschaffen, es wäre töricht, sie aufzugeben. Für Storys, die unter ›Buntes‹ laufen, habe ich wirklich kein Interesse. Was interessiert mich, ob Gina Lollobrigida einen dreißig Jahre jüngeren Lover oder Mario Andretti zehn uneheliche Töchter hat? Mich faszinieren die Abgründe des menschlichen Lebens. Nächste Woche suche ich mir einen neuen Job. Basta.«

Caterinas Geradlinigkeit faszinierte Malberg. Offensichtlich hatte sie sich in den Fall verbissen. Sie witterte eine ganz große Geschichte, größer vielleicht als er erahnen konnte.

»Woran denken Sie denn im Fall Marlene Ammer?«, erkundigte sich Malberg vorsichtig. »An ein Verbrechen der Mafia?«

Caterina lachte aufgesetzt. Spöttisch bemerkte sie: »Vielleicht steckt auch der KGB oder die CIA dahinter! Im Ernst, Verbrechen haben meist einen harmlosen, emotionalen Grund. Die meisten Morde haben ihren Ursprung in verirrten Gefühlen, in Liebe, Eifersucht, Hass, Neid und Rache. Und das ist es, was meinen Beruf so interessant macht. – Na ja. Ich müsste wohl besser sagen, machte.«

Malberg nickte und tat so, als ob er sich für ihre Aufzeichnungen interessierte. In Wahrheit suchte er nach einer Antwort auf die Frage, warum die Reporterin sich ausgerechnet in diesen Fall so verbissen hatte. In einer Weltstadt wie Rom mit hoher Kriminalität waren Morde an der Tagesordnung. Und während Malberg mit einem Ohr zuhörte, beschlich ihn ein seltsames Gefühl.

Wenn er Caterina so ansah, fiel es ihm schwer, sich mit dem Gedanken anzufreunden, dass sie vielleicht ein falsches Spiel spielte. Viel lieber hätte er ihr Komplimente gemacht. Sie sah einfach hinreißend aus. Aber irgendwie stand Marlene zwischen ihnen. Caterina hatte aufgehört zu reden. »Und was haben Sie jetzt vor?«, beeilte sich Malberg zu fragen.

»Wir sollten das Leben Marlene Ammers durchleuchten. Das ist die einzige Möglichkeit, um Licht ins Dunkel dieses Falles zu bringen.«

Malberg registrierte sehr wohl, dass sie »wir« sagte, ihn also wie selbstverständlich in ihre Nachforschungen mit einbezog.

»Ich darf doch mit Ihrer Hilfe rechnen?«

»Selbstverständlich. Mir persönlich ist es ein echtes Bedürfnis zu erfahren, warum Marlene sterben musste.«

Caterina nippte an ihrem Weinglas. »Sie war mit der Marchesa befreundet«, sagte sie nachdenklich. »Ich glaube, sie ist die Einzige, die uns im Augenblick weiterhelfen kann. Kennen Sie Lorenza Falconieri gut?«

»Was heißt gut. Ich bin ihr erst einmal begegnet. Sie machte einen vornehmen Eindruck auf mich, auch wenn sie vermutlich schon bessere Tage gesehen hat. Ich bin an ihrer Büchersammlung interessiert. Um der Wahrheit die Ehre zu geben, ich habe ihr bereits ein Angebot gemacht, und sie hat zugestimmt.«

»Ein gutes Geschäft?«

»Durchaus. Ein Antiquar lebt davon, dass er ganze Sammlungen günstig einkauft und die Bücher einzeln mit Gewinn weiterveräußert.«

Die Reporterin schmunzelte.

»Was ist daran so komisch?«, fragte Malberg.

»Entschuldigen Sie, Signore. Bis heute habe ich mir einen Antiquar ganz anders vorgestellt.«

»So? Wie denn?«

»Nun ja, ein bisschen schrullig, ein wenig angestaubt und vertrocknet, so wie alte Bücher eben.«

Malberg grinste verlegen. »Ich hoffe, Sie werden Ihre Meinung jetzt ändern!«

»Was Sie betrifft auf jeden Fall.«

Wie alle Männer war auch Malberg für Schmeicheleien durchaus empfänglich. Na, schlecht sah er wirklich nicht aus. Er war groß, sportlich, obwohl er keinen Sport trieb, hatte dunkles dichtes Haar, ein Typ wie George Clooney, wie eine frühere Freundin mal zu ihm gesagt hatte.

»Wären Sie unter Umständen bereit, mich zur Marchesa zu begleiten«, erkundigte sich Caterina.

»Ich wollte sie ohnehin aufsuchen.«

Eine halbe Stunde später machten sie sich gemeinsam auf den Weg.

Über Nacht war die drückende Schwüle der vergangenen Wochen angenehmeren Temperaturen gewichen. Der Herbst kündigte sich zaghaft an.

Als das Taxi von der Via dei Coronari in die schmale Seitenstraße einbog, in der sich das Haus der Marchesa befand, wurde Caterina unruhig.

»Halten Sie an«, kommandierte sie den Fahrer und deutete auf die gegenüberliegende Straßenseite: Vor dem Hauseingang der Marchesa parkte ein Wagen der Guardia Civil. Ein Uniformierter stand breitbeinig vor der Tür.

Malberg sah die Reporterin fragend an: »Was hat das zu bedeuten?«

Caterina hob die Schultern. »Warten Sie hier!«

Sie stieg aus und ging hinüber zu dem Polizisten. Nach kurzem Wortwechsel kam sie zurück.

»Er sagt, es handle sich um eine Polizeiaktion. Zu weiteren Auskünften war er nicht bereit. Gegen wen die Aktion gerichtet sei, könne er nicht sagen. Augenblick!«

Während Malberg das Taxi bezahlte, trat Caterina ein paar Schritte zur Seite und fingerte ihr Mobiltelefon aus der Umhängetasche. Mit theatralischen Gesten, wie sie allen Italienerinnen beim Telefonieren geläufig sind, redete sie auf ihren Gesprächspartner ein. Schließlich veränderte sich ihre Haltung in stummes Staunen.

Als sie zurückkam, machte Caterina einen verwirrten Eindruck.

»Sie haben die Marchesa verhaftet«, sagte sie nachdenklich.

»Also doch«, entfuhr es Malberg.

»Was soll das heißen: also doch?«

»Die Marchesa hat Marlene umgebracht. Mein Gott!«

Caterina fuchtelte wild mit den Armen. »Signore, was reden Sie? Mein Gewährsmann bei der Guardia Civil hat mir eben erklärt, es gebe erdrückende Beweise, dass Lorenza Falconieri seit dem Tod ihres Mannes einen internationalen Hehlerring leitete, der auf den Handel von gestohlenen Inkunabeln und Codices spezialisiert ist.«

»Die Marchesa?« Malberg klang eher belustigt als überrascht. »Sie hat mir versichert, nichts, aber auch gar nichts von alten Büchern zu verstehen. Und dabei machte sie nicht gerade den Eindruck, als ob das gelogen wäre.«

»Das haben professionelle Verbrecher so an sich. Mörder sehen selten aus, wie man sich einen Mörder vorstellt. Und Hehler, die mit Millionenwerten umgehen, geben mit Vorliebe ein Bild des Jammers ab. Man merkt, dass Ihnen diese Kreise fremd sind.«

Während sie noch diskutierten, trat auf der gegenüberliegenden Straßenseite die Marchesa, flankiert von zwei Carabinieri, aus dem heruntergekommenen Haus. Sie trug ein kurzärmeliges, helles Leinenkostüm und hochhackige Sandaletten. Als sie Malberg erblickte, blieb sie stehen und hob die Schultern. Dabei legte sie den Kopf schräg, als wollte sie sagen: Tut mir leid. Nun wird das wohl nichts mit unserem Geschäft. Dann stieg sie in das wartende Polizeifahrzeug.

»Ein in Monte Carlo lebender Sammler brachte die Sache ins Rollen«, bemerkte Caterina, während sie dem Polizeifahrzeug hinterherblickte. »Die Marchesa hat ihm einen uralten Foliant mit der Handschrift des Reformators Melanchthon für eine halbe Million angeboten. Was sie nicht wusste, ebendieses Buch war vor zwei Jahren bei einem Einbruch in seinem Apartment gestohlen worden. Künstlerpech.«

Malberg lachte, er lachte laut und gekünstelt, so als wollte er sich von einem Albtraum befreien. Als er Caterinas fragenden Blick auffing, griff er in die Innentasche seines Jacketts, zog den Bankscheck hervor und hielt ihn mit spitzen Fingern der Reporterin vor die Nase.

»Eine viertel Million? Doch nicht etwa …«

»Doch. Und ich dachte, das Geschäft meines Lebens zu machen. Eine seltsame Fügung hat mich jedenfalls vor der Pleite meines Lebens bewahrt.«

»Dann darf man wohl gratulieren, dass Ihnen das Geschäft durch die Lappen gegangen ist.«

»Ja, das darf man.« Malberg schüttelte den Kopf. »Ich verstehe mich selbst nicht. Eigentlich hätte ich misstrauisch werden müssen, als die Marchesa mir die ganze Sammlung für eine viertel Million anbot. Aber Profitgier vernebelt das Gehirn. Gott sei Dank ist es gerade noch einmal gut gegangen.«

Malberg war mit seinen Gedanken weit weg, als die Reporterin plötzlich die Frage stellte: »Können Sie sich vorstellen, dass zwischen dem Mord an Marlene Ammer und den dunklen Geschäften der Marchesa ein Zusammenhang besteht? Schließlich kannten sich die beiden.«

»In der Tat«, rutschte es Malberg heraus. »Es wäre nicht der erste Mord, hinter dem ein kostbares Buch steckt.«

Kapitel 11

Das Mädchen lief leicht wie eine Feder die Kölner Rheinpromenade entlang. Es trug luftige Joggingkleidung, und sein zum Pferdeschwanz gebundenes langes Haar wippte munter hin und her. Vom Fluss, der sich im Morgenlicht träge dahinwälzte, stieg angenehme Kühle auf.

In kurzen Abständen blieb das Mädchen stehen, wandte sich um und rief: »Shakespeare! Shakespeare!«

Dann setzte sich von irgendwoher ein weißes Knäuel, ein putziger Westhighland-Terrier, in Bewegung und schloss zu seiner laufenden Herrin auf. Warum Frauen ihre Hunde mit Vorliebe nach großen Dichtern oder Künstlern benennen, ist im Übrigen so ungeklärt und rätselhaft wie die Geheime Offenbarung des Johannes und bedarf auch keiner weiteren Erörterung.

An der Stelle, wo die Ausflugsdampfer der Köln-Düsseldorfer Rheinschifffahrt ankern, begann »Shakespeare« so hysterisch zu bellen, als sei ein Dutzend bissiger Rottweiler hinter ihm her. Die Rufe des Mädchens vermochten das Tier nicht zu beruhigen, und als es schließlich zu dem aufgeregten Tier zurückging, machte es eine grauenhafte Entdeckung.

Über Nacht hatte der Rhein eine nackte Wasserleiche angeschwemmt. Sie hatte sich in dem schwimmenden Landungssteg verfangen und dümpelte kopfüber und mit ausgebreiteten Armen im Wasser.

Die männliche Leiche – um eine solche handelte es sich – stellte die Kölner Polizei vor eine schwierige Aufgabe. Schnell wurde klar, dass es sich weder um einen Unfall noch um Selbstmord handelte, denn der etwa vierzigjährige Mann wies am Kopf eine Schussverletzung auf, die seine linke Schädeldecke zertrümmert und im Bruchteil einer Sekunde den Tod herbeigeführt hatte. Nach dem Zustand der Leiche zu schließen und unter Einbeziehung der Fließgeschwindigkeit des Flusses kamen die Ermittler zu dem Schluss, dass der Mann zwischen Bingen und Neuwied einem Verbrechen zum Opfer gefallen sein musste.

Die Obduktion zwei Tage später bestätigte den Anfangsverdacht: Der Mann war aus größerer Entfernung mit einer großkalibrigen Waffe, vermutlich einer Maschinenpistole russischer Herkunft, niedergestreckt worden. In seinem Schädel fanden sich zwei Projektile. Es gab keine Schmauchspuren.

Daneben registrierten die Pathologen der Kölner Universitätsklinik Verletzungen am rechten Oberschenkel, die mit dem Mord in keinem Zusammenhang standen und aufgrund ihres Alters keine Rückschlüsse auf ihre Ursache zuließen.

Mit einer Wahrscheinlichkeit von achtzig Prozent gaben die Pathologen zu Protokoll, seien zwischen dem Tötungsdelikt und der Entledigung der Leiche in den Fluss zwölf Stunden vergangen. In Lunge und Magen fanden sich keine Spuren von Flusswasser. Daher könne ausgeschlossen werden, dass der Mann schwimmend oder im Wasser treibend erschossen worden war. Die Blutanalyse ergab keinen Hinweis auf Alkohol- oder Drogenkonsum.

Unter dem Aktenzeichen K-0103-2174 nahm der zuständige Staatsanwalt Ermittlungen gegen Unbekannt auf.

Am folgenden Tag erschien der *Kölner Express* mit dem Bild eines entstellten Mannes auf der Titelseite. In großen Buchstaben stand darunter zu lesen:

MYSTERIÖSER MORD.
WER KENNT DIESEN MANN?

KAPITEL 12

Es war noch früh am Morgen, und Kardinalstaatssekretär Gonzaga saß vor zwei wohlgeordneten Aktenbergen. Sein Büro im Apostolischen Palast, unmittelbar unter den Privaträumen des Papstes gelegen, gab den Blick frei auf den Petersplatz. Vereinzelt hallten durch das halb geöffnete Fenster Stimmen herauf: die geschwätzigen Franziskanerpatres, die sich vom Palazzo del Tribunale zu den Beichtstühlen von St. Peter begaben. Mechanisch setzte Gonzaga seine Unterschrift unter die einzelnen Dokumente. Er schien nicht so recht bei der Sache und blickte immer wieder nachdenklich aus dem Fenster, als gehe ihn der Aktenkram nichts an. Schließlich legte er seinen schwarzen Füllfederhalter beiseite, lehnte sich zurück und schob die rote Schärpe zurecht, die sich über seinem schwarzen Talar wölbte.

Ohne anzuklopfen, betrat der Sekretär des Kardinals den Raum: »Guten Morgen, Excellenza, die Morgenpost!«

»Etwas Wichtiges?«, knurrte Gonzaga und überflog die geöffneten Briefe.

»Soweit es mir zusteht, das zu beurteilen, nein, Excellenza. Es sei denn ...«

»Ja?«

Soffici zog ein Blatt Papier aus dem Stapel. »Eine E-Mail von Erzengel Gabriel!«

»Ziemlich albern, finden Sie nicht?«

»Die Idee kam nicht von mir, sondern von Schwester Judith vom Orden der Franciscan Sisters of the Eucharist, die das Internet-Büro leitet und ihre Computer nach den Erzengeln Michael, Raphael und Gabriel benannt hat.«

Gonzaga grinste gequält. Lachen war ihm fremd. Lachen,

pflegte er zu sagen, ist die Maske des Teufels. In den sieben Jahren als Kardinalstaatssekretär hatte Gonzaga gelernt, dass die Last seines Amtes nur mit einer Portion Zynismus zu ertragen war. Da hielt er plötzlich inne. Der Text des Computerausdrucks lautete:

»Excellenza. Es war mir eine Freude, um nicht zu sagen ein Vergnügen, Ihnen dem Himmel so nahe zu begegnen. Was mein Angebot betrifft, Ihnen eine Probe vom Blut unseres Herrn zu überlassen, scheint mir ein Preis von einhunderttausend Dollar angemessen. Ich werde mir erlauben, mich in den nächsten Tagen bei Ihnen zur Klärung der Modalitäten unter dem folgenden Namen zu melden: Brandgesicht.«

Mehr als der unverschämte Inhalt des Schreibers schockierte den Kardinal der Name des Unterzeichners.

»Ein Verrückter«, bemerkte Soffici und hob verlegen die Schultern. »Beinahe täglich befindet sich so ein Brief in Ihrer Post. Was diesen jedoch von anderen unterscheidet, ist seine besondere Formulierungskunst. Was hat es zu bedeuten, wenn er schreibt, er sei Ihnen ›dem Himmel so nah‹ begegnet?«

Gonzaga erhob sich hinter seinem Schreibtisch, verschränkte die Hände auf dem Rücken und ging unruhig auf und ab. Schließlich schloss er das Fenster, als wollte er vermeiden, dass ihr Gespräch belauscht würde, und sagte: »Soffici, Sie sind mir ein treu ergebener Sekretär, und bisher hatte ich keinen Grund zur Klage. Ich habe Sie bedenkenlos in die Zusammenhänge um das Grabtuch unseres Herrn eingeweiht.«

»Ich weiß nicht, worauf Sie hinauswollen, Excellenza. Gab Ihnen je eine Indiskretion von meiner Seite Anlass zur Klage?« Es schien fast, als hätte Soffici ein schlechtes Gewissen.

»Nein, durchaus nicht. Ich wollte Sie nur noch einmal darauf aufmerksam machen, wie brisant die Angelegenheit ist. Also bitte kein Wort, nicht einmal eine Bemerkung Außenstehenden gegenüber. Und in diesem Fall ist jeder ein Außenstehender, selbst ein Kurienkardinal.«

Soffici nickte stumm.

»Auf dem Flug von Frankfurt nach Mailand«, begann Gonzaga leise, »setzte sich plötzlich ein Fremder neben mich und hielt mir ein eingeschweißtes Stückchen Stoff unter die Nase, nicht viel größer als eine Briefmarke und in der Form eines geometrischen Trapezes.«

»Der Herr sei uns gnädig. Ich ahne Furchtbares. Das fehlende Stück Stoff aus dem Grabtuch!«

»Ihre Ahnung trügt Sie nicht, Soffici. Nur – die Sache ist noch schlimmer, als Sie glauben. Auf dem winzigen Stück Leinen ist deutlich eine Blutspur zu erkennen ...«

»Nein! Und ich dachte, die Angelegenheit sei mit unserem Besuch auf Burg Layenfels endlich aus der Welt geschafft.«

»Das dachte ich auch.«

»Haben Sie eine Ahnung, wer der mysteriöse Geschäftemacher sein könnte?«

»Der Fremde verschwieg seinen Namen. Und selbst wenn er sich vorgestellt hätte, hätte er ohnehin nur einen falschen Namen genannt. Das Besondere an ihm war seine beklagenswerte Erscheinung. Er hatte fürchterliche Brandwunden im Gesicht und versuchte sie mit einem schwarzen Schlapphut zu kaschieren.«

»Und was wollen Sie jetzt tun, Excellenza? Sie tragen sich doch nicht etwa mit dem Gedanken, auf seine Forderung einzugehen? Ich meine, hunderttausend Dollar sind eine Menge Geld für ein Stück Stoff, von dem nicht einmal sicher ist, ob es überhaupt echt ist. Andererseits ...«

Gonzaga ließ eine lange Pause verstreichen. Schließlich antwortete er stockend: »Was sind hunderttausend Dollar im Vergleich zu dem Schaden, den diese Reliquie anrichten kann. Sie wissen, wovon ich rede.«

»Ich weiß!« Soffici nickte heftig. »Dennoch – es handelt sich um eine handfeste Erpressung ...«

Als hätte der Monsignore das Stichwort gegeben, summte das Telefon auf dem Schreibtisch des Kardinals. Soffici hob ab und lauschte, dann reichte er den Hörer an Gonzaga weiter: »Für Sie!«

»Sie haben meine Nachricht erhalten?« Der Kardinal erkannte die Stimme sofort.

»Ja«, erwiderte er leise.

»Gut. Ich erwarte Sie mit der Summe in einer Plastiktüte. Morgen nach Einbruch der Dunkelheit um einundzwanzig Uhr.«

»Und wo?«

»Auf der Piazza del Popolo. Ich nehme an, Sie kommen mit Ihrem Chauffeur und sitzen wie immer hinten rechts. Er soll im Kreisverkehr die äußere Fahrspur wählen und so lange den Obelisk umrunden, bis ich mich mit einer blinkenden Handlampe bemerkbar mache. Ich werde mit der Lampe ein Kreuz beschreiben. Dann soll Ihr Chauffeur den Wagen zum Stehen bringen. In zehn Sekunden ist alles über die Bühne.«

»Aber ...«

»Kein Aber. Geld gegen Ware. Vertrauen gegen Vertrauen. Einen zweiten Übergabetermin wird es nicht geben.« Der Unbekannte legte auf.

»Excellenza!« Mit besorgtem Blick trat Soffici vor den Kardinalstaatssekretär. »Sie haben doch nicht etwa eingewilligt?«

»Doch, Soffici, doch!«

»Hunderttausend ...«

»Dollar.«

»Und wie wollen Sie diese Summe verbuchen, Excellenza?«

»Das lassen Sie ruhig meine Sorge sein. Für Fälle dieser Art gibt es einen Geheimfonds. Darüber sollten Sie sich also nicht den Kopf zerbrechen.«

Soffici verneigte sich devot. Der Geheimfonds für außerordentliche Belange der Kirche war ihm nicht unbekannt. In der Kurie machten abenteuerliche Summen die Runde, welche auf geheimen Konten gebunkert waren und für besondere Vorkommnisse zur Verfügung standen. Angeblich stammte das Geld aus sogenannten Donationen, mit denen hochgestellte Persönlichkeiten die Ungültigkeit ihrer Ehe erkauft hatten. Der Fonds existierte ohne Buchführung, und Zugriff darauf hatte nur Kardinalstaatssekretär Gonzaga.

»Die Situation ist nicht ungefährlich«, bemerkte der Monsignore mit ernstem Gesicht. »Wer immer sich hinter dem Unbekannten verbirgt, diese Leute haben Insiderkenntnisse. Wie anders ist es zu erklären, dass das Telefongespräch direkt auf Ihrem Hausapparat landete. Die Nonnen der Famiglia Paolina in der Telefonzentrale würden nie einen anonymen Anrufer durchstellen.«

Gonzaga blickte auf: »Sie glauben also, es existieren geheime Kontakte der Unterwelt bis hinter die Leoninischen Mauern?« Der Kardinal zog ein übergroßes Taschentuch aus seinem Talar und wischte sich den Schweiß von seiner Glatze.

Monsignor Soffici verzog sein Gesicht zu einer schmerzlichen Grimasse. Dann betrachtete er die Fingernägel seiner Rechten und antwortete, ohne aufzublicken: »Wer will das wissen, Excellenza?«

Kapitel 13

Am folgenden Tag machte sich Malberg auf zu Marlenes Haus in der Via Gora 23. Die Ereignisse um die Marchesa tags zuvor hatten ihn ziemlich mitgenommen. Wie betäubt hatte er sich von der Reporterin verabschiedet und mit einer Flasche Barbaresco aus einer nahen Weinhandlung in sein Hotelzimmer zurückgezogen. Der schwere Rotwein war nicht ohne Wirkung geblieben und hatte Malberg für volle zehn Stunden ins Land der Träume geschickt.

Was die Träume betraf, so zeigten sie sich wirr und unerklärlich, geradeso wie die Situation, in die er ohne sein Zutun geraten war. Aber eine innere Stimme sagte ihm, er solle seine Nachforschungen dort aufnehmen, wo alles begonnen hatte.

Malberg wunderte sich, dass die Eingangstür des Hauses verschlossen war; aber er hatte Glück, eine gut gekleidete Signora trat gerade ins Freie und hielt ihm bereitwillig die Tür auf.

Im Treppenhaus roch es nach frischer Farbe. Es herrschte Totenstille. Obwohl sein Interesse der Hausbeschließerin galt, von der er sich Informationen über Marlenes Umgang erhoffte, zog es ihn zunächst in das oberste der fünf Stockwerke.

Wie bei seinem ersten Besuch verschmähte Malberg den altmodischen Aufzug und nahm die Treppe. Während er behäbig einen Fuß vor den anderen setzte, tauchte vor seinem geistigen Auge immer wieder das Bild der tot in der Badewanne treibenden Marlene auf. Es schien, als habe sich die Momentaufnahme unauslöschlich in sein Gedächtnis eingebrannt.

Verstört hielt Malberg inne. Zunächst glaubte er, er habe sich im Stockwerk geirrt. Aber dann sah er, dass hier die Treppe endete. Er hatte eine zweiflügelige, weiß gestrichene Wohnungstür in

Erinnerung und einen in die Wand eingelassenen Klingelknopf. Stattdessen stand er vor einer weißen Wand. Nur linker Hand, gegenüber dem Treppenabsatz, gab es eine schmale Stahltür, die zum Dachboden führte. Dahinter allerlei Gerümpel.

In diesem Augenblick setzte sich der Aufzug in Bewegung, und von unten drangen die klagenden, fauchenden Geräusche an sein Ohr, die ihm schon damals aufgefallen waren.

Das alles ist etwas zu viel für dich, dachte Malberg. Offensichtlich gelingt es dir nicht mehr, Realität und Einbildung zu unterscheiden. Er schüttelte ungläubig den Kopf. Spielte ihm die Erinnerung einen Streich? Seit Kindertagen wirkten Treppenhäuser auf ihn bedrohlich und beängstigend. Eine Art Phobie, die ihn offenbar auch gerade im Moment in Verwirrung stürzte. Vermutlich hatte er sich doch im Stockwerk geirrt.

Malberg machte kehrt. Im darunterliegenden Stockwerk gab es zwei Wohnungstüren, links und rechts, beide weiß gestrichen, aber beide sahen anders aus als die Tür zu Marlenes Wohnung. Malberg schellte an der rechten Wohnungstür. – Nichts. Schließlich probierte er es auf der linken Seite. Ein Hund schlug an. Schritte. Ein alter Mann mit wirren schwarzen Haaren öffnete. Er hatte Mühe, die tobende Dogge zu bändigen. Als er Malberg sah, schlug er die Tür zu, noch bevor dieser ein Wort gesagt hatte.

Wie benommen nahm Malberg die Treppen abwärts. Vor der Tür der Hausbeschließerin hielt er inne und lauschte. Klassische Radiomusik drang nach außen. Es gab keine Türglocke. Er klopfte.

Malberg hatte die Hausbeschließerin mit den kurzen Haaren erwartet. Deshalb blieb er, als die Tür geöffnet wurde, zunächst sprachlos. Vor ihm stand eine ältliche Nonne mit verhärmten, strengen Gesichtszügen, in einem braunen Habit mit schwarzem Überwurf.

»Ja bitte?«, fragte sie mit dunkler, heiserer Stimme. Sie war deutlich bemüht, freundlich zu wirken.

Unfähig zu antworten, blickte Malberg an der Nonne vorbei, um einen Blick ins Innere der Wohnung zu erhaschen. Soweit er etwas erkennen konnte, machte alles einen aufgeräumten Eindruck.

»Ich wollte die Concierge sprechen«, stammelte Malberg verwirrt.

»Die Concierge? Hier gibt es keine Concierge!« Und etwas von oben herab fügte sie hinzu: »Mein Sohn.«

Vergeblich suchte Malberg nach dem Namensschild an der Tür. »Aber bei meinem letzten Besuch lebte in dieser Wohnung eine Hausbeschließerin, etwa vierzig Jahre alt, etwas üppig und mit kurzen Haaren!«

Die Nonne schob beide Hände in die Ärmel ihrer Ordenstracht, was ihr eine gewisse Unnahbarkeit verlieh. Sie kniff die Augen zusammen und musterte den Fremden von Kopf bis Fuß. »Wann soll das gewesen sein?«, fragte sie schließlich.

»Das ist noch gar nicht lange her, eine Woche, nicht länger.«

»Sie müssen sich irren.« Die Nonne rang sich ein mühsames Lächeln ab. Es wirkte eher zynisch, als wollte sie sagen: Armer Irrer.

»Und die Wohnung im fünften Stock? Dabei handelt es sich wohl auch um einen Irrtum meinerseits?« Malberg wurde wütend.

Die Miene der verhärmten Frau verfinsterte sich, und mit ihrer heiseren Stimme entgegnete sie: »Ich weiß nicht, wovon Sie reden, Signore. Im fünften Stockwerk dieses Hauses befindet sich der Dachboden. Nichts anderes. Geht es Ihnen gut?«

Am liebsten wäre Malberg der Nonne an die Gurgel gefahren. Er fühlte sich verhöhnt. Er hätte ihr gerne entgegengeschleudert: Dumme Ziege, ich habe die Wohnung mit eigenen Augen gesehen. Sie wurde von einer Frau mit Namen Marlene Ammer bewohnt. Irgendein Schwein hat sie umgebracht. Und alles, was hier abläuft, ist nichts weiter als eine bösartige Inszenierung, um einen Mord zu vertuschen.

Doch schon im nächsten Augenblick hatte er sich wieder in der Gewalt. Vielleicht war das Ganze nur eine Falle. Vielleicht wollte man ihn mit Absicht aus der Reserve locken, um zu sehen, wie viel er wusste? Vielleicht war man sogar schon hinter ihm her? Konnte die Polizei wissen, dass *er* Marlene tot aufgefunden hatte?

Er hatte nicht einmal ein Alibi, konnte auch keines haben, weil er sich unmittelbar nach dem Mord an Marlene in ihrer Wohnung aufgehalten hatte. Immer mehr wurde Malberg bewusst, in welch prekärer Situation er sich befand.

Wie aus der Ferne vernahm er die Stimme der Nonne, die Ihre Frage wiederholte: »Geht es Ihnen gut?«

»Gewiss«, beteuerte Malberg. »Bitte entschuldigen Sie die Störung. Ich habe mich wohl im Haus geirrt.«

Die Nonne nickte verständnisvoll, und Malberg verabschiedete sich kurz und verschwand.

Auf der gegenüberliegenden Straßenseite ging er eine gute Viertelstunde auf und ab. Dabei behielt er den Hauseingang der Via Gora 23 fest im Blick. Er wusste selbst nicht so recht, worauf er eigentlich wartete. Malberg war ratlos. Schließlich gab er auf und machte sich zu Fuß auf den Rückweg zum Hotel.

Als er auf dem Ponte Sisto den Tiber überquerte, summte sein Mobiltelefon.

»Hier spricht Caterina. Gut, dass ich Sie erreiche. Ich habe Neuigkeiten!«

»Ich auch!« Malberg blieb stehen und blickte von der Brücke in den bräunlich grünen Fluss.

»Erzählen Sie«, rief die Reporterin aufgeregt.

»Ich habe das Haus aufgesucht, in dem Marlene lebte.«

»Und? So reden Sie schon!«

»Nichts und. Überhaupt nichts.«

»Was soll das um Himmels willen heißen?«

»Soll heißen, die Wohnung existiert nicht mehr. Angeblich hat sie nie existiert, und angeblich hat Marlene nie in dem Haus gewohnt.«

»Dann haben Sie sich eben in der Adresse geirrt. In der Aufregung kann so etwas schon mal passieren. Im Übrigen sieht in manchen Stadtteilen Roms ein Haus aus wie das andere.«

»Mag sein; aber ich kenne das Haus. Ich kenne die Wohnung, in der Marlene lebte. Ich habe sie mit eigenen Augen gesehen!«

»Wann?«

»Am Tag, als Marlene ermordet wurde ...«

Nach einer schier endlosen Pause meldete sich Caterina mit ernster Stimme zurück: »Wollen Sie damit sagen ...«

»Ja, ich habe Marlene gesehen. Sie lag tot in der Badewanne.«

»Das ist nicht wahr.«

»Doch.«

»Warum haben Sie mir das verschwiegen?«

Malberg schluckte. »Wollen Sie die Wahrheit hören?«

»Natürlich.« Und nach einer Pause: »Sind Sie noch da?«

»Ja. Ich wusste nicht, ob ich Ihnen trauen kann. Das ist die Wahrheit.«

Nach einer Weile antwortete Caterina: »Ich verstehe. Und was hat Sie veranlasst, Ihre Meinung zu ändern?« Sie schien irgendwie enttäuscht.

»Ich glaube, das ist nicht die passende Gelegenheit für ein reumütiges Geständnis. Aber wenn Sie wollen, entschuldige ich mich.«

»Nicht nötig«, erwiderte Caterina schnippisch. Dann fügte sie ernst hinzu: »Der Staatsanwalt hat Marlenes Leiche freigegeben. Ich habe durch Zufall erfahren, dass sie heute um vierzehn Uhr auf dem Cimitero Campo Verano beerdigt werden soll.«

»Das geht alles sehr schnell. Finden Sie nicht?«

»*Zu* schnell. Ich werde auf jeden Fall dort sein und das Geschehen aus der Ferne beobachten.«

»Sie glauben doch nicht im Ernst, auf dem Friedhof Marlenes Mörder zu finden.«

»Nein, das bestimmt nicht! Es interessiert mich einfach, was dort abläuft. Im Übrigen lernt man auf Beerdigungen die interessantesten Leute kennen.«

Caterinas Worte klangen ziemlich ironisch, oder bildete er sich das nur ein?

»Ich würde auch ganz gerne als Beobachter dabei sein«, sagte Malberg nach einer nachdenklichen Pause. Er blickte auf die Uhr. Es war kurz vor eins. »Wo, sagten Sie, findet die Beerdigung statt?«

»Auf dem Campo Verano. Das ist bei San Lorenzo fuori le mura. Dann sollten Sie sich allerdings jetzt auf den Weg machen. Ich erwarte Sie in der Nähe des Haupteingangs.«

Mit dem Taxi musste Malberg die ganze Innenstadt durchqueren. Vorbei an der Stazione Termini, wo sich der Mittagsverkehr staute, gelangte er nach etwa einer Stunde zum angegebenen Treffpunkt.

Vor dem Cimitero drängten sich viele Menschen. Die Beerdigungen fanden im Halbstundentakt statt. Caterina war sichtlich nervös. Malberg konnte sich ihre Unruhe nicht erklären.

»Ich muss Ihnen etwas zeigen«, sagte sie und hakte sich bei Malberg unter.

Neben dem Haupteingang gab es eine Tafel, auf der alle Beerdigungen des Tages aufgeführt und die Grabstellen bezeichnet waren.

»Fällt Ihnen etwas auf?«, fragte Caterina, während Malberg auf der Liste nach Marlenes Namen suchte.

Malberg nickte. »Sind Sie sicher, dass wir hier richtig sind?«

Mit dem Zeigefinger deutete Caterina auf einen Eintrag: Vierzehn Uhr Sconosciuto, 312 E.

»Unbekannt?« Malberg sah Caterina fragend an. »Warum unbekannt?«

»Irgendjemand scheint daran interessiert zu sein, den letzten Weg von Signora Marlene Ammer zu verheimlichen. Kommen Sie!«

312 E lag im hinteren Teil des Cimitero. Vorbei an pompösen Mausoleen einflussreicher römischer Familien gelangten sie nach einem längeren Fußmarsch durch eine Wüste von Grabsteinen zu dem genannten Areal.

Caterina hielt Malberg am Ärmel fest. »Da!«

Einen Steinwurf entfernt sah man ein Dutzend vornehmer, in Schwarz gekleideter Männer vor einer offenen Grabstelle stehen. Ein Padre im Chorrock, flankiert von zwei Weihrauch schwingenden Ministranten, redete salbungsvoll. Aus der Entfernung waren seine Worte nur schwer verständlich.

Was sie im Schutz eines Grabsteins hörten, klang wie: »... Sie war kein schlechter Mensch, auch wenn es den Anschein haben mag ... War nicht Maria Magdalena, die Sünderin, die treueste Gefährtin unseres Herrn ... Wer von euch ohne Schuld ist, der werfe den ersten Stein ...«

Aus dem Augenwinkel nahm Malberg wahr, wie Caterina eine Kamera aus der Tasche zog und eine neue Speicherkarte einlegte. Dann fuhr sie das Objektiv heraus und schoss in kurzem Abstand mehrere Bilder.

»Fragen Sie mich bitte nicht, warum ich das tue«, flüsterte sie, um Malbergs Frage zuvorzukommen.

Der musterte jeden einzelnen der Trauergäste. Plötzlich wurde es unruhig. Zwei der vornehmen Herren prügelten aufeinander ein.

»Ich fass es nicht«, sagte Malberg. »So etwas hab ich auch noch nicht gesehen.«

»Das Beste wird sein, wir verschwinden, ehe uns jemand bemerkt.«

Caterina wandte sich um und erstarrte: Vor ihnen stand ein baumlanger Kerl im dunklen Anzug, eine durchaus gepflegte Erscheinung mit einem kantigen Gesicht und drohendem Blick.

Blitzschnell ließ Caterina die Kamera hinter dem Rücken verschwinden.

»Ich möchte, dass Sie sofort Ihre Aktivitäten einstellen«, sagte der Schwarzgekleidete mit einer hohen Stimme, die so gar nicht zu seiner äußeren Erscheinung passte.

»Ich weiß nicht, wovon Sie reden«, entgegnete Caterina, die als Erste die Fassung wiedergewonnen hatte.

»Das hier ist eine rein private Angelegenheit«, bekräftigte der

Schwarzgekleidete, »ich möchte nicht, dass dabei fotografiert wird. Also geben Sie mir die Speicherkarte!«

Caterina zögerte. Nach einem Blick auf Malberg, der zustimmend nickte, öffnete sie umständlich ihre Kamera und reichte dem Unbekannten den Chip.

Der nahm ihn, zerquetschte ihn zwischen Daumen und Zeigefinger und ließ die Überreste in der Brusttasche seines Zweireihers verschwinden. Dann verschränkte er die Arme vor der Brust und zischte: »Und jetzt hauen Sie ab, bevor ich meinen Worten Nachdruck verleihe!«

Malberg und Caterina zogen es vor, der Aufforderung Folge zu leisten, zumal die Trauergesellschaft bereits auf sie aufmerksam geworden war.

Sie waren schon im Gehen, als der Schwarzgekleidete ihnen leise hinterherrief: »Und merken Sie sich eins: Manchmal ist es besser, mit den Menschen auch die Wahrheit zu begraben!«

»Verstehen Sie das?«, erkundigte sich Malberg, als sie vor dem Haupteingang des Cimitero auf die Straße traten.

Caterina zeigte keine Regung. Endlich antwortete sie kopfschüttelnd: »Ich werde das Gefühl nicht los, dass das hier die Story meines Lebens ist.«

Kapitel 14

Das Laboratorium auf Burg Layenfels war mit Geräten und Instrumenten bestückt, um das es jede Universität beneidet hätte: Hochleistungsrechner im Format eines Kleiderschranks, ein Elektronenmikroskop, mehrere Interferenzspektrometer und Zentrifugen, ein Computertomograph neuester Bauart, eine Thermolumineszenz-Versuchsanordnung und ein Dutzend hochauflösender Flachbildschirme in allen Räumen, miteinander vernetzt.

Die ineinander übergehenden Labors nahmen das gesamte obere Stockwerk der trutzigen Burganlage ein. Anders als sonst, wenn sich hier große Hektik ausbreitete, herrschte an diesem Morgen konzentrierte Ruhe.

Im mittleren Laborraum saß der Molekularbiologe Professor Richard Murath vor dem Bildschirm seines Computers, umgeben von dem Zytologen Dr. Dulazek, dem Genealogen Jo Willenborg, dem Toxikologen Professor Masic, dem Chemiker Eric Van de Beek und dem Hämatologen Ulf Gruna.

Als Anicet, bleich und wie stets mit feucht zurückgekämmten Haaren, das Labor betrat, blickte Murath kurz auf, dann hackte er weiter stumm in seinen Rechner. Keiner sagte ein Wort. Wie gebannt starrten die Männer auf den Bildschirm.

Mit zusammengepressten Lippen, die seine Anspannung verrieten, versuchte Murath zwei endlos scheinende Reihen eines Strichcodes in Deckung zu bringen. Jedes Mal wenn er scheiterte, schüttelte Murath den Kopf. Er schien verzweifelt, weil der mehrfach wiederholte Versuch kein Ergebnis brachte. Schließlich schob er seine Bluetooth-Maus beiseite und drehte sich auf seinem verchromten Sessel um.

»Und Sie sind sicher, dass Sie keinem Fake aufgesessen sind?«, fragte er leise an Anicet gewandt. Dessen auffallend fahles Gesicht nahm in Sekundenschnelle eine rote Farbe an. Er sah aus, als würde er gleich platzen vor Wut. Anicet rang nach Luft. Aber noch bevor er antworten konnte, legte der Genealoge Jo Willenborg seine Hand auf dessen angewinkelten Unterarm und sagte: »Sie dürfen Murath die Frage nicht übel nehmen. Der Professor ist einer von jenen Wissenschaftlern, die ihr Fach höher einschätzen als die Realität. Ich bin überzeugt, er würde Ihnen weismachen, dass ein Hase mit einem Igel verwandt ist oder umgekehrt, wenn er dafür eine molekularbiologische Hypothese fände.«

Dr. Dulazek, der Zellforscher, lachte laut, während die Übrigen betreten dreinblickten. »Wissenschaft«, meinte Dulazek daraufhin kleinlaut, »Wissenschaft fängt eigentlich erst da an, interessant zu werden, wo sie für die meisten aufhört.«

Und Masic, der Toxikologe, dem der Ruf vorausging, er habe tausend tödliche Formeln im Kopf und sei in der Lage, sogar Brotkrumen in ein heimtückisches Gift zu verwandeln, ergänzte: »Wo das Wissen aufhört, beginnt der Glaube, und das ist bekanntlich das größte Problem der Menschheit.«

Für diese Worte erntete Masic Zustimmung von allen Seiten. Nur Anicet starrte geistesabwesend auf den Bildschirm. Jeder der Anwesenden wusste, wie gefährlich es war, wenn Anicet schwieg. Sicher würde er im nächsten Augenblick einen Wutanfall bekommen. Dafür war er bekannt.

Anicet war überhaupt der Einzige unter den Fideles Fidei Flagrantes, über den man mehr wusste. Von Beruf Kardinal, hatte er, der in hohem Maße als *papabile* galt, bei der letzten Papstwahl den Kürzeren gezogen zugunsten eines erzkonservativen Nachfolgers Petri. Das hatte er nie verwunden und der Kirche Rache geschworen.

Den übrigen Ordensbrüdern auf Burg Layenfels war es nicht anders ergangen: jeder eine Koryphäe auf seinem Gebiet, jeder verkannt, gemobbt, enttäuscht; jeder eine gescheiterte Karriere und jeder bereit, sich an der Menschheit mit *seinen* Mitteln zu rächen.

Ein eisernes Gesetz – und auf Burg Layenfels herrschten drakonische Gesetze – verpflichtete alle Flagrantes zu absoluter Geheimhaltung der eigenen Vergangenheit.

Von Murath, genannt «das Gehirn», wusste man, dass er, aus Enttäuschung über die Verweigerung des Nobelpreises, seine Universitätskarriere an den Nagel gehängt, seine Frau mit unbekanntem Ziel verlassen und Zuflucht bei einer Bruderschaft gesucht hatte. Das jedenfalls war in allen Zeitungen nachzulesen, und außerdem war von einer revolutionären Entdeckung auf dem Gebiet der Genforschung die Rede, einer Entdeckung, welche jede Vorstellungskraft überstieg und die deshalb vom Nobelpreis-Komitee ignoriert wurde.

Vom Wesen her unterschiedlich wie Wasser und Feuer, hatten sich Murath und Anicet trotzdem angefreundet. Ihr gemeinsamer Wissensdurst hatte sie zusammengeschweißt wie zwei glühende Eisen – wenngleich aus unterschiedlichen Motiven. Und so wirkte Anicet unerwartet beherrscht, beinahe versöhnlich, als er Muraths Frage beantwortete.

»Ja, ich bin ganz sicher, dass es sich um das Grabtuch des Jesus von Nazareth handelt, um keine Fälschung, sondern um das Original. Schließlich habe ich, bevor ich das Projekt in Angriff nahm, den Weg des Leintuchs mit allen mir zur Vefügung stehenden Mitteln zurückverfolgt. Und seien Sie versichert, Professor, als Kurienkardinal und Leiter des Vatikanischen Geheimarchivs konnte ich damals auf Mittel und Möglichkeiten zurückgreifen, von denen andere nur träumen können.«

»Das kann ich mir gut vorstellen«, bemerkte Van de Beek, der Chemiker, ironisch. Er war der Abgeklärteste von allen, und seine scharfe Zunge war gefürchtet.

Anicet überging Van de Beeks Einwurf und fuhr fort: »Als in den fünfziger und sechziger Jahren des zwanzigsten Jahrhunderts die Molekulargenetik erste spektakuläre Triumphe feierte, erreichte die Römische Kurie ein Schreiben des Harvard-Professors John Tyson, in dem er darauf aufmerksam machte, dass seine Wissenschaft – er war im Übrigen bis dato ein sehr gläubiger Mensch – die Lehre der Kirche in arge Bedrängnis bringen könnte.

Dabei erwähnte er das Turiner Grabtuch und entwarf ein Schreckensszenario für die Zukunft der Kirche. Die Einzelheiten brauche ich Ihnen nicht weiter zu erläutern. Am besten wäre es, meinte der gläubige Harvard-Professor, wenn sich die bedeutsamste Reliquie der Christenheit als Fälschung herausstellen würde.«

»Ziemlich absurd«, meinte Willenborg, der Genealoge. »Aber ich kann mir schon denken, warum.«

»Ich auch«, bekräftigte Ulf Gruna, der Hämatologe. »Die Sache ist ganz einfach.«

»Das ist uns allen inzwischen hinreichend bekannt«, fiel Anicet dem Hämatologen ins Wort.

Dulazek nickte.

Aber Ulf Gruna, der Blut als das Leben schlechthin zu bezeichnen pflegte, ließ nicht locker und sagte an Anicet gewandt: »Woher nehmen Sie die Gewissheit, dass Kardinal Gonzaga uns nicht betrogen hat?«

Da polterte Anicet los: »Ich weiß nicht, was Sie mit Ihren Anfeindungen bezwecken wollen. Bisher war ich der Meinung, wir zögen alle an einem Strang. Vielleicht rufen Sie sich einmal in Erinnerung, dass Gonzaga der Kardinalstaatssekretär ist!«

»Eben! Als Kardinalstaatssekretär standen ihm doch alle Möglichkeiten offen, eine weitere Fälschung anfertigen zu lassen.«

Anicet grinste verächtlich: »Der Herr wird sich hüten, uns an der Nase herumzuführen. Ich brauche Ihnen nicht zu sagen, was das für seine Karriere bedeuten würde. Allein die Tatsache, dass er uns das Turiner Leintuch gleichsam frei Haus lieferte, zeigt, wie absurd Ihre Einwände sind. Im Übrigen kenne ich das Turiner Grabtuch wie mein eigenes Bettlaken, seit es im Vatikanischen Geheimarchiv aufbewahrt wird ...«

»Sie meinen«, unterbrach Willenborg Anicets Redefluss, »Sie kennen das Objekt, das Sie für das Original halten, wie Ihr Bettlaken. Ob es wirklich das Original ist und nicht die Kopie, die der Vatikan, wenn ich mich recht erinnere, in Auftrag gegeben hat, dafür haben Sie zumindest vorläufig keinen Beweis.«

Anicet fühlte alle Augen auf sich gerichtet. Ein Zucken um die Mundwinkel verriet seine Unsicherheit. Er schluckte, aber er antwortete nicht.

»Sicher«, entgegnete Murath, »gibt es in den Magazinen unter St. Peter, wo die unglaublichsten Dinge aufbewahrt werden, noch weitere Mumien aus der Zeitenwende, aus deren Stoff ein begabter Fälscher mithilfe von Natriumchlorid eine glaubhafte Kopie fertigen könnte. So wie das offenbar mit diesem Objekt geschah.« Er warf einen verächtlichen Blick auf seinen Bildschirm, wo noch immer zwei unterschiedliche Strichcodes zu sehen waren.

Anicet schnaubte. Mit erhobenem Zeigefinger, der unübersehbar zitterte wie ein dürres Blatt im Herbstwind, schleuderte er dem Professor entgegen: »Ich schlage vor, Sie suchen den Fehler erst einmal bei sich selbst, bei Ihnen und Ihren Untersuchungsmethoden. Sie verfügen über das modernste und teuerste Instrumentarium, aber Sie sind nicht in der Lage, konkrete Aussagen über das Leintuch zu machen. Wenn Sie an der Echtheit der Reliquie zweifeln, gut, dann verlange ich von Ihnen Beweise. Solange Sie diese Beweise nicht vorlegen, gehen wir davon aus, dass es sich bei dem Grabtuch, das uns Kardinal Gonzaga gebracht hat, um jenes handelt, in welchem Jesus von Nazareth bestattet wurde. Habe ich mich klar ausgedrückt?«

Murath murmelte etwas wie »Dann können wir wieder ganz von vorne anfangen«. Laut und deutlich sagte er dann: »Das wirft uns in unserer Planung um Wochen zurück. Darüber sind Sie sich doch im Klaren?«

Anicet hob beide Hände: »Wir sollten uns ein Beispiel an der Kurie nehmen. Im Vatikan wird nicht nach Tagen oder Wochen gerechnet, nicht einmal nach Monaten. Ich bin überzeugt, wenn es eine größere Maßeinheit gäbe, zählten die Herren nicht einmal die Jahre. Welche Bedeutung kommt da ein paar Wochen zu!«

Dr. Dulazek lebte mit Murath aufgrund kritischer Berührungspunkte ihrer Wissenschaften ohnehin ständig auf Kriegsfuß. Deshalb war es nicht verwunderlich, dass er im selben Atemzug eine provozierende Frage in den Raum stellte. »Hat eigentlich schon einmal jemand darüber nachgedacht, ob Muraths Hypothese überhaupt stichhaltig ist? Ich will sagen – arbeiten wir vielleicht an einer Problemlösung, für welche die wichtigste Voraussetzung fehlt, nämlich das Problem?«

Murath plusterte sich vor seinem Bildschirm auf wie ein Pfau. Aber noch bevor er die richtigen Worte fand, fuhr Dulazek fort: »Verstehen Sie mich recht, Ich schätze den Kollegen sehr. Aber er wäre nicht der Erste, bei dem sich eine bedeutsame wissenschaftliche Hypothese verhält wie ein Atom bei der Kernspaltung.«

»Und wie verhält sich ein Atom bei der Kernspaltung, wenn ich fragen darf?«, sagte Anicet.

»Es zerbröselt. Nichts weiter.«

Mit einem Satz sprang Murath auf und stürzte sich auf Dulazek. »Armseliger Zytologe, armseliger!«, schrie er außer sich vor Wut und fuhr ihm an die Gurgel.

Weder Dulazek selbst noch einer der Umstehenden konnte verhindern, dass Murath seinen Widersacher zu Boden riss und ihn würgte, bis dieser dunkelrot anlief. Dem kräftigen Toxikologen Professor Masic gelang es in letzter Sekunde, Dulazek von dem tobenden Molekularforscher zu befreien.

Kapitel 15

Seit zwei Tagen hatte Malberg von Caterina nichts gehört. Er ahnte, warum sie ihn mit Schweigen strafte. Sie empfand es wohl als Vertrauensbruch, weil er ihr verschwiegen hatte, dass er kurz nach dem Mord in Marlenes Wohnung gewesen war. Rückblickend musste er es eingestehen: Er hatte einen Fehler gemacht. Er konnte es Caterina nicht einmal verdenken, wenn sie *ihn* mit dem Mord in Verbindung brachte.

Ihre Privatadresse kannte er nicht. Ihr Name war im römischen Telefonbuch nicht zu finden. Malberg beschloss, Caterina in der Redaktion des *Guardiano* in der Via del Corso aufzusuchen.

Die Eingangshalle in dem barocken Prachtbau wurde von zwei schwarz gekleideten Türstehern bewacht, die jeden Besucher kritisch musterten. Die Portiere, eine gepflegte Erscheinung mittleren Alters, nickte Malberg freundlich zu und erkundigte sich höflich: »Was kann ich für Sie tun, Signore?«

»Ich würde gerne Signora Caterina Lima sprechen.«

»Sie sind angemeldet, Signore?«

»Nein. Das heißt ...«, geriet Malberg ins Stocken. »Es handelt sich eher um eine private Angelegenheit. Aber eigentlich ...«

Die blonde Portiere hob die Augenbrauen. »Wenn Sie bitte Platz nehmen wollen!«, meinte sie in einem Tonfall, der keinen Widerspruch duldete. Und dabei wies sie mit einer offenen Handbewegung auf eine graue Sitzgruppe. »Und wen darf ich melden?«

»Mein Name ist Malberg.«

Eine Weile beobachtete Malberg das Kommen und Gehen in der Eingangshalle, dann stand plötzlich Caterina vor ihm. Sie schien aufgeregt. Ihrem ängstlichen Blick konnte Malberg entnehmen, dass ihr sein Erscheinen ungelegen kam.

»Sie haben Mut«, sagte sie leise und zog ihn beiseite, noch ehe Malberg eine Frage stellen konnte. Er sah sie verwirrt an.

»Der Staatsanwalt hat heute Morgen Haftbefehl gegen Sie beantragt.«

Malberg lachte hysterisch, und Caterina legte die Hand auf seinen Mund: »Leise, um Himmels willen. Es ist wirklich ernst. Sie stehen unter Verdacht, etwas mit dem Mord an Marlene Ammer zu tun zu haben.«

»Ich?«

»Bei den Ermittlungen stieß die Polizei auf einen Brief mit Ihrem Namen und Absender, in dem Sie Ihre Ankunft am Tag des Mordes ankündigen. Wie Sie wissen, gelten in Italien sehr strenge Meldegesetze. Ein Abgleich mit dem Polizei-Computer ergab, dass Sie tatsächlich wenige Stunden vor dem Mord im Hotel Cardinal eingecheckt und das Hotel nach Zeugenaussagen wenig später verlassen haben.«

»Und woher wissen *Sie* das alles?«

»Wie ich Ihnen schon sagte, hat eine Polizeireporterin, pardon, eine *ehemalige* Polizeireporterin, beste Kontakte zu den Ermittlungsbehörden.«

»Ich bin also ein Mörder«, stellte Malberg zynisch fest.

»Aber das ist noch nicht alles! Angeblich haben Sie sich bei einer Bank in Deutschland eine viertel Million erschlichen und sind mit einem Bankscheck über diese Summe unterwegs. Es sieht wirklich nicht gut aus für Sie, Lukas.«

Wie geistesabwesend blickte Malberg durch Caterina hindurch. Es fiel ihm schwer, sich mit der neuen Situation vertraut zu machen. »Und Sie glauben, dass diese Anschuldigungen der Wahrheit entsprechen«, stammelte er tonlos.

Caterina legte den Kopf zur Seite, als wollte sie sagen: Was würden Sie in meiner Situation glauben? Schließlich erwiderte sie: »Ich muss gestehen, bis heute Morgen war ich, nachdem ich von den Anschuldigungen erfahren hatte, wirklich im Zweifel, ob Sie Marlene vielleicht umgebracht haben. Sie sind ein belesener, weltgewandter Mann, und es dürfte Ihnen nicht schwergefallen sein, sich eine Geschichte auszudenken, die Sie vom Vorwurf des Mordes reinwäscht. Ich gebe zu, ich habe mich sogar über mich geärgert, weil ich Ihnen so blind vertraut habe. Aber da war einfach diese unglaubliche Story, die mich gefangen hielt. Doch nun, heute Morgen, passierte etwas Merkwürdiges.« Sie sah Malberg lange und durchdringend an.

»Etwas Merkwürdiges?«, wiederholte Malberg leise und wurde blass. Er wirkte hilflos, ratlos, so als wollte er im nächsten Augenblick ein Geständnis ablegen: Ja, ich war's. Ich habe Marlene Ammer umgebracht.

Caterina blickte zur Seite, um sicherzugehen, dass niemand ihr Gespräch belauschte. Dann sagte sie in getragenem Tonfall: »Als ich heute früh die Morgenzeitungen auf den Schreibtisch bekam ...«

Weiter kam sie nicht, denn von irgendwoher schallte aus einem Lautsprecher die Durchsage: »Caterina Lima bitte dringend siebenundvierzigdreißig. Caterina Lima dringend siebenundvierzigdreißig.«

»Entschuldigen Sie mich einen Augenblick«, unterbrach Caterina. Sie ging zu einem Wandapparat und wählte 4730. Nach einem kurzen Wortwechsel legte sie auf und kam zurück.

»Der Chef vom Dienst«, meinte sie entschuldigend. »Wenn es Ihnen recht ist, treffen wir uns mittags irgendwo in der Stadt, jedenfalls nicht hier in der Nähe. Ich würde sagen, vor dem Taxistand Stazione Termini. Sagen wir um dreizehn Uhr. Und was ich noch sagen wollte: Es wäre besser, wenn Sie nicht mehr in Ihr Hotel zurückkehrten.«

Stumm blickte Malberg Caterina nach, die im Lift verschwand.

Kurz nach eins erschien Caterina am vereinbarten Treffpunkt. Malberg ging ihr erleichtert entgegen. Er hatte Zweifel gehabt, ob sie überhaupt kommen würde. Denn was sie ihm zwischen Tür und Angel eröffnet hatte, war nicht gerade dazu angetan, Vertrauen zu wecken. Auf dem Weg zum Bahnhof hatte er sich den Kopf zermartert, was Caterina aus der Zeitung erfahren haben könnte.

In einer Trattoria Ecke Via Cavour, Via Giovanni Giolitti, deren Name nicht verdient, erwähnt zu werden, bestellten sie Pasta. Malberg stocherte lustlos in den matschigen Linguine herum, bis Caterina den *Corriere* aus ihrer Tasche zog und die Lokalseite vor ihm ausbreitete.

Sie deutete auf einen Zweispalter mit einem einspaltigen Bild:

KARDINALSTAATSSEKRETÄR PHILIPPO GONZAGA
IN EINEN UNFALL VERWICKELT

Mit gedämpfter Stimme las Caterina die Meldung: »Bei einem Autounfall auf der Piazza del Popolo wurde gestern der Kardinalstaatssekretär leicht verletzt. Gonzaga war mit seinem Fahrer in dessen privatem Kleinwagen unterwegs, als dieser im Kreisverkehr plötzlich und ohne ersichtlichen Grund anhielt. Ein nachfolgendes Fahrzeug eines Express-Paketdienstes konnte nicht rechtzeitig bremsen und fuhr auf den Wagen des Kardinals auf. Dabei wurde der kirchliche Würdenträger, der nicht angeschnallt war, vom Rücksitz nach vorne geschleudert, wobei er das Bewusstsein verlor. Gonzaga und sein Fahrer wurden in die Gimelli-Klinik eingeliefert. Beim Abtransport des Kleinwagens, der bei dem Unfall einen Totalschaden erlitt, wurde in dem Fahrzeug eine Plastiktüte mit einhunderttausend US-Dollar entdeckt. Über Zweck und Herkunft des Geldes und auf die Frage, warum der Kardinalstaatssekretär nicht in seinem Dienstwagen, sondern im Wagen seines Chauffeurs unterwegs war, wurde vom Vatikan keine Erklärung abgegeben. Gonzaga und sein Fahrer wurden inzwischen wieder aus der Klinik entlassen.«

Malberg sah Caterina verständnislos an. »In meiner Situation«, knurrte er vorwurfsvoll, »interessiert mich eine Meldung wie diese ehrlich gesagt nicht im Geringsten.«

»Das wird sich gleich ändern«, konterte Caterina kühl.

Wortlos legte sie ein Foto neben den Zeitungsartikel. Es zeigte ein Dutzend dunkel gekleideter Männer bei Marlenes Beerdigung.

»Ich dachte, Sie hätten den Chip mit den Fotos dem langen Kerl auf dem Cimitero ausgehändigt?«

Caterina lachte verschmitzt: »Ach, wissen Sie, Reporter entwickeln bei der Ausübung ihres Berufes eine gewisse Routine. Wichtige Speicherkarten aus der Kamera zu nehmen und in der Tasche verschwinden zu lassen gehört unter anderem auch dazu.«

»Aber trotzdem sehe ich keinen Zusammenhang zwischen den Bildern und dem Zeitungsartikel.«

»Und jetzt?« Mit beiden Händen hielt Caterina Malberg ein Foto vors Gesicht, offensichtlich eine Ausschnittvergrößerung.

»Das« – Malberg kam ins Stocken, »das ist doch ...«

»... Kardinalstaatssekretär Gonzaga!«

»Aber was hat der Kardinal auf der Beerdigung von Marlene zu suchen?«

»Das frage ich mich auch.«

Malberg schob seinen Teller mit der Pasta beiseite und fuhr sich mit beiden Händen übers Gesicht. Er sah Caterinas triumphierende Miene. Sie blickte ihn an wie ein Kartenspieler, der überraschend sein Ass ausgespielt hat. »Jedenfalls ist die Anwesenheit des Kardinalstaatssekretärs kein Zufall!«

»Natürlich nicht. Zwischen Marlene und dem Kardinal muss es irgendeine geheime Verbindung gegeben haben.«

»Wenn Sie mich fragen ...«

»Ich frage Sie!«

»Die geheime Verbindung dürfte sich nicht nur auf den Kardinalstaatssekretär beschränkt haben. Sehen Sie sich die dunkel gekleideten Herren einmal näher an.« Caterina reichte Malberg ein weiteres Foto.

»Sie meinen, man kann sich diese Herren mit ihren leicht geröteten Wachsgesichtern eher im schwarzen Talar als im Bett einer Frau vorstellen?«

»Genau das meinte ich.«

»Aber was in aller Welt hatte Marlene mit dem Vatikan zu schaffen, dass die hohen Würdenträger gleich eine ganze Abordnung zu ihrer Beerdigung schicken?«

»Das ist in der Tat die Frage, mit der wir uns zu beschäftigen haben.«

Malberg sah Caterina lange an; dann sagte er: »Ihren Worten entnehme ich, dass sich Ihr Misstrauen mir gegenüber etwas gelegt hat.«

»Etwas umständlich könnte man das durchaus so ausdrücken.« Sie lachte. »Allerdings«, wandte sie ein, »ist damit der Haftbefehl noch lange nicht vom Tisch.«

»Aber wir haben doch jetzt Beweise, dass Marlene in irgendwelche dunklen Machenschaften verwickelt war!«

»Dunkle Machenschaften?« Caterina lachte. »Dass die halbe Kurie zu Marlenes Beerdigung erscheint, beweist erst mal noch gar nichts. Es ist ein Indiz. Eine Spur, die bei den Ermittlungen vielleicht im Sand verläuft. Andererseits ist es sonderbar, dass Marlene Ammer anonym beerdigt wurde. Wie hieß es so schön? – Sconosciuto, unbekannt! Diese seltsamen Zusammenhänge, und wie das alles auf wundersame Weise miteinander verzahnt ist, ist auf jeden Fall äußerst verdächtig.«

»In der Tat.« Malberg griff in seine Jackentasche und zog Marlenes Notizbuch hervor. »Schauen Sie sich das mal an.«

Caterina sah ihn fragend an. »Was ist das?«

»Das Notizbuch von Marlene. Ich habe es in ihrer Wohnung gefunden.«

Neugierig blätterte Caterina in dem Kalender.

»Lauter seltsame Namen. Was hat das zu bedeuten?«

»Das kann ich Ihnen sagen. Der jeweils erste Begriff ist eine Zeitangabe aus dem Kirchenjahr, also zum Beispiel Oculi – der erste Fastensonntag.«

Caterina hörte ihm gespannt zu. »Und die Namen dahinter?«, wollte sie wissen.

»Das sind Propheten des Alten Testaments.«

»Mit anderen Worten«, begann Caterina, die den Zusammenhang sofort erfasste.

»Die Personen, mit denen sich Marlene offensichtlich getroffen hat, müssen etwas mit der Kirche zu tun haben«, vollendete Malberg ihren Satz.

»Dann liegen wir wohl nicht falsch mit unseren Vermutungen«, sagte Caterina. Sie schwieg einen Moment. »Ich befürchte beinahe, die Ermittlungen könnten unsere bescheidenen Möglichkeiten übersteigen.«

»Sie haben Angst, Caterina?«

»Natürlich. Nur Dummköpfe geben sich furchtlos.«

»Was soll ich tun? Zur Polizei gehen und sagen: Da bin ich, ich war zwar in der Wohnung, aber mit dem Mord habe ich nichts zu tun?«

»Das würde kaum weiterhelfen. Man würde Sie festnehmen, und Sie hätten nicht die geringste Chance, Ihre Unschuld zu beweisen. Und römische Gefängnisse haben nicht gerade den besten Ruf. Vorschlag: Fürs Erste tauchen Sie bei mir unter. Das wird zwar etwas eng; aber eine andere Möglichkeit sehe ich momentan nicht.«

»Das würden Sie für mich tun?«

»Haben Sie einen besseren Vorschlag? Also. Ich bin überzeugt, dass es keinen sichereren Platz für Sie gibt. Kommen Sie!«

Caterina Lima lebte im Stadtviertel Trastevere, in der Via Pascara, nicht weit vom Bahnhof entfernt. Hier sahen die Häuser alle gleich aus: hohe, fünf- bis sechsstöckige Gebäude aus dem vorvorigen Jahrhundert, zum Teil noch älter, mit klotzigen Fenstereinrahmungen und pompösen Eingangsportalen, die im diametralen Gegensatz zu den heruntergekommenen Treppenhäusern standen.

Was die Einwohner von Trastevere betraf, so fand man nirgends in der großen Stadt Arm und Reich, Schick und Verkommenheit, Alt und Jung so zusammengedrängt wie hier. Ursprünglich das Armenviertel von Rom, hatte sich Trastevere vor fünfzig Jahren allmählich in eine gesuchte Wohngegend verwandelt. Ein Penthouse im Tiberbogen nahe der Basilika Santa Cecilia war beinahe unbezahlbar. Doch zwischen luxussanierten Altbauten und teuren Restaurants lebten noch genügend einfache, aber stolze Bewohner, die einmal im Jahr, im Sommer, die »Festa de Noantri«, das »Fest von uns anderen«, feierten.

Auf dem Weg nach Trastevere, den sie im Taxi zurücklegten, hatte Caterina Malberg auf all das vorbereitet; aber Malberg hatte nur mit einem Ohr zugehört. In Gedanken plante er das weitere Vorgehen, und dabei wurde ihm zunehmend klar, dass er mehr denn je auf Caterinas Hilfe angewiesen war. Die neue Wendung der Dinge machte ihn, der Marlenes Mörder suchte, selbst zum Gejagten. Und wenn er bis vor kurzem sich noch mit dem Gedanken getragen hatte aufzugeben, einfach zu akzeptieren, dass Marlene nicht mehr lebte, dann wurde ihm jetzt allmählich bewusst, dass ihm keine andere Wahl blieb, er musste Licht ins Düstere dieses Verbrechens bringen.

»Wir sind da!« Caterinas Stimme schreckte ihn auf.

Nach ihren Schilderungen hatte Malberg Schlimmeres erwartet. Trotzdem war er irgendwie enttäuscht, als er das alte, farblose Gebäude sah, in dem Caterina lebte.

»Zweiter Stock!«, sagte sie, während sie in dem mit blauen Wandkacheln ausgestatteten Treppenhaus nach oben stiegen. Zu seiner Überraschung schellte sie an der Wohnungstür, und gleich darauf öffnete ein junger Mann mit schwarzen Haaren und durchtrainierter schlanker Figur.

Caterina küsste ihn auf die Wange. »Das ist Paolo«, sagte sie an Malberg gewandt, und zu Paolo: »Das ist Signor Malberg aus Monaco di Baviera. Er wird die nächste Zeit bei uns wohnen.«

Paolo streckte Malberg die Hand entgegen, als sei es die selbstverständlichste Sache der Welt, dass sie einen Mann mitbrachte, mit dem sie fortan die Wohnung teilten.

Wie dumm von dir zu glauben, dachte Malberg, dass ein so hübsches Mädchen allein lebt.

KAPITEL 16

Mit einem Pack Zeitungen unter dem Arm hetzte Soffici auf der breiten Steintreppe des Apostolischen Palastes ins zweite Obergeschoss. Um nicht zu stolpern, raffte er seinen Talar mit der Rechten, denn er nahm, entgegen sonstiger Gewohnheit, immer zwei Stufen auf einmal.

Oben angelangt, zügelte er seine Eile. Betont lässig schlenderte er den langen Gang entlang zum Kardinalstaatssekretariat. Lautlos und unbemerkt verschwand er in der hohen Eichentür, die mit einem dezenten Schild: Monsignor Giancarlo Soffici, Segretariato, gekennzeichnet war.

Soffici warf die Zeitungen auf seinen Schreibtisch. Bedächtig nahm er die Brille ab und fuhr sich mit einem Taschentuch über sein Gesicht, als wollte er das eben Gesehene aus seinem Gedächtnis wischen. Dann schlug er eine Zeitung nach der anderen auf und begann die Artikel, in denen der mysteriöse Unfall des Kardinalstaatssekretärs gemeldet wurde, mit einer Schere auszuschneiden.

Es war nicht ungewöhnlich, wenn die Herren der Kurie zensierte Zeitungen auf den Tisch bekamen. Für gewöhnlich beschränkten sich die Ausschnitte jedoch auf Bilder obszönen Inhalts. Dazu zählten vor allem sekundäre weibliche Geschlechtsmerkmale – von den primären ganz zu schweigen –, aber auch Abbildungen schöner Knaben, Gott weiß, warum.

Soffici hatte seine Arbeit noch nicht beendet, als in der Tür, die zu Gonzagas Gemächern führte, der Kardinalstaatssekretär erschien.

»Ich hatte Sie noch nicht erwartet, Excellenza«, stotterte der Monsignore verlegen. »Wie ist Ihr Befinden?«

Gonzaga trug zu seiner Kardinalskleidung – durchgeknöpfter Talar, rotes Zingulum und rote Mozetta – eine dunkelgraue Halskrause, aus der sein Glatzkopf wie ein Zuchtchampignon herausragte. Eingehüllt in eine Aura von »Pour Monsieur« blieb dem Kardinal nicht verborgen, dass Soffici bemüht war, die Zeitungsausschnitte unter einem Stoß Akten verschwinden zu lassen.

»Bemühen Sie sich nicht, Monsignore«, sagte er, ohne auf die Frage seines Sekretärs einzugehen. »Ein aufmerksames Mitglied der Kurie hat mir den *Corriere* schon auf den Tisch gelegt. Ich nehme mal an, dass ich den dezenten Hinweis nicht Ihnen zu verdanken habe.«

»Excellenza, bei der Heiligen Jungfrau und allen Heiligen ...«

»Schon gut. Ich sagte ja, dass ich Ihnen diese Niedertracht nie zutrauen würde.« Gonzaga blickte, die Arme auf dem Rücken verschränkt, zur prunkvollen Kassettendecke, welche alle Räume des Stockwerks zierte. Dann wandte er sich erneut an Soffici: »Eine dumme Geschichte, in die wir da geraten sind. Auch nach Anrufung des Heiligen Geistes ist mir bisher keine plausible Erklärung eingefallen, die man abgeben könnte. Oder fällt Ihnen dazu etwas ein, Soffici?«

»Sie meinen, warum der Kardinalstaatssekretär im Privatwagen seines Chauffeurs zu nachtschlafender Zeit mitten im Kreisverkehr anhält?«

»Das auch. Noch mehr gerate ich allerdings in Erklärungsnot, was die hunderttausend Dollar in der Plastiktüte betrifft. Wenn ich das Geld wenigstens in einem Aktenkoffer transportiert hätte! Ich habe mich aufgeführt wie ein neapolitanischer Mafioso.«

»Und wo ist das Geld geblieben?«

»Keine Sorge, Monsignore, ein Commissario hat es samt Plastiktüte bis auf den letzten Cent und gegen Quittung abgeliefert. Aber darum geht es nicht. Es geht einzig und allein um die Umstände, unter denen der Unfall geschah. Jedenfalls kann ich den Zeitungen nicht einmal verdenken, wenn sie das Ereignis zum Ausgangspunkt wilder Spekulationen nehmen.«

Soffici musterte mit finsterem Blick die Zeitungen, die ausgebreitet vor ihm auf dem Schreibtisch lagen. Er schwieg.

Gonzaga schüttelte den Kopf. Nach einer Weile nahm er seine Rede wieder auf: »Gottloses Gesindel, das solche Meldungen verbreitet. Gott soll sie strafen für ihre Hoffart. Über jedes unnütze Wort, das die Menschen reden, haben sie Rechenschaft zu geben am Tage des Jüngsten Gerichts!«

»Sagt Matthäus 12,36.«

»Wer?«

»Der Evangelist Matthäus!«

»Egal. Dort jedenfalls wird Heulen sein und Zähneknirschen!«

Matthäus 13,50, dachte Soffici. Aber er hütete sich, es auszusprechen, denn er kannte die Zornesausbrüche seines Chefs. Und dass Gonzaga seine Redewendungen zum großen Teil aus dem Neuen Testament bezog, war allgemein bekannt.

In jenem Augenblick des Schweigens, in dem sich jeder über den anderen Gedanken machte, stürzte John Duca, eine Zeitung wie eine Fahne schwenkend, wutschnaubend in den Raum: »Excellenza, ich glaube, Sie sind uns allen eine Erklärung schuldig!«

Soffici sah Gonzaga erschrocken an. Es war höchst ungewöhnlich, dass jemand dem Kardinalstaatssekretär so forsch begegnete. John Duca, wie schon sein Vorgänger Professor des Kanonischen Rechts und außerdem Ehrendoktor der Universitäten von Bologna, Genf und Edinburgh, leitete das IOR, das Istituto per le Opere Religiose. Was sich so edelmütig und erhaben anhörte, war nichts anderes als die Vatikan-Bank, ein Unternehmen mit Milliardenumsätzen und in einem festungsartigen Gebäudekomplex beheimatet, der sich anhänglich wie eine unscheinbare Geliebte an den Apostolischen Palast schmiegt. Von oben betrachtet hat dieser Anbau aus Quadersteinen die Form eines großen D. Spötter veranlasste dies zu der Bemerkung, dies sei die Abkürzung von Diabolo, was nichts anderes bedeutet als Teufel.

John Duca, wie stets dezent in grauen Flanell gekleidet und

beschlipst mit silbergrauer Krawatte, galt als knallharter Banker. Im Gegensatz zu seinen Vorgängern ging ihm der Ruf absoluter Seriosität voraus, eine Reputation, die durchaus nicht selbstverständlich war in diesem Gewerbe. Dabei hatte er diesen Beruf nie studiert, schon gar nicht praktiziert, sondern seine Aufgabe von heute auf morgen übernommen und den Vatikanstaat, der 2002 noch 13,5 Millionen Euro Verlust machte, binnen Jahresfrist zu einem gewinnträchtigen Unternehmen zurückgeführt. Seither galt John Duca als Wundertäter und Aspirant für die Ehre der Altäre, wie die Heiligsprechung dezent umschrieben wird.

»Verstehen Sie mich recht«, Duca trat dem Kardinalstaatssekretär gegenüber, »es geht mir nicht um die Summe, welche Sie Ihrem Geheimetat entnommen haben. Dafür werden Sie eine Erklärung finden oder auch nicht. Ich frage Sie vielmehr, ob Ihr Geschäftsgebaren in der Öffentlichkeit nicht böse Erinnerungen wachruft.«

Gonzaga wandte sich ab. Seine Halskrause zwang ihn dabei zu einer Haltung, die an eine Holzfigur erinnerte.

»Meinen Sie, ich mach so etwas extra«, geiferte der Kardinalstaatssekretär. »Vielleicht war der Unfall die göttliche Vorsehung.«

John Duca zog die Stirn in Falten, und seine Lippen wurden schmal. »Excellenza, es hat über zehn Jahre gedauert und großen Einsatz erfordert, um das dunkle Finanzgebaren der Kurie vergessen zu machen. Vielleicht darf ich daran erinnern, dass ich dazu einen nicht geringen Anteil beigetragen habe!«

Der Kardinalstaatssekretär warf Duca einen verächtlichen Blick zu, als wollte er sagen: Sie? Ausgerechnet Sie?

Jedenfalls fasste ihn Duca so auf, und er fuhr fort: »Oder haben Sie schon vergessen, was uns der unglückselige Monsignor Paul Marcinkus aus Chicago, wo auch Al Capone herkam, eingebrockt hat? Oder der Mafioso Michele Sidona aus Patti bei Messina? Papst Paul VI., der Geld bekanntlich hasste wie die Sünde, vertraute dem Geldwäscher des New Yorker Gambino-Clans so viel

Geld an, dass man damit St. Peter einreißen und wieder aufbauen hätte können.«

»Schweigen Sie, ich will das nicht mehr hören!« Gonzaga fuhr sich nervös über die feuchte Glatze, und ein leichter Schweißgeruch erfüllte den Raum.

»Wollen Sie mich daran hindern, die Wahrheit auszusprechen?«, gab Duca lautstark zurück. »Es ist kein Geheimnis: Die Päpste haben es noch nie verstanden, mit Geld umzugehen. Und die, welche das wussten, haben immer den falschen Beratern vertraut. Nachdem Michele Sidona in den siebziger Jahren des vergangenen Jahrhunderts von Staats wegen aus dem Verkehr gezogen wurde, vertraute Marcinkus sich und die Millionen der Kurie dem nicht weniger zwielichtigen Roberto Calvi an, der Banco Ambrosiano in Milano leitete und Anleger um 1,4 Milliarden Dollar prellte. Wir wissen alle, wie das Abenteuer ausging. Calvi wurde in London unter der Blackfriars Bridge erhängt aufgefunden. Michele Sidona segnete nach einem schmackhaften Mittagessen im Gefängnis von Voghera das Zeitliche, weil seine Pasta mit Rattengift gewürzt war. Und Monsignor Marcinkus? Der avancierte zum Kardinal. Doch der Purpur ließ bei ihm nicht die rechte Freude aufkommen, weil er sich nur in den Mauern des Vatikans frei bewegen konnte. Auf italienischem Staatsgebiet hätte ihn die Polizei verhaftet.«

»Ja«, wiegelte Gonzaga ab, »es waren unselige Zeiten, die ich in keiner Weise zu verantworten habe. Also warum erzählen Sie das alles?«

Soffici, der den Worten des Bankers mit versteinerter Miene zugehört hatte, nickte heftig.

»Weil diese Geschichte« – Duca klopfte mit dem Handrücken auf seine Zeitung, »weil diese Geschichte dazu angetan ist, die Ereignisse von damals wieder wachzurufen! Sie kennen die Folgen: Die Kirchenaustritte schnellten damals dramatisch in die Höhe. Und dies war der wirtschaftlichen Lage unserer heiligen Mutter Kirche nicht gerade förderlich.«

Der Kardinalstaatssekretär wandte sich seinem Sekretär zu: »Monsignore, Sie werden umgehend eine Gegendarstellung formulieren und an alle Zeitungen schicken, die diese Meldung gebracht haben!«

»Um Gottes willen, Excellenza!«, rief John Duca aufgeregt, »das würde die Angelegenheit nur noch verschlimmern.«

»Verschlimmern? Wieso? Die Zeitungen sind verpflichtet, jede Gegendarstellung abzudrucken, ohne Rücksicht auf den Wahrheitsgehalt.«

Soffici trat ganz nahe an Gonzaga heran und sagte im Flüsterton und mit gepresster Stimme: »Soll das heißen, Sie wollen den Sachverhalt abstreiten? Excellenza, es gibt Zeugen, die den Unfall und die Tüte mit dem Geld gesehen haben! Eine Gegendarstellung wäre schlichtweg unglaubhaft. Im Übrigen wäre es eine Sünde wider das apodiktische Recht: Du sollst kein falsches Zeugnis geben.«

»Verschonen Sie mich damit, Monsignore. Die katholische Moraltheologie hat in der Kirche schon genug Schaden angerichtet. Ich erinnere nur an den Zwist mit Martin Luther. Im Übrigen hat sich selbst Petrus nicht an die Gebote gehalten, als er drei Mal log und den Herrn verriet, bevor der Hahn zwei Mal krähte.«

»Markus 14«, stellte Soffici geflissentlich fest.

Und Gonzaga fuhr fort: »Trotzdem hat ihn der Herr zu seinem Stellvertreter auf Erden auserwählt.«

John Duca mischte sich wieder ein. »Was soll das heißen, Excellenza? Soweit mir bekannt ist, gibt es keine Stelle in der Heiligen Schrift, welche die Lüge als Voraussetzung für den Posten des Stellvertreters Gottes auf Erden nennt.«

»Natürlich nicht. Ich will damit nur sagen, dass es für einen schwachen Menschen Situationen gibt, in denen er sich durchaus einer Lüge bedienen darf. Vor allem, wenn dadurch, wie in meinem Fall, Schaden von der heiligen Mutter Kirche abgewendet werden kann.«

Der Banker schüttelte den Kopf. Wütend warf er seine Zeitung zu den anderen auf den Schreibtisch und schlug die Tür hinter sich zu.

»Tsss!« Der Kardinalstaatssekretär gab einen Zischlaut der Entrüstung von sich und schüttelte den Kopf. Schließlich murmelte er: »Ein Unwürdiger auf diesem Posten. Finden Sie nicht auch, Monsignore?«

KAPITEL 17

Ganze vierundzwanzig Stunden hatte Caterina Malberg im Unklaren gelassen, in welchem Verhältnis sie zu Paolo stand. Es war nicht schwer zu erraten, aber beim Frühstück am nächsten Morgen, welches, wie überall in Italien, ziemlich frugal ausfiel, gerieten Caterina und Paolo in einen heftigen Wortwechsel, bei dem es wieder einmal um nichts anderes ging als um Geld. Paolo, von Beruf Maschinenschlosser, hatte aufgrund zwielichtiger Nebentätigkeiten seinen Job verloren, stritt dies jedoch glattweg ab. Er schrieb seinen Jobverlust vielmehr der allgemein schlechten Wirtschaftslage zu. Auf dem Höhepunkt der Debatte, die Malberg schweigend verfolgte, warf Caterina Paolo an den Kopf: »Ich hätte dich schon längst rausgeschmissen, wenn du nicht mein Bruder wärst!«

Zunächst glaubte Malberg sich verhört zu haben, obwohl er deutlich das Wort »Fratello« vernommen hatte. Schließlich wagte er sich in den Streit einzumischen und fragte: »Habe ich das richtig verstanden? Sie sind Geschwister?«

»Ja«, erwiderte Caterina unwirsch, »habe ich das nicht erwähnt?«

»Ich kann mich jedenfalls nicht erinnern.«

Von einem Augenblick auf den anderen änderte sich Caterinas Laune, und mit einem Lächeln sagte sie: »In Anbetracht Ihrer Situation ist das doch wohl unerheblich. Meinen Sie nicht auch?«

Malberg nickte lammfromm, und Paolo erhob sich und verschwand. Krachend fiel die Wohnungstür ins Schloss.

Als wollte sie sich für Paolos Benehmen entschuldigen, hob Caterina die Schultern. »Unser Verhältnis, müssen Sie wissen, war nie das beste. Kunststück, wir zogen zwar beide am selben

Strang, aber jeder an einer anderen Seite. Ich als Polizeireporterin, Paolo als – na, sagen wir – Kleinganove. Ich will Ihnen nicht verschweigen, dass Paolo schon einmal gesessen hat. Aber er ist kein schlechter Mensch, das können Sie mir glauben. Er pflegt nur den falschen Umgang.«

Man sah Caterina an, dass sie unter dem Lebenswandel ihres Bruders litt.

»Sie brauchen sich nicht für Ihren Bruder zu entschuldigen«, bemerkte Malberg versöhnlich. »Ich hoffe nur, ich werde Ihnen nicht allzu sehr zur Last fallen.«

»Keine Sorge«, Caterina lachte. »Um Ihre Verpflegung müssen Sie sich allerdings selbst kümmern. Gleich um die Ecke gibt es eine hervorragende Pizzeria. Hier sind die Wohnungsschlüssel. Und jetzt entschuldigen Sie mich. Ich werde gegen sechzehn Uhr zurück sein. Das ist der einzige Vorteil in meinem neuen Ressort. Ich habe eine ziemlich geregelte Arbeitszeit. Als Polizeireporterin bist du eigentlich immer im Dienst. Also bis dann!«

Malberg zog es vor, den Tag in Caterinas Wohnung zu verbringen. Nicht dass er Angst gehabt hätte, das Haus zu verlassen! Er fühlte sich ziemlich sicher, und er glaubte keine Spuren hinterlassen zu haben, welche die Polizei auf seine Fährte hätten bringen können.

Caterinas Wohnung bestand aus zwei Zimmern, einer Küche und einem altmodischen Badezimmer mit einer noch altmodischeren Dusche, die in eine Mauernische eingelassen war. Zwei Fenster des Wohnzimmers und eines von Caterinas Schlafzimmer zeigten zur Straße. Ein Küchen- und das Badfenster gingen in einen Innenhof, der am Vormittag von geschwätzigen Matronen und am Nachmittag von lärmenden Kindern bevölkert wurde. Die Einrichtung erinnerte an Versandhaus-Kataloge – von einem klotzigen schwarzen Sekretär aus dem neunzehnten Jahrhundert einmal abgesehen.

Das alles war nicht gerade dazu angetan, seine miese Stimmung zu heben, und so setzte sich Malberg an den klotzigen Sekretär, stützte den Kopf auf seine Hände und dachte nach. In aller Ruhe ließ er das, was seit dem Mord an Marlene passiert war, noch einmal an sich vorüberziehen. Im Sternzeichen der Jungfrau geboren, den Löwen im Aszendent, war Malberg es gewöhnt, die Dinge nüchtern zu analysieren und entsprechend zu handeln. Aber so sehr er auch nach dem Schlüssel suchte, nach dem Detail, welches das Geschehen der letzten Tage erklärte, seine Gedanken landeten immer wieder in einer Sackgasse. Malberg hatte das Gefühl, als drehte er sich im Kreis.

Welche Rolle spielte Kardinalstaatssekretär Philippo Gonzaga in Marlenes Leben? Oder noch besser: für Marlenes Tod? Warum die heimliche, anonyme Beerdigung? Warum wurde Marlenes Wohnung zugemauert wie ein Mausoleum? Warum sollte ihre Vergangenheit einfach ausgelöscht werden?

Warum? Warum? Warum?

Plötzlich begann Malberg auf einem Blatt Papier den Grundriss von Marlenes Wohnung zu skizzieren – so wie er ihn im Gedächtnis hatte. Mit unsicheren Strichen zeichnete er den Treppenabsatz, die große Eingangstür zur Wohnung, das Badezimmer, in dem er Marlene aufgefunden hatte, und die Eingangstür zum Dachboden. Malberg hielt inne.

Seine Skizze mochte den tatsächlichen Abmessungen vielleicht nur nahe kommen. Dennoch stellte er sich die Frage, ob es zwischen Marlenes Salon und dem Dachboden nicht einen weiteren Raum oder eine Verbindungstür geben musste. Verständlicherweise hatte er sich bei seinem ersten Besuch für alles andere als den Grundriss der Wohnung interessiert. Und als er das Haus zum zweiten Mal aufsuchte und den Dachboden inspizierte, war ihm in dem Wirrwarr von Gerümpel und altem Mobiliar nur ein scheußlicher Kleiderschrank aus der Zeit Vittorio Emanueles im Gedächtnis geblieben.

Den ganzen Tag über, den er grübelnd in der fremden Umgebung verbrachte, rang Malberg mit sich, ob er das Haus, in dem Marlenes Wohnung wie vom Erdboden verschluckt schien, noch einmal aufsuchen sollte. Denn dass hinter dem Zumauern der Wohnung und dem Verschwinden der Hausbeschließerin der Plan steckte, alle Spuren, die an Marlene erinnerten, zu beseitigen, das stand für Malberg fest.

Allerdings fand er keine Antwort auf die Frage, wie er unbemerkt in das Haus und auf den Dachboden gelangen sollte. Jedenfalls durfte er unter keinen Umständen entdeckt werden. Er durfte kein Risiko eingehen.

Caterina schien sich zu verspäten, und weil Malberg wenig Lust hatte, mit Paolo, der wahrscheinlich gleich zurückkehrte, in der Wohnung allein zu sein, ging er auf die Straße, kaufte sich eine Zeitung und ließ sich unter der Markise einer kleinen Trattoria nieder.

Lustlos blätterte er im Tagesgeschehen der Gazette und trank einen Campari. Mit einem Mal hatte er das Gefühl, beobachtet zu werden. Ein Kerl mittleren Alters, mit sonnenverbranntem Gesicht und kurz geschorenen gräulichen Haaren, musterte ihn mit zusammengekniffenen Augen. Er machte einen leicht heruntergekommenen Eindruck und trank einen Macchiato nach dem anderen.

Obwohl durchaus nicht unsympathisch, wirkte der Fremde auf Malberg irgendwie verdächtig. Gewiss, seine Nerven waren nicht die besten, dazu hatte sich in letzter Zeit zu viel ereignet; außerdem musste er damit rechnen, dass nicht nur die Polizei nach ihm fahndete. Betont lässig winkte er den Cameriere herbei, beglich seine Rechnung und wollte gerade aufbrechen, als der Fremde sich erhob und auf ihn zutrat.

»Scusi, Signore«, sagte der Mann und nahm ihm gegenüber an dem Tisch Platz. »Ich will nicht aufdringlich sein.«

»Kennen wir uns?«, fragte Malberg mit gespielter Gleichgültigkeit.

Der Fremde streckte die Hand über den Tisch: »Ich heiße Giacopo Barbieri. Sie sind Deutscher?«

»Ja. Warum fragen Sie?«

»Sie sprechen gut Italienisch. Leben Sie schon lange hier?«

Malberg schüttelte den Kopf. »Ich bin geschäftlich hier.«
»Ich verstehe.«
»Warum interessiert Sie das?«
»Sie haben recht. Ich sollte Ihnen zuerst etwas von mir erzählen. Also, ich bin Detektiv oder Mädchen für alles oder der Mann fürs Grobe. Nennen Sie es, wie Sie wollen. Bis vor einem Jahr war ich Polizist, mehr schlecht als recht bezahlt. Dann habe ich einen Fehler gemacht. Oder besser gesagt, ich habe mich dabei erwischen lassen. Meine Schuld. Jedenfalls hat man mich von einem Tag auf den anderen auf die Straße gesetzt. Seither halte ich mich mit Gelegenheitsaufträgen über Wasser. Und Sie?«

»Ich bin hier, um alte Bücher einzukaufen. Wissen Sie, Rom wurde im Krieg weit weniger zerbombt als die deutschen Großstädte, in denen zwei Drittel aller Buchbestände verbrannt sind. Und das ausgerechnet in dem Land, in dem die Druckkunst erfunden wurde! In Rom mit seinen zahllosen Kirchen und Klöstern gibt es jedenfalls mehr Bücher und Bibliotheken als in jeder anderen Stadt.«

»Aber die Bücher, hinter denen Sie her sind, werden wohl nicht auf Flohmärkten angeboten?« Der Mann grinste.

»In der Tat. Wissen Sie, man hat da seine Kontakte. In meinem Beruf lebt man sozusagen von guten Kontakten. Aber warum wollen Sie das alles wissen?«

»Weil es mich interessiert. Vielleicht kann ich Ihnen sogar behilflich sein, Signor Malberg.«

Malberg erschrak. Hatte er dem Fremden überhaupt seinen Namen genannt? Er war unsicher. »Wie wollen Sie mir helfen?«, fragte er.

»Ich glaube, Sie sind in ziemlichen Schwierigkeiten.«

»In Schwierigkeiten? Wie meinen Sie das?«

Der Fremde hob die Schultern und wandte den Blick zu Boden. Es schien, als wollte er nicht so recht raus mit der Sprache.

»Was soll diese Andeutung?«, drängte Malberg. »Woher kennen Sie meinen Namen?«

Der andere setzte ein überhebliches Grinsen auf, das Malberg nicht zu deuten wusste. Auch seine Antwort war rätselhaft: »Ich bin der große Unbekannte.«

Malberg sah den Fremden verwirrt an.

»Was glauben Sie, woher Caterina Lima ihre Informationen bezieht?«, fuhr dieser fort. »Ich bin zwar aus dem Polizeidienst entlassen, aber über Umwege habe ich noch immer Zugang zu allen Dienststellen. Ich weiß, dass Sie zur Fahndung ausgeschrieben sind.«

Malberg saß da wie versteinert. Ließ Caterina ihn etwa beschatten? Welche Rolle spielte sie eigentlich in dem geheimnisvollen Mordfall? War ihr Zusammentreffen wirklich ein Zufall gewesen? Und dieser Giacopo Barbieri? Konnte er ihm trauen? Wem konnte er überhaupt noch trauen?

»Beobachten Sie mich eigentlich schon lange?«, erkundigte sich Malberg nach einer Weile erfolglosen Nachdenkens.

Barbieri verzog das Gesicht. »Ich habe diese Frage erwartet. Nein! Caterina bat mich, ein Auge auf Sie zu werfen. Sie fürchtet, Sie könnten einen Fehler begehen, der alle bisherigen Nachforschungen zunichtemacht. Das mag eigenartig klingen, aber glauben Sie mir, Signor Malberg, Caterina meint es gut.«

»Einen Fehler begehen – was soll das heißen?«

»Zunächst geht es vor allem darum, Sie vor einer Festnahme zu bewahren.«

»Sie meinen, ich darf mich nur noch bei Nacht und in abenteuerlicher Verkleidung auf die Straße wagen?«

»Unsinn. Rom ist eine riesige Stadt. Selbst wenn Sie zur Fahndung ausgeschrieben sind, haben Sie kaum etwas zu befürchten, solange Sie gewisse Spielregeln einhalten und den Fahndern keine Fährte legen.«

»Können Sie nicht deutlicher werden?«

»Natürlich. Sie sollten auf keinen Fall in Ihr Hotel zurückkehren.«

»Ist mir klar. Und weiter?«

»Ich hoffe, Sie haben in den letzten zwei Tagen nicht mit ihrem Mobiltelefon telefoniert.«

»Nein. Nur vom Hotel aus. Warum ist das wichtig?«

»Für die Polizei ist es eine Kleinigkeit, den Standort, von dem Sie telefonieren, bis auf zwanzig Meter genau ausfindig zu machen.«

»Das wusste ich nicht!«

»Deswegen sage ich es Ihnen ja. Im Übrigen sollten Sie mit Ihrer Kreditkarte am Automaten kein Bargeld abheben. Die Automaten sind alle mit Kameras ausgestattet, die jeden, der Geld abhebt, mit einem Foto verewigen. Wenn Sie mit Ihrer Kreditkarte im Laden bezahlen, ist das übrigens kein Problem. Außerdem sollten Sie kein Rotlicht überfahren und Schauplätze meiden, die irgendwie mit Ihrem Fall in Verbindung stehen.«

»Mit meinem Fall!«, entrüstete sich Malberg. »Es gibt keinen Fall Malberg. Hier geht es um die Ermordung von Marlene Ammer und die Gründe, warum ihr Tod vertuscht wird.«

»Sie haben ja recht«, bemerkte Barbieri beschwichtigend. »Aber im Moment hilft Ihnen das nichts. Jedenfalls sollten Sie alle diese Dinge meiden. Denn in Anbetracht des Aufwandes, der im Fall Ammer betrieben wird, müssen Sie damit rechnen, dass das Grab und die Wohnung der toten Signora, vermutlich auch das Haus der Marchesa überwacht werden.«

Kein Zweifel, dachte Malberg, dieser Barbieri ist bis in alle Einzelheiten informiert. »Dann sind Sie«, begann er zögerlich, »auch darüber informiert, dass Kardinalstaatssekretär Gonzaga bei Marlenes Beerdigung zugegen war.«

»Ich sage Ihnen jetzt mal was«, erwiderte Barbieri und schüttelte den Kopf. »In beinahe zwanzig Jahren bei der Polizei ist mir keine so rätselhafte Geschichte untergekommen wie diese. Offensichtlich gibt es da Zusammenhänge, von denen wir nichts ahnen. Die Ereignisse nach dem Mord an Marlene Ammer lassen eher darauf schließen, dass sich hinter dieser Untat ein anderes, noch größeres Verbrechen verbirgt.«

Und ausgerechnet du, dachte Malberg, bist in solch einen Fall verstrickt. Plötzlich sah er wieder Marlenes Gesicht vor sich, so wie er es vom letzten Klassentreffen in Erinnerung hatte: die dunklen Augen, ihre aufgeworfenen Lippen und die hohen Wangenknochen. Er hörte ihre tiefe, samtige Stimme, die sich seit der Schulzeit so sehr verändert hatte. Und vor seinem geistigen Auge tauchten die engen Gassen der bayerischen Schulstadt auf, die Steintreppen, die zum Rathaus führten, und die alte Jesuitenschule mit ihren hallenden Gängen, und der Fluss, der die kleine Stadt in zwei Hälften teilte. Malberg sah das alles vor sich, als ob es gestern gewesen wäre, und er fragte sich, wie das Schicksal Marlene aus dieser vollendeten Ordnung in das todbringende Chaos stürzen konnte, in das sie am Ende ihres Lebens geraten war.

Bei ihrem letzten Treffen hatten sie sich lange und angeregt unterhalten, wobei er – das wurde ihm jetzt klar – viel mehr von sich preisgegeben hatte als Marlene. Aber wie das so ist, bei einem Wiedersehen nach vielen Jahren hatten Anekdoten und Erinnerungen tiefer gehende Gespräche verdrängt. Jetzt machte er sich Vorwürfe.

Nach der langen Siesta, die in Trastevere länger dauert als anderswo in Rom, kam wieder Leben in die Straße: lärmende Kinder, klappernde Rollladen, die vor den kleinen Läden hochgeschoben wurden, und laute Rufe aus den oberen Stockwerken.

Nach längerem Schweigen wandte sich Malberg wieder Barbieri zu: »Auch wenn Sie es für riskant halten. Ich muss noch einmal in das Haus, in dem Marlene gelebt hat. Ihre Wohnung wurde einfach zugemauert. Das alles soll wohl den Eindruck erwecken, als habe sie nie dort gelebt. Dafür muss es doch einen Grund geben. Vielleicht finde ich irgendeinen Hinweis ...«

»Sie sagten, die Wohnung ist zugemauert? Wollen Sie mit einem Presslufthammer vorgehen? Und was erwarten Sie in einer leeren Wohnung? Ich bitte Sie! Gehen Sie kein unnötiges Risiko ein!«

Barbieri nahm Malbergs Zeitung und kritzelte eine Telefonnummer auf den Rand. »Für den Notfall. Falls Sie mich brauchen.«

Kapitel 18

Niemand bemerkte, wie kurz vor Mitternacht auf dem Burgfried von Layenfels ein Fenster einen Spalt geöffnet wurde. Kurz darauf erschien ein Pfeil mit einer Eisenspitze in der Öffnung. Er war nach unten gerichtet, geradewegs auf das Dach des Quertrakts. Beinahe lautlos schwirrte der Pfeil durch das fahle Mondlicht. Im Bruchteil einer Sekunde traf er in Höhe der Dachrinne ein kleines Etwas, das einen Todesschrei von sich gab. Dann klatschte es drei Stockwerke tiefer auf das Steinpflaster. Stille.

Zehn Minuten mochten vergangen sein, als der Hämatologe Ulf Gruna und der Zellforscher Dr. Dulazek durch eine schmale, spitzbogige Tür in den Burghof traten. Dulazek hatte eine längliche Botanisiertrommel umgehängt, etwa dreißig Zentimeter lang und zehn Zentimeter dick.

»Ich wusste nicht, dass Sie ein so guter Bogenschütze sind«, murmelte Dulazek, während er die Hand über die Augen hielt und den Innenhof absuchte.

»Es ist schon ein paar Jahre her«, erwiderte Gruna im Flüsterton, »während meines Studiums in England gehörte ich einem Verein an. Wir trainierten zweimal die Woche. Seither habe ich den Sport nie aufgegeben.«

»Nicht ungefährlich, so ein Pfeil!«

»Allerdings. Dabei kommt es nicht so sehr auf den Pfeil an als auf den Bogen. Mit einem gut gespannten Präzisionsbogen können Sie durchaus einen Menschen auf zweihundert Meter töten.«

»Und absolut lautlos!«

»Das auch – im Gegensatz zum Schuss aus einer Waffe.« Gruna zeigte in einen hinteren Winkel des Burghofes. »Da!«

Grunas Pfeil hatte eine Taube durchbohrt, die in der Dachrinne genächtigt hatte.

Dulazek öffnete seine Trommel aus Leichtmetall, entnahm ihr eine in ein weißes Tuch gewickelte Glaspipette und ein Skalpell und hielt Gruna das leere Gefäß hin. Der hob den Pfeil mit dem toten Tier auf und stopfte die Taube in die Trommel.

»Wir müssen uns beeilen«, flüsterte Ulf Gruna. Im Gegensatz zu seinen Worten war er die Ruhe selbst.

Dulazek nickte.

Mit einer Taschenlampe als Lichtquelle stiegen sie die enge Wendeltreppe zum Laboratorium empor. Im zweiten Raum der ineinander übergehenden Zimmerflucht befand sich das hämatologische Labor. Gruna hatte alles vorbereitet.

Er verdunkelte das einzige Fenster, das zum Burghof zeigte, und schaltete das Licht ein. Für kurze Zeit schmerzte das grelle Neonlicht in den Augen.

Mit dem Skalpell trennte Dr. Dulazek den Kopf vom Rumpf der Taube. Mit der Pipette sog Gruna das hervorquellende Blut auf. Kaum war die Pipette mit Blut gefüllt, versiegte der Blutfluss.

»Das dürfte reichen«, stellte er zufrieden fest.

Gruna stopfte Kopf und Rumpf der toten Taube wieder in die Trommel. Dann löschte er das Licht und nahm die Verdunkelung ab.

Dulazek hielt Gruna am Arm zurück: »Mir war, als hätte ich Schritte gehört.«

»Um diese Zeit?«

»Sie wissen doch, Eric Van de Beek ist wie Anicet ein Nachtarbeiter. Um diese Zeit habe ich allerdings noch nie Licht gesehen.«

Eine Weile lauschten die beiden in die Dunkelheit. Dann schüttelte Dr. Dulazek den Kopf: »Kommen Sie, viel Zeit haben wir ohnehin nicht.«

Der tanzende Lichtschein der Handlampe wies den beiden Männern den Weg zu Professor Muraths Labor. Der Raum war der größte von allen und lag am Ende der Zimmerflucht. Er hatte drei Fenster, die, im Gegensatz zu allen anderen Laborräumen, nicht in den Burghof, sondern nach außen mit Blick auf das Rheintal gerichtet waren.

Gruna schloss die Tür und knipste das Licht an.

Auf einer langen weißen Anrichte mit einer von unten beleuchteten Milchglasplatte stand noch immer die Versuchsanordnung, mit deren Hilfe der Molekularbiologe »die Welt aus den Angeln heben« wollte. So jedenfalls hatte Murath über seine Entdeckung gesprochen und die Bruderschaft der Fideles Fidei Flagrantes veranlasst, das vermeintliche Original des Turiner Grabtuches in ihren Besitz zu bringen.

Vor vier Tagen war Murath mit seiner ersten Versuchsdemonstration gescheitert. Damit hatte er – übrigens nicht zum ersten Mal – die Flagrantes in zwei Lager gespalten. Hinter vorgehaltener Hand nannten ihn die einen einen geltungsbedürftigen Schaumschläger, während die anderen der festen Überzeugung waren, Murath, »das Gehirn«, brauche nur etwas Zeit; dann würde er den endgültigen Beweis seiner Hypothese erbringen.

Um nicht die geringsten Spuren zu hinterlassen, zog sich Dulazek Gummihandschuhe über. Vorsichtig nahm er die Pipette mit dem Blut, wobei er die dünne Öffnung am oberen Ende mit dem Zeigefinger verschlossen hielt.

»Sie können ›das Gehirn‹ genauso wenig leiden wie ich«, bemerkte Gruna leise, während er jeden Handgriff Dulazeks andächtig verfolgte.

»Das lässt sich nicht abstreiten!« Der Zellforscher blickte kurz auf. »Ich halte nichts von Wissenschaftlern, die sich aufführen, als wären sie der liebe Gott. Und das sage ich als Agnostiker!«

»Wenn ich Sie recht verstehe, dann halten Sie Muraths Hypothese für Humbug?«

»Humbug? Nein, im Gegenteil. Ich befürchte sogar, Murath hat recht mit seiner Theorie. Jedenfalls ist er davon besessen, und er wird mit seinen Forschungen nicht eher nachlassen, bis er den Beweis erbracht hat. Und dann Gnade uns Gott.«

»Gott?«

»Ja, darum geht es doch letztlich. Nennen Sie es Gott oder das Absolute, das Gute, den Geist, die Vernunft oder das Licht. Ganz egal.«

Während Gruna beobachtete, wie der Professor die Glasdeckel von drei handtellergroßen, flachen Glasschälchen abnahm, meinte er verwundert: »Und ich habe Sie für einen Naturwissenschaftler gehalten und nicht für einen Religionsphilosophen!«

»Ach ja?«, entgegnete Dulazek, und dabei war eine gewisse Ironie nicht zu überhören. »Mag sein, dass Ihr Fachgebiet, die Hämatologie, weniger dazu geeignet ist, an philosophische Grenzen zu stoßen. Was allerdings die Zytologie und Molekularbiologie betrifft, so kollidiert die Forschung beinahe täglich mit der Religionsphilosophie. Und an diesem Punkt scheiden sich die Geister.« Dulazek blickte kurz auf. »Ich weiß nicht, ob Sie Murath schon einmal näher beobachtet haben.«

»Was heißt beobachtet! Dass der Professor ein etwas merkwürdiger Zeitgenosse ist, ist mir nicht entgangen. Aber dazu bedarf es keiner besonderen Beobachtungsgabe. Das wissen doch wohl alle Flagrantes auf Burg Layenfels.«

»Das meine ich nicht. Ich meine, haben Sie schon einmal versucht, seine speziellen Eigenheiten in ein System einzuordnen?«

Ulf Gruna blickte irritiert. »Ehrlich gesagt, hat mich Murath als Mensch bisher nicht im Geringsten interessiert. Das Einzige, was mich an Murath fasziniert, ist seine Forschung.«

Mit einer Pinzette entnahm Dulazek dem ersten Schälchen einen Faden, knapp zwei Zentimeter lang. Mit der Pipette in der rechten Hand und dem Faden in der linken betupfte er das Objekt kaum erkennbar mit dem Blut der Taube. Ebenso verfuhr er mit einem einen Millimeter großen Stoffknäuel und einem winzigen Stück Leinen, nicht größer als der kleine Fingernagel, in den beiden anderen Schälchen.

»Warum in aller Welt gerade Taubenblut«, fragte Dulazek vor

sich hin. Er erwartete keine Antwort von dem Hämatologen. Es gab keine.

Nach einer Weile erwiderte Gruna: »Tatsache ist, dass Taubenblut in Verbindung mit Sauerstoff schneller oxydiert als das Blut jedes anderen Warm- oder Kaltblüters, sodass es unmöglich ist, das Alter der Blutprobe festzustellen. Wie ich schon sagte: Dafür fehlt bisher jede Erklärung.«

Dulazek grinste übers ganze Gesicht. Es war ein hämisches Grinsen. Schließlich antwortete er: »Ich hoffe, Murath gibt auf, wenn der neue Versuch ebenfalls fehlschlägt. Haben Sie sein Gesicht gesehen, als er vor dem Bildschirm saß und vor versammelter Mannschaft eingestehen musste, dass es nicht funktioniert?«

»Ja natürlich. Ich glaube, alle empfanden dabei eine gewisse Genugtuung. Murath mag ein Wissenschaftler von hohem Rang sein, als Mensch ist er ein Ekel.«

»Eine Kombination, die im Übrigen gar nicht so selten ist. Aber Sie sprachen vorher von Muraths Eigenheiten, hinter denen ein System steckt.«

»Nun ja, wir alle auf Burg Layenfels haben durchaus unsere Eigenheiten. Sonst wären wir wohl nicht hier. Wir alle leiden auf irgendeine Weise an uns selbst. Bei Murath tritt dies allerdings in besonders hohem Maße zutage. Wenn Sie mich fragen, ich halte den Professor für einen Psychopathen. Ich weiß nicht, ob Ihnen schon aufgefallen ist, dass er das Tageslicht meidet, Fleisch und Wein verabscheut und jede Art von Besitz und körperlicher Arbeit ablehnt wie ein Manichäer oder ein Katharer.«

»So wie Anicet auch!«

Dulazek nickte: »Das dürfte auch der Grund sein, warum sich beide so gut verstehen. Nur –«, der Zellforscher machte eine lange Pause, als wollte er seine Gedanken sammeln, »das alles hat nichts mit ihren finsteren Plänen zu tun. Denn das sind die Pläne von Agnostikern, die an nichts anderes glauben als an sich selber ...«

Gruna hob abwehrend beide Hände: »Augenblick, das ist etwas viel auf einmal, Katharer, Manichäer. Können Sie einem halbgebildeten Hämatologen das näher erläutern? Ich dachte, wir alle sind Mitglieder der Bruderschaft der Fideles Fidei Flagrantes. Deren Spielregeln sind schon kompliziert genug. Und manchmal ist es nicht gerade angenehm, sein Leben nach den Forderungen der Bruderschaft auszurichten.«

Während Dulazek bemüht war, alles in Muraths Versuchsanordnung so hinzustellen, wie sie es vorgefunden hatten, und sich die Gummihandschuhe von den Händen streifte, sagte er: »Was Katharer und Manichäer betrifft, so handelt es sich um obskure religiöse Bewegungen des frühen Mittelalters, die bis heute ihr Unwesen treiben. Die Katharer kamen im zwölften Jahrhundert aus dem Südosten Europas. Sie nannten sich selbst ›die Reinen‹ oder auch ›die Gutmenschen‹ und fanden hier im Rheinland nicht wenige Anhänger. Verbreitung fanden sie aber auch in England, Südfrankreich und Oberitalien. Von der Kirche wurden sie als Ketzer verfolgt, denn sie negierten das Alte Testament und die katholische Hierarchie. Aber was das Schlimmste war, sie behaupteten, Jesus habe keinen irdischen Leib gehabt, denn alles Irdische sei böse.«

»Ich kann mir vorstellen, dass der Papst in Rom das nicht gerne hörte. Und die Manichäer?«

»Der Manichäismus entstand schon in frühchristlicher Zeit. Er geht zurück auf einen gewissen Manichäus aus Babylon, der sich im dritten Jahrhundert als der Erleuchtete ausgab und der angeblich wie Jesus gekreuzigt wurde. In einer Mischung aus Christentum und Buddhismus erfand er eine neue Religion, in welcher der König der Finsternis, eine Art Teufel, eine gewichtige Rolle spielt. Seine radikale Weltverneinung trieb er so weit, dass er sogar die Enthaltsamkeit von der Fortpflanzung predigte. Jesus war für die Manichäer nur ein äonischer Gesandter des Lichtherrschers. Solche Ketzereien konnten der Kirche natürlich auch nicht gefallen, und sie verbot schon im Mittelalter das ketzerische Treiben. Trotzdem tauchten immer wieder manichäische Keimzellen auf, die meist geheimnisumwittert waren wie die Geheime Offenbarung.«

»An Ihnen ist ein Theologe verloren gegangen!«

»Ich weiß«, bemerkte Dulazek mit einer gewissen Ironie in der Stimme, »ich will Ihnen ein Geheimnis anvertrauen: Bevor ich mich der Zellforschung zuwandte, war ich Benediktinermönch.«

»So richtig mit Kutte und Tonsur?«

Dulazek neigte den Kopf. Im Scheitel seines leicht ergrauten Haupthaares erkannte Gruna einen von zartem Haarflaum überwachsenen Kreis.

»So etwas wirst du dein ganzes Leben nicht mehr los«, brummte Dulazek leise.

»Und warum ...?«

»Sie meinen, warum ich die Kutte an den Nagel gehängt habe?«

Gruna nickte und sah Dulazek gespannt an.

»Weil ich schon nach einem halben Jahr als Benediktiner zu der Überzeugung gelangte, dass ich mich auf einem Irrweg befand. So ein Kloster ist ein riesiger verkorkster Laden, in dem jeder mit mehr oder weniger Erfolg versucht, seine psychischen Probleme in den Griff zu bekommen. Meist jedoch vergeblich. Der Tagesablauf im Kloster gestattete mir, mich viel mit Religionsphilosophie zu beschäftigen. Und je tiefer ich in die Thematik eindrang, desto mehr wurde mir bewusst, dass der christliche Glaube eine Utopie ist, eine Religion mit pseudowissenschaftlichem Hintergrund, der einer exakten Überprüfung nicht standhält. Auf diesem Umweg gelangte ich zur Naturwissenschaft. Mein Doktorgrad ist übrigens kein *doctor rerum naturalium*, sondern ein schlichter *doctor theologiae*. Aber das ahnt hier niemand. Sie verraten mich doch nicht?«

»Natürlich nicht!«, entgegnete Gruna entrüstet.

Im Schein der Taschenlampe nahmen sie schweigend die Wendeltreppe nach unten, über die sie gekommen waren. Auf dem Absatz des ersten Stockwerks angelangt, wo sich ihre Wege trennten, weil ihre Zellen in entgegengesetzter Richtung lagen, hielt Gruna inne und stellte Dulazek im Flüsterton die Frage: »Entschuldigen Sie meine Neugierde. Was bezwecken Sie damit, dass Sie Muraths

Arbeit sabotieren? Sie wissen, ich bin auf Ihrer Seite. Sie können mir also ruhig die Wahrheit sagen.«

»Die Wahrheit? Ganz einfach. Ich gönne Murath den Erfolg nicht.« Dulazeks Stimme klang hart und unerbittlich.

Kapitel 19

In den folgenden Tagen, die Lukas Malberg bei Caterina verbrachte, tauchten erste Probleme des Zusammenlebens auf. Es war nicht einfach, auf so engem Raum miteinander auszukommen. Vor allem hatte Malberg Schwierigkeiten, sich mit dem von Paolo tagtäglich verursachten Chaos in der Wohnung abzufinden.

Verschlimmert wurde die Situation noch dadurch, dass, kaum hatte Caterina das Haus am Morgen verlassen, angebliche Freunde von Paolo auftauchten und schon zu früher Stunde dem Alkohol zusprachen: Schauspieler ohne Engagement, Automechaniker, die sich zum Rennfahrer berufen fühlten, und goldberingte Typen, über deren Broterwerb Malberg lieber nicht nachdenken wollte. Kurz bevor Caterina aus der Redaktion zurückkehrte, verschwanden die Kerle unter Zurücklassung von Rauchschwaden und schmutzigen Gläsern.

Auf Malberg machten die Typen, unter denen sich auch ein reizendes Mädchen mit samtiger Stimme, angeblich eine Synchronsprecherin, befand, einen nicht gerade vertrauenerweckenden Eindruck. Daher beschloss er, sich eine andere Bleibe zu suchen.

Als er Caterina von seinem Vorhaben in Kenntnis setzte, stieß er zunächst auf Unverständnis.

»Also gut, die Situation ist nicht gerade einfach, aber in Anbetracht der besonderen Umstände vielleicht doch die sicherste Möglichkeit, unentdeckt zu bleiben. Ich weiß, Sie sind Besseres gewohnt; aber mehr kann ich Ihnen nun einmal nicht bieten.«

»Unsinn«, versuchte Malberg Caterina zu beschwichtigen, »ich bin mit einer kleinen Kammer zufrieden. Ich brauche nur meine Ruhe. Im Übrigen halte ich es für sinnvoll, das Untermieterverhältnis zu beenden, noch bevor wir uns alle drei in die Haare geraten.«

Beleidigt hob Caterina die Schultern. »Gut, wenn Sie meinen.«

Paolo, der das Gespräch vor dem laufenden Fernseher scheinbar teilnahmslos verfolgt hatte, mischte sich ein: »Ich glaube, ich wüsste da etwas.«

»Du?«, entgegnete Caterina, die ihren Bruder selten ernst nahm. »Signor Malberg braucht ein Zimmer oder eine Wohnung, in der er vor den Meldevorschriften sicher ist.«

»Genau das«, nickte Paolo, »einen Augenblick.« Er griff zum Telefon, und nach einem kurzen Wortwechsel legte er auf und sagte an Malberg gewandt: »Nur zwei Straßen weiter vermietet Signora Papperitz Zimmer an Künstler, Maler und Schriftsteller ...«

»Aber auch an zwielichtige Gestalten«, fiel ihm Caterina ins Wort. »Davon abgesehen, ist das keine schlechte Idee.«

Malberg konnte sich des Eindrucks nicht erwehren, dass Paolo froh war, ihn loszuwerden. »Signora Papperitz?«, fragte er. »Eine Deutsche?«

»Oh nein, eine waschechte Römerin«, erwiderte Paolo. »Sie stammt allerdings von einem deutschen Maler ab, der sich vor hundertfünfzig Jahren längere Zeit in Rom aufhielt.« Und mit einem Augenzwinkern fügte er hinzu: »Behauptet sie jedenfalls. Sie können sich das Zimmer ja morgen ansehen, mit einem Gruß von Paolo. Via Luca 22.«

Am Abend, bevor Malberg aus Caterinas Wohnung ausziehen wollte, geschah etwas Merkwürdiges, und es geschah völlig unerwartet – jedenfalls hatte er längst nicht mehr daran geglaubt.

Wie immer verbrachte Paolo die halbe Nacht aushäusig. Malberg und Caterina hatten etwas getrunken. Nicht so viel, dass der Alkohol ihre Gedanken vernebelt hätte, aber gerade genug, um Hemmungen abzulegen und ein anregendes Gespräch zu führen.

Obwohl er selbst kaum etwas von Caterina wusste, hatte sie es auf geschickte Weise verstanden, ihn zum Reden zu bringen. War es Absicht oder vom Zufall gesteuert, jedenfalls entstand dabei jene spannungsgeladene Atmosphäre, die der Magie sexueller Anziehung vorausgeht.

Bisher waren sich beide mit distanzierter Höflichkeit begegnet. Und das Misstrauen, welches jeder dem anderen entgegengebracht hatte, war – rückschauend – nicht unbegründet. Zwei Welten hatten sich einander angenähert, und obwohl beide dasselbe Ziel verfolgten, hatte keiner zum Wesen des anderen Zugang gefunden.

Auf Caterinas bohrende Fragen gab Malberg bereitwillig Auskunft. Was Frauen betraf, habe er in jungen Jahren – wie man im Deutschen zu sagen pflegt – nichts anbrennen lassen. Eine üppige Friseuse aus dem Salon gegenüber, blondiert, toupiert und aufs Jahr doppelt so alt wie er, habe ihn mit sechzehn verführt, oder umgekehrt. So genau wisse er das nicht mehr. Mit Liebe habe das nichts zu tun gehabt. Mit Sex vielleicht gerade noch. Keinesfalls jedoch mehr als fünfmal. Sie hieß Elvira.

Nicht weniger anziehend habe sich ihm im ersten Semester Philologie Zdenka genähert, dunkeläugig, schwarzhaarig und überaus intelligent. In der Tochter jugoslawischer Einwanderer glaubte Malberg die große Liebe gefunden zu haben. Sie heirateten, beide zweiundzwanzig. Die Ehe blieb kinderlos und dauerte gerade dreieinhalb Jahre. Seither habe sich in seinem Leben eine Beziehung an die andere gereiht. Die längste habe knapp fünf Jahre gedauert und sei ihm durchaus in guter Erinnerung geblieben.

Schuld an all den Fehlschlägen trage er wohl selbst. Mehr als einmal habe er den Vorwurf gehört, er sei in der Hauptsache mit seinen Büchern verheiratet und, was Frauen betraf, nur zu einer morganatischen Ehe fähig.

Während Malberg aus seinem Leben erzählte, fixierte ihn Caterina mit ernstem Blick. Schließlich sagte sie beinahe traurig: »Sie tun mir irgendwie leid.«

Nach einer Pause des Nachdenkens fragte Malberg zurück: »Warum tue ich Ihnen leid?«

»Sie sind immer Herr über Ihre Gefühle.«

»Das ist richtig. Aber es muss Ihnen wirklich nicht leid tun.« Selbstsicher sah er Caterina an. In ihren Augen spiegelte sich Melancholie. Aber schon im nächsten Augenblick funkelte aus denselben Augen pure Leidenschaft. Plötzlich war alles anders. Seine Sinne spielten verrückt, als Caterina unvermittelt sagte: »Lukas, wollen Sie mit mir schlafen?« Lukas glaubte sich verhört zu haben. Überrascht lehnte er sich in seinem Korbstuhl zurück.

Plötzlich wusste er nicht mehr, ob er wach war oder träumte. Mit einem Mal war er unsicher, was er auf diese ungewöhnliche Frage antworten sollte. Es gibt Fragen, dachte er, die stellt man einfach nicht. Das war so eine Frage, eine ganz und gar unanständige Frage, die man nur unanständig und nicht einfach mit Ja oder Nein beantworten konnte. Auch nicht höflich, mit »Ich bin so frei«, oder herablassend »Wenn Sie meinen«.

Noch während Malberg überlegte, was er sagen sollte, kam Caterina ihm zuvor. Sie stand auf, schob ihren kurzen Leinenrock hoch und setzte sich auf ihn. Während sich ihre Blicke trafen, begann sie an seiner Hose zu nesteln. Malberg schloss die Augen und gab sich nur seinen Gefühlen hin.

Ihr Lächeln, die vollen Lippen und die Koketterie ihrer Blicke hatten ihn seit der ersten Begegnung in Unruhe versetzt. Und obwohl Malberg alles andere als schüchtern war, hatte er alle Phantasien verdrängt, die Caterina, bewusst oder unbewusst, provozierte. Sie wollten gemeinsam einen gefährlichen Fall aufklären. Sex war da nur hinderlich.

Gedanken wie diese verflüchtigten sich von einem Augenblick auf den anderen, als Malberg Caterinas Zunge spürte, die sich ungeduldig in seinen Mund drängte. Sie küssten sich lange und leidenschaftlich, ihre warme Hand hatte den Weg durch alle Stoffschichten gefunden und umfasste sein Geschlecht. Malberg stöhnte vor Erregung und griff ihr in die Haare. Einen Moment löste sich Caterina von ihm, dann spreizte sie die Beine und sagte nur ein Wort: »Komm!«

Malberg zog sie ungestüm an sich und drang in sie ein.

Die leisen Schreie, die sie ausstieß, erregten ihn aufs Äußerste. War es der lange Zeitraum, der seit dem letzten Mal vergangen war, oder der unerwartete Überfall, mit dem Caterina ihn überrascht hatte, Malberg konnte sich nicht erinnern, jemals so guten Sex gehabt zu haben.

Ermattet sanken beide zu Boden, wo sie nach Luft ringend nebeneinander liegen blieben. Caterina fand zuerst die Sprache wieder. Sie drehte sich zu ihm und stützte sich auf den Ellbogen auf. »Es war dir hoffentlich nicht unangenehm«, sagte sie, während sie ihm eine Haarsträhne aus dem Gesicht strich.

Malberg sah sie an, dann schloss er wieder die Augen. Über seine Mundwinkel huschte ein Lächeln. Er blieb sprachlos.

KAPITEL 20

Lukas Malberg hatte Schwierigkeiten, sich zu orientieren, als er am nächsten Morgen gegen zehn aufwachte. Er hatte die Nacht auf der Liege verbracht, die ihm schon in den letzten Tagen als Schlafstätte gedient hatte. Wie so oft war Paolo nachts nicht nach Hause gekommen, und Caterina hatte das Haus bereits verlassen.

Was für eine Frau, dachte Malberg und rieb sich den Schlaf aus den Augen. Dabei fiel sein Blick auf einen Zettel in seinem rechten Schuh. Er hob ihn auf und las: Ich hoffe, ich habe dein Leben nicht allzu sehr durcheinander gebracht. Kuss, Caterina.

Er musste lachen.

Trotz allem, was geschehen war, hielt Malberg an seinem Plan fest und machte sich auf den Weg zu Signora Papperitz.

Das Haus in der Via Luca unterschied sich von anderen in der Gegend vor allem dadurch, dass es einen durchaus gepflegten Eindruck machte. Sogar das Treppenhaus, in den meisten Häusern von Trastevere eher ein Albtraum, schien auf den ersten Blick einladend und freundlich.

»Papperitz–Camere–Rooms«. Ein Messingschild an der Tür im ersten Stockwerk verwies auf eine Etagenpension.

Malberg drückte auf den Klingelknopf.

Die Tür wurde geöffnet, und im Zwielicht der Diele erschienen die Umrisse einer fülligen Frau von etwa sechzig Jahren. Ihr grelles Make-up sollte vermutlich von ihrem ausladenden Doppelkinn ablenken. Und obwohl es Donnerstag war und obendrein September, wo kein Feiertag den Gregorianischen Kalender durchkreuzt, trug die Signora ein vornehmes dunkles Kostüm wie zum Kirchgang bereit. Misstrauisch musterte sie den Fremden, und da ihr weder ein Gruß noch die Frage nach seinem Begehren über die Lippen kam, begann Malberg: »Mein Name ist Malberg, und ich suche für ein paar Wochen eine Bleibe. Paolo Lima schickt mich.«

»Paolo Lima? So, so.« Plötzlich erhellte sich das finstere Gesicht der Signora. »Ein Taugenichts, aber harmlos. Kommen Sie rein!«

Die Signora ging voran, und Malberg folgte ihr durch einen düsteren Korridor, dessen Wände mit rot gemustertem Stoff bespannt und mit breit gerahmten Bildern behangen waren. In einem großen Salon mit drei riesigen Fenstern zur Straße hin roch es nach Bohnerwachs und altem Interieur. Schwere Vorhänge, zur Seite gerafft, schützten vor der Sonne. Was an fahlem Licht in das Innere drang, wurde von einem abgetretenen rot und blau gemusterten Orientteppich geschluckt, mindestens fünf mal sechs Meter groß.

Vier Tische unterschiedlicher Stilart, aber von dunkler Farbe, zwei rund, die beiden anderen quadratisch, ließen den Schluss zu, dass es sich bei dem im Übrigen nur mit einer schwarzen Kredenz und mit einer Anrichte möblierten Salon um das Frühstückszimmer der Pension handelte.

Schwer atmend ließ sich Signora Papperitz an einem der Tische nieder, und ohne Malberg einen Platz anzubieten, fragte sie unvermittelt: »Können Sie vier Wochen im Voraus bezahlen?«

Ziemlich verdattert nickte Malberg und stammelte: »Selbstverständlich.«

»Gut«, erwiderte die Signora. »Sie müssen verstehen, ich kenne Sie schließlich nicht. Und mit Leuten, die von Paolo geschickt werden, habe ich so meine Erfahrungen gemacht.«

»Selbstverständlich«, wiederholte Malberg. Er war sich nicht sicher, ob er es in dieser leicht angestaubten Umgebung lange aushalten würde.

»Ich muss Ihnen nicht sagen, wer in meinen Räumen schon logiert hat«, begann die Zimmervermieterin ihre Rede, und dabei blitzten ihre wässrigen Augen auf. Malberg erwartete Namen wie Lucino Visconti, Claudia Cardinale oder Klaus Kinski. Aber dann nannte sie Namen, die Malberg noch nie gehört hatte, und die auch einem waschechten Römer kaum geläufig waren. »Mit Anmeldung«, fuhr sie schließlich fort, »hundertfünfzig die Woche, ohne Anmeldung zweihundert. Nachdem Paolo Lima Sie schickt, nehme ich an, dass Sie auf polizeiliche Meldung keinen großen Wert legen.«

»Das wäre mir sehr recht. Aber lassen Sie mich erklären ...«

»Sparen Sie sich Ihre Erklärungen, Signore – wie war doch gleich der Name?«

»Malberg. Lukas Malberg aus Monaco di Baviera.«

»Gut, Signor Lukas. Damit wollen wir es bewenden lassen. Ihren Namen habe ich schon wieder vergessen. Wenn Sie wollen, zeige ich Ihnen Ihr Zimmer. Es ist das einzige, das ich für einen Herrn mit Ihren Bedürfnissen zur Verfügung habe. Folgen Sie mir bitte.«

Der herrische Ton der Signora und das zwielichtige Flair der Pension wirkten auf Malberg wenig einladend, und er spielte schon mit dem Gedanken, sich höflich zu verabschieden, als er in ein geräumiges Zimmer mit kostbarem antikem Mobiliar und einem kleinen separaten Badezimmer geführt wurde. Zwei Fenster mit Blick auf einen kleinen quadratischen Platz und einen Brunnen in der Mitte ließen die Vormittagssonne herein. Nicht im Traum hatte Malberg eine solche Wohnung erwartet.

»Sie nehmen doch einen Scheck?«, fragte Malberg.

»Warum nicht – wenn er gedeckt ist.« Signora Papperitz blickte streng. »Damenbesuch nur bis zweiundzwanzig Uhr!«, fügte sie hinzu. »Und nun das Wichtigste.«

»Das Wichtigste?« Malberg überlegte, was jetzt wohl kommen würde.

Die Zimmervermieterin zeigte auf eine Wandlampe rechts neben der Tür: »Wenn diese Lampe blinkt, ist Gefahr im Verzug. Wie Sie wissen, haben wir sehr strenge Meldegesetze, und nicht selten finden unangemeldete Kontrollen statt. Sollten während Ihrer Anwesenheit die Kontrolleure erscheinen, würde ich vom Eingang aus ein Signal geben.«

»Und dann? Ich kann mich doch nicht in Luft auflösen.«

Zum ersten Mal zeigte sich in dem unter der Schminke erstarrten Gesicht der Signora der Anflug eines Lächelns, ein überlegenes Schmunzeln, das er der zurückhaltenden alten Dame gar nicht zugetraut hätte.

Mit erhobenem Haupt schritt Signora Papperitz auf einen Barockschrank zu, der die Mitte der rechten Wand einnahm und den Malberg schon auf den ersten Blick bewundert hatte: verschnörkelter römischer Barock, sechzehntes Jahrhundert, mit gedrehten Säulen auf beiden Seiten und Intarsien auf beiden Türflügeln.

Malberg hatte eigentlich erwartet, dass ihm der Kleiderschrank zur Verfügung stünde, aber als Signora Papperitz die rechte Schranktür öffnete, quollen ihr Kleider entgegen, die sie offensichtlich schon vor vielen Jahren abgelegt hatte. Mit einer heftigen Armbewegung schob sie abgetragene Jacken, Röcke und Kostüme zur Seite. Malberg staunte.

Hinter den Kleidungsstücken kam eine zweite, mit einem einfachen Klappriegel verschlossene Tür zum Vorschein. Mit einem Ruck drückte sie den Riegel nach oben. Die Tür sprang auf und gab den Blick frei in einen weiteren kleinen Raum, zu dem es offenbar keinen anderen Zugang gab.

»Kommen Sie«, sagte die Signora und kletterte in gebückter Haltung durch den Schrank.

Der Raum, etwa drei mal sechs Meter groß, hatte ein schmales, hohes Fenster, gerade mal halb so breit wie die übrigen Fenster der Pension. Die weiß getünchten Wände waren kahl, das Mobiliar karg: ein Tisch, ein Stuhl, eine durchgesessene Liege, ein alter Schrank, kaum einen Meter breit.

»Im Bedarfsfall sind Sie hier sicher. Sie dürfen nur nicht vergessen, die äußere und innere Schranktür zu schließen und die Kleidungsstücke vorzuschieben.«

Malberg empfand für die clevere Signora eine gewisse Bewunderung.

»Sicher haben Sie von Lorenzo Lorenzoni gehört«, bemerkte sie trocken, und dabei zog sie die geschwärzten Augenbrauen hoch.

»Sie meinen den Paten, dessen Leiche man vor ein paar Jahren aus dem Tiber gefischt hat?«

Die Signora nickte und warf demonstrativ einen Blick auf die Liege.

»Nein!«, rief Malberg entrüstet.

»Doch. Er war drei Monate bei mir zu Gast. Für den letzten Monat schuldet er mir noch immer die Miete. Eines Tages sagte er, er wolle nur kurz Luft schnappen. Aber er kam nicht mehr zurück. Am Morgen darauf trieb seine Leiche im Tiber.«

Malberg fühlte sich unbehaglich. Hatte er es nötig, sich in einer Mafia-Absteige zu verstecken? Er wollte sich schon dankend verabschieden, als ihm klar wurde, dass er es nötig hatte. Immerhin stand er unter Mordverdacht. Selbst wenn er seine Pläne aufgab, nach dem Mörder Marlenes zu suchen, war er kein freier Mann. Er musste damit rechnen, dass man ihn bei nächster Gelegenheit verhaftete. Hier konnte er sich einigermaßen sicher fühlen.

Obwohl der kleine Raum schon seit längerer Zeit nicht mehr gelüftet worden sein mochte, holte Malberg tief Luft. Aus der Innentasche seines Sakkos zog er sein Scheckbuch hervor, kritzelte ein paar Zahlen auf die dafür vorgesehene Stelle und unterschrieb mit flüchtiger Hand. Dann reichte er der Signora das Papier.

Signora Papperitz warf einen kurzen Blick auf den Scheck und küsste ihn, wie es ihre Art war. Sie küsste im Übrigen auch Geldscheine, die man ihr gab, was in punkto Hygiene natürlich noch fragwürdiger erschien als die demonstrative Liebesbezeugung einem Scheck gegenüber. Schließlich verschwand sie durch die Schranktür; dabei drehte sie sich noch einmal um und rief: »Telefon geht natürlich extra!«

Nachdem auch Malberg das geheime Zimmer verlassen und

den Schrank mit der Geheimtür in Ordnung gebracht hatte, sah er sich in seiner neuen Bleibe um. Gewiss, er hatte schon komfortabler gewohnt, aber in Anbetracht der Umstände ließ es sich bei Signora Papperitz durchaus aushalten. Zufrieden ließ sich Malberg auf die Couch, die ihm auch als Schlafstätte dienen sollte, fallen, verschränkte die Hände hinter dem Kopf und dachte nach.

Die Nacht mit Caterina hatte Marlene vorübergehend in den Hintergrund treten lassen. Immer wieder kehrten seine Gedanken zu dem unerwarteten Erlebnis zurück, das ihn über die Maßen beschäftigte. Vor allem beschäftigte ihn eine Frage: Wie sollte es weitergehen? Denn weitergehen sollte es unbedingt. Die Gefühle, die er Caterina entgegenbrachte, waren viel zu intensiv für ein einmaliges, flüchtiges Abenteuer.

Es ging auf Mittag zu, und Malberg begann die Stunden zu zählen, bis Caterina nach Hause kam. Merkwürdig, er hatte bestimmt mit mehr als einem Dutzend Frauen geschlafen – genau hatte er darüber nie Buch geführt –, doch nun fühlte er sich mit einem Mal unsicher, wie er Caterina gegenübertreten sollte.

Zwei Dinge mochten zu dieser Unsicherheit beitragen: Zum einen die ungewöhnlichen Umstände, die sie zusammengeführt hatten. Zum anderen kannten sie sich kaum.

Während Malberg seinen Gedanken nachhing, hielt er den Blick auf den Kleiderschrank mit dem geheimen Eingang gerichtet. Über sein Gesicht huschte ein Lächeln. In welchem Milieu war er gelandet! Eine zwielichtige Pension mit einer nicht minder zwielichtigen Zimmervermieterin. Ein Schrank mit einer Geheimtür in einen nicht minder geheimnisvollen Nebenraum. Malberg hielt inne.

Vor ihm tat sich plötzlich ein neuer Weg auf.

KAPITEL 21

In der Maske eines biederen Geschäftsmannes landete Anicet auf dem römischen Flughafen Fiumicino. Ein Taxi, gesteuert von einem tunesischen Fahrer, brachte ihn zum Hotel Hassler, Piazza Trinità dei Monti. Das Hassler lag malerisch über der Spanischen Treppe. Dort war für ihn ein Zimmer mit grandioser Aussicht reserviert.

Nachdem er sich frisch gemacht und einige Minuten den Ausblick über die Dächer der Stadt genossen hatte, beschloss Anicet, zu Fuß zum Café Aragno nahe der Piazza Colonna zu schlendern. Dort, und nicht etwa im Café degli Inglesi oder im Café del Buon Gusto, wo jeder jeden kannte, war er unter Einhaltung äußerster Diskretion zu einem Treffen verabredet.

Im Aragno wurde Anicet schon erwartet. John Duca, Leiter des IOR, wie immer im grauen Flanell, wirkte aufgebracht. Herzlich fiel ihre Begrüßung nicht aus. Kein Wunder, die beiden Männer waren nicht gerade Freunde. Das Einzige, was sie zueinanderbrachte, war ihr gemeinsamer Feind. Und das genügte bei Gott.

»Was trinken Sie?«, erkundigte sich John Duca einladend.

»Kaffee«, erwiderte Anicet knapp.

Nachdem Duca den Kaffee geordert hatte, begann er: »Ich darf Sie doch Anicet nennen?«

Anicet nickte mürrisch: »In Ordnung. Anicet lautet mein Name, seit ich meine Mitra an den Nagel gehängt habe. Zur Sache.«

»Sie machten am Telefon eine Andeutung!«

»Ganz recht. Es geht um das Turiner Grabtuch.«

»Interessant.«

Ducas Bemerkung irritierte Anicet: »Ihre Ironie wird Ihnen gleich vergehen. Es ist nämlich so: Bis vor wenigen Tagen glaubte meine Bruderschaft, das Grabtuch des Jesus von Nazareth befände sich in unserem Gewahrsam.«

»Ach ja?«, erwiderte Duca spitz. »Ich glaube, da muss ich Sie enttäuschen, Anicet. Soweit mir bekannt ist, wird das Grabtuch seit nicht allzu langer Zeit im Vatikanischen Geheimarchiv aufbewahrt. Es wurde auf Veranlassung von Kardinal Moro gegen eine Fälschung ausgetauscht. Das bedeutet, die Kopie befindet sich heute in Turin, das Original im Vatikan.«

Anicet machte ein ernstes Gesicht: »Das glauben *Sie*!«

»Wie meinen Sie das?«

»Der Tresor im Vatikan, wo das versiegelte Paket mit dem Grabtuch aufbewahrt wurde, ist nämlich leer.«

»Entschuldigen Sie, Anicet, woher wollen Sie das wissen?«

»Dieses Grabtuch befindet sich im Besitz der Bruderschaft der Fideles Fidei Flagrantes.«

»Das halte ich schlichtweg für unmöglich.«

Anicet lachte überheblich: »Dem nicht genug. Der Kardinalstaatssekretär hat uns die Reliquie eigenhändig sozusagen frei Haus geliefert.«

»Gonzaga?«

»So ist doch der Name Seiner Exzellenz.«

»Augenblick!«, unterbrach John Duca sein Gegenüber. »Wir haben es beide mit demselben Gegner zu tun. Ich glaube, wir sollten mit offenem Visier kämpfen und uns gegenseitig nichts vormachen. Ich rekapituliere: Sie behaupten, Gonzaga habe Ihnen, beziehungsweise Ihrer Bruderschaft, das Grabtuch ausgeliefert. Das ist doch völlig absurd!«

»Ich wage Ihnen nicht zu widersprechen! Noch absurder wird die Angelegenheit allerdings dadurch, dass das Grabtuch, welches im Vatikanischen Geheimarchiv aufbewahrt wurde und das sich jetzt in unserem Besitz befindet, doch nicht das Original ist, sondern eine verdammt gut gemachte Kopie.«

»Das würde ja bedeuten, dass das in Turin aufbewahrte Grabtuch doch das Original ist!«

»Das ist *eine* Möglichkeit.«

»Und die andere?«

Anicet spitzte den Mund: »Das würde ich gerne von Ihnen hören!«

»Sie meinen, es ist noch eine weitere Kopie in Umlauf?«

»Das, lieber John, wäre allerdings töricht. Denn damit erhöhte sich das Risiko, entdeckt zu werden, um hundert Prozent. Nein, für so dumm halte ich Gonzaga nicht. Nach meinem Empfinden läuft hier etwas konträr zu jeder logischen Erklärung.«

John Duca rührte ratlos in seiner Kaffeetasse. Nach einer Weile blickte er auf und sah sich in dem Lokal um, ob niemand sie beobachtete.

Treffen wie diese waren ihm nicht fremd. Geldgeschäfte der besonderen Art wurden nie in teuren Sterne-Restaurants, auch nicht im Vatikan, wo die langen Gänge tausend Augen und die weiten Räume tausend Ohren hatten, eingefädelt. Für Begegnungen, die niemand mitbekommen sollte, mischte man sich unters Volk.

»So wie ich Sie einschätze«, begann Duca erneut, »geht es Ihnen doch nicht um die heilige Reliquie unseres Herrn?«

»Da liegen Sie durchaus richtig.«

»Dann frage ich Sie, wozu in aller Welt brauchen Sie unbedingt das Original? Das Original ist doch absolut unverkäuflich. Der Wert ist von rein ideeller Natur.«

Anicet schwieg. Er blickte beinahe verlegen zur Seite.

»Dann erlauben Sie mir aber die Frage«, fuhr John Duca schließlich fort, »was wollen Sie eigentlich von mir? Oder glauben Sie, ich bin auf irgendeine Art in die Geschichte verwickelt?«

»Um Himmels willen, nein!« Anicet hob beide Hände. Doch er wirkte nicht sehr überzeugend.

»Sie brauchen mir nicht ständig zu zeigen, dass ich Ihnen nicht gerade sympathisch bin«, erklärte Duca. »Also, was wollen Sie?«

»Eine Auskunft, eine schlichte Auskunft.«

»Und die wäre?«

»Nennen Sie mir Namen und Adresse des Mannes, der das Grabtuch auf so vorzügliche Weise gefälscht hat.«

John Duca reagierte nicht und blickte starr an Anicet vorbei.

»Der Mann«, nahm Anicet seine Rede wieder auf, »ist ein Genie, ein Künstler von hohen Graden, Archäologe, Alchimist und Naturwissenschaftler in einem und, wie mir scheint, auch noch theologisch gebildet. Wenn ich einen Vergleich anstellen sollte, dann fällt mir nur Leonardo da Vinci ein. Aber der ist seit fünfhundert Jahren tot, und seitdem gab es keinen, der ihm das Wasser reichen könnte.«

Ziemlich von oben herab antwortete Duca: »Lieber Freund, warum sollte ich Ihnen den Namen dieses Genies verraten – vorausgesetzt, ich wüsste ihn überhaupt?«

Anicet strich seine langen Haare nach hinten, was stets ein Zeichen äußerster Unruhe und Anspannung war. Dann entgegnete er aufgebracht: »Jetzt lassen Sie endlich Ihre Spielchen! Ich glaube, Sie überschätzen *Ihre* und unterschätzen *meine* Möglichkeiten. Aber wenn Sie uneinsichtig sind, können wir auch mit härteren Bandagen kämpfen. Ich sage nur ›Ordo JP‹.«

Mit hämischem Grinsen beobachtete Anicet ein Zucken um Ducas Mundwinkel, und er fuhr fort: »Natürlich werden Sie jetzt sagen: Was bedeutet ›Ordo JP‹? Aber bevor Sie das tun, möchte ich Ihnen etwas zeigen.«

Gemächlich zog Anicet aus seiner Jackentasche einen Packen gefalteter Papiere und breitete sie vor Duca aus.

»Woher haben Sie das?«, sagte der Banker aufgeregt.

Ohne auf die Frage einzugehen, begann Anicet: »Ordo JP war der präzise beschriebene Plan für die Ermordung Papst Johannes Pauls I., an der ein gutes Dutzend Mitglieder der Kurie beteiligt war. Und unter den Beteiligten« – er hielt Duca ein Blatt vor die Nase – »taucht ein Name auf, der Sie interessieren dürfte: John Duca. Die übrigen Aufzeichnungen beschränken sich auf das genaue Procedere zwischen dem 8. und dem 28. September 1978, dem Tag, an dem der Papst sich ins Bett legte und nicht mehr aufwachte ...«

»Hören Sie auf!«, zischte John Duca mit gepresster Stimme und schob die Papiere, die Anicet vor ihm ausgebreitet hatte, von sich.

Nach einer Weile, in der sich die beiden Männer schweigend anstarrten, sagte Duca: »Kompliment, Sie sind gut informiert, obwohl Sie schon damals im anderen Lager waren. Dann wissen Sie ja auch, wie das damals abgelaufen ist. Als Johannes Paul zum Papst gewählt worden war, drohte er den Sumpf auszutrocknen, in dem das IOR steckte. Doch damit unterschrieb er sein Todesurteil. Zu viele Männer innerhalb und außerhalb der Kurie hatten Dreck am Stecken. Sie mussten um ihre Karriere und ihr Vermögen fürchten, Gelder, die in der Schweiz, in Liechtenstein und San Marino gebunkert waren. Sollte der Kirchenstaat nicht bankrott gehen, so gab es nur eine Lösung: Johannes Paul, ein redlicher Mann von naiver Frömmigkeit, musste zum Schweigen gebracht werden. Gonzaga arbeitete die Pläne des Ordo JP aus. Heute glaube ich, Gonzaga nahm die unsauberen Geldgeschäfte des IOR nur zum Vorwand, Johannes Paul zu beseitigen. Ich bin sicher, auch Gonzaga hoffte genau wie Sie, zum neuen Papst gewählt zu werden. Nur so ist die Verbitterung zu erklären, in die er sich geflüchtet hat.«

»Und wer wusste von dem Komplott?«

»Alle wichtigen Männer der Kurie und die Mehrzahl der Kardinäle, nicht alle. Warum, glauben Sie, wurde der unbedarfte Pole Woytila zum Papst gewählt? Er kam aus einem kommunistischen Land und hatte von Geldgeschäften keine Ahnung. In dieser Situation war er genau der richtige Mann. Aber warum erzähle ich Ihnen das alles?«

»Vielleicht, weil Sie Ihr schlechtes Gewissen plagt.«

John Duca hob die Schultern: »Ich habe nur das Nikotin-Sulfat besorgt, ein tückisches Gift. Ein Tropfen genügt, um einen Menschen um die Ecke zu bringen. Gonzaga hatte in Erfahrung gebracht, dass der gerade erst gewählte Papst jeden Abend vor dem Schlafengehen ein Glas Wasser trank. Alles andere ergab sich dann von selbst. Und da Päpste bis dahin aus gutem Grund nie obduziert wurden, war das Risiko, dass der Mord entdeckt würde, sehr gering.«

»Perfekt«, bemerkte Anicet mit einem teuflischen Grinsen, »wirklich perfekt. Jetzt verstehe ich auch, warum ein von Geldgeschäften unbeleckter Benediktiner wie Sie, Chef des Istituto per le Opere Religiose werden konnte.«

John Duca senkte den Kopf und sah Anicet von unten an: »Ich erwarte von Ihnen, dass Sie schweigen. Selbst wenn Sie meine Worte morgen in einer Zeitung veröffentlichen, ich würde alles abstreiten und Sie der Lüge bezichtigen.«

»Sie sind ein Dummkopf, John!« Anicet nestelte am oberen Knopf seines Sakkos und zog ein dünnes weißes Kabel an einer Kugel, nicht größer als eine Tollkirsche, hervor. An dem Kabel hing ein winziges Aufzeichnungsgerät, so klein wie eine Streichholzschachtel.

Als Duca sah, dass er Anicet in eine Falle gegangen war, sprang er auf, hechtete über den Tisch, dass seine Kaffeetasse in weitem Bogen zu Boden fiel und zerbrach, und versuchte Anicet die elektronische Apparatur zu entreißen.

Der jedoch war darauf gefasst, packte seine ausgestreckte Rechte und drehte sie mit eiserner Kraft nach außen, sodass John Duca leise aufschrie.

Im Lokal waren nur drei Tische besetzt, zwei davon von englischen Touristen, der dritte von einem bärtigen alten Mann, welcher der Auseinandersetzung keine größere Bedeutung beimaß. Nach seinem verklärten Blick zu schließen, verstand er die Welt ohnehin nicht mehr ganz.

»Sie sind ein Schwein«, zischte Duca, nachdem Anicet seinen Griff gelockert hatte.

»Und Sie?«, entgegnete Anicet während er sein Gerät in die Hosentasche stopfte. »Sie können im Übrigen beruhigt sein. Vermutlich werde ich von der Aufzeichnung keinen Gebrauch machen.«

»Was heißt vermutlich?« Der Banker sah Anicet hasserfüllt an.

Anicet wartete ab, bis eine Bedienung die Scherben beseitigt hatte. Kaum war das Mädchen verschwunden, antwortete er: »Ich will von Ihnen den Namen des Fälschers wissen. Wie ist der Name des Genies, das dieses Kunstwerk – und um ein Kunstwerk handelt es sich ohne Frage – geschaffen hat?«

John Duca zeigte sich beinahe erleichtert. Er hatte ganz andere Forderungen erwartet. Die Sache hatte nur einen Haken: »Ich fürchte, Sie werden es mir nicht glauben«, bemerkte er mit weinerlicher Stimme, »aber ich kenne seinen Namen nicht. Ich habe mich um die Angelegenheit nie gekümmert. Das machte Moro sozusagen auf eigene Rechnung. Glauben Sie mir!«

Anicet stützte den Kopf in die linke Hand. Mit der Rechten wischte er unwillig über die marmorne Tischplatte. »Die Kopie des Grabtuches muss doch ein Heidengeld gekostet haben. Ich kann mir nicht vorstellen, dass Kardinal Moro die Fälschung aus eigener Tasche bezahlt hat.«

»Natürlich nicht.«

»Ich habe auch Zweifel, dass eine Kopie wie diese für ein paar Tausend Euro zu haben ist. Und das bedeutet, ein entsprechender Scheck oder eine Überweisung müsste über Ihre Bücher gelaufen sein. Der Vatikan gibt für Restaurateure pro Jahr viele Millionen aus. Die Überweisung an einen Fälscher würde dabei gar nicht auffallen. Aber wie in den Zeitungen zu lesen war, geht die Kurie mit Geld ziemlich leichtsinnig um.«

»Sie meinen die peinliche Geschichte mit Gonzagas Unfall auf der Piazza del Popolo?«

»Ich möchte es einmal so ausdrücken: Von einem Kardinalstaatssekretär erwartet man nicht gerade, dass er nächtens mit hunderttausend Dollar in der Plastiktüte unterwegs ist. Sie wissen sicher mehr darüber.«

»Ich muss Sie enttäuschen. Das ist eine dieser Geschichten, die Gonzaga sozusagen im Alleingang durchführt.«

»Selbstverständlich nur zum Wohle der heiligen Mutter Kirche!«

Duca zeigte keine Regung. Schließlich meinte er: »Geben Sie mir drei Tage Zeit. Ich werde mich darum bemühen, den Fälscher ausfindig zu machen.«

»Sagten Sie drei Tage?« Anicet kicherte vor sich hin. »Gott hat in sieben Tagen die Welt erschaffen, und Sie wollen drei Tage brauchen, um eine Adresse herauszufinden.«

»Aber das ist gar nicht so einfach ...«

»Ich erwarte morgen um zehn Uhr Ihren Anruf. Ich wohne im Hotel Hassler. Und vergessen Sie nicht, was ich in meiner Hosentasche herumtrage.«

Kurz vor zehn klopfte es an der Zimmertür. Anicet ließ den Kellner herein, der das Frühstück brachte. Dann trank er einen Schluck Cappuccino und wollte sich gerade seinem Cornetto widmen, als das Telefon summte.

Duca meldete sich ohne Gruß: »Haben Sie etwas zum Schreiben?«

»Ich höre«, erwiderte Anicet ebenso kurz angebunden und griff zu einem Stift.

»Ernest de Coninck, Luisenstraat 84, Antwerpen.«

»Ein Belgier?«, rief Anicet entsetzt. »Sind Sie sicher?«

John Duca ließ sich mit der Antwort ungehörig lange Zeit. Es schien, als genieße er die Spannung des Augenblicks. Nach einer schier endlosen Pause äußerte er sich umständlich: »Was heißt sicher. Es ist so: In der Kürze der Zeit stieß ich nur auf zwei von Kardinal Moro veranlasste Überweisungen in Höhe von je zweihundertfünfzigtausend Euro. Die Transaktionen wurden im Abstand von sechzehn Monaten veranlasst und gingen beide auf dasselbe Konto bei der Netherlandsbank in Antwerpen. Empfänger: Ernest de Coninck.«

»Das sagt gar nichts«, unterbrach Anicet den Banker.

»Augenblick! Sie werden Ihre Meinung gleich ändern. Außer den Überweisungen wurden von Moros Kardinalssekretariat zwei Flüge der Alitalia im Abstand von sechzehn Monaten gebucht.

Der eine auf den Namen Gonzaga Rom–Brüssel–Rom, der andere auf den Namen Coninck Brüssel–Rom–Brüssel.«

»Das klingt allerdings sehr interessant!«

»Offenbar hat Moro das Original des Grabtuches nach Antwerpen gebracht, und der Fälscher brachte das Original samt Kopie nach Rom zurück.«

»Ich hoffe, Sie behalten recht mit Ihrer Theorie. Sonst gnade Ihnen Gott.« Anicet legte auf und reiste noch am selben Tag ab.

Kapitel 22

Bei aller Strenge, die Signora Papperitz an den Tag legte, hatte das Leben in der Locanda einen großen Vorteil. Malberg blieb absolut anonym, denn die übrigen Bewohner, drei alleinstehende Herren und ein ebenso attraktives wie arrogantes Frauenzimmer von etwa vierzig Jahren, standen früh auf und gingen ihrem Beruf nach, noch bevor Malberg den Frühstücksraum betrat. Abends verschwand jeder in seinem Zimmer. Zu Begegnungen mit den anderen Pensionsgästen kam es nur selten.

Zudem hatte Signora Papperitz die Angewohnheit, täglich gegen siebzehn Uhr das Haus zu verlassen und erst nach zwei Stunden zurückzukehren – eine günstige Gelegenheit, sich mit Caterina zu treffen.

Das erste Treffen in der fremden Umgebung verlief etwas verkrampft, was weniger an Caterina lag als an Malberg selbst. Der Stress der letzten Tage, vor allem aber der unerwartete Ausbruch von Leidenschaft, hatte sein Gefühlsleben, das bisher stark von seinem Verstand kontrolliert wurde, arg durcheinandergebracht.

Die angespannte Stimmung blieb Caterina nicht verborgen. »Wenn du willst«, meinte sie und legte den Kopf zur Seite, »wenn du willst, können wir einfach vergessen, was gestern passiert ist.«

»Vergessen?« Malberg sprang auf und ging, die Hände in den Hosentaschen, in seinem Zimmer auf und ab. Plötzlich blieb er stehen: »Ist das dein Ernst?«

Caterina hob die Schultern. »Mir kommt es so vor, als sei es dir im Nachhinein peinlich. Aber es ist nun einmal passiert. Eine Art Unfall. Entschuldige, ich glaube, ich rede dummes Zeug.«

»So ein Unsinn!«, Malberg fuhr sich mit der Hand durch die

Haare. »Wir kennen uns einfach zu wenig. Und die Umstände, unter denen wir uns begegnet sind, waren nicht gerade die ideale Voraussetzung dafür, sich ineinander zu verlieben.«

»Zwischen uns steht Marlene. Habe ich recht?«

»Was redest du da. Marlene wurde ermordet. Marlene ist tot!«

»Du hast sie insgeheim geliebt. Stimmt's?«

Malberg blieb erneut stehen. Er sah Caterina an; aber er antwortete nicht.

Da warf Caterina sich ihm in die Arme. Mit einer heftigen Bewegung vergrub sie ihr Gesicht an seinem Hals. »Ich wusste es!«, flüsterte sie.

»Nein, nein, das ist es nicht«, sagte Malberg leise und strich ihr zärtlich über das Haar. »Ohne Zweifel war Marlene eine attraktive Frau – wie viele Frauen, die ich gekannt habe. Aber sie war nicht so wie du. Es ist eher diese geheimnisvolle Kraft, die mich antreibt, ihren Tod aufzuklären. Ihr Tod, der im Moment alle anderen Gefühle überlagert. Ich werde nie vergessen, wie sie da in der Badewanne lag. Und ich werde nicht eher zur Ruhe kommen, bis ich die näheren Umstände und den Mörder kenne.«

»Dann bleibt also noch ein Funken Hoffnung für mich?«

Malberg lachte: »Dummes Mädchen. Die Frage ist eher, ob du mich dann noch magst.« Er küsste sie auf die Stirn. Dann auf den Mund.

»Genug geküsst!«, Caterina löste sich aus der Umarmung. »Was willst du also tun?«

»Ich muss auf jeden Fall noch einmal in die zugemauerte Wohnung von Marlene. Wer immer das veranlasst hat, er hat es nicht ohne Grund getan. Die Frage ist nur ...«

»Wie gelangt man in eine Wohnung, deren Zugang zugemauert ist.«

»Vielleicht gibt es noch einen zweiten Eingang, so wie hier.« Malberg zeigte mit dem Daumen auf den alten Barockschrank in seinem Zimmer. »Auf dem Dachboden von Marlenes Haus steht auch so ein Ungetüm. Ich bin sicher, dahinter verbirgt sich ein zweiter Zugang zu der Wohnung. Nur – wie kommen wir in das Haus?«

»Paolo!« bemerkte Caterina trocken. »Es gibt kaum ein Schloss, das ihm standhält.« Als sie Malbergs skeptischen Blick sah, meinte sie: »Du kannst ihm vertrauen, Lukas. Der Junge mag dich.«

Sie verabredeten sich für zweiundzwanzig Uhr an einem Kiosk in der Via Gora, von wo das Haus Nr. 23 gut einsehbar war.

Als Malberg zum vereinbarten Zeitpunkt eintraf, warteten Caterina und Paolo bereits. Sie trugen Jeans und Turnschuhe, und Malberg kam sich etwas overdressed vor in seinem hellen Leinenanzug. Aber in sein Hotel zurück konnte er nicht, und bisher hatte er noch nicht die Zeit gefunden, sich neu einzukleiden.

Anders als die meisten Straßen in Trastevere, in denen sich eine Trattoria und ein Restaurant an das andere reihte, zeichnete sich die Via Gora durch eine gewisse Verschlafenheit aus. Die Straßenlaternen an den Häuserwänden beleuchteten die schmale Gasse nur spärlich. Das fahle Licht schmeichelte den alten Fassaden.

Malberg ließ seinen Blick über das Haus Nr. 23 schweifen. Plötzlich streckte er den Arm aus und deutete auf die Fenster im fünften Stock.

»Seht mal, in Marlenes Wohnung brennt Licht«, sagte er aufgeregt. »Das gibt's doch nicht!«

»Dort, im fünften Stock?«, fragte Caterina, und Paolo hielt, um besser sehen zu können, die Hand über die Augen und sagte: »Ich dachte, die Wohnung wäre zugemauert.«

Die Geschwister sahen ihn ungläubig an. Malberg fühlte sich in die Enge getrieben. In einem Anflug von Verzweiflung schlug er die Hände vors Gesicht: »Ich bin doch nicht verrückt!«

Caterinas Blick ruhte noch immer auf Lukas: »Bist du dir sicher? Ich meine, in der Aufregung sieht man manchmal Dinge …«

»Ich weiß, was ich gesehen habe!«, zischte Malberg wütend.

Caterina war verunsichert: So kannte sie Lukas Malberg gar nicht.

»Dann sollten wir erst recht nachsehen, was dort oben los ist!«, ging Paolo dazwischen. »Wartet hier.«

Wie ein nächtlicher Spaziergänger überquerte Paolo die Via Gora. Vor dem Haus Nr. 23 blickte er noch einmal nach beiden Seiten. Dann zog er etwas aus seiner Hosentasche und machte sich am Türschloss zu schaffen.

Es dauerte keine zehn Sekunden, und Paolo wandte sich um. Er pfiff leise durch Daumen und Zeigefinger. Malberg und Caterina folgten ihm über die Straße.

Im finsteren Treppenhaus reichte Paolo Lukas eine Taschenlampe. Malberg schlich voraus. Sofort war der penetrante Geruch von Bohnerwachs und Wischwasser wieder gegenwärtig. Der zappelnde Strahl der Taschenlampe wies ihnen den Weg bis ins oberste Stockwerk.

»Da!«, flüsterte Malberg und beschrieb mit der Lampe ein schattenhaftes Rechteck an der Wand. »Da war die Tür zu Marlenes Wohnung.«

Linker Hand hatte Paolo inzwischen die Feuerschutztür zum Dachboden des Hauses entdeckt.

Malberg leuchtete auf das Türschloss.

»Nicht der Rede wert«, flüsterte Paolo und machte eine abfällige Handbewegung. In der Tat dauerte es nur Sekunden, und Paolo hatte auch dieses Schloss geknackt. Ohne das geringste Geräusch zu verursachen, verschwanden die drei hinter der schweren Eisentür.

Der Dachboden war mindestens zwanzig Meter lang, aber nur halb so breit und verlor sich am anderen Ende in der Dunkelheit. Drei gemauerte Kamine, von denen der Putz bröckelte, und ein verwirrendes Dachgebälk durchkreuzten den Raum. Man musste den Kopf einziehen.

Altes Mobiliar, das jedem Flohmarkt zur Ehre gereicht hätte, ein halbes Dutzend Fahrräder und eine Anzahl Kinderwagen, der älteste gewiss hundert Jahre alt, Munitionskisten aus dem Zweiten Weltkrieg, zerschlissene Säcke mit abgelegter Kleidung, eine Leiter, an einen Kamin gelehnt, eine Tretnähmaschine und ein Gerät aus den Kindertagen des Fernsehens bildeten ein verwirrendes, etwas unheimliches Sammelsurium wie aus einem Film von Alfred Hitchcock. Und über allem hing ein beißender Staubgeruch.

Mit dem Lichtstrahl der Taschenlampe wies Lukas Malberg auf den Kastenschrank rechts neben der Eingangstür.

Paolo hatte erwartet, dass der Schrank verschlossen wäre, aber als er das Schloss näher in Augenschein nahm, sprangen die beiden Flügel wie von selbst auf.

Malberg trat hinzu und leuchtete in das Innere. Er hatte nicht unbedingt erwartet, dass sich in dem Kasten eine zweite Tür auftat wie in der Locanda der Signora Papperitz, aber enttäuscht zeigte er sich dann doch, nachdem er erfolglos und ohne Rücksicht auf den Schrankinhalt die Rückwand des Möbelstücks abgeklopft hatte.

»Wir müssen versuchen, den Schrank von der Wand wegzurücken«, sagte Malberg und wischte sich mit dem Ärmel den Schweiß von der Stirn. Er wandte sich an Paolo: »Komm, pack an!«

Caterina hielt die Lampe, während Lukas und Paolo den schweren Schrank ruckweise von der Wand schoben. Erschwert wurde die Arbeit dadurch, dass dies möglichst lautlos vonstatten gehen musste.

Sie hatten ihr Ziel schon beinahe erreicht, als sich im Innern des Möbelstücks ein Fach löste und mit seiner Last, einem Dutzend alter Schüsseln und Gläser, zu Boden krachte.

Malberg, Caterina und Paolo blieben wie versteinert stehen. Der Krach war laut genug gewesen, um das ganze Haus aufzuwecken.

»Nichts wie weg!«, zischte Paolo.

Caterina klammerte sich an den linken Arm ihres Bruders.

Malberg legte den Finger auf die Lippen und lauschte.

Noch war es still. Aber schon im nächsten Augenblick würden im Treppenhaus die Türen aufgehen. Schritte würden näher kommen, und sie würden entdeckt werden.

Aber es geschah nichts. Kein Laut. Die Stille wirkte beklemmend. Wie konnte es sein, dass niemand den Lärm gehört hatte?

Minutenlang verharrten sie regungslos, wagten in banger Erwartung kaum zu atmen. Malberg hielt den Lampenstrahl auf die Tür gerichtet. Als Erster gewann Paolo die Fassung zurück.

»Ich kann es nicht glauben!« wiederholte er ein ums andere Mal. »Irgendjemand muss doch den Krach gehört haben.«

Immerhin stand der alte Schrank jetzt so weit von der Wand entfernt, dass Malberg einen Blick dahinter werfen konnte.

»Nichts«, bemerkte er enttäuscht. »Keine Geheimtür, nichts.«

Paolo trat hinzu und klopfte mit gekrümmtem Zeigefinger die Wand hinter dem Schrank ab. Er schüttelte den Kopf. Schließlich nahm er Malberg die Taschenlampe aus der Hand und begann alle Ecken und Winkel des Dachbodens zu erforschen. Malberg stand abseits im Dunkeln. Er hatte die Hoffnung aufgegeben.

Plötzlich spürte er Caterinas Hand auf seiner rechten Schulter. Malberg ergriff sie mit der Linken. »Du hast mir von Anfang an nicht geglaubt«, bemerkte er leise.

»Vergiss es!«

»Du denkst, ich habe mir das alles nur eingebildet. Es gibt gar keine zugemauerte Wohnung. Vielleicht habe ich den Mord an Marlene auch nur erfunden.« Seine Worte klangen resigniert.

»Und die Beerdigung? Das rätselhafte Notizbuch? Die Fahndung nach dir?«

Malberg ließ den Kopf hängen. »Ich weiß selbst nicht mehr, was ich glauben soll.«

»He!« Paolo gab einen unterdrückten Schrei von sich. Aufgeregt fuchtelte er mit der Taschenlampe in der Luft herum. An der Wand mit dem Schrank, etwa vier Meter über dem Boden, zappelte der Lichtstrahl. Man musste zweimal hinsehen, um zu erkennen, dass in das verwitterte Mauerwerk eine niedrige Tür eingelassen war.

»Die Leiter!«, rief Paolo leise.

Malberg legte die Leiter an und kletterte vorsichtig nach oben.

Die Tür hatte keinen Griff, nur ein einfaches Schlüsselloch. Ohne Schlüssel oder spezielles Werkzeug bestand kaum eine Chance, sie zu öffnen.

»Lass mich das machen«, meinte Paolo ungeduldig.

Mit einer einfachen Fahrradspeiche rückte er dem Schloss zuleibe. Ein Ruck, und die Tür war offen. Aus dem Innern fiel ein schwacher Lichtstrahl auf das verstaubte Gebälk des Dachbodens.

»Was siehst du?«, rief Caterina nach oben.

Ohne zu antworten, trat Paolo den Abstieg an. Unten angelangt, sagte er leise: »Man sieht eine Art Galerie mit einer Liege und einem kostbaren Sekretär und einem Lehnstuhl. Alles wirkt ziemlich aufgeräumt.« Er zeigte nach oben. »Es würde mich nicht wundern, wenn dort plötzlich ein Kopf erschiene.«

Malberg und Caterina sahen sich an.

»Und jetzt?«, fragte Paolo ungeduldig.

Ohne ein Wort zu verlieren, stieg Malberg auf die Leiter und verschwand in der Tür. Er hatte keine Ahnung, was ihn erwarten würde, er gab nur dem inneren Drängen nach, das ihn seit Wochen verfolgte.

»Hallo«, rief Malberg zaghaft. »Ist da jemand?«

Von der Galerie, die von einem dunklen Holzgeländer eingerahmt wurde, blickte er in den schummrig beleuchteten Salon, den er schon kannte. Warum brannte dort unten Licht, wenn keiner da war?

»Hallo?«, wiederholte er. Auch dieses Mal kam keine Antwort.

Eine Treppe mit offenen Holzstufen führte an der gegenüberliegenden Wand nach unten. Darauf bedacht, keinen Lärm zu verursachen, nahm Malberg eine Stufe nach der anderen, genau vierzehn. In der Wohnung blieb es totenstill.

Unten im Salon angekommen, sah er sich um. Er fühlte sich wie gelähmt und drehte sich schwerfällig um die eigene Achse.

Unwillkürlich blieb sein Blick an der Tür hängen, die ins Badezimmer führte. Er atmete unregelmäßig und hörte, wie sein Puls in den Ohren klopfte. Obwohl er sich der Unsinnigkeit seiner Gedanken bewusst war, starrte er auf die Tür und wartete darauf, dass Marlene ins Zimmer trat, bekleidet mit einem weißen Bademantel, das Haar unter einem Handtuch verborgen, und sagte: Warum kommst du erst jetzt? Ich habe auf dich gewartet. Wir waren doch verabredet. Und Malberg antwortete: Ja doch. Aber ich hatte einen bösen Traum. Ich möchte nicht darüber reden. Die Hauptsache ist, wir haben uns gefunden. Was war, sollten wir so schnell wie möglich vergessen. Er trat auf sie zu und zog sie in seine Arme und flüsterte ihr ins Ohr: Jetzt wird doch noch alles gut.

Malberg hielt inne. Er hörte seinen Namen: »Lukas, Lukas!«, spürte den energischen Griff zweier Hände, die ihn wachrüttelten, und es dauerte ein paar Sekunden, bis er begriff, wer vor ihm stand: Die Frau in seinen Armen war nicht Marlene. Es war Caterina, die sich ihm lautlos genähert hatte.

»Wo ist Paolo?«, fragte er aufgeregt, nachdem er in die Wirklichkeit zurückgefunden hatte.

Caterina hielt Malberg noch immer fest. »Keine Sorge«, erwiderte sie, »Paolo sitzt oben vor der Tür und passt auf.«

Ziemlich abrupt löste sich Malberg aus Caterinas Umklammerung und zeigte auf die Tür zum Badezimmer: »Da war es, da!«, stammelte er. Die Erinnerung schnürte ihm die Kehle zu. Er konnte kaum sprechen.

Caterina nickte, ging auf die Tür zu, drehte sich noch einmal um, als wollte sie fragen: Soll ich? Als Lukas keine Regung zeigte, drückte sie die Klinke nieder, knipste das Licht an und verschwand im Badezimmer. Malberg folgte ihr zögernd.

Der grell weiß gefliese Raum mit den blitzenden Messingarmaturen war peinlich sauber. In seiner perfekten Sauberkeit wirkte er fast steril wie ein Operationsraum. Verstärkt wurde der Eindruck dadurch, dass das Badezimmer völlig leergeräumt war: kein Handtuch, keine Seife, kein Zahnputzbecher oder ein Haarshampoo – nichts. Und nichts, das einen Hinweis auf den Mord an Marlene hätte geben können.

Beim Verlassen des Badezimmers fiel Malbergs Blick auf die

Stelle, an der er den Eingang in Erinnerung hatte. Er gab Caterina ein Zeichen. Bevor er die Klinke der zweiflügeligen Tür herunterdrückte, hielt er einen Augenblick inne. Dann öffnete er die Tür.

Dahinter tat sich rohes Mauerwerk auf.

Ungläubig schüttelte Caterina den Kopf. Über Malbergs Gesicht huschte ein triumphierendes Grinsen.

»Glaubst du mir jetzt?«, fragte er, ohne eine Antwort zu erwarten. Dann schloss er die Tür wieder, die ins Nichts führte.

Der Salon bot ein Bild geschmackvoller Wohnlichkeit. Die linke, dem Badezimmer gegenüberliegende Seite wurde von einer deckenhohen Bücherwand eingenommen, unterbrochen durch eine eingebaute Tür, die ins Schlafzimmer führte.

Die Tür war nur angelehnt, so als habe jemand den Raum in aller Eile verlassen. Malberg zögerte, er hatte Hemmungen, so einfach in Marlenes Schlafzimmer zu gehen. Aber dann gab er sich einen Ruck und stieß vorsichtig die Tür auf. Mit seiner Rechten tastete er nach dem Lichtschalter. Zwei dreiflammige Wandleuchter tauchten das Schlafzimmer in warmes Licht. Ein französisches Bett nahm beinahe die ganze gegenüberliegende Wand ein.

Malberg stutzte. Über dem Bett hingen die gleichen frivolen Bilder, die er schon im Schlafzimmer der Marchesa Falconieri entdeckt hatte.

»Ist sie das?«, erkundigte sich Caterina, nachdem sie die Fotos näher in Augenschein genommen hatte.

»Hm«, erwiderte Lukas mit gespielter Beiläufigkeit.

»Sie war eine ungewöhnlich attraktive Frau.« Caterina betrachtete die Bilder mit einem eifersüchtigen Blick.

Malberg tat, als überhörte er die Bemerkung, und wandte sich dem Kleiderschrank auf der linken Seite zu. Der Schrank quoll über von Kleidern, Röcken und Kostümen der elegantesten Art. Zweifellos hatte Marlene auf großem Fuß gelebt.

Zurück im Salon, sah sich Malberg nach Indizien um, aus denen er vielleicht Rückschlüsse auf ihr Leben ziehen konnte. Zwischen den drei rundbogigen Türen zur Dachterrasse hin hingen in bunter Reihe etwa zwei Dutzend gerahmte Fotografien von unterschiedlicher Größe. Auf einem, dem gemeinsamen Abiturfoto, entdeckte Malberg sich selbst, eine Reihe hinter Marlene. Wie hatte sie sich verändert.

Die übrigen Bilder zeigten Marlene auf Urlaubsreisen: allein vor dem Eiffelturm, auf einem Kamel reitend in der Wüste, an Bord eines Kreuzfahrtschiffes in der Karibik. Aber auch in männlicher Begleitung in einer Gondel in Venedig, auf dem Empire State Building in New York und vor dem Brandenburger Tor in Berlin.

»Wer ist der Mann?«, erkundigte sich Caterina, deren Blicke ebenfalls über die Bilder wanderten.

»Keine Ahnung«, erwiderte Lukas wahrheitsgemäß.

Der Mann war deutlich älter als Marlene, groß und mit schütterem grauem Haar, und wirkte bei näherem Hinsehen nicht sonderlich sympathisch. Die Häufigkeit, mit der der Fremde auf den Fotos auftauchte, legte den Verdacht nahe, dass es sich wohl kaum um eine Zufallsbekanntschaft handelte oder ein Verhältnis von kurzer Dauer. Ihm gegenüber hatte Marlene nie eine Partnerschaft erwähnt. Malberg hatte eher den Eindruck gewonnen, dass sie stolz auf ihr Singledasein war und von Männern nichts wissen wollte. Nein, die Fotos an der Wand brachten ihn keinen Schritt weiter, und erste Zweifel wurden wach, ob er sich mit der Spurensuche in Marlenes Wohnung nicht in etwas verrannt hatte. Die peinliche Ordnung, die penible Sauberkeit, die einem überall entgegenblitzte, ließen nur einen Schluss zu: Die Verantwortlichen für Marlenes Tod hatten alle Spuren beseitigt, die irgendwelche Rückschlüsse zuließen.

Enttäuscht und eher lustlos öffnete er die ausklappbare Schreibplatte eines Barocksekretärs links neben dem Zugang zum Badezimmer. Auch hier dieselbe provozierende Ordnung und Sauberkeit wie überall: Briefpapier und Kuverts ordentlich gestapelt und aufgerichtet, Büroklammern in einer durchsichtigen Plastikschale, mehrere Rollen Klebestreifen, ein Brieföffner und eine Schere, kein einziger persönlicher Brief, keine Notiz, keine Aufzeichnung, nichts.

Malberg öffnete eine kleine Lade in der Mitte. Sie klemmte ein wenig, und er rüttelte am Griff. Plötzlich hörte man ein leises metallisches Geräusch, und die Lade ließ sich aufziehen. Sie war leer. Doch als Malberg sie wieder schließen wollte, spürte er einen Widerstand. Als er nachsah, entdeckte er eine Kette mit einem schlichten Medaillon; Caterina trat hinzu und betrachtete den Fund. »Was ist das für ein merkwürdiges Zeichen auf dem Medaillon?« Malberg hob die Schultern. »Scheint eine Art Runenkreuz zu sein.« Er überlegte einen Moment, dann steckte er das Medaillon ein.

Malberg wandte sich einem unscheinbaren Wandtresor in Augenhöhe zu. Die Tür des etwa dreißig mal fünfzig Zentimeter großen, mit einem Zahlenschloss gesicherten Wandschranks war nur angelehnt. Als er sie öffnete, schlug ihm der Geruch eines scharfen Reinigungsmittels entgegen. Wie nicht anders zu erwarten, war der Tresor leer.

»Die Leute haben ganze Arbeit geleistet«, bemerkte Lukas Malberg leise. »Da waren Profis am Werk, die nichts, aber auch gar nichts außer Acht gelassen haben.«

Caterina nickte und ließ den Blick über die Bücherwand schweifen: »Und das macht alles nur noch rätselhafter.«

Die Bücher, tausend bis zwölfhundert mochten es wohl sein, waren nicht gerade so alt, dass sie Malbergs Interesse als Antiquar geweckt hätten. Wissenschaftliche Bücher unterschiedlicher Fachrichtungen, Kunst- und Reisebücher bildeten den Hauptanteil, kaum Belletristik.

Unwillkürlich verfing sich sein Blick an einem kleinen Buch mit rotem Lederrücken. Malberg erkannte es sofort. Dieses Buch hatte er Marlene beim Klassentreffen geschenkt: ein Schelmenroman im Schülermilieu. Titel: *Die Feuerzangenbowle*. Das Buch gehörte seit seiner Jugend zu Malbergs Lieblingsbüchern.

Jetzt nahm er es aus dem Regal und schlug die erste Seite auf. Er hatte eine Widmung in das Buch geschrieben:
Zur Erinnerung an unser erstes Klassentreffen und unsere gemeinsame Schulzeit – Lukas.

Nachdenklich, beinahe liebevoll ließ er die Seiten durch seine Finger gleiten, als er plötzlich innehielt. Zwischen den Seiten 160 und 161 lag die Quittung eines Flugtickets der Lufthansa. Malberg legte das Buch beiseite und nahm die Rechnung näher in Augenschein.

»Was ist das?«, erkundigte sich Caterina, der die Entdeckung nicht entgangen war.

»Ein Flug nach Frankfurt, die Rechnung, ausgestellt auf den Namen Marlene Ammer.« Malberg machte eine Pause. »Aber das Datum, das Datum!«, rief er leise.

Caterina nahm ihm die Rechnung aus der Hand und sah ihn fragend an: »26. August?«

»Einen Tag, nachdem Marlene nach Frankfurt fliegen wollte, wurde sie ermordet. Und obwohl wir verabredet waren und ein paar gemeinsame Tage in Rom verbringen wollten, hat sie von ihren Reiseplänen kein Wort erzählt.«

»Das verstehe ich nicht«, sagte Caterina und hielt die Quittung prüfend ins Licht. »Vielleicht hat sie eine Umbuchung vorgenommen.«

»So wird es sein!«, erwiderte Malberg in einem Anflug von Resignation. Minutenlang starrte er vor sich hin ins Leere. War Marlene auf der Flucht gewesen? Was suchte sie in Frankfurt? Und wer wollte unter allen Umständen diese Reise verhindern? Mit einer gewissen Bitterkeit stellte Malberg fest, dass er die Frau, die für ihn mit einem Mal wichtig geworden war, gar nicht kannte.

Die Quittung in dem Buch war der einzige Hinweis, welcher der Polizei, ihren Verfolgern oder wer auch immer hinter der ganzen Sache stecken mochte, entgangen war. Hatte sie vielleicht absichtlich die Rechnung in *seinem* Buch versteckt, um ihm eine Nachricht zu hinterlassen? Die Chance, dass er sie entdeckte, stand eins zu tausend. Und wenn sie ihm auf diese ungewöhnliche Weise etwas mitteilen wollte, warum nicht mit einem eindeutigen Hinweis? Was sollte dieses Theater?

Malberg dachte angestrengt nach. Aber je länger er grübelte, desto mehr wurde ihm bewusst, dass die Rechnung auch zufällig in seinem Buch gelandet sein konnte. Vielleicht hatte Marlene gerade in dem Buch gelesen. Es klingelte an der Tür, und weil niemand von ihren Reiseplänen erfahren sollte, ließ sie die Rechnung in dem Buch verschwinden und stellte es ins Regal zurück. Er schüttelte den Kopf.

Caterina gab Lukas die Quittung zurück. Seine tiefe Ratlosigkeit ging ihr zu Herzen. Obwohl von Berufs wegen mit einer guten Kombinationsgabe ausgestattet, wusste auch sie nicht weiter. Im Übrigen fühlte sie sich unwohl in der fremden Wohnung, die ein dunkles Geheimnis umgab.

»Paolo«, rief sie beinahe flüsternd nach oben, »bist du noch da?«

»Keine Sorge«, kam es ebenso leise von oben zurück. »Aber ich wäre ganz dankbar, wenn der Abend allmählich zu Ende ginge. Es geht auf vier Uhr zu, und die Batterie der Taschenlampe macht langsam schlapp. Außerdem bin ich hundemüde. Man ist schließlich auch nicht mehr der Jüngste.«

Ohne auf Paolos Scherz einzugehen, sagte Malberg: »Der Junge hat recht. Machen wir Schluss.« Er nahm das Buch an sich und legte die Rechnung wieder hinein. »Wir sollten jetzt besser verschwinden.«

Caterina nickte erleichtert. Sie war froh, die Wohnung dieser merkwürdigen Frau zu verlassen.

»Und lass das Licht brennen!«, flüsterte sie auf dem Weg zur Galerie.

KAPITEL 23

Unter einem Gemälde des heiligen Borromäus, der von seinem Oheim Papst Pius IV. im sechzehnten Jahrhundert zum Kardinalstaatssekretär erhoben wurde, trafen sich sechs entschlossen dreinblickende Herren in Schwarz. Das monumentale Gemälde im Büro des Präfekten der Glaubenskongregation war der einzige Wandschmuck in dem sonst eher kahlen Raum. Ein wuchtig-breiter Schreibtisch nahm die Stirnseite ein. Die Mitte wurde von einem nackten Refektoriumstisch mit vier kantigen Stühlen zu beiden Seiten und einem weiteren an der oberen Schmalseite eingenommen, von wo der Blick auf ein Wandkreuz fiel.

Die Begegnung verlief zunächst schweigsam. Und selbst die Begrüßung beschränkte sich auf ein würdevolles, stummes Kopfnicken, sobald einer den Raum betrat.

Das war keineswegs ungewöhnlich bei derartigen Zusammenkünften, denn Kardinal Bruno Moro, der Leiter des Heiligen Offiziums, galt als Feind unnützer Worte. Ungewöhnlich war eher die Zeit der Zusammenkunft. Die gebläuten Zeiger seiner Rolex, ein Geschenk seines früheren Bistums zu seinem siebzigsten Geburtstag, zeigten auf dreiundzwanzig Uhr. Um diese Zeit herrschte im Vatikan für gewöhnlich der klerikale Friede des Herrn.

Während Moro hinter seinem Schreibtisch saß und noch in seine Akten vertieft war, nahmen die Eintretenden, einer nach dem anderen, an dem kahlen Mitteltisch Platz. Und einer nach dem anderen legte die rechte Hand über den linken Handrücken und starrte vor sich hin, als erwarte er die Ankündigung des Jüngsten Gerichts: Zur Linken, den hohen Fenstern des Raumes zugewandt, Monsignor Giovanni Sacchi, Privatsekretär des letzten Papstes, mit militärischem Haarschnitt, einer billigen Nickelbrille und einem Gesichtsausdruck, als graue ihm schon jetzt vor der bevorstehenden Nacht auf dürrem Reisig. (Es ging nämlich das Gerücht, dass Sacchi der Selbstkasteiung frönte nach dem Vorbild des heiligen Dominikus.) Sacchi bekleidete das hohe Amt des Geheimarchivars Seiner Heiligkeit und war Leiter des Vatikanischen Archivs.

Mit der ihm übertragenen Macht wachte er über Dokumente, die nie einem einfachen Christenmenschen bekannt werden dürfen: über geheime Klöster, in denen die leiblichen Kinder von Priestern und Bischöfen aufgezogen wurden; über Heilige, die zu Lebzeiten weit weniger heilig waren, als die frommen Bilder in den Kirchen uns weismachten. Über Verfehlungen zwielichtiger Päpste. Und über Eheannulierungen hochgestellter Persönlichkeiten und ihre fadenscheinigen Begründungen.

Neben dem Monsignore hatte sich Frantisek Sawatzki niedergelassen, weißhaarig, Mitte fünfzig und in gekrümmter Haltung, sah er aus, als laste die Verantwortung für alles Leid der Welt auf seinen schmalen Schultern. Als Präfekt des Rates für die öffentlichen Angelegenheiten der Kirche oblag Sawatzki die undankbare Aufgabe, die einsamen Entscheidungen Seiner Heiligkeit mundgerecht unters Volk zu bringen. Er hatte aber auch aufflackernde Diskussionen geschickt im Keim zu ersticken, etwa wenn es um das Präputium, die Vorhaut unseres Herrn Jesus, ging und die Frage, ob Jesus bei seiner leiblichen Himmelfahrt nicht jenes Teil, von dem im Übrigen mehrere auf Erden als Reliquien verehrt werden, mit sich geführt habe.

Weit entfernt von solch blasphemischen Gedanken, aber auf Tuchfühlung mit ihm, starrte Archibald Salzmann naserümpfend auf die dunkle Tischplatte, von der ein penetranter Geruch einer Möbelpolitur ausging. Salzmann, ein Quereinsteiger der Kurie, was viele klerikale Neider auf den Plan rief, hatte es trotz seiner Jugend – und im Vatikan bedeutete das knapp über sechzig – bereits zum Prosekretär für das Bildungswesen gebracht und war damit zuständig für alle kirchlichen Universitäten und Bildungseinrichtungen. Nicht einmal seine Neider konnten ihm eine unglaubliche universale Bildung absprechen.

Ihm gegenüber, mit dem Rücken zur dunklen Fensterfront, saß John Duca, eher gelangweilt, Leiter des IOR, wie immer im grauen Flanell und mit einem feinen ironischen Lächeln auf den Lippen, was ihn deutlich von den anderen Schwarzröcken unterschied.

Professor Jack Tyson, Sohn des legendären Harvard-Professors John Tyson, der den Vatikan mit seinem Vorschlag, das Turiner Grabtuch gegen eine Fälschung auszutauschen, in arge Bedrängnis gebracht hatte, wartete zur Rechten Ducas und versuchte sich die Zeit zu vertreiben, indem er mit den Fingern seiner Rechten leise auf die Tischplatte trommelte. Bei genauem Hinhören konnte man durchaus den *River-Kwai-Marsch* erkennen.

Das wiederum erweckte den Unmut Monsignor Abates, des Privatsekrektärs von Kardinal Bruno Moro, der mit gespitztem Stift und einem Stoß leerer Blätter neben Tyson Platz genommen hatte, um jeden Satz, der hier gesprochen würde, zu protokollieren. Denn der Kardinal vertrat die Ansicht, nur was schriftlich niedergelegt sei, sei von Bedeutung. Abate warf Tyson einen strafenden Blick zu, aber erst als dieser nicht fruchtete, schüttelte der Monsignore so heftig den Kopf, dass der Professor das Trommeln mit einer entschuldigenden Geste einstellte.

Außer Tyson, der zu dem Colloquium extra aus Massachusetts eingeflogen war und zum ersten Mal einen Blick hinter die Leoninischen Mauern werfen durfte, war allen Anwesenden etwas gemein: Sie waren erbitterte Gegner von Kardinalstaatssekretär Philippo Gonzaga.

»Ich habe Sie zu nächtlicher Stunde hierher gebeten«, zerschnitt Moros heisere Stimme die gespannte Stille, während er sich von seinem Schreibtisch erhob und an der Stirnseite des Konferenztisches Platz nahm, »weil sich hier mitten unter uns ein ungeheures Verbrechen ereignet hat.« Mit einer auffordernden Handbewegung gab der Kardinal dem Geheimarchivar des Papstes ein Zeichen.

Sacchis mürrische Miene verfinsterte sich noch mehr, und ohne aufzublicken murmelte der Monsignore: »Das Grabtuch unseres Herrn Jesus – wohlgemerkt das Original – ist aus dem Tresorraum des Geheimarchivs verschwunden.«

Da sprang Frantisek Sawatzki auf und rief in höchster Erregung: »Was heißt verschwunden, Bruder in Christo? Würden Sie die Güte haben, sich etwas präziser auszudrücken?«

»Verschwunden heißt, es ist nicht mehr da!« Der Geheimarchivar blickte auf.

»Augenblick«, warf Archibald Salzmann ein, »das Vatikanische Geheimarchiv ist, soviel ich weiß, gesichert wie die Bank von England, und es gibt nur drei Menschen auf diesem Planeten, die ungehinderten Zutritt haben zu diesen Räumen. Das sind Seine Heiligkeit, Kardinalstaatssekretär Gonzaga und Sie, Monsignore, als Leiter des Geheimarchivs. Das schränkt die Zahl der Verdächtigen ziemlich ein. Meinen Sie nicht?«

Sacchi nickte heftig und sah hilflos in die Runde, wobei die Gläser seiner Nickelbrille funkelten, als wollten sie die feindseligen Blicke abwehren, die vorwurfsvoll auf ihn gerichtet wurden. »Es ist mir ein Rätsel, wie das passieren konnte«, stammelte er kleinlaut.

»Und seit wann wissen Sie von der Misere, Eminenza?«, erkundigte sich John Duca, an den Kardinal gewandt.

»Seit drei Wochen«, erwiderte Moro und klammerte sich nervös an die Armlehnen seines Stuhls. »Ich wollte Monsignor Sacchi die Gelegenheit geben, die Sache aufzuklären, bevor ich Ihnen die Katastrophe bekannt gebe.«

»Wer weiß bisher davon?« Archibald Salzmann, der Prosekretär für das Bildungswesen, rutschte unruhig auf seinem Stuhl hin und her.

Sacchi wollte antworten, doch der Kardinal fiel ihm ins Wort: »Als mich der Monsignore informierte, bat ich ihn, Seine Heiligkeit in Unkenntnis zu lassen. Er soll in Castel Gandolfo seinen Urlaub genießen. Und als Sacchi den Kardinalstaatssekretär zur Rede stellte, bekam Gonzaga einen Tobsuchtsanfall, der eines Christenmenschen unwürdig ist, und verdächtigte seinerseits den Geheimarchivar.«

Der Privatsekretär des Kardinals notierte heftig.

»Bei der Heiligen Jungfrau und allen Heiligen!« Salzmann schlug mit der flachen Hand auf den Tisch. »Im Endeffekt kommen nur zwei Verdächtige in Frage: Monsignor Sacchi und Kardinalstaatssekretär Gonzaga!«

»Wenn Sie mich fragen ...« Moro faltete die Hände, als wollte er zu einem inbrünstigen Gebet ansetzen. Dabei wurden die Knöchel auf seinen Händen weiß. Schließlich fuhr er fort: »Wir alle, die wir hier versammelt sind, sind keine Freunde Gonzagas – Gott möge uns verzeihen. Aber keine Stelle in der Schrift verlangt, dass wir das Böse lieben ...«

»Eminenza, sprechen Sie doch aus, was Sie denken«, unterbrach Frantisek Sawatzki den Kardinal. »Gonzaga wird zunehmend zum Risiko für die Kurie. Er muss weg.«

Monsignor Abate warf Kardinal Moro einen fragenden Blick zu, als wollte er sagen: Soll ich diese Worte wirklich zu Papier bringen? Doch der Präfekt des Heiligen Offiziums deutete mit dem Finger auf das Protokoll, und Abate kam devot dieser Aufforderung nach.

»Verstehe ich das recht«, bemerkte Archibald Salzmann mit leiser Stimme, »Sie denken an ein Amtsenthebungsverfahren? So etwas gab es zuletzt im Mittelalter und unter Zuhilfenahme roher Gewalt!«

Kardinal Moro hob die Schultern. Er schwieg.

Zaghaft, wie es überhaupt nicht seinem Wesen entsprach, meldete sich John Duca zu Wort: »Wenn ich mir die Bemerkung erlauben darf – ich habe den Eindruck, mit ihren Kardinälen hat die Kurie in letzter Zeit wenig Glück ...«

»Sprechen Sie auf Ex-Kardinal Tecina an?«, fragte Prosekretär Salzmann.

»Ganz recht.«

»Das ist doch Schnee von gestern! Angeblich hat er sich auf eine Burg am Rhein zurückgezogen. Vermutlich hat er seine Niederlage bei der Papstwahl noch immer nicht verwunden.«

»Tecina?«, fragte Sawatzki.

»Er hat sich und seinen Namen inzwischen ins Gegenteil verkehrt«, erklärte Duca.

»Was soll das heißen?«, wollte Sawatzki wissen.

»Der Ex-Kardinal liest seinen Namen nicht mehr von links nach rechts, wie es einem frommen Christenmenschen eigen ist, sondern von rechts nach links wie jene, die unserem Glauben feindlich gegenüberstehen.«

»A-n-i-c-e-t«, buchstabierte Sekretär Monsignor Abate halblaut vor sich hin.

Kardinal Moro schlug instinktiv ein Kreuzzeichen.

Und Archibald Salzmann, der Prosekretär für das Bildungswesen, fügte erklärend hinzu: »Das ist der Name eines Dämons, der Antichrist und die Verkörperung des Bösen.«

Der Kardinal musterte John Duca mit zusammengekniffenen Augen: »Woher wissen Sie eigentlich ...«

»Ich glaube«, begann John Duca umständlich, »ich bin Ihnen eine Erklärung schuldig.«

Ungehalten erwiderte Kardinal Bruno Moro: »Sie machen mich wirklich neugierig!«

Duca nickte: »Um es kurz zu machen – ich habe mich vor ein paar Tagen heimlich mit dem Ex-Kardinal, der sich jetzt Anicet nennt, getroffen ...«

In dem kahlen Raum machte sich Unruhe breit.

»Verräter.«

»Das darf doch nicht wahr sein!«

»Und weiter?«

Duca hob beide Hände: »Sie werden mein Verhalten weniger verurteilen, wenn Sie die näheren Umstände erfahren. Anicet hat uns, die gesamte Kurie, in der Hand. Er legte eine Liste des Ordo JP vor mir auf den Tisch und drohte, sie zu veröffentlichen, wenn ich seinen Forderungen nicht nachkäme. Ich brauche Ihnen nicht zu sagen, welche Namen auf dieser Liste stehen.«

Mit einem Mal war es totenstill.

Moro schüttelte den Kopf: »Der Ex-Kardinal ein Erpresser! Worum ging es?«

»Um das Grabtuch unseres Herrn Jesus!«

Alle um den Tisch Versammelten starrten John Duca an, als hätte er ihnen soeben die ewige Verdammnis angedroht.

»Woher«, murmelte Moro mit seiner heiseren Stimme, »kannte der Kerl die Vorgänge um das Grabtuch? Es gab nur ein Dutzend Eingeweihte, darunter Professor John Tyson. Und der schwor einen heiligen Eid, das Geheimnis mit ins Grab zu nehmen. So war es doch?« Moro musterte Jack Tyson mit stechendem Blick.

Der verteidigte sich mit heftigen Armbewegungen: »Herr Kardinal, mein Vater John erzählte mir erst kurz vor seinem Tod, in was er sich mit seinem Schreiben an den Papst eingelassen hatte. Und seien Sie versichert, auch wenn ich um die näheren Umstände Bescheid weiß, ich kann schweigen wie ein Grab.«

Moro musterte die Männer auf beiden Seiten des Tisches. Schließlich blieb sein Blick an John Duca hängen. »Und was wollte Tecina oder Anicet oder wie immer sich dieser Teufel heute nennen mag?«

»Er behauptete, er und seine Bruderschaft seien im Besitz des Grabtuches unseres Herrn Jesus.«

»Unmöglich!«

»Das meinte ich auch. Aber Anicet beharrte darauf. Ein Mann, über jeden Zweifel erhaben, habe die Reliquie höchstpersönlich auf der Burg der Fideles Fidei Flagrantes abgeliefert.«

»Sprechen Sie nicht weiter«, unterbrach Kardinal Moro den Leiter des IOR, »der Mann war Philippo Gonzaga!«

Giovanni Sacchi stieß einen kurzen, aber heftigen Schrei aus, als habe sich ein Dolch in seinen Rücken gebohrt. »Gonzaga, der Kardinalstaatssekretär«, stöhnte er und schüttelte immer wieder den Kopf.

»Die Sache hat allerdings einen Haken«, fuhr John Duca fort, »und das ist der Grund, warum er sich an mich wandte. Namhafte Wissenschaftler, Mitglieder seiner Bruderschaft, behaupteten, Gonzaga habe ihnen nicht das echte Grabtuch übergeben, sondern jene Kopie, die von der Kurie in Auftrag gegeben worden sei.«

»Aber das ist ganz unmöglich«, brauste der Kardinal auf. Sein Kopf lief rot an. »Das würde ja bedeuten, dass das Grabtuch in Turin das echte ist. Alle veröffentlichten Untersuchungen behaupten aber das Gegenteil. Nein, das ist völlig absurd!«

»Das sagte ich auch. Aber Anicet meinte, es gebe vielleicht eine ganz einfache Erklärung. Der Fälscher des Grabtuches habe nicht nur *eine*, sondern *zwei* Kopien hergestellt!«

In sich zusammengesunken, nickte Monsignor Sawatzki mit dem Kopf, dass sein Kinn beinahe die Tischplatte berührte. »Vom Standpunkt des Fälschers«, meinte er nachdenklich, »bedeutet das doppelten Profit!«

»Meine Brüder in Christo«, holte Archibald Salzmann aus, »angenommen, Sie hätten recht mit Ihrer Vermutung, dann stellte sich doch wohl die Frage: Und wo befindet sich dann das echte Grabtuch unseres Herrn Jesus?« Salzmann blickte fragend in die Runde. »Wer steckt hinter diesem Frevel?«

»Dazu fällt mir eigentlich nur ein Name ein«, erwiderte Kardinal Moro.

Sacchi pflichtete ihm bei.

Ebenso Monsignor Sawatzki.

»Kardinalstaatssekretär Philippo Gonzaga«, sagte John Duca. Dabei hob er die Schultern, als sei ihm die Antwort peinlich.

»Gonzaga, Gonzaga, Gonzaga!«, rief Kardinal Moro mit zunehmender Heftigkeit. »Manchmal glaube ich, dass Gott uns den Teufel in Gestalt eines Kardinals gesandt hat, um uns auf die Probe zu stellen!«

Moros Sekretär Abate ließ den Kopf sinken und faltete die Hände wie zum Gebet. Er hatte längst aufgehört, die Worte jedes Einzelnen zu notieren. Die Erfahrung hatte Abate gelehrt, dass Geschriebenes zur schärfsten Waffe des Gegners werden kann.

An John Duca gewandt, stellte Kardinal Moro die Frage: »Bruder in Christo, konnten Sie noch immer nicht in Erfahrung bringen, was es mit den hunderttausend Dollar auf sich hat, die Gonzaga bei seinem Unfall mit sich führte?«

»Leider nein. Wie Sie wissen, verfügt der Kardinalstaatssekretär über einen eigenen Etat für besondere Angelegenheiten. Dieser Etat läuft über ein eigenes Konto, das in keiner Bilanz der Vatikan-Bank oder des Istituto per le Opere Religiose auftaucht. Das Konto und sein Saldo werden, soweit mir bekannt ist, in einem der sieben Tresore des Geheimarchivs aufbewahrt, wo sich auch das Grabtuch unseres Herrn befand.«

Da richteten sich alle Augen auf Giovanni Sacchi, den Leiter des Geheimarchivs.

Der Monsignore schüttelte den Kopf: »Nein, nein, nein! Der Herr bewahre mich vor dieser Versuchung. Ich habe bei Übernahme meines Amtes als Geheimarchivar vor Gott einen heiligen Eid geschworen, alle Gesetze der Mutter Kirche zu achten. Und dazu gehört es, mein geheimes Wissen für mich zu behalten, und wenn meine Stunde gekommen ist, es mit ins Grab zu nehmen.«

»Auch wenn der Fortbestand der heiligen Mutter Kirche auf dem Spiel steht?«

»Das Kirchengesetz kennt keine Ausnahme. Gerade Ihnen, Eminenza, brauche ich das nicht zu erläutern. Im Übrigen versündige ich mich nicht, wenn ich Ihnen mitteile, dass ich weiß, wo Gonzaga die Unterlagen seiner Konten aufbewahrt.«

Misstrauen machte sich breit.

Monsignor Sawatzki blickte ungläubig zur Seite, ohne den Geheimarchivar anzusehen. In die peinliche Stille hinein meinte er plötzlich: »Wer sagt eigentlich, dass Gonzaga das sündige Geld für das Grabtuch unseres Herrn erhalten hat? In Anbetracht der Bedeutung des Objekts wären hunderttausend Dollar reine Blasphemie. Und Gonzaga ist nicht der Mann, der das Grabtuch für ein Linsengericht verkaufen würde.«

»Kann es sein«, warf Archibald Salzmann ein, »dass wir alle das Gleiche denken?«

Der Kardinal nickte: »Schweigegeld!«

Salzmann: »Gonzaga machte mit dem Geld einen Mitwisser mundtot.«

John Duca nickte und meinte schließlich: »Man sollte den Kardinalstaatssekretär observieren. Seine häufigen Reisen, seine obskuren Colloquien innerhalb der Kurie, all das macht ihn in hohem Maße verdächtig.«

Bruno Moro verzog sein ohnehin verhärmtes Gesicht: »Wie wollen Sie das anstellen, Bruder in Christo? Gonzaga hat von Amts wegen die Aufgabe, den Kontakt der Kurie mit der übrigen Welt zu halten. Er ist einerseits der Außenminister des Kirchenstaates und andererseits Regierungschef innerhalb der Leoninischen Mauern. Das bringt eine Menge Konferenzen, Colloquien und Besprechungen mit sich. Wie wollen Sie diesen Mann beschatten, ohne aufzufallen?«

»Wenn ich mir die Bemerkung erlauben darf«, griff Monsignor Abate in die Debatte ein, »man müsste versuchen, Giancarlo Soffici, den Sekretär des Kardinalstaatssekretärs, auf unsere Seite zu ziehen.«

Der Vorschlag fand ein geteiltes Echo. Sawatzki und Salzmann hielten den Versuch für riskant. Monsignor Sawatzki meinte, das wäre so, wie wenn Gonzaga an Monsignor Abate heranträte und versuchte, seinen Herrn Kardinal Moro auszuspionieren. Natürlich würde Abate sich umgehend Moro anvertrauen.

John Duca hingegen betrachtete Soffici als einen Mann, der unter der Arroganz und Herrschsucht des Kardinalstaatssekretärs leide wie ein Hund und der es trotz herausragender Stellung und fortgeschrittenen Alters noch nicht einmal zum päpstlichen Kaplan gebracht habe. »Ich könnte mir vorstellen ...«, begann er.

»Es käme zuerst Kardinal Gonzaga zu, Soffici für den Titel

eines päpstlichen Kaplans vorzuschlagen«, unterbrach Moro John Ducas Gedanken.

»Eminenza«, erwiderte dieser, »glauben Sie ernsthaft, dass Seine Heiligkeit *Ihnen* den Wunsch abschlagen würde, Soffici zu befördern? Ein plausibler Grund findet sich immer. Für Kardinalstaatssekretär Gonzaga wäre das sogar eine rechte Blamage. Und Soffici würde, da bin ich sicher, dahinschmelzen vor Dankbarkeit. Auf diese Weise hätten wir eine Laus im Pelz Gonzagas.«

»Kein schlechter Gedanke!« Über Moros Gesicht huschte zum ersten Mal ein Lächeln, ein hinterhältiges Lächeln allerdings.

Da sprang Monsignor Sacchi auf und rief erregt: »Brüder in Christo, ist Ihnen eigentlich klar, dass wir schon wieder dabei sind, Böses mit Bösem zu vergelten? Haben wir nicht schon genug Schuld auf uns geladen? Wir, die Männer der Kirche in der Nachfolge des heiligen Petrus, führen uns auf wie die Pharisäer im Tempel, die der Herr einst aus seinem Haus vertrieben hat. Unser Interesse gilt mehr dem Laster und dem Verbrechen als dem Glauben und der Erlösung. Machtgier und Einflussnahme auf die apostolische Hierarchie schrecken nicht einmal mehr vor Mord zurück. Wie spricht der Prophet Jeremias? – Fürwahr, Ihr setzet auf trügerische, wertlose Redensarten Euer Vertrauen. Und dann kommt Ihr daher und tretet in diesen Tempel, der nach meinem Namen benannt ist, vor mein Angesicht und sprecht: ›Wir sind gerettet!‹ Doch dann treibt Ihr all diese Gräuel weiter. Seht Ihr denn dieses Haus als eine Räuberhöhle an?«

Außer sich nahm der Monsignore seine Nickelbrille ab und putzte die Gläser mit einem weißen Taschentuch. Dann ließ er sich zurück auf seinen Stuhl fallen.

Kardinal Moro sah Sacchi lange und prüfend an. Von dem eher zurückhaltenden Geheimarchivar war er derartige Zornesausbrüche nicht gewöhnt. Als sich ihre Blicke begegneten, begann der Präfekt des Heiligen Offiziums gefährlich leise: »Monsignore, Ihr Edelmut und Glaube an das Gesetz ehrt Sie, doch ist es nun mal eine Tatsache, dass sich der Teufel in unseren Mauern eingeschlichen und der höchsten Amtsträger bemächtigt hat. Und wie uns die Kirchengeschichte lehrt, ist dem Teufel in schwierigen Fällen nur mit Feuer und Schwert beizukommen. Wie, Bruder in Christo, sollen wir uns aus den Ketten befreien, in denen die Kirche durch widrige Umstände gefangen ist?« Moro wurde lauter: »Ich frage Sie, wie? Antworten Sie, Monsignore!«

Sacchi blickte stumm vor sich hin.

Moros Rede wurde heftiger: »Begreifen Sie denn nicht, dass es für Sie, mich, für uns alle um unsere Existenz geht? Es geht nicht nur um *uns*, es geht um den Fortbestand der Kirche. Und eine Schlüsselfigur ist dabei Kardinalstaatssekretär Philippo Gonzaga.«

»Was spricht eigentlich gegen ein Amtsenthebungsverfahren?«, erkundigte sich Giovanni Sacchi vorsichtig. »Sie, Eminenza, gehören doch meines Wissens zu den fünfundzwanzig Auditoren des Gremiums.«

»Ach, Bruder in Christo, das wäre die komplizierteste Lösung unserer Probleme. Die *Sacra Romana Rota* ist zusammengesetzt aus den verschiedenen Gruppierungen und Strömungen im Vatikan, aus Konservativen und Progressiven, Elitären und Populisten. Eine Mehrheit zu finden ist also äußerst schwierig. Im Übrigen kann so ein Prozess unter der Aufsicht der Apostolischen Signatur mehrere Instanzen durchlaufen. Ein Urteil kann Jahre, sogar Jahrzehnte dauern. In der Zwischenzeit hätte der Teufel sein Werk längst vollendet. Nein, wir müssen eine andere Lösung finden. Doch nun zu Ihnen, Professor Tyson! Der Grund, warum wir Sie kommen ließen …«

Kardinal Moro verstummte. Er blickte zur Tür. Moro kannte das Geräusch, wenn man die Klinke niederdrückte. Jetzt wurden auch die anderen aufmerksam. Im Türspalt erschien der Kahlkopf Gonzagas.

»Ich sah noch Licht«, meinte der Kardinalstaatssekretär etwas verlegen. »Das Heilige Offizium tagt noch zu so später Stunde?«

Während er eintrat und die Tür hinter sich zuzog, verbreitete sich der aufdringliche Geruch seines teuren Männerparfüms. Doch in dieser Situation kam es den Männern so vor, als schnupperten sie den Atem des Teufels.

Kapitel 24

Bei Malberg wurde allmählich das Geld knapp. Er wusste, dass er mit seiner Kreditkarte Spuren hinterließ; also brauchte er Bares. Gewiss, er hätte seine Geschäftsführerin, Fräulein Kleinlein, anrufen können, damit sie eine bestimmte Summe auf Caterinas Konto überwies. Aber auch das war nicht ohne Risiko. Also entschloss er sich, mit Caterinas kleinem Nissan nach München zu fahren. Er versprach, am nächsten Abend wieder zurück zu sein.

In München angekommen, vermied er es, seine Wohnung im Vorort Grünwald aufzusuchen. Stattdessen fuhr er direkt in sein Antiquariat in der Ludwigstraße. Es war gegen sechzehn Uhr, als er dort eintraf und, nachdem er sich umsah, ob er nicht beobachtet würde, in den Laden trat.

Dabei kam ihm ein hochgewachsener gut gekleideter Mann mit einem Paket entgegen. Malberg sah noch, wie er in einer wartenden Limousine Platz nahm und langsam Richtung Innenstadt davonfuhr.

»Sie, Herr Malberg?«, begrüßte Fräulein Kleinlein den Chef. »Sie glauben nicht, was hier alles passiert ist. Schon zwei Mal war die Polizei im Haus!«

»Ich weiß, ich weiß«, versuchte Malberg die aufgebrachte Geschäftsführerin zu beruhigen und schob sie in das rückwärtig gelegene Kontor. Dort erklärte er ihr in kurzen Worten, was geschehen war, dass er mit dem Mord an Marlene nichts zu tun hatte und dass der Bücherankauf bei der Marchesa geplatzt war.

»Ich brauche Geld«, sagte er, nachdem er geendet hatte.

»Kein Problem«, erwiderte Fräulein Kleinlein. »Ich habe eben eine *Schedelsche Weltchronik* für sechsundvierzigtausend Euro verkauft.« Sie öffnete die grüne Stahlkassette auf dem Schreibtisch, in der für gewöhnlich die Tageseinnahmen aufbewahrt wurden. »Ein Russe oder Ukrainer«, fügte sie hinzu, »er verstand etwas von alten Büchern, versuchte erst gar nicht zu handeln und zahlte bar.«

Mit Wohlgefallen blickte Malberg auf die gebündelten Fünfhundert-Euro-Scheine in der Kassette, und nachdem er eine Banknote geprüft und für echt befunden hatte, sagte er: »Buchen Sie zehntausend Euro als Eigenverbrauch, und bringen Sie den Rest zur Bank. Und da ist noch etwas!«

Malberg zog das Buch aus der Tasche, das er in Marlenes Wohnung eingesteckt hatte, und entnahm ihm den Bankscheck, den er seit Tagen mit sich herumtrug. »Bitte geben Sie den Scheck gegen Quittung zurück. Aber seien Sie vorsichtig. Ein Verlust hätte katastrophale Folgen. Sie wissen, dass jeder Überbringer den Scheck einlösen kann.«

Fräulein Kleinlein nickte etwas beleidigt. Dass Malberg ihr die Bedeutung eines Bankschecks erklärte, erschien ihr absolut unnötig.

»Und wie soll das weitergehen? Ich meine, was wollen Sie jetzt tun? Wollen Sie zur Polizei gehen?«, erkundigte sie sich vorsichtig.

»Unsinn!«, blaffte Malberg. »Bevor jemand spitzkriegt, dass ich hier war, bin ich wieder verschwunden. Ich muss nach Rom zurück. Nur dort kann ich klären, was überhaupt passiert ist. Für ein paar Wochen kommen Sie auch ohne mich aus. Ich hoffe, Sie halten mich telefonisch auf dem Laufenden. Allerdings nicht von diesem Apparat, auch nicht vom Mobiltelefon. Ich bin sicher, alle Leitungen werden abgehört. Haben Sie jemanden, dem Sie vertrauen können, bei dem ich Ihnen unter Umständen auch eine Nachricht hinterlassen kann?«

»Meine Schwester Margot«, erwiderte Fräulein Kleinlein. Sie nahm einen quadratischen Schreibblock, notierte die Telefonnummer und reichte Malberg den Zettel. »Sie sollten noch die Post durchsehen«, meinte sie und zeigte auf einen Stapel Briefe, »ich glaube, es sind ein paar private Dinge darunter.« Dann nahm sie das Geld bis auf zehntausend Euro aus der Kasse und verstaute es zusammen mit dem Bankscheck in ihrer Umhängetasche.

»Beeilen Sie sich, die Banken schließen gleich«, rief Malberg der Geschäftsführerin hinterher und verschloss die Ladentür. Schließlich hängte er ein Schild »CLOSED« an die Scheibe.

Das Kontor hatte nur ein einziges, vergittertes Fenster zum Innenhof. Nicht einmal im Sommer verirrte sich hierher ein Sonnenstrahl. Obwohl es draußen noch hell war, musste Malberg die Schreibtischlampe mit dem gelben Schirm, ein wenig geschmackvolles Ungetüm aus den dreißiger Jahren des vorigen Jahrhunderts, einschalten.

Mit einem Brieföffner begann er die Briefe aufzuschlitzen, die vor ihm auf dem Schreibtisch lagen. Er war weit weg mit seinen Gedanken, als sein Blick auf den quadratischen Notizblock fiel, von dem Fräulein Kleinlein kurz zuvor ein Blatt abgerissen hatte.

Malberg legte einen unwichtigen Brief beiseite und begann, mit einem quer gehaltenen Bleistift über den Notizblock zu streichen. Als Kind hatte er auf diese Weise Münzen abgepaust. Jetzt bemerkte er schon nach wenigen Strichen, dass die Telefonnummer, welche Fräulein Kleinlein auf den Zettel geschrieben hatte, erneut zum Vorschein kam.

Plötzlich hielt er inne, nahm das Buch, das er mitgebracht hatte, und schlug es auf. Noch immer lag die Quittung über das Flugticket zwischen Seite 160 und 161. Bereits beim ersten Mal, als er das Buch in Marlenes Wohnung zur Hand nahm, war ihm etwas aufgefallen. Es sah so aus, als hätte Marlene die Buchseite als Unterlage für eine Notiz benutzt.

Behutsam ging Malberg daran, den Abdruck mit dem Bleistift sichtbar zu machen. Ein mühevolles Unterfangen, bei dem er noch dazu Gefahr lief, alles zu verderben, wenn er zu heftig ans Werk ging.

Schon nach wenigen Strichen wurde klar, dass der Abdruck, den Marlenes Notiz hinterlassen hatte, aus zwei schmalen Textzeilen und einer Telefonnummer bestand:

tel – nkfu – of
m – iserp – z
+ 49 69 215-02

Malberg holte tief Luft. War das der Hinweis, den er sich erhofft hatte?

Die Vorwahl mit dem Ländercode 0049 wies auf Deutschland hin, 069 ist die Vorwahl von Frankfurt/Main, der dreistellige Anschluss ließ eine Firma mit Nebenstellen vermuten.

Am liebsten hätte Malberg zum Telefon gegriffen und die Nummer gewählt. Aber das war eventuell ein zu großes Risiko.

Malberg atmete auf, als Fräulein Kleinlein endlich zurückkehrte und ihm die Quittung für die Rückgabe des Bankschecks aushändigte.

»Ich muss weg«, murmelte er kaum verständlich und griff nach dem Buch mit der Flug-Rechnung. Rasch legte er die gebündelten Fünfhundert-Euro-Scheine dazu und den Zettel mit der Telefonnummer von Fräulein Kleinleins Schwester. »Leben Sie wohl!«

Als wollte er von seinen kostbaren Büchern Abschied nehmen, drehte sich Malberg vorne im Geschäftsraum des Antiquariats noch einmal um die eigene Achse. Fräulein Kleinlein blieb dieses seltsame Verhalten nicht verborgen. Sie schluckte und fragte zurückhaltend: »Und wann kommen Sie wieder?«

»Ich weiß es nicht«, antwortete Malberg, »ich weiß es wirklich nicht. Ich habe noch viel zu erledigen. Also dann: Gute Geschäfte!«

Er war hundemüde und beschloss, die Nacht in einem Vertreterhotel am südlichen Stadtrand zu verbringen. Das Hotel mit dem hochtrabenden Namen Diplomat war als seriöse Absteige bekannt. Außerdem befand sich im Untergeschoss ein griechisches Restaurant, in dem es die besten Kalamares der Stadt gab.

Weil die Meldevorschriften in Deutschland weit weniger streng sind als in Italien und kein Hotelportier nach einem Ausweis fragt, mietete sich Malberg unter dem Namen Andreas Walter ein und bezog ein Zimmer im zweiten Stock, mit einem Getränke- und einem Schuhputzautomaten auf dem Flur.

Mit einem tonlosen Seufzer ließ sich Malberg in den einzigen Sessel fallen, dann schlug er das Buch auf, dessen literarischer Inhalt mittlerweile zweitrangig geworden war, und griff zum Telefon. Mit unruhiger Hand tippte er die Telefonnummer in den Apparat, die er auf der Buchseite sichtbar gemacht hatte.

Malberg wählte die Nummer wie in Trance, er wusste nicht, wer am anderen Ende der Leitung abheben würde, und hatte sich auch keine Gedanken gemacht, was er sagen wollte. Er ahnte nur, dass die Nummer in irgendeiner Verbindung zu Marlene stehen musste.

Als er das Freizeichen hörte, stockte ihm der Atem. Plötzlich war er hellwach. Am anderen Ende erklang eine einschmeichelnde weibliche Stimme: »Hotel Frankfurter Hof. Guten Tag.«

Malberg stutzte. Er versuchte aus dem Gehörten irgendwelche Schlüsse zu ziehen. Verzweifelt starrte er auf den sichtbar gemachten Abdruck in dem Buch. Die erste Zeile ließ sich leicht zu Frankfurter Hof ergänzen. Und damit erklärte sich auch die zweite Zeile: Am Kaiserplatz.

Inzwischen vernahm er die ungeduldige Stimme der Telefonistin: »Hallo? So melden Sie sich doch. Hallo!« Das Mädchen legte auf.

Enttäuscht knallte Malberg den Hörer auf den Apparat. Er hatte sich mehr erhofft. Dass Marlene nach Frankfurt reisen wollte, war ihm bekannt. Und dass sie für den Aufenthalt ein Hotelzimmer gebucht hatte, erschien kaum verwunderlich. Wieder eine Sackgasse. Es war zum Verzweifeln.

Kapitel 25

Als Anicet vor dem Haus Luisenstraat 84 in Antwerpen aus dem Taxi stieg, begann es leise zu regnen. Das Haus, zwischen dem Stadhuis und dem Veemarkt gelegen, war wie alle Häuser in dieser Seitenstraße schmalbrüstig und vier Stockwerke hoch.

Anicet kam unangemeldet. Zum einen, weil Ernest de Coninck kein Telefon hatte – jedenfalls war sein Name in keinem Telefonbuch aufgeführt –, andererseits musste Anicet damit rechnen, dass der Fälscher jeden Besuch abgelehnt hätte, wenn er im Voraus von seinem Ansinnen erfahren hätte.

Die Glocke am Haus Nr. 84 trug keinen Namen, und nachdem Anicet geläutet hatte, rührte sich zunächst einmal gar nichts. Erst als er den Klingelknopf heftiger drückte, wurde im dritten Stockwerk ein Fenster geöffnet und ein knorriger Schädel mit schütterem Haupthaar und lang gewelltem weißem Rauschebart kam zum Vorschein. Irgendwie glaubte er, den Alten schon einmal gesehen zu haben.

»Herr de Coninck?«, rief Anicet fragend nach oben.

»Hier wohnt kein de Coninck«, kam es barsch zurück. Der Alte knallte das Fenster zu.

Mit der offenen Hand wischte sich Anicet den Regen aus dem Gesicht, als er aus dem ersten Stock im Haus auf der anderen Straßenseite eine weibliche Stimme vernahm: »Sie müssen nach dem Meister fragen oder noch besser nach Leonardo. Sonst reagiert de Coninck nicht. Er ist etwas seltsam, wissen Sie!«

Noch bevor er eine Frage stellen konnte, verschwand der Kopf einer älteren Frau hinter der Gardine.

Das alles kam Anicet etwas seltsam vor, aber um an sein Ziel zu gelangen, versuchte er es erneut und läutete Sturm.

Als der knorrige Schädel zum zweiten Mal in der Fensteröffnung erschien, rief Anicet nach oben: »Meister Leonardo, auf ein Wort. Ich würde Sie gerne sprechen. Es geht um Ihre Kunst.«

Im nächsten Augenblick sauste, Anicet wusste nicht, wie ihm geschah, ein eisernes Geschoss von oben auf ihn zu, vor dem er sich nur durch einen Sprung zur Seite retten konnte. Von einer Schnur festgehalten, baumelte ein Schlüssel, gut eine Handspanne groß, in der Luft. Entgegen dem ersten Eindruck erkannte Anicet den Vorgang als Einladung, die Haustür aufzusperren und einzutreten. Kaum hatte er die Tür geöffnet, wurde ihm der Schlüssel aus der Hand gerissen und sauste mit der gleichen Geschwindigkeit wieder nach oben.

Über dem Hausflur dehnte sich ein düsteres Gewölbe. Im hinteren Teil des kahlen Raumes, der von einer Wandlampe nur spärlich beleuchtet war, führte eine Treppe, steil wie eine Hühnerleiter, ins obere Stockwerk. Als Anicet den Fuß auf die erste Schwelle setzte, begann ein Ächzen und Knarren, das mit jeder weiteren Stufe lauter wurde.

Oben angelangt, trat ihm ein ausgemergelter Greis in roten Strumpfhosen und einem mittelalterlichen Wams entgegen, und in diesem Augenblick wusste Anicet, warum er geglaubt hatte, den Mann schon einmal gesehen zu haben. Ernest de Coninck sah aus wie Leonardo da Vinci. Beinahe war er geneigt zu glauben, er wäre es wirklich.

»Ich grüße Sie, Messer Leonardo«, sagte Anicet ohne einen Tonfall, der darauf schließen ließ, dass er sich über den Alten lustig machte. »Mein Name ist Anicet.«

»Ihr seid doch ein Pfaffe, macht mir nichts vor!«, rief Leonardo aufgebracht. »Ich hasse euch alle.«

»Ich bin kein Pfaffe, das können Sie mir glauben!«, entgegnete Anicet heftig. Er trug unter dem Trenchcoat einen grauen Anzug und eine grün gemusterte Krawatte und wunderte sich, wie der Alte zu seiner Aussage kam. Zwar tragen Männer geistlichen Standes eine charakteristische Physiognomie zur Schau – dazu gehören leicht gerötete Wangen, ein teigiges Gesicht und ein künstlich beseelter Blick –, aber Anicet glaubte nach Jahren langer Abstinenz diese Attitüden längst abgelegt zu haben. Offensichtlich war das ein Irrtum.

Um sich nicht weiter zu verstricken, sagte Anicet: »Also gut, ich will Ihnen die Wahrheit sagen. Ich war Kurienkardinal, aber das ist lange her.«

»Sag ich doch. Ich habe einen Blick dafür«, nuschelte Leonardo beinahe unverständlich und fügte knapp hinzu: »Was wollt Ihr?«

»Es geht um das Grabtuch des Herrn Jesus von Nazareth.«

»Kenne ich nicht.«

»Messer Leonardo! Machen wir uns nichts vor. Wir wissen doch beide, wovon wir reden.«

Der Alte, der bisher aus sicherer Entfernung mit ihm gesprochen hatte, trat näher.

Anicet sah, wie sein Bart zitterte und seine tiefliegenden Augen funkelten. »Ihr wisst, wer ich bin?«, fragte er mit gepresster Stimme.

»Natürlich. Sie sind Leonardo, das Genie.«

Der Alte setzte ein verschämtes Grinsen auf und strich sich über den wallenden Bart. Im Bruchteil einer Sekunde änderte er seinen Gesichtsausdruck und fragte knapp: »Wer seid Ihr? Wer schickt Euch?«

»Wie ich schon sagte, war ich Mitglied der Kurie, ja sogar *papabile*, bevor ich den Intrigen im Vatikan zum Opfer fiel. Da hängte ich von heute auf morgen meine rote Schärpe an den Nagel und gründete die Bruderschaft der Fideles Fidei Flagrantes, eine Gemeinschaft vom Leben enttäuschter Genies, jeder eine Koryphäe auf seinem Gebiet. Heute sind wir eine Hundertschaft kluger Männer und leben auf Burg Layenfels hoch über dem Rhein.«

Leonardo blickte interessiert: »Und was wollt Ihr erreichen?«

»Die Welt verbessern.«

»Drei Wörter mit hochtrabendem Inhalt.«

»Allerdings. Uns geht es darum, die Dummheit auf diesem Planeten auszurotten.«

Leonardo kam noch näher, und Anicet wich einen Schritt zurück. Er sah, wie es im Kopf des bärtigen Mannes arbeitete: »Und welche Rolle spielt dabei das Grabtuch des Herrn Jesus?«

»Eine ganz entscheidende Rolle. Allerdings nur das Original!«

»Was soll das heißen?« Leonardo zeigte plötzlich Anzeichen von Nervosität. Mit Daumen und Zeigefinger zwirbelte er seinen Bart. »Was meint Ihr damit?«

»Sie haben im Auftrag der Kurie eine Kopie des Turiner Grabtuches geschaffen.«

»Stimmt. Und?«

»Leider ist die Kopie so gut, dass man sie vom Original nicht unterscheiden kann.«

»Wem sagen Sie das! Aber was führt Euch hierher?«

»Genau das. Ich muss wissen, wie sich die Kopie vom Original unterscheidet.«

Leonardo kicherte. »Das werde ich Euch doch nicht auf die Nase binden.«

Anicet musterte den Alten abschätzend. Dann sagte er: »Ich bewundere Ihre Kunst, Messer Leonardo. Bisher ist es keinem Menschen gelungen, eine perfekte Kopie des Grabtuches herzustellen. Sie sind der Erste, und sicher werden Sie auch der Einzige bleiben.«

Das Kompliment schmeichelte dem alten Mann. »Wenigstens einer, der meine Arbeit zu schätzen weiß«, brummelte er vor sich hin.

»Sie –«, Anicet zögerte. »Sie sind Autodidakt?«, fragte er, um das Gespräch in Gang zu halten.

»Autodidakt?« Leonardo lachte hämisch. »Glauben Sie ernsthaft, dass man das alles aus eigenem Antrieb lernen kann?« Dabei machte er eine ausladende Armbewegung und zeigte auf die Gemälde und Skulpturen, die in dem Atelier, welches das ganze erste Stockwerk einnahm, herumstanden.

Anicet sah sich flüchtig um. Die wuchtigen Deckenbalken wirkten bedrückend. Im Schein der spärlichen Beleuchtung waren an den Wänden das unvollendete Gemälde des heiligen Hieronymus aus den Vatikanischen Museen, die gleichfalls unvollendete *Anbetung der Könige* aus den Uffizien, die *Madonna in der Felsengrotte* aus der Londoner National Gallery und das *Bildnis eines Musikers* aus der Ambrosiana in Mailand zu erkennen. Dazwischen Tonmodelle verschiedener Skulpturen und Pläne sowie Zeichnungen von optischen und mechanischen Geräten. Außerdem Dutzende Wandzettel in Spiegelschrift. Alle ohne System in einem undurchschaubaren Chaos angeordnet.

»Nein«, nahm Leonardo seine Rede wieder auf, »mein Lehrmeister war kein Geringerer als Andrea del Verrocchio.« Er musste wohl Anicets skeptischen Blick erkannt haben, denn Leonardo fügte noch hinzu: »Ihr glaubt mir doch?«

»Warum sollte ich an Ihren Angaben zweifeln, Messer Leonardo«, erwiderte Anicet. Er konnte nicht ahnen, dass er sich mit dieser Lüge unerwartet Leonardos Vertrauen erschlichen hatte.

»Die Leute hier halten mich nämlich für einen Spinner«, fuhr der Alte fort, und dabei verzog er das Gesicht, als schmerzte ihn seine Aussage, »sie wollen nicht wahrhaben, dass ich Leonardo bin, der Mann aus dem Dorf Vinci bei Empoli, der am 2. Mai des Jahres 1519 nach der Zeitenwende auf Schloss Cloux bei Amboise die Augen schloss und in der Kirche St. Florentin begraben wurde. Ihr glaubt doch an Reinkarnation?«

»Ich bin weder ein Orphiker noch ein Pythagoreer, aber wenn ich Ihre Werke so betrachte, bin ich geneigt, meine Auffassung von der Transmigration der Seele zu ändern. Mir scheint, in Ihnen ist Leonardo da Vinci wiederauferstanden.«

Dem Alten gingen die Worte runter wie warmes Öl. »Man hält mich gemeinhin für einen Fälscher oder Kopisten, wenn ich bisweilen eines meiner Werke verkaufe. Dabei war ich noch nie in meinem Leben im Louvre, die Uffizien habe ich nicht einmal von außen gesehen, vom Vatikan in Rom ganz zu schweigen. Kopien oder Fälschungen! Dass ich nicht lache! Wie kann ich mich selbst kopieren oder fälschen? Von der«, eiferte sich Leonardo und zeigte auf das Madonnenbildnis in der Felsengrotte, »von der gibt es mittlerweile schon drei Versionen, die erste hängt in London in der National Gallery, die zweite in Paris im Louvre, gestern habe ich die dritte vollendet. Bin ich deshalb ein Fälscher?«

»Sicher nicht, Messer Leonardo!«

Abermals trat der Alte einen Schritt näher und legte die Hand an die Wange, als wollte er dem Fremden ein Geheimnis anvertrauen: »Die Mehrzahl der Menschen ist dumm. Und am dümmsten sind die Schwellköpfe, die sich Doktoren und Professoren nennen. Sie glauben, Kunst beurteilen zu können, obwohl sie noch nie einen Malerpinsel in der Hand gehabt haben, von einem Modelliereisen ganz zu schweigen. Sie halten meine *Mona Lisa* für das bedeutsamste Kunstwerk der Welt. Dabei habe ich das Portrait von Frau Gioconda aus Florenz in drei Tagen zusammengeschustert, weil die Dame ein passendes Geburtstagsgeschenk für ihren Mann Francesco brauchte und den Termin übersehen hatte. Das bedeutsamste Kunstwerk der Welt! Dass ich nicht lache!«

»Mit Verlaub, Messer Leonardo, es ist ein großartiges Kunstwerk.«

»Na ja, es geht. Heute würde ich es besser machen. Obwohl ...«

»Obwohl?«

»Wisst Ihr, in den letzten Jahren habe ich mehr und mehr die Lust an der Malerei verloren. Die Zukunft gehört nicht der Kunst, sondern der Wissenschaft. Architektur, Mechanik, Chemie und Optik werden die Welt mehr verändern, als es die Kunst je vermochte.«

Während Leonardos Exkurs in die Welt der Kunst und Wissenschaft hatte sich Anicet Gedanken gemacht, wie er das einseitige Gespräch auf das Turiner Grabtuch lenken sollte, ohne den Verrückten zu verärgern, der sich ohne Zweifel für den wiederauferstandenen Leonardo da Vinci hielt.

Da begann der alte Mann völlig unerwartet: »Jetzt werdet Ihr mich natürlich fragen, warum ich mich für einen solchen Schabernack wie die Fälschung des Turiner Grabtuches hergegeben habe. Ich möchte mit einer Gegenfrage antworten.«

Anicet sah Leonardo erwartungsvoll an.

Der grinste verhalten und sagte nach einer endlosen Pause: »Würdet Ihr eine halbe Million Euro in den Wind schlagen?«

»Eine halbe Million?«

»Eine halbe Million! Und noch dazu aus der Kirchenkasse! Im Übrigen reizte mich die Herausforderung, das schier Unmögliche möglich zu machen.«

»Ich verstehe, was Sie meinen. Es ging Ihnen darum, eine Kopie des Grabtuches anzufertigen, die auch wissenschaftlichen Untersuchungen standhält.«

»Zumindest oberflächlich. Einer exakten Analyse sollte die Kopie mit Absicht nicht standhalten. Das jedenfalls war die Vorgabe von Kardinal Moro. Ich habe lange gebraucht, bis ich auch nur ansatzweise durchschaute, was da eigentlich ablief. Irgendwann wurde mir jedenfalls klar, dass den hohen Herren im Vatikan die Kopie des Grabtuches wichtiger war als das Original.«

Anicet nickte heftig. »Aber Sie kennen den Grund, warum Moro und der Kurie an der Kopie so viel gelegen war?«

»Sagen wir so: Ich habe eine Vermutung. Zunächst hatte ich nicht die geringste Ahnung. Ich dachte, die Purpurröcke brauchten die Kopie für Ausstellungszwecke oder andere Anlässe, oder sie hätten Bedenken, das Original könnte geraubt und zum Gegenstand einer unvorstellbaren Erpressung werden. Man mag im Glauben an Jesus von Nazareth stehen, wo man will, für eine Milliarde Menschen ist dieser Herr der leibliche Sohn Gottes, und insofern ist sein Grabtuch von unschätzbarem Wert.«

Eine Weile sahen sich beide in die Augen, als wollten sie abschätzen, wie weit jeder dem anderen trauen konnte. Vor allem Anicet wurde von Zweifeln geplagt, ob man die Aussagen des Alten für bare Münze nehmen konnte. Schließlich zeigte er deutliche Anzeichen von paranoider Schizophrenie, die nicht selten hochbegabte und überintelligente Menschen befällt.

Was Leonardo betraf, so hatte er auf unerklärliche Weise Zutrauen zu dem Fremden gefasst. Vielleicht auch deshalb, weil dieser ihm das Gefühl gab, ernst genommen zu werden.

»Mich würde interessieren«, begann Anicet vorsichtig, »wie konnte es Ihnen gelingen, die Kopie eines Objektes herzustellen, das in Expertenkreisen schlichtweg als nicht reproduzierbar galt. Nicht reproduzierbar deshalb, weil bisher niemand naturwissenschaftlich erklären konnte, wie der Abdruck auf dem Tuch entstanden ist. Ich selbst habe mich eingehend mit der Literatur beschäftigt, aber eine Theorie ist so unbefriedigend wie die andere. Und was jeden Erklärungsversuch so schwierig macht, ist die Tatsache, dass Jesus von Nazareth ein Negativ auf dem Tuch hinterlassen hat, gleichsam eine Röntgenaufnahme.«

»Wem sagt Ihr das!« Leonardo schmunzelte wissend. »Das Aussehen des Mannes auf dem Grabtuch ist uns überhaupt erst seit dem Jahre 1898 nach der Zeitenwende bekannt, als das Tuch zum ersten Mal mit einer Plattenkamera fotografiert wurde. Plötzlich sah man auf dem Negativ die realistische Abbildung eines Menschen mit übernatürlichen Fähigkeiten.«

»Übernatürlichen Fähigkeiten? Messer Leonardo, das müssen Sie mir näher erklären.«

»Nun ja, lassen wir einmal ganz außer Acht, ob es sich bei dem Toten, der mit dem Tuch bedeckt war, nun wirklich um den seit Jahrtausenden erwarteten Gott und Erlöser handelte, so steht für mich außer Frage, dass dieser Mensch oder Gott oder wer auch immer es war übernatürliche Fähigkeiten besaß. Ich vermute, dass von ihm eine Art Strahlung ausging, welche die weichen Schattierungen auf dem Leichentuch verursacht hat.«

»Eine kühne Theorie, Messer Leonardo! Aber Sie sind ja bekannt für Ihre kühnen Theorien. Wenn ich recht informiert bin, haben Sie schon vor fünfhundert Jahren den Fallschirm und das U-Boot erdacht ...«

»Und die Leute haben mich für verrückt erklärt. Damals am Hofe des Herzogs von Mailand hatte ich meine produktivste Zeit. Gleichzeitig musste ich aber auch die schlimmsten Anfeindungen der Kirche über mich ergehen lassen. Schließlich sah ich keinen anderen Ausweg, als meine Aufzeichnungen in Spiegelschrift zu verfassen, damit mir nicht jeder hergelaufene Dominikaner einen Strick daraus drehen konnte. Spiegel, müsst Ihr wissen, waren damals selten und kostbar, und Ordensleuten war es aus Gründen der Eitelkeit sogar verboten, sich dieses Teufelswerks zu bedienen. Aus nostalgischen Gründen, und weil es mir schwerfiel, mich umzugewöhnen, habe ich die Gepflogenheit bis heute beibehalten.«

»Sie sprachen von Strahlung, welche die Ursache für die Abbildung auf dem Grabtuch gewesen sein könnte.«

»Ganz recht. Heute bin ich sogar sicher, dass dies die einzige einleuchtende Erklärung ist. Zum einen haben chemische Analysen ergeben, dass es sich nicht um einen Farbauftrag handelt. Es wurden keine Spuren von Farbpigmenten gefunden. Andererseits wurden Versuche angestellt, bei denen Menschen in gleicher Haltung wie auf dem Turiner Tuch mit Bitumenverbindungen bestrichen und danach mit einem Leintuch bedeckt wurden. Das Ergebnis war eindeutig: Die Abdrücke waren verzerrt und wiesen nicht im Entferntesten eine Ähnlichkeit mit dem Vorbild auf. Betrachtet man jedoch das Original, so gewinnt man den Eindruck, als wäre das Abbild des Toten hingehaucht.«

»Umso mehr bewundere ich Ihren Mut, sich an eine Kopie des Grabtuches heranzuwagen. Sie haben mich neugierig gemacht. Wollen Sie mir Ihr Geheimnis nicht wenigstens ansatzweise verraten?«

Der alte Mann wiegte den Kopf hin und her, dass sich sein Bart unter den heftigen Bewegungen kräuselte. »Ich habe einen Vertrag unterschrieben, der mir außer der ewigen Verdammnis die Rückzahlung von einer halben Million Euro androht für den Fall, dass ich auch nur ein Sterbenswörtchen über diese Aktion verlauten lasse.«

»So gesehen haben Sie den Vertrag längst schon gebrochen, Messer Leonardo. Aber Sie können mir wirklich vertrauen. Wenn ich morgen zurück nach Burg Layenfels reise, werde ich mich nicht mehr erinnern, jemals hier gewesen und Ihnen begegnet zu sein.«

Einen Augenblick zögerte Leonardo, dann gab er Anicet einen Wink und sagte: »Folgt mir!«

In das Mauerwerk eingelassen, führte eine weitere Treppe nach oben. Leonardo nahm jeweils zwei Stufen auf einmal und zeigte dabei so viel Gelenkigkeit, dass Anicet Zweifel kamen, ob der Alte wirklich so alt war, wie er sich gab. Anicet hatte Mühe, ihm zu folgen.

Oben angelangt, tat sich ein beinahe kahler Raum auf, ein nur mit dem Nötigsten eingerichtetes Laboratorium mit Glasschränken an den Wänden und einem Experimentiertisch vor den drei Fenstern zur Straße hin. Scheinwerfer an der Decke erinnerten an ein Fotostudio. Der Boden war weiß gefliest, ebenso die hohen Wände. Wie das Atelier im Stockwerk tiefer nahm das Laboratorium die ganze Etage ein.

Am augenfälligsten war ein großer schwarzer Würfel, etwa zweieinhalb Meter breit und ebenso hoch, auf der rechten Seite des Raumes.

Leonardo genoss Anicets Ratlosigkeit für ein paar Augenblicke mit sichtbarem Vergnügen. Er grinste überlegen. Schließlich begann er eher beiläufig: »Die Camera obscura habe ich schon vor fünfhundert Jahren erfunden. Vermutlich habt Ihr davon gehört. Sie ist ein ebenso einfaches wie verblüffendes Wunder der Natur. Dies hier ist allerdings ein etwas groß geratenes Exemplar, aber für meine Zwecke gerade recht. Ich will Euch etwas zeigen.«

Er öffnete eine kaum erkennbare, schmale Tür an der Seite des Würfels und schob Anicet in das Innere. »Ihr braucht keine Furcht zu haben. Aber wenn Ihr wissen wollt, wie die Kopie des Turiner Grabtuches entstanden ist, dann müsst Ihr diese Prozedur über Euch ergehen lassen.«

Kaum hatte Anicet die Camera obscura betreten, schloss Leonardo die Tür.

Im Innern herrschte bedrückende Stille. Wie aus weiter Ferne hörte Anicet, dass Leonardo die Deckenscheinwerfer einschaltete. Aber er sah nichts.

Leonardo indes entledigte sich seiner Kleider. Dann zog er aus der Vorderseite der Camera den Korken, der genau in der diagonalen Mitte angebracht war, heraus und stellte sich nackt und jämmerlich vor die gegenüberliegende weiße Wand. Mit dem rechten angewinkelten Arm verdeckte er seine Scham. Die linke Hand fasste sein rechtes Handgelenk. Beide Beine waren parallel und mumienhaft ausgerichtet.

Minutenlang verharrte Leonardo starr und mit geschlossenen Augen in dieser Haltung. Er wusste, was im Innern des schwarzen Gehäuses vor sich ging.

Irritiert, ja geschockt, starrte Anicet, den nur selten etwas aus ›der Ruhe brachte, auf das Abbild links neben ihm. Der gebündelte Lichtstrahl, der durch das Loch an der Vorderseite fiel, warf ein flaues Gemälde auf die weiße Leinwand. Und je länger er das auf dem Kopf stehende Bild betrachtete, desto mehr wurde ihm klar: Der kopfstehende Mann auf der Leinwand glich aufs Haar dem Mann auf dem Turiner Grabtuch.

Wie benommen stürzte Anicet aus dem schwarzen Kameragehäuse. Ohne auf die Blöße Leonardos zu achten, rief er in höchster Erregung: »Sie sind ein Hexer, Messer Leonardo, ein Magier und Gespensterseher, und noch dazu ein verdammt guter!«

Während der Alte sich wieder ankleidete, schüttelte Anicet immer wieder den Kopf, als wollte er das Geschaute nicht begreifen. Schließlich fragte er: »Aber wie brachten Sie Ihr Abbild auf die Leinwand?«

Leonardo grinste in sich hinein. Nach einer Weile meinte er mit demselben Lächeln: »Das war in der Tat der schwierigste Teil des Unternehmens. Doch ich erinnerte mich dunkel an eine Schrift, die ich vor fünfhundert Jahren verfasst hatte, welche aber heute verschollen ist. Damals hatte ich eine Lösung gefunden, wie man das Bild in der Camera obscura festhalten und auf Leinwand bannen konnte. Könnt Ihr mir folgen?«

»Aber ja!«, beteuerte Anicet.

»Ich wusste nur«, fuhr Leonardo fort, »dass dabei Silber oder Gold eine Rolle spielte. Also experimentierte ich mit beidem und kam nach wenigen Wochen zu einem verblüffenden Ergebnis: Beim Auflösen von Silber und Gold in Schwefelsäure entsteht Silbersulfat Ag_2SO_4. Tränkt man ein Leinen mit dieser Lösung, dann ist der Stoff nach dem Trocknen – wenn auch nur leicht – lichtempfindlich wie der Film einer Kleinbildkamera.«

»Und Sie selbst standen Modell für Jesus von Nazareth.«

»Um Himmels willen, erinnert mich bloss nicht daran! Ich musste sechzehn Stunden regungslos unter den glühenden Scheinwerfern aushalten. Und dann wäre beinahe alles umsonst gewesen. Es stellte sich nämlich heraus, dass die Belichtung noch immer zu kurz war. Das schattenhafte Negativ zeigte eine hellere Tönung als die Abbildung auf dem Original.«

»Also noch einmal alles von vorne!«

»Ihr seid gut. Das Leinen, das mir Moro geliefert hat, war unwiederbringlich. Es stammte aus dem vierzehnten Jahrhundert, hatte jedoch dieselbe Webart wie das Turiner Grabtuch, ein Fischgrätmuster in Drei-zu-eins-Technik. Das heißt, beim Weben lief der Schuss erst *unter* drei Kettfäden, dann *über* einen Kettfaden, dann wieder unter drei Kettfäden und so fort. Ein typisches Webmuster, das über tausend Jahre Bestand hatte. Gott weiß, woher Moro das Leinen hatte.«

»Und wie gelang es Ihnen, den Kontrast der Abbildung zu verstärken? Soweit mir bekannt ist, hat kein einziger Experte, der die Kopie zu Gesicht bekam, Zweifel an der Echtheit des Turiner Grabtuches geäußert, obwohl es doch die von Ihnen gefertigte Kopie war.«

Leonardo drehte beide Handflächen nach außen und erwiderte: »Wie so oft im Leben, wenn die Not am größten ist, kommt einem der Zufall zu Hilfe. Ich malte zu jener Zeit gerade an einem Selbstbildnis, und wie Ihr wisst, spielen in der Malerei Eier eine wichtige Rolle. Die frühitalienischen Meister verwendeten Eidotter und Farbstoff zu gleichen Teilen. Eiweiß diente lange Jahre als Grundierung, der sogenannte Albumingrund. Und zu Schnee geschlagenes Eiweiß findet als Untergrund zum Vergolden Verwendung. Aus Neugierde experimentierte ich für mein Selbstbildnis mit gekochten Eiern. Hundert Stück mochten es wohl gewesen sein, die mir zur Verfügung standen. Aber alle Versuche, das Inkarnat meines Selbstbildnisses – ich malte mich übrigens nackt – natürlicher hinzubekommen, scheiterten. Enttäuscht fraß ich ein gutes Dutzend harter Eier, kräftig mit Salz und Pfeffer gewürzt, ein halbes Dutzend warf ich vor Wut an die Wände, wobei eines auf der zu hell geratenen Kopie landete.«

»Dabei haben Sie die wertvolle Kopie erst recht verdorben!«
»Verdorben? Im Gegenteil. Die Stelle, an der das Ei die belichtete Kopie getroffen hatte, zeigte drei Tage später denselben Kontrast wie das Original. Das Phänomen beruhte auf der Bildung einer dünnen Oberflächenschicht von Silbersulfid durch Spuren von Schwefelwasserstoff.«

»Genial, Messer Leonardo, wirklich genial! Aber da war noch das Problem der Brand- und Blutflecken auf dem Original.«
»Ach was! Das juckte mich am allerwenigsten. Für die Brandflecken aus dem Jahre 1532, als das Grabtuch in der Schlosskapelle von Chambéry beinahe ein Opfer der Flammen geworden wäre, musste ein altes Kohlebügeleisen herhalten. Den Rest besorgten Natriumpolysulfide, welche das Leinen gelb bis braun verfärbten. Und was die Blutreste betraf, gab es nur *eine* Lösung: Taubenblut, das unter Zufuhr von Sauerstoff schneller altert als eine Eintagsfliege.«

Anicet dachte lange nach. Schließlich stellte er die Frage: »Messer Leonardo, könnte es nicht sein, dass das Turiner Original auf die gleiche Art und Weise entstanden ist?«

Der Alte verzog das Gesicht, und auf seiner Stirn bildete sich eine senkrechte Zornesfalte: »Hört zu«, begann er mit Nachdruck in der Stimme, »wenn es jemanden gibt, der die Echtheit des Turiner Grabtuches bestätigen kann, dann bin ich es. Und ich sage Euch, dieses Leinen hat vor annähernd zweitausend Jahren einen Mann eingehüllt, der übernatürliche Fähigkeiten besaß. Ob der Mann tot war, scheintot oder lebendig, ob er Gottes Sohn war oder ein hergelaufener Wanderprediger, wie es damals viele gab, das steht auf einem anderen Blatt. Das ist eine Frage des Glaubens. Mein Metier ist die Kunst, nicht der Glaube. Fest steht nur, das Leinen, welches mir als Vorlage diente, ist so echt wie meine *Mona Lisa* im Louvre. Dieser Jesus kannte keine Camera obscura. Die erfand ich erst eineinhalb Jahrtausend später. Und nur mithilfe dieser Erfindung ist es möglich, eine Kopie herzustellen, die jedem Vergleich standhält.«

»Verzeihen Sie meine Zweifel«, lenkte Anicet ein, »aber gerade die Frage der Echtheit war es, die mich hierhergeführt hat.«

Leonardo ging in dem Laboratorium unruhig auf und ab. Vergeblich versuchte Anicet zu ergründen, was in seinem Kopf vorging. Plötzlich schrillte die Hausglocke. Leonardo warf Anicet einen fragenden Blick zu.

»Sie erwarten Besuch?«, erkundigte sich Anicet vorsichtig.

Leonardo schüttelte den Kopf. »Kommt, ich bringe Euch hinaus. Es wäre gut für Euch, wenn man Euch hier nicht sieht!« Mit diesen Worten schob er den fremden Besucher zur Treppe und machte ein Handzeichen, sich zu beeilen.

Noch während sie die zwei Treppen nach unten stiegen, schrillte die Hausglocke erneut. Im Parterre angelangt, öffnete Leonardo eine schmale Holztür. Sie führte in einen Hinterhof. »Haltet Euch rechts«, raunte Leonardo Anicet zu, »dort trefft Ihr auf die schmale Feuergasse, die nicht weit von hier in die Luisenstraat mündet.«

Abermals schrillte die Glocke, nun deutlich ungeduldiger. »Kommt morgen wieder«, rief Leonardo leise, »ich habe Euch noch etwas Wichtiges zu sagen. Und benützt den Hintereingang!«

Dann fiel die Hoftür ins Schloss. Als er auf die Straße trat, bemerkte Anicet eine dunkle Limousine, die vorher dort noch nicht gestanden hatte. Das ungewöhnliche Autokennzeichen fiel ihm sofort ins Auge: CV-5. Ein Wagen der römischen Kurie.

Kapitel 26

Der Regen hatte aufgehört, als Anicet sich in Richtung Scheldeufer bewegte. Auf dem Jordaenskaai brandete der Verkehr. Menschen, die mit ihren Mobiltelefonen telefonierten, kamen ihm entgegen. Auffallend viele orthodoxe Juden in schwarzer Kleidung und mit gedrehten Locken. Und Anicet hatte plötzlich Mühe, sich in der Gegenwart zurechtzufinden.

Ernest de Coninck, der sich Leonardo nannte, hatte ihn für kurze Zeit in eine andere Welt entführt. Und er wunderte sich, wie er diesem Mann in seinen Ausführungen blind und ohne jeden Einwand gefolgt war. Sein eigentliches Anliegen hatte er dabei völlig außer Acht gelassen. Gewiss, er hatte viel erfahren, aber zu wenige Fragen gestellt.

Die Hände in den Taschen seines Trenchcoats vergraben, schlenderte Anicet flussaufwärts. Gedankenverloren blickte er den Frachtkähnen hinterher, die tuckernd an ihm vorüberzogen. Am Ende des Plantin Kaai winkte er ein Taxi herbei.

Nach zwanzigminütiger Fahrt setzte ihn der schweigsame Fahrer, ein Indonesier mit weichem Milchgesicht, in der Karel Oomsstraat vor dem Hotel Firean ab. Das kleine, abseits vom Straßenlärm gelegene Hotel glänzte durch eine schmucke Jugendstilfassade und einen gusseisernen Baldachin über dem Eingang.

Inzwischen war es Abend geworden. Durch die Straßen pfiff ein zugiger Wind, und Anicet zog es vor, das Hotel nicht mehr zu verlassen. Im Zwischenstockwerk, links neben dem Eingang, befand sich ein kleines Restaurant mit einer kleinen, aber feinen Speisekarte. Nach einem vorzüglichen Fischessen zog er sich auf sein Zimmer in der ersten Etage zurück.

Mit hinter dem Kopf verschränkten Händen lag Anicet in

seinem Bett und betrachtete ein Bild an der Wand gegenüber. Es zeigte eine alte Stadtansicht von Antwerpen, eine Kopie von einem der zahllosen flämischen Maler, die diese Stadt hervorgebracht hat.

Und jetzt dieser Leonardo, ging es Anicet durch den Kopf, zweifellos ein Genie, das die Kunst der Malerei beherrschte wie Leonardo da Vinci, ein Mann, der sein Können so verinnerlicht hatte, dass er sich mit seinem großen Vorbild identifizierte. Anicet wusste nicht, was er von seinem Gehabe halten sollte. Ob er wirklich verrückt war, oder ob er nur mit seiner Verrücktheit spielte und sich über die Menschheit lustig machte?

Was immer der Wahrheit am nächsten kam, Ernest de Coninck alias Leonardo war eine faszinierende Persönlichkeit. Für die Bruderschaft der Fideles Fidei Flagrantes wie geschaffen. Anicet musste alles daransetzen, ihn für ihre Zwecke zu gewinnen. Dafür legte er sich eine Strategie zurecht. Genies, das wusste er von den Bewohnern von Burg Layenfels, sind eitel …

Mit diesen Gedanken schlief Anicet ein. Er wachte auf, als der erste Glockenschlag einer nahe gelegenen Kirche in sein Zimmer drang. Während er sich schlaftrunken im Badezimmer rasierte, ordnete er seine Gedanken. Dann nahm er ein Frühstück ein und beglich seine Hotelrechnung.

Das letzte Stück des Weges zur Luisenstraat legte Anicet zu Fuß zurück. Das Wetter hatte sich beruhigt, und die frische Morgenluft beflügelte seine Sinne.

Leonardo hatte ihm geraten, den Hintereingang zu benutzen. Also nahm Anicet den Weg durch die Feuergasse, deren Pflaster am Morgen noch feucht war. Vorbei an den Mülltonnen im Hinterhof gelangte er zu der Tür, durch die ihn Leonardo am Abend zuvor entlassen hatte. Weil ein Klingelknopf fehlte, schlug Anicet mit der geballten Faust gegen die Tür.

Leonardo reagierte nicht.

Deshalb drückte Anicet die Klinke nieder. Die Tür war unversperrt.

»Messer Leonardo!«, rief Anicet, nachdem er sich Zutritt zum Gewölbe des Hauses verschafft hatte. »Messer Leonardo!«

Wie am Tag zuvor brannte Licht in dem Gewölbe, und Anicet wandte sich der steilen Treppe zu, die am hinteren Ende des Raumes nach oben führte. Langsam nahm er eine Stufe nach der anderen, in der Hoffnung, das laute Knarren der Stiege würde Leonardo auf den frühen Besucher aufmerksam machen.

»Messer Leonardo!«, rief er noch einmal. »Messer L...«

Das Wort blieb Anicet im Hals stecken. Von der Decke des Ateliers baumelte Leonardo an einem Strick, der seinen Hals einschnürte. Aus dem offen stehenden Mund hing seine Zunge, weiß wie ein verdorbenes Stück Fleisch. Seine Augen, zwei Kugeln aus Milchglas, traten aus den Höhlen hervor und starrten ins Leere. Durch die Schrägstellung des Kopfes wurde die verfranste Unterseite des Bartes sichtbar.

Leonardo trug das mittelalterliche Wams und die rote Strumpfhose wie am Vortag. Sein linker Arm hing senkrecht herab. Der rechte war leicht angewinkelt, und die Hand bedeckte die Scham, geradeso wie auf dem größten seiner Meisterwerke, der Kopie des Turiner Grabtuches. Zufall? Oder eine letzte Botschaft?

Plötzlich begann Leonardo sich um die eigene Achse zu drehen. Anicet entfuhr ein Schreckenslaut. Doch dann bemerkte er den Luftzug, der die Leiche des Mannes einen gespenstischen Totentanz aufführen ließ.

Der unerwartete Anblick hatte Anicet zunächst jeden Gedankens beraubt. Erst allmählich besann er sich. Was war geschehen? Noch am Abend hatte Leonardo nicht den geringsten Anschein erweckt, als ob er des Lebens überdrüssig gewesen wäre.

Anicet blickte sich um. Im Atelier herrschte dasselbe Chaos wie gestern. Alle Gemälde hingen an ihrem angestammten Platz – jedenfalls soweit sich Anicet erinnern konnte. Ihm fiel nur eine A-förmige Trittleiter auf, etwa zwei Meter hoch, gleich rechts neben dem Treppenaufgang. Anicet zweifelte, dass er sie am Vortag an dieser Stelle gesehen hatte.

Die Erkenntnis traf ihn wie ein Blitzstrahl: Leonardo hing gut eineinhalb Meter über dem Boden, und es gab keinen Hinweis, wie er überhaupt den Strick an dem Deckenbalken befestigt hatte. Nicht einmal ein Stuhl war vorhanden, der im Übrigen viel zu niedrig gewesen wäre. Blieb nur die Trittleiter. Aber die lehnte an der Wand.

Ganz allmählich wurde Anicet von der Gewissheit erfasst, dass Leonardo *nicht* Selbstmord begangen hatte. Gleichzeitig wurde ihm klar, dass es Zeit war, diesen Ort möglichst rasch zu verlassen.

Kapitel 27

Auf der ganzen Fahrt nach Santa Maddalena machte sich Caterina Gedanken, wie die Marchesa Falconieri so tief hatte sinken können. Santa Maddalena war der Name des Frauengefängnisses von Rom, in dem Lorenza Falconieri seit zwei Wochen einsaß. Gewiss, verarmter Adel war in Italien eher die Regel als die Ausnahme, aber dass eine Marchesa derart auf die schiefe Bahn geriet, geschah nicht gerade häufig.

In ihrem Job als Polizeireporterin hatte Caterina Erfahrungen gesammelt, wie man es anstellte, einen Besucherschein im Gefängnis zu bekommen. Sie *musste* mit der Marchesa reden. Schließlich war sie mit Marlene befreundet gewesen. Vielleicht konnte *sie* Licht ins Dunkel von Marlenes Leben bringen.

Während der Fahrer das Taxi durch den dichten Vormittagsverkehr steuerte, wurde Caterina den Gedanken nicht los, Lorenza Falconieri könnte sogar in irgendeiner Weise an der Ermordung Marlenes beteiligt gewesen sein. Zumindest als Mitwisserin. Doch aus welchem Motiv heraus?

Auf dem Parkplatz vor dem finsteren Backsteingebäude, das einem allein durch seine martialische Architektur Furcht einflößte, trieb ein kühler Wind Staubwolken vor sich her. Der Eingang zum Gefängnis war unverhältnismäßig klein für einen Gebäudekomplex von diesem Ausmaß. Aber das lag wohl in der Absicht der Erbauer. Jedenfalls empfand Caterina eine gewisse Beklemmung, als sich die Eingangstür hinter ihr schloss.

Im Vorraum gab es einen Schalter mit einer Trennscheibe aus Panzerglas. Ein ausgeschnittenes Oval in der Mitte trug die Aufschrift »Hier sprechen«. Caterina brachte ihr Anliegen vor, die Marchesa Falconieri sprechen zu wollen.

Eine bebrillte Matrone in einer Art Uniform und mit kurz geschorenen Haaren fragte barsch durch das Oval: »Verwandt?«

Caterina, auf die Frage gefasst, erwiderte ebenso knapp: »Zweiten Grades.«

Irritiert blickte die Matrone durch das Panzerglas.

»Meine Mutter und die Schwester der Marchesa stammten aus derselben Familie.«

Die Uniformierte dachte kurz nach, jedenfalls schien es so, dann reichte sie ein Formular durch das Oval und sagte mit plötzlicher Höflichkeit: »Wenn Sie das ausfüllen wollen. Und Ihren Ausweis – bitte.«

Nachdem Caterina die Forderungen erfüllt hatte, summte links neben dem Schalter ein elektrischer Türöffner und gab den Weg frei.

In einem fensterlosen, weiß gekachelten Raum mit greller Neonbeleuchtung wurde sie von einer weiteren Uniformierten erwartet, die hinter einem Tisch stand. Die Uniformierte forderte Caterina auf, ihre Tasche zu hinterlegen. Dann streifte sie mit einem jaulenden Instrument, das wie ein Tischtennisschläger aussah, an ihrem Körper entlang. Endlich entließ sie Caterina in einen langen Korridor, wo sie von einer weiteren Aufseherin erwartet wurde. Die nickte unerwartet freundlich und bat, ihr zu folgen.

Der Besucherraum lag im Tiefparterre und hatte nur zwei schmale Lichteinlässe aus Glasbausteinen dicht unter der Decke. Die Möblierung bestand aus einem quadratischen Tisch und zwei Stühlen und einem weiteren Stuhl neben der klinkenlosen Eingangstür.

Caterina nahm am Tisch Platz.

Es dauerte eine Weile, bis die Marchesa erschien.

»Sie?«, sagte sie verwundert, »Sie hätte ich zuallerletzt erwartet!«

Die Marchesa trug einen graublauen Rock und eine ebensolche Bluse, von denen der Geruch eines Desinfektionsmittels ausging. Ihre Haare hatte sie flüchtig zu einem Knoten gebunden. Sie wirkte blass und resigniert.

»Ich bin wegen Marlene Ammer hier«, begann Caterina ohne Umschweife.

»Da sind Sie umsonst gekommen!«, erwiderte die Marchesa unwillig und machte Anstalten, sich zu erheben und den Raum zu verlassen.

Caterina legte ihre Hand auf den Unterarm der Signora: »Marchesa, ich bitte Sie!«

»Mit Journalisten will ich nichts mehr zu tun haben«, giftete Lorenza Falconieri. »Ich habe da nur schlechte Erfahrungen gemacht, verstehen Sie?«

»Marchesa, ich komme nicht als Journalistin, sondern aus privaten Gründen. Bitte glauben Sie mir!«

»Was soll das heißen: aus privaten Gründen?«

»Sie erinnern sich an Lukas Malberg?«

»Den Antiquar aus Deutschland?« Die Marchesa grinste hämisch. »Wie sollte ich mich nicht an ihn erinnern. Er hat mir doch die ganze Scheiße eingebrockt!«

Caterina erschrak. Eine so vulgäre Sprache hatte sie von der Marchesa nicht erwartet.

»Sie irren«, eiferte sie sich, »Malberg hat mit der Sache nichts zu tun. Ein Büchersammler namens Jean Endres hat die Sache ins Rollen gebracht. Er behauptete, Sie hätten ihm Bücher angeboten, die aus seiner eigenen Sammlung stammten. Bei einem Einbruch vor sechs oder sieben Jahren waren sie abhandengekommen. Er konnte das anhand von Foto-Experten nachweisen.«

»Jean Endres!« Die Marchesa schüttelte ungläubig den Kopf. »Das hätte ich mir denken können! Er kam auf Empfehlung und ging so gezielt auf einige der besten Stücke zu, als hätten sie bereits ihm gehört. Er stellte auch keine Fragen nach ihrer Herkunft. Als ich ihm den Preis nannte, meinte er, er wolle sich die Sache noch einmal überlegen. Wie konnte ich so blöd sein!« Die Marchesa schlug sich mit der flachen Hand gegen die Stirn.

»Sie sehen, es war nicht Malberg, der Sie verraten hat. Malberg war nur der letzte Interessent!«

Lorenza Falconieri stützte den Kopf in beide Hände und starrte an die gegenüberliegende Wand. Ihre Haltung spiegelte tiefe Verzweiflung wider. Sicher bereute sie längst, unter dem Einfluss ihres Mannes zur Betrügerin geworden zu sein.

»Und was wollen Sie von mir?«, erkundigte sich die Marchesa, nachdem sie beide eine Weile geschwiegen hatten.

»Der Tod von Marlene Ammer gibt so viele Rätsel auf. Und Lukas Malberg kann damit nicht leben. Er kann nicht einfach zur Tagesordnung übergehen und so tun, als wäre nichts geschehen.«

»Kein Wunder. Malberg war hinter Marlene her.« Die Marchesa lachte trocken.

Caterina hob die Schultern, als wollte sie sagen: Vielleicht. Dass Malberg von der schönen Marlene fasziniert war, konnte sicher nicht bestritten werden. Sie seufzte: »Darum geht es jetzt nicht«, sagte sie entschlossen und schüttelte eine Anwandlung von Eifersucht ab. »Signora Marlene wurde umgebracht. Und wo immer man versucht, Licht in die Umstände ihres Todes zu bringen, stößt man auf eine Mauer des Schweigens. Staatsanwaltschaft und Polizei, sogar der Vatikan und mein Wochenmagazin, scheinen den Mord vertuschen zu wollen. Und Sie, Marchesa Falconieri, haben Sie auch einen Grund, so zu tun, als ob nichts geschehen wäre?«

»Wollen Sie mir etwa den Mord an Marlene in die Schuhe schieben?«, rief die Marchesa aufgebracht.

»Keineswegs«, gab Caterina ebenso erregt zurück. »Aber wenn Sie mit der Sache nichts zu tun haben, warum reden Sie dann nicht? Ich werde den Verdacht nicht los, dass Marlene Ammer ein Doppelleben führte und sich in eine Sache verstrickte, die sie letztlich das Leben kostete.«

»Was geht es *Sie* an?«, fragte Lorenza Falconieri schnippisch.

»Sagten Sie nicht, Sie kämen ganz privat?«

»Sie haben recht, Marchesa, zunächst ging es mir um die Story, aber inzwischen geht es mir wirklich nur um … um den Seelenfrieden von Lukas Malberg.« Caterina wurde rot.

»Ach, so ist das.«

»Ja, so ist das.«

»Sie und Malberg …«

»Ja.«

Lorenza Falconieri setzte wieder ihren starren Blick auf und schwieg. Man konnte sehen, wie es in ihrem Kopf arbeitete. Schließlich brach es aus ihr heraus: »Männer sind alle Scheißkerle. Dieser Malberg ist da keine Ausnahme. Aber vermutlich sind Sie noch zu jung, um das zu erkennen.«

Caterina spürte, wie eine unglaubliche Wut in ihr aufstieg. Am liebsten wäre sie dem verbitterten Frauenzimmer an die Gurgel gefahren, aber eine innere Stimme hielt sie davon ab und mahnte zur Besonnenheit. Dann, sagte die Stimme, hast du überhaupt keine Chance mehr, aus der Marchesa irgendetwas herauszubekommen.

»Sie haben Marlene sehr geliebt, nicht wahr?«, begann Caterina unvermittelt.

Die Marchesa zog unwillig die Stirn in Falten und presste die Lippen aufeinander, als wollte sie ihre Antwort zurückhalten. Doch nach wenigen Augenblicken hatte sie sich wieder in der Gewalt. »Wir fühlten uns einfach zueinander hingezogen«, erklärte sie kühl. »Uns verband ein gemeinsames Schicksal: Wir hatten kein Glück mit Männern. Männer sind eben alle …«

»Das sagten Sie bereits, Marchesa. Halten Sie es für möglich, dass Marlenes Tod mit irgendwelchen Männergeschichten in Zusammenhang steht?«

Lorenza Falconieri schwieg. Sie starrte schweigend ins Leere.

Caterina bohrte weiter: »Könnte das sein? So antworten Sie doch!«

»Das ist es nicht«, erwiderte die Marchesa stockend und nach langem Zögern.

»Sondern? – Hören Sie, Marlene Ammer wurde *ermordet*!

Wenn Ihnen Marlene so nahestand, wie Sie angedeutet haben, dann hat sie es vedient, dass Sie zur Aufklärung dieses Verbrechens beitragen. Meinen Sie nicht?«

Gleichmütig neigte Lorenza den Kopf zur Seite und sagte: »Ich weiß nicht, wozu das alles gut sein soll. Weder Sie noch dieser Malberg werden je herausfinden, was wirklich geschehen ist. Und wenn, wäre es für Sie alles andere als vorteilhaft, das können Sie mir glauben. Mir bedeutet das Leben nichts mehr – sonst müsste ich froh sein, dass ich in Untersuchungshaft sitze. Hier kann man sich noch halbwegs sicher fühlen. Und jetzt entschuldigen Sie mich.«

Sie erhob sich, begab sich zur Tür und klopfte.

Man hörte, wie sich Schritte näherten.

Bevor die Tür aufging, wandte sich die Marchesa noch einmal um. Und mit einem hinterhältigen Lächeln, so als bereite es ihr eine teuflische Lust, Caterina im Unklaren zu lassen, sagte sie: »Sie werden die Wahrheit nie erfahren …«

»Warum nicht? Ich beschwöre Sie!«

»Kennen Sie die Geheime Offenbarung des Johannes, die Apokalypse?«

Caterina schüttelte den Kopf.

»Das dachte ich mir. Lesen Sie Kapitel 20, Vers 7.« Ihr Lachen fuhr Caterina durch Mark und Bein.

Von außen wurde die Tür geöffnet, und Lorenza Falconieri verschwand.

Kapitel 28

Zurück aus München nahm Lukas Malberg ein Taxi zum Corso Vittorio Emanuele und ging zu Fuß auf der Via dei Baullari in Richtung Campo dei Fiori.

Am späten Vormittag herrschte hier ein buntes Markttreiben, auf das der in Bronze gegossene Dominikaner Giordano Bruno finster herabblickte. Niemand würdigte den eigensinnigen Philosophen auf seinem hohen Steinsockel eines Blickes. Das war auch gar nicht möglich, weil die zahllosen Marktschirme den Blick zum Himmel verwehrten. Dabei hätte Giordano Bruno durchaus ein wenig Zuwendung verdient gehabt. Schließlich starb er genau an jener Stelle, wo sich sein Denkmal befindet, vor über vierhundert Jahren auf dem Scheiterhaufen. Das war sieben Jahre nachdem ihn die Heilige Inquisition als Ketzer verurteilt hatte.

Malberg, mit Geschichte und Literatur vertraut, hatte vor seiner Rückkehr diesen Treffpunkt vorgeschlagen, freilich weniger, um mit Caterina Brunos Schicksal zu beklagen. Vielmehr, hatte er am Telefon gemeint, sei ein belebter Markt für ein Treffen besser geeignet als jeder andere Ort.

Caterina umrundete das Denkmal in der Vormittagshitze nun schon zum achten Mal. Plötzlich legten sich von hinten zwei Hände um ihre Taille. Sie wandte sich um, und Malberg schloss sie in die Arme.

»Ich bin so froh, dass du da bist«, bemerkte Caterina, und ein bisschen verschämt löste sie sich aus seiner Umarmung.

»Und ich erst«, gab Lukas zurück. »Es zerrt an den Nerven, wenn man mit niemandem über seine Probleme reden kann.«

»Bist du vorangekommen? Du machtest am Telefon so eine Andeutung.«

Mit dem Handrücken wischte sich Malberg den Schweiß von der Stirn. »Weißt du, das Deprimierende ist, mit jeder neuen Erkenntnis, von der du glaubst, sie könnte dich ein Stück weiterbringen, tauchen zwei neue Fragen auf. Aber lass uns in Ruhe darüber reden. Ich habe einen Riesenhunger.«

Caterina wandte den Blick nach beiden Seiten, dann hob sie den Zeigefinger der linken Hand und fragte: »Kennst du *Filetti di baccalà*?«

»*Filetti* was?«

»*– di baccalà*.«

»Klingt auf jeden Fall exotisch. Es ist doch etwas zum Essen?«

»Dorschfilets! Ganz in der Nähe, am Largo dei Librai, ist ein kleines Lokal. Dort gibt es die besten *Filetti di baccalà* der Stadt!«

»Worauf warten wir noch?« Lukas nahm Caterina an der Hand. Vorbei an Bergen von Tomaten, Zucchini und Artischocken, an getrockneten Pilzen und an eingelegten Antipasti, deren Duft einem das Wasser im Mund zusammenlaufen ließ, drängten sie dem Ausgang zu.

Marktfrauen und Standbesitzer priesen ihre Ware um diese Zeit zu Schleuderpreisen an, denn es ging auf die Mittagsstunde zu.

In das lärmende Durcheinander hinein fragte Malberg Caterina: »Und du, was hast du erreicht?«

»Mir geht es nicht anders als dir«, erwiderte sie im Gehen. »Ich habe der Marchesa im Gefängnis einen Besuch abgestattet. Ich hatte die Hoffnung, etwas über Marlenes Doppelleben zu erfahren. Aber außer einigen dunklen Andeutungen, die uns kaum weiterhelfen, habe ich nichts Wesentliches in Erfahrung gebracht. Bisweilen hatte ich den Eindruck, dass die Marchesa nicht mehr ganz bei Trost ist. Kennst du die Geheime Offenbarung des Johannes?«

»Die Apokalypse?«

»Genau diese!«

»Wie kommst du ausgerechnet auf die Apokalypse?«

»Na ja – zuerst deutete die Marchesa an, dass die ganze Sache sehr gefährlich sei, und dann lachte sie ganz irre und meinte, ich sollte doch mal die Geheime Offenbarung des Johannes lesen, ein bestimmtes Kapitel. Warte ...« Caterina zog einen Zettel aus dem Ausschnitt ihres Kleides hervor und las: »Kapitel 20, Vers 7. Sagt dir das was?«

Malberg blieb wie angewurzelt stehen. Er hatte Caterina nur mit halbem Ohr zugehört. In dem Stimmengewirr hatte er den Ruf einer Marktfrau vernommen: »Schöne Spinaci hätte ich noch für Sie zum halben Preis, Signora Fellini!«

Es war nicht das großzügige Angebot der Marktfrau, das Lukas Malberg aufhorchen ließ, sondern die Anrede: Signora Fellini. Fellini, ein nicht gerade häufiger Name – auf dem Namensschild der Hausbeschließerin von Marlenes Wohnung stand derselbe Name!

Malberg musterte die Frau aus nächster Nähe. Sie kannte ihn nicht; aber er hatte sie kurz gesehen, damals, als er Marlenes Leiche entdeckt und das Haus überstürzt verlassen hatte. Die Ähnlichkeit war unverkennbar: stattliche Figur, modisch kurz geschnittene Frisur und blitzende Kreolen an beiden Ohren. Und doch sah sie völlig anders aus.

Signora Fellini machte aus der Entfernung einen beinahe gepflegten Eindruck. Dazu trug vor allem das elegante Kleid bei, das Malberg total verwirrte. Er hätte schwören können, dass Marlene das gleiche flaschengrüne Kleid von Ferragamo bei ihrem Klassentreffen getragen hatte. Malberg verstand nichts von Mode, aber der figurbetonte Schnitt dieses Kleides hatte ihn damals spontan zu einem Kompliment veranlasst.

»Lukas?« Caterina zog Malberg zu sich heran. Sie hatte seine Blicke längst bemerkt. »Meine Güte, Lukas, jetzt starr diese Frau doch nicht so an, so schön ist die nun auch nicht.«

Malberg machte eine abweisende Handbewegung, als wollte er sagen: Darum geht es doch gar nicht; dann sagte er leise: »Du wirst es nicht glauben, aber das ist die Concierge aus Marlenes Haus!«

»Die es angeblich nie gegeben hat, weil die Wohnung schon immer von Nonnen bewohnt wird?«

»Genau die.«

Caterina warf Malberg einen ungläubigen Blick zu. »Ist das dein Ernst? Oder willst du dich rausreden? Du kannst ruhig sagen, wenn sie dich anmacht. Männer haben ja manchmal einen Hang zum Ordinären. Ich finde sie jedenfalls ziemlich gewöhnlich. Und das Kleid passt überhaupt nicht zu ihr – abgesehen davon, dass es viel zu eng ist.«

»Das mag ja alles sein«, Malberg lächelte trotz seiner Erregung, »aber glaub mir, das ist Signora Fellini, die aus dem Haus an der Via Gora verschwunden ist.«

Mit zusammengekniffenen Augen musterte Caterina die aufgetakelte Signora. »Und du irrst dich nicht? Ich meine, bei dem, was in letzter Zeit auf dich einstürzt, könnte ich es dir nicht einmal zum Vorwurf machen, wenn du Gespenster siehst.«

»Guck dir mal das Kleid an!«

»Ein teurer Fetzen! Wer weiß, welche Gegenleistung sie dafür erbracht hat. Ihre Handtasche ist jedenfalls von Hermès!«

Malberg behielt die Signora im Auge und trat ganz nah an Caterina heran: »Sie trägt ein Kleid von Marlene. Ich bin mir sicher, dass Marlene dieses Kleid anhatte, als ich sie zum letzten Mal sah – *lebend* sah.«

Die Verblüffung stand Caterina ins Gesicht geschrieben.

Die Signora entfernte sich und drohte im Markttreiben zu verschwinden.

»Komm«, mahnte Malberg, »wir müssen sehen, was sie vorhat.«

»Was wird sie auf dem Campo dei Fiori schon vorhaben? Einkaufen, *finocchio, cipolle, pomodori*!« Caterina wollte Malbergs Geschichte nicht so recht glauben.

Während sie sich in Sichtweite zu Signora Fellini hielten, meinte sie: »Das würde ja bedeuten, dass diese Person in der Wohnung von Marlene gewesen ist.«

Malberg hob die Schultern: »Die Tatsache, dass sie hier herumspaziert und sich wie eine feine Dame gibt, lässt jedenfalls darauf schließen, dass sie ein respektables Schweigegeld kassiert hat.«

»Du meinst, sie kennt die näheren Umstände von Marlenes Tod?«

»Die Annahme ist wohl nicht ganz abwegig.«

Scheinbar planlos schlenderte Signora Fellini über den Markt, ohne etwas zu kaufen, wandte sich nach links, dann wieder nach rechts und kehrte schließlich an die Stelle zurück, an der Malberg sie entdeckt hatte. Man konnte meinen, sie sei bemüht, mögliche Verfolger abzuschütteln.

Dann aber blickte sie plötzlich auf die Uhr, beschleunigte ihre Schritte und verließ den Campo dei Fiori in Richtung Piazza Farnese. Vorbei am rechten der beiden Brunnen, die den Platz zieren, strebte sie zielstrebig dem Palazzo zu, in dem die Französische Botschaft untergebracht ist.

Im Schatten des mächtigen Palazzo schlenderte sie gelangweilt auf und ab, so als erwarte sie jemanden.

Lukas und Caterina standen hinter dem linken Brunnen und beobachteten sie.

Nach etwa zehn Minuten zeigte Signora Fellini deutliche Anzeichen von Nervosität. Da näherte sich ein Mann auf einer Vespa. Er trug Jeans, ein rotes T-Shirt und einen schwarzen Sturzhelm mit einem Visier aus Plexiglas.

Er schien es in keiner Weise eilig zu haben und bockte seelenruhig sein Fahrzeug auf. Während er an seinem Helm nestelte, ging er auf die Signora zu. Die redete auf ihn ein, machte ihm offenbar Vorwürfe, weil er unpünktlich sei. Schließlich zog sie, vorsichtig um sich blickend, einen Umschlag aus der Tasche und reichte ihn dem Unbekannten.

»Merkwürdig«, meinte Malberg, ohne Caterina anzusehen, »findest du nicht auch?«

»Allerdings«, erwiderte sie, ohne den Blick abzuwenden.

Der Mann öffnete den Umschlag, und es schien, als ob er mit den Daumen beider Hände Geldscheine zählte. Doch die Summe schien ihn nicht zufriedenzustellen. Wütend knüllte er den Briefumschlag zusammen und ließ ihn in der rechten Tasche seiner Jeans verschwinden. Dann riss er sich den Helm vom Kopf und redete mit großer Heftigkeit auf die Frau ein.

»Luuukas?« Caterinas Stimme klang fassungslos. »Luuukas! Sag, dass das nicht wahr ist.« Sie drückte Malbergs Hand, dass es schmerzte.

»Das ist ja Paolo!«, rief Malberg entsetzt. »Paolo, dein eigener Bruder!«

Caterina klammerte sich an Lukas. Sie vergrub ihr Gesicht an seiner Schulter.

»Ich glaube, du bist mir eine Erklärung schuldig«, bemerkte Malberg aufgebracht.

Caterina sah ihn mit großen Augen an. »Lukas, ich bin genauso überrascht wie du. Denkst du etwa ...«

»Versuch jetzt nicht, mir zu erklären, du habest vom Doppelspiel deines Bruders nichts gewusst!« Malbergs Stimme klang wütend. Caterina zuckte zusammen.

»Bei der Madonna und allem, was mir heilig ist, nein, ich wusste nicht, dass er mit dieser Frau unter einer Decke steckt. Ich weiß selbst nicht, was das zu bedeuten hat. Paolo ist ein Filou – aber er ist kein Verbrecher!«

Caterina wandte sich ab. Sie hatte Tränen in den Augen.

Malberg zeigte sich unbeeindruckt: »Du weißt, was das bedeutet«, sagte er. »Wer immer sich hinter diesen Verbrechern verbirgt, sie waren über jeden meiner Schritte bestens informiert. Das angeblich so sichere Zimmer in der Pension Papperitz war eine Finte. Vermutlich gibt es dort sogar eine Abhöranlage. Und wie Paolo den Unwissenden spielte, als wir nach einem Zugang zu Marlenes Wohnung suchten, das war ein schauspielerisches Meisterstück. Zu diesem Bruder kann man dir nur gratulieren!«

»Wie kannst du nur so ungerecht sein.« Caterina ballte die

Fäuste. »Mach mich bitte nicht dafür verantwortlich, dass mein Bruder auf die schiefe Bahn geraten ist.«

»Ja, dein Bruder, der mich so mag – das sagtest du doch, nicht wahr?« Malberg war außer sich. Der Gedanke, dass Caterina ein falsches Spiel mit ihm trieb, machte ihn rasend. »Du teilst mit deinem Bruder eine Wohnung, ihr lebt zusammen wie ein Ehepaar, und du willst mir vormachen, dass du nichts gewusst hast? Das soll ich glauben? Ein bisschen viel, was du mir abverlangst.«

»Lukas, bitte glaub mir!«

»Das würde ich gerne. Aber ich kann es nicht. Ich habe mich eben in dir getäuscht. Schade, ich jedenfalls hatte ehrliche Absichten.«

Ich auch, wollte Caterina sagen, aber dazu kam es nicht mehr. Lukas Malberg drehte sich um und entfernte sich schnellen Schrittes in Richtung Campo dei Fiori.

Von Angst getrieben, begann Malberg zu laufen. Er war völlig durcheinander, und je weiter er sich von der Piazza Farnese entfernte, desto wirrer wurden seine Gedanken. Entgegenkommenden wich er aus, alle fünfzig Meter wechselte er die Straßenseite, blieb stehen und wandte sich um, um zu sehen, ob jemand ihm folgte, beschleunigte seine Schritte und verlangsamte erneut seinen Gang. Was tun?, hämmerte es in seinem Gehirn.

Und wenn du dich stellst?

Wie aus weiter Ferne vernahm Malberg eine Stimme, eine zaghafte, unsichere Stimme: Und wenn du dich stellst?

Nein, er hatte Marlene nicht umgebracht! Aber konnte er das beweisen? Oder anders gefragt: Konnte man ihm das beweisen? Vermutlich war Marlenes Wohnung voll von seinen Fingerabdrücken. Und er war derjenige, mit dem Marlene sich hatte treffen wollen. Er war derjenige, der nicht die Polizei gerufen hatte, als er die Tote fand. Malberg lief es heiß und kalt über den Rücken. Was wussten die Leute, die Marlene wirklich ermordet hatten? Suchten sie ihn, um ihn zum Schweigen zu bringen?

In Panik lief Malberg durch die kleinen Gassen. Plötzlich lag die Via Luca vor ihm. Als die Locanda der Signora Papperitz in sein Blickfeld kam, wusste er, was er hier wollte. Gegen Mittag war es ruhig in der Pension. Malberg nahm hastig die Treppe nach oben. Vor der Tür hielt er kurz inne und atmete tief durch, um sich zu beruhigen. Dann drückte er auf den Klingelknopf.

Das Zimmermädchen öffnete, grüßte höflich. Malberg gab den Gruß ebenso höflich zurück. Zum Glück war Signora Papperitz nicht anwesend. Malberg zwang sich, langsam den langen Korridor entlangzugehen.

In seinem Zimmer raffte er eilig seine gesamte Habe zusammen – viel war es ohnehin nicht – und stopfte sie in eine Reisetasche aus Segeltuch. Er sah sich noch einmal kurz um. Unbemerkt verließ er die Locanda.

Noch nie im Leben hatte sich Malberg so hilflos gefühlt, so ratlos, wie es weitergehen sollte. Wem konnte er noch trauen? Wer konnte ihm helfen? Wie betäubt trottete er eine Weile den Lungotevere dei Tebaldi am Tiber entlang, überquerte den trägen grünbraunen Fluss auf dem Ponte Sisto und wandte sich, ohne darüber nachzudenken, Richtung Süden, dem Stadtviertel Trastevere zu.

In einer Paninoteca mit verspiegelten Wänden und Stehtischen kaute er ein Sandwich, nicht weil er Hunger hatte, sondern um den Magen zu beruhigen. Dazu trank er einen Caffè latte.

Malberg sah den Mann, der ihn im Spiegel anstarrte. Er glotzte ihn aus tiefliegenden Augen an. Die Haare hingen ihm wirr ins Gesicht, das von tiefen Falten zerfurcht war. Der Mann sah ungesund aus, gehetzt, bleich. Glotz nicht so blöd!, hätte Malberg am liebsten geschrien. Es dauerte eine Weile, bis er begriff, dass er, Lukas Malberg, der Mann im Spiegel war, dieser heruntergekommene, völlig fertige Typ, gegen den sich die ganze Welt verschworen zu haben schien. Der ohne Schuld in eine Sache geraten war, die ihn völlig aus der Bahn warf. »Ich möchte das Leben wiederhaben, das einmal mir gehörte«, murmelte Malberg unverständlich verzweifelt. Es klang wie ein Gebet.

Der Propeller an der Decke der Paninoteca wirbelte angenehme Kühle durch Malbergs verschwitztes Haar. Mit dem Taschentuch tupfte er sich den Schweiß aus dem Nacken. Dabei fiel ein Zettel zu Boden, den er seit mehreren Tagen in der Tasche mit sich herumtrug: »Giacopo Barbieri« und eine siebenstellige Telefonnummer.

»Darf ich mal telefonieren?«, fragte Malberg den glatzköpfigen *fornaio* und legte eine Münze auf die Theke. Dann wählte er die Nummer.

Barbieri meldete sich mit dem üblichen »*Pronto!*«.

»Hier ist Malberg. Wissen Sie noch, wer ich bin?«

»Aber ja, Signor Malberg. Ich wollte Sie ohnehin kontaktieren. Was kann ich für Sie tun?«

»Gestatten Sie mir eine Frage.« Malberg machte eine Gedankenpause. »In welchem Verhältnis stehen Sie zu Caterina Lima?«

»Ich verstehe nicht, Signore.«

»Ich meine, sind Sie mit Caterina näher befreundet? Oder haben Sie der Signora gegenüber irgendwelche Verpflichtungen?«

»Nicht dass ich wüsste«, gab Barbieri ohne Zögern zurück. »Aber warum fragen Sie?«

»Es ist nämlich so. Ich habe berechtigten Grund zu der Annahme, dass Caterina Lima ein falsches Spiel spielt. Jedenfalls kassiert ihr Bruder Paolo Geld von Personen, die mit dem Mord an Marlene Ammer in Verbindung stehen.«

»Das ist nicht wahr!«

»Doch. Ich habe zusammen mit Caterina eine Geldübergabe an Paolo Lima beobachtet. Caterina sagt, sie hat nichts davon gewusst. Allerdings glaube ich nicht, dass sie so ahnungslos war, wie sie tat.«

Barbieri schwieg eine ganze Weile. Schließlich erwiderte er: »Sind Sie sicher? Ich kenne Caterina nur beruflich, aber ich habe sie als eine sehr ehrliche Person in Erinnerung, der die Gaunereien ihres Bruders ziemlich peinlich waren. Aber was Sie sagen hat mit kleinen Gaunereien nichts zu tun. Als sie mich bat, ein Auge auf Sie zu werfen, war das eher zu Ihrem Schutz ...«

»Hören Sie – ich kann kein Risiko eingehen!«, unterbrach Malberg Barbieri. »Wären Sie bereit, mir zu helfen?«

»Jederzeit.«

»Unter einer Bedingung! Caterina darf nichts davon erfahren.«

»Sie haben mein Wort, Signor Malberg.«

»Sicher wissen Sie, dass ich auf Empfehlung Paolos in einer Pension in der Via Luca untergetaucht bin.«

»Das ist mir nicht unbekannt.«

»Dort habe ich mich abgesetzt, weil ich davon ausgehen muss, dass mein Versteck verraten wurde.«

Barbieri atmete hörbar aus. »Das war auf jeden Fall der richtige Schachzug.«

»Jetzt suche ich eine neue Bleibe. Ohne polizeiliche Meldung, Sie verstehen!«

»Hm ...« Barbieri dachte nach. »Das wird nicht einfach sein, ohne neue Mitwisser in Kauf zu nehmen.« Er schwieg eine Weile. »Aber wenn Sie mit einer Kammer in einer bescheidenen Zweieinhalb-Zimmer-Wohnung vorliebnehmen wollen, könnte ich Ihnen fürs Erste einen sicheren Unterschlupf bieten.«

Und ob Lukas Malberg wollte!

Eine knappe Stunde später drückte Malberg auf den Klingelknopf mit dem Namensschild G. Barbieri. Das Haus lag in einer Seitenstraße hinter dem protestantischen Friedhof zwischen dem Monte Testaccio und der Cestius-Pyramide. Wie die meisten Häuser in der Umgebung hatte es schon bessere Zeiten gesehen. Aber wichtiger als moderner Komfort war Malberg im Augenblick, dass er einfach untertauchen konnte.

»Sie haben hoffentlich nicht von Ihrem Mobiltelefon aus angerufen!«, empfing ihn Giacopo Barbieri an der Eingangstür seiner Wohnung.

»Keine Sorge«, erwiderte Malberg, »ich habe mir Ihre Worte

von damals durchaus zu Herzen genommen: kein Hotel, keine Schecks, keine Kreditkarte, kein Mobiltelefon.«

»Gut«, meinte Barbieri und führte Malberg in die Wohnung. »Sie sollten aber auch Schauplätze meiden, die bei Ihren bisherigen Recherchen eine Rolle gespielt haben.«

Malberg nickte, obwohl ihm der Grund dafür nicht ganz einleuchtete.

Auf den ersten Blick entsprach Barbieris Behausung exakt dem Klischee eines Junggesellenhaushalts. In der Küche stapelte sich das dreckige Geschirr von fünf Tagen. Barbieri fing Malbergs Blick auf und meinte: »Sie müssen entschuldigen. Ich war auf Besuch nicht vorbereitet. Manchmal geht es hier etwas drunter und drüber. Das Ende meiner Karriere als Kriminaler bedeutete auch das Aus meiner Ehe. Ehrlich gesagt, trauere ich dem nicht einmal hinterher. Sind Sie eigentlich verheiratet?«

»Ich, nein. Mit zweiundzwanzig habe ich einmal geheiratet, mit fünfundzwanzig war ich wieder frei. Seither bin ich das, was man einen bekennenden Junggesellen nennt. Aber wenn ich ebenfalls ehrlich sein darf – mein Leben als Einzelgänger war bisher eher das Resultat verpasster Möglichkeiten als das Ergebnis fester Vorsätze.«

»Und dann trat diese Marlene Ammer in Ihr Leben, und es hat Sie ganz schön erwischt, habe ich recht?«

»Wie kommen Sie darauf?«

»Berufserfahrung«, antwortete Barbieri lapidar.

Malberg schmunzelte verlegen. »Ich gebe zu, Marlene löste bei unserem Wiedersehen schon ziemlich intensive Gefühle aus. Gut, ich bin wegen dieser Büchersammlung nach Rom gekommen, aber nicht nur. Können Sie sich vorstellen, was in mir vorging, als ich Marlene tot in der Badewanne fand?«

Barbieri nickte stumm.

Das Zimmer, das Barbieri Malberg anbot, war wirklich nur eine Kammer mit einem schmalen hohen Fenster. Dafür blickte man ins Grüne, und es war angenehm kühl. Eine einfache Ottomane und ein Resopal-Kleiderschrank aus den sechziger Jahren mussten fürs Erste genügen. Und obwohl die bescheidene Behausung alles andere als komfortabel war, fühlte sich Malberg irgendwie wohl.

Die Situation entbehrte nicht einer gewissen Komik, als Barbieri und Malberg daran gingen, das Geschirr der vergangenen fünf Tage abzuwaschen. Während Malberg einen Teller mit dem Geschirrtuch trocken rieb, als gelte es, einen Hausfrauenwettbewerb zu gewinnen, fragte er unvermittelt: »Sie hatten doch das Obuktionsergebnis von Marlene Ammer in der Hand. Was war Ihr Eindruck?«

«Ehrlich gesagt ...«, begann Barbieri.

»Ich bitte darum!«

»Nun ja, mir drängte sich von Anfang an der Verdacht auf, dass es zwei Autopsiebefunde unterschiedlichen Inhalts gibt. Einen echten und einen geschönten. So etwas geht natürlich nur mit einem satten Bestechungsgeld.«

»Ist Ihnen während Ihrer Laufbahn so etwas schon öfter begegnet?« Malberg musterte sein Gegenüber mit erwartungsvollem Blick.

»Nicht gerade oft«, antwortete Barbieri, »aber ich erinnere mich an ein, zwei Fälle ...«

»Und wie kam es dazu?«

Der Ex-Polizist wand sich und blickte verlegen zur Seite. Es schien, als wollte er nur widerwillig antworten. Dann räusperte er sich umständlich und meinte: »In beiden Fällen stand die Mafia dahinter.«

»Die Mafia?«

»Sie können sich denken, wie die Sache ausging!«

»Nein. Sagen Sie es mir.«

»Der Staatsanwalt, der die fragwürdige Autopsie kritisierte, wurde seines Postens enthoben und verschwand irgenwo in der piemontesischen Provinz. Man hat nie mehr von ihm gehört.«

»Aber Sie glauben nicht ernsthaft, dass die Mafia hinter dem Tod Marlene Ammers steckt!«

»Sie stört der Gedanke, dass es auch gewisse Zusammenhänge mit der Kurie gibt. Davon sollten Sie sich nicht täuschen lassen. Die Drahtzieher der Mafia verfügen über eine geniale Begabung, was die Inszenierung scheinbar unmöglicher Zusammenhänge betrifft. Ich erinnere mich an den Fall eines angesehenen Laboratoriumsmediziners. Der Professore leitete in Ostia ein Institut, in dem auch Sportler auf Doping getestet wurden. Niemand hätte es je gewagt, dem renommierten Wissenschaftler Unlauterkeit vorzuwerfen. Doch der Professor hatte eine heimliche Leidenschaft, das Roulette-Spiel. Und diese Leidenschaft stürzte ihn in immense Schulden. Eines Tages bot ihm ein Unbekannter an, seine Schulden zu begleichen, er müsse nur gewisse Pferdeurinproben nach den Rennen vertauschen. Das ging jahrelang gut, ohne dass jemand Verdacht schöpfte. Nicht einmal, als lahme Mähren plötzlich Rennen gewannen. Auf kam die Sache erst, als die Ehefrau den Professor verriet. Aus Rache, weil er sie mit einer Jüngeren betrog.«

Malberg schüttelte den Kopf. Seine Vergangenheit hatte ihn gelehrt, dass das Leben die irrsinnigsten Geschichten schreibt. Aber Marlene mit der Mafia in Zusammenhang zu bringen, das erschien ihm doch zu absurd.

»Wie mir Caterina erzählte«, fuhr Barbieri fort, »haben Sie bei der heimlichen Beerdigung der Signora Ammer eine Ansammlung von in vornehmes Schwarz gekleideten Herren beobachtet ...«

»Von denen einer der kahlköpfige Kardinalstaatssekretär Philippo Gonzaga war«, unterbrach Malberg. »Das steht zweifelsfrei fest.«

»Nun ja, das schließt allerdings in keiner Weise aus, dass die übrigen Herren nicht Mitglieder der sogenannten feinen Gesellschaft waren. – Verstehen Sie mich recht, ich will keineswegs behaupten, dass die Signora in mafiose Geschäfte verstrickt war. Ich will nur sagen, dass man die Möglichkeit nicht ausschließen sollte.«

»Und das heißt?«, erkundigte sich Malberg ratlos.

Barbieri hob die Schultern. »Wir sollten uns zusammensetzen und alle Informationen, die Sie bislang über den Fall zusammengetragen haben, zu Papier bringen. Ich bin sicher, bisher haben Sie alles nur in Ihrem Kopf gespeichert: Personen, Schauplätze, Zeugenaussagen und Recherchen. Aber das menschliche Gehirn ist kein Computer, und Ihr Gedächtnis in allen Ehren, doch wie wollen Sie das alles behalten? Aus meiner Erfahrung als Kriminalist weiß ich, dass es meist Kleinigkeiten sind, die zur Lösung eines Falles führen. Kleinigkeiten, die das menschliche Gehirn längst aussortiert und damit vergessen hat.«

Malberg nickte zustimmend. »Was die Sache so schwierig macht, ist das Problem, eine gewisse Logik hinter all den Vorfällen zu erkennen.«

Kapitel 29

Missmutig blinzelte die Marchesa Falconieri vor dem Frauengefängis Santa Maddalena in die diffuse Morgensonne. Sie hatte die triste Anstaltskleidung mit ihrer eigenen vertauscht. Aber das helle Leinenkostüm hing lose an ihr herab, und der Rock war zerknittert wie ein apulischer Bauernkittel. Sie hatte ihre Haare nach hinten gerafft, und der Charme, den früher ihr Gesicht ausstrahlte, war einem bitteren Ausdruck gewichen.

Auf Anraten ihres Pflichtverteidigers hatte Lorenza Falconieri ein umfassendes Geständnis abgelegt: Ja, sie habe von den Betrügereien ihres Mannes gewusst und nach dessen Tod versucht, die kostbare Hehlerware an den Mann zu bringen.

Im zweiten Anlauf war es ihrem Anwalt gelungen, den Haftrichter zu überzeugen, dass keine Fluchtgefahr bestand. Daraufhin hatte sie das Gericht unter der Auflage, sich einmal wöchentlich bei der nächstgelegenen Polizeistation zu melden, auf freien Fuß gesetzt.

Nun wartete sie, in der Hand eine Reisetasche mit ihren Habseligkeiten, auf das Taxi, das die Anstaltsleitung für sie bestellt hatte. Die Marchesa fühlte sich unwohl in ihrer Haut, unfrei und noch immer irgendwie gefangen, gefangen in ihrer zweifelhaften Vergangenheit. Und obwohl sie – zumindest vorläufig – frei war, kam es ihr vor, als blicke sie noch immer durch das vergitterte Fenster ihrer Zelle.

Als der Taxifahrer endlich eintraf, grinste er provozierend. Lorenza Falconieri überging die Unverschämtheit und nannte die Via dei Coronari als Fahrtziel. Die kleine Seitenstraße, in der ihr Haus stand, kannte ohnehin kein Taxifahrer in Rom.

Auf den ersten Kilometern verlief die Fahrt schweigend. Die

Marchesa bereute, auf dem Beifahrersitz Platz genommen zu haben, denn der Kerl gaffte sie ununterbrochen von der Seite an.

»Sie sollten besser auf den Verkehr achten«, mahnte sie.

»Gewiss, Signora«, erwiderte der Taxifahrer betont höflich. Gleichzeitig fühlte er sich zu der Frage ermutigt: »Wie lange?« Dabei setzte er erneut sein provozierendes Grinsen auf.

»Was soll das heißen: Wie lange?«

Mit der Faust und dem gestreckten Daumen seiner Rechten zeigte der Fahrer nach rückwärts: »Ich meine, wie lange mussten Sie in Santa Maddalena sitzen?«

»Das geht Sie nun wirklich nichts an!«, entgegnete die Marchesa aufgebracht. »Warum wollen Sie das wissen?«

Der Fahrer hob die Schultern: »Nur so! Ich hatte da mal einen Fahrgast, eine Signora, mittleren Alters, nett anzusehen, die kam auch gerade aus Santa Maddalena. Als ich sie fragte: Wohin?, meinte sie: ›Egal wohin. Ich habe seit fünfzehn Jahren nichts mehr gesehen.‹ Fünfzehn Jahre, das müssen Sie sich einmal vorstellen! Sie verfuhr mit mir beinahe das ganze Geld, das sie im Knast verdient hatte. Bevor sie ausstieg, es war schon gegen Abend, da konnte ich mir die Frage nicht verkneifen, warum sie denn so lange gesessen habe. Wissen Sie, warum, Signora? Sie hatte ihre Nebenbuhlerin erschossen. Und sie sagte, sie würde es sofort wieder tun. Da war ich froh, als sie ausstieg.«

»In dieser Hinsicht haben Sie von mir nichts zu befürchten«, bemerkte Lorenza Falconieri trocken. »Ich hatte nur zwei Wochen das Vergnügen, und umgebracht habe ich auch niemanden.«

»Nur zwei Wochen?« Die Stimme des Taxifahrers klang beinahe enttäuscht. »Muss ein verdammt guter Anwalt gewesen sein.«

Die Marchesa nickte. Sie hatte wenig Interesse daran, das Gespräch fortzusetzen.

»Werden Sie von jemandem erwartet?«, unterbrach der Fahrer eine längere Zeit des Schweigens.

Lorenza antwortete nicht und blickte teilnahmslos durch die Windschutzscheibe.

»Ich frage nur deshalb, weil uns seit Santa Maddalena ein dunkler Mercedes verfolgt. Kann natürlich auch ein Zufall sein.«

»Das glaube ich auch«, gab die Marchesa genervt zurück. Wer sollte sie schon abholen oder gar verfolgen, wo sie selbst erst am frühen Morgen von ihrer Entlassung erfahren hatte?

Als das Taxi in die Via dei Coronari einbog, zog die Marchesa einen Zwanzig-Euro-Schein aus der Tasche und reichte ihn dem Fahrer: »Der Rest ist für Sie. Wenn Sie mich dort vorne an der Ecke absetzen wollen ...«

Die Marchesa stieg aus und nahm den Weg in die schmale Seitenstraße mit den etwas heruntergekommenen Häusern. Um die Mittagszeit lag die linke Straßenseite, wo sich ihr Haus befand, im Schatten. Lorenza Falconieri genoss die kühlere Schattenseite. Im Gehen kramte sie in ihrer Reisetasche nach dem Wohnungsschlüssel, als sie ein schriller Hupton erschreckte.

Sie wandte sich um und blickte in einen grellen Feuerschein. Er kam geradewegs aus dem Seitenfenster einer dunklen Limousine. Es gab keinen Knall. Jedenfalls hörte die Marchesa nichts. Sie spürte nur einen heftigen Schlag gegen die linke Brust. Einen Schlag, der so stark war, dass ihr der Atem wegblieb. Sie versuchte Luft zu holen. Vergeblich. Die Anstrengung hatte zur Folge, dass links, wo das Herz schlägt, ein Schwall warmes Blut herausströmte und ihre Kleidung durchtränkte.

Erst jetzt – Sekunden waren vergangen, und das Fahrzeug, aus dem der grelle Feuerschein kam, hatte die Flucht ergriffen – erst jetzt kam der Marchesa zu Bewusstsein, dass jemand auf sie geschossen hatte. Sie fühlte keinen Schmerz. Der Schock, sagt man, unterdrückt jedes Schmerzempfinden.

Ob sie jetzt wohl sterben müsste? Ein Schuss mitten ins Herz musste doch tödlich sein. Sterben, so hatte sie sich immer vorgestellt, müsse wehtun. Wo war der Schmerz?

Statt Schmerz setzte Benommenheit ein. Alle Geräusche verschwanden, lediglich das schnarrende Rasseln, das ihr ruckartiger Atem verursachte, blieb.

Lorenza Falconieri merkte, wie ihre Knie einknickten und dass sie auf allen vieren über das Bordsteinpflaster kroch wie ein Hund. Sie dachte an Nebensächlichkeiten. Ob sie die letzte Telefonrechnung überwiesen hatte, ob sie saubere Unterwäsche trug und wer wohl das Namensschild an der Wohnungstür abmontieren würde. Dann konnte sie sich nicht mehr halten, kippte stumm zur Seite, blieb mit angewinkelten Beinen auf dem Rücken liegen. Aus ihrem Mund quoll Blut.

Die Marchesa starrte in den Himmel.

»Können Sie mich hören?« Ein Gesicht, das sie nicht kannte.

Ja, antwortete die Marchesa. Aber die Antwort kam nicht an.

»Können Sie mich hören?« Immer wieder: »Können Sie mich hören?«

Dann entfernte sich die Stimme, wurde leiser, kaum noch vernehmbar. Plötzlich war es still. Eine Stille, die sie noch nie erlebt hatte.

Kapitel 30

*P*ronto!«

Verschlafen griff Caterina zum Telefon. Journalisten sind nun einmal keine Frühaufsteher, und ein Anruf früh um acht gilt in ihren Kreisen beinahe als Beleidigung. Und nach dem gestrigen Zerwürfnis mit Malberg hatte sie die ganze Nacht kein Auge zugetan.

»Mein Name ist Mesomedes, Dottor Achille Mesomedes, von der Staatsanwaltschaft Roma uno.«

»Und um mir das zu sagen, rufen Sie zu nachtschlafender Zeit an?«, erwiderte Caterina unwillig.

»Verzeihen Sie, Signora Lima, ich kann später noch einmal anrufen.«

»Nein, lassen Sie nur! Worum geht es?«

»Um den Fall Marlene Ammer.«

Plötzlich war Caterina hellwach. »Und was habe ich damit zu tun?«

»Ich habe mir die Akten noch einmal kommen lassen«, fuhr der Staatsanwalt fort, »und ich muss sagen, da gibt es eine Reihe von Ungereimtheiten. Ich würde sogar sagen, der Aktenstand wirft mehr Fragen auf, als er Antworten gibt. Unter anderem stieß ich auf einen Bericht in Ihrem Magazin, der Sie als investigative Rechercheurin ausweist. Ich würde mich gerne einmal kurz mit Ihnen unterhalten. Ich plane den Fall neu aufzurollen, und dazu ist mir jede Information wichtig.«

»Sie haben Mut, Dottor Mesomedes! Soweit mir bekannt ist, wurde die Akte Marlene Ammer trotz vieler Fragen und Ungereimtheiten geschlossen. Ich vermute auf Weisung von höchster Stelle. Glauben Sie, da noch etwas ausrichten zu können?«

»Ich glaube an die Gerechtigkeit, Signora Lima, und dies ist meine erste Stelle als Staatsanwalt!«

»Hoffentlich nicht Ihre letzte«, rutschte es Caterina heraus.

»Wie meinen Sie das?«

»Wissen Sie –« Caterina machte eine Pause, sie musste sich wirklich jedes Wort überlegen, »alle, die sich bisher mit diesem Fall beschäftigten, liefen gegen eine Mauer. Oder sie wurden bespitzelt. Oder ...«

»Oder?«

»Oder sie wurden vermutlich mit Geld dazu gebracht, Ihre Nachforschungen einzustellen.«

»Und Sie?«

»Nein, Geld hat man mir nicht geboten. Aber ich wurde in ein anderes Ressort versetzt. Und damit war mir der Fall entzogen.«

»Interessant!«, stellte Mesomedes fest. »Wirklich interessant.«

»Wenn Sie es so nennen wollen. Ich würde eher sagen, mysteriös. Höchst mysteriös!«

Plötzlich kam Caterina der Gedanke, der Staatsanwalt wolle sie nur wegen Malberg aushorchen. Sie hatte den Gedanken noch nicht zu Ende geführt, da meinte Mesomedes eher beiläufig: »Sie haben doch auch diesen Antiquar Malberg kennengelernt, nach dem noch gefahndet wird. Wissen Sie, wo er sich aufhält?«

Caterina stutzte. Was wusste dieser Mesomedes? War das eine Falle? Selbst wenn sie gewollt hätte, sie hätte nicht sagen können, wo Malberg sich zurzeit aufhielt. Als sie nach dem Streit versucht hatte, ihn in der Pension zu erreichen, war er nicht mehr da gewesen. Und auch Paolo hatte sich bislang nicht mehr blicken lassen.

»Signora Lima, sind Sie noch da?« Die Stimme des Staatsanwalts klang kalt und fordernd: »Meine Frage war, ob Sie den Aufenthaltsort dieses Malberg kennen.«

»Malberg? Nein. Wie kommen Sie darauf?«

»Sie erwähnten ihn in Ihrem Bericht.«

»Ja, ich erinnere mich.« Caterina spielte die Unwissende. »Warum wird eigentlich nach ihm gefahndet?«

»Nach meinen Unterlagen war dieser Malberg vermutlich der Letzte, der Marlene Ammer lebend gesehen hat. Jedenfalls hat er kurz vor ihrem Tod noch mit ihr telefoniert. Das ergaben die Ermittlungen.«

»Ach ja! Halten Sie ihn für den Mörder?«

»Ich möchte einmal so sagen: Malberg steht unter Tatverdacht. Allein die Tatsache, dass er untergetaucht ist, macht diesen Mann in hohem Maße verdächtig.«

»Sind Sie überhaupt sicher, dass er sich heimlich abgesetzt hat? Ich meine, vielleicht weiß er überhaupt nicht, dass nach ihm gefahndet wird. Vielleicht befindet er sich auf einer Auslandsreise in England oder den USA, um neue Einkäufe zu tätigen.«

»Durchaus möglich, aber unwahrscheinlich. Nachforschungen in Deutschland haben nämlich ergeben, dass nicht einmal seine Angestellten wissen, wo er sich derzeit aufhält. Ich werde den Verdacht nicht los, er treibt sich noch hier in Rom herum.« Er machte eine kurze Pause: »Wären Sie bereit, sich mit mir zu treffen?«

»Soll das eine Vorladung sein?«

»Keineswegs. Ich bitte Sie darum.«

»Meinetwegen, wenn Sie sich etwas davon versprechen.«

»Wann passt es Ihnen, Signora?«

»Heute nach Dienstschluss gegen achtzehn Uhr.«

»Gut. Und wo?«

»Kennen Sie das kleine Café in der Via Marsala, gegenüber dem Seiteneingang von der Stazione Termini?«

»Nein, aber ich werde es finden. Achtzehn Uhr. Ich danke Ihnen, Signora.«

Mesomedes wartete schon, als Caterina, aus der Redaktion kommend, in dem kleinen Café eintraf. Er war jung, sogar sehr jung für den Job eines Staatsanwalts. Seinem Stand versuchte er mit einem korrekten Haarschnitt und einem grauen Zweireiher und blitzblanken Schnürschuhen gerecht zu werden. Ein Mann, nicht unbedingt ihr Fall; aber Caterina sollte ihn ja auch nicht heiraten.

»Ich will Ihnen die Wahrheit sagen«, begann Mesomedes das Gespräch, nachdem sie im hinteren Teil des Lokals Platz genommen hatten. »Ich handle hier auf eigene Faust. Denn wie Sie richtig sagten, ist die Akte Marlene Ammer offiziell geschlossen. Aber als junger Staatsanwalt hat man nur die Chance, Karriere zu machen, wenn es einem gelingt, an spektakuläre Fälle heranzukommen. Ja, ich habe mir in den Kopf gesetzt, Karriere zu machen. Und da dies auf dem normalen Dienstweg nur sehr schwer möglich ist, hatte ich die Idee, spektakuläre abgeschlossene Fälle neu aufzurollen. Der Fall Marlene Ammer drängt sich da geradezu auf.«

»Ach, so ist das.« Caterina staunte. Seine Ehrlichkeit machte den jungen Staatsanwalt fast schon wieder sympathisch. Sie hatte ihre Bereitschaft, ihm zu helfen, von einer gewissen Sympathie abhängig gemacht. Für diesen Fall hatte Caterina einen Trumpf im Ärmel. »Und was kann ich für Sie tun?«, fragte sie schließlich.

Mesomedes öffnete seinen altmodischen schwarzen Aktenkoffer, den er krampfhaft unter dem Tisch zwischen den Beinen festhielt, und fingerte aufgeregt in einem Stoß von Papieren. Als er endlich gefunden hatte, wonach er suchte, meinte er: »Wenn man Ihren Bericht im *Guardiano* liest, gewinnt man den Eindruck, als wüssten Sie, was den Fall Ammer betrifft, viel mehr, als sie veröffentlicht haben.«

»Ihr Eindruck täuscht Sie nicht, Dottore!«, erwiderte Caterina kühl.

»Es gibt da eine Spur, die, falls ich sie verifizieren könnte, in eine ganz andere Richtung zielt. Machen wir uns nichts vor, wir glauben beide nicht daran, dass Marlene Ammer in ihrer Badewanne ertrunken ist. Und dass der Antiquar Malberg die Signora umgebracht hat, ist eher eine Vermutung, die sich darauf stützt, dass er kurz nach dem Tod Marlene Ammers untergetaucht ist. Für jeden einigermaßen guten Anwalt wäre es eine Kleinigkeit, den Haftbefehl aufzuheben. Dazu ist die Beweislage einfach zu dünn.«

»Warum heben Sie von sich aus den Haftbefehl nicht einfach

auf? Dann hätte Malberg nichts zu befürchten, und er könnte vielleicht sogar dazu beitragen, Licht ins Dunkel dieses Falles zu bringen.«

Mesomedes holte tief Luft. »Wissen Sie, Signora, unsere Justiz ist eine träge alte Dame, unbeweglich und prätentiös. Sie will immer ein bisschen gebeten oder aufgefordert werden. Einen Haftbefehl auszustellen ist ziemlich einfach, ihn wieder aufzuheben ist eine komplizierte Prozedur.«

»Dabei sagten Sie, Sie glauben an die Gerechtigkeit!«

»Der Gerechte muss viel leiden. Das steht schon in den Psalmen geschrieben. Aber zur Sache!« Mesomedes legte mehrere DIN-A4-Seiten vor sich auf den Tisch. »Das ist eine Kopie aus dem Obduktionsbericht im Fall Ammer. Sie wissen, der Pathologe Martino Weber kam zu dem Ergebnis: Marlene Ammer starb durch Ertrinken in der Badewanne. Zugegeben, so etwas kommt vor, übrigens gar nicht mal selten, vor allem wenn Alkohol im Spiel ist. Aber davon ist im Bericht des Gerichtsmedizinischen Instituts nicht die Rede. Erwähnung finden dagegen Hämatome im Schulter- und Brustbereich. Man könnte also auch davon ausgehen, dass die Signora unter Wasser gedrückt wurde und sich gewehrt hat. Am interessantesten fand ich jedoch den Hinweis auf gewisse Duftspuren im Morgenmantel der Signora: Olibanum, Benzoe, Storax, Tolubalsam und Zimtrinde.«

»Zimtrinde, so, so«, wiederholte Caterina in einem Anflug von Zynismus.

Der junge Staatsanwalt ließ sich nicht beirren: »Mir waren diese Ingredienzien ebenso unbekannt wie Ihnen, Signora. Also habe ich mich schlau gemacht im Kriminalchemischen Institut. Das Ergebnis wird Sie überraschen: Bei Olibanum, Benzoe, Storax und Tolubalsam handelt es sich um Harze, also eingetrockneten Wundsaft, der zur Herstellung von Weihrauch Verwendung findet.«

»Weihrauch?« Caterina machte ein ungläubiges Gesicht.

»Aber das ist noch nicht alles«, fuhr Mesomedes fort, »Benzoeharz und Tolubalsam sind extrem selten und demgemäß außerordentlich teuer. Siambenzoe trema und Sumatrabenzoe bestehen in der Hauptsache aus Benzoesäureester des Coniferylalkohols. In geringen Mengen enthalten sie auch Vanillin und werden zur Herstellung exklusiver Parfüms verwendet. Noch kostbarer ist Tolubalsam. Dieses Baumharz wird vor allem schweren orientalischen Parfüms beigemengt. Beide sind also viel zu schade, um sie zu verbrennen. Auf der Welt gibt es jedoch nur einen einzigen Produzenten, der Weihrauch mit dieser Zusammensetzung verkauft. Das Gramm für angeblich fünfhundert Euro. Der sitzt in der Lombardei, und er hat nur einen einzigen Abnehmer – den Vatikan.«

Caterina atmete tief durch. Tausend Gedanken schossen ihr durch den Kopf. Sie wollte spontan in ihre Handtasche greifen. Doch die Aufregung dauerte nur Sekunden, dann hatte sie sich wieder im Griff. »Dazu könnte ich Ihnen auch etwas sagen«, bemerkte sie mit gespielter Ruhe. »Allerdings ...«

»Es soll Ihr Schaden nicht sein, Signora«, deutete Mesomedes Caterinas Zögern. »Wenn ich Sie richtig verstanden habe, ist Ihnen an der Aufhebung des Haftbefehls gegen diesen Malberg gelegen.«

»Wie kommen Sie darauf?«

»Hören Sie, es ist geradezu mein Job, die Flöhe husten zu hören. Ich wäre ein schlechter Staatsanwalt, wenn ich nicht aus geringfügigen Andeutungen meine Schlüsse ziehen würde.«

Caterina rutschte unruhig auf ihrem Stuhl hin und her. Und natürlich blieb Mesomedes auch dies nicht verborgen.

»Ich will Ihnen keine Versprechungen machen«, fuhr er fort, »aber wenn der Fall eine neue Wende nimmt, versichere ich Ihnen, dass ich mich für eine Aufhebung des Haftbefehls gegen Malberg einsetze.«

»Ich nehme Sie beim Wort«, entgegnete Caterina. Sie sah den Staatsanwalt prüfend an. Einen Augenblick zögerte sie, ob sie ihr Vorhaben in die Tat umsetzen sollte. Dann zog sie einen Umschlag aus ihrer Umhängetasche und reichte ihn Mesomedes.

Der sah sie fragend an.

Caterina schwieg. Mit einer Handbewegung deutete sie an, er solle den Umschlag öffnen. Schließlich kam der Staatsanwalt der Aufforderung nach.

Er zog vier Fotos im Format dreizehn mal achtzehn hervor und die Kopie eines Zeitungsausschnitts. Etwas ratlos breitete er den Inhalt des Umschlags vor sich aus. Der Zeitungsausschnitt bezog sich auf den Unfall von Kardinalstaatssekretär Philippo Gonzaga und zeigte ein Bild des Kardinals.

»Und diese Fotografien? Was haben die zu bedeuten?« Mesomedes schüttelte den Kopf.

»Das sind Bilder, die ich bei der Beerdigung von Marlene Ammer geschossen habe. Vielleicht erkennen Sie den kahlköpfigen Herrn im schwarzen Anzug. Normalerweise läuft er in leuchtendem Purpur herum.«

»Gonzaga!«, rief der Staatsanwalt erstaunt.

»Und hier, und da, und hier!« Caterina deutete auf die übrigen Bilder: »Kardinalstaatssekretär Philippo Gonzaga.«

Mesomedes musterte die Bilder mit kritischem Blick. Schließlich meinte er: »Sie haben recht, Signora Lima. Und Sie sind sicher, dass diese Bilder bei der Beerdigung von Marlene Ammer entstanden sind?«

»Absolut sicher.«

»Es gibt in den Akten über den Fall seltsamerweise keinen einzigen Hinweis auf die Bestattung.«

»Das hätte mich auch sehr gewundert.«

»Aber woher wussten Sie ...«

»Als Journalistin hat man Informationsquellen, von denen sogar Staatsanwälte nur träumen können. Und Sie wissen, dass Sie mich nach dem Pressegesetz nicht zwingen können, meine Informanten zu verraten.«

»Ich weiß, Signora. Und ich weiß, dass Sie das wissen.«

Caterina schmunzelte selbstbewusst. »Aber wenn es noch eines Beweises bedurft hätte, dann wäre es der folgende: Nachdem ich die Fotos geschossen hatte, trat ein Mann auf mich zu. Er forderte den Chip aus meiner Kamera und nahm dabei eine so drohende Haltung ein, dass ich seiner Forderung wohl oder übel Folge leisten musste. Ich öffnete meine Kamera; aber statt des Speicherchips händigte ich ihm den Programmchip aus. Ein alter Taschenspielertrick unter uns Reportern.«

Mesomedes schob die Unterlippe vor, eine Geste, mit der er Caterina Respekt zollte. »Das wirft ein neues Licht auf diesen mysteriösen Fall. Und wenn ich mir den Bericht über den Unfall des Kardinalstaatssekretärs durch den Kopf gehen lasse, dann sehe ich diesen Gonzaga mit ganz anderen Augen. Warum fährt ein Kurienkardinal mit hunderttausend Dollar in einer Plastiktüte im Privatwagen seines Chauffeurs nachts durch Rom? Gewiss nicht, um das Geld unter den Armen zu verteilen.«

»Nein, das kann ich mir auch nicht vorstellen.«

»Und dieser Malberg ist auf den Fotos nicht zu sehen?«

»Malberg? Warum ausgerechnet Malberg?«

»Nun ja, es wäre doch denkbar, dass gewisse Zusammenhänge zwischen Malberg und der Kurie bestehen ...«

Caterina erschrak. »Das kann nicht sein«, murmelte sie gedankenlos. »Wie kommen Sie darauf, Dottor Mesomedes? Ich halte Malberg für einen anständigen Kerl, der durch eine Verkettung widriger Umstände in den Fall hineingezogen wurde. Um Ihre Frage zu beantworten. Nein, Malberg ist auf den Fotos nicht zu sehen.«

»Was aber nicht bedeuten muss, dass er dem Geschehen nicht aus der Ferne beigewohnt hat.«

Caterina lief es heiß und kalt über den Rücken. Sie wusste nicht, wie sie diesen jungen Achille Mesomedes beurteilen sollte. Entweder war er viel raffinierter, als es den Anschein hatte, oder er war so naiv, wie er sich gab, hatte aber den Instinkt, der einen guten Staatsanwalt auszeichnet. Beinahe schien es ihr, als wolle Mesomedes sie in die Enge treiben. Wusste er mehr? Stand sie vielleicht längst unter seiner Beobachtung?

Mesomedes stützte den Kopf in beide Hände, und zum wiederholten Male wanderten seine Augen über die Fotografien vor sich auf dem Tisch. Ohne aufzublicken, meinte er schließlich: »Jetzt machen auch die Weihrauchspuren in der Kleidung der Signora Sinn. Dass die Spur im Fall Ammer in den Vatikan führt, ist allerdings etwas seltsam. Auf jeden Fall zieht die Angelegenheit juristische Komplikationen nach sich. Denn staatsrechtlich gesehen ist der Vatikan, der kleinste Staat der Welt mit seinen vierundvierzig Hektar, exterritorial. Das heißt, er befindet sich außerhalb der staatlichen Rechtshoheit Italiens. Allerdings wurden in der Vergangenheit Kapitalverbrechen stets nach italienischem Recht beurteilt. Dass dies nicht gerade häufig vorkommt, können Sie sich vermutlich vorstellen.«

»Vor allem, wenn es sich um einen Kardinal handelt!«

»Wenn mich mein Gedächtnis nicht täuscht, ist das zuletzt in der Renaissance vorgekommen. Allerdings gab es Italien damals noch gar nicht, zumindest nicht in der heutigen Staatsform. Im Übrigen muss die Spur eines Verbrechens, die in den Vatikan führt, nicht zwangsläufig im Apartment eines Kardinals enden.«

Caterina nickte zustimmend, obwohl sie sich ihren Teil dabei dachte. Das Gespräch wurde für sie zunehmend unangenehmer, und sie überlegte krampfhaft, wie sie das Treffen beenden könnte.

Der Staatsanwalt blickte auf. Er schien ihre Gedanken zu erraten. Jedenfalls wurde sie verlegen, als Mesomedes sagte: »Sie haben sicher einen schweren Tag hinter sich. Ich will Sie nicht länger aufhalten. Haben Sie übrigens schon von dem tragischen Tod der Marchesa Falconieri gehört? Sie erwähnten die Dame in Ihrem Bericht!«

»Die Marchesa ist ...«

»Tot! Erschossen. Kurz nachdem sie aus der Untersuchungshaft entlassen wurde.«

»Aber das ist doch nicht möglich!«

»In diesem Land ist vieles möglich, Signora Lima.«

Caterina schluckte. »Und der Täter?«

»Ein Kollege bei der Staatsanwaltschaft hat die Ermittlungen aufgenommen.« Mesomedes hob die Schultern.

»Wann ist es passiert?«

»Heute gegen Mittag. Vor ihrem Haus. Der Mord trägt die Handschrift der Mafia. Zeugen wollen gesehen haben, wie aus einem Auto heraus auf sie gefeuert wurde. Die Polizei fand die Marchesa in einer riesigen Blutlache. Man kennt diese Vorgehensweise aus Neapel.«

»Aber das würde bedeuten, die Mafia ist auch in den Fall Marlene Ammer involviert. Schließlich war die Marchesa mit Marlene Ammer befreundet!«

»Ich halte es für unwahrscheinlich, dass das etwas mit dem Fall Ammer zu tun hat. Ich glaube eher, dass das Mordmotiv in den großangelegten Betrügereien der Marchesa zu suchen ist. Und da lässt die Mafia nicht mit sich spaßen.«

Der Staatsanwalt redete so, als hätte er den Fall bereits ad acta gelegt. Er hatte eine vorgefasste Meinung und zeigte nicht das geringste Interesse, den Tod von Lorenza Falconieri in Zusammenhang mit Marlenes Ermordung zu bringen.

Caterina kamen erneut Zweifel über die wahren Absichten des jungen Staatsanwalts. Wenn er sein Vorhaben ernst nahm, Marlenes Tod aufzuklären, durfte er die Ermordung der Marchesa nicht einfach als eine Tat der Mafia abtun. Die meisten Mafia-Morde wurden nie aufgeklärt. Ihr letztes Gespräch mit Lorenza Falconieri war ihr auf einmal wieder gegenwärtig. Vor allem ihr rätselhafter Hinweis auf die Apokalypse.

»Sind Sie eigentlich bibelfest, Dottor Mesomedes?«, unterbrach Caterina das längere Schweigen.

»Bibelfest? Wie darf ich Ihre Frage verstehen?«

»Kennen Sie die Geheime Offenbarung des Johannes?«

Mesomedes lachte verlegen. »Warum fragen Sie mich das?«

»Nur so.« Caterina schien es ratsam, ihren Besuch im Gefängnis zu verschweigen. Sie hatte nicht das geringste Interesse daran, dass ihr Name in irgendwelchen Ermittlungsakten auftauchte.

Der Staatsanwalt blickte geschäftig auf die Uhr. »Ich habe Sie lange genug aufgehalten. Aber Sie haben mir sehr geholfen. Die Bilder würde ich gerne behalten. Darf ich Sie anrufen, wenn ich noch eine Frage habe?«

»Natürlich«, antwortete Caterina und erhob sich. Sie war froh, dass sie den Kerl los war.

Kapitel 31

Wie jeden ersten Donnerstag im Monat verließ Kardinalstaatssekretär Philippo Gonzaga gegen neun Uhr dreißig den Vatikan im Fond seines nachtblauen Dienst-Mercedes 500 S. Und wie jeden ersten Donnerstag im Monat nahm seine Limousine den Weg durch das Tor zum Cortile di San Damaso. Ziel war der Quirinalspalast, der Sitz des italienischen Staatspräsidenten.

Für gewöhnlich fuhr Alberto, der Fahrer des Kardinals, stets dieselbe Strecke, doch dieses Mal saß Soffici am Steuer. Er überquerte den Ponte Vittorio Emanuele und schlug auf dem gleichnamigen Corso die östliche Richtung ein.

Das einstündige Gespräch mit dem Staatspräsidenten war eine feste Einrichtung und diente vor allem der Information und Abstimmung staatlicher Planungen. So auch an diesem Donnerstag.

Wie meist verlief der Dialog zwischen Staatspräsident und Kardinalstaatssekretär steif und ohne neue Erkenntnisse für den jeweils anderen. Aber der Konvention war Genüge getan.

Als Gonzaga nach genau sechzig Minuten die Rückfahrt antrat und Soffici den schweren Mercedes durch das hohe Eingangsportal des Quirinalspalastes steuerte, schlug er seinem Sekretär am Steuer vor, einen Umweg über Trinità dei Monti zu nehmen, jene Kirche oberhalb der Spanischen Treppe, von der kaum jemand weiß, dass sie von Franzosen erbaut wurde. Solche Umwege waren nicht ungewöhnlich und fielen nicht einmal auf, weil sich der Kardinalstaatssekretär bei seinen Sightseeing-Touren hinter schwarz getönten Scheiben versteckte.

Als der Wagen ein paar Schritte von der Kirche San Giacomo entfernt in die schmale Via Canova einbog, versperrte ihm ein Motorradfahrer samt Beifahrer den Weg. Im Rückspiegel erkannte

Soffici einen weiteren Motorradfahrer samt Beifahrer. Aber noch ehe er reagieren und die Türen verriegeln konnte, sprangen die in schwarzes Leder gekleideten Beifahrer vom Sozius. Der eine riss die Fahrertür auf, der andere den hinteren Wagenschlag. Wie hypnotisiert starrte Soffici auf die Nadel, die der Ledermann ihm drohend entgegenhielt. Dann folgte ein heftiger Stich in den Hals, und im nächsten Augenblick schwanden Soffici die Sinne.

Der Kardinal schlug um sich, als er erkannte, dass ihm das gleiche Schicksal drohte. Doch der Mann in Schwarz war schneller, setzte die Injektion treffsicher an die Stelle, wo der Hals in den Nacken übergeht. Gonzaga hatte das Gefühl, als würde sein Körper in Sekunden zu Eis gefrieren. Diese nie gekannte Empfindung überlagerte die Fähigkeit, Schmerzen zu spüren, die Fähigkeit, noch irgendeinen klaren Gedanken zu fassen. Alles um ihn herum wurde kalt und leer wie der Weltraum.

Kein Passant in der Straße hatte den Überfall bemerkt. Der Ledermann, der den Fahrer kampfunfähig gespritzt hatte, wuchtete Soffici auf den Beifahrersitz und übernahm das Steuer. Der zweite Mann in Schwarz stieß den Kardinal zur Seite und nahm neben ihm Platz. Dann brauste der dunkelblaue Wagen in Richtung Norden davon. Die beiden Motorradfahrer verschwanden in entgegengesetzter Richtung.

In eiskalten Wogen kehrte Gonzagas Bewusstsein zurück. Es kam und verschwand und kam wieder. Der Kardinal fror, und seine Arme schmerzten, als habe er ein tausendfaches *Dominus vobiscum* zelebriert. Gleichzeitig bemerkte er, dass er heftig zitterte. Es dauerte eine Weile, bis er die Ursache dafür erkannte. Denn mehr als der Tremor seiner Glieder beunruhigte den Kardinal die Umgebung, in der er sich befand. Der kahlköpfige Philippo Gonzaga hing, mit gefalteten Händen gefesselt, an einem Fleischerhaken. Nur mit Mühe fanden seine Füße auf dem glatten Zementboden Halt. Links und rechts von ihm baumelten senkrecht geteilte Schweinehälften an gleichen Haken. Es roch nach geronnenem

Blut. Und die Kälte in dem Raum machte jeden Atemzug sichtbar wie beim Winterspaziergang in den Albaner Bergen. Neonleuchten tauchten das Fleisch, das tonnenweise von der niedrigen Decke hing, in ein erbarmungsloses Licht.

Hilflos zerrte Gonzaga an dem Fleischerhaken, an dem er gefesselt war. Ein schmerzhaftes Unterfangen, denn die Plastikriemen schnitten bei jeder Bewegug noch tiefer ins Fleisch.

Zitternd vor Kälte versuchte der Kardinal nachzudenken. Das gelang nur ansatzweise. Ein eisiges Gebläse schaltete sich ein und verbreitete einen Kälteschwall, der sein Zittern noch verstärkte. Gonzaga wusste nicht, wie lange er schon in der Kälte hing. Sein Kopf begann zu schmerzen. Die Arme spürte er nicht mehr. An seinen Beinen kroch die Kälte hoch wie die glibberigen Arme eines Kraken.

Gonzaga war nur noch zu zwei Gedanken fähig. Der erste: Wer steckt hinter diesem Anschlag? Und – in einigem Abstand – der zweite: Sie werden dich nicht töten – warum sollten sie einen solchen Aufwand betreiben, um dich ins Jenseits zu befördern?

Aus einem Lautsprecher, der irgendwo in der Decke des Kühlraumes eingelassen war, vernahm der Kardinal ein Knacken, und kurz darauf ertönte eine verfremdete männliche Stimme: »Sie sind sich hoffentlich Ihrer Situation bewusst, Gonzaga. Die Temperatur in Ihrem Gefängnis beträgt zurzeit vier Grad minus. In den kommenden neunzig Minuten wird die Temperatur bis auf minus achtzehn Grad absinken. Ich fürchte, Ihr schwarzer Anzug ist für diese Temperatur nicht die richtige Kleidung.«

»Hören Sie«, gab der Kardinal zurück, und dabei klang seine Stimme, als redete er in einen leeren Eimer: »Ich weiß nicht, wer Sie sind und was Sie vorhaben, aber ich bin überzeugt, Sie wollen mich nicht töten.«

»Da wäre ich mir nicht so sicher«, antwortete die Stimme aus dem Lautsprecher. Gonzaga glaubte den Tonfall mit der deutlichen Betonung der Vokale schon einmal gehört zu haben. Aber wo?

»Nach dreißig Minuten bei minus achtzehn Grad«, fuhr die

Stimme fort, »hat sich der Herzschlag so verlangsamt, dass Sie das Bewusstsein verlieren. Nach weiteren zwanzig Minuten erfolgt der Herzstillstand. In zwei bis drei Wochen wird man Ihr Fleisch mit den anderen Schweinehälften in eine Großfleischerei in Civitavecchia transportieren zur weiteren Verarbeitung. Sie sollten sich also überlegen, ob Sie hier den Helden spielen wollen.«

»Was wollen Sie?«, fragte Gonzaga mit zittriger Stimme. »So reden Sie schon!«

»Das – Tuch – aus – Turin!« Der Sprecher betonte jede einzelne Silbe.

»Das wird nicht möglich sein.«

»Was soll das heißen?«

»Das Grabtuch unseres Herrn befindet sich nicht mehr im Vatikan.«

»Hören Sie gut zu, Gonzaga!« Der Tonfall der Stimme wurde heftiger. »Wir verhandeln hier nicht über die Kopie! Ich rede vom Original.«

»Das Original befindet sich in Deutschland.«

»Eben nicht, Gonzaga, eben nicht!«

So weit es die tiefgekühlten Windungen seines Gehirns überhaupt noch zuließen, kam dem Kardinal der Gedanke, dass nur die Bruderschaft der Fideles Fidei Flagrantes hinter der Entführung stecken konnte. Er versuchte sich an Anicets Stimme zu erinnern. Aber der Versuch misslang. Schließlich meinte er: »Wie können Sie da so sicher sein?«

»Gonzaga, Sie sollten selbst weniger Fragen stellen und dafür die meinen beantworten. Mir scheint, die Jahre im Purpur haben Ihnen den Sinn für die Realität geraubt. Sie haben noch etwa achtzig Minuten, nicht mehr, aber auch nicht weniger. Achtzig Minuten, die über Ihr Leben entscheiden. Ich kann mir schwer vorstellen, dass Sie es darauf anlegen, ins *Martyrologium Romanum* aufgenommen zu werden.«

Gonzaga stutzte. War es doch Anicets Stimme? Auf jeden Fall benutzte der Sprecher einen Terminus, der theologische Bildung voraussetzte. Das *Martyrologium*, erstmals gegen Ende des sechzehnten Jahrhunderts veröffentlicht, führt alle von der Kirche anerkannten Heiligen und ihre Gedenktage auf.

»Ein tiefgekühlter Märtyrer wäre auf jeden Fall etwas Neues!«, legte der Unbekannte nach.

»Hören Sie auf!« Gonzaga wurde laut – jedenfalls soweit es die Umstände zuließen. »Wenn Sie mich umbringen wollen, tun Sie's. – Oder wollen Sie Geld? Nennen Sie mir Ihre Forderungen. Ich werde ihnen nachkommen.«

»Sie halten die ganze Welt für käuflich. Sie haben einen ganz miesen Charakter, Herr Kardinal.«

»Sie etwa nicht?« Obwohl die Umstände nicht gerade dazu angetan waren, ihn zu ermutigen, bewies Gonzaga erstaunliche Kaltschnäuzigkeit. Plötzlich fragte er: »Arbeiten Sie für Anicet, den ehemaligen Kardinal Tecina?«

Die Frage kam unerwartet und löste Verblüffung aus.

Immerhin dauerte es ein paar Sekunden, bis aus dem Lautsprecher die Antwort kam: »Ich würde eher sagen, Anicet arbeitet für mich!«

Gonzaga konnte sich darauf keinen Reim machen. Doch langsam gewann er den Eindruck, dass der Unbekannte zunehmend nervöser wurde. »Wie viele Minuten habe ich noch?«, erkundigte er sich provozierend.

»Fünfundsiebzig Minuten, wenn Sie meine Frage nicht beantworten. Wenn Sie reden, binden wir Sie umgehend los und entlassen Sie ins Warme. Die Temperatur zwischen den Schweinehälften beträgt minus neun Grad. Die Außentemperatur liegt bei angenehmen achtundzwanzig Grad. *Plus*, versteht sich!«

Die präzisen Angaben bewirkten bei Gonzaga einen Schock. Das ursprüngliche Zittern wurde zu einem regelrechten Schüttelfrost. Gonzaga kamen Zweifel, ob er noch fünfundsiebzig Minuten würde durchhalten können.

»Also«, vernahm er die fordernde Stimme, »wo ist das Tuch von Turin? Das Original!«

»Auf Burg Layenfels. Ich habe es selbst dorthin gebracht. Das können Sie mir glauben!« Gonzagas Stimme drohte zu versagen. An seinen Lippen bildeten sich Eiskristalle. Er hatte das Bedürfnis, sie an der Schulter abzuwischen. Aber sein Hals steckte steif und unbeweglich zwischen den nach oben gebundenen Armen.

»Ich sagte, das Original!«, brüllte die Stimme aus dem Lautsprecher. »Das Original!«

»Bei der Heiligen Jungfrau und allen Heiligen! Es war das Original, das ich nach Layenfels brachte. Wie Sie vielleicht wissen, geschah das nicht ganz freiwillig.«

»Sparen Sie sich die Details. Mein Mitleid hält sich in Grenzen.«

»Tatsache ist, dass ich das Original nach Deutschland gebracht habe.«

»Also gut, wenn Sie nicht wollen! Ich werde Sie in fünfzehn Minuten noch einmal ansprechen. Vielleicht kehrt bis dahin Ihr Erinnerungsvermögen zurück, wo sich das *echte* Tuch von Turin befindet.«

Gonzaga vernahm ein deutliches Knacken. Dann war es still. Nur das Kühlaggregat gab ein monotones Geräusch von sich, ein leises unheimliches Heulen.

Zusammenhanglose Gedanken jagten durch sein Gehirn: die Erinnerung an bunte Gräser im Wind auf den Wiesen um Castel Gandolfo, wenn er im Sommer den Papst besuchte. Die Fahrt nach Burg Layenfels mit dem Tuch um den Leib gewickelt. Die Sonnenstrahlen, welche am Nachmittag durch die hohen Fenster im Apostolischen Palast fielen und leuchtende Streifen in die Räume zeichneten wie auf den Heiligenbildern der Raffaeliten. Vor Gonzaga tauchte das verwackelte Bild einer Madonna auf mit schwarzen Haaren, dunklen Augen und einem geöffneten Mieder, aus dem üppige Brüste hervorquollen.

Auf einmal hatte er Angst. Gonzaga fürchtete, das Bewusstsein zu verlieren, noch bevor sich der Unbekannte meldete. In Panik und mit vibrierender Stimme rief er, fast schnürte ihm die

Kälte die Kehle zu: »He da, du Feigling! Ist da jemand, der mich hört?«

Mit kurzem Atem blickte der Kardinal seinem Hauch hinterher, der sich zwischen den Schweinehälften verflüchtigte. Keine Antwort. Nicht einmal ein Knacken im Lautsprecher. Ohne die Lippen zu bewegen, begann Philippo Gonzaga das Credo der Messe in lateinischer Sprache zu sprechen. Tausendmal und noch öfter hatte Gonzaga das Glaubensbekenntnis hergesagt, mechanisch wie ein Automat. Aber jetzt, in der grauenhaften Umgebung, wo die Kälte an allen Gliedern nagte, wo er fürchtete, jeden Augenblick das Bewusstsein zu verlieren, dachte er ernsthaft nach über die Bedeutung der Worte: *Credo in unum deum, patrem omnipotentem, factorem coeli et terrae, visibilium omnium et invisibilium. Et in unum dominum Jesum Christum, filium dei unigenitum. Et ex patre natum ante omnia saecula ...*

»Können Sie mich hören?«, unterbrach der Unbekannte aus dem Lautsprecher den Lauf seiner frommen Gedanken. »Nur noch ein paar Minuten, dann haben wir die Idealtemperatur von minus achtzehn Grad erreicht.«

Gonzaga wollte antworten, aber es ging nicht. Er fürchtete, sein Unterkiefer könnte abbrechen, wenn er ihn nach unten bewegte. Er kam sich vor wie eine Marmorstatue des Michelangelo. Ein Hammerschlag, und er würde in tausend Stücke zerbrechen. Seine Einzelstücke, Beine und Arme, die Finger würden auf dem harten Boden zerspringen.

»Gonzaga, können Sie mich hören?«, vernahm er erneut die unbekannte Stimme.

Er schwieg.

»Verdammt, er kollabiert!«, hörte Gonzaga aus dem Lautsprecher. »Fahren Sie die Temperatur hoch. Ein toter Kardinal nützt uns überhaupt nichts. Im Gegenteil, eine Kardinalsleiche macht nur Schwierigkeiten.«

Es war das Letzte, was Kardinalstaatssekretär Philippo Gonzaga wahrnahm. Dann wurde ihm schwarz vor Augen.

Kapitel 32

Über Nacht hatte es zu regnen begonnen. Es war der erste Regen seit zweieinhalb Monaten nach einem trockenen Sommer.

Obwohl Barbieri ihn gewarnt hatte, gewisse Orte aufzusuchen, machte sich Malberg am Morgen auf den Weg zum Cimitero am Campo Verano, wo Marlene anonym beerdigt worden war. Gefragt, was ihn dorthin trieb und warum er alle Warnungen außer Acht ließ, hätte er wohl selbst keine Antwort gewusst. Er fühlte sich wie ein Getriebener.

Immer noch saß die Enttäuschung über Caterinas Bruder Paolo, der ihn hintergangen hatte, tief. Noch mehr aber schmerzte ihn die Erkenntnis von Caterinas Verrat. Sie hatte sich seit ihrem Streit auf dem Campo dei Fiori nicht mehr bei ihm gemeldet. Für Malberg ein klarer Beweis für ihr verlogenes Verhalten. War es die Eifersucht auf Marlene, die sie zu dem Verrat getrieben hatte? Malberg zuckte mit den Achseln. Jetzt war er an einem Punkt angelangt, an dem man das Leben nur noch mit ein paar Promille ertragen kann. Und dafür trug er eine Flasche Averna mit sich herum, die er unterwegs in einem Tante-Emma-Laden erstanden hatte. Das klebrige Gesöff ersetzte ihm den Morgenkaffee.

Dicke Regentropfen klatschten in sein Gesicht, als er den weitläufigen Friedhof betrat. Die nasse Kleidung klebte wie eine zweite Haut an seinem Körper. Seine Erscheinung ähnelte der eines Penners, wie sie in großer Zahl um die Stazione Termini herumlungerten.

Malberg hatte sich die Lage der Grabstelle genau eingeprägt. Aber in der Aufregung damals hatte er wohl manches durcheinandergebracht. Jedenfalls dauerte es eine Weile, bis er sich in dem ausgedehnten Gräberfeld mit seinen tempelartigen Mausoleen, der Ansammlung kitschiger Engelsfiguren und den pompösen Steinen mit tränenreichen Sprüchen halbwegs zurechtfand.

Obwohl es noch früh am Morgen war, herrschte auf dem Cimitero Geschäftigkeit wie auf einem römischen Markt. Jeder war mit sich und seiner Trauer beschäftigt und versuchte sie auf seine Weise zu bewältigen. Vor einem unscheinbaren, aber nicht schmucklosen Grab saß eine alte Frau unter einem Regenschirm und las ihrem verstorbenen Mann laut die Zeitung vor – so wie sie es vermutlich lange Jahre jeden Morgen getan hatte. Auf einem anderen Grab, dessen Inschrift die Tote als Schaustellersgattin auswies, stapelten sich Teddybären, Seidenblumen und rote Lebkuchenherzen wie die Gewinne einer Schießbude. Aus der Ferne vernahm man die salbungsvolle Stimme eines Grabredners, der einen lebenslangen Geizhals zu einem Wohltäter hochredete: »Er war stets ein Vorbild für uns alle.«

Nach einem langen Irrweg stieß Malberg auf das gesuchte Areal 312 E. Doch an der Stelle, wo Marlenes Grab sein musste, befand sich eine Grabstätte aus schwarzem Marmor, und in den schwarzen Stein gemeißelt eine Inschrift, die Malberg in tiefe Ratlosigkeit stürzte:

J E Z A B E L
Fürchte dich nicht vor dem,
was du zu leiden hast

Jezabel? Malberg sah sich um. Er war ganz sicher, dass dies Marlenes Grab war. Jezabel? Was hatte diese seltsame Inschrift zu bedeuten?

Nach allem, was er bisher erlebt hatte, wunderte er sich nicht einmal über das teuflische Verwirrspiel. In Augenblicken wie diesem fühlte er sich einem übermächtigen Gegner ausgeliefert.

Während er über den Sinn des Namens und der Inschrift nachdachte, näherte sich aus dem Hintergrund ein ratterndes

Motorengeräusch. Malberg wandte sich um und entdeckte einen schmalspurigen Bagger, der Kurs auf ihn nahm. Die Zeiten, in denen Gräber noch mit der Schaufel ausgehoben wurden, dachte Malberg, waren vorbei. Von Toten*gräber*, ging es ihm durch den Kopf, konnte wohl keine Rede mehr sein. Eher von Toten*baggerer*.

Also schenkte er dem Toten*baggerer* keine weitere Beachtung, nahm einen Schluck aus seiner Flasche, schloss die Augen und versuchte Zwiesprache zu halten mit Marlene, die er zweieinhalb Meter tiefer im Erdreich wusste.

Das Vorhaben misslang, weil der Toten*baggerer*, nur eine Grabreihe entfernt, haltmachte und den Motor abstellte. Die Hydraulik der Maschine quittierte die unterbrochene Zündung mit einem heftigen Zischen, und der Baggerführer öffnete die verglaste Seitentür.

Staunend verfolgte Malberg, wie sich aus dem Innern der beengenden Gerätschaft ein kleiner Mensch löste, dessen untersetztes Äußeres die Frage aufwarf, ob es sich um einen Mann oder eine Frau handelte. Er oder sie hatte ein teigiges Gesicht. Die dunklen Haare waren so kurz geschoren, dass stellenweise die Kopfhaut durchschimmerte. Was seiner – oder ihrer – Erscheinung an Körpergröße vorenthalten worden war, hatte in seinen – oder ihren – Augen einen Niederschlag gefunden. Malberg hatte noch nie so große Augen gesehen.

Erst als die kleinwüchsige Gestalt auf ihn zukam, gewann Malberg aus ihren Bewegungen die Erkenntnis, dass es sich um einen Mann handeln musste. Nun sind Totengräber von Natur aus außergewöhnliche Menschen; doch der, der ihm mit einem freundlichen Kopfnicken entgegentrat, war zweifellos noch außergewöhnlicher.

Mit Händen und Armen vollführte er seltsame Bewegungen. Dazu sprach er kein Wort, jedenfalls keines, das man hören konnte. Er formte vielmehr mit den Lippen unterschiedliche Vokale. Ganz allmählich begriff Malberg, dass der Baggerführer taubstumm war.

Mit dem Zeigefinger deutete er abwechselnd auf ihn und auf Marlenes Grab. Malberg fasste dies als Frage auf, ob er und die Tote in dem Grab in irgendeiner Verbindung standen.

Er nickte zustimmend.

Dann legte der Mann mit dem weichen Gesicht seine rechte Hand auf sein Herz und sah ihn mit seinen großen Augen an.

Ja, nickte Malberg zustimmend. Er habe sie geliebt. Er begann sich zu wundern, wie gut man sich ohne Sprache verständlich machen konnte. Schließlich zog er seine Flasche aus der Tasche, öffnete den Schraubverschluss und reichte sie dem kleinen Mann.

Der machte eine abwehrende Handbewegung. Erst nachdem Malberg selbst einen tiefen Schluck genommen hatte, griff er zu. Dabei verschluckte er sich und hustete sich die Seele aus dem Leib. Aber als er zu Atem kam, gab er ein Zeichen wie gut ihm der Averna geschmeckt habe. Dazu setzte er ein mühsames Lächeln auf.

»Hast *du* das Grab ausgehoben?«, erkundigte sich Malberg, sorgsam darauf bedacht, dass der Baggerführer seine Worte von den Lippen lesen konnte.

Ja, meinte dieser und zeigte auf sein abgestelltes Gerät. Aber dann geschah etwas Unerwartetes. Der kleine Mann deutete erst auf Marlenes Grab, dann legte er den Zeigefinger seiner Rechten auf die Lippen, als wolle er andeuten: Ich darf nichts sagen.

»Was soll das heißen, du darfst nichts sagen?«

Staunend verfolgte Malberg seine Handbewegungen, mit denen er Geld von seiner Rechten in die Linke zählte.

»Man hat dir Geld dafür gegeben, dass du schweigst?«

Ja.

»Wer?«

Mit dieser Frage stieß Malberg auf deutliche Abwehr. Nein, er wolle die Frage nicht beantworten.

Doch als Malberg einen Fünfzig-Euro-Schein aus der Tasche zog und ihm zusteckte, änderte der kleine Mann seine abwehrende Haltung abrupt. Er faltete die Hände wie zum Gebet. Dann fuchtelte er mit den Armen wild herum und zeigte in eine bestimmte Richtung.

»Ein frommer Mann hat dich bestochen, damit du über alles schweigst?«

Ja. Mit beiden Händen beschrieb der Totenbaggerer die Umrisse einer hohen Kopfbedeckung. Er tat dies mit solcher Genauigkeit, dass es Malberg nicht schwerfiel zu erkennen, was er meinte.

»Ein Bischof oder Kardinal aus dem Vatikan?«

Ja. Seine ausdrucksstarken Augen leuchteten. Er war stolz, wie gut er sich verständlich machen konnte.

»Du kanntest den Mann?«

Ja.

»War es etwa Philippo Gonzaga, der Kardinalstaatssekretär?«

Der war es. Der Totengräber tupfte mit dem Zeigefinger auf die Handfläche seiner Linken.

»Und der Name auf dem Grabstein? Jezabel, weißt du, was das heißt?«

Der Kleine schüttelte den Kopf mit übertriebener Heftigkeit, sodass Malberg Zweifel kamen, ob sein Gegenüber nicht doch mehr wusste, als er zuzugeben bereit war. Vermutlich musste er etwas tiefer in die Tasche greifen, um den Totengräber zum Reden zu bringen. Ein Mann, der mit hunderttausend Dollar in der Plastiktüte unterwegs ist, dachte Malberg, wird kaum nur fünfzig Euro zahlen, wenn es darum geht, einen Augenzeugen zum Schweigen zu bringen.

Während er über die Höhe der Summe nachdachte, mit der dem Kleinwüchsigen beizukommen war, nahm er einen weiteren Schluck aus der Flasche. Er hatte nicht bemerkt, dass er seit geraumer Zeit beobachtet wurde. Als er die Flasche wieder in der Jackentasche verschwinden lassen wollte, trat eine Gestalt von hinten an ihn heran und versuchte ihm die Flasche wegzunehmen. Malberg drehte sich um.

Es war Caterina. Sie sah ihn vorwurfsvoll an und sagte kein Wort.

»Was soll das?«, stammelte Lukas Malberg verlegen. Dann wurde er misstrauisch. »Woher wusstest du, dass ich hier bin?«

Der Totengräber machte eine hilflose Geste, bestieg seinen schmalspurigen Bagger und ratterte davon.

»Ich wusste es nicht«, erwiderte Caterina, »aber eine Ahnung sagte mir, dass du irgendwann hier auftauchen würdest.«

»So, eine Ahnung!« Malberg lachte bitter und nahm einen Schluck aus seiner Flasche. »Leider war ich selbst ahnungslos und habe dir vertraut. Was hat man dir für die Informationen geboten, die du über mich gesammelt hast? Gratuliere, du hast deine Rolle gut gespielt, nahezu oscarverdächtig! Mir ist jedenfalls nicht aufgefallen, dass ich es mit einer Schauspielerin zu tun habe. Der Sex mit dir, große Klasse! Wie du Liebe und Leidenschaft gemimt hast, großartig. Wo lernt man so etwas? Bei den käuflichen Damen in Trastevere?«

Caterina holte aus und klatschte Lukas die rechte Hand ins Gesicht. »Du bist betrunken«, stellte sie fest. »Und du tust mir Unrecht. Ich schwöre, ich wusste nichts von Paolos Machenschaften. Gewiss, Paolo ist nicht der Kerl, dem man blind vertrauen kann, aber er ist mein Bruder. Und bisher hat er mir stets die Wahrheit gesagt, wenn ich mich nach seinen Gelegenheitsjobs und den kleinen Gaunereien erkundigte, mit denen er seinen Lebensunterhalt bestritt. Ich habe ihm in meiner Wohnung Unterschlupf gewährt, damit ich ihn besser unter Kontrolle hatte. Paolo ist labil, und wenn er Geld sieht, brennen bei ihm alle Sicherungen durch. Für Geld macht er alles, auch Dinge, womit sich andere nicht die Finger schmutzig machen. Du kannst mir glauben, mich selbst hat Paolo am meisten enttäuscht.«

Malberg rieb sich die Backe. »Mir kommen die Tränen. Du erwartest hoffentlich nicht, dass ich dir auch nur einen Funken Vertrauen entgegenbringe.«

Caterina hob die Schultern, als wollte sie sagen: Was soll ich tun, damit du mir glaubst? Dann erwiderte sie: »Jedenfalls habe ich Paolo hinausgeworfen. Ich habe seine Sachen vor die Tür gestellt –

viel war es ohnehin nicht – und das Schloss der Wohnungstür ausgetauscht. Mit Paolo will ich nichts mehr zu tun haben. Er hat nicht mal versucht, die Sache abzustreiten. Als er ging, heulte er wie ein kleiner Schuljunge, und er beteuerte, er wolle alles wiedergutmachen.«

»Du kannst mir viel erzählen«, entgegnete Malberg eigensinnig.

»Du *musst* mir glauben, Lukas, bitte! Gerade jetzt, wo es so aussieht, als würden wir im Fall Marlene Ammer einen Schritt weiterkommen.«

Einen Augenblick horchte Lukas Malberg auf.

»Bei mir hat sich ein junger Staatsanwalt gemeldet«, fuhr Caterina fort, »ein gewisser Achille Mesomedes. Er will den Fall neu aufrollen.«

»Dass ich nicht lache«, prustete Malberg heraus. »Ausgerechnet jetzt, da die Akten auf höhere Weisung geschlossen wurden. Und dazu kommt er ausgerechnet zu dir? Vermutlich ist das wieder so eine von deinen Geschichten.

»Der Staatsanwalt hat mich nach dir gefragt«, fuhr Caterina fort, ohne auf Lukas' Bemerkung einzugehen. »Ich sagte, ich wüsste nicht, wo du dich gerade aufhältst.«

»Da habe ich ja noch mal Glück gehabt«, entgegnete Malberg zynisch.

»Du kannst wirklich ekelhaft sein.« Caterina starrte ihn zornig an. »Trotzdem will ich dir noch eine Neuigkeit verraten.«

Lukas Malberg tat so, als würden ihn Caterinas Worte wenig interessieren. Teilnahmslos starrte er auf den schwarzen Grabstein mit dem Namen Jezabel. Jezabel? – War das nicht eine alttestamentarische Figur, die Tochter eines tyrischen Königs, verheiratet mit dem israelitischen König Ahab? Malberg war nicht so bibelfest wie seine Geschäftsführerin Fräulein Kleinlein, aber Jezabel, dessen war er sich sicher, war jenes abgöttische Weib, das, wie es in der Geheimen Offenbarung des Johannes heißt, die Knechte zur Unzucht verführt.

Während er vergeblich über die Bedeutung des Satzes: Fürchte dich nicht vor dem, was du zu leiden hast, nachdachte, hörte er Caterinas Stimme wie aus der Ferne: »Die Marchesa ist tot.«

Malberg sah Caterina überrascht an: »Sag das noch mal!«

»Die Marchesa ist tot. Sie wurde aus einem Auto heraus erschossen, kurz nachdem sie aus der Untersuchungshaft entlassen worden war. Wie du weißt, habe ich sie am Tag zuvor noch im Gefängnis besucht in der Hoffnung, etwas mehr über ihr Verhältnis zu Marlene Ammer zu erfahren.«

»Und erreicht hast du dabei nichts.«

Caterina schüttelte den Kopf: »Wenn ich ehrlich sein soll, nichts oder fast nichts.«

»Was soll das heißen, fast nichts?«

»Nichts, das dir oder mir irgendwie weiterhelfen würde. Sie ließ sich nur über Männer im Allgemeinen aus. Männer, meinte sie, seien allesamt ...«

»Scheißkerle!«

»Genauso drückte sie sich aus.«

»Ein beliebter Spruch unter enttäuschten Frauen. Und, mag sein, manchmal durchaus berechtigt. Und das war alles, was du von ihr erfahren hast?«

»Mir kam es vor, als hätte sie mit dem Leben abgeschlossen.«

»Wieso?«

»Ich weiß nicht. Sie sagte so etwas wie – wenn sie noch am Leben hängen würde, würde sie direkt dankbar sein, im Gefängnis zu sein – da wäre man wenigstens sicher. Sie wusste, dass sie in Gefahr war. Ich konnte die Bedeutung ihrer Worte nicht abschätzen. Kein vernünftiger Mensch hätte aus dieser Bemerkung den Schluss gezogen, dass irgendwelche Mafiosi es auf sie abgesehen hatten.«

Verlegen und ratlos fuhr sich Malberg mit dem Ärmel über sein regennasses Gesicht.

»Staatsanwalt Achille Mesomedes«, berichtete Caterina weiter, »hat mir gesagt, dass die Marchesa ermordet wurde. Sonst wüsste ich es nicht. Der Vorfall ähnelt auf seltsame Weise dem Tod von Marlene Ammer. Obwohl es sich um Mord handelt, findet es keine Zeitung für nötig darüber zu berichten.«

Malberg nickte nachdenklich.

»Und als ich mich verabschiedete, meinte Lorenza Falconieri, wir würden die wahren Zusammenhänge nie erfahren«, fuhr Caterina fort.

»Das hast du bereits am Campo dei Fiori erzählt.«

»Ja. Aber dann, schon im Gehen, machte sie noch diese Bemerkung, über die ich mir andauernd den Kopf zerbreche. Sie fragte, ob ich die Geheime Offenbarung des Johannes kenne. Ich bin keine Nonne, und mein Interesse am Alten Testament hat während meiner Schulzeit sehr gelitten. Also verneinte ich ihre Frage. Schließlich meinte die Marchesa, ich sollte mich mit dem zwanzigsten Kapitel, Vers sieben befassen. Dabei lachte sie ganz irre. Es war gruselig.«

»So genau kenne ich die Apokalypse auch nicht!« Malberg quälte sich ein ironisches Lächeln ab.

»Das musst du auch nicht. Ich habe mich inzwischen schlau gemacht.«

»Und mit welchem Ergebnis?«

»Die Stelle lautet: ›Wenn die tausend Jahre vollendet sind, wird der Satan losgelassen werden aus dem Kerker.‹ Hast du eine Vorstellung, was das im Zusammenhang mit der Ermordung der Marchesa und dem Tod Marlene Ammers bedeuten könnte?«

Caterinas Frage hörte Malberg nicht mehr. Denn noch ehe sie geendet hatte, stürmte er davon, als wäre der Leibhaftige hinter ihm her, und verschwand im Labyrinth der Gräber des Cimitero.

Kapitel 33

Als der Küster von San Sebastiano morgens kurz vor sechs die Kirche an der Via Appia Antica durch einen Seiteneingang betreten wollte, hielt er erschreckt inne. In mehr als dreißig Jahren, seit er seinen Dienst versah, hatte er nie versäumt, die schmale Tür, die in die Sakristei führte, abzuschließen. Doch an diesem Morgen versagte der Schlüssel seinen Dienst, weil die Tür gar nicht abgeschlossen war.

Salvatore, so der Name des ergrauten Kirchendieners, der mit seinem buschigen Bart einem alttestamentarischen Propheten ähnelte, schob die Vergesslichkeit auf sein hohes Alter und begann in der Sakristei die liturgischen Gewänder für den Tag zurechtzulegen. Unterdessen fand sich auch die Frühschicht der Reinemachefrauen ein und verteilte sich über den Kirchenraum.

Gerade hatte der Küster seine Vorbereitungen beendet, da vernahm er durch die Tür, die zum Altarraum führte, einen gellenden Schrei. Salvatore lief nach draußen. Vom Chorraum aus sah er die Reinemachefrauen, die sich im hinteren Teil des Kirchenschiffs um einen Beichtstuhl scharten.

So schnell es seine alten Beine erlaubten, rannte Salvatore los, um zu sehen, was vorgefallen war.

»Lucia wollte den Beichtstuhl kehren«, rief die Anführerin der vierköpfigen Putzkolonne dem Küster zu, »da entdeckte sie ihn!«

»Wen?«

Die Putzfrau deutete auf die offen stehende Tür des Beichtstuhls. Salvatore schlug ein Kreuzzeichen. Auf der Sitzbank des Mittelteils saß in verrenkter Haltung ein kahlköpfiger Mann mit geschlossenen Augen, so als wäre er tot.

»Bei der Heiligen Jungfrau«, stieß Salvatore hervor, und dabei zitterte sein Prophetenbart wie Espenlaub, »wenn ich nicht irre, ist das Excellenza Gonzaga, der Kardinalstaatssekretär!«

Eine ältere Reinemachefrau fiel auf die Knie und faltete die Hände. Eine andere stimmte eine weinerliche Totenklage an, wie im Süden des Landes üblich. Die beiden anderen schlugen die Hände vors Gesicht.

Salvatore trat näher an den leblosen Kardinal heran. Sein Gesicht war totenbleich, die Augen eingefallen. Erst nach einigen Minuten bemerkte er, dass die rechte Schläfe des Kardinals kaum merklich zuckte.

»Er lebt!«, rief der Küster aufgeregt. »Einen Notarzt, schnell!«

Eine der Frauen rannte zum Telefon in der Sakristei. Es dauerte nur zwei Minuten, und von irgendwoher näherte sich eine Sirene.

Salvatore hatte gerade das Hauptportal geöffnet, als ein weißer Notarztwagen mit heulender Sirene und blinkendem Blaulicht vor den Stufen zum Stehen kam.

Im Laufschritt legte der Arzt, ein drahtiger junger Mann von kaum dreißig Jahren, den Weg zum Beichtstuhl zurück, gefolgt von zwei Sanitätern mit einer Tragbahre.

»Es ist der Kardinalstaatssekretär«, empfing ihn der Küster und drängte die Reinemachefrauen beiseite. »Machen Sie schnell!«

Der weiß gekleidete Arzt legte ein Ohr auf die Brust des Kardinals, dann zog er dessen Augenlider hoch, um die Reflexe zu prüfen. Als er den Puls fühlen wollte, stutzte er: Die rechte Faust des Kardinals umklammerte eine zerknüllte Ampullenschachtel mit der Aufschrift »Dormicum 5 x 2 ml«.

Einer der Sanitäter sah den Doktor fragend an. Der blickte irritiert: »Ein Anästhetikum!«, bemerkte er tonlos.

»Das heißt, der Kardinal wurde mit einer Injektion betäubt und dann hier abgelegt?«

Der Notarzt nickte und nahm zuerst die rechte, dann die linke Armbeuge des bewusstlosen Mannes in Augenschein. »Hier«, sagte er und deutete auf zwei Einstiche. »Puls höchstens vierzig. Wir geben ›Alenxade‹, zwei Kubik.«

Aus dem Notarztkoffer reichte der Sanitäter dem Doktor eine Einwegspritze und die gewünschte Ampulle. Mit routinierter Hand setzte dieser die Injektion.

Nach wenigen Sekunden öffnete der Kardinal die Augen, zuerst das linke, dann das rechte. Erschrocken wie ein Hühnerhaufen stoben die Reinemachefrauen auseinander. Durch das Kirchenschiff hallten hysterische Rufe: »*Un miracolo, un miracolo* – ein Wunder!«

Der Doktor näherte sich dem Gesicht des Kardinals bis auf wenige Zentimeter: »Können Sie mich hören, Excellenza?«

»Ich bin ja nicht taub!«, erwiderte Gonzaga laut und in einem Anflug von Galgenhumor. »Wo bin ich?«

»In San Sebastiano an der Via Appia. Wissen Sie, wie Sie hierhergekommen sind?«, erkundigte sich der Notarzt vorsichtig.

Gonzaga schüttelte sich. »Mir ist kalt«, erwiderte er und rieb sich beide Arme. »Kein Wunder bei minus achtzehn Grad im Kühlraum eines Schlachthauses.«

»Die Reinemachefrauen haben ihn entdeckt«, ging der Küster, dazwischen, um das peinliche Gerede des Kardinals zu überspielen. »Der Seiteneingang der Kirche war unversperrt, obwohl ich bei der Madonna schwöre, ihn bei meinem Rundgang gestern Abend abgeschlossen zu haben.«

Der Notarzt musterte den Kardinalstaatssekretär besorgt: »Wir müssen die Polizei verständigen. Offensichtlich wurden Sie mit einer Injektion betäubt und gegen Ihren Willen hierhergebracht.«

»Keine Polizei!«, rief Gonzaga mit leiser gepresster Stimme. »Ich wünsche keine Polizei und darf um äußerste Diskretion bitten. Ich spreche in meiner Eigenschft als Kardinalstaatssekretär des Vatikans. Haben Sie mich verstanden?«

»Wie Sie wünschen, Excellenza!«, entgegnete der Doktor. »Allerdings erscheint es mir angebracht, Sie in die Gimelli-Klinik zur Untersuchung zu bringen. Ich weiß nicht, wie lange Ihre

Ekphorie gedauert und ob sie bleibende Schäden hinterlassen hat. Ich möchte dringend anraten ...«

»Erst recht kein Klinikaufenthalt!« Der Kardinal fuchtelte wild mit den Händen herum. »Ich will jeden Skandal vermeiden. Wir verstehen uns?«

»Selbstverständlich.«

Unter großen Anstrengungen versuchte Gonzaga sich aus seiner unbequemen Haltung in dem barocken Beichtstuhl zu befreien. Als einer der Sanitäter ihm zur Hand gehen wollte, stieß er ihn so heftig von sich, dass dieser beinahe strauchelte.

»Wenn ich Hilfe brauche, werde ich mich mitzuteilen wissen«, geiferte er. Und nach einem Blick durch das geöffnete Hauptportal, vor dem der Notarztwagen mit kreisendem Blaulicht wartete, fauchte der Kardinalstaatssekretär: »Schalten Sie endlich diese teuflischen Lichtspiele aus! Welchen Eindruck müssen fromme Christenmenschen gewinnen, wenn sie einen Einsatzwagen vor der Kirche San Sebastiano sehen.«

»Sollten wir Sie nicht wenigstens in den Vatikan zurückbringen?«, fragte der Doktor besorgt. »Was immer man Ihnen angetan hat, Excellenza, das ist Ihre Sache. Und Sie werden Ihre Gründe haben, wenn Sie dieses Verbrechen der Öffentlichkeit verschweigen. Aber als Arzt habe ich die Pflicht, Sie auf die gesundheitlichen Risiken Ihres Zustandes aufmerksam zu machen.«

»Ihr Eifer ehrt Sie, Doktor«, erwiderte Gonzaga, »aber er ist wirklich unbegründet. Geben Sie mir noch ein paar Minuten Zeit, bis ich mich wieder erholt habe.«

»Wenn Sie es wünschen, Excellenza ...« Der Tonfall, in dem der Doktor antwortete, ließ unschwer erkennen, dass er mit dem Verhalten des Kardinalstaatssekretärs in keiner Weise einverstanden war.

Während sich die Sanitäter mit ihrer Bahre ins Freie zurückzogen, nahm der Doktor in der letzten Kirchenbank Platz und zog sein Arbeitsjournal aus der Notarzttasche, in dem alle Einsätze festgehalten wurden. In kurzen Abständen warf er Gonzaga einen prüfenden Blick zu.

Der Kardinal atmete tief und ließ die Atemluft geräuschvoll entweichen. Es war stickig in der Kirche, und die Luft schien wenig geeignet, Gonzagas Zustand zu verbessern.

»Wollen Sie nicht besser ins Freie gehen?«, hörte er den Doktor sagen.

Der Kardinal reagierte nicht. Er war zu sehr mit einem Gedanken beschäftigt, der ihn plötzlich überkam: Warum hatte man ihn ausgerechnet hierher, in die Basilika San Sebastiano gebracht? Zufall oder steckte eine wohldurchdachte Absicht dahinter?

Unter der Kirche lagen kilometerlange Gänge, die gleichnamigen Katakomben, verborgen. Basilika und Katakomben waren dem Kardinal nicht unbekannt. Die unterirdischen Gräberfelder von San Sebastiano waren alljährlich das Ziel von vielen tausend frommen Pilgern. Sie waren nicht so ausgedehnt wie die nahe gelegenen Calixtus-Katakomben, nur ein paar Straßenzüge weiter. Dort türmten sich die Gänge vier Etagen übereinander, und mit über zwanzig Kilometern Länge waren sie geeignet, dass man sich in dem Labyrinth verlief.

Die Katakomben von San Sebastiano hingegen nahmen für sich in Anspruch, den Begriff »Katakombe« geprägt zu haben. *Ad catacumbas*, bei den Höhlen, nannten die alten Römer schon in der Spätantike den geheimnisvollen Ort, über dem bereits unter Kaiser Konstantin eine Kirche errichtet worden war. Lange vor dem Bau von St. Peter sollen hier die Apostel Petrus und Paulus bestattet worden sein, nachdem sie den Märtyrertod erlitten hatten. Erst später wurden Kirche und Katakomben Sebastian geweiht, der hier auf grausame Weise zu Tode kam. Römische Schergen benützten den wehrlosen Mann als lebende Zielscheibe für ihre Pfeile, und als er noch immer Lebenszeichen von sich gab, knüppelten sie ihn mit Keulen nieder.

Daran musste Gonzaga denken. Er starrte vor sich hin ins Leere. Und plötzlich war die eisige Stimme im Gefrierraum wieder gegenwärtig: Ich kann mir nicht vorstellen, dass Sie es darauf anlegen, ins *Martyrologium Romanum* aufgenommen zu werden ... Ein tiefgekühlter Märtyrer wäre auf jeden Fall etwas Neues!

Das alles konnte kein Zufall sein, schoss es dem Kardinal durch den Kopf. Er begann zu frösteln, obwohl in dem Gebäude drückende Schwüle herrschte. Die Drahtzieher der Entführung hatten theologische Bildung. Oder sie verfügten über die Kenntnisse eines Altphilologen oder Althistorikers. Oder beides?

Dem Doktor blieb der Tremor des Kardinals nicht verborgen. Aus dem Hintergrund tauchte der Küster von San Sebastiano wieder auf.

»Sie sollten an die frische Luft gehen!«, mahnte der Notarzt.

Gestützt vom Doktor und dem Küster, bewegte sich Gonzaga ins Freie, wo er sich auf einem Mauervorsprung niederließ.

»Alles in Ordnung«, bemerkte der Kardinal, nachdem er sich schnell erholt hatte. »Ich hatte nur eine schreckliche Erinnerung.« Und an den Doktor gewandt: »Darf ich Ihr Mobiltelefon benutzen?«

Der Notarzt reichte ihm sein Gerät. Gonzaga wählte eine Nummer und lauschte.

»Himmelherrgott, so melden Sie sich schon!«, drängte er ungeduldig. Als er den missbilligenden Blick des Doktors auffing, rief der Kardinalstaatssekretär, jetzt mit deutlicher Zurückhaltung: »Soffici, Bruder in Christo, so melden Sie sich doch!«

Aus dem Telefon kam die Bandansage: »Der Teilnehmer ist vorübergehend nicht erreichbar.«

Kapitel 34

Missmutig blickte Lukas Malberg morgens beim Rasieren in den Spiegel. Er erkannte sich kaum wieder. Kein Wunder, die Umstände waren nicht dazu angetan, sein Äußeres jugendlich und erholt erscheinen zu lassen.

Während er in Barbieris engem Badezimmer seiner bescheidenen Körperpflege nachkam, stellte Malberg sich die Frage, warum die Marchesa sterben musste, während er noch lebend herumlief. Entweder, dachte er, war er zu unbedeutend, was den Fall Marlene betraf, oder er hatte etwas an sich, was anderen noch von Nutzen sein konnte.

Bis tief in die Nacht hatte er mit Barbieri zusammengesessen und versucht, die jüngsten Ereignisse zu bilanzieren. Sie hatten sich halbtot geredet, wobei zwei Flaschen Castelli-Wein ihr Übriges taten. Lukas Malberg hatte Giacopo Barbieri das Du angeboten, und gegen halb zwei waren sie mit dem Vorsatz ins Bett gefallen, am folgenden Tag eine Strategie zu entwickeln für ihr weiteres Vorgehen.

Beim gemeinsamen Frühstück, das eher bescheiden ausfiel wie die Morgenwegzehrung in einem Trappistenkloster, brummelte Barbieri mit belegter Stimme vor sich hin: »Im Übrigen habe ich dir gestern Abend etwas verschwiegen, was mir nicht mehr aus dem Kopf geht.«

Barbieri blickte ihn neugierig an.

»Gestern auf dem Friedhof, an Marlenes Grab, hatte ich eine seltsame Erscheinung. Ich bin mir inzwischen nicht einmal sicher, ob ich mir das nicht nur eingebildet habe. Während Caterina bei strömendem Regen auf mich einredete und diesen Spruch aus der Apokalypse zitierte – vom Satan, der losgelassen wird aus dem

Kerker –, sah ich plötzlich hinter einem Grabstein eine dunkle Gestalt. Der Mann im langen schwarzen Mantel stand da, wie aus dem Boden gewachsen, und starrte zu uns herüber.«

»Du willst aber jetzt nicht behaupten, dass das der Leibhaftige war«, unterbrach Barbieri.

»Ich hätte schwören können, dass es Kardinal Gonzaga war.«

»Und?«, fragte Barbieri aufgeregt.

»Nichts und. Ich verlor völlig die Nerven und rannte davon«, erklärte Malberg verlegen.

»Meinst du, dass er hinter dir her ist?«

»Nach der Geschichte mit Paolo halte ich das nicht für ausgeschlossen.«

Mit einer Armbewegung schob Barbieri das Frühstücksgeschirr auf dem Tisch beiseite. Dann holte er einen Schreibblock, legte ihn vor sich auf den Küchentisch, und mit einem Reklame-Kugelschreiber kritzelte er auf das Blatt: Marchesa Lorenza Falconieri. Hinter dem Namen machte er ein Kreuz.

Als er Malbergs fragende Blicke sah, begann er: »Ich glaube, die Marchesa ist die Schlüsselfigur in unserem Fall. Wenn es uns gelingt, ihr Leben zu durchleuchten, dann stoßen wir zwangsläufig auf ihren Mörder. Und wenn wir ihren Mörder kennen, haben wir auch eine Spur zu Marlenes Mörder.«

»So einfach ist das!« Lukas machte sich über Giacopo lustig. »Glaubst du wirklich, Marlene und die Marchesa hatten ein und denselben Mörder? Das ist doch lächerlich!«

»Habe ich das behauptet? Ich meinte, wenn es uns gelänge, den gewaltsamen Tod der Marchesa aufzuklären, ergäben sich daraus vermutlich auch Hinweise auf Marlene Ammers Tod.«

»Und wie willst du das Leben der Marchesa durchleuchten? Sie ist tot, und ihr Tod wird offensichtlich ebenso wie der von Marlene unter den Teppich gekehrt. Das wird nicht einfach.«

Barbieri zog die Augenbrauen hoch. Er wirkte beinahe arrogant, als er sagte: »Wer die Einfachheit liebt, sollte kein Kriminaler werden.«

Malberg nickte anerkennend. »Und wie stellst du dir das weitere Vorgehen vor?«

»Wir beginnen mit dem Naheliegenden.«

»Und das wäre?«

»Wir halten das Haus der Marchesa Tag und Nacht unter Beobachtung und sehen, was passiert.«

»Was soll schon passieren? Nichts!«

»Da könntest du sogar recht haben.«

»Also, wozu dann der Aufwand?«

»In scheinbar aussichtslosen Fällen wie diesem greift der Fahnder nach jedem Strohhalm. Merk dir das!«

Lukas verzog das Gesicht: »Wenn du meinst.«

»Mir scheint, du sprühst vor Eifer!«

»Entschuldige, aber ich verspreche mir nicht allzu viel von deinem Vorhaben.«

»Hast du eine bessere Idee?«

Malberg schwieg.

»Also. Ich mache dir einen Vorschlag. Wir setzen unsere Beobachtungen für drei Tage an. Sollten wir in dieser Zeit auf keinen Verdächtigen stoßen, brechen wir ab und suchen nach einer anderen Möglichkeit. Denk daran, hier geht es erst in zweiter Linie um die Marchesa. In erster Linie interessiert uns Marlene Ammer.«

Malberg nickte abwesend. Ihm ging vieles durch den Kopf. Zwischen Marlene und der Marchesa musste eine Verbindung bestanden haben, die über ihre persönliche Beziehung hinausging.

»Weißt du eigentlich«, begann Lukas vorsichtig und räusperte sich, »dass die Marchesa an Marlene als Frau interessiert war?«

»Was soll das denn heißen?«

»Ich meine, sexuell interessiert!«

»Die Marchesa eine Lesbe? Wie kommst du darauf?«

»Nun ja, als ich bei der Marchesa war, um ihre Büchersammlung zu begutachten, die sich inzwischen als Diebesgut herausgestellt hat, da konnte ich zufällig einen Blick in ihr Schlafzimmer werfen. Über ihrem Bett hingen aufregende Fotos …«

»... von Marlene!«

»In der Tat. Marlene in verführerischen Posen, in Korsage und mit Strapsen und schwarzen Strümpfen.«

Barbieri pfiff leise durch die Zähne.

»Und was ist mit Marlene Ammer? War die auch lesbisch?«

»Das kann ich mir schwer vorstellen. Denn in Marlenes Wohnung entdeckte ich Bilder, die sie zusammen mit einem Unbekannten zeigen, einem Mann, wohlgemerkt!«

»Das hat nichts zu sagen«, erwiderte Giacopo forsch. »Selbst einem deutschen Antiquar dürfte nicht entgangen sein, dass es Frauen gibt, die sowohl Frauen als auch Männer lieben.«

Malberg nahm die Spitze zur Kenntnis, ohne darauf einzugehen.

»In Italien«, fuhr Barbieri fort, »begegnet man der Homosexualität übrigens mit weit weniger Toleranz als in Deutschland.«

»Das ist aber noch lange kein Mordmotiv!«

Barbieri hob die Schultern. »Wirrköpfe gibt es überall. Vielleicht läuft irgendwo da draußen ein Verrückter herum.«

KAPITEL 35

Kardinal Bruno Moro schüttelte den Kopf, und mit seiner tiefen Stimme polterte er los: »Gonzaga, immer wieder Gonzaga! Nur Gott, der Herr, weiß, welch harte Prüfung er uns mit diesem Kardinalstaatssekretär auferlegt hat!« Wütend richtete sich der hünenhafte Mann mit dem rötlichen Kraushaar in seinem Sessel auf.

Seit Stunden konferierte Moro, Leiter des Heiligen Offiziums, mit Salzmann, dem Prosekretär für das Bildungswesen, und Sawatzki, dem Präfekt des Rates für öffentliche Angelegenheiten der Kirche, über das weitere Vorgehen. Das Verschwinden von Kardinalstaatssekretär Philippo Gonzaga und seinem Sekretär Giancarlo Soffici nach ihrer Visite beim Staatspräsidenten unterlag strengster Geheimhaltung.

Während Frantisek Sawatzki dringend dazu riet, die römische Polizei einzuschalten, lehnten Archibald Salzmann und Kardinal Moro den Vorschlag ab. Vor allem Moro fürchtete einen Skandal, wenn sich herausstellen sollte, dass Gonzaga wieder einmal einen seiner berühmten Alleingänge unternommen hatte.

Die Tatsache, dass Gonzaga sich, entgegen sonstiger Gewohnheit, von seinem Sekretär Soffici und nicht von seinem Fahrer Alberto chauffieren ließ, hatte bereits üble Verdächtigungen ausgelöst, bis sich schließlich herausstellte, dass Alberto mit einer Grippe darniederlag, also unabkömmlich war für den dienstlichen Auftrag.

Das Gemälde des heiligen Borromäus fest im Blick, entschied Kardinal Moro nach über dreistündiger Debatte, bis sechs Uhr früh am nächsten Morgen zu warten. Sollten Gonzaga und sein Sekretär bis dahin nicht aufgetaucht sein, würde die Polizei eingeschaltet und eine Großfahndung eingeleitet werden.

Er war mit seinen Ausführungen kaum zu Ende, da betrat sein Privatsekretär Monsignor Abate den Raum und wollte dem Kardinal etwas ins Ohr flüstern.

»Sie können ruhig laut sprechen, Monsignore!«, ereiferte sich Moro. »Im Gegensatz zu anderen Mitgliedern der Kurie gibt es bei mir keine Geheimnisse.«

Da sagte der Sekretär: »Eminenza, draußen steht ein Staatsanwalt. Er wünscht ein ranghohes Mitglied der Kurie zu sprechen.«

Moro, Sawatzki und Salzmann sahen sich betroffen an. Obwohl jeder von ihnen einen anderen Gedanken fasste, dachte letztendlich jeder das Gleiche: Das bedeutet nichts Gutes.

»Bitten Sie den Staatsanwalt herein!«, wandte sich Moro an seinen Sekretär, und dabei machte er eine gnädige Handbewegung.

»Mein Name ist Achille Mesomedes von der Staatsanwaltschaft Roma uno«, stellte sich der junge Staatsanwalt vor.

Moro, Sawatzki und Salzmann nannten ebenfalls ihre Namen und ihre Funktion in der Kurie.

»Was führt Sie zu uns?«, fragte der Kardinal, obwohl er ahnte, dass es um das Verschwinden des Kardinalstaatssekretärs ging.

Schweigend entnahm Mesomedes seinem mitgeführten Aktenkoffer einen Umschlag und zog ein halbes Dutzend großformatiger Fotografien hervor. Diese breitete er vor den anwesenden Würdenträgern auf dem Tisch aus.

»Diese Aufnahmen wurden bei einer Beerdigung auf dem Campo Verano gemacht«, kommentierte Mesomedes sein Tun. »Ich nehme an, einige der abgebildeten Personen kommen Ihnen nicht ganz unbekannt vor.«

Salzmann betrachtete eines der Fotos näher und meinte: »Das ist Kardinalstaatssekretär Philippo Gonzaga.«

Moro nahm Salzmann das Foto aus der Hand. »Ich weiß nicht, was das soll.«

»Kennen Sie noch andere Personen auf dem Bild?«, fragte der Staatsanwalt mit Nachdruck.

»Was sollen Ihre Fragen? Ich dachte, Sie überbrächten eine Nachricht über den Verbleib von Kardinalstaatssekretär Philippo Gonzaga.« Moro gab Mesomedes die Fotografie zurück und sah ihn fragend an.

Der Staatsanwalt machte ein verdutztes Gesicht: »Ich verstehe Sie nicht, Eminenza. Bei meinen Ermittlungen geht es um die Wiederaufnahme eines Verfahrens, das etwas voreilig ad acta gelegt wurde. Es handelt sich um den Tod einer gewissen Marlene Ammer, die leblos in ihrer Badewanne aufgefunden wurde. Der Obduktionsbericht erkannte auf Tod durch Ertrinken nach der Einnahme von Barbituraten.«

»Entschuldigen Sie«, unterbrach der Kardinal den Staatsanwalt, »um uns das mitzuteilen, bemühen Sie sich extra hierher?«

»Keineswegs«, entgegnete Mesomedes. »Ich würde nur gerne wissen, warum Kardinalstaatssekretär Gonzaga und andere Mitglieder der Kurie an der Beerdigung einer normalen Sterblichen teilgenommen haben. Außerdem suche ich nach einer Erklärung dafür, wie gewisse Duftspuren in den Morgenmantel der Toten gelangen konnten.«

»Junger Mann«, unterbrach Moro den Staatsanwalt mit einem abfälligen Lächeln. »Sie wollen doch nicht etwa ein Mitglied der Kurie für die Parfüms einer zwielichtigen Dame verantwortlich machen!«

»Nein, Herr Kardinal, von Parfüm kann keine Rede sein. Es handelt sich um Weihrauch!«

»Um Weihrauch?« Moro hielt erschrocken inne.

»Sogar ein ganz bestimmter Weihrauch!«, legte Mesomedes nach, »›Olibano Nr. 7‹ – wie er nur noch im Vatikan verwendet wird.«

»Dann geht es also gar nicht um das Verschwinden des Kardinalstaatssekretärs?«

»Kardinalstaatssekretär Gonzaga ist verschwunden?«

Monsignor Sawatzki nickte heftig: »Seit zwei Tagen, nach der offiziellen Visite beim Staatspräsidenten.«

Es war Kardinal Bruno Moro, der zuerst den Irrtum durchschaute und sofort reagierte, indem er die Angelegenheit herunterspielte: »Wissen Sie, Gonzaga ist ein vielbeschäftigter Mann und im Übrigen etwas eigen. Er geht bisweilen ebenso einsame wie eigenwillige Wege ...«

Mesomedes nickte verständnisvoll: »Ich erinnere mich da an entsprechende Zeitungsberichte ...«

»Sie meinen den Unfall Seiner Excellenza auf der Piazza del Popolo und die Tüte mit den hunderttausend Dollar.«

»Genau das!«

»Das hat sich letztendlich als Irrtum herausgestellt. Wichtiger war, dass Gott der Allmächtige Excellenza vor Schaden an Leib und Leben bewahrt hat.«

Moro nahm dem Staatsanwalt die Fotografie aus der Hand und betrachtete sie erneut. Dann gab er sie zurück und meinte: »Im Übrigen bin ich mir sicher, dass es sich bei der Person auf dem Bild nicht um Kardinalstaatssekretär Gonzaga handelt.«

»Und der?« Mit dem Zeigefinger deutete Mesomedes auf eine weitere Person.

Moro zog die Stirn in Falten, als wolle er damit seinen Blick schärfen. Schließlich schüttelte er den Kopf.

»Seltsam«, bemerkte Mesomedes, »als ich den Raum betrat und Sie zum ersten Mal sah, Eminenza, hätte ich schwören können, dass Sie der andere Mann auf dem Foto sind.«

»Lächerlich!« Der Kardinal zog ein weißes Taschentuch aus der Sutane und putzte sich ebenso unnötig wie geräuschvoll die Nase. Das nahm eine gewisse Zeit in Anspruch, immerhin so viel, dass der Präfekt des Heiligen Offiziums nachdenken konnte.

Als er die Zeremonie beendet und das Taschentuch in seiner Oberkleidung verstaut hatte, änderte der Kardinal den Tonfall seiner Stimme: »Ist das hier ein Verhör? Mir ist nicht bekannt, dass die Staatsanwaltschaft in Rom von der Kurie um Hilfe gebeten wurde. Sie scheinen noch etwas unerfahren zu sein in Ihrem Amt. Jedenfalls haben Sie auf vatikanischem Boden nicht die geringsten

Rechte. Also packen Sie Ihre obskuren Bilder wieder ein und verschwinden Sie, Signor ...«

»Mesomedes!« Der junge Staatsanwalt ließ sich nicht einschüchtern und erwiderte: »Was Ihren Hinweis auf meine Unerfahrenheit betrifft, Eminenza, mögen Sie durchaus recht haben. Aber dies ist auch kein Verhör. Bestenfalls eine Zeugenaussage. Ich hatte gehofft, Ihre Aussagen würden etwas Klarheit in den Fall bringen.«

»Und diese Klarheit suchen Sie ausgerechnet hier im Vatikan? Wer erteilte Ihnen überhaupt die Befugnis, den Fall neu aufzurollen?«

»Jetzt, Eminenza, muss ich allerdings *Ihre* Unerfahrenheit in juristischen Dingen monieren. Der Fall, um den es hier geht, geschah auf italienischem Staatsgebiet und unterliegt somit italienischer Rechtsprechung. Und was mich betrifft, ich bin Mitglied der Staatsanwaltschaft Roma uno. Ich brauche keine Sondergenehmigung für meine Ermittlungen. Schon gar nicht, wenn es um Mord geht.«

»Mord?« Monsignor Sawatzki faltete die Hände wie zum Gebet und blickte theatralisch zur Decke. »Das fünfte Gebot!«

»Das fünfte Gebot«, wiederholte der Staatsanwalt tonlos.

Auf dem Schreibtisch des Kardinals summte das Telefon.

Abate, der Privatsekretär des Kardinals, der die Diskussion aus dem Hintergrund verfolgt hatte, hob ab:

»Herr Kardinalstaatssekretär!«, rief er aufgeregt.

Moro stürzte zum Telefon und riss Abate den Hörer aus der Hand: »Bruder in Christo! Wir waren alle in großer Sorge um Ihren Verbleib! – Natürlich sind Sie mir keine Rechenschaft schuldig. – Was heißt scheinheilig. Wir sitzen doch alle im selben Boot, im Schifflein Petri. – Auf Wiederhören, Bruder in Christo.«

Er legte auf. Und mit leiser Stimme sagte er vor sich hin: »Gonzaga ist wieder aufgetaucht. Der Herr sei uns gnädig.«

Mesomedes machte eine höfliche Verbeugung und zog sich wortlos zurück. Er hatte genug gehört.

Es stinkt zum Himmel, dachte er. Ausgerechnet an diesem Ort.

Kapitel 36

Zwei Tage brachte die Observierung des Hauses der Marchesa kein Ergebnis. Nach dem Tod von Lorenza Falconieri war das alte Gemäuer praktisch unbewohnt.

Bei Malberg und Barbieri, die sich alle drei Stunden abwechselten, hatte sich inzwischen die große Langeweile eingestellt. Am ersten Tag hatte Malberg, während er in der Straße auf und ab ging, noch nachgedacht über den seltsamen Tod der beiden Frauen. Am zweiten Tag begann er die Schritte zu zählen vom Ende der Straße bis zur Einmündung in die Via dei Coronari. Er war zu keinem festen Ergebnis gekommen, weil, wie sich herausstellte, seine Schrittlänge je nach Tageszeit variierte. Vormittags machte er längere Schritte, ab Mittag wurden seine Schritte deutlich kürzer.

Letztendlich fühlte er sich in seiner Meinung bestätigt, dass ihn die Observierung des Hauses nicht im geringsten weiterbrachte. Zudem wurde es immer schwieriger, das Haus der Marchesa, ohne aufzufallen, im Blick zu behalten.

Gegen Abend des zweiten Tages tauchte in der Straße ein Mann auf. Er ging zielbewusst auf das Haus der Marchesa zu, betätigte einen Klingelknopf, wartete eine Weile und entfernte sich, wobei er sich noch einmal umdrehte und nach oben schaute.

Malberg überlegte kurz, ob er den Mann ansprechen sollte, verwarf dann aber den Gedanken und nahm die Verfolgung auf.

Der Mann hatte Brandwunden im Gesicht. Seine fehlenden Wimpern und Augenbrauen wirkten schauerlich. Entgegenkommende wichen ihm aus oder wählten die andere Straßenseite. Das konnte Malberg, während er dem Mann auf den Fersen blieb, deutlich beobachten.

Mehr mit der Verfolgung des Brandgesichts beschäftigt als mit dem römischen Straßenverkehr, lief Malberg beim Überqueren der Straße geradewegs vor ein Auto. Dem Reaktionsvermögen des Fahrers verdankte er, dass es nicht zum Zusammenprall kam. Doch als er sich bei dem Fahrer entschuldigt hatte und die Verfolgung fortsetzen wollte, war der Rotgesichtige im Verkehr untergetaucht.

»Meine Beobachtung mag ohne Bedeutung sein«, meinte Malberg bei seiner Rückkehr zu Barbieri, »aber ein Mann mit Brandwunden im Gesicht hat am Haus der Marchesa geklingelt. Leider habe ich den Kerl aus den Augen verloren.«

»Ein Mann mit verbranntem Gesicht, sagst du? Mittelalter, hohe Stirn und Halbglatze, etwa einsneunzig groß, hager?« Bei Barbieris Personenbeschreibung kam deutlich der Kriminaler durch.

»Du kennst ihn?«, erkundigte sich Malberg aufgeregt.

»Kennen ist das falsche Wort. Aber diesen Mann habe ich schon am Nachmittag des ersten Tages beobachtet. Um ehrlich zu sein, eigentlich fühlte ich mich von dem Brandgesicht beobachtet. Jedenfalls hatte *ich* diesen Eindruck, nachdem er eine volle Stunde an der Ecke zur Via dei Coronari herumlungerte und betont gelangweilt an mir vorbeiblickte, wenn ich mich ihm näherte. Vor ihm auf dem Boden lagen mindestens zehn Zigarettenkippen.«

»Ich könnte mich grün und blau ärgern, dass mir der Mann entwischt ist. Fragt sich, ob er wirklich zur Marchesa wollte.«

»Du sagtest doch, er habe geläutet.«

»Ja, das habe ich beobachtet.«

»Also weiß er nicht, dass die Marchesa tot ist!«

»Nein, woher auch, wenn keine Zeitung von dem Mord berichtet hat.«

»Dann wird er sicher auch noch einmal wiederkommen.«

Malberg atmete tief durch und blies die Luft geräuschvoll durch die Lippen. »Ich ahne Furchtbares. Du meinst, wir sollten unsere Observierung über den morgigen Tag hinaus fortsetzen.«

»Lukas –« Barbieri packte Malberg an den Schultern, »das ist zurzeit unsere einzige Hoffnung. Der Mann kommt auch ein drittes Mal zur Marchesa. Wer seine kostbare Zeit damit verbringt, stundenlang auf jemanden zu warten, der gibt nicht so schnell auf.«

»Klingt einleuchtend«, erwiderte Malberg.

Die folgenden zwei Tage brachten nicht den gewünschten Erfolg. Auch bei Barbieri machte sich inzwischen eine gewisse Mutlosigkeit breit. Das führte zu Spannungen zwischen den beiden Männern, weil nun Malberg seinerseits zur Überzeugung gelangt war, dass das Brandgesicht in der jetzigen Situation der Einzige war, der ihm weiterhelfen konnte.

Sie hatten die Observierung für diesen Tag bereits eingestellt, als Malberg bei Einbruch der Dämmerung noch einmal das Haus verließ, um sich erneut zur Wohnung der Marchesa zu begeben. Er wusste selbst nicht, was ihn dazu trieb.

Einige Bewohner in der Straße kannte er bereits vom Sehen.

Im Schutze der Dämmerung verbarg sich Malberg in einem Eingang schräg gegenüber vom Haus der Marchesa und wartete.

Zwei Minuten mochten vergangen sein, als die Eingangstür hinter ihm aufgerissen wurde. Und noch ehe er sich umdrehen oder ausweichen konnte, spürte Malberg im Rücken den kalten Lauf eines Revolvers. Zu keinem Wort fähig, hob Malberg beide Arme.

»Was wollen Sie? Warum verfolgen Sie mich?«, vernahm er eine gepresste, hohe Stimme wie die eines Kastraten.

»Ich weiß nicht, was Sie meinen«, stammelte Malberg. Er fühlte sich wie gelähmt. Die Angst saß ihm in allen Gliedern. Malberg musste an die Marchesa denken, die nur ein paar Schritte entfernt, auf der gegenüberliegenden Straßenseite, kaltblütig erschossen worden war.

Der Mann im Dunkeln hinter ihm ließ nicht locker: »Ich beobachte Sie schon seit Tagen«, hörte er ihn sagen, immer noch den Druck der Waffe im Rücken spürend, »also, was wollen Sie?«

»Nichts«, antwortete Malberg kleinlaut, »wirklich nichts.« Kaum hatte er geantwortet, traf Malberg ein harter Schlag auf den Hinterkopf. Er hat auf dich geschossen!, dachte Malberg und geriet in Panik. Er empfand auch einen heftigen Schmerz, versuchte die Wunde zu ertasten, welche die Kugel verursacht hatte, das Blut zu fühlen, das an seinem Nacken herunterrann. Nichts dergleichen. Schließlich begriff er, dass der Unbekannte mit seiner Waffe nur zugeschlagen hatte.

»Also?«, hörte Malberg die fordernde Stimme hinter sich. Sein Körper stand unter Strom. Alle Muskeln vibrierten. Er hatte absolut keine Lust, den Helden zu spielen. »Es geht um die Marchesa Falconieri …«

»Das dachte ich mir. Was gäbe es sonst für einen Grund, dieses gottverlassene Haus zu beobachten? Sie kennen die Marchesa?«
»Nicht wirklich. Wir sind uns einmal begegnet. Ich wollte die Büchersammlung ihres Mannes kaufen.«

»Ach, so ist das. Was wollte sie haben für das Altpapier?«
»Eine viertel Million.«
»Und das hätten Sie bezahlt?«
»Ja, natürlich. Die Sammlung ist ein Mehrfaches wert. Aber leider stellte sich heraus, dass es sich bei den kostbaren Büchern um Hehlerware handelte. Aber das wissen Sie vermutlich.«

»Nichts weiß ich!«, herrschte der Unbekannte Malberg an. Dabei packte er ihn an den Schultern und drehte ihn zu sich um. Zuerst blickte Malberg in den Lauf eines Schalldämpfers, ein daumendickes, zehn Zentimeter langes, bläulich schimmerndes Rohr, aufgeschraubt auf die Mündung eines Revolvers. Dahinter tauchte ein von Brandflecken übersätes Gesicht auf, ohne Wimpern und Augenbrauen. Malberg hatte es beinahe erwartet. Er kannte das Brandgesicht aus der Entfernung. Aber jetzt, aus der Nähe, war sein Anblick noch viel schauriger.

Es schien, als würde der Gebrandmarkte seine Wirkung auf Malberg genießen; es vergingen endlose Sekunden, ohne dass er auch nur ein Wort von sich gab.

Warum, dachte Malberg, verhielt er sich so? Wollte er ihm Angst einjagen? Mit seinem hinterhältigen Überfall war ihm das längst auf unübertreffliche Weise gelungen. In einer Mischung aus Wut und Verzweiflung sagte Malberg mit zittriger Stimme: »Nehmen Sie doch endlich dieses verdammte Schießeisen weg. Man könnte ja richtig Angst bekommen!«

Die Worte blieben nicht ohne Wirkung. Malberg hätte nie geglaubt, dass das Brandgesicht seiner Aufforderung nachkommen und die Waffe sinken lassen würde. Und doch geschah es. Von einem Augenblick auf den anderen wurde er mutig. Er starrte den Mann schweigend an, als ob er ihn mit Blicken in Schach halten könnte.

Er musste es gewesen sein, dachte Malberg, das Brandgesicht musste die Marchesa erschossen haben. Der Gedanke war nicht dazu angetan, seinen gerade erst gefassten Mut aufrechtzuerhalten. »Mir scheint«, sagte er, »wir sind uns bei ganz unterschiedlichen Vorhaben in die Quere gekommen. Mein Name ist übrigens Malberg, Lukas Malberg, Antiquar aus München.«

Seine Erwartung, das Brandgesicht würde ebenfalls seinen Namen nennen, erfüllte sich nicht. »Sie können Ihren Namen natürlich gerne für sich behalten«, meinte Malberg provozierend.

»Namen sind Schall und Rauch«, erwiderte der andere. »Nennen Sie mich einfach Brandgesicht. So nennen mich alle meine Freunde.« Er grinste hämisch.

Das Wort »Freunde« klang seltsam aus dem Munde dieses Mannes. Lukas konnte sich einfach nicht vorstellen, dass dieser Kerl überhaupt Freunde hatte. Er war eher der Typ, der einsam über Leichen geht.

Mit einem Mal überkam Malberg ein furchtbarer Gedanke. Verstohlen musterte er das Brandgesicht. Seine Züge hatten etwas derart Gnadenloses an sich, dass man ihm alles zutrauen konnte – auch den Mord an Marlene?

»Woher kannten Sie Marlene Ammer?«, fragte Malberg unvermittelt. Er wunderte sich selbst, woher er den Mut für diese

Frage nahm. Angespannt beobachtete er jede Regung seines Gegenübers.

»Marlene Ammer? Wer soll das sein?« Einen Augenblick wirkte Brandgesicht unsicher. Eine Reaktion, die Malberg seinem Gegenüber gar nicht zugetraut hätte. »Sollte ich die Dame kennen?«

»Sie war eine Freundin der Marchesa Falconieri.«

»Warum sagen Sie *war*?«

»Die Marchesa ist tot.«

»Ich weiß. Ich wollte nur sehen, ob Sie es auch wissen. Für einen Antiquar, der sich mit alten Schinken befasst, sind Sie gar nicht auf den Kopf gefallen. Haben Sie Interesse«, fuhr er fort, »in meinen Deal mit der Marchesa einzusteigen?«

»Kommt darauf an, worum es sich handelt. Geht es um alte Bücher? In dem Fall ist mein Bedarf fürs Erste gedeckt.«

»Sie sagten, Sie waren bereit, zweihundertfünfzigtausend Euro für Bücher auszugeben?«

»Ohne Bedenken. Wenn es sich bei der Sammlung der Marchesa nicht um Diebesgut gehandelt hätte.«

Brandgesicht setzte ein Pokerface auf: »Ich biete Ihnen ein Geschäft mit geringerem Einsatz bei höheren Gewinnchancen an. Sind Sie interessiert?«

»Warum nicht«, erwiderte Malberg zum Schein. In Wahrheit fand das zwielichtige Angebot bei ihm nicht das geringste Interesse. Für ihn stand außer Frage, dass es sich bei Brandgesicht um einen von jenen Berufsgaunern handelte, welche zu Hunderten die römischen Vorstädte bevölkerten. Aber er musste ihn hinhalten. Zumindest so lange, bis die Zusammenhänge zwischen ihm und der Marchesa, möglicherweise sogar mit Marlene, geklärt waren.

»Haben Sie hunderttausend Dollar flüssig?«, erkundigte sich der Gebrandmarkte.

»Was heißt flüssig. In der Tasche trage ich so viel Geld nicht mit mir herum.«

»Das habe ich auch nicht erwartet. Ich meine, bis wann könnten Sie die Summe flüssig machen? Vorausgesetzt, wir kämen ins Geschäft.«

»Hören Sie, Brandgesicht, Sie reden hier über irgendwelche obskuren Transaktionen. Vergessen Sie's. Ich mache Ihnen keine Zusagen für ein Geschäft, bei dem ich nicht einmal weiß, worum es geht. Das erscheint mir höchst unseriös. Wollen Sie mir nicht endlich sagen, worum es sich handelt?«

Brandgesicht wand sich wie eine Schlange während der Häutung. Der Mann, der ihm eben noch Todesangst eingejagt hatte, fühlte sich in die Enge getrieben: »Das kann man nicht so einfach in ein, zwei Sätzen sagen«, meinte er. »Es ist eine Angelegenheit, in die der Vatikan verwickelt ist, ein Objekt, für das die Kurie bei entsprechendem Verhandlungsgeschick ein Vielfaches der Summe zu zahlen bereit ist, die ich von Ihnen fordere.«

»Unsinn«, empörte sich Malberg, »Sie glauben doch nicht ernsthaft, dass ich Ihnen auf den Leim gehe. Wenn es so wäre, wie Sie sagen, dann mag die Frage erlaubt sein: Warum machen Sie das Geschäft nicht selbst?«

Umständlich ließ das Brandgesicht seine Waffe unter dem Sakko verschwinden. Malberg konnte sich des Eindrucks nicht erwehren, dass er das in diesem Augenblick nur deshalb tat, um Zeit zu gewinnen.

»Ich habe es versucht«, antwortete er schließlich, »aber der Versuch ist gescheitert. Wissen Sie, ich bin eher der Mann fürs Grobe. Ein konkreter Auftrag – ein Schuss, wenn's hoch kommt, zwei –, und die Sache ist erledigt. Oder Einbruch – gezielte Beute – drei Tage Observierung und Planung – in fünfzehn bis zwanzig Minuten ist alles vorbei. Aber ein Hunderttausend-Dollar-Geschäft mit einem Kurienkardinal, das ist keine leichte Aufgabe für mich. Verstehen Sie?«

Während Brandgesicht redete, kam Malberg der Verdacht, der Typ könnte mit dem mysteriösen Autounfall von Kardinalstaatssekretär Philippo Gonzaga in Verbindung stehen. Waren die hunderttausend Dollar, die Gonzaga in der Plastiktüte mit sich führte, für Brandgesicht bestimmt gewesen?

Obwohl er nicht die geringste Lust verspürte, dunkle Geschäfte zu machen, und obwohl er dem Brandgesicht nur Misstrauen entgegenbrachte – der Schreck, als er die kalte Mündung der Waffe in seinem Rücken gespürt hatte, saß ihm noch tief in den Knochen. Zum Schein bekundete Malberg Interesse.

»Wissen Sie«, fuhr dieser fort, »wem das Schicksal so übel mitgespielt hat wie mir, für den zählt nur noch eines auf der Welt, und das ist Geld. Es ist völlig egal, wie Sie aussehen, wenn Ihre Brieftasche gefüllt ist. Die ganze Welt ist käuflich. Und das Sprichwort, Geld macht nicht glücklich, ist absoluter Quatsch. Dann müssten alle Armen glücklich sein.«

Malberg nickte abwesend. »Sie wollten mir sagen, worum es eigentlich geht«, bemerkte er schließlich.

Brandgesicht schüttelte den Kopf: »Nicht hier und nicht heute!«

»Natürlich nicht.« Der Vorschlag kam Malberg entgegen. »Aber Sie werden verstehen, ich kümmere mich erst um das Geld, wenn alle Fakten auf dem Tisch liegen.«

»Das habe ich nicht anders erwartet«, antwortete der Gebrandmarkte. »Man kann nicht vorsichtig genug sein. Die Welt ist schlecht. Ich schlage vor, wir treffen uns morgen um zehn.«

»Einverstanden. Und wo?«

»Vor Michelangelos *Pietà* im Petersdom gleich rechts am Eingang.«

»Wie bitte?«

»Sie haben mich schon richtig verstanden.«

Noch ehe Malberg seiner Verwunderung Ausdruck verleihen konnte, verschwand das Brandgesicht in Richtung Via dei Coronari.

Kapitel 37

Als Malberg in seine Unterkunft bei Barbieri zurückkehrte, erlebte er eine Überraschung. Barbieri hatte Besuch.

Caterina trug eine weiße Bluse und einen unverschämt kurzen Rock. Die Haare waren offen und die Lippen dezent geschminkt wie damals bei ihrem zweiten Treffen im Colline Emiliane an der Via degli Avignonesi. In dieser Aufmachung hatte sie ihn schon einmal beinahe um den Verstand gebracht.

»Es ist nicht, wie du denkst«, reagierte Barbieri auf Malbergs vorwurfsvollen Blick. »Sie wartete vor meiner Tür, als ich nach Hause kam.«

»Schon gut. Lasst euch nicht stören«, knurrte Malberg und machte auf dem Absatz kehrt.

Aber bevor er die Tür erreichte, holte Caterina ihn ein und stellte sich ihm in den Weg: »Du verdammter Sturkopf!«, sagte sie zornig. Dabei legte sie die Arme um seinen Hals und schob ein Bein zwischen die seinen. »Wie kann ich dich nur überzeugen, dass ich selbst von Paolo hintergangen wurde?«

Malberg spürte ihren warmen Körper, er schnupperte den Duft, den ihr offenes Haar verströmte, er wollte sie an sich ziehen, aber das Gefühl des Misstrauens war immer noch da. Eigentlich hätte er dringend einen Menschen gebraucht, dem er vertrauen konnte. Deutlich sah er das Verlangen in ihren dunklen Augen. Mein Gott, dachte er, wenn es eine Frau gibt, die mich auf andere Gedanken bringen kann, dann ist es Caterina. Marlene musste er endlich vergessen.

Nach außen gab sich Malberg abweisend. Er wandte den Blick ab und versuchte sich aus Caterinas Umklammerung zu lösen, obwohl ihm zum ersten Mal Zweifel kamen, ob er ihr nicht doch Unrecht tat.

»So hör doch wenigstens an, was Caterina dir mitzuteilen hat«, kam Barbieris Stimme aus dem Hintergrund.

Widerwillig nahm Lukas am Küchentisch gegenüber Barbieri Platz. Caterina reichte ihm wortlos einen Zettel mit einer Anschrift am Lungotevere Marzio, keine schlechte Adresse zwischen Ponte Cavour und Ponte Umberto am linken Tiberufer.

»Was ist das?«, fragte Malberg mit gespielter Ruhe.

»Die neue Adresse von Signora Fellini«, erwiderte Caterina. »Von Paolo«, fügte sie beinahe schüchtern hinzu. »Er meinte, es täte ihm leid und er wolle wiedergutmachen, was er verbockt hat. Er will dir ehrlich helfen!«

»Das wollte er schon einmal«, bemerkte Lukas aufgebracht.

»Ich weiß. Er hat mir inzwischen gebeichtet, wie alles gelaufen ist. Paolo erfuhr, nachdem wir in Marlenes zugemauerter Wohnung gewesen waren, von einer Nachbarin der Signora Fellini, die zwei Häuser weiter wohnt, dass ihr von einem Unbekannten viel Geld geboten worden war für ihr Schweigen. Sie hatte in dem Haus an der Via Gora irgendwelche Beobachtungen gemacht, über die sie nicht sprechen sollte. Es muss eine respektable Summe gewesen sein, die der Signora geboten wurde. Immerhin reichte sie für eine Wohnung in bester Lage, und der Lebensstil der ehemaligen Hausbeschließerin änderte sich von einem Tag auf den anderen. Paolo gelang es, ich weiß nicht, wie, die neue Adresse der Signora ausfindig zu machen. Und dabei stieß er auf merkwürdige Zusammenhänge, Spuren, die in den Vatikan führen. Auf einmal wusste Paolo Dinge, die er nicht wissen durfte. Jedenfalls waren die von so großer Bedeutung, dass er nun seinerseits Forderungen stellte. Doch man wollte ihn mit einer lächerlichen Summe abspeisen. Bei der Geldübergabe durch Signora Fellini, die wir gemeinsam beobachtet haben, kam es zum Eklat.«

Malberg schwieg.

»Und wo ist Paolo jetzt?«, fragte Barbieri.

»Ich weiß es nicht«, antwortete Caterina. »Wir redeten nur am Telefon. Er meinte, er würde verfolgt und müsse untertauchen.

Lukas, er will dringend mit dir reden. Ich weiß, dass es dir schwerfällt, aber du musst ihm verzeihen!«

Caterinas Worte versetzten Malberg in Rage: »Ach, so einfach stellt sich der feine Herr Bruder das vor: Entschuldigung, soll nicht mehr vorkommen. – Vielen Dank, ich komme schon allein zurecht. Ohne die Hilfe eines zweifelhaften Kleinkriminellen.«

Malberg zerknüllte den Zettel und schleuderte ihn in die Ecke. Seine Nerven waren nicht die besten im Moment. Plötzlich sah er wieder die scheußliche Fratze von Brandgesicht vor sich. Es wurde ihm langsam alles zu viel.

»Du bist verrückt!«, erregte sich Barbieri und hob das Papier auf. »Vielleicht kann Paolo uns wirklich weiterhelfen.« Und an Caterina gewandt: »Wo können wir Paolo erreichen?«

Caterina schüttelte den Kopf. »Er machte nicht einmal eine Andeutung, wo er sich zurzeit aufhält. Ich glaube, er hatte Angst. Aber in den nächsten Tagen will er sich bei mir melden.«

Giacopo sah Lukas vorwurfsvoll an: »Wenn du es ablehnst, mit Paolo zu reden, dann werde *ich* es tun.«

»Ich kann dich nicht daran hindern«, erwiderte Malberg. Er erhob sich und schob den Stuhl unter den Küchentisch wie in einer billigen Vorstadtkneipe. »Du darfst nur nicht vergessen, eine respektable Summe Bargeld einzustecken. Denn ohne Geld geht bei Paolo, wie man weiß, gar nichts. Und jetzt entschuldigt mich. Ich muss dringend noch ein bisschen Luft schnappen.«

Auf der Straße sog er die kühle Nachtluft in seine Lungen. Er fröstelte und schlug den Jackenkragen hoch. Planlos, die Hände in den Taschen, schlenderte er die Via Caio Cestio entlang und wandte sich in Richtung Porta San Paolo. Der klotzige Bau aus der Antike lag in fahles Scheinwerferlicht getaucht.

In einer Bar um die Ecke nahm Lukas einen doppelten Grappa und kippte ihn in einem Zug hinunter. Er fühlte sich unwohl in seiner Haut. Der barsche Wortwechsel mit Caterina tat ihm leid. Er glaubte selbst nicht mehr, dass Caterina von Paolos Machenschaften gewusst hatte; aber er war zu stolz, das zuzugeben.

Kapitel 38

Zehn Minuten vor der vereinbarten Zeit fand sich Malberg in St. Peter ein. Im blassen Kirchenlicht erschien die *Pietà* des Michelangelo beinahe unscheinbar, zumal sich eine Horde erlebnishungriger Touristen vor der Seitenkapelle drängte und gegenseitig die Sicht nahm.

Mit ehrfürchtig gedämpfter Stimme erzählte eine bebrillte, in ein dunkelgraues Kostüm gekleidete Fremdenführerin unbestimmten Alters von Michelangelo. Mit einundzwanzig, erklärte sie, sei er aus dem lebensfrohen Florenz in die heruntergekommene Provinzstadt Rom gekommen. Nicht etwa der Papst, sondern ein französischer Kardinal habe die Skulptur bei dem jungen Künstler in Auftrag gegeben. Der Kardinal legte Wert darauf, das schönste in Rom existierende Kunstwerk zu bekommen. Drei Jahre habe Michelangelo an dem weißen Marmorklotz gearbeitet ...

Malberg spürte einen Kniff von hinten in die Seite. Er wandte sich um. Rechts hinter ihm stand das Brandgesicht. Er machte einen ziemlich heruntergekommenen Eindruck, als habe er die Nacht auf einer Parkbank verbracht.

Als Lukas etwas sagen wollte, legte der Gebrandmarkte einen Finger auf den Mund, und mit einer Kopfbewegung in Richtung der *Pietà* deutete er an, dass er den Ausführungen der Fremdenführerin lauschen solle.

Michelangelo, führte diese weiter aus, sei so stolz auf sein Werk gewesen, dass er, entgegen dem Brauch der damaligen Zeit, nach Fertigstellung des Kunstwerks seinen Namen in die Mantelschleife der Madonna gemeißelt habe. Es sei die einzige Signatur an einer Skulptur Michelangelos. Und der junge Künstler habe sie heimlich, bei Nacht, in den Marmor gemeißelt. Als der Auftraggeber den ›Schaden‹ bemerkt habe, sei es zu spät gewesen.

Malberg war nur mit einem Ohr bei der Sache. Aus dem Augenwinkel beobachtete er das Brandgesicht.

»Ach was«, bemerkte Malberg verärgert. In der Menschenansammlung fühlte er sich sicher, trotz seiner Bedenken, der Unbekannte könnte ihn in eine Falle gelockt haben.

Diskussionen, fuhr die Führerin fort, habe seit fünfhundert Jahren die Darstellung der Muttergottes ausgelöst. Die Madonna erscheine eher jung, schön und edel wie die Geliebte und nicht wie die Mutter des Sohnes. Michelangelo habe seine Darstellungsweise mit dem Hinweis begründet, dass keusche Frauen viel frischer aussähen als jene, deren Seele bereits sündhaften Begierden anheimgefallen sei.

»Zur Sache«, zischte Malberg ungeduldig. »Warum haben Sie mich hierhergelotst?«

Brandgesicht drängte sich näher an Malberg heran. »Es ist schon ein paar Jahre her«, begann er mit hoher Flüsterstimme, »da wurde der seltsamste Auftrag an mich herangetragen, den ich bis dahin bekommen hatte. Ein Abgesandter der Kurie, der tunlich seinen Namen verschwieg, bot mir fünfzig Millionen Lire, nach heutiger Währung fünfundzwanzigtausend Euro, für einen Einbruch im Dom von Turin. Ich glaubte zunächst, irgendein Kunstwerk habe bei einem Kardinal Begehrlichkeiten geweckt. Kein Problem! Alljährlich verschwinden Tausende von Kunstwerken aus Kirchen und Domen auf Nimmerwiedersehen. Und – bei aller Bescheidenheit – das Alarmsystem, das ich nicht knacken kann, muss erst erfunden werden! Aber in diesem Fall handelte es sich nicht einfach um einen Einbruch. Ich sollte vielmehr das berühmte Turiner Grabtuch gegen eine angeblich exzellente Kopie austauschen. Danach sollte ich in der Kapelle, wo das Tuch aufbewahrt wird, Feuer legen. Das muss man sich einmal vorstellen!«

»Eine unglaubliche Geschichte«, flüsterte Malberg, »aber warum erzählen Sie mir das alles?«

»Sie werden es gleich begreifen.« Das Brandgesicht drängte Malberg zur Seite, nachdem ihm bereits einige Zuhörer missbilligende Blicke zugeworfen hatten. Im Schutz eines Pfeilers fuhr der Gezeichnete fort: »Fünfzig Millionen Lire waren kein Pappenstiel. Ich nahm den Auftrag an, besorgte mir Pläne des Turiner Domes, hielt mich tagelang in der Kirche auf, notierte jede Bewegung und jedes denkbare Versteck und arbeitete einen Plan aus. An einem Sonntagabend ließ ich mich samt der Grabtuch-Kopie in der Kathedrale einschließen und machte mich ans Werk.«

Malberg begriff noch immer nicht, worauf das Brandgesicht hinauswollte. »Eine spannende Geschichte«, bemerkte er mit der Ironie des Zweiflers. »Vorausgesetzt, sie stimmt überhaupt. Aber worin besteht Ihr Angebot?«

»Geduld! Geduld ist der Vater des Erfolgs«, antwortete der Gebrandmarkte. »Alles lief wie geplant. Mit Spezialwerkzeug öffnete ich den Schrein, in dem das Tuch aufbewahrt wurde, und tauschte das Original gegen die Kopie aus. Ein merkwürdiges Gefühl überkam mich, als ich das Leintuch, in dem Jesus von Nazareth ins Grab gelegt worden sein soll, in Händen hielt. Ich bin zwar kein frommer Mensch, aber schließlich ist so etwas nicht gerade alltäglich.«

»Da haben Sie wohl recht. Aber …«

Brandgesicht hob die Hand. »In dem Augenblick kam mir die Idee, ein winziges Stück aus dem Leintuch herauszuschneiden. Das Tuch wies ohnehin mehrere Schadstellen auf. Ich dachte, niemand würde das merken. Mit einer Klinge trennte ich also ein Stück Stoff ab, kaum größer als eine Briefmarke, und ließ es in meiner Jackentasche verschwinden.«

Der Gebrandmarkte griff in die Innentasche seines Sakkos und zog einen Cellophanbeutel hervor, in dem ein ausgebleichtes Stückchen Stoff zu erkennen war. Den hielt er Malberg wie eine Trophäe vor die Nase.

Malberg begann allmählich zu begreifen, worum es ging. Sekundenlang starrte er auf den Cellophanbeutel, sprachlos. Die

Geschichte klang so abenteuerlich, dass es schwerfiel, sie zu glauben. Andererseits erschien sie so außergewöhnlich, dass er kaum an eine Erfindung glauben mochte.

»Ich brachte«, fuhr Brandgesicht schließlich fort, »das Original-Tuch fürs Erste in Sicherheit, indem ich es hinter einem Seitenaltar versteckte. Dann kam ich dem Wunsch meines Auftraggebers nach und zündete mithilfe eines Brandbeschleunigers das Altartuch unterhalb des Schreins an. – Wissen Sie, wie gut Altartücher brennen?«, fragte er in einem Anflug von Ironie. »Schauen Sie mich an, dann wissen Sie's! Alles ging so schnell. Ehe ich mich versah, stand mein Oberkörper in Flammen. Vor Schmerz brüllte ich wie ein Schwein beim Schlächter und wälzte mich auf dem Boden. Irgendwie gelang es mir, meine brennende Kleidung zu löschen. Ich versteckte mich hinter dem Seitenaltar, wo ich das echte Tuch deponiert hatte, und wartete, bis der Brand bemerkt wurde und die Feuerwehr eintraf. In dem allgemeinen Chaos konnte ich den Dom unbemerkt mit meiner Beute verlassen. Jetzt können Sie sich vorstellen, dass der Auftrag nicht ohne Risiko war. Insofern waren die lumpigen fünfzig Millionen Lire meiner Auftraggeber eine glatte Unverschämtheit. Das wurde mir allerdings erst später klar.«

»Und was geschah mit der Kopie des Grabtuches? Ist die etwa verbrannt?«

Das Brandgesicht lachte gekünstelt. »Beinahe. Viel hätte nicht gefehlt, und die Flammen hätten auf den Schrein übergegriffen, in dem das Leintuch aufbewahrt wird. Nein, das Tuch wurde nur an einigen Faltstellen etwas versengt. Ober- und Unterseite tragen seither leichte Rußspuren. Aber das macht die Fälschung nur authentischer und lag durchaus in der Absicht meiner Auftraggeber.«

»Und das Original?«

»Am Original entstand nicht der geringste Schaden. Ich lieferte es am folgenden Tag zur gewünschten Zeit am gewünschten Treffpunkt ab und nahm mein Geld in Empfang. Und wissen Sie, wo?« Das Brandgesicht wandte sich um und wies mit einer Kopfbewegung zur *Pietà* des Michelangelo.

Die Fremdenführerin war mit ihrer Touristengruppe inzwischen weitergezogen. Für Augenblicke machte sich Stille breit. Malberg dachte nach. Er wusste nicht, wie er das Brandgesicht einschätzen sollte. Schon vom Äußeren her war dieser Mann nicht der Typ, mit dem man unbedingt Geschäfte machen wollte. Nichts sprach dagegen, das Brandgesicht einfach stehen zu lassen und zu verschwinden. Und doch gab es da etwas, was Malberg davon abhielt: eine Ahnung, dass das Zusammentreffen mit dem Gezeichneten kein Zufall war. Und dass der obskure Handel in einem ganz anderen Zusammenhang stand.

»Sie gestatten«, sagte Malberg höflich und wollte Brandgesicht den Cellophanbeutel aus der Hand nehmen.

Doch der zog das kostbare Objekt zurück. »Nein, ich gestatte nicht«, entgegnete er mit Bestimmtheit. »Das müssen Sie verstehen.«

In gewissem Maß hatte Malberg für seine Vorsicht sogar Verständnis. Zweifellos lag das Misstrauen auf beiden Seiten. Auf jeden Fall heuchelte Malberg Interesse an dem Geschäft.

»Wer garantiert eigentlich für die Echtheit dieses Stück Stoffes? Verstehen Sie mich recht, ich will Sie keineswegs als Betrüger hinstellen, aber wir kennen uns doch kaum!«

Brandgesicht nickte wie ein Beichtvater, der das Geständnis eines Sünders entgegennimmt. Und nachdem er den Cellophanbeutel in die linke Innentasche seiner Jacke gesteckt hatte, zog er aus der rechten einen gefalteten Umschlag und reichte ihn Malberg.

Der Umschlag enthielt drei Röntgenaufnahmen im Format dreizehn mal achtzehn Zentimeter. Die eine zeigte nebeneinander Vorder- und Rückseite des Turiner Tuches. Auf der zweiten war ein Ausschnitt des Tuches mit der Fehlstelle zu erkennen, die das Brandgesicht verursacht hatte. Die dritte Röntgenaufnahme zeigte maßstabsgetreu ebenjenes Stück Stoff, das Brandgesicht ihm zum Kauf anbot. Deutlich war die Fadenstruktur des Leinens zu erkennen.

»Wenn Sie diese beiden Negative zur Deckung bringen«, meinte Brandgesicht mit Stolz in der Stimme, »dann werden Sie feststellen, dass sich die Struktur des winzigen Ausschnitts exakt in der Gesamtstruktur des Grabtuches fortsetzt.«

Malberg schob die beiden Negative übereinander und hielt sie gegen das Licht, das von der Kuppel in das Kirchenschiff fiel. Tatsächlich – das komplizierte Fischgrätmuster der Leinenstruktur ging ohne Unterbrechung in die Fehlstelle über. Brandgesicht hatte wirklich an alles gedacht.

»Also?«, meinte der Gebrandmarkte fordernd.

»Was also?«, erwiderte Malberg, obwohl er genau wusste, was dieser meinte.

»Sind Sie interessiert? Hunderttausend Dollar in großen Scheinen!« Er spreizte zehn Mal hintereinander die Finger beider Hände.

»Ja«, antwortete Malberg gedehnt. »Im Prinzip schon.« Er kam sich ziemlich hilflos vor in dieser Situation. Im Augenblick hatte er keine Idee, wie er das Brandgesicht hinhalten sollte.

»Sagen wir in einer Woche? Selber Treffpunkt, selbe Zeit.«

»Ich habe verstanden.«

Kapitel 39

Als Staatsanwalt Achille Mesomedes an diesem Morgen sein Büro im Justizpalast betrat, blickte die Sekretärin betreten hinter ihrem Bildschirm hervor.

»Burchiello hat nach Ihnen gefragt. Er war aufgebracht. Sie sollen sofort zu ihm kommen!«

Mesomedes stellte seinen Aktenkoffer auf dem Schreibtisch ab und machte sich auf den Weg zum Büro des Leitenden Oberstaatsanwalts. Er wurde erwartet.

Giordano Burchiello, ein wohlbeleibter, in Ehren ergrauter Jurist, galt als die schärfste Waffe im Kampf gegen die Mafia. Es gab jedoch auch Stimmen, die sagten ihm sogar gewisse Verbindungen zur sogenannten feinen Gesellschaft nach. Immerhin war er als Leiter der Staatsanwaltschaft Roma uno der Chef von einem Dutzend meist junger Staatsanwälte – unter ihnen Achille Mesomedes.

»Dottor Mesomedes«, begann er, wobei er den Titel über die Maßen betonte, als wolle er, dem dieser akademische Grad verwehrt geblieben war, sich lustig machen, »Dottor Mesomedes, ich habe Sie rufen lassen, nachdem mir zu Ohren gekommen ist, dass Sie eigenmächtig Ermittlungen in einem eingestellten Verfahren wieder aufgenommen haben.«

»Das ist richtig, Signor Oberstaatsanwalt. Ich wüsste nicht, was daran verwerflich ist oder gar gegen das Gesetz.«

Der Leitende Oberstaatsanwalt nahm seine schwarze Brille ab und schleuderte sie über seinen Schreibtisch, der das Ausmaß einer Tischtennisplatte hatte. Dann verschränkte er seine Arme über dem Bauch und begann: »Nach den Gesetzen dieses Landes genießen Staatsanwälte nicht das Privileg sachlicher und persönlicher Unabhängigkeit wie Richter. Sie haben den Weisungen ihrer Vorgesetzten Folge zu leisten. Der einzelne Staatsanwalt handelt nur als Vertreter des ersten Beamten der Staatsanwaltschaft, und der bin ich. Ich kann mich nicht erinnern, Ihnen jemals eine entsprechende Weisung erteilt zu haben, den Fall Marlene Ammer neu aufzurollen.«

»Nein, Signor Oberstaatsanwalt«, erwiderte Mesomedes devot, »aber, wenn ich mir die Bemerkung erlauben darf, ich habe den Fall keineswegs neu aufgerollt. Ich habe nur Einsicht in die Akten genommen, zu Studienzwecken sozusagen, und dabei bin ich auf Merkwürdigkeiten und Ungereimtheiten gestoßen, die den Verdacht nahelegen ...«

»Sie zweifeln also an der Seriosität meiner Arbeit«, unterbrach Burchiello den Redefluss des jungen Staatsanwalts.

»Keineswegs!«

»Ich habe das Verfahren eingestellt. Die Akte trägt meine Unterschrift. Die Frau ertrank in der Badewanne. Damit ist der Fall ein für alle Mal erledigt. Sie sprachen von Merkwürdigkeiten?«

»Nun ja, da ist einmal das Obduktionsergebnis. Mit Verlaub, eine nachlässige Arbeit.«

»Die Qualifikation von Dottore Martino Weber steht außer Frage!«

»Ich habe nicht das Gegenteil behauptet. Aber auch eine hohe Qualifikation schließt nicht aus, dass man einmal einen schlechten Tag hat. Mir kam es so vor, als sei der Obduktionsbefund am Schreibtisch entstanden. Nur Phrasen, aus denen keine Schlüsse zu ziehen sind. Und der einzige ungewöhnliche Hinweis blieb ohne Beachtung.«

»Was meinen Sie, Dottor Mesomedes?«

»Die Duftspuren im Morgenmantel der Toten, eine Mischung kostbarer Baumharze wie Olibanum und Tolubalsam, aus denen der teuerste Weihrauch der Welt hergestellt wird. Ein Weihrauch, der nur noch im Vatikan Verwendung findet.«

Burchiello räusperte sich, als habe der Weihrauch ein Kratzen in seinem Hals verursacht. »Interessant«, sagte er mit einem überheblichen Grinsen, »und welchen Schluss ziehen Sie daraus? Hoffentlich nicht, dass der Papst in den Fall verwickelt ist!«

Der Oberstaatsanwalt fing an zu lachen und bekam einen Hustenanfall. »Die Geschichte ist gut!«, wiederholte er mehrere Male. »Die Geschichte ist wirklich gut!«

Als er sich endlich beruhigt und den Schweiß von seinem roten Gesicht getrocknet hatte, erwiderte Mesomedes ruhig: »Der Papst nicht. Aber vielleicht die Kurie!«

»Ich verstehe Sie nicht.« Der Oberstaatsanwalt hielt verdutzt inne.

Mesomedes hatte noch einen weiteren Trumpf im Ärmel. Und den spielte er jetzt aus: »In der Zeitschrift *Guardiano*«, begann er ausholend, »erschien damals ein hervorragend recherchierter Artikel über den Fall, geschrieben von einer Reporterin namens Caterina Lima.«

»O Gott, der Name ist mir nicht unbekannt!« Burchiello hob beschwörend beide Hände. »Ich halte nichts von dieser Art von investigativem Journalismus.«

»Wie dem auch sei, der Artikel enthielt eine Reihe nachprüfbarer Fakten, die sonst nirgends zu lesen waren. Ich nahm also Kontakt mit der Reporterin auf. Dabei zeigte sie mir Fotos, die sie bei der Beerdigung von Marlene Ammer geschossen hatte.«

»Ja und? Worauf wollen Sie hinaus, Dottor Mesomedes? Beerdigungen sehen doch alle gleich aus.«

»Das möchte ich bezweifeln. Es gibt große und kleine Beerdigungen, mit und ohne den Segen der Kirche, aber diese erschien mir doch ziemlich außergewöhnlich. Denn an der Beerdigung von Marlene Ammer beteiligten sich mindestens zwei Kurienkardinäle, vielleicht sogar mehr. Auf den Bildern sind jedenfalls Kardinalstaatssekretär Philippo Gonzaga und der Leiter des Heiligen Offiziums Bruno Moro deutlich zu erkennen.«

Burchiello sprang auf und ging, die Hände auf dem Rücken verschränkt, vor seinem Schreibtisch auf und ab.

»Das glaube ich nicht«, murmelte er leise vor sich hin. Dabei hielt er den Blick starr auf den Boden gerichtet.

»Die Fotos lassen keinen Zweifel zu, jedenfalls was die beiden Genannten betrifft. Ich bin mit den Würdenträgern im Vatikan wenig vertraut, aber möglicherweise sind auf den Bildern noch weitere Mitglieder der Kurie zu erkennen.«

»Und wenn?« Der Oberstaatsanwalt blieb abrupt stehen und sah Mesomedes an. »Was hat das schon zu bedeuten?«

»Ich würde so sagen: Ungewöhnlich ist das schon. Ich kann mir nicht vorstellen, dass sich auch nur *ein* Mitglied der Kurie auf meine Beerdigung verirren würde. Woher wussten die hohen Herren überhaupt, dass die Leiche freigegeben war? Warum wurde Marlene Ammer anonym bestattet? Und warum versuchte ein Teilnehmer an der Beerdigung der Reporterin den Speicherchip mit den Fotos wegzunehmen? Das sind nur *einige* Fragen, die mir dazu einfallen. Und die Vermutung, dass zwischen der Kurie und der römischen Justiz gewisse Kontakte bestehen, scheinen wohl nicht ganz abwegig.«

»Lächerlich!« Burchiello schüttelte unwillig den Kopf. Dann trat er ganz nahe an Mesomedes heran und sagte, beinahe im Flüsterton: »Wollen Sie sich wirklich Ihre Karriere kaputtmachen? Ich gebe Ihnen einen guten Rat. Rühren Sie nicht weiter in diesem Sumpf. Ich kann Sie ja verstehen. Schließlich war ich auch einmal jung und ehrgeizig.«

Das kann ich mir kaum vorstellen, lag es Mesomedes auf der Zunge; doch er schluckte seine Antwort hinunter und erwiderte stattdessen: »Hier geht es nicht um Ehrgeiz, Signor Oberstaatsanwalt. Hier geht es einzig und allein um Recht und Gerechtigkeit.«

Burchiello grinste unverschämt. »Der Gerechte muss viel leiden. Das steht schon in den Psalmen geschrieben.«

»In den Psalmen heißt es aber auch: Recht muss Recht bleiben!«

»Sie sind ein Sturkopf, Dottor Mesomedes. Ich kann nur hoffen, dass Ihnen Ihre Sturheit nicht zum Verhängnis wird.« Seine Stimme klang irgendwie bedrohlich.

Mesomedes fühlte sich plötzlich wie in einem amerikanischen Gangsterfilm, in denen Staatsanwälte immer korrupt und ohne Gewissen sind.

Da klingelte das Telefon.

Der Oberstaatsanwalt hob ab: »*Pronto!*«

Mesomedes hatte den Eindruck, als ob Burchiello vor dem unbekannten Anrufer Haltung annahm.

»Nein«, antwortete er in den Hörer, »es handelt sich nur um ein Versehen ... selbstverständlich, ich kümmere mich darum und werde die Angelegenheit selbst in die Hand nehmen ... Entschuldigen Sie die Umstände ... meine Empfehlung, Excellenza!« Dann legte er auf.

Zu Mesomedes sagte er: »Das war's. Wir verstehen uns.«

Kapitel 40

Zwei Tage und zwei Nächte verbrachte Kardinalstaatssekretär Philippo Gonzaga in seinen abgedunkelten Privaträumen im Apostolischen Palast. Er verweigerte jede Nahrung und ließ niemanden zu sich, nicht einmal den Leibarzt des Papstes, den Kardinal Moro zu Hilfe gerufen hatte. Gonzaga wollte allein sein.

Es bereitete ihm Schwierigkeiten, sich mit der Realität zurechtzufinden. Zudem wurde er in unregelmäßigen Abständen von heftigem Schüttelfrost befallen, der seinen geschwächten Körper in zuckende Bewegungen versetzte, als stünde er unter Starkstrom.

Sobald sich seine unkontrollierbaren Glieder wieder beruhigt hatten, vesuchte Gonzaga Klarheit in seine Gedanken zu bringen. Wer steckte hinter der Entführung? Feinde hatte er genug, aber die wenigsten interessierten sich für das Turiner Grabtuch.

Von der verzerrten Stimme im Schlachthaus, die aus dem Lautsprecher kam, waren ihm nur Wortfetzen in Erinnerung geblieben und die Tatsache, dass der Mann theologische Fachausdrücke benutzte. Dies und die Gnadenlosigkeit seines Vorgehens deuteten zunächst auf Anicet hin, das Oberhaupt der Fideles Fidei Flagrantes.

Wenn es jemanden gab, der über die Echtheit des Grabtuches Bescheid wusste, dann war es Anicet. Er selbst hatte Anicet das Tuch auf Burg Layenfels ausgehändigt, und dass es sich dabei um das Original und nicht um die Kopie handelte, das konnte er, Gonzaga, bezeugen. Zumindest war es das Tuch, das im Vatikan aufbewahrt wurde. Schließlich hatte er es eigenhändig aus dem Tresor genommen und sich um den Leib gewickelt.

Nein, dachte der Kardinalstaatssekretär, dieser Anicet scheidet aus. Soweit er sich erinnerte, hatte er der Stimme aus dem Lautsprecher die Frage gestellt, ob er für Anicet arbeite, und darauf nach langem Zögern die Antwort bekommen, Anicet arbeite für *ihn*.

Wer also war die Stimme im Kühlhaus?

Am Morgen des dritten Tages seiner selbstgewählten Isolation überkam Gonzaga ein starkes Hungergefühl. Der Gedanke an die Schweinehälften, zwischen denen er selbst wie ein Stück Fleisch bange Stunden gehangen hatte, hatte ihm bisher jegliche Art von Nahrungsaufnahme verleidet. Jetzt griff er zum Telefon und bestellte bei den Nonnen, die für die Verköstigung der Kurienmitglieder, einschließlich des Papstes, zuständig waren, ein Frühstück – ohne Wurst und Schinken, wie er ausdrücklich betonte.

Wenig später klopfte es an die Tür, und Monsignor Abate, der Privatsekretär von Kardinal Bruno Moro, erschien mit einem Tablett, darauf das gewünschte Frühstück, der *Messagero* und der *Osservatore Romano*.

»Guten Morgen, Excellenza, im Namen des Herrrn«, sagte Abate, frisch rasiert und in einer tadellos gebügelten Soutane.

Gonzaga, nur mit einem purpurfarbenen Bademantel von Massimiliano Gammarelli bekleidet, dem päpstlichen Couturier in der Via di Santa Chiara, blickte auf.

»Wo ist Soffici?«, knurrte er, als er den Sekretär seines Erzfeindes erkannte.

Der hob die Schultern. »Er ist bis heute nicht wieder aufgetaucht. Kardinal Moro will die Polizei einschalten.«

Gonzaga erhob sich aus seinem Sessel, in dem er die letzten zwei Tage verbracht und nachgedacht hatte. Dann ging er zum mittleren Fenster seines Arbeitszimmers und starrte durch die geschlossenen Jalousien auf den Petersplatz. Der weite, von den Kolonnaden des Bernini eingerahmte Platz lag um diese Zeit noch ruhig und verlassen da.

Gonzaga drehte sich um: »Sagen Sie Kardinal Moro, ich wünsche nicht, dass wegen Soffici die Polizei eingeschaltet wird. Soffici wird ebenso wieder auftauchen wie ich. Vermutlich sitzt er in irgendeinem Beichtstuhl in der Kirche San Giovanni in Laterano oder in San Pietro de Tortosa in Vincoli oder in Santa Maria Maggiore.«

Der Monsignore sah Gonzaga verwundert an: »Excellenza, wie kommen Sie gerade auf diese Häuser des Herrn?«

Ungehalten blies der Kardinalstaatssekretär die Luft durch die Nase. »Ich habe nicht behauptet, dass Soffici in einer dieser Kirchen zu finden sei. Ich habe nur von der Möglichkeit gesprochen, dass mein Sekretär in irgendeiner dieser Kirchen gefunden werden könnte. Ist das so schwer zu begreifen?«

»Nein, Excellenza, ich verstehe, was Sie meinen.«

»Schließlich wurde auch ich in einer Kirche ausgesetzt ...« Gonzaga hielt inne. Mit unruhigem, beinahe wirrem Blick musterte er das Frühstückstablett, das Monsignor Abate auf einem Beistelltisch abgestellt hatte.

»Ich habe ein Frühstück ohne Wurst und Schinken bestellt«, polterte Gonzaga los, »und was bringen Sie mir, Monsignore? Schinken!«

»Aber heute ist weder Freitag noch ein anderer Tag, an dem die Gesetze der Kirche Enthaltsamkeit vom Fleische fordern. Die Nonnen meinten, Sie müssten wieder zu Kräften kommen, Excellenza!«

»So, so. Meinten die Nonnen.« Der Kardinalstaatssekretär nahm einen Briefumschlag mit dem päpstlichen Wappen von seinem Schreibtisch, und mit bloßen Fingern begann er eine Scheibe Schinken nach der anderen in den Umschlag zu stecken. Als der Teller geleert war, benetzte Gonzaga den Umschlag mit den Lippen, klebte ihn zu und reichte ihn dem verdutzten Monsignore mit den Worten: »Die alten Damen sollen sich gefälligst um ihre eigene Gesundheit kümmern. Sagen Sie ihnen das!«

Abate machte eine artige Verbeugung, so als habe man ihm soeben das Missale zur Morgenmesse gereicht und nicht einen Briefumschlag mit fünf Scheiben Schinken. Dann verschwand er ohne jedes weitere Wort auf demselben Weg, auf dem er gekommen war.

Kardinalstaatssekretär Philippo Gonzaga konnte sich nicht erinnern, in seiner klerikalen Laufbahn jemals die Fensterladen seiner Unterkunft eigenhändig geöffnet zu haben. Im Apostolischen Palast war das Sache der Nonnen wie Staubwischen und Bettenmachen. Aber an diesem Morgen öffnete Gonzaga persönlich die hohen Läden des mittleren Fensters seines Apartments. Dann fiel er hungrig über das Frühstück her, welches, trotz Zurückweisung des Schinkens, noch üppig genug ausfiel: vier Rühreier im Silbergeschirr, drei Sorten Käse, Honig und drei Marmeladen, zwei Panini, dazu Schwarz- und Weißbrot, ein Schüsselchen mit Griesbrei, angereichert mit Rosinen und Nüssen, eine Henkeltasse Dickmilch und eine Kanne English-Breakfast-Tea.

Mit dem Studium der Morgenzeitungen nahm das Frühstück des Kardinalstaatssekretärs für gewöhnlich eine Dreiviertelstunde in Anspruch. Doch an diesem Morgen endete es schon nach zwanzig Minuten abrupt und ohne dass Gonzaga sich seinem Griesbrei zugewandt hatte.

Im Lokalteil des *Messagero* stieß der Kardinal auf folgende Meldung:

Unbekannte Leiche
in der Fontana di Trevi

Rom. – Bei seinem Rundgang entdeckte der Brunnenmeister Carlo di Stefano gestern gegen sechs Uhr morgens in der Fontana di Trevi, dem täglichen Ziel von Tausenden Touristen, im Wasser treibend eine unbekannte männliche Leiche. Der etwa fünfzigjährige Mann trieb mit ausgebreiteten Armen und dem Gesicht nach unten im Wasser. Nach ersten Ermittlungen muss der Mann zwischen zwei Uhr nachts und sechs Uhr morgens zu Tode gekommen sein. Bisher konnte nicht festgestellt werden, ob der Unbekannte unter Alkoholeinfluss in den Brunnen gestürzt und ertrunken ist oder ob ein Verbrechen vorliegt. Die Leiche wurde zur Obduktion ins Gerichtsmedizinische Institut der Universität gebracht. Die Polizei bittet um sachdienliche Hinweise.

Gonzaga sprang auf und stürzte zum Telefon: »Alberto? Fahren Sie den Wagen vor. Ich muss umgehend zum Gerichtsmedizinischen Institut der Universität. Aber schnell.«

Fünfzehn Minuten später war der Kardinal auf dem Weg in die Pathologie. Wie stets saß Gonzaga rechts auf dem Rücksitz, und wie stets verlief die Fahrt schweigsam. Der Kardinalstaatssekretär hasste die Autofahrerei wie andere Menschen das Fliegen. Den Verkehr in Rom verurteilte er gar als Teufelswerk, weil er ihm selbst an kalten Januartagen den Schweiß auf die Stirn trieb. Der unverschuldete Unfall auf der Piazza del Popolo und die Entführung vor wenigen Tagen schienen ihm recht zu geben. Trotzdem konnte er sich dieser Art von Beförderung nicht entziehen.

Vom Auto aus telefonierte Gonzaga mit dem Leiter der Pathologie, Dottor Martino Weber. Er deutete an, dass er eventuell zur Identifizierung des unbekannten Toten beitragen könne. Seit mehreren Tagen sei sein Privatsekretär Giancarlo Soffici spurlos verschwunden.

Bei seiner Ankunft wurde der Kardinalstaatssekretär schon erwartet. Der Pathologe führte Gonzaga in das Souterrain. Gonzaga hatte Mühe, seine Gedanken in Zaum zu halten. Er hatte diesen Soffici nicht gerade geliebt, wenn er ehrlich war, hatte dieser ihn bisweilen ziemlich genervt, obwohl er blitzgescheit und bibelfest war wie kein Zweiter. Aber Soffici war der Typ des Losers, des ewigen Verlierers, und davon hatte die Kirche bei Gott genug. Von Adam bis Petrus – sogar die Bibel strotzte nur so von Verlierern.

In einem weiß gekachelten Raum, nahezu alle Räume im Untergeschoss waren weiß gekachelt, öffnete Dottor Weber eine Tür, nicht größer als die eines Kühlschranks für einen Singlehaushalt. Mit einem Handgriff zog der Dottore eine mit einem weißen Laken bedeckte Bahre aus der Wand. Unter dem Laken hoben sich die Umrisse eines Toten ab.

Stumm zog der Pathologe das Laken beiseite.

Gonzaga erstarrte. Er wollte etwas sagen. Aber irgendetwas

lähmte sein Sprachvermögen. Sein Kiefer war steif. Er presste die Zähne zusammen.

Hätte er zu reden vermocht, er hätte gesagt: Das ist nicht Soffici, mein Sekretär. Aber ich kenne diesen Mann, ich weiß nicht, wie er heißt und wo er lebt, aber ich erkenne ihn an seinen Brandwunden im Gesicht. Wir sind uns schon einmal begegnet, damals auf dem Flug von Frankfurt nach Mailand. Er bot mir ein aberwitziges Geschäft an. Hunderttausend Dollar für ein winziges Stück Stoff, nicht größer als eine Briefmarke. Aber dann …

»Kennen Sie den Mann?«, unterbrach Dottor Anselmo Weber die Gedanken Gonzagas.

Der Kardinal schreckte hoch: »Ob ich den Toten kenne? Nein. Das ist nicht mein Sekretär. Ich bedaure.«

Es klang merkwürdig, wie er das sagte. Schließlich stellte Gonzaga die Frage: »Und wie kam der arme Kerl zu Tode?«

Mit der Unterkühltheit des Pathologen, der tagaus, tagein mit dem Tod konfrontiert wird, erwiderte Dottor Weber: »Gezielter Nackenschlag mit der Handkante. Schneller Tod. Tatort und Leichenfundort stimmen nicht überein.«

»So genau wollte ich es gar nicht wissen!« Gonzagas Stimme klang nicht weniger kühl als die des Pathologen.

Kapitel 41

Wie die meisten Römer hatte Caterina Lima keine Garage für ihren Wagen. Sie konnte von Glück reden, wenn sie in der Via Pascara, wo sie wohnte, einen Parkplatz fand. Meist musste sie ihr Fahrzeug zwei oder drei Straßenzüge von ihrer Wohnung entfernt abstellen, und manchmal vergaß sie, wo sie ihren kleinen Nissan tags zuvor geparkt hatte. So auch an diesem Freitag, an dem sie sich Großes vorgenommen hatte.

Malbergs abweisendes Verhalten belastete Caterina ungemein. Die Situation war völlig verfahren. Malberg erschien ihr vollkommen durchgedreht in seinem Verfolgungswahn und seiner Verbitterung. Trotzdem hatte sie sich fest vorgenommen, nicht aufzugeben.

Seit Tagen schlief Caterina schlecht, sie aß kaum etwas, und ihre Gedanken kreisten nur um das eine Thema. Zum Glück gewährte ihr die neue Aufgabe in der Redaktion des *Guardiano* die nötige Freiheit, um eine wichtige Sache herauszufinden.

Es dämmerte bereits, als Caterina ihren Wagen in einer Seitenstraße wiederfand. Sie trug ein Blumengebinde aus weißen Lilien und den Zettel mit der Adresse der Signora Fellini bei sich, den Lukas achtlos auf den Boden geworfen hatte. Die ehemalige Hausbeschließerin war vermutlich die Einzige, die über die mysteriösen Zusammenhänge zwischen Marlenes Tod und den hohen Herren im Vatikan Auskunft geben konnte. Ob ihr Bruder Paolo alle Einzelheiten kannte, war ihr nicht ganz klar. Fest stand, dass er mehr wusste als sie und mehr als Malberg.

Für Caterina gab es keinen Zweifel, dass es für Lukas und sie nur dann eine gemeinsame Zukunft geben konnte, wenn »der Fall« Marlene Ammer geklärt war. Andernfalls würde Marlene stets zwischen ihnen stehen.

Von Berufs wegen wusste Caterina, wie man Menschen zum Reden bringt. Und so hatte sie sich einen genauen Plan für ihr Vorgehen zurechtgelegt. Signora Fellini kannte *sie* nicht, aber sie kannte die Signora, das war ein nicht zu unterschätzender Vorteil. Immerhin wusste Caterina einiges über sie. Damit würde sie die Fellini, die sich in ihrem neuen Leben sicher fühlte, konfrontieren. Natürlich würde Caterina die Quelle ihrer Informationen nicht preisgeben und verschweigen, dass sie Paolos Schwester war. Das würde die Signora verunsichern. Verunsicherte Menschen geben bereitwilliger Auskunft als Menschen, die sich in Sicherheit wiegen.

In Gedanken vertieft lenkte Caterina ihren Nissan in nördlicher Richtung tiberaufwärts zum Lungotevere Marzio, einer der feinsten Adressen der Stadt. Es war kein Geheimnis, dass einige der großbürgerlichen Mietshäuser sich im Besitz des Vatikans befanden. Hier also logierte die Signora Fellini seit ihrem überstürzten Auszug aus ihrer Hausbeschließer-Wohnung in der Via Gora.

Kein schlechter Tausch, dachte Caterina, während sie das repräsentative Gebäude von der gegenüberliegenden Straßenseite betrachtete. Die Aussicht auf den Fluss und das andere Ufer und die Engelsburg musste hinreißend sein.

Drei Stufen führten zu einem pompösen Portal. Linker Hand, hinter einer getönten, handtellergroßen Glasscheibe, eine Videokamera. Darunter fünf Klingelknöpfe ohne Namen, nur mit römischen Zahlen I, II, III, IV und V gekennzeichnet. Wer hier wohnte, legte keinen Wert auf Namensnennung.

Natürlich hätte Caterina läuten können. Paolos Zettel verriet die Anschrift der Fellini exakt: Lungotevere Marzio 3–II. Aber dann hätte es im Lautsprecher geknackt. Im besten Fall hätte sie vielleicht noch ein mürrisches »*Pronto!*« vernommen, aber sobald sie ihr Anliegen vorgetragen hätte, wäre das Gespräch sicher beendet gewesen, noch bevor es begonnen hätte. Deshalb zog es Caterina vor zu warten, bis ein Bewohner das Haus betreten oder verlassen würde.

Lange dauerte es nicht, und vor dem Haus hielt ein Taxi, dem ein vornehmer älterer Herr entstieg.

»Zu wem möchten Sie denn?«, fragte er höflich, als er Caterina warten sah.

»Zu Signora Fellini«, erwiderte Caterina wahrheitsgemäß.

»Kenne ich nicht. Hier wohnt keine Signora Fellini. Wahrscheinlich haben Sie sich in der Hausnummer geirrt, Signora. Das hier ist Nummer drei!«

»Nummer drei, ich weiß. Ich habe mich auch nicht in der Hausnummer geirrt. Die Signora wohnt erst seit kurzer Zeit hier.«

»Wie, sagten Sie, ist ihr Name?«

»Signora Fellini, zweiter Stock!«

Der ältere Herr musterte Caterina von der Seite. Seine Haltung verriet ein gewisses Misstrauen. Aber als Caterina ihm freundlich zulächelte, steckte er seinen Hausschlüssel ins Schloss und fragte: »Haben Sie schon geläutet?«

»Nein, ich möchte Signora Fellini überraschen.« Caterina wedelte mit dem Blumenstrauß.

»Na, dann kommen Sie mal mit«, meinte der ältere Herr und stieß die Eingangstür auf. »Die Hälfte des Weges nehmen wir gemeinsam. Ich wohne im vierten Stock.«

Der Aufzug in der Mitte des mit grünem Marmor ausgelegten Treppenhauses strahlte Wohlstand und Gediegenheit aus. Beinahe lautlos öffneten sich die Türen aus poliertem Mahagoni und geschliffenem Glas.

»Nach Ihnen«, sagte der ältere Herr und ließ Caterina den Vortritt. Dann drückte er auf die Knöpfe II und IV. Und mit einem Blick auf das Blumengebinde meinte er: »Ein besonderer Anlass?«

Caterina schüttelte den Kopf: »Nein, kein besonderer Anlass. Nur so.«

Mit sanftem Ruck kam der Aufzug im zweiten Stockwerk zum Stehen. Caterina grüßte freundlich, und der alte Mann erwiderte ihren Gruß. Dann fuhr der Lift weiter.

Aus der zweiflügeligen Wohnungstür drang laute Musik, die nicht so recht zur Gediegenheit passen wollte, die das herrschaftliche Haus ausstrahlte. Vergeblich suchte Caterina nach einem Namensschild, aber es gab nur einen trichterförmigen in die Wand eingelassenen Klingelknopf, nichts weiter.

Caterina läutete.

Die laute Musik endete abrupt. Sie hörte, wie jemand hin und her ging. Schließlich näherten sich die Schritte dem Eingang. Die Tür wurde geöffnet, aber nur einen Spalt.

»Signora Fellini?«, erkundigte sich Caterina. Dabei hatte sie die ehemalige Hausbeschließerin längst erkannt. Sie trug einen rosafarbenen Unterrock und sündhaft teure hochhackige Schuhe von Prada. Zwischen den Fingern der rechten Hand glimmte eine Zigarette, und die Frau schwankte ein wenig. Sie hatte ohne Zweifel getrunken.

»Was wollen Sie?«, gab die Fellini mit belegter, ziemlich ordinärer Stimme zurück. Da fiel ihr müder Blick auf das Blumengebinde.

»Ich soll die Blumen abgeben«, erwiderte Caterina. »Sie sind von einem Signor Gonzaga.«

Noch ehe sich Caterina versah, flog die Tür vor ihrer Nase zu. Die Begegnung hatte sie sich anders vorgestellt. Sie stand da wie ein begossener Pudel. Mit dieser Reaktion hatte sie nicht gerechnet. Eigentlich war es doch naheliegend, dass eine Frau, die unfreiwillig von heute auf morgen in ein neues Leben verpflanzt wird, so reagieren würde. Caterina ärgerte sich über sich selbst. Sie wollte sich gerade umdrehen, als die Tür erneut geöffnet wurde.

»Kommen Sie rein«, sagte die Fellini. Sie hatte sich einen Bademantel übergeworfen.

Caterina war so verblüfft, dass sie zunächst keine Regung zeigte. Erst als die Fellini die Augen zusammenkniff und einladend mit dem Kopf nickte, folgte Caterina ihrer Aufforderung.

»Sie müssen verstehen«, plauderte die Signora los, während sie in der dunklen Diele vorausging, »ich bin neu hier, und man hört so viel von Einbrüchen in der Gegend. Da ist man einfach misstrauisch.«

»Ja, man kann nie vorsichtig genug sein«, erwiderte Caterina verständnisvoll, »allerdings hätte ich nie geglaubt, dass man mich für einen Einbrecher halten könnte.«

»Eben. Mir kamen dann auch Zweifel. Entschuldigen Sie.«

»Schon vergessen.«

Im Salon, der von zwei Appliken spärlich beleuchtet wurde, überreichte Caterina das Blumengebinde. Sie hatte bewusst Lilien ausgewählt. Denn wenn es eine Blume gab, welcher der Duft des Klerikalen anhing, dann war es die Lilie.

Keine Blume muss in der christlichen Ikonographie für so viele Dinge herhalten wie die Lilie. Weil das Mark des Lilienstängels wie frische Milch riecht, gilt sie als Symbol der jungfräulichen Mutterschaft. Und damit bedeutet sie auch so viel wie »Unschuld«.

»Von wem, sagten Sie, stammen die Blumen?«, fragte die Signora mit schlecht gespielter Gleichgültigkeit.

»Von einem gewissen Signor Gonzaga«, antwortete Caterina, »Sie wüssten schon!«

»Ach, Gonzaga, ja natürlich!« Die Haltung, mit der Signora Fellini den Strauß in Empfang nahm, veriet nur allzu deutlich, dass sie vermutlich noch nie oder wenn, dann höchst selten, Blumen geschickt bekommen hatte.

»Ich will Ihre kostbare Zeit nicht weiter in Anspruch nehmen«, bemerkte Caterina und machte Anstalten zu gehen. Ihr Plan ging auf.

»Ich habe Zeit genug«, entgegnete die Signora. »Wissen Sie, ich lebe hier mutterseelenallein in der großen Wohnung. Zugegeben, ein vornehmes Haus in allerbester Lage, aber ich bin gerade umgezogen und kenne kaum jemanden in der Gegend. An Wochentagen treibe ich mich auf den Märkten der Stadt herum. Das bringt mich auf andere Gedanken. Früher, da war ich Hausbeschließerin, da war immer was los.«

»Hausbeschließerin?« Caterina tat verwundert. Sie sah sich in dem riesigen Wohnzimmer um, in dem sich ein paar abgewohnte und nicht gerade geschmackvolle Möbel verloren.

»Eine Erbschaft? Da kann man Ihnen nur gratulieren!«

Signora Fellini nickte. »Nein, materielle Sorgen habe ich nicht. Aber –«, sie schien etwas durcheinander, »wie war der Name des Blumenspenders?«

»Signor Gonzaga – wie der Kardinalstaatssekretär!« Caterina beobachtete jede Regung der Fellini.

Sie schien zutiefst verunsichert, und wie eine schlechte Schauspielerin versuchte sie diese Unsicherheit zu überspielen: »Vielleicht stammen die Blumen ja von Kardinalstaatssekretär Gonzaga. Wäre doch möglich!«

»Warum nicht, Sie kennen den Kardinalstaatssekretär persönlich?«

»Und ob, das heißt nein, ich habe ihn nur kurz kennengelernt. Nein, eigentlich kenne ich ihn überhaupt nicht.«

»Er soll ein ziemliches Ekel sein und knallhart, was die Belange der Kurie angeht.«

»Da haben Sie wohl recht.«

»Also ist Philippo Gonzaga Ihnen doch nicht ganz unbekannt.«

Die Signora warf einen Blick auf den Blumenstrauß, den sie achtlos auf einen alten, abgewetzten Sessel gelegt hatte. »Natürlich kenne ich Gonzaga«, brach es plötzlich aus ihr heraus, »ich kenne ihn sogar viel zu gut!« Sie hatte die Worte kaum ausgesprochen, da erschrak sie vor ihrer eigenen Mitteilsamkeit: »Ach, vergessen Sie's, ich rede zu viel. Ich will Sie nicht weiter mit meinen Problemen belästigen.«

»Problemen? Entschuldigen Sie, Signora, Sie leben hier in einer feudalen Wohnung in einer der besten Adressen von Rom. Wirklich, ich beneide Sie! Wenn Sie sich aus dem Fenster lehnen, haben Sie die Engelsburg und den Vatikan vor sich, und da reden Sie von Problemen! Ich bin übrigens Margarita Margutta.« Caterina streckte ihre Hand aus.

»Ein schöner Name.« Signora Fellini schüttelte ihr die Hand.

»Finde ich auch«, antwortete Caterina und dachte: In Anbetracht der Tatsache, dass ich den Namen auf die Schnelle erfunden habe, klingt er wirklich nicht schlecht.

»Sie können sich vermutlich nicht vorstellen«, holte die Signora aus, »dass der Blick auf den Vatikan eher deprimierend als begeisternd ist.«

»Ehrlich gesagt, das kann ich beim besten Willen nicht nachvollziehen. Die Silhouette von St. Peter ist einer der bekanntesten und erhebendsten Anblicke von ganz Italien.«

»Das mag ja sein«, erwiderte Signora Fellini, »aber das bedeutet nicht zwangsläufig, dass die Vorgänge innerhalb der Mauern ebenso erhebend sind. Wollen Sie auch einen Schluck?«

Ohne eine Antwort abzuwarten, ging die Fellini zu einem Tisch, auf dem eine Flasche Rotwein stand, nahm ein Glas und goss es beinahe bis zum Rand voll. Dann reichte sie es Caterina mit erstaunlicher Sicherheit und der Aufforderung, auf dem muffigen Sofa Platz zu nehmen.

»Nur einen Schluck«, entschuldigte sich Caterina und nippte an dem übervollen Glas. Dann setzte sie sich. Mit einer gewissen Befriedigung beobachtete sie, wie die Fellini ihr eigenes Glas ebenfalls bis zum Rand füllte und zwei, drei kräftige Schlucke nahm.

»Sie bezweifeln die Lauterkeit der Herren in der Kurie?«, fragte Caterina unverblümt.

Die Signora machte eine abfällige Handbewegung, als wolle sie sagen: Wenn Sie wüssten!

Durch Caterinas Gehirn schossen die unterschiedlichsten Gedanken. Wie konnte sie die Fellini zum Reden bringen? Ohne großes Zutun hatte sie in einem günstigen Augenblick anscheinend ihr Vertrauen gewonnen. Jetzt keine falsche Bemerkung. Dann wäre die Chance vertan. Innerlich zitterte Caterina vor Aufregung. Nach außen gab sie sich gelassen, nippte an ihrem Glas, ohne zu trinken, und sagte mitfühlend: »Sie scheinen viel durchgemacht zu haben, Signora!«

Die Fellini blickte zu Boden und presste die Lippen aufeinander. »Ich möchte nicht daran erinnert werden«, bemerkte sie bitter.

»Ich will Sie auch gar nicht bedrängen«, erwiderte Caterina. Sie erhob sich, als wollte sie gehen.

»Bitte bleiben Sie!«, entgegnete die Fellini. Sie nahm erneut einen tiefen Schluck aus dem Rotweinglas. Dabei fiel ihr Blick auf das Blumengebinde auf dem Sessel gegenüber.

Wie eine Löwin, die sich an ihre Beute heranschleicht, näherte sie sich den Blumen, packte sie und peitschte die Blütenkelche auf den Tisch, dass sie in Fetzen durch das Zimmer flogen. »Gonzaga soll sich seine Blumen in den Arsch stecken!«, rief sie wie von Sinnen und machte weiter, bis sie nur noch die leeren Stängel in Händen hielt.

Caterina sah sie fassungslos an. Das Haar von Signora Fellini war zerzaust wie nach einem Kampf. Rinnsale von schwarzer Augenschminke rannen über ihre Wangen. Ihr Bademantel hing halb geöffnet an ihr herab. Doch es schien, als störe sich die Signora nicht weiter an ihrem jämmerlichen Erscheinungsbild. Sie nahm ihr Glas in die Hand und blickte von oben hinein wie in einen Spiegel. Dann trank sie es leer und knallte es auf den Tisch.

»War wohl etwas heftig«, meinte sie, ohne die fremde Besucherin anzusehen.

»Wenn es Ihnen gut tut«, erwiderte Caterina scheinbar verständnisvoll. »So ein Wutausbruch reinigt die Seele.«

Mit dem Ärmel ihres Bademantels fuhr sich die Signora über das Gesicht. Ihr Aussehen verbesserte das in keiner Weise, im Gegenteil.

»Sie hassen diesen Gonzaga«, bemerkte Caterina vorsichtig.

Die Fellini ging zum Fenster und blickte in die Dunkelheit. Im trägen Wasser des Tibers spiegelten sich die Straßenlaternen des gegenüberliegenden Flussufers.

»Gonzaga ist ein Teufel«, murmelte sie vor sich hin, »glauben Sie mir.«

»Aber ist nicht *er* es, der Ihnen dieses Leben ermöglicht?«

»Ja, aber das ist kein Widerspruch.« Sie wandte sich um und kam auf Caterina zu. Ihre hervorquellenden Augen und das verwischte Gesicht wirkten furchteinflößend. »Als Hausbeschließerin in der Via Gora war ich jedenfalls glücklicher. Hier fühle ich mich abgeschoben und gefangen in einem goldenen Käfig. Man hat mir jeden Kontakt zu meiner Vergangenheit untersagt, mehr noch, ich wurde zum Schweigen verurteilt. Allein unser Gespräch versetzt mich in Panik. Mir ist es strikt untersagt, mich mit irgendjemandem über das Geschehen der letzten Zeit zu unterhalten.«

Caterina schüttelte kaum merklich den Kopf: Welche düsteren Geheimnisse mochte diese Frau mit sich herumschleppen?

»Manchmal«, fuhr die Fellini fort, »sehe ich schon Gespenster. Ich fühle mich verfolgt, wenn ich durch die Stadt gehe, und schlage Haken wie ein flüchtender Hase. Das bringt mich noch an den Rand des Wahnsinns. Inzwischen weiß ich, dass meine Furcht nicht unbegründet ist.« Ihre Stimme drohte zu versagen, als sie laut und heftig ausrief: »Ich habe Angst, Angst, Angst!«

Die Signora ließ sich in einen Sessel sinken und starrte vor sich hin.

»Es geht mich ja nichts an«, bemerkte Caterina, um die Situation herunterzuspielen, »aber hinter Ihrer Angst steckt wohl dieser Gonzaga?«

»Der feine Herr Kurienkardinal Philippo Gonzaga!« Die Signora lächelte zynisch. »Kein Mensch würde mir glauben, wenn ich mit meiner Geschichte an die Öffentlichkeit ginge.«

In Dreiteufelsnamen, so reden Sie schon!, wollte Caterina sagen, aber sie hielt sich zurück. Schließlich meinte sie: »Sie sollten sich ein paar Tage Urlaub gönnen! Auf Sizilien ist es noch warm um diese Jahreszeit.«

»Urlaub! Als ich noch eine einfache Hausbeschließerin war, konnte ich mir keinen Urlaub leisten. Wer hätte meine Arbeit verrichtet? Heute, wo ich mir Urlaub leisten könnte und sogar über genügend Zeit verfüge, darf ich es nicht. Es ist mir untersagt, Rom zu verlassen. Dann stünde ich ja nicht mehr unter Gonzagas Kontrolle.«

»Und Sie haben noch nie versucht, aus Ihrem unsichtbaren Gefängnis auszubrechen?«

Die Signora schlug die Hände zusammen. »Da unterschätzen Sie die Macht Gonzagas. Ich würde nicht weit kommen. Gonzaga hat überall seine Leute.«

»Wie kam die Beziehung zu Kardinalstaatssekretär Gonzaga denn überhaupt zustande?«, erkundigte sich Caterina vorsichtig.

»He, was denken Sie von mir«, entrüstete sich Signora Fellini. »Sie glauben doch nicht etwa, ich hätte etwas mit dem kahlköpfigen Ungeheuer gehabt. Da sei Gott vor. Klar, so ein Kardinal hat auch seine Bedürfnisse – Zölibat hin oder her. Aber wenn, dann sucht er sich schon etwas Besseres aus als eine Hausbeschließerin, die ihre besten Jahre hinter sich hat.«

»So war das nicht gemeint«, entschuldigte sich Caterina. »Ich wollte Sie nicht beleidigen.«

»Schon gut, schon gut.« Die Zunge der Signora wurde schwerer und schwerer, und Caterina hatte Mühe, sie zu verstehen, als sie jetzt sagte: »Als Concierge bekommt man einiges mit, müssen Sie wissen. Manchmal mehr, als einem lieb ist. Es war nicht die Neugierde, wenn bei mir die Tür von früh bis spät offen stand. Aber eine anständige Hausbeschließerin sollte immer den Überblick haben, wer sich im Haus aufhält. Und natürlich fiel mir der schwarz-grau gekleidete Kahlkopf auf, der regelmäßig sonntags vorbeikam und eine penetrante Duftwolke hinter sich herzog. Er blickte stur geradeaus und hielt für gewöhnlich die Nase nach oben wie ein Mann von altem römischem Adel. Selbst wenn ich den Kopf durch die Tür steckte, schenkte er mir keine Beachtung, von einem ›Buona sera, Signora‹ ganz zu schweigen. Nein, der Kerl hatte keine Manieren, auch wenn er sehr vornehm tat und eine gewisse Unnahbarkeit ausstrahlte. Für mich war von Anfang an klar, dass es sich bei dem Kahlkopf nur um einen Pfaffen handeln konnte. Dass es sich allerdings um einen Kardinal, sogar um den

Kardinalstaatssekretär handelte, das erfuhr ich erst später und unter grauenvollen Umständen.«

Caterina spielte die Ahnungslose: »Und was wollte der Kardinal bei Ihnen in der Via Gora?«

Die Signora leerte den Rest der Flasche in ihr Glas, nahm einen Schluck und begann mit einem hämischen Grinsen: »Im fünften Stock des Hauses, für das ich verantwortlich war, lebte eine feine Dame. Nicht, was Sie jetzt meinen, Signorina, eine wirkliche Dame! Sie stammte aus Schweden oder Deutschland, jedenfalls hoch aus dem Norden. Ich glaube, sie war eine Studierte, aber wovon sie lebte, ist mir nie klar geworden. Sie ging auch keiner geregelten Arbeit nach. Ihr Name war Ammer.«

Mit zittrigen Händen klammerte sich Caterina an ihr noch immer übervolles Glas. Es fiel ihr nicht leicht, ihre Aufregung zu verbergen. »Und diese Frau aus dem fünften Stock bekam tatsächlich Besuch vom Kardinal? Wie aufregend.« Caterina gab sich beeindruckt.

»Der Kardinal kam so regelmäßig wie das Amen in der Kirche.«

»Vielleicht zu wissenschaftlichen Studien? Oder war er gar mit ihr verwandt?«

»Dass ich nicht lache! Frisch rasiert und parfümiert und mit einem Blumenstrauß in der Hand? Das sollen mir schöne Studien gewesen sein!«

Caterina tat erstaunt. »Trotzdem sagten Sie, Marlene Ammer sei keine *puttana* gewesen, sondern eine Dame!«

»Ein brünftiger Kardinal macht noch keine Nutte!«, erwiderte die Fellini, während sie mit der Rechten die leere Flasche umklammerte. Plötzlich hielt sie inne und starrte Caterina mit weit aufgerissenen Augen an. »Sagten Sie *Marlene* Ammer?« Ihre Stimme klang verwaschen, leise und bedrohlich.

»Ja, Marlene Ammer«, wiederholte Caterina.

»Woher kennen Sie ihren Namen?«

Caterina hätte sich am liebsten auf die Zunge gebissen. Wie

hatte sie nur so dumm sein können. »Sie waren es doch, die den Namen erwähnte!«, sagte sie schließlich.

»Iiich? So ein Quatsch. Sie glauben wohl, Sie haben eine besoffene Alte vor sich, der Sie alles erzählen können. Wer sind Sie, und was wollen Sie?«

»Ich habe nur die Blumen überbracht, sonst nichts!« Caterina wurde heiß und kalt. Sie hatte alles so gut eingefädelt, und mit einer dummen Unachtsamkeit hatte sie sich verraten.

Es schien, als sei die Fellini von einem Augenblick auf den anderen wieder nüchtern. »So ein Blödsinn«, fauchte sie, und dabei verwandelte sich ihr Gesicht zur Fratze, »Gonzaga hat mir nie Blumen geschickt, und er würde es auch nie tun. Wie konnte ich auf einen so dummen Trick hereinfallen!«

Die ernüchterte Signora baute sich drohend vor Caterina auf. Verängstigt blickte Caterina zur Tür. »Hören Sie«, sagte sie mit zaghafter Stimme, »ich bin Ihnen eine Erklärung schuldig.«

»Ihre Erklärungen interessieren mich nicht!«, zischte die Signora. »Das Einzige, was ich wissen will ist: Wer sind Sie, und was wollen Sie?«

»Also gut, mein Name ist nicht Margerita Margutta. Ich heiße Caterina Lima, und ich bin Jounalistin.«

»Alles gelogen! Ich glaube Ihnen kein Wort. Also, wer hat Sie geschickt, um mich auszuhorchen?« Mit einem gekonnten Griff fasste die Fellini die Weinflasche am Hals und schlug sie auf die Tischkante, dass die Flasche zerbarst.

Ein Glassplitter traf Caterina an der rechten Wange. Sie fühlte, wie ein warmes Rinnsal über ihre Backe lief. Abwehrend hob sie beide Hände. Sie sprang auf und hielt nach beiden Seiten Ausschau nach einem Fluchtweg.

Wie eine Waffe hielt die Fellini Caterina die abgebrochene Flasche mit ausgestrecktem Arm entgegen. »Ich will wissen, wer Sie geschickt hat!«, wiederholte sie, und dabei betonte sie jedes Wort.

»Niemand hat mich geschickt. Beruhigen Sie sich!« Mit erhobenen Händen bewegte sich Caterina rückwärts in Richtung Tür.

Die starren Augen der Signora zeigten Entschlossenheit. Zweifellos nahm ihr der Suff jede Hemmung. Wie, überlegte Caterina, könnte sie einen Angriff abwehren? Wenn sich die Fellini mit dem Scherben auf sie stürzte, hatte sie kaum eine Chance.

Aug in Aug belauerten sich die beiden Frauen im Abstand von zwei Metern. Caterina atmete kaum hörbar und kurz. Vorsichtig wie ein Seiltänzer auf dem Hochseil wich sie zurück, indem sie einen Fuß hinter den anderen setzte. Als sie an der Tür, die zum Korridor führte, angelangt war, hielt die Fellini inne, als hätte sie es sich anders überlegt.

Sie wandte sich um und stapfte, als wäre nichts gewesen, über Scherben und zerfetzte Lilienblüten zu ihrem abgewetzten Sessel. Mit einem Seufzer ließ sie sich auf das Polster fallen. Dann stieß sie hervor, und dabei funkelten ihre Augen hasserfüllt: »Und jetzt verschwinde, du kleines Flittchen, und vergiss alles, was du gehört hast. Sonst wirst du mich kennenlernen! Raus!«

Ohne zu zögern, kam Caterina der Aufforderung nach. »Ich lasse Ihnen meine Karte da«, sagte sie, »falls Sie mich einmal brauchen.«

Sie verschmähte den Lift aus Angst, er könnte stecken bleiben. So hastete sie das marmorierte Treppenhaus hinab und atmete, auf dem Lungotevere Marzio angelangt, tief durch. Die kühle Abendluft tat gut.

Was sie soeben erlebt hatte, bestätigte ihre schlimmsten Vermutungen: Die versoffene Signora, die von der Kurie für ihr Schweigen fürstlich entlohnt wurde. Und dann – Marlene! Marlene, die ein sündhaftes Verhältnis mit einem leibhaftigen Kardinal pflegte – *eine feine Dame*! Das war eine Überraschung, die ein ganz neues Licht auf Marlenes Tod warf. Dennoch blieb die Sache rätselhaft. Zwar machte es durchaus Sinn, wenn das Verhältnis eines Kurienkardinals mit *einer feinen Dame* durch Mord gewaltsam beendet wurde. Aber warum, ging es Caterina durch den Kopf, hatten die hohen Herren der Kurie dann an ihrem Begräbnis teilgenommen?

Kapitel 42

Flughafen Frankfurt, Gate 26. Gebäude 456 B, die übliche Glas-Stahl-Architektur. Am Eingang ein Schild in blau-oranger Schrift: FedEx.

Der drahtige Vierziger, der seinen dunkelblauen Mercedes nahe dem Eingang parkte, hatte es eilig. Seine Augen funkelten unruhig hinter der goldgeranderten Brille. Er sah müde aus, so als hätte er sich die ganze Nacht um die Ohren geschlagen. Sein zerknitterter Anzug machte nicht gerade einen gepflegten Eindruck. Mit der Linken presste er ein kleines Paket an sich, zehn mal zwanzig Zentimeter und mit Klebestreifen verklebt.

Zielstrebig begab sich der Mann in das Innere des Gebäudes, orientierte sich an einem Hauswegweiser und trat vor einen Schalter, hinter dem ihm eine gepflegte Blondine geschäftsmäßig einen guten Morgen wünschte und im gleichen Tonfall und mit der gleichen Routine die Frage stellte: »Was kann ich für Sie tun?«

»Ein Wertpaket«, erwiderte der frühe Kunde mit geschäftsmäßiger Gelassenheit und schob das kleine Paket über den Tresen.

Die FedEx-Blondine nahm das Paket in die Hand und schien irritiert wegen seiner Leichtigkeit. Dann legte sie es auf die elektronische Waage, die daraufhin einen Piepston von sich gab und einen Klebezettel ausspuckte. Sie las die Adresse:

Giancarlo Soffici
Hotel Krone, Rheinuferstraße 10
65385 Assmannshausen

In dem Hotel hatte Soffici eine Suite reserviert.

»Und der Absender?«, fragte sie, ohne aufzublicken.

»Ebenfalls Giancarlo Soffici!«

»Und die Adresse des Absenders?«

Der Kunde stockte. Dann sagte er: »Città del Vaticano, 1073 Roma.«

Die Blondine blickte auf und legte die Stirn in Falten. Dann notierte sie die Angabe. »Versicherungswert?«, fragte sie.

»Hunderttausend Euro.«

Sichtlich genervt sortierte die Blondine hinter dem Schalter irgendwelche Papiere. Dann sah sie sich hilfesuchend um. Aber da war niemand, der ihr in dieser Situation beistehen konnte.

»Sie müssen sich ausweisen!«, bemerkte sie, nachdem sie sich wieder gefangen hatte.

Der frühe Kunde schob seinen Pass über den Schalter: Monsignor Giancarlo Soffici. Tonlos formte die Blondine den Namen mit den Lippen. Schließlich gab sie das Dokument zurück. »Sagten Sie hunderttausend Euro?«

»Ja«, kam die Antwort.

»Dann müssen Sie den Inhalt deklarieren.«

»Schreiben Sie: Wissenschaftliche Probe!«

»Wird aber nicht ganz billig«, meinte sie, während sie die Angabe in den Computer eintippte.

Soffici zog seine Brieftasche hervor und reichte der Blondine eine Kreditkarte über den Schalter. »Wann darf ich die Lieferung erwarten?«, fragte er, ganz Herr der Situation.

Nach einem langen Blick auf den Bildschirm meinte die Blondine: »Morgen ab zehn. Aber wenn Sie wollen, lässt sich die Sache auch beschleunigen …«

»Nein, nein, ich habe keine Eile. Morgen ab zehn.«

Nachdem er seine Unterschrift geleistet und Laufschein und Kreditkarte zurückerhalten hatte, verschwand der seltsame Kunde ohne großes Aufsehen. Zwei Minuten später lenkte er seinen dunkelblauen Mercedes auf die A 3 Richtung Wiesbaden.

So früh am Morgen herrschte auf der Autobahn noch wenig Verkehr. Soffici konnte seinen Gedanken nachgehen.

Gonzaga, dessen war er sich sicher, hatte bis heute keine Ahnung, was da eigentlich abgelaufen war. Gewiss hielt er ihn noch immer für den devoten Sekretär, auf dem man herumtrampeln konnte wie auf einem Fußabstreifer. Einen, der den Titel Monsignore als den Gipfel seiner klerikalen Karriere betrachtete und dreimal täglich Gott dem Herrn auf Knien für diese Gnade dankte. Vielleicht hielt er ihn aber auch für tot, nachdem seit der Entführung bereits eine Woche vergangen war.

Was immer er auch denken mochte, der Kardinalstaatssekretär würde längst zur Tagesordnung übergegangen sein. Er, Soffici, wusste, dass Gonzaga über Leichen ging. Umso größer war die Genugtuung, die Soffici jetzt empfand. Gonzaga hatte ihn unterschätzt. Nie im Leben hätte er ihm zugetraut, dass er mit Brandgesicht gemeinsame Sache machte.

Zugegeben, es war nicht *seine* Idee gewesen. Brandgesicht war auf ihn zugekommen und hatte vorgeschlagen, er, Soffici, solle Gonzaga zu dem Geschäft überreden. Er wollte zunächst gar nicht glauben, was Brandgesicht da erzählte. Dass *er* es war, der dem Turiner Grabtuch eine Probe entnommen hatte, in der Absicht, sie zu Geld zu machen. Zu sehr viel Geld.

Nicht, dass Geld ihm viel bedeutet hätte. Viel bedeutsamer erschien ihm die Gelegenheit, sich an Gonzaga zu rächen. Zu oft und zu tief hatte Gonzaga ihn gedemütigt, wie einen Hund behandelt, ihn der Lächerlichkeit preisgegeben. Einmal wollte er den Spieß umdrehen, ein einziges Mal.

In Brandgesichts Auftrag hatte er mit einem fingierten Fax das Treffen an der Piazza del Popolo arrangiert. Soffici schüttelte den Kopf: *Konnte ich ahnen, dass Gonzaga in einen Auffahrunfall verwickelt würde?*

Über dunkle Kanäle hatte Brandgesicht inzwischen erfahren, dass Gonzaga, der von Anicet erpresst wurde, auf Burg Layenfels die Kopie und nicht das Original abgeliefert hatte. Wissenschaftliche Untersuchungen hätten das bestätigt. Also witterte Brandgesicht ein neues, noch viel größeres Geschäft: Mit einer Gang von

Berufsverbrechern inszenierte er die brutale Entführung. *Natürlich war ich eingeweiht in das Unternehmen. Sonst hätte mich vermutlich der Schlag getroffen.*

Leider wurde die Entführung ein Reinfall. Jedenfalls blieb Gonzaga sogar unter der Kältefolter, die ihn beinahe das Leben gekostet hatte, bei seiner Behauptung, er habe das Turiner Original nach Burg Layenfels gebracht.

Ohne Frage war das winzige Stück Stoff, das Brandgesicht aus dem Tuch geschnitten hatte, dadurch noch kostbarer geworden. Mit seiner Hilfe konnte bewiesen werden, dass das Tuch auf Burg Layenfels, trotz gegenteiliger wissenschaftlicher Erkenntnisse, doch das echte war.

Anicet und seine obskure Bruderschaft waren mir nicht unbekannt. Schließlich war ich dabei, als Gonzaga das Tuch des Jesus von Nazareth ablieferte. Ich wollte deshalb Anicet die kostbare Stoffprobe andienen. Doch Brandgesicht spielte ein falsches Spiel und bot das Objekt gleichzeitig einem gewissen Malberg an, der auf irgendeine Weise in den Fall verwickelt war. Während er, Soffici, Brandgesicht beschattete, wurde er Zeuge, wie dieser die Stoffprobe aus dem Grabtuch im Petersdom zum Kauf anbot. Das sollte er nicht ungestraft tun.

Brandgesicht war äußerst unbeliebt in Kreisen der Unterwelt. Er galt als Einzelgänger, und solche Leute werden nicht sehr geschätzt. Sie sind unberechenbar und gefährlich. Dieselben Leute, die Brandgesicht bei der Entführung des Kardinalstaatssekretärs behilflich waren, schickten ihn letztlich ins Jenseits. *Ich habe das nicht gewollt. Ich hatte lediglich den Auftrag gegeben, ihm den Cellophanbeutel mit der Stoffprobe abzujagen. Von Mord war keine Rede. Der Herr sei seiner Seele gnädig.*

So dachte Monsignor Giancarlo Soffici am Steuer des dunkelblauen Mercedes. Der traumhaften Rheinlandschaft zwischen Eltville und Assmannshausen, die zu keiner Zeit schöner ist als im Herbst, wenn die Weinberge in Rot und Gold erstrahlen, schenkte er kaum Beachtung. Die Hügel und Berge rechter Hand der Uferstraße dampften in der Vormittagssonne. Durch die halb geöffnete Seitenscheibe drang der leicht morbide Flussgeruch. Nach dem Regen der vergangenen Tage hatte der Rhein eine braune Farbe angenommen.

In Lorch wandte Soffici sich nach rechts und nahm die schmale Landstraße ins Wispertal. Den Weg hatte er noch in guter Erinnerung. Am schweren Rolltor angelangt, das jedem Ungebetenen den Zutritt zu Burg Layenfels verwehrte, verharrte Soffici einen Augenblick bei laufendem Motor. Bewusst hatte er seine Ankunft nicht angekündigt.

Neugierig und mit finsterem Blick steckte der Wächter seinen Kopf durch das winzige Fenster des Torturms.

»Apokalypse 20,7!«, rief Soffici dem Alten zu. »Melden Sie mich bei Anicet. Mein Name ist Soffici. Wir kennen uns.«

Weniger die letzte Bemerkung als vielmehr das Codewort führte dazu, dass das Eisengatter sich mit einem gewissen Automatismus öffnete, und mit demselben Automatismus verwandelte sich auch die finstere Miene des Torwärters in ein gezwungenes Lächeln.

Soffici gab Gas. Der gepflasterte Weg in den höher gelegenen Burghof ging steil bergan. Im ersten Gang heulte der Motor der dienstlichen Limousine laut auf. Oben angelangt, stellte Soffici den Motor ab und stieg aus.

In dem mit Katzenkopfpflaster versehenen Innenhof herrschte Stille. Aus der Ferne fing sich in den sechsstöckigen Wänden das ratternde Geräusch eines ICE, der unten am linken Rheinufer vorbeidonnerte. Die Wände waren feucht, und es roch muffig. Alle Fenster bis auf eines, rechter Hand im ersten Stockwerk gelegen, waren geschlossen. Dahinter tauchte das bleiche Gesicht Anicets auf. Die langen Haare streng nach hinten gekämmt wie der Schauspieler Bernhard Minetti kurz vor seinem Ableben, warf er Soffici einen prüfenden Blick zu.

Er hätte kein Wort zu sagen gebraucht, allein sein abweisender Gesichtsausdruck verriet seine Rede: »Ich kann mich nicht erinnern, Sie herbestellt zu haben. Wie kommen Sie überhaupt hier herein? Wer schickt Sie?«

Im Vergleich zu seinem ersten Besuch auf Burg Layenfels wirkte der Sekretär des Kardinals keineswegs schüchtern und zögerlich. Im Gegenteil, Soffici setzte ein überlegenes Lächeln auf, eine Regung, die unter den Fideles Fidei Flagrantes absolut unbekannt war, und er antwortete: »Zunächst grüße ich Sie herzlich. Allerdings möchte ich vorschlagen, unser Gespräch nicht zwischen Tür und Angel zu führen. Es könnte durchaus sein, dass hier die Wände Ohren haben wie im Vatikan und dass es Ihnen gar nicht so angenehm ist, wenn andere Zeugen unserer Unterhaltung werden.«

Anicet schloss geräuschvoll das Fenster. Nach wenigen Augenblicken erschien er in der darunter liegenden spitzbogigen Tür, schmalschultrig, den Kopf nach vorne gestreckt und mit einem grauen Gehrock bekleidet, durchgeknöpft bis zum Hals wie ein Schulmeister des neunzehnten Jahrhunderts. Seine ganze Erscheinung wirkte wie aus einer anderen Zeit. Aber das war Soffici aus dem Vatikan gewohnt.

»Ich bin wirklich gespannt, was mir dieser Gonzaga mitzuteilen hat.« Anicet trat dem Besucher entgegen, ohne ihm die Hand zu reichen.

»Gonzaga?«, erwiderte Soffici fragend. »Ich komme nicht im Auftrag des Kardinalstaatssekretärs, ich komme aus eigenem Antrieb und aus freien Stücken. Es geht um das Tuch von Turin.«

Da verfinsterte sich das bleiche Gesicht Anicets von einem Augenblick auf den anderen. Er lief dunkelrot an, und drohend stieß er hervor: »Gonzaga hat uns betrogen. Aber ich werde es ihm heimzahlen, sagen Sie ihm das!«

»Wenn ich mir die Bemerkung erlauben darf«, holte Soffici aus, «ich bin durchaus der Ansicht, dass Kardinal Gonzaga Ihnen das Original des Grabtuches unseres Herrn Jesus überbracht hat. Er hat mehr Angst davor, Sie zu betrügen, als Sie glauben. Gonzaga fürchtet um seine Stellung als Kardinalstaatssekretär. Und im

Übrigen hat er die Hoffnung, Papst zu werden, noch nicht ganz aufgegeben. Karrierestreben macht auch vor vatikanischen Mauern nicht halt. Aber wem sage ich das!«

Anicet warf den Kopf in den Nacken – was ihm sichtlich schwerfiel – und blickte im Burghof nach oben, ob niemand ihr Gespräch belauscht hatte. Dann schob er Soffici durch die enge spitzbogige Tür, und mit einer Handbewegung in Richtung der steilen Treppe, die sich vor dem Besucher auftat, sagte er: »Kommen Sie!«

Die Treppe führte geradewegs in Anicets Arbeitszimmer. Durch die Butzenscheiben des einzigen Fensters fiel nur fahles Tageslicht. Die Einrichtung wirkte spartanisch. Ein breiter, knorriger Holztisch, wie er in Klöstern als Refektoriumstisch Verwendung findet, nahm die dem Fenster gegenüberliegende Seite ein. Die übrigen Wände wurden vom Boden bis zur Decke mit Regalen ausgefüllt, in denen Hunderte von Büchern und Akten gestapelt lagen. Beim Anblick dieses Chaos fragte sich Soffici, wie es möglich sein sollte, hier irgendetwas zu finden.

»Also, was wollen Sie?«, wiederholte Anicet kurz angebunden und wies dem unliebsamen Besucher mit einer Handbewegung einen unbequemen Stuhl mit kantiger Lehne zu.

»In meinem Besitz«, begann Soffici, nachdem er Platz genommen hatte, »befindet sich ein winziges Objekt, mit dessen Hilfe es möglich ist, die Echtheit des Turiner Tuches zu beweisen. Jenes Tuches, das Sie hier auf Burg Layenfels aufbewahren.«

»Sie meinen die Fehlstelle, die damals von dem Gauner herausgeschnitten wurde?« Mit hämischem Grinsen lugte Anicet hinter seinem Schreibtisch hervor. Er schüttelte den Kopf und stöhnte: »Dieser Gonzaga! Ein Teufel in Purpur.«

»Gonzaga hat damit nicht das Geringste zu tun«, erwiderte Soffici kühl. »Er weiß nicht einmal, dass ich hier bin. Offiziell gelte ich seit meiner Entführung noch immer als verschollen.«

»Und Ihre vornehme Limousine?«

»Der Dienstwagen des Kardinalstaatssekretärs! In gewissen

Kreisen ist es ein Kinderspiel, *ein* Autokennzeichen gegen ein anderes auszutauschen.«

Bei Anicet kam der Gedanke auf, dass er diesen Soffici unterschätzt hatte. »Sie behaupten also allen Ernstes, *Sie* hätten die Stoffprobe aus dem Turiner Tuch.«

»So ist es.«

In Anicets Gesicht machte sich erneut ein hämisches Grinsen breit. »Zu dumm, dass Brandgesicht dasselbe behauptet.«

»Brandgesicht ist tot. Seine Leiche trieb mit dem Kopf nach unten in der Fontana di Trevi.«

Anicet schluckte. Man sah, dass es in seinem Kopf arbeitete. Als wollte er gewisse Dinge aus seinem Gedächtnis streichen, wischte er sich mit der Hand über das Gesicht. »Ist das wahr?«, fragte er verunsichert.

Auf diese Frage war Soffici vorbereitet. Er zog einen Zeitungsausschnitt aus der Jacke und hielt ihn dem Oberhaupt der Bruderschaft vor die Nase.

Der warf einen Blick auf das Papier und nickte. »Wieder ein Gauner weniger auf dieser Welt«, bemerkte er sarkastisch. »Um ihn ist es nicht schade.« Die Kälte seiner Worte wurde nur noch durch die klamme Atmosphäre des düsteren Raumes übertroffen.

»Vielleicht glauben Sie mir jetzt«, sagte Soffici. »Dieser Brandgesicht war ein Gangster. Er führte auch anderweitig Verhandlungen über den Verkauf der Stoffprobe. Mich wollte er dabei ausbooten. Und das, nachdem ich die ganze Vorarbeit geleistet hatte. Das konnte ich natürlich nicht zulassen.«

Lange hatte Anicet, entgegen sonstiger Gewohnheit, geschwiegen. Schließlich sagte er: »Dann haben *Sie* Brandgesicht ...«

»Wo denken Sie hin!«, fiel ihm Soffici ins Wort, »das war ein – Betriebsunfall sozusagen.«

Anicet hob die Schultern. Die Mitteilung berührte ihn nicht. Plötzlich schien er aufgeregt: »Haben Sie das Objekt bei sich?« Er sah Soffici fordernd an.

Über das Gesicht des Monsignore huschte ein arrogantes Lächeln. Er wusste, dass die Frage kommen würde, und er kostete jede Sekunde aus. Nun war *er* der Überlegene, und ihm schien es, als würde sein Gegenüber hinter dem Schreibtisch immer kleiner.

»Wo denken Sie hin«, erwiderte er schließlich, »ich habe für alle Eventualitäten Vorsorge getroffen.«

»Ich verstehe nicht. Was soll das heißen?«

»Glauben Sie ernsthaft, ich trüge das kostbare Objekt in der Tasche mit mir herum? Wir haben doch bei Brandgesicht gesehen, wohin das führen kann.«

»Ich verstehe.« Anicet fand immer mehr Bewunderung für den unterschätzten Monsignore. Er erwartete keine Antwort, trotzdem stellte er die Frage: »Und wo befindet sich das Objekt jetzt?«

»Sie dürfen fragen, erwarten Sie jedoch nicht, dass ich Ihnen darauf antworte. Aber wenn *ich* Ihnen eine Frage stellen darf: Warum ist dieses winzige Objekt für Sie von so großer Bedeutung, wo es sich doch nur um einen Bruchteil des Grabtuches handelt, das ohnehin in Ihrem Besitz ist?«

Anicet verzog das Gesicht, als bereite ihm die Frage Schmerzen. »Das, Monsignore, kann ich Ihnen nicht sagen. Die Antwort würde Sie, die Mutter Kirche und eine Milliarde ihrer Anhänger in Ratlosigkeit und Verzweiflung stürzen. Es ist die Bestimmung der Fideles Fidei Flagrantes, Dinge zu wissen, die der Welt unbekannt sind. Sie verstehen?«

Eine Weile saßen sich die beiden schweigend gegenüber. Soffici machte sich Gedanken über Anicets große Worte. Und Anicet überlegte, wie er diesem niederträchtigen Monsignore beikommen konnte.

»Haben Sie überhaupt einen Beweis für die Echtheit Ihres Objekts? Sie können mir nichts vormachen. Ich habe mit eigenen Augen gesehen, wie solche Dinge gefälscht werden.«

Mit provozierender Gelassenheit zog Giancarlo Soffici den Umschlag mit den Röntgenaufnahmen aus der Jackentasche und reichte sie Anicet über den Schreibtisch.

Anicet hatte sich viel zu lange mit dem Turiner Grabtuch beschäftigt, um den Echtheitsbeweis nicht sofort zu erkennen. Immer wieder hielt er die beiden Negative gegen das Licht, das spärlich durch die Scheiben drang, legte sie übereinander und betrachtete sie mit zusammengekniffenen Augen.

»Gratuliere«, meinte er schließlich. »Wirklich perfekte Arbeit!«

»Um bei der Wahrheit zu bleiben«, entgegnete der Monsignore, »das war Brandgesichts Verdienst, nicht meines.«

Anicet schien es zu überhören. Jedenfalls tat er so. Nach einer langen Pause des Nachdenkens räusperte er sich umständlich, dann begann er erneut: »Wollen Sie mir nicht endlich verraten, wo Sie das kostbare Objekt versteckt halten?«

»Nein, das werde ich nicht tun«, erwiderte Soffici mit einem Unterton der Entrüstung. »Es ist *meine* Bestimmung, Dinge zu wissen, die der Welt unbekannt sind. Sie verstehen.«

Nach außen gab sich Anicet gelassen, aber innerlich schäumte er vor Wut. Keiner von seiner Bruderschaft, nicht einmal Professor Murath hätte je gewagt, so mit ihm umzuspringen. Man sollte den Kerl umbringen, ging es ihm durch den Kopf, ihn von der höchsten Stelle des Burgfrieds stürzen. Aber der Gedanke, dass das Objekt dann vielleicht ein für alle Mal verloren wäre, zügelte seine Wut.

»Also gut, Monsignore, reden wir über Geld. Denn das ist ja wohl der Grund, warum Sie sich in der Angelegenheit so engagieren.«

»Ja«, erwiderte Soffici mit entwaffnender Offenheit. »Sie müssen wissen, ich kehre nicht mehr in den Vatikan zurück. Ich habe mich entschlossen, den Talar gegen einen Anzug von Cardin zu vertauschen.«

»Ach, so ist das.«

»Ja, so ist das. Ich habe bereits Kontakte nach Südamerika geknüpft. In Chile und Argentinien gibt es luxuriöse Wohngemeinschaften für Leute, die den Talar oder die Kutte an den Nagel gehängt haben. Leider ist das Leben in diesen Aussteiger-Hotels nicht ganz billig. Aber wem sage ich das!«

»Also wie viel?« Anicet rümpfte die Nase.

»Sagen wir ...« – Soffici blickte zur Decke, als erschiene dort ein Menetekel wie beim Gastmahl des babylonischen Königs Belsazar, »eine halbe Million!«

»Argentinische Pesos!«

»Amerikanische Dollars!«

»Unmöglich. Sie sind verrückt, Soffici.«

»Darüber könnte man in der Tat diskutieren.«

»Ich biete Ihnen die Hälfte. Bar und in unverfänglichen kleinen Scheinen mit Banderole.«

Auf seinem harten Stuhl rutschte Soffici unruhig hin und her. Er wusste, dass er kaum einen anderen Interessenten für das Objekt finden würde. Jedenfalls keinen, der bereit war, zweihundertfünfzigtausend Dollar für zehn Quadratzentimeter Stoff auszugeben.

»Also gut«, sagte der Monsignore und streckte Anicet die Hand über den Tisch, »eine viertel Million US-Dollar.«

Anicet ignorierte die Handreichung und sah sein Gegenüber von unten an. »Wann können Sie liefern?«, fragte er. Er hatte sich wieder ganz in der Hand.

»Wenn Sie wollen, morgen früh gegen elf Uhr. Ware gegen Geld. Aber keine Tricks!«

»Ist doch Ehrensache«, erwiderte Anicet und dachte sich seinen Teil.

Kapitel 43

Das Hotel Krone, ein schlossartiges Fachwerkhaus mit Erkern und Türmchen, lag unmittelbar am Rheinufer. Die reservierte Suite mit einer vornehm-weißen Einbauwand und einem geschmackvollen Biedermeier-Sekretär an der Fensterwand strahlte deutsche Gemütlichkeit aus. Vom Fenster fiel der Blick auf den breiten Strom. Frachtkähne durchpflügten das träge Gewässer. Aber Soffici hatte keinen Blick für die Rhein-Romantik.

Er ging früh zu Bett, wie er es gewohnt war. Doch er fand keinen Schlaf. Zum einen, weil auf beiden Seiten des Rheins Züge vorbeidonnerten. Zum anderen hatte er Bedenken, ob seine Pläne aufgehen würden. Er war nicht der harte Typ, den er Anicet vorgespielt hatte. Die Angst, im letzten Augenblick könnte doch noch etwas schiefgehen, schnürte ihm die Kehle zu.

Irgendwann gegen drei Uhr morgens übermannte ihn der Schlaf. Als er erwachte, war es acht Uhr dreißig. Er bestellte ein opulentes Frühstück aufs Zimmer. In Gedanken ging er den Ablauf des bevorstehenden Tages noch einmal durch. Es *durfte* nichts schiefgehen.

Kurz vor zehn begab sich Soffici in die Hotelhalle. Scheinbar gelangweilt ließ er sich auf einem Sofa nieder, von wo er den Hoteleingang im Auge hatte.

Es dauerte etwa zwanzig Minuten, bis vor dem Hotel ein weißer FedEx-Wagen hielt. Schnellen Schrittes nahm der Fahrer die Stufen zum Hoteleingang. Er wurde erwartet.

»Mein Name ist Giancarlo Soffici«, trat ihm der Hotelgast entgegen.

Der Kurier sah ihn misstrauisch an: »Können Sie sich ausweisen?«

»Ja, natürlich.« Soffici reichte dem Boten seinen Pass.

Der Kurierfahrer warf einen Blick auf das Passbild, dann sah er den Hotelgast prüfend an. »In Ordnung«, sagte er, »wenn Sie den Empfang der Sendung quittieren wollen.«

Soffici atmete auf, leistete die Unterschrift und nahm das Päckchen an sich.

»Einen angenehmen Tag noch!«, meinte der FedEx-Mann floskelhaft.

»Das wird sich herausstellen«, brummte Soffici in sich hinein. Er wandte sich um und wollte zurück in sein Zimmer gehen, da erstarrte er zur Salzsäule wie Lots Frau im Anblick von Sodom. Vor ihm stand Kardinal Bruno Moro. In seinem Schatten sein Sekretär Monsignor Abate. Beide korrekt gekleidet in feinsten dunkelgrauen Flanell. Abate hielt den Blick gesenkt, als ob ihm die Begegnung peinlich wäre. Auf Moros Gesicht lag ein zynisches Grinsen.

»Sie haben sich ganz schön verändert«, bemerkte er mit einem Blick auf Sofficis kurz geschorene Haare.

»Wie haben Sie mich gefunden?«, murmelte Soffici atemlos und ohne auf Moros Bemerkung einzugehen.

»Wir haben Hinweise von der Polizei erhalten, dass Sie sich nach Deutschland abgesetzt haben. Aber das sollten wir besser auf Ihrem Zimmer besprechen!«

Verunsichert blickte Soffici um sich: »Ich wüsste nicht, was es zwischen uns zu besprechen gibt. Im Übrigen habe ich eine Verabredung. Wenn Sie mich also entschuldigen wollen, Herr Kardinal …«

Soffici ging auf den Hotelausgang zu, aber Moro stellte sich ihm in den Weg: »Sie wollen doch keinen Skandal. Also bitte!« Mit einer Handbewegung wies er zur Treppe.

»Was heißt hier Skandal?«, polterte Soffici los.

»Das will ich Ihnen sagen, Monsignore! Sie haben Ihre eigene Entführung und die des Kardinalstaatssekretärs inszeniert. Gonzaga hat ein schweres Stresssyndrom, ist seither in psychiatrischer

Behandlung. Sie haben den Dienstwagen des Kardinalstaatssekretärs entwendet und mit gefälschten Kennzeichen außer Landes gebracht. Soffici, Soffici, wie tief sind Sie gesunken.«

»Ich glaube, *Sie* sollten besser schweigen«, entgegnete Soffici mit wütendem Blick. »War es nicht Ihr Entschluss, das Turiner Grabtuch gegen eine Kopie auszutauschen, damit der Wissenschaft jede Möglichkeit genommen würde zu beweisen, dass Jesus von Nazareth ein ganz normaler Mensch war?« Er hielt inne.

Moro und Abate warfen sich einen vielsagenden Blick zu.

»Herr Kardinal!«, stammelte der Sekretär.

Moro nickte: »Ich habe es geahnt. Das Original des Grabtuches unseres Herrn befindet sich in den Händen der Bruderschaft des unseligen Kardinals Tecina, der jetzt den Namen Anicet trägt wie einer der sieben Teufel.«

Bestürzt blickte Soffici um sich, ob es keine Zeugen ihrer Unterhaltung gab. Nun war es Soffici, der das Gespräch in seinem Zimmer fortführen wollte. »Folgen Sie mir!«

Das Zimmer war noch unaufgeräumt, so wie er es verlassen hatte. Moro und sein Sekretär nahmen auf dem Sofa Platz, Soffici rückte sich einen Sessel vor dem Couchtisch zurecht.

»Habe ich recht?«, bedrängte Kardinal Moro den Monsignore.

Soffici gab keine Antwort.

»Also doch.«

»Ich habe mit der Sache nichts zu tun«, erwiderte Soffici.

»Und warum sind Sie dann hier? Soviel ich weiß, sind es nur ein paar Kilometer nach Burg Layenfels, dem Sitz der Abtrünnigen. Haben Sie etwa vor, dem elitären Club der Aussteiger beizutreten? Soffici, ich befürchte, das ist eine Nummer zu groß für Sie.«

»Glauben Sie, was Sie wollen. In den Vatikan werde ich nicht mehr zurückkehren.«

Süffisant lächelnd antwortete Moro: »Das wird auch für beide Seiten das Beste sein.«

Seit geraumer Zeit beobachtete Moro, wie Soffici ein kleines

Päckchen an sich drückte. Dem Vorgang maß er jedoch keine weitere Bedeutung bei, vielmehr nahm er das Gespräch wieder auf und stellte die Frage: »Es war doch Gonzaga, der das Original hierhergebracht hat?«

Soffici nickte stumm.

»Warum tat er das? Wollte er der Mutter Kirche Schaden zufügen?«

»Er konnte nicht anders.«

»Was heißt, er konnte nicht anders«, erwiderte Moro zornig. »Soll das heißen, er wurde erpresst?«

»Es lässt sich nicht leugnen.«

»Wegen diesem Frauenzimmer?«

Monsignor Abate blickte, die Hände über dem Bauch verschränkt, verschämt zur Seite.

»Diese Buhlschaft des Teufels!«, schäumte Moro. Er sprang auf und ging im Zimmer unruhig auf und ab. Ängstlich verfolgte Abate jeden seiner Schritte. »Wie kann man den Verlockungen des Teufels so verfallen!«

Soffici wiegte den Kopf hin und her. »Jedes Jahr quittieren Tausende unserer Mitbrüder ihr Amt, weil sie der Sünde nicht widerstehen können. Sex ist der gelungene Versuch der Natur, den Verstand auszuschalten.«

»Von einem Kardinalstaatssekretär hätte ich mehr Standhaftigkeit erwartet.«

»Auch ein Kardinalstaatssekretär hat gewisse Bedürfnisse.«

»Soffici!«, rief Moro wütend. »Haben Sie den Verstand verloren? Sind Ihnen die Worte des Apostels Paulus nicht mehr geläufig?«

»Durchaus«, antwortete Soffici, »Sie sprechen vom 1. Brief an die Korinther, in dem der Apostel sagt, es sei gut für die Unverheirateten, wenn sie so blieben wie er.«

Abate nickte zustimmend, und Moro sagte: »Haben Sie die Worte des Apostels vergessen?«

»Im Gegenteil«, erwiderte Soffici, »Paulus sagt nämlich auch:

Können sie aber nicht enthaltsam sein, so sollen sie heiraten. Denn es ist besser, zu heiraten als zu brennen. Das gilt auch für einen Kardinalstaatssekretär. Aber da eine Heirat nach der Enzyklika *Sacerdotalis Coelibatus* verboten bleibt …«

Moro und Abate waren sprachlos. Es war zwecklos, mit Monsignor Soffici über Bibelzitate zu diskutieren. Altes und Neues Testament waren ihm geläufig wie das Vaterunser.

Moro entging nicht, dass Soffici nervös auf die Uhr blickte. »Es ehrt Sie, dass Sie als sein Sekretär zu Gonzaga stehen«, meinte Moro beschwichtigend. »Aber das ändert nichts an der Tatsache, dass der Kardinalstaatssekretär ein Verräter an der Sache der Kirche ist. Gott wird ihn strafen.«

»Wer von Euch ohne Schuld ist, spricht der Herr, der werfe den ersten Stein!«

»Schon gut!«, versuchte der Kardinal Soffici zu bremsen. »Und wie haben Sie sich Ihre weitere Zukunft vorgestellt?«

Verunsichert kaute der abtrünnige Monsignore auf seiner Unterlippe. Dabei fiel sein Blick auf den Umschlag mit den Röntgenbildern, der achtlos neben dem Frühstückstablett lag.

»Um mich«, antwortete Soffici, »brauchen Sie sich keine Sorgen zu machen. Ich lebe in der Gewissheit, dass ich von der Kirche keine Hilfe erwarten darf.«

»Dessen dürfen Sie sich in der Tat sicher sein! Man schlachtet die Kuh nicht, die einem Milch gibt.«

»Keineswegs. Um im Bild zu bleiben: Ich habe nicht vor, die Kuh zu schlachten. Ich will ohne Aufsehen von der Weide verschwinden. Das ist ein Unterschied.«

Moro machte eine abfällige Handbewegung. »Wer nicht für mich ist, ist gegen mich, spricht der Herr. Aber Sie haben meine Frage noch immer nicht beantwortet.«

»Welche Frage?«

»Die Frage: Was führt Sie eigentlich hierher, nach Burg Layenfels? Sind Sie ein Parteigänger des abtrünnigen Kardinals? Sozusagen die Laus im Pelz der Kurie?«

»Denken Sie, was Sie wollen, Herr Kardinal. Und jetzt gehen Sie bitte!«

Moro und sein Sekretär kamen der Aufforderung ohne Widerspruch nach, und Soffici packte hastig seinen Koffer.

KAPITEL 44

Seit Malberg sich gegenüber Caterina so ablehnend verhielt, herrschte eine angespannte Stimmung zwischen ihm und Barbieri. Barbieri nannte ihn eigensinnig und egoistisch und obendrein dumm, weil Malberg nicht begreifen wollte, dass Caterina ihn wirklich liebte. Für den schlechten Charakter ihres Bruders könne er Caterina wirklich nicht verantwortlich machen.

Verstärkt wurde die trübe Stimmung an diesem Donnerstagmorgen noch durch den Nieselregen und den grauen Dunst, der seit Tagen über der Stadt lag und die Straße hinter dem protestantischen Friedhof noch trostloser erscheinen ließ als an sonnigen Tagen.

Missmutig warf Barbieri einen Blick aus dem Fenster. Auf dem heutigen Terminplan stand eine Observierung. Aufträge wie dieser stellten Barbieris Haupteinnahmequelle dar. In diesem Fall wollte die Ehefrau eines Beamten aus dem Justizministerium wissen, wie es um die Treue ihres Mannes bestellt sei. Ein Foto und ein Zettel mit den notwenigen Angaben mussten genügen, um dem Justizbeamten auf die Schliche zu kommen.

Für die notwendigen Beweisfotos benützte Barbieri eine Digitalkamera Nikon D80 mit einem starken Teleobjektiv. Sie war die wichtigste Investition seiner Detektei. Entsprechend umsichtig behandelte er das gute Stück. Mit einem Pinsel entfernte Barbieri kaum sichtbare Stäubchen vom Objektiv. Dann brachte er die Kamera in Anschlag und machte wahllos eine Aufnahme aus dem Fenster.

»Du rechnest wohl damit, dass deine Klienten dir die Beweismittel sozusagen frei Haus liefern?«, spottete Malberg.

»Dummkopf«, giftete Giacopo zurück und verstaute die Kamera in einer schilfgrünen Umhängetasche aus Segeltuch. »Aber an deiner Stelle würde ich mal einen Blick aus dem Fenster werfen. So ein Blick aus dem Fenster kann sich manchmal sehr positiv auf die Stimmung auswirken.«

Malberg verstand nicht, was Barbieri meinte. Immerhin – seine Worte machten ihn neugierig. Er erhob sich vom Küchentisch, an dem beide gemeinsam gefrühstückt hatten, und trat ans Fenster.

Der Regen hatte eher noch zugenommen, und der Blick aus dem Fenster war nicht gerade dazu angetan, seine miese Stimmung zu heben. Da entdeckte er im Hauseingang auf der gegenüberliegenden Straßenseite eine junge Frau. Sie trug einen kurzen Mantel mit Kapuze. Malberg erkannte sie sofort: Caterina.

Im ersten Augenblick war Lukas Malberg freudig erregt, aber schon im nächsten musste er wieder an die unseligen Zusammenhänge mit ihrem Bruder Paolo denken. »Das ist Caterina«, sagte er leise und bedacht, jede emotionale Regung zu unterdrücken. »Auf wen sie wohl wartet?« Es war eine rhetorische Frage. Kaum ausgesprochen, bemerkte er selbst, wie dumm er daherredete.

»Auf wen wohl?«, äffte Giacopo Lukas nach. »Vermutlich auf Leonardo di Caprio oder Brad Pitt. Ich finde, du benimmst dich, was Caterina betrifft, ziemlich daneben. Mit dem Aussehen und ihrer Intelligenz könnte die Signorina ganz andere Typen haben. Aber nein, ausgerechnet in so einen verqueren nachtragenden Deutschen muss sich das Mädel vergucken! Ich will dir mal was sagen: *Ich* würde Caterina nicht von der Bettkante stoßen. Ich nicht! Vielleicht erkennt sie ja irgendwann, wie blöd du bist. Ich tröste sie dann gerne.«

Barbieris Worte lösten bei Malberg einen Tobsuchtsanfall aus. Wütend wie ein Stier ging er auf Giacopo los und versetzte ihm einen Faustschlag. Der Schlag traf die Nase, und im Bruchteil einer Sekunde lief Giacopo ein rotes Rinnsal über Lippen und Kinn.

»Ich warne dich! Lass die Finger von Caterina!«, zischte Malberg.

»He«, erwiderte Barbieri, während er sich mit dem Handrücken das Blut aus dem Gesicht wischte, »wer ist denn da eifersüchtig? Anscheinend liebst du Caterina mehr, als du zugibst. Sonst wäre es dir doch egal, mit wem sie herumvögelt. Oder?«

Der Kerl hat recht, dachte Malberg. Es tat ihm leid, als er sah, was er mit seinem Faustschlag angerichtet hatte. Zum ersten Mal dachte er darüber nach, dass er Caterina verlieren könnte. Und der Gedanke gefiel ihm überhaupt nicht.

»Entschuldige«, sagte er und reichte Giacopo ein Taschentuch. »Die Vorstellung, dass Caterina es mit einem anderen treiben könnte, versetzt mich regelrecht in Panik.«

»Also, worauf wartest du noch? Geh runter und sag ihr, was du eben zu mir gesagt hast! Ehe es zu spät ist!«

Malberg schwankte einen Moment. Es fiel ihm schwer zuzugeben, dass er einen Fehler gemacht hatte. Sein übergroßes Misstrauen und die Enttäuschung hatten ihn blind gemacht für ihre Liebe. Im Grunde wusste er schon längst, dass sein stures Festhalten an ihrem »Verrat« nicht mehr haltbar war. Und noch etwas wusste er plötzlich: Caterina war ein Teil seines Lebens.

»Du hast recht, Giacopo!«, stieß er hervor, warf sich eine Windjacke über und rannte aus der Wohnung.

Als Caterina Malberg kommen sah, hastete sie, ohne auf den Verkehr zu achten, ihm entgegen. Verlegen blieb Lukas stehen. Ja, er schämte sich für sein bisheriges Verhalten. »Lukas!« Ohne Rücksicht darauf, wie er reagieren würde, warf sich Caterina ihm in die Arme. Malberg hielt sie fest, als wolle er sie nie mehr loslassen. »Es tut mir leid«, sagte er mit heiserer Stimme. »Es tut mir leid.«

Keiner der beiden bemerkte die knöcheltiefe Pfütze, in der sie standen. Auch das Hupen vorüberfahrender Autos nahmen sie nicht wahr. Sie küssten sich, während der Regen auf sie niederfiel, küssten sich, bis ihnen die Luft wegblieb.

Lukas spürte, wie die Nässe durch seine Kleidung sickerte. Aber es war kein unangenehmes Gefühl. Die Feuchtigkeit vermischte sich mit der Wärme, die von Caterina ausging. Zum ersten Mal seit Wochen war für Malberg die Welt wieder in Ordnung.

Caterina erging es nicht anders. Als sie endlich von Lukas abließ, um Luft zu holen, keuchte sie atemlos: »Ich bin verrückt nach dir!« Da Lukas keine Antwort gab, hielt sie inne. »Hast du gehört, was ich gesagt habe? Ich bin verrückt nach dir.«

Lukas nickte. Ihm fehlten die Worte. »Was für ein Narr bin ich gewesen«, sagte er schließlich. »Ich hätte dir einfach glauben sollen, auch als die Umstände gegen dich sprachen. Es wollte einfach nicht in meinen dickköpfigen Schädel, dass du von Paolos Verrat nichts gewusst haben solltest.«

»Und jetzt? Glaubst du mir jetzt?«

Malberg nickte und zog sie an sich. »Komm!«, sagte er dann. »Es gibt trockenere Plätze, um über das Leben im Allgemeinen und unsere Situation im Besonderen zu diskutieren.« Lukas zog Caterina in den Hauseingang und führte sie an der Hand in Barbieris Wohnung.

Barbieri hatte die Wohnung längst verlassen, um seinen Geschäften nachzugehen.

Malberg half Caterina aus dem völlig durchnässten Mantel und begann sie mit einem Handtuch abzutrocknen.

»Wie lange hast du da unten schon ausgeharrt?«, fragte er, während er liebevoll ihr Gesicht abtupfte.

»Hm.« Caterina hob die Schultern. »Vielleicht ein, zwei Stunden?«, meinte sie eher fragend.

»Du bist verrückt«, schimpfte Lukas.

»Sagte ich das nicht bereits?«, erwiderte Caterina.

»Du konntest doch gar nicht sicher sein, dass ich dich sehen würde!«

Caterina stampfte mit dem Fuß auf. »Ich war mir aber sicher, ziemlich sicher sogar.« Und nach einem Augenzwinkern: »Es gibt einen triftigen Grund, warum ich dich unbedingt sprechen wollte.«

»Du machst mich neugierig. Etwas Unangenehmes?«

»Eher etwas Enttäuschendes. Für dich jedenfalls.« Caterina nahm Lukas das Tuch aus der Hand, faltete es der Länge nach und legte es sich um den Hals.

»So rede schon«, meinte Malberg, der jede ihrer Bewegungen verfolgte.

»Ich war bei Signora Fellini. Ich hoffe, du nimmst es mir nicht übel, dass ich in Sachen Marlene auf eigene Faust weiterrecherchiert habe. Und nachdem du ihre neue Adresse achtlos weggeworfen hast ...«

Malberg schluckte. Die Gegenwart, die eben noch weit entfernt schien, hatte ihn wieder eingeholt.

»Für eine ehemalige Hausbeschließerin«, begann Caterina vorsichtig, »lebt die Signora ziemlich komfortabel in einem Apartment am Lungotevere Marzio. Mietfrei, versteht sich, in einem Haus, das der Kirche gehört.«

»Das wundert mich nicht!« Malberg lachte verbittert. »Nach allem, was wir bisher in Erfahrung gebracht haben. Auch das Haus in der Via Gora, das sie als Concierge versorgte, befindet sich im Besitz der Kirche.«

Caterina nickte zustimmend. »Als Hausbeschließerin bekam die Fellini alles mit, was in dem Gebäude vor sich ging. Unter anderem auch, dass Marlene Ammer mit einem hohen Würdenträger der Kurie den Zölibat brach.«

»Gonzaga!«, fiel ihr Malberg ins Wort. Er lief rot an und brachte kein weiteres Wort hervor.

»Es lässt sich nicht leugnen. Gonzaga hatte mit Marlene ein Verhältnis.«

Lukas sah Caterina lange an. Sein Verstand weigerte sich, das eben Gehörte zur Kenntnis zu nehmen. Caterina ahnte die Wut und den Schmerz, die sich hinter seinem starren Blick verbargen. »Gonzaga und Marlene«, murmelte er tonlos. »Dann war es also Gonzaga, der sich hinter den Namen der Propheten in ihrem Notizbuch verbarg.«

Minutenlang standen sich die beiden schweigend gegenüber. Caterina war irgendwie erleichtert, aber sie empfand keine Genugtuung, dass sie Malberg die Augen geöffnet hatte. Auch hütete sie sich vor einer abfälligen Bemerkung. Verlegen wandte sie sich um und knöpfte ihre Bluse auf, die noch immer klatschnass an ihrem Körper klebte. Dann begann sie sich trocken zu reiben.

»Du wirst dich erkälten«, hörte sie Malberg sagen. »Willst du mit mir duschen?«

Lukas umfasste sie von hinten und begann an ihrem nassen Rock zu nesteln, bis dieser zu Boden glitt. In Sekunden entledigte er sich seiner eigenen Kleidung. Dann schob er Caterina vor sich her in das kleine Badezimmer, in dem es nicht mehr gab als ein Waschbecken und eine Dusche.

Gemeinsam genossen sie das heiße Wasser, das aus dem altmodischen Duschkopf auf sie niederprasselte. Caterina drehte sich um und schmiegte sich an ihn. Sie merkte, wie die Lust in ihr aufstieg. Während er ihre Brüste knetete, spürte sie seine Erektion. Er drängte sich fordernd an sie. Das Rauschen des Wassers übertönte ihr leises Stöhnen. Caterina beugte sich leicht nach vorne. Sie war erstaunt, mit welcher Leichtigkeit Lukas in sie eindrang.

»Du musst sie vergessen, versprich mir das«, sagte Caterina, als sie sich wieder etwas aufrichtete und seinen heftiger werdenden Bewegungen immer mehr Widerstand entgegensetzte. Die Empfindungen unter dem prickelnden Wasserstrahl raubten ihr den Verstand. Das Gefühl war unvergleichlich, und wenn ihr überhaupt noch etwas durch den Kopf ging, dann war es der Gedanke, dass sie von Lukas, diesem verqueren Typen, nie mehr loskommen würde.

Lukas fühlte nicht anders. Nichts ist für einen Mann erregender als die Erregung einer Frau. Flüchtig dachte er an Marlene und war erstaunt, wie locker er die Enttäuschung wegsteckte. Und dann dachte er gar nichts mehr. Ein gewaltiger, nicht enden wollender Orgasmus, den beide im gleichen Moment erlebten, ließ ihn alles vergessen.

Eng umschlungen sanken sie auf den Boden der Dusche. Malberg stellte das Wasser ab. Er spürte Caterinas heißen Atem in seinem Gesicht. Sie hielt die Augen geschlossen, als weigere sie sich, das Ende des aufregenden Spiels zur Kenntnis zu nehmen. Längst schmerzten die Verrenkungen, welche die Enge der Duschkabine ihnen abverlangt hatte. Aber es war ein wohltuender Schmerz, ein Schmerz, der in Lust überging, noch ehe er wehtat.

Gegen die Scheibe des schmalen Fensters trommelte noch immer der Regen. Caterina unterdrückte ein Lachen, weil ihr in den Sinn kam, dass sie diesem gottverdammten, nicht enden wollenden Regen den besten Sex ihres Lebens verdankte.

Lukas befreite sich schließlich aus den Verschlingungen ihrer Körper. Dann half er Caterina auf die Beine und trug sie in das Zimmer nebenan. Weil er nichts Passendes fand, legte er ein Tischtuch um ihre Schultern. Die durchnässte Kleidung hängte er über die Stuhllehnen in der Küche zum Trocknen.

Nachdenklich kehrte er zu Caterina zurück. Mit dem Tischtuch um die Schultern saß sie da wie ein Häufchen Elend. Nur ihr Blick verriet, dass sie alles andere als unglücklich war.

Malberg strich ihr das zerzauste Haar aus dem Gesicht und setzte sich neben sie. »Eines kapiere ich trotzdem nicht«, begann er nachdenklich, während er starr geradeaus blickte, »wenn Kardinal Gonzaga mit Marlene ein Verhältnis hatte …«

»Jetzt bist du enttäuscht«, unterbrach ihn Caterina. »Ich habe auch lange überlegt, ob ich es dir sagen soll. Aber wenn wir mit unseren Nachforschungen weiterkommen wollen, ist es unerlässlich, dass du darüber Bescheid weißt.«

Lukas nickte zustimmend und begann von Neuem: »Wenn Gonzaga und Marlene wirklich ein Verhältnis hatten, dann kann ich mir nicht vorstellen, dass der Kardinal in irgendeiner Weise für Marlenes Tod verantwortlich ist.«

»Hältst du den Gedanken für so absurd, dass ein Liebhaber seine Geliebte umbringt? Und trotzdem auf ihrer Beerdigung erscheint? Jeden Tag passieren Beziehungsmorde, aus Eifersucht, Hass und Habgier.«

»Eigentlich hast du recht«, bemerkte Malberg zögerlich. »Aber welche abartigen Beweggründe sollte ein Kardinalstaatssekretär gehabt haben?«

»Vielleicht hatte der Mann Gottes Angst, sein Verhältnis könnte entdeckt werden. Und was das für einen Kardinalstaatssekretär bedeutet hätte, brauche ich nicht weiter zu erörtern. Es wäre aber auch denkbar, dass Marlene Ammer Gonzaga erpresst hat.«

»Das hätte Marlene nie getan!«, empörte sich Malberg.

»Wer will das wissen? Bis heute hättest du es auch nicht für möglich gehalten, dass Marlene mit einem leibhaftigen Kurienkardinal ins Bett steigt.«

Lukas schüttelte den Kopf. Er konnte Marlenes Verhalten noch immer nicht begreifen. Er musste sich zwingen, das Unfassbare als gegeben hinzunehmen.

Wie aus der Ferne hörte Malberg den Schlüssel im Schloss der Wohnungstür. Er sah darin keinen besonderen Anlass zur Panik. Erst als er Caterina, nur mit dem Tischtuch bekleidet, ansah, sprang er auf, nur ein Handtuch um die Lenden, und trat Barbieri entgegen.

Der konnte ein Schmunzeln nicht verbergen. Auch als Malberg erklärte, sie seien nass geworden in dem Regen und hätten ihre Kleidung zum Trocknen aufgehängt, meinte Giacopo lachend, dafür brauche er sich doch nicht zu entschuldigen, und dabei zwinkerte er mit den Augen.

Im selben Augenblick trat Caterina aus dem Badezimmer. Ohne ein Wort, nur mit einer angedeuteten Handbewegung winkte sie Barbieri zu. Der blickte etwas verwirrt, als er seine zweckentfremdete Tischdecke erkannte. »Ich finde«, meinte er schließlich, »das ist der reizvollste Verwendungszweck, dem meine Aussteuer je zugeführt wurde.«

Barbieris Worte lockerten die peinliche Situation. »Ich will auch gar nicht weiter stören«, sagte Barbieri und zog aus seiner grünen Segeltuchtasche eine zusammengefaltete Zeitung hervor. »Ich dachte nur, das könnte euch interessieren.«

Lukas und Caterina sahen sich fragend an, während Giacopo die Zeitung aufschlug und Malberg mit den Worten reichte: »In der Fontana di Trevi schwamm gestern Morgen eine männliche Leiche.«

»Und was habe ich damit zu tun?«, fragte Malberg, ohne einen Blick in das Blatt zu werfen.

»Sein Name ist Frederico Garre!«

»Kenne ich nicht. Tut mir leid.«

Barbieri wurde allmählich ungehalten: »Sagtest du nicht, du seist vor dem Haus der Marchesa von einem Mann mit schweren Brandwunden im Gesicht bedroht worden?«

»Ja, das sagte ich.«

»Vielleicht würdest du dann auch die Güte haben, dir das Bild in der Zeitung einmal anzusehen!«

Malberg überflog den Zeitungsartikel. Unter der Überschrift »Toter in der Fontana di Trevi« wurde von einem etwa fünfzigjährigen Mann berichtet, dessen Leiche im bekanntesten Brunnen der Welt entdeckt und als Frederico Garre identifiziert wurde. Die Obduktion habe neben älteren Schuss- und Stichwunden ergeben, dass Garre, in Ganovenkreisen bekannt unter dem Namen »Brandgesicht«, erwürgt und in die Fontana geworfen wurde.

Mit geweiteten Augen betrachtete Malberg das Bild in der Zeitung. Es gab keinen Zweifel: Das war Brandgesicht, mit dem er sich vor Michelangelos *Pietà* getroffen hatte.

»Was ist? So rede doch endlich!«, bestürmte Caterina Malberg. Doch der schüttelte nur den Kopf.

Kapitel 45

Etwa zur selben Zeit steuerte Soffici den dunkelblauen Mercedes auf der unwegsamen Schotterstraße bergan. Aufgrund der unliebsamen Begegnung mit Moro und Abate hatte er sich verspätet. Nervös blickte er in den Rückspiegel, ob ihm jemand folgte. Er musste befürchten, dass der Kardinal und sein Sekretär nicht einfach so das Feld räumten.

Im Übrigen hatte Soffici ein mulmiges Gefühl, was diesen Anicet betraf. Auch wenn er ihm äußerst selbstbewusst gegenübergetreten war, seine Selbstsicherheit war gespielt. Er wusste nur zu genau, wie rücksichtslos der Ex-Kardinal handelte, wenn es um die Durchsetzung seiner Interessen ging.

Soffici hatte sich auf die Verhandlungen mit Anicet gut vorbereitet und verschiedene mögliche Reaktionen auf einem Zettel notiert. Doch entgegen seinen Erwartungen hatten sie sich ohne große Diskussionen auf zweihundertfünfzigtausend Dollar geeinigt. War das eine Finte?

Während er das Lenkrad fest umklammerte, damit der Wagen nicht aus der ausgefahrenen Spur lief, stiegen in Soffici immer heftigere Zweifel auf, ob er diesem Anicet gewachsen sein würde. Er, der unbedeutende Sekretär des Kardinalstaatssekretärs, der ein Leben lang nichts anderes gewöhnt gewesen war, als Befehle von höherer Stelle auszuführen.

Auf dem Beifahrersitz lag, noch immer ungeöffnet, das Päckchen mit dem brisanten Inhalt. Daneben der Umschlag mit den kleinformatigen Röntgenbildern. Und dafür zweihundertfünfzigtausend Dollar? Wo die Bruderschaft ohnehin das Grabtuch des Jesus von Nazareth in ihrem Besitz hatte?

Irgendetwas, schoss es durch Sofficis Gehirn, irgendetwas

stimmte nicht an dieser Situation. Das Grabtuch hatten sie den Fideles Fidei Flagrantes sozusagen frei Haus geliefert, dahinter steckte eine knallharte Erpressung. Aber es gab keine Erklärung dafür, warum ein briefmarkengroßer Ausschnitt aus diesem Tuch denselben Leuten so viel Geld wert sein sollte.

Nahezu symbolhaft erschien Soffici die Tatsache, dass der steil bergan führende Fahrweg nach Burg Layenfels keine Möglichkeit bot auszuweichen oder umzukehren. Eine Böschung auf beiden Seiten verhinderte das. Hätte die Möglichkeit sich ergeben, Soffici wäre auf der Stelle umgekehrt und hätte sich das Ganze noch einmal durch den Kopf gehen lassen. So aber gab es nur eine Richtung: bergan. Es durfte einfach nicht schiefgehen!

Mehr aus Gewohnheit als aus tiefem Glauben schlug Soffici ein dreifaches Kreuzzeichen. Bis ins Detail hatte er alles geplant. Auf den Namen Frederico Garre hatte Soffici einen Nachtflug nach Buenos Aires gebucht. Ab Frankfurt, neunzehn Uhr zwanzig. In der Innentasche seines Jacketts steckte ein Pass auf denselben Namen lautend. Er stammte von Brandgesicht, der mit bürgerlichem Namen Garre hieß. Das Passfoto war vor seinem Brandunfall aufgenommen, also nicht mehr ganz neu und obendrein der Grund, warum sich Soffici unterwegs bei einem oberitalienischen Barbiere das Haar auf drei Millimeter hatte stutzen lassen. Nahm er seine Brille mit Goldrand ab, dann ging Giancarlo Soffici ohne Weiteres als Frederico Garre durch.

Zweihundertfünfzigtausend Dollar! Viel Geld! Geld hatte ihm nie etwas bedeutet. Allein schon deshalb, weil er nie welches hatte. Soffici kannte die Problematik klerikaler Aussteiger nur zu gut. Wer dem geistlichen Stand abschwor, stand da wie ein neugeborenes Kind: ohne Einnahmen, ohne Sozialleistungen, ohne Perspektive. Zweihundertfünfzigtausend Dollar würden genügen, um in Südamerika ein neues Leben zu beginnen.

Vor dem Tor von Burg Layenfels angelangt, brachte Soffici den schweren Wagen zum Stehen. Weil das letzte Wegstück steil bergan führte, zog er die Handbremse an. Ein seltsames Geräusch ließ ihn aufhorchen. Es klang, als wäre die Saite eines Streichinstruments gerissen, ein hohes »Pling«. Im selben Augenblick begann der Mercedes rückwärtszurollen.

Instinktiv stemmte Soffici sich gegen das Bremspedal. Einen Sekundenbruchteil setzte die Bremse der Rückwärtsbewegung des Wagens Widerstand entgegen, dann gab das Pedal nach, ließ sich bis zum Anschlag durchtreten und klemmte schließlich im Fahrzeugboden.

Mit weit aufgerissenen Augen sah Soffici, wie das Buschwerk zu beiden Seiten des Fuhrweges von hinten kommend an ihm vorbeisauste, schneller und schneller werdend, bis er plötzlich den Himmel sah, weil sich das Auto, von der Böschung gelenkt, seitlich überschlug. Es war das Letzte, was Monsignor Giancarlo Soffici wahrnahm.

In der ersten Kurve, die einen Winkel von neunzig Grad beschrieb, bohrte sich das Heck des Wagens in die Böschung. Mit einem Knall barsten Heck- und Windschutzscheibe zu einem Netzwerk. Letztere löste sich aus dem Rahmen und flog wie ein Gleitschirm in Richtung des Laubwaldes. Das Auto bäumte sich auf, als wäre es ein gepeitschter Gaul, stieg hoch und überschlug sich mehrere Male, bis es mit dem Dach voran gegen den dicken Stamm einer Eiche krachte. Wie ein k.o. geschlagener Boxer sackte das Wrack des Wagens zu Boden. Der geplatzte Kühler gab noch ein leises Zischen von sich. Dann war es plötzlich unheimlich still.

Aufgeregt mit den Armen gestikulierend, näherten sich vom Burgtor drei Männer. Der steile Weg hinderte sie am schnellen Vorankommen. Mit dem modrigen Geruch des Laubwaldes mischte sich der Gestank von ausgelaufenem Öl und Benzin.

Bei seiner Amokfahrt hatte das Automobil eine Schneise in die Landschaft gepflügt. Fahrzeugtrümmer lagen dreißig Meter weit verstreut.

Die drei Männer schienen überaus gefasst, als sie an der Unfallstelle eintrafen. Einer von ihnen war Anicet.

Während sich die beiden Jüngeren dem zertrümmerten Fahrzeug vorsichtig näherten, so als hätten sie Angst, das Wrack könnte explodieren, ermunterte Anicet die beiden: »Keine Angst, Jungs, verunglückte Autos explodieren nicht, sie brennen höchstens. Solche Szenen gibt es nur im Fernsehen!«

Vorsichtig spähte Anicet in das Innere des Wagens oder das, was von dem Auto übrig geblieben war. Es hatte sich wie ein Krake um die Eiche gewickelt. Mit dem Absatz trat Anicet die linke Seitenscheibe ein, die bis auf einen Sprung quer über das Fenster heil geblieben war.

»Da ist nichts mehr zu machen!«, bemerkte er kühl, als er Soffici erkannte. Dessen Kopf lag, bizarr zur Seite verdreht, auf dem explodierten Airbag. Aus Mund und Nase rann dunkles Blut. »Armes Schwein«, kommentierte Anicet den furchtbaren Anblick. Es klang, als empfände er wirklich Mitleid.

»Wir sollten die Polizei rufen«, sagte einer der jungen Begleiter und zog sein Mobiltelefon aus der Tasche.

»Das eilt nicht«, entgegnete Anicet, »helfen Sie mir, den Mann aus dem Wrack zu ziehen.«

Mit vereinten Kräften versuchten sie die klemmende Wagentür zu öffnen. Aber so sehr sie sich auch anstrengten, der Versuch misslang. Schließlich tauchte Anicet mit dem Oberkörper in das Autowrack ein. Über Sofficis Leiche hinweg arbeitete er sich auf den Beifahrersitz vor. Dort, auf dem zerbeulten Boden, lag, was er suchte: das Päckchen und der Umschlag.

Aus dem Wrack herauszukommen war nicht weniger beschwerlich. Als er es endlich geschafft hatte, blickte Anicet angewidert an sich herab: Er war über und über mit Blut verschmiert.

Wie einen kostbaren Schatz umklammerte er das winzige Paket mit beiden Händen. Sein Mund verzog sich zu einem Grinsen. Eine Mischung aus Schweiß und Blut, die über sein Gesicht rann, verlieh ihm ein teuflisches Aussehen.

»Gute Arbeit«, brummte er und warf den beiden Helfern einen anerkennenden Blick zu.

Die jungen Männer wandten sich um und machten Anstalten, auf die Burg zurückzukehren.

»Augenblick!«, mahnte Anicet und zog aus der Hosentasche eine Schachtel Streichhölzer hervor. Er entfachte ein Zündholz und warf es in den demolierten Motorraum des Fahrzeugs, aus dem Benzin tropfte. Im Nu stand das Auto in Flammen.

Dann wandte er sich den Männern zu: »Also, gehen wir!«

Nach ein paar Schritten blieb er stehen und drehte sich noch einmal um. Die Flammen schossen fünf, sechs Meter hoch und verursachten eine schwarze Rauchwolke.

»Der Monsignore glaubte«, sagte er leise, »ich würde ihm mir nichts, dir nichts eine viertel Million Dollar in den Rachen werfen.« Er schwenkte das Päckchen über den Kopf. »Für dieses lächerliche kleine Paket! Er muss wohl gewusst haben, wie bedeutsam das kleine Stück Stoff für uns ist.«

»Sollte ich jetzt nicht endlich die Polizei rufen?«, erkundigte sich der eine der beiden Männer.

Anicet hob die Schultern und antwortete: »Meinetwegen.«

Kapitel 46

Die Nachricht kam von Staatsanwalt Achille Mesomedes, und sie kam völlig überraschend. Es war morgens kurz nach neun. Caterina hatte gerade mit wohligen Erinnerungen geduscht, da klingelte das Telefon. Der Staatsanwalt machte ihr die Mitteilung, der Haftbefehl gegen Malberg sei aufgehoben, die Ermittlungen seien eingestellt.

Caterina war verblüfft und erleichtert zugleich.

»Das ist wirklich eine gute Nachricht«, erwiderte Caterina, während das Wasser aus ihren Haaren tropfte. »Allerdings habe ich Sie schon einmal gebeten, Ihre Anrufe zu nachtschlafender Zeit zu unterlassen. Sie haben mich gerade unter der Dusche erwischt.«

Mesomedes lachte. »Was meine ungehörige Zeit anzurufen betrifft, entschuldige ich mich, Signorina. Ich vergaß, dass *mein* Tagesablauf ein anderer ist als der Ihre. Verzeihen Sie. Aber der frühe Vogel fängt den Wurm. Das gilt vor allem für einen kleinen Staatsanwalt. Was jedoch Ihre frühere Aussage zu Malberg betrifft, Sie hätten ihn nur einmal gesehen und er halte sich wahrscheinlich im Ausland auf, so halten Sie mich hoffentlich nicht für so dämlich, dass ich Ihnen glaube. Ich habe Hinweise, dass Malberg sogar noch in Rom ist. Aber wie dem auch sei, ich wollte Sie nur von der neuesten Entwicklung in Kenntnis setzen.«

»Ist schon in Ordnung«, antwortete Caterina beschwichtigend und darauf bedacht, ihre Aufregung zu unterdrücken. »Und sind Sie denn in Ihren Ermittlungen in Sachen Marlene Ammer weitergekommen?«, fügte sie eher beiläufig hinzu.

Caterina hörte deutlich, wie Mesomedes am anderen Ende der Leitung tief Luft holte. »Ich muss leise sprechen«, begann er umständlich. »Der Fall wird immer mysteriöser. Egal, Tatsache ist, dass Oberstaatsanwalt Burchiello mir ausdrücklich untersagt hat, den Fall neu aufzurollen. Und das, obwohl ich ihm neue Erkenntnisse vortrug, die eine Wiederaufnahme des Verfahrens geradezu erfordern.«

»Sie meinen die Bilder, die ich bei Marlenes Beerdigung geschossen habe!«

»Die auch. Aber die standen Burchiello nicht zur Verfügung, als er das Verfahren einstellte. Andere Fakten, die in der Akte aufgeführt sind, fanden hingegen auch keine Berücksichtigung: die seltsamen Duftspuren im Morgenmantel der Toten, die Hämatome an ihrem Oberkörper. Als ich den Oberstaatsanwalt damit konfrontierte, tat er die Erkenntnisse als Lapalien ab. Er warf mir übertriebenen Ehrgeiz vor und empfahl mir, die Verfahrenseinstellung auf sich beruhen zu lassen. Ich liefe Gefahr, meine Karriere zu ruinieren.«

»Und werden Sie seinem Befehl Folge leisten?«

»Natürlich nicht. Ich werde das Gefühl nicht los, dass es hier gar nicht um den Fall Marlene Ammer geht, sondern dass sich hinter dem Tod der Signora eine ganz andere Geschichte verbirgt. Dass es sich vielleicht sogar um eine Art Betriebsunfall handelt.«

»Tut mir leid. Ich verstehe nicht, was Sie meinen«, sagte Caterina, obwohl sie ahnte, was Mesomedes durch den Kopf ging.

»Nun ja, angenommen, ein Kurienkardinal wäre in den Fall verwickelt ...«

»Sie meinen, dass Signora Ammer etwas mit einem Mitglied der Kurie gehabt hat!«

»Ihre Fotos würden diese Hypothese durchaus stützen.«

»Nicht nur meine Fotos.« Caterina erzählte Mesomedes in kurzen Worten von ihrem Treffen mit Signora Fellini und was sie dabei erfahren hatte. Mesomedes zeigte sich überrascht.

»Kompliment. Wir könnten uns zusammentun. Sie sind eine clevere junge Frau. Ich kann mir vorstellen, dass Ihr Auftreten Ihnen Türen öffnet, die einem Mann verschlossen bleiben. Andererseits habe ich Informationsquellen, zu denen sogar eine Journalistin wie Sie keinen Zugang hat.«

Kein schlechtes Angebot, dachte Caterina, vielleicht sogar die einzige Möglichkeit, das Geheimnis um Marlenes Tod zu lüften. Trotzdem blieb sie skeptisch. Irgendetwas hatte dieser Mesomedes an sich, das sie misstrauisch machte.

Bevor sie eine Entscheidung traf, wollte sie Zeit gewinnen, sich erst mit Malberg besprechen. »Ihr Vorschlag«, meinte sie schließlich, »klingt nicht uninteressant. Aber gestatten Sie mir eine Frage: Ist es nicht riskant für Sie, gegen den Willen des Oberstaatsanwalts zu handeln? Warum tun Sie es dann?«

Aus dem Telefonhörer vernahm Caterina ein zynisches Gelächter. »Warum ich das tue? Das will ich Ihnen sagen. Das Verhalten des Oberstaatsanwalts gibt Anlass zu der Vermutung, dass er selbst Mitwisser ist in diesem Komplott. Und so einen Mann zu enttarnen ist der Traum jedes aufstrebenden Staatsanwalts. Sie erinnern sich an die Watergate-Affäre?«

»Mit Verlaub, Dottor Mesomedes, das war kein Staatsanwalt! Zwei Journalisten enttarnten die Spitzelaffäre!«

»Ich weiß, aber sie stürzten mit ihren Recherchen einen US-Präsidenten und wurden weltberühmt.«

»Das ist wahr«, erwiderte Caterina nachdenklich. Dieser Mesomedes war extrem geltungssüchtig, das war ihr schon bei ihrem ersten Treffen aufgefallen. Und wie es schien, hatte er sich in den Fall Marlene Ammer bereits so verbissen, dass er nicht mehr davon loskam.

Zweifellos würde ihnen dieser Mann noch von Nutzen sein. Möglicherweise hatte Mesomedes recht mit seiner Vermutung, das Komplott könnte die Möglichkeiten eines Einzelnen übersteigen.

»Und wie wollen Sie jetzt weiter vorgehen?«, erkundigte sich Caterina vorsichtig.

»Ich würde mir gerne die Wohnung von Marlene Ammer einmal näher ansehen«, antwortete Mesomedes. »Die vorliegenden Akten treffen keine Aussage über die Wohnverhältnisse der Signora oder über irgendwelche Hinweise in der Wohnung. In dieser Richtung gab es nach Aktenlage überhaupt keine polizeilichen Ermittlungen. Ehrlich gesagt kann ich mir das kaum vorstellen. Bleibt nur die Vermutung, dass diese Ermittlungsergebnisse vernichtet wurden.«

»Aus welchem Grund, Dottore?«

»Wenn ich das wüsste, wären wir einen großen Schritt weiter. Auf jeden Fall scheint es, als sollten gewisse Fakten oder Personen aus dem Fall herausgehalten werden. Als Oberstaatsanwalt Burchiello mir eröffnete, dass eine Neuaufnahme der Ermittlungen unerwünscht sei, wurde ich zufällig Zeuge eines Telefongesprächs. Es hörte sich an, als ob Burchiello einen Befehl entgegennahm. Er dienerte wie ein Lakai und redete den unbekannten Anrufer mit Excellenza an.«

»Excellenza?«

»Ja. Excellenza. Ich habe mich inzwischen schlau gemacht, wem diese Anrede zusteht: Unter Pius XI. ist die Anrede, die bis dahin nur Patriarchen und Apostolischen Nuntii zustand, auf alle Bischöfe und leitenden Kurialprälaten ausgedehnt worden. Vom Zweiten Vatikanischen Konzil wurde diese Regelung wieder abgeschafft zugunsten der Anrede Eminenz. Heute ist die Anrede nur noch für Botschafter und Gesandte üblich und für den Kardinalstaatssekretär im Vatikan.«

Auf die Erklärung des Staatsanwalts reagierte Caterina mit langem Schweigen.

»Signorina, sind Sie noch da?«, unterbrach Mesomedes die lähmende Stille.

Nach allem, was sie bisher über Gonzaga in Erfahrung gebracht hatte, war Caterina nicht allzu überrascht. Aber dass Gonzaga sogar bei der römischen Staatsanwaltschaft die Finger im Spiel haben sollte, beunruhigte sie sehr.

»Ja, ich bin noch da«, antwortete sie. »Mir gehen nur einige Dinge durch den Kopf, denen ich bisher keine Bedeutung beigemessen habe.«

»Wenn ich Ihnen irgendwie behilflich sein kann –«, holte Mesomedes aus.

»Schon gut«, beendete Caterina das Gespräch. Sie konnte sich des Eindrucks nicht erwehren, dass Mesomedes an ihr selbst mindestens ebenso interessiert war wie an dem Fall Marlene Ammer.

KAPITEL 47

Es war merkwürdig: Als Malberg von Caterina erfuhr, dass der Haftbefehl gegen ihn aufgehoben worden sei, empfand er nicht das geringste Glücksgefühl. Im Gegenteil. Sein erster Gedanke war: Das ist nichts anderes als eine Finte. Lukas, sei wachsam!

Mit Engelszungen redete Caterina auf ihn ein, sich mit dem Gedanken vertraut zu machen, dass er ein freier Mann war. Zweifellos hatte das Geschehen der letzten Wochen Malberg verändert. Er fühlte sich von allem und jedem verfolgt. Jetzt musste er versuchen, seinem Misstrauen Einhalt zu gebieten und seine Bedenken, die immer neue Vermutungen hervorbrachten, zu zügeln. Vor allem musste er wieder in sein normales Leben zurückfinden.

Caterinas Aufforderung, er solle sich endlich wieder um sein Antiquariat kümmern, hatte Malberg zunächst abgelehnt mit dem Einwand, er könne nicht so einfach zur Tagesordnung übergehen, solange Marlenes Tod nicht aufgeklärt sei. Nach langer Diskussion behielt Caterina die Oberhand, und Malberg willigte ein, für zwei Tage nach München zu fliegen, um nach dem Rechten zu sehen. Übermorgen, kündigte er an, wolle er in Rom zurück sein.

Immerhin war er wieder in der Lage, einen Flug auf seinen Namen zu buchen und mit der eigenen Kreditkarte zu bezahlen. Fräulein Kleinlein, der er seine Rückkehr telefonisch ankündigte, geriet völlig aus dem Häuschen, als sie seine Stimme hörte. Sie habe, ließ sie ihn wissen, nach Wochen ohne Nachricht schon das Schlimmste befürchtet.

Auf dem Weg zum Flughafen Fiumicino nutzte der Taxifahrer geschickt jede Lücke im Verkehr, um schneller voranzukommen. Malberg konnte nicht umhin, besorgt nach möglichen Verfolgern

Ausschau zu halten. So sehr hatte ihn das Geschehen der letzten Wochen geprägt. Trotz des dichten morgendlichen Berufsverkehrs erreichte er sein Ziel nach vierzigminütiger Fahrt.

Die Eile des Taxifahrers erwies sich als nutzlos, denn Flug AZ 0432 der Alitalia, Abflug neun Uhr fünfundvierzig, Ankunft in München elf Uhr fünfundzwanzig, hatte Verspätung. »Delayed« blinkten die grünen Lichter auf der großen Anzeigetafel in der Abflughalle. Eine rothaarige Stewardess am Flugschalter der Alitalia fand tröstende Worte für die etwa einstündige Verspätung, bedingt durch einen Reifenwechsel an dem Embraer Regionaljet, und verteilte Gutscheine für ein ausgiebiges Frühstück in einem Bistro.

Das Frühstück kam Malberg nicht ungelegen, denn er hatte Barbieris Wohnung ohne eine Tasse Kaffee verlassen – von Rührei mit Schinken oder ähnlichen Verlockungen ganz zu schweigen. Übermorgen, nach seiner Rückkehr – das nahm er sich fest vor – würde er bei Barbieri ausziehen und sich ein angemessenes Hotel suchen.

Mitten in die Langeweile zwischen Rührei mit Schinken und einem Brötchen mit Himbeergelee meldete sich Caterina am Mobiltelefon, um ihm mitzuteilen, wie sehr sie ihn liebe. Am frühen Morgen tut so etwas immer gut.

Während sie über Belangloses redeten, schweifte Malbergs Blick über das hektische Treiben im Flughafengebäude. Dabei fiel ihm ein Pilot in schicker Uniform, begleitet von vier Stewardessen, ins Auge. Im Näherkommen begegneten sich ihre Blicke. Malberg zog die Stirn in Falten.

Der Pilot blieb stehen.

»Lukas?«, sagte er fragend.

»Max?«, erwiderte Malberg ungläubig und beendete das Telefongespräch. Er hatte seinen Schulfreund Max Sydow in ganz anderer Erinnerung. Beim letzten Klassentreffen war er als Einziger in Jeans und Lederjacke aufgetreten – zum Unwillen manchen Anzug-Trägers. Jetzt trug er eine tadellos sitzende Uniform mit vier Streifen, dazu ein weißes Hemd mit dunkelblauer Krawatte.

»Wie klein ist die Welt!«, rief Sydow aus, während sie sich in die Arme fielen. »Was treibt dich hierher nach Rom?«

»Ach, das ist eine lange Geschichte.«

»Und eine nicht gerade intelligente Frage. Was wird ein kulturbeflissener Mensch wie du schon in Rom suchen!« Sydow blickte auf die Uhr, dann wandte er sich den Stewardessen zu und meinte, sie sollten vorausgehen. Er komme in fünf Minuten nach.

»Ich bin auf dem Sprung nach Kairo«, berichtete Sydow. »Mein Airbus A320 wird gerade vorgeheizt. Und du bist wieder auf dem Rückflug nach München?«

Malberg nickte. »Ich will nur in München kurz nach dem Rechten sehen. Übermorgen bin ich wieder zurück in Rom.«

»Lebst du hier? – Beneidenswert. Ich wohne noch immer in Frankfurt.«

»Nein, so ist es nicht«, entgegnete Malberg. »Wenn du so willst – ich bin hier in Rom aufgrund gewisser Umstände hängen geblieben.«

»Ich verstehe, Lukas Malberg, der Einzelgänger, der immer mit Büchern mehr anzufangen wusste als mit Frauen, hat sich in eine feurige Römerin verliebt. Gratuliere, wie heißt sie, kenne ich sie?«

Malberg lächelte. Max war immer noch derselbe Hau-Ruck-Typ wie früher. Und was Frauen anging, na ja.

»Caterina«, sagte er, »sie heißt Caterina, ist Journalistin. Und solltest du ihr je begegnet sein, würde ich das zum Anlass nehmen, dir die Zähne einzuschlagen.«

Die beiden lachten übermütig.

»Aber im Ernst«, nahm Malberg seine Rede wieder auf, »Caterina ist nicht der einzige Grund, warum ich mich schon seit zehn Wochen in Rom aufhalte. Es ist wegen Marlene.«

»Marlene Ammer? He, du hast doch nicht etwa an Marlene Feuer gefangen. Sieh einer an: Lukas, dem man das am allerwenigsten zugetraut hätte, vergnügt sich mit zwei Frauen gleichzeitig. Ich muss aber auch sagen, toll, wie sich Marlene rausgemacht hat. Gegen früher! Erinnerst du dich noch an ihre selbstgestrickten scheußlichen Pullover, mit denen sie in die Schule kam?«

»Max!«, versuchte Malberg den Schulfreund zu bremsen. »Marlene ist tot.«

»Red keinen Unsinn!«, sagte Sydow und sah Malberg entsetzt an. »Das kann doch nicht sein«, meinte er schließlich kleinlaut. »Ein Unfall?«

»Marlene lag tot in der Badewanne.«

»Herzinfarkt!«

Malberg schüttelte den Kopf. »Es gibt Anzeichen dafür, dass sie ermordet wurde.«

Sydow blickte nervös auf die Uhr. Er war spät dran. Trotzdem ließ er sich an Malbergs Tisch nieder. »Aber das ist ja furchtbar«, sagte er leise. »Und wurde der Täter gefasst?«

»Nein. Man hat nicht einmal intensiv nach dem Mörder gesucht.«

»Was soll das heißen?«

»Das Verfahren wurde eingestellt. Das Ganze ist eine sehr mysteriöse Geschichte. Marlene wurde in aller Heimlichkeit auf dem Cimitero beerdigt. Aber nicht als Marlene Ammer, sondern namenlos. Inzwischen wurde ein Grabstein angebracht mit dem rätselhaften Namen Jezabel und einem Spruch aus der Geheimen Offenbarung: ›Fürchte dich nicht vor dem, was du zu leiden hast.‹«

»Das klingt ja unheimlich!«

»Dabei ist das noch nicht alles. Bei der heimlichen Beerdigung waren eine Abordnung der Kurie anwesend und mindestens zwei Kardinäle. Und Marlenes Wohnung in der Via Gora ist zugemauert. In der Wohnung der Hausbeschließerin hausen fromme Nonnen, die noch nie von einer Hausbewohnerin Ammer gehört haben wollen. Und Marlenes beste Freundin, eine Marchesa, wurde vor ihrem Haus auf offener Straße erschossen.«

»Lukas, du versuchst aber nicht, mir einen Bären aufzubinden?« Sydow machte ein misstrauisches Gesicht.

»Ich wollte, es wäre so. Nein, Max, das ist die Wahrheit. Auch wenn sie wie ein Thriller klingt. Bedauerlicherweise war ich der Letzte, der mit Marlene telefoniert hat. Dadurch habe ich mich natürlich verdächtig gemacht. Seitdem war die Polizei hinter mir her. Bis vor wenigen Tagen der Haftbefehl wieder aufgehoben wurde. Jetzt kannst du dir vorstellen, warum ich mich selbst daran gemacht habe, den Fall aufzuklären.«

»Bist du vorangekommen?«

»Ach was! Je mehr ich mich in das Geschehen um Marlenes Tod vertiefte, desto mehr wurde ich selbst in den Fall verwickelt. Bisweilen fühle ich mich wie Richard Kimble – auf der Flucht.«

»Aber du hast doch sicher eine Vermutung?«

Malberg winkte ab. »Die bisherigen Ergebnisse übersteigen den Horizont eines einfachen Antiquars. Was die Sache darüber hinaus so schwierig macht, ist die Tatsache, dass ich eingestehen muss: Obwohl wir zwei Jahre gemeinsam eine Schulbank drückten, kannte ich Marlene eigentlich kaum.«

»Und beim Klassentreffen«, fiel ihm Sydow ins Wort, »erzählte jeder nur von sich selbst. Nach dem Motto: Mein Haus, mein Geschäft, mein Auto, meine Geliebte.«

»So war es. Nur eine verschwieg ihr Leben, als hütete sie ein großes Geheimnis: Marlene.«

»Jetzt, wo du es sagst ... du hast recht. Von Marlene erfuhr man so gut wie gar nichts. Weißt du übrigens, dass sie eine bildhübsche Schwester hat, ein paar Jahre jünger und Stewardess bei der Lufthansa? Sie heißt Liane.«

»Das höre ich zum ersten Mal.«

»Eines Tages stand der Name Liane Ammer auf meiner Crew-Liste. Ich fragte sie: Sind Sie irgendwie verwandt mit einer Marlene Ammer. Ich meine, so häufig ist dieser Name ja auch wieder nicht. Da antwortete sie: Marlene ist meine Schwester. Aber wie sich herausstellte, mochten sie sich nicht besonders. Das soll unter Schwestern nicht selten vorkommen.«

»Hast du eine Adresse von dieser Liane Ammer?«

»Nein. Ich weiß nur, dass sie wie ich in Frankfurt lebt. Aber um auf Marlene zurückzukommen und auf ihr geheimnisvolles Leben; dazu muss ich dir noch was sagen. Es war kurz nach unserem Klassentreffen, da hatte ich einen Break in Rom. Eigentlich nur, um die Zeit totzuschlagen, schaute ich ins Telefonbuch und fand Marlenes Nummer. Ich rief sie an und lud sie zum Essen ein in ein Restaurant ihrer Wahl. Schließlich wusste sie besser als ich, welche Gastronomie gerade angesagt war. Sie kam auch. Aber im Schlepptau hatte sie einen – ich möchte mal *so* sagen – höchst seltsamen Begleiter.«

»Einen seltsamen Begleiter? Was soll das heißen?«

»Verdammt, der Kerl war viel älter als sie und nicht gerade der Typ eines Traummannes – wenn du verstehst, was ich meine. Ich hatte den Eindruck, als wachte er über jedes Wort, das Marlene sagte. Und wenn ich eine Frage stellte, blockte er ab und wechselte das Thema. Das einzig Sympathische, was mir von ihm in Erinnerung blieb – er war Linkshänder, wie Albert Einstein, Bill Clinton und ich.« Und mit einer gewissen Ironie fügte Sydow hinzu: »Es bedarf wohl keiner besonderen Erwähnung, dass Linkshänder, genetisch bedingt, von besonderer Intelligenz sind ...«

»Ich weiß, Max, ich weiß«, unterbrach Malberg. »Das hast du schon während unserer Schulzeit allzu deutlich bewiesen. In dieser Hinsicht war ich, ebenso genetisch bedingt, eher ein Rechtshänder. – Aber zurück zu Marlenes Begleiter. Was kam bei dem Gespräch heraus?«

»Nichts. Es war ein ziemlich langweiliger Abend.«

»Aber wer war der Typ? Ich meine, er muss sich doch vorgestellt haben!«

»Ja sicher. Aber der Kerl wirkte auf mich so unsympathisch, dass ich seinen Namen schon nach zehn Minuten vergessen hatte.« Sydow blickte auf seine Uhr: »Jetzt wird es aber höchste Zeit für mich. War schön, dich getroffen zu haben. Ich glaube, während unserer ganzen Schulzeit haben wir uns nicht so intensiv unterhalten. Ich wäre dir dankbar, wenn du mich, was Marlene betrifft, auf dem Laufenden halten könntest.«

Das sicherte Malberg zu. Und nachdem sie ihre Telefonnummern ausgetauscht hatten, verschwand Max Sydow durch das Gate, das speziell Crew-Mitgliedern vorbehalten ist.

Malbergs Frühstück war inzwischen kalt geworden.

Aus dem Lautsprecher schallte die Ansage: »Alitalia gibt den verspäteten Abflug ihres Fluges AZ 0432 nach München bekannt. Die Passagiere werden gebeten, sich zum Flugsteig 33 zu begeben.«

Nachdenklich erhob sich Malberg. Sydows Begegnung mit Marlene und dem rätselhaften Unbekannten ging ihm nicht aus dem Kopf.

KAPITEL 48

Seit seiner geheimnisumwitterten Entführung war Kardinalstaatssekretär Philippo Gonzaga äußerst unzugänglich. Er haderte mit Gott und der Welt. Mit Rücksicht auf seine angeschlagene Gesundheit weigerte er sich, entgegen sonstiger Gewohnheit, in der Sixtinischen Kapelle die Frühmesse zu zelebrieren.

Auch an diesem Morgen brütete Gonzaga an seinem Schreibtisch vor sich hin, eingerahmt von Aktenbergen, die sich inzwischen angesammelt hatten. Seit Sofficis Verschwinden war Gonzaga erst bewusst, was er an seinem Privatsekretär hatte. In solchen Augenblicken bereute er es fast ein wenig, wie schlecht er den Monsignore manchmal behandelt hatte.

Das Telefon auf seinem Schreibtisch summte. Mürrisch hob er ab: »Ja?«

»Ist dort das Büro des Kardinalstaatssekretärs?« Eine resolute weibliche Stimme.

»Wer spricht?«

»Hier ist das Büro des Polizeipräsidenten.«

»Worum geht es?«

»Der Polizeipräsident würde gerne beim Kardinalstaatssekretär vorsprechen. Die Angelegenheit ist dringend.«

»Hier *spricht* der Kardinalstaatssekretär!«

Die resolute Stimme schien verwundert, dass sie den Kardinalstaatssekretär so ohne Weiteres in der Leitung hatte. »Excellenza, wäre es Ihnen möglich, den Polizeipräsidenten noch heute zu empfangen? Es geht um Ihren Sekretär Giancarlo Soffici.«

»Soll kommen!«, bellte Gonzaga ins Telefon. »Am besten gleich nach dem Angelus!«

Zwar hatte die resolute Vorzimmerdame des römischen Polizeipräsidenten Abitur, die in der Kurie üblichen klerikalen Zeitangaben waren ihr jedoch fremd. Trotzdem genierte sie sich, den Kardinalstaatssekretär nach der säkularisierten Uhrzeit des Treffens zu fragen, in der Hoffnung, der Polizeipräsident von Rom würde sich gewiss einen Reim machen auf die seltsame Zeitangabe.

Tatsächlich traf der dunkle Lancia des Polizeipräsidenten, flankiert von zwei Carabinieri auf Motorrädern, kurz nach elf am Eingang zum Cortile di San Damaso ein. Zwei Schweizer Gardisten geleiteten den Besucher zu Gonzagas Büro im vatikanischen Palast.

Antonio Canella, der Polizeipräsident, ein würdevoller, wohlgenährter Beamter der höchsten Gehaltsstufe, trug einen schwarzen Anzug und obendrein schwer an der Last seines fülligen Leibes, als er den Gardisten über die breiten, nicht enden wollenden Marmorstufen in das dritte Stockwerk folgte. In seiner Rechten führte er einen schwarzen Aktenkoffer mit sich.

Links und rechts neben dem Eingang zum Vorzimmer des Kardinalstaatssekretärs nahmen die beiden Uniformierten Haltung an. Wie es der Vorschrift entsprach, blickten sie streng geradeaus, als Canella klopfte und, ohne auf Antwort zu warten, eintrat.

Die Tür zu Gonzagas Büro stand offen, als sei der Kardinalstaatssekretär abwesend. Aber auf ein heftiges Räuspern des Polizeipräsidenten erschien Gonzaga wortlos im Türrahmen. Stumm hielt er Canella den Ring an seiner ausgestreckten Rechten entgegen. Der Polizeipräsident, gut einen Kopf kleiner als der Kardinal, konnte nicht anders, als einen Kuß des Kardinalsrings anzudeuten.

Canella, dessen kritische Haltung gegenüber der Kurie bekannt war, empfand diese Ringküsserei als ziemlich albern. Doch weil er in offizieller Mission unterwegs war, konnte er sich keinen Eklat leisten. Mit einer überschwänglichen Armbewegung, die den gesamten Vorraum beschrieb, stellte Canella an Gonzaga die umständliche Frage: »Ist das sozusagen das Arbeitszimmer von Giancarlo Soffici, Ihrem Sekretär?«

»Was ist mit Soffici? Haben Sie ein Lebenszeichen von ihm?«, fragte der Kardinalstaatssekretär aufgebracht.

Canella machte ein betroffenes Gesicht wie ein schlechter Schauspieler, dem man seine Rolle nicht abnimmt. Er erwiderte: »Monsignor Soffici ist tot. Es tut mir leid, Excellenza.« Dazu verneigte er sich mit unverkennbarem Widerwillen.

»Man hat ihn umgebracht«, zischte Gonzaga. Sein Tonfall war eher von Wut als von Trauer geprägt. »Wo wurde er gefunden?«

»Die Antwort wird Sie vermutlich überraschen, Excellenza. Aber ich bin sicher, Sie haben eine Erklärung dafür. Monsignor Soffici kam bei einem Autounfall in Deutschland ums Leben ...« Canella klappte seinen Aktenkoffer auf und entnahm ihm ein Fax. »In der Nähe einer Burg am Rhein. Die Burg heißt Layenfels!«

Gonzaga ließ sich auf einem Stuhl nieder und deutete mit einem Fingerzeig an, auch Canella solle sich setzen.

Mit kritischem Blick beobachtete der Polizeipräsident jede Regung in Gonzagas Gesicht. Er sah, wie es in ihm arbeitete. Gonzaga schien überrascht, aber keineswegs erschüttert. Auch Sofficis Todesort schien bei ihm keine Fragen aufzuwerfen.

»Haben Sie eine Erklärung, was der Monsignore auf ...« – er las von dem Papier in seiner Hand ab – »Burg Layenfels wollte?«

Gonzaga wurde unsicher. »Monsignor Soffici war in dienstlichem Auftrag unterwegs«, erwiderte er schließlich.

»Auf einer Burg am Rhein?«

»Was geht Sie das an?«, fuhr Gonzaga dem Polizeipräsidenten über den Mund. »Burg Layenfels«, log er, »ist der Sitz einer christlichen Bruderschaft, die von der römischen Kurie unterstützt wird. Die Brüder in Christo arbeiten an einem wissenschaftlichen Forschungsauftrag der Kirche.«

Canella nickte, als gäbe er sich mit der Antwort zufrieden. »Dann dürfte wohl auch geklärt sein, warum Soffici mit Ihrem Dienstwagen unterwegs war, Excellenza.«

»Mit meinem Dienstwagen? Der Wagen ist seit geraumer Zeit abgängig!« Gonzaga blickte betroffen. Er hatte sich schlichtweg verplappert, versuchte jedoch umgehend den Fehler wiedergutzumachen, indem er sagte: »Wenn ich stark nachdenke, dann kommt mir die Erinnerung, dass mein Sekretär mich darum gebeten hat, meinen Mercedes benützen zu dürfen. Ja, jetzt erinnere ich mich deutlich!«

In Wahrheit war Gonzaga verzweifelt bemüht, sich einen Reim darauf zu machen, unter welchen Umständen Soffici mit seinem seit der Entführung verschwundenen Dienst-Mercedes nach Burg Layenfels gelangt sein mochte.

Als er Canellas fragenden Blick auf sich gerichtet sah, wurde er verlegen. »Unser Verhältnis, müssen Sie wissen, war nicht das beste«, meinte er. »Giancarlo war manchmal sehr eigenwillig. Anders gesagt, die Rechte wusste bisweilen nicht, was die Linke tat.«

»Ich verstehe«, antwortete Canella, obwohl er nicht im Geringsten verstand, was da eigentlich vor sich ging. »Dann finden Sie gewiss auch keine Erklärung, warum an Ihrem Dienst-Mercedes gefälschte deutsche Nummernschilder angebracht waren.«

»Gefälschte Nummernschilder? Das ist unmöglich!«

»Excellenza, glauben Sie, unsere deutschen Kollegen haben die Geschichte erfunden, um sich wichtig zu machen?« Canellas Mondgesicht lief dunkelrot an. Sichtlich erregt wühlte er in seinem Aktenkoffer und zog eine Klarsichtfolie mit einem angesengten Etwas hervor, unschwer als Reste eines Passes erkennbar. »Und natürlich wissen Sie auch nicht, warum Ihr Sekretär diesen Reisepass in seiner Kleidung trug. Er ist ausgestellt auf den Namen Frederico Garre, jenem Garre, der vor wenigen Tagen tot in der Fontana di Trevi schwamm. Excellenza, ich glaube, Sie sollten Ihre Blockadehaltung aufgeben und mit der Wahrheit herausrücken!«

Da begann der Kardinalstaatssekretär zu toben: »Bin ich der Hüter meines Sekretärs?« Soffici, dachte er, hätte seinen Ausspruch gewiss mit dem Hinweis quittiert: 1. Buch Mose, 4. Kapitel.

Umso mehr war Gonzaga verblüfft, als der Polizeipräsident das Zitat aufnahm und weiterführte: »Horch, deines Bruders Blut schreit zu mir vom Erdboden empor!«

Der Kardinalstaatssekretär wollte Canella gerade anerkennende Worte zollen für seine Bibelfestigkeit, da kam ihm die Bedeutung des Zitats in den Sinn. »Sie glauben also«, erkundigte er sich vorsichtig, »dass Soffici ein gewaltsames Ende fand? Kennen Sie die näheren Umstände des Unfalls?«

Canella blieb die Antwort schuldig und vertiefte sich in ein weiteres Blatt aus seinem Aktenkoffer.

»Augenblick«, meinte er, als er Gonzagas Ungeduld bemerkte. Dann antwortete er: »Der Unfallbericht unserer deutschen Kollegen stützt sich auf zwei Erkenntnisse. Zum einen auf die Aussage eines Mitglieds der Bruderschaft, die auf dieser Burg haust. Der Mann will vom Torturm aus gesehen haben, dass der Wagen auf einer Steilstrecke anhielt und plötzlich rückwärtsrollte, bis er sich überschlug und brennend in ein Waldstück krachte. Zum anderen hat die kriminaltechnische Untersuchung ergeben, dass die Fahrzeugbremsen nicht funktionierten. Ob eine Manipulation den Unfall verursacht hat, konnte bisher nicht geklärt werden. Das Wrack ist beinahe vollständig ausgebrannt.«

Noch während Canellas Erklärungen summte auf Gonzagas Schreibtisch das Telefon. Am anderen Ende der Leitung meldete sich Beat Keller, der Sicherheitschef des Vatikans und Leiter der Schweizer Garde, jener Söldnertruppe, die seit Julius II. über die Geschicke des Papstes und die Sicherheit im Vatikan wacht.

Keller, ein durchtrainierter Zwei-Meter-Mann mit geöltem schwarzem Haar und dem Aussehen eines Arnold Schwarzenegger, trug für gewöhnlich die Gelassenheit eines Menschen zur Schau, den nichts auf der Welt zu erschüttern vermag. Doch an diesem Tag wirkte er ziemlich aufgeregt.

»Excellenza«, begann er ohne Umschweife, »ich muss Sie dringend sprechen. Bitte!«

Noch nie in den sieben Jahren, in denen er mit Keller zu tun hatte, hatte Gonzaga den Gardemann so aufgeregt erlebt. »Wollen Sie mir nicht sagen, worum es sich handelt?«, tadelte der Kardinalstaatssekretär den Sicherheitschef.

»Es geht um diesen Mann mit dem verbrannten Gesicht, der tot in der Fontana die Trevi gefunden wurde. Sicher haben Sie sein Bild in den Zeitungen gesehen. Sein Name ist angeblich –« Beat Keller stockte.

»Frederico Garre«, kam Gonzaga ihm zu Hilfe.

»Ja, ich glaube, so hieß er. Der Mann taucht auf einer unserer Überwachungskameras auf.«

»Der Krüppel mit dem Brandgesicht? – Herr Keller, kommen Sie sofort!« Gonzaga legte auf.

»Entschuldigen Sie, wenn ich mitgehört habe«, mischte sich Canella ein, »sagten Sie Frederico Garre? Jener Garre, der ...«

»Genau der! Mein Sicherheitschef meldet, er habe den Mann auf einer Überwachungskamera erkannt. Keller ist schon auf dem Weg.«

Der Polizeipräsident ließ seine Unterlagen in dem schwarzen Koffer verschwinden. Schließlich meinte er: »Excellenza, würden Sie mir erlauben, einen Blick auf die Bildaufzeichnung zu werfen? Vielleicht könnte das der römischen Polizei von Nutzen sein.«

»Ich habe nichts dagegen«, antwortete der Kardinal mit hinterhältigem Grinsen. »Sagen wir so: Eine Hand wäscht die andere.«

Im selben Augenblick trat der Sicherheitschef ein. Beat Keller trug einen Laptop unter dem Arm. Den Polizeipräsidenten kannte er von verschiedenen Lagebesprechungen, bei denen sie stets auf gleicher Augenhöhe verhandelten, Canella als Sicherheitschef von Rom und Keller als Sicherheitschef des Kirchenstaates. Die Anwesenheit des Polizeichefs kam ihm durchaus gelegen.

Nach dem Attentat auf Michelangelos *Pietà* in den neunziger Jahren waren die Sicherheitsvorkehrungen im Vatikan verschärft worden. Dazu gehörte auch die Videoüberwachung aller gefährdeten Objekte in den Vatikanischen Museen und im Petersdom.

Mit der Technik modernster Bauart speicherte eine DVD alle zehn Sekunden eine Aufnahme von achtzehn verschiedenen Kameras. Wie viele solcher Überwachungskameras im Vatikan installiert waren, wussten nur wenige, die mit der Sicherheit befasst waren, unter ihnen Gonzaga und Keller.

Ohne nähere Angaben schaltete Keller den Laptop ein. Auf dem Bildschirm war Michelangelos *Pietà* zu erkennen. Davor eine Reisegruppe mit Fremdenführerin.

Gonzaga und Canella verfolgten mit zusammengekniffenen Augen die ruckelnden Bilder, die im Zeitraffer vor ihnen abliefen.

»Da!«, rief Keller plötzlich und hielt das Bild an. Am rechten Rand tauchte eine männliche Gestalt auf. Deutlich erkennbar sein entstelltes Gesicht. Kein Zweifel: Frederico Garre, das Brandgesicht. Keller ließ das Gerät weiterlaufen.

Auf dem Bildschirm drehte sich Brandgesicht nach allen Seiten um. Wohl um zu sehen, ob er nicht beobachtet würde. Dann näherte er sich einem Unbekannten, mit dem er offensichtlich an dieser Stelle verabredet war.

»Signori, kennen Sie diesen Mann?«

»Nein«, erwiderten Gonzaga und Canella wie aus einem Mund.

»Aber bei dem Mann mit dem verbrannten Gesicht«, fuhr der Kardinalstaatssekretär fort, »handelt es sich zweifellos um jenen Frederico Garre, dessen Leiche in der Fontana di Trevi gefunden wurde.«

»Augenblick«, unterbrach Canella und holte den versengten Pass aus seinem Aktenkoffer. Während er das stark in Mitleidenschaft gezogene Passbild neben den Bildschirm hielt, meinte er mit gewisser Zurückhaltung: »Möglicherweise haben Sie recht, Excellenza. Was mich betrifft, habe ich allerdings meine Zweifel. Und wenn ich mir die Frage erlauben darf, woher nehmen Sie die Sicherheit, den Mann als Frederico Garre zu identifizieren. Sie kennen ihn doch gar nicht.«

»Natürlich nicht«, erwiderte Gonzaga. »*Lebend* habe ich diesen Mann nie gesehen …«

»Sie sagen das mit einem merkwürdigen Unterton!«

»Nun ja«, der Kardinalstaatssekretär räusperte sich verlegen, »an dieser Stelle sollte ich wohl eine Erklärung abgeben: Als die

Zeitungen erstmals von einer unbekannten Wasserleiche berichteten, da glaubte ich zunächst, es sei mein Privatsekretär Giancarlo Soffici. Er war seit einigen Tagen verschwunden, wie vom Erdboden verschluckt. Ich fuhr in die Pathologie der Universitätsklinik und befürchtete das Schlimmste. Aber die Leiche, die mir der Pathologe zeigte, war nicht Soffici. Es war dieser Mann!«

Gonzaga klopfte mit dem Zeigefinger heftig auf den Bildschirm.

»Und woher kennen Sie dann seinen Namen?« Canella musterte den Kardinal von der Seite.

»Seinen Namen? Nannte ich wirklich seinen Namen?« Gonzaga kam ins Stottern.

»Sie sagten Frederico Garre oder so ähnlich.«

»Ach ja, ich erinnere mich. Ein oder zwei Tage nach der ersten Meldung berichtete der *Messagero*, der Mann aus dem Trevi-Brunnen sei identifiziert, es handle sich um einen den Behörden seit Langem bekannten Berufsverbrecher namens Frederico Garre. Ja, so war es.«

Keller, der Sicherheitschef, hatte schweigsam, aber höchst interessiert zugehört. Was Gonzaga berichtete, war ihm neu. Warum hatte der Kardinal das Verschwinden seines Sekretärs nicht gemeldet? »Darf ich Ihnen jetzt die weiteren Videoaufnahmen vorführen?«, fragte er schließlich.

»Es gibt noch mehr?«

»Allerdings, Excellenza. Und diese Aufnahmen scheinen mir im gewissen Sinne rätselhaft. Sie sind von einer anderen Kamera und aus einem anderen Blickwinkel aufgenommen.«

»Nun lassen Sie schon sehen!«, rief Canella aufgeregt.

Auf einen Klick erschienen auf dem Bildschirm dieselben beiden Männer, im Mittelschiff von St. Peter, nun schräg von oben aufgenommen, sodass man ihre Gesichter, ja sogar ihre Mimik deutlich erkennen konnte. Die beiden schienen sich angeregt zu unterhalten. Und dabei spähte das Brandgesicht immer wieder nach allen Seiten.

Stehend über den Tisch gelehnt, verfolgten Gonzaga und Canella die Videoaufzeichnung, als der Kardinal plötzlich wie vom Donner gerührt innehielt.

Canella, der für das Geschehen auf dem Bildschirm keine Erkärung fand, sah den Kardinalstaatssekretär misstrauisch an. Mit starren Augen verfolgte der die Szene, wie Brandgesicht einen Cellophanbeutel aus seinem Jackett zog und dem Unbekannten vor die Nase hielt. Es sah so aus, als wollte dieser den Beutel an sich nehmen, aber bevor es dazu kam, ließ der Entstellte ihn blitzschnell wieder in der Jackentasche verschwinden.

Keller stoppte die Aufnahme.

Für Gonzaga gab es keinen Zweifel, was hier gerade vor seinen Augen ablief. Nur allzu gut erinnerte er sich an den Flug von Frankfurt nach Mailand, als der Flugpassagier im Sitz neben ihm ihn plötzlich ansprach und ihm ebendiese Cellophantüte mit dem winzigen Fleck vom Grabtuch des Jesus von Nazareth zum Kauf anbot. Der Gebrandmarkte wusste genau um den Wert dieses kleinen Stückchens Stoff. Und welche Bedeutung diesem zukam, das war dem Kardinal inzwischen klar geworden.

Wer aber war der Unbekannte neben Brandgesicht? Ein stattlicher Mann in den besten Jahren? Schwer vorstellbar, dass er in irgendwelche kriminellen Machenschaften verwickelt oder ein Mitglied der Fideles Fidei Flagrantes war. Wenn aber weder das eine noch das andere zutraf – woher rührte dann sein Interesse für dieses Stück Stoff?

»Excellenza, was haben Sie, Excellenza?«

Wie aus weiter Ferne vernahm Gonzaga die eindringliche Stimme des Schweizer Gardisten: »Haben Sie eine Erklärung für das Verhalten der beiden Männer?«

Als hätte Keller ihn bei einer Sünde wider das sechste Gebot ertappt, stammelte Gonzaga verlegen: »Hat nicht unser Herr Jesus eigenhändig die Geschäftemacher aus dem Tempel getrieben? Eine Schande das. Jetzt machen die Dealer nicht einmal mehr vor den Toren von St. Peter halt.«

»Sie meinen also«, schaltete sich Canella ein, »die Kamera hat hier einen Heroin-Deal oder etwas Ähnliches aufgezeichnet?«

»Das wäre doch denkbar, oder nicht?«

Der Sicherheitschef sah den Kardinalstaatssekretär ungläubig an. »Das würde ja bedeuten, dass der Teufel sogar unter der Kuppel von St. Peter sein Unwesen treibt.«

»Ein Fall für die Drogenfahnder«, bemerkte Canella lakonisch und fügte ironisch hinzu: »Warum sollte die Drogenwelle ausgerechnet vor den Mauern des Vatikans haltmachen?«

Da brauste der Kardinal auf: »Das ist ein niederträchtiger Angriff auf die Integrität des Vatikans und der Kirche schlechthin. Ihre Bemerkung ist eine Unverschämtheit und der Beweis, dass der Teufel sogar in den höchsten Ämtern des Staates sein Unwesen treibt. Nehmen Sie gefälligst zur Kenntnis: Im Vatikan gibt es keine Drogen. Der Allmächtige schütze uns vor diesem Teufelszeug!«

Bei diesen Worten überschlug sich die Stimme des Kardinalstaatssekretärs. Dabei warf er seinem Sicherheitschef Beat Keller einen hilfesuchenden Blick zu, als wollte er sagen: So stehen Sie mir doch endlich bei!

Aber Keller schwieg.

Stattdessen drückte er auf einen Knopf seines Abspielgerätes und ließ die Aufnahme weiterlaufen. »Hier«, meinte Keller und zeigte auf den Bildschirm, »sehen wir eine weitere Szene, die Rätsel aufgibt. Das Brandgesicht überreicht dem Unbekannten drei Fotos – jedenfalls dachte ich zunächst, es handle sich um Fotografien. Nach mehrmaligem Betrachten der Szene kam ich jedoch zu dem Schluss, dass es sich um Filmnegative oder Röntgenaufnahmen handeln könnte. Hier, sehen Sie, der Unbekannte legt die Folien übereinander und hält sie gegen das Licht!«

»Sie haben recht!«, rief Canella aufgeregt. Und scherzend fügte er hinzu: »Wenn Sie mal einen neuen Job brauchen, rufen Sie mich an!«

»In Ordnung«, gab Keller locker zurück. »Aber das ist noch nicht alles. Diese Aufnahme zeigt, wie der Mann mit dem Brandgesicht seinem Gegenüber beide Hände mit gespreizten Fingern vor Augen hält, als wollte er damit die Zahl zehn andeuten. Auf dem nächsten Bild sehen wir Brandgesicht in ähnlicher Haltung und noch immer mit den gespreizten Fingern beider Hände. Die erste und die zweite Aufnahme liegen genau zehn Sekunden auseinander.«

Gonzaga war verwirrt. »Was wollen Sie damit sagen, Keller?«

Der Sicherheitchef hielt das Bild an. Dann sagte er: »Blicken Sie auf den Sekundenzeiger Ihrer Armbanduhren.«

Der Kardinal und der Polizeipräsident sahen sich ratlos an. Schließlich kamen sie Kellers Aufforderung nach. Der spreizte die Finger beider Hände und vollführte mit den Unterarmen zehn Mal hintereinander eine Bewegung, als wolle er ein entgegenkommendes Auto zum Langsamfahren veranlassen.

»Wie lange hat das gedauert?«, fragte er.

Canella ahnte, worauf der Sicherheitschef hinauswollte.

»Exakt zehn Sekunden«, antwortete er.

»Genau jene zehn Sekunden, die zwischen beiden Aufnahmen liegen. Zehn Mal dieselbe Bewegung – macht hundert. Und jetzt betrachten Sie die Lippen von Brandgesicht!«

»Er hält seine Lippen zusammengepresst, als wollte er etwas verheimlichen«, mischte Gonzaga sich ein.

»Möglich, aber unwahrscheinlich, wo die beiden doch gerade über etwas verhandeln.«

»*Mille* – tausend!«, warf Canella in die Debatte. »Der Kerl hält die Lippen geschlossen, als formulierte er das Wort *mila*. Im Zusammenhang mit den Andeutungen seiner Hände könnte man darauf schließen, das Brandgesicht fordert von dem Unbekannten Hunderttausend!«

»Dollar?«, rief der Kardinalstaatssekretär aufgeregt.

Canella machte eine abwehrende Handbewegung. »Dollar oder Euro, was macht das aus. Auf jeden Fall eine bedeutende Summe. Und damit stellt sich die Frage, wer ist bereit, für etwas so viel Geld auszugeben, wenn nicht ein Drogenhändler, der in großem Stil operiert?«

Keller tat so, als bemerke er nicht Gonzagas fahrige Bewegungen und dass dessen rechte Hand zitterte. Als Sicherheitschef des Vatikans wusste er, dass der Vatikanstaat zwar einen besonderen Status hatte, im Übrigen aber ein Staat war wie alle anderen, mit Guten und Bösen und Parteigängern der einen wie der anderen Seite. Nicht nur einmal hatte Keller mit den Alleingängen des Kardinalstaatssekretärs zu tun gehabt, und nicht zum ersten Mal stürzte ihn Gonzagas Verhalten in eine gewisse Ratlosigkeit. Schließlich war der Kardinalstaatssekretär sein oberster Chef, wenn man von Gottes Stellvertreter auf Erden einmal absah. Der aber ließ sich nie in die Niederungen des vatikanischen Sicherheitsdienstes herab. Vielmehr vertrat er die Ansicht, Gott der Herr halte seine Hände schützend über die Päpste. Dabei lehrte die Geschichte das Gegenteil. Gift, Dolche und die bloßen Hände haben nicht selten eine päpstliche Ära beendet.

Was aber wusste Gonzaga, dass ihn die Videoaufnahmen so in Unruhe versetzten?

Auch Canella blieb das seltsame Verhalten des Kardinalstaatssekretärs nicht verborgen. Er sah ihn von der Seite an und stellte die Frage: »Herr Kardinal, kann es sein, dass Sie uns etwas verschweigen ...«

»Oder dass Sie zumindest eine Ahnung haben, was hier auf dem Bildschirm vor sich geht?«, fiel ihm Keller ins Wort.

Gonzaga wischte sich über die feuchte Stirn und schnappte nach Luft. »Ist das hier ein Verhör?«, rief er empört und schlug mit der Hand auf den Tisch.

»Excellenza!«, erwiderte Keller. »Verzeihen Sie, wenn es den Anschein hat. Aber der Vorfall ist zu bedeutsam und außerdem zu rätselhaft, als dass auch eine scheinbar nebensächliche Information nicht von Nutzen sein könnte. Sie wissen selbst, sogar die Gefahr eines Terroranschlags ist in unruhigen Zeiten wie diesen nicht von der Hand zu weisen. Deshalb wiederhole ich meine Frage: Haben Sie eine Ahnung ...«

»Neiiin!«, brüllte Gonzaga. »Das Brandgesicht kenne ich nur

aus der Pathologie, und den anderen habe ich nie gesehen. Und jetzt lassen Sie mich in Ruhe!« Der Kardinal presste die Fingerspitzen beider Hände gegen die Schläfen, und mit krebsrotem Kopf stöhnte er: »Meine Nerven, meine Nerven!«

Keller klappte seinen Laptop zu und klemmte ihn unter den Arm. Canella machte die Andeutung einer Verneigung und sagte: »Zum Tod Ihres Sekretärs Soffici mein Mitgefühl!« Auch Keller nickte etwas ungelenk. Gemeinsam verließen sie das Büro des Kardinalstaatssekretärs.

In dieser Nacht fand Kardinalstaatssekretär Philippo Gonzaga kaum Schlaf. Getrieben von der Ahnung, dass er sich durch sein Schweigen bei dem Polizeipräsidenten verdächtig gemacht hatte, erhob er sich immer wieder, trat ans Fenster und blickte auf den hell erleuchteten Petersplatz. Es war noch dunkel, als er gegen Morgen für kurze Zeit einnickte und in schweinische Träume versank.

Gonzaga träumte, er liefe nackt einen endlos langen Gang entlang, in dem auf beiden Seiten Schweinehälften von der Decke baumelten. Bei näherem Hinsehen entpuppten sich die Schweinehälften als geschundene Frauenkörper mit prallen Brüsten und nackter Scham. Alle Versuche, sich zu bekreuzigen und so der teuflischen Erscheinung Einhalt zu gebieten, misslangen, weil seine Arme schwer wie Blei an ihm herabhingen. Und als er sich umblickte, erkannte er ein Heer von Bischöfen und Kardinälen, Nonnen und Monsignori in pittoresken Gewändern, mit Schwertern bewaffnet wie Racheengel. Er begann zu rennen, um seine Verfolger abzuschütteln. Doch die kamen näher und näher. Schon schwang der Erste sein Schwert und holte aus, um ihn in zwei Hälften zu spalten. Da wachte Gonzaga auf, schweißgebadet und zitternd am ganzen Körper.

Kapitel 49

Mit neunzigminütiger Verspätung landete der Embraer Regionaljet auf dem Flughafen in München. Flug Alitalia AZ 0432 war im Übrigen ruhig verlaufen. Malberg hatte im Flugzeug vor sich hingedöst, nachdem er die anderen Passagiere, soweit es sein Blickfeld erlaubte, ausgiebig gemustert und als unbedenklich beurteilt hatte. War es ein Wunder, wenn er noch immer an einer Art Verfolgungswahn litt? Erst allmählich musste er sich daran gewöhnen, dass er nicht mehr per Haftbefehl gesucht wurde.

Nieselregen und ein böiger Wind, der die feuchten Herbstblätter über das Pflaster peitschte, empfingen ihn, als er vor der Ankunftshalle Terminal 1 ein Taxi bestieg. Sein Apartment in München-Grünwald hatte er seit über zwei Monaten nicht betreten, trotzdem entschied er sich, zuerst sein Antiquariat in der Ludwigstraße aufzusuchen. Noch nie, seit er das Antiquariat führte, war er so lange abwesend gewesen. Allerdings konnte er Fräulein Kleinlein vertrauen.

In der Tat waren Malbergs Bedenken unbegründet. Die Umsätze der letzten zwei Monate hatten sogar, entgegen dem Trend, der in den Sommermonaten magere Geschäfte bescherte, zugenommen. Es sei Zeit, beklagte Fräulein Kleinlein, dass Malberg neue Einkäufe tätigte. Aber der Markt an Inkunabeln und kostbaren Büchern sei wie leergefegt, seit Spekulanten Altpapier – wie sie sich scherzhaft auszudrücken pflegten – als Geldanlage entdeckt hätten. Zwar gebe es durchaus Angebote, aber meist nur der unteren, bestenfalls der mittleren Kategorie und dann in einem Zustand, der kaum Spitzenpreise zuließ.

Über die Geschäftsbücher vertieft, erreichte Malberg ein Anruf aus Rom.

»Lukas, bist du's?« Es war Barbieri.

»Hätte mich auch gewundert, wenn du mich mal zwei Tage in Ruhe gelassen hättest«, knurrte Malberg ins Telefon. »Also was gibt's?«

»Es hat sich da eine neue Situation ergeben. Wirklich eine blöde Geschichte!«

»Wovon redest du? Könntest du dich nicht ein bisschen klarer ausdrücken?«

Pause. Lukas hörte Giacopo schnaufen, und es hörte sich an, als sei er wütend.

Schließlich polterte er los: »Warum hast du mir nicht gesagt, dass du dich mit diesem Mann mit dem entstellten Gesicht getroffen hast, wenige Tage bevor seine Leiche in der Fontana di Trevi herumschwamm?«

»Nun ja – ich dachte, dass das keine Rolle mehr spielt. Der Mann war tot, bevor ich mich noch mal mit ihm treffen konnte. Warum?«

»In Rom kursieren Bilder, die dich in vertrautem Tête-à-tête mit diesem hässlichen Menschen zeigen!«

»Red keinen Unsinn! Was ist los?«

»Das will ich dir sagen. Es ist schon bescheuert, sich mit einem polizeilich bekannten Gauner einzulassen. Aber dass du dich mit ihm ausgerechnet im Petersdom getroffen hast, zeugt nicht gerade von Intelligenz. Es ist ein offenes Geheimnis, dass jeder Winkel dieses bekanntesten Bauwerks der Welt von Videokameras überwacht wird. Und der Sicherheitsdienst im Vatikan ist nicht zu unterschätzen. Jedenfalls wurden beim Abgleich der Aufnahmen Bilder von diesem Brandgesicht entdeckt und an die römische Polizei weitergegeben. Leider erkennt man auf den Bildern auch einen gewissen Lukas Malberg ...«

Malberg war wie gelähmt. Nach einer Weile gemeinsamen Schweigens stammelte er: »Sag, dass das nicht wahr ist!«

»Es *ist* wahr!«

»Und woher weißt du das alles?«

»Ich habe noch immer beste Kontakte zur Polizei. Die Bilder habe ich mit eigenen Augen gesehen. Du bist gar nicht so schlecht getroffen.«

»Nach Scherzen ist mir jetzt wirklich nicht zumute!«

»Nein, im Ernst: Es würde mich nicht wundern, wenn man dich früher oder später mit dem Mord an dem Brandgesicht in Verbindung brächte.«

»Aber das ist doch Wahnsinn!«

»Das ganze Leben ist Wahnsinn. Vorläufig brauchst du dir auch keine Sorgen zu machen, denn die Behörden tappen, was den vermeintlichen Komplizen auf den Bildern betrifft, noch im Dunkeln.«

»Ein schwacher Trost«, erwiderte Malberg.

Und Barbieri meinte beschwichtigend: »Ich wollte dich nur warnen. Sei vorsichtig. Wann kommst du zurück nach Rom? Du kommst doch zurück?«

»Ja, natürlich. Mein Rückflug ist für übermorgen gebucht. Alitalia AZ 0433. Ankunft neunzehn Uhr fünfundzwanzig. Vielleicht findet sich eine treue Seele, die mich abholt. Was meintest du übrigens mit: Sei vorsichtig?«

»Kein auffälliges Verhalten vor Überwachungskameras auf Flughäfen und öffentlichen Plätzen. Und Achtung bei roten Ampeln und Geschwindigkeitsbegrenzungen, bei denen geblitzt wird. So ein Foto hat schon manchem, der sich in Sicherheit wog, großen Ärger eingebracht. Und was die treue Seele betrifft, sie steht neben mir.«

Malberg war froh und erleichtert, Caterinas Stimme zu hören. Beinahe andächtig lauschte er ihren Worten, ohne zu hören, was sie sagte. Er sah sie vor sich, ihre dunklen Augen, und in Gedanken ließ er seine Hände über ihren Körper gleiten.

»Es wird sich alles aufklären«, hörte er sie sagen und nach einer längeren Pause: »Hörst du mir überhaupt zu?«

»Ja, ja«, stotterte Malberg verlegen. »Ich, ich schwelge nur in Erinnerungen.«

Caterina verstand, was Lukas mit seiner Andeutung meinte. Mit leichtem Spott in der Stimme sagte sie: »Kannst du an nichts anderes denken?«

»Nein«, erwiderte Malberg prompt. »Ich will es auch gar nicht.« Er holte tief Luft, als ränge er mit sich selbst, in die Realität zurückzukehren. »Du hast ja gehört, was Barbieri berichtet hat.«

»Ja.«

»Ich habe auch Neuigkeiten«, meinte Malberg.

»Mach's nicht so spannend!«

»Marlene hatte eine Schwester. Sie heißt Liane, ist Stewardess und lebt in Frankfurt. Vielleicht weiß sie mehr über das rätselhafte Leben ihrer Schwester. Allerdings ist meine Hoffnung nicht allzu groß. Marlene hat nie erwähnt, dass sie eine jüngere Schwester hat. Mir scheint, sie waren nicht sehr gut aufeinander zu sprechen.«

»Und woher weißt du von ihr?«

»Auf dem Flughafen Fiumicino traf ich Max Sydow, einen Schulfreund. Er ist Pilot und kennt Liane Ammer.«

»Warum rufst du sie nicht einfach an? Vielleicht weiß sie doch etwas. Oder sie kennt jemanden, der uns weiterhelfen könnte.«

»Ja, vielleicht.«

»Also dann. Wir sehen uns übermorgen. Und mach keine Dummheiten. Ich küsse dich.«

Noch ehe er antworten konnte, hatte Caterina aufgelegt.

»Ist alles in Ordnung?« Fräulein Kleinlein trat auf Malberg zu. Aus dem Verkaufsraum hatte sie beobachtet, wie Malberg minutenlang abwesend vor sich hinstarrte.

»Ich habe nur nachgedacht. Das muss erlaubt sein. Aber wenn Sie mir einen Gefallen tun wollen, suchen Sie mir bitte eine Telefonnummer heraus.« Malberg nahm einen Zettel und kritzelte darauf: Liane Ammer, Frankfurt / Main. »Rufen Sie die Auskunft an, oder vielleicht werden Sie im Internet fündig.«

»Wird gemacht, Chef«, erwiderte Fräulein Kleinlein mit einem unverkennbar ironischen Tonfall. Sie mochte es nicht, wenn Malberg ihr Befehle erteilte.

Während Malberg mit der angefallenen Post beschäftigt war, quälte ihn der Gedanke, wie er sich von dem Verdacht befreien konnte, dass er in irgendeiner Weise mit der Ermordung von Brandgesicht in Verbindung stand. Und je länger er darüber nachdachte, desto mehr wurde ihm klar, dass es nicht einfach sein würde, ohne sich zu offenbaren oder den Grund seiner Nachforschungen preiszugeben. Welche Risiken das mit sich brachte, hatten die letzten Wochen gezeigt. Zweifellos hatte Barbieri recht, wenn er ihm den Rat, gab sich möglichst unauffällig zu verhalten.

Fräulein Kleinlein schob wortlos den Zettel über den Schreibtisch, den Malberg ihr drei Minuten zuvor ausgehändigt hatte.

»Wie haben Sie die Nummer so schnell herausbekommen?«, erkundigte er sich – mehr der Höflichkeit halber.

»Indem ich den Weg ging, der jedem Fernsprechteilnehmer gegen Entrichtung einer Gebühr freisteht: Ich habe die Auskunft angerufen!«, erwiderte sie schnippisch.

Malberg hielt den Zettel mit beiden Händen und starrte auf die Nummer. Weder kannte er Liane Ammer, noch wusste er Bescheid, wie die beiden Schwestern zueinander gestanden hatten. Auf jeden Fall musste er vermeiden, dass Liane von vornherein abblockte und jede Auskunft verweigerte. Aber wie konnte er das verhindern? Wusste sie überhaupt von Marlenes Tod?

Nachdenklich ließ er den Zettel zwischen den Fingern kreisen. Dann griff er zum Telefon und wählte die Nummer. Nach mehreren Rufzeichen knackte es in der Leitung, und eine weibliche Stimme meldete sich auf dem Anrufbeantworter: »Hier ist der Anschluss von Liane Ammer. Leider bin ich zurzeit nicht erreichbar, weil auf dem Flug nach Madrid, Rom, Athen oder Kairo. Sollten Sie mir etwas Wichtiges mitzuteilen haben, wenden Sie sich vertrauensvoll an meinen bar bezahlten Anrufbeantworter. Andernfalls schweigen Sie für immer. Bitte sprechen Sie nach dem Pfeifton.«

Wie gebannt lauschte Malberg dem Signal. Er war auf die Ansage des Anrufbeantworters nicht gefasst gewesen. Wie, schoss es in Sekunden durch seinen Kopf, sollte er sich verhalten? Sollte er auflegen? Wenn er den Grund seines Anrufs nannte, hätte Liane Ammer Gelegenheit, sich durch den Kopf gehen zu lassen, ob sie mit ihm über ihre Schwester sprechen wolle. Für den Fall, dachte Malberg, dass sie über Marlenes Tod noch nicht informiert war, würde er sich mit einer Andeutung begnügen.

»Ich bin ein Schulfreund Ihrer Schwester Marlene. Sicher wissen Sie längst, was ihr widerfahren ist, und ich wäre Ihnen dankbar, wenn wir uns kurz am Telefon unterhalten könnten. Ich werde mir erlauben, Sie nochmals zu kontaktieren.«

Erleichtert legte er den Hörer auf.

Es war schon dunkel, als Malberg das Antiquariat in der Münchner Ludwigstraße verließ, um sich nach Grünwald zu begeben, einem Vorort im Süden Münchens mit schicken Villen und Apartmenthäusern und der höchsten Einbruchsrate der Stadt. Vor zehn Jahren hatte Malberg hier ein Apartment erworben, zu einer Zeit, als man eine solche Immobilie in dieser Gegend noch bezahlen konnte.

Mit einem gewissen Widerwillen, den er sich nicht erklären konnte, betrat Malberg seine Wohnung. Verstärkt wurde seine Abneigung noch durch die stickige Luft, die ihm entgegenschlug, als er die Tür öffnete. Vor zehn Wochen, mitten im herrlichsten Sommer, hatte er sein Apartment, das mit kostbarem antikem Mobiliar ausgestattet war, verlassen. Jetzt war es Herbst und das Wetter alles andere als einladend.

Malberg riss alle Fenster auf. Dann entledigte er sich seines Jacketts, hängte es in der Garderobe auf, ließ sich auf die Couch, einem Ungetüm aus rotbraunem englischem Leder, fallen und verschränkte die Hände hinter dem Kopf.

Er dachte nach, und dabei kamen ihm Zweifel, ob er, was den Anruf bei Marlenes Schwester Liane betraf, den richtigen Weg gewählt hatte. Ob es nicht besser gewesen wäre, sie persönlich und ohne Vorwarnung aufzusuchen. In diesem Fall hätte sie ihn wohl kaum abweisen können. Da meldete sich sein Mobiltelefon. .

Malberg hatte einen Anruf von Caterina erwartet, aber auf sein freundliches »Hallo!« vernahm er eine dunkle, eiskalte Stimme: »Malberg, sind Sie's?«

»Ja«, antwortete Lukas verblüfft. »Und wer sind Sie?«

»Das tut nichts zur Sache«, kam die Antwort.

»Hören Sie, wenn Sie es nicht für nötig finden, mir Ihren Namen zu nennen«, begann Malberg aufbrausend; doch er konnte den Satz nicht vollenden.

»Marlene ist tot«, unterbrach ihn der Unbekannte. »Warum schnüffeln Sie in ihrem Privatleben herum? Lassen Sie vor allem Liane aus dem Spiel!«

»Aber Marlene wurde ermordet! Wer immer Sie sind, Mister Unbekannt, wenn Ihnen an Marlene oder ihrer Schwester gelegen ist, müssen Sie doch an der Aufklärung dieses Verbrechens interessiert sein!«

Da entstand eine Pause, die sich endlos in die Länge zog.

»Hallo?« Lukas presste den Hörer gegen sein Ohr. Aber er vernahm nur ein fernes Rauschen. Gerade wollte er die Verbindung beenden, als die dunkle, eiskalte Stimme erneut zu reden begann.

»Malberg, das ist eine ernste Warnung! Eine zweite wird es nicht geben. Sie werden allmählich lästig. Denken Sie an Giancarlo Soffici, den Sekretär von Kardinal Philippo Gonzaga!« – Ein Knacken, ein Rauschen, dann war die Leitung tot.

Malberg erhob sich. Er fühlte sich wie vor den Kopf gestoßen. Der Anruf des Unbekannten gab ihm neue Rätsel auf: Wer war der Mann? Woher kannte er seine Mobiltelefonnummer und seinen Namen? Wieso wusste der Mann, dass er Liane Ammer angerufen hatte? Was hatte der Hinweis auf den Sekretär Gonzagas zu bedeuten?

Es war kalt, und Malberg fröstelte. Nachdenklich schloss er die Fenster und blickte durch die angelaufenen Scheiben auf die regennasse Straße. Die lag verlassen um diese Zeit.

Um seine Stirn zu kühlen, hinter der die Gedanken Funken schlugen, presste Malberg den Kopf gegen die feuchte Fensterscheibe. Er schloss die Augen. Das Nichtsehen tat ihm gut. Dunkelheit fördert den Fluss der Gedanken. Doch an diesem Abend schien alles vergeblich.

Vor dem Haus hielt ein Auto. Malberg öffnete die Augen, trat einen Schritt vom Fenster zurück aus dem Lichtstrahl, den die Straßenlaterne nach oben schickte. Ein Mann stieg aus und verschwand im Haus gegenüber. Kurz darauf gingen im zweiten Stock die Lichter an, geradewegs in Höhe seines Apartments.

Verunsichert stürzte Malberg zum Lichtschalter und knipste das Licht aus. Dann trat er wieder ans Fenster. In der Wohnung gegenüber war auch das Licht erloschen. Sein Herz raste, als hätte er einen Tausend-Meter-Lauf hinter sich. Starr blickte er auf die Hausfassade gegenüber. Er wagte nicht einmal, die Jalousien herunterzulassen.

Warum hatte er den unbekannten Anrufer nicht in ein Gespräch verwickelt? Warum hatte er sich verhalten wie ein schüchterner Pennäler?

Aus dem Haus gegenüber trat der Mann von vorhin auf die Straße, ging auf seinen Wagen zu und fuhr davon. In Situationen, die den Verstand überfordern – ging es Malberg durch den Kopf –, wird selbst eine Katze zum Tiger. Er schnappte nach Luft. Da riss ihn das Mobiltelefon erneut aus seinen Gedanken.

Erst wollte er das Gespräch nicht annehmen. Aber als der Signalton nicht enden wollte, meldete er sich zaghaft, ohne seinen Namen zu nennen: »Ja?«

»Verdammt, wo steckst du?«, hörte er Caterina sagen. Ihre Stimme wirkte auf ihn wie eine Erlösung.

»Gott sei Dank!«, sagte er leise.

»Wie – Gott sei Dank?«, fragte Caterina zurück. »Ich habe doch noch gar nichts gesagt. Ist bei dir alles in Ordnung?«

Malberg geriet ins Stottern: »Ja, das heißt nein. Gerade hatte ich einen merkwürdigen Anruf.«

»Von wem?«

»Das wüsste ich gerne selbst. Der Mann hatte eine tiefe, eiskalte Stimme. Auch auf Nachfragen verschwieg er seinen Namen.«

»Und was wollte er?«

»Ich solle aufhören, in Marlenes Leben herumzuschnüffeln. Und vor allem solle ich ihre Schwester aus dem Spiel lassen. Und dann sagte er etwas Merkwürdiges: Ich solle an den Sekretär von Kardinal Gonzaga denken. Seinen Namen habe ich vergessen.«

»Monsignor Giancarlo Soffici?«

»Ja, ich glaube, so heißt er.«

Ein langes Schweigen folgte.

Nach einer Weile begann Malberg: »Caterina, warum sagst du nichts? Was ist los?«

»Ich habe Angst um dich«, erwiderte sie schließlich.

»Angst?« Malberg gab sich Mühe, die Ruhe zu bewahren. »Wieso Angst?«

»Liest du denn keine Zeitungen?«

»Bedauere, nein! Bisher hatte ich keine Zeit dazu.«

»Die italienischen Zeitungen berichten vom tragischen Tod des Sekretärs von Kardinal Gonzaga.«

»Was ist daran so tragisch?«

»Er verunglückte auf einer Bergstraße, die zu einer Burg am Rhein führt – Burg Layenfels. Kennst du diese Burg?«

»Nie gehört. Am Rhein gibt es viele alte Burgen.«

»Die Geschichte ist äußerst mysteriös. Soffici verbrannte in seinem Wagen. Bei dem Wagen handelte es sich um den Dienst-Mercedes von Kardinalstaatssekretär Philippo Gonzaga. Der Wagen war wenige Tage zuvor in Rom verschwunden. Bei dem Unfall trug er ein gefälschtes deutsches Kennzeichen.«

»Seltsam«, bemerkte Malberg, »wirklich seltsam!« Er gab sich gelassen, um Caterina nicht noch mehr zu beunruhigen. In Wahrheit ging ihm unablässig die Drohung des Unbekannten durch den Kopf: Denken Sie an Soffici! Plötzlich verstand er, was ihm der Fremde sagen wollte. Denken Sie an Soffici! – Das war eine Todesdrohung. Und war es nicht auch der Beweis dafür, dass der vermeintliche Unfall des Monsignore kein Unfall war, sondern ein als Unfall getarnter Mord?

»In einem der Berichte über Sofficis mysteriösen Tod«, fuhr Caterina fort, »entdeckte ich ein Foto von dieser Burg am Rhein. Und jetzt halt dich fest: Auf dem Foto gibt es einen Hinweis auf den Tod Marlene Ammers.«

»Das klingt abenteuerlich.«

»Ist es auch. Auf der Burg haust nämlich eine obskure Bruderschaft, die über viel Geld und noch mehr Wissen verfügt.«

»Aber wo ist der Zusammenhang mit Marlene?«

Caterina schwieg.

»Hallo?«, fragte Malberg. »Hallo?« Die Verbindung war unterbrochen. Malberg merkte, wie sein Herz schneller schlug. Er versuchte Caterina zurückzurufen, aber er kam nicht durch. Das war wirklich seltsam. Da hörte er einen Signalton. Caterina hatte ihm eine SMS geschickt.

»Nehme die erste Maschine nach München. Hol mich bitte vom Flughafen ab. Ich liebe dich, C.«

Malberg ließ sich in dem wuchtigen Ohrensessel nieder, der ihm als bequeme Sitzgelegenheit diente, wenn er bibliophile Kostbarkeiten unter die Lupe nahm. Doch daran war im Augenblick nicht zu denken. Nervös warf er den Kopf in den Nacken und starrte zur Decke.

Caterinas Aussage war nicht dazu angetan, ihm Mut zu machen. Stärker als je zuvor fühlte er, wie sehr er sie brauchte, wie sehr er sich an sie gewöhnt hatte.

Am liebsten wäre er ins Bett gegangen, aber er war zu unruhig.

Plötzlich sprang er auf. Aus der Schublade eines Barock-Sekretärs kramte er die Wagenschlüssel seines Jaguar XJ 12 hervor. Ebenso eine Taschenlampe. Dann schlüpfte er in eine Lederjacke und begab sich in die Tiefgarage des Hauses.

Die bordeauxfarbene Limousine stand da, wie er sie zurückgelassen hatte, schick, elegant und kapriziös unter all den Mercedes- und Audi-Limousinen und Porsche-Coupés. Etwas angestaubt natürlich, aber das war nach zehnwöchigem Stillstand nicht anders zu erwarten.

Wie ein Spürhund näherte sich Malberg seinem Fahrzeug. Und obwohl grelle Leuchten die Tiefgarage in helles Licht tauchten, schaltete er die Taschenlampe an und richtete den Strahl in das Innere des Wagens: Nichts, jedenfalls nichts, was ihm verdächtig erschien.

Auf der Fahrerseite kniete er sich auf den grün gestrichenen Betonboden und leuchtete unter den Jaguar. Er hatte noch nie seinen Wagen von unten gesehen. Im Schein der Taschenlampe musterte er jede Einzelheit. Aber Malberg war in Automobiltechnik wenig bewandert. Wie sollte er beurteilen, ob ein artfremdes Bauteil am Fahrzeugboden angebracht war?

Vorsichtig steckte er den Wagenschlüssel ins Schloss. Doch plötzlich fühlte er sich wie gelähmt. Seine rechte Hand weigerte sich, den Schlüssel umzudrehen. Vorsichtig zog Malberg den Wagenschlüssel wieder aus dem Schloss. Er spürte Schweiß im Nacken. Marlenes Schatten hatte ihn eingeholt. Wieder einmal.

Kapitel 50

Auf Burg Layenfels herrschte explosive Stimmung. Die Spannung und das Misstrauen unter den Fideles Fidei Flagrantes waren inzwischen so groß, dass jeder dem anderen aus dem Weg ging. Bei den gemeinsamen Mahlzeiten im Refektorium wurde kaum noch geredet. Im Umgang miteinander beschränkten sich die Brüder auf Gesten wie Kopfnicken und abweisende Handbewegungen. Man hätte meinen können, es handelte sich um einen Trappistenorden der strengen Observanz, dessen Mitglieder den Sinn des Lebens in Schweigsamkeit suchten.

Begonnen hatte alles, nachdem Kardinalstaatssekretär Gonzaga das Tuch – wie die Reliquie nur noch genannt wurde – auf Layenfels abgeliefert und Professor Murath mit seinen Analysen begonnen hatte. Anicet hatte den Mund voll genommen mit aufregenden Ankündigungen, wenn sich Muraths Hypothese bewahrheite, würde die Bruderschaft bald über mehr Macht verfügen als alle Staatenlenker der Welt zusammen. Ja, von einer neuen Welt war die Rede und der Möglichkeit, die römische Kirche zu vernichten.

Inzwischen hatte der ehemalige Kurienkardinal Tecina seinen Glauben an die Forschungen des Molekularbiologen Richard Murath weitgehend verloren und vor Zeugen getönt, der Nobelpreis sei dem lichtscheuen Professor wohl nicht zu Unrecht verweigert worden.

In Anbetracht der Grüppchen und Parteien, die sich auf Burg Layenfels gebildet hatten, waren Anicets Äußerungen dem Professor nicht verborgen geblieben. *Coram publico* hatte er mit Blick auf den Ex-Kardinal geantwortet: Naturwissenschaftler sollten sich nicht mit Ignoranten wie Theologen herumschlagen. Seither beschränkte sich der Umgang der beiden auf wenige Worte am Tag.

Muraths Problem bestand darin, dass er zur Untermauerung seiner Theorie eine genetische Analyse aus Blutresten des Jesus von Nazareth benötigte. Aber alle entsprechenden Versuche waren bisher fehlgeschlagen, weil auf dem Tuch zwar Blutspuren festgestellt wurden, doch waren alle unterschiedlicher Herkunft.

Entsprechende DNA-Analysen zeitigten Ergebnisse, welche Murath die schütteren Haare zu Berge stehen und seine Gegner in der Bruderschaft frohlocken ließen. Manche Blutflecken auf dem Turiner Grabtuch waren jüngeren Datums. Andere entstammten dem weiblichen Geschlecht. Männliche DNA-Spuren hingegen, deren Ursprung sich auf die Zeitenwende zurückdatieren ließ, erwiesen sich als verfälscht oder analytisch verblasst und somit als unbrauchbar.

Anicet hegte Zweifel, ob es sich bei dem Tuch, welches Gonzaga nach Layenfels gebracht hatte, nicht doch um die geniale, in Antwerpen gefertigte Kopie handelte. Leider war de Coninck umgekommen, bevor er die Frage beantworten konnte.

Es hatte den Anschein als sei es ein Tag wie alle vorangegangenen – spannungsgeladen und von Misstrauen geprägt. Nach dem Abendessen im Refektorium schleppte Anicet seinen ausgemergelten Körper über vier Treppen nach oben, wo die Labors untergebracht waren. Wie stets verbrachte Professor Murath den Abend in seinen im hinteren Teil gelegenen Laborräumen, unansprechbar, missgelaunt und mit Gott und der Welt hadernd.

Murath erkannte Anicet schon von Weitem an dessen schwerem Schritt und dessen pfeifendem Atem nach über hundert Stufen. Er blickte kaum auf, als der Alte den hell erleuchteten Raum betrat.

Höflichkeitsfloskeln wie »Guten Abend« oder »Wie geht's« hatten die beiden längst eingestellt. Umso irritierender erschienen Murath Anicets Worte, als er in freundlichem Tonfall begann: »Wie kommen Sie voran, Professor?«

Murath warf einen Blick auf die große Uhr über dem Labortisch, als wollte er nachsehen, ob eine neue Zeit angebrochen sei, dann blickte er Anicet schief von der Seite an und meinte mürrisch: »Lassen Sie Ihre Scherze. Sie wissen genau, dass Sie als Erster davon erfahren, wenn mir der Durchbruch gelingt. Im Übrigen müssten Sie doch von Ihrem früheren Arbeitgeber gewohnt sein, in größeren Zeitabständen zu denken. Schließlich brauchte die Kurie hundert Jahre zum Nachdenken, ob ein Pfarrer seiner Gemeinde eher seine Vorderansicht oder das Hinterteil zuwenden sollte.«

»Entschuldigen Sie, Professor, es war nicht böse gemeint. Im Übrigen brauche ich Ihnen nicht zu erklären, dass ich mich dem von Ihnen ins Auge gefassten Arbeitgeber seit geraumer Zeit nicht mehr verbunden fühle.«

»Also, was wollen Sie? Ich meine, abgesehen davon, mir mitzuteilen, dass Ihre Geduld am Ende ist.«

»Aber keineswegs, Professor, keineswegs!«

Murath war irritiert. Woher kam der plötzliche Sinneswandel des Ex-Kardinals? Vergeblich versuchte der verkannte Forscher Anzeichen von Ironie und Häme aus dem Gesicht Anicets herauszulesen. Intrigieren und Taktieren gehörten auf Burg Layenfels zur Tagesordnung. Ebenso aber auch der Sinneswandel und Wechsel zur einen oder anderen Partei. Anicet, Murath, Dulazek, Willenborg, Masic, Van de Beek und Gruna, die führenden Köpfe der Fideles Fidei Flagrantes, verfügten allesamt über eine eigene Hausmacht. Und deren Sympathie für den einen oder anderen wechselte ständig.

Anicet und Murath waren ursprünglich Freunde gewesen. Das Fundament ihrer Freundschaft, ihr gemeinsames Ziel, wurde jedoch zunehmend brüchiger, je länger sich die Forschungen des Molekularbiologen hinzogen. Erfolglos hinzogen.

»Was verschafft mir dann das zweifelhafte Vergnügen Ihres späten Besuchs?«, nahm der Professor seine Spötteleien wieder auf.

Anicet, wie stets in einen dunklen reverslosen Gehrock gekleidet, der bis zum Hals zugeknöpft war, begann die obersten Knöpfe zu lösen. Schließlich zog er aus der Innentasche die handtellergroße Cellophantüte hervor, die er wohlverpackt aus Sofficis Wagen geangelt hatte, bevor dieser in die Luft flog.

Als Professor Murath erkannte, was Anicet in der Hand hielt, geriet er in Stottern: »Das – ist – doch – das – ist ...«

»Das fehlende Teilstück aus dem Tuch!«

»Und Sie sind sicher?«

»Absolut sicher, Professor!«

»Sieht so aus, als wären Blutreste darauf zu erkennen«, bemerkte Murath und hielt die Reliquie gegen das Licht.

Anicet nickte. »Ich hoffe, diesmal sind es wirklich Blutreste, die Jesus von Nazareth zugeschrieben werden können.«

Der Professor sah den Ex-Kardinal prüfend an: »Woher wollen Sie das wissen? Wenn es so wäre, hätten wir alle Probleme gelöst!«

»Ich weiß. Aber um Ihre Frage zu beantworten: Dieses winzige Stück Stoff wird seit geraumer Zeit auf dem Schwarzmarkt angeboten. Auch mit List und viel Geld gelang es Kardinalstaatssekretär Gonzaga nicht, die Reliquie in seinen Besitz zu bringen. Die letzten Forderungen beliefen sich auf eine sechsstellige Summe. So viel verlangt man nicht für ein Objekt, das diesen Preis nicht wert ist. Jedenfalls habe ich den Eindruck, dass wir nicht die Einzigen sind, die sich für diese Stoffprobe interessieren. Könnte es sein ...«

»Unmöglich«, fiel ihm Murath ins Wort. »Sie glauben, ein anderer Forscher könnte sich mit derselben Sache beschäftigen?«

»Genau das meinte ich!«

»Herr Kardinal!«

»Auf diese Anrede kann ich gerne verzichten.«

»Nun gut. Herr Ex-Kardinal. Ich habe ein halbes Leben damit verbracht, mir diese Hypothese zu erarbeiten. Und, in aller Bescheidenheit, ich gelte noch heute als Koryphäe auf dem Gebiet der Molekularbiologie und Molekulargenetik, obwohl meine Zeit am Whitehead Institute in Cambridge, Massachusetts, schon ein paar Jahre zurückliegt. Ich brauche wohl nicht zu erwähnen, dass *ich* es war, der den weltweiten Ruf dieses Forschungsinstituts begründet hat.«

»Kein Mensch will Ihnen diese Meriten absprechen, Professor. Ich zuallerletzt, und ich wäre froh, wenn Sie recht behielten. Denn wenn andere uns zuvorkämen, wäre das eine Katastrophe für die gesamte Bruderschaft.«

»Ich weiß«, entgegnete Murath mit dem Grinsen eines Mannes, der sich seiner Sache immer noch sicher ist.

Wortlos streifte sich der Professor weiße Gummihandschuhe über. Mit erhobenen Armen wie ein ertappter Gauner sah der blasshäutige Mann, der das Tageslicht mied, noch unheimlicher aus als gewöhnlich. Schließlich öffnete er einen Laborschrank mit Milchglasfront und entnahm ihm eine Plexiglas-Schale, vierzig mal sechzig Zentimeter, mit dem gefalteten Tuch.

Auf dem Labortisch in der Mitte des Raumes, einem Seziertisch in der Pathologie nicht unähnlich, entfaltete er vorsichtig das Tuch. Nur andeutungsweise war der Negativ-Abdruck einer menschlichen Gestalt zu erkennen. Umso deutlicher stach die briefmarkengroße Fehlstelle ins Auge.

Anicet reichte Murath die Cellophantüte mit dem kostbaren Inhalt. Mit einer Pinzette nahm der Professor die Stoffprobe heraus. Die Anspannung stand ihm ins Gesicht geschrieben.

Ein Stockwerk tiefer und keine zwanzig Meter Luftlinie vom Ort des Geschehens entfernt, in Dr. Dulazeks Zelle, saßen zur selben Zeit der Zytologe und der Hämatologe Ulf Gruna über einen Tisch gebeugt vor einem winzigen Empfänger, kaum größer als eine Zigarettenschachtel. Vergeblich versuchte Dulazek die Lautstärke des elektronischen Geräts höher zu regulieren. Aber außer einem Zischen und Rauschen war kein einziger Ton zu vernehmen.

»Was ist los?«, flüsterte Dulazek ungeduldig. »Ich höre nichts!«

Gruna, dem es vor einer Woche gelungen war, unbemerkt unter dem Labortisch Professor Muraths eine Wanze zu setzen, zuckte mit den Schultern. »Ich weiß auch nicht, was los ist. Eben hat die Abhöranlage noch funktioniert.«

»Jetzt aber nicht mehr. Verdammt, gerade jetzt, wo es spannend wird. Murath wird das Ding doch nicht etwa entdeckt haben?«

»Unmöglich. Das hörte sich ganz anders an.«

Plötzlich krächzte es aus dem kleinen Lautsprecher des Empfangsgeräts. »Wie sind Sie eigentlich an das fehlende Objekt herangekommen, Herr Ex-Kardinal?«

Langes Schweigen. Dulazek und Gruna sahen sich erwartungsvoll an. Immer noch Schweigen.

Dieselbe Stimme: »Lassen Sie mich raten: Es steht im Zusammenhang mit Soffici, dem Sekretär von Kardinal Gonzaga. Aber Sie sagten doch eben, Gonzaga sei es nicht gelungen, an das Objekt heranzukommen. Das verstehe ich nicht.«

Darauf die Stimme Anicets: »Das ist auch nicht nötig, Professor. Viel wichtiger ist zunächst der Beweis, dass es sich bei dem Objekt nicht um eine Fälschung handelt!«

Murath: »Gewiss. Aber was Soffici betrifft, machen wilde Gerüchte die Runde. Es heißt, der Unfall sei provoziert worden.«

Anicet: »So, heißt es das? – Selbst wenn es so wäre. Würde das an unserer Situation hier etwas ändern?«

Keine Antwort.

Erneut Anicet: »Nun fügen Sie die Stoffprobe schon in die Fehlstelle ein!«

Nahe Geräusche, undefinierbar.

Nach einer endlos scheinenden Minute – Anicet: »Tatsächlich. Betrachten Sie den Fadenlauf des Gewebes!«

Murath: »Sie haben recht. Kein Zweifel.«

Anicet: »Die Fadenstruktur des Tuches setzt sich in dem Fehlstück exakt fort. So etwas kann man nicht fälschen! Dann hat uns Gonzaga doch das Original gebracht.«

Murath: »Dann verstehe ich nicht, warum ich mit meinen Analysen zu keinem Ergebnis komme.«

Dulazek und Gruna grinsten sich an.

Anicet: »Das ist in der Tat merkwürdig, aber jetzt haben Sie eine neue Chance.«

Murath: »Ich will Ihnen nicht widersprechen. Wenn die Blutspuren auf der Fehlstelle analysierbar sind, dann ... ich wage nicht daran zu denken!«

Als nach einer längeren Pause noch immer nichts zu hören war, meinte Gruna voller Unruhe: »Und was passiert jetzt?«

»Sie umarmen und küssen sich!«, bemerkte Dulazek trocken und presste die Hand vor den Mund, um sein lautes Gelächter zu unterdrücken.

Endlich ertönte aus dem Lautsprecher wieder eine Stimme, die von Anicet: »Wie lange wird es dauern, bis ein erstes Ergebnis vorliegt?«

»Geben Sie mir drei bis vier Tage. Solange werde ich das kostbare Objekt in meiner Zelle aufbewahren.«

Dulazek warf Gruna einen vielsagenden Blick zu, als wolle er sagen: Heute Nacht ist Taubenschießen.

Kapitel 51

Malberg hatte Caterina im Taxi vom Flughafen abgeholt und frische Brötchen, Käse, Schinken und Quittengelee für das gemeinsame Frühstück gekauft. Jetzt saßen sie an der Küchentheke. Caterina verzog das Gesicht und stellte die Tasse auf dem Unterteller ab.

»Ich weiß, was du sagen willst«, kam Lukas Caterina zuvor. »Mein Kaffee schmeckt wie A und F!«

»Wie A und F?«

»Eine deutsche Redeweise, die Abkürzung von ›wie Arsch und Friedrich‹. Kein Mensch weiß, wie die Redensart zustande kam, aber die Bedeutung kennt jeder. Es schmeckt wie A und F bedeutet, es schmeckt schlichtweg scheußlich.«

»Das habe ich nicht gesagt!«

»Aber gedacht! Und ich gebe dir sogar recht. Kaffeekochen zählt leider nicht zu meinen hervorstechenden Fähigkeiten.«

Während sie genüsslich Quittengelee auf einer Brötchenhälfte verteilte, meinte Caterina mit listigem Schmunzeln: »Also, was das Kaffeekochen betrifft – mit dieser Nummer wäre ich noch frei.«

»Und sonst?«

»Nun ja, darüber müsste man verhandeln.«

Lukas ergriff ihre Hand. Caterina wurde rot. Sie glaubte, Malberg würde die ungewöhnliche Situation zwischen Quittengelee-Brötchen und Schinken nutzen, um ihr einen Antrag zu machen. In dieser Hinsicht waren deutsche Männer nicht gerade stilsicher – aber es kam anders.

»Du sagtest, in dem Zeitungsbericht über Soffici gebe es einen Hinweis auf Marlenes Ermordung«, meinte Malberg.

Caterina sah ihn entgeistert an. Aber im nächsten Moment hatte sie ihre Enttäuschung wieder im Griff.

»Ja«, erwiderte sie und kramte aus ihrer Reisetasche einen Zeitungsausschnitt. »Der Artikel ist aus dem *Messagero* von gestern.«

Flüchtig überflog Malberg den vierspaltigen Text, der über Sofficis Unfall berichtete und am Ende die Frage aufwarf, warum Gonzagas Sekretär mit dem Dienstwagen des Kardinalstaatssekretärs, noch dazu mit gefälschten deutschen Kennzeichen, unterwegs gewesen war. Geradezu mysteriös erschien der Zeitung, dass Soffici auf dem Weg nach Burg Layenfels umkam, dem Sitz einer Bruderschaft, die der Kirche feindselig gegenüberstehe. Kein Wort, das auf Marlene hindeutete. Der Bericht bot nichts Neues. Enttäuscht sah er Caterina an.

»Das Foto«, sagte sie und deutete auf die Abbildung unter dem Artikel, welche das Burgtor von Layenfels zeigte. »Das Zeichen über dem Eingang!«

Malberg zog die Stirn in Falten: Auf einem Wappenschild über dem Eingang erkannte er deutlich ein Kreuz mit einem zweiten, schrägstehenden Querbalken darunter. Dieses runenhafte Symbol hatte er schon irgendwo gesehen. Ja, natürlich.

Er ging zu seinem Schreibsekretär, öffnete eine Schublade und zog eine feingliedrige Goldkette mit einem ovalen Medaillon hervor, die er erst gestern hier deponiert hatte. Es war die Kette, die er damals in Marlenes Wohnung eingesteckt hatte.

Das Medaillon trug dasselbe Symbol wie das Wappen des Zeitungsfotos.

Ungläubig schüttelte er den Kopf. Was hatte das zu bedeuten?

Caterina nahm Lukas das Medaillon aus der Hand: »Möglicherweise verfolgen wir mit Gonzaga und den Herren der Kurie eine völlig falsche Spur.«

»Ich hatte gerade denselben Gedanken«, erwiderte Malberg. »In jedem Fall muss es einen Zusammenhang geben zwischen der Kurie und der Bruderschaft.«

»Und einen Zusammenhang mit Marlenes Tod!«

»Ich wage nicht daran zu denken.« Malberg vergrub sein Gesicht in den Händen.

Caterina sah ihn an. »Warum hast du eigentlich damals die Kette mitgenommen?«, fragte sie schließlich und musterte Lukas mit festem Blick.

Die Antwort kam zögernd: »Ich weiß es nicht. Wirklich. Jedenfalls betrachtete ich sie nicht als Erinnerungsstück an Marlene, wenn du das meinst. Vielleicht war es eine seltsame Eingebung, eine Art sechster Sinn, eine innere Stimme, die mir sagte, dass diese Kette noch einmal wichtig werden könnte. Oder es war der pure Zufall. Wie man's nimmt!«

Caterina legte die Kette mit dem geheimnisvollen Medaillon vor sich auf die Küchentheke. Wortlos starrten beide auf das glitzernde Etwas.

Da war es wieder, das Misstrauen zwischen Caterina und Lukas, das sich immer einstellte, wenn es um Marlenes Tod ging.

Es bereitete Caterina Schwierigkeiten zu glauben, dass Lukas keinen Hintergedanken hegte, als er Marlenes Kette an sich nahm. In den vergangenen Wochen war ihr immer wieder aufgefallen, wie sehr Malberg an Marlene hing. Bisweilen zeigte sein Verhalten Anzeichen einer Obsession. Und seinen Beteuerungen Glauben zu schenken, er habe nie etwas mit Marlene gehabt, fiel ihr nicht gerade leicht.

Malberg hingegen spürte Caterinas abweisende Haltung, sobald die Rede auf Marlene kam. Ursprünglich, als sie noch beruflich in den Fall involviert war, hegte sie für Marlene eine gewisse Sympathie. Aber seit sie sich nähergekommen waren, hatte sich

Caterinas Sympathie in Abneigung verwandelt. Wenn sie dennoch an der Aufklärung des Falles interessiert war, so nur deshalb, um Lukas einen Gefallen zu tun und die ganze Angelegenheit endlich zum Abschluss zu bringen.

Schweigend rührte Malberg in seiner Kaffeetasse und verfolgte die kreisenden Bewegungen der dunklen Brühe.

Nach einer Weile blickte er auf: »Ich habe Angst.«

Caterina legte ihre Hand auf die seine. »Das brauchst du nicht!« Sie wusste, dass ihre Bemerkung unrealistisch war – nach den Ereignissen der letzten Tage.

»Ich habe dir von dem anonymen Anrufer erzählt«, nahm Malberg seine Rede wieder auf. »Seither gehen mir diese Worte nicht mehr aus dem Kopf: Denken Sie an Soffici! Heute Nacht, als ich nicht schlafen konnte, kam mir plötzlich in den Sinn, was der Unbekannte gemeint haben könnte. Ich schlich in die Tiefgarage und sah mir meinen Jaguar näher an, der dort seit über zehn Wochen geparkt ist.«

»Um Gottes willen, Lukas. Jetzt verstehe ich deine Angst! Möglicherweise kam Soffici durch eine Manipulation an seinem Wagen ums Leben. Du hast hoffentlich die Wagentür nicht geöffnet.«

»Habe ich nicht. Denn irgendwie hatte ich das Gefühl, dass mit meinem Wagen etwas nicht stimmt. Ich kann nicht sagen, was, es ist nur so eine Ahnung.«

»Du musst sofort die Polizei rufen!«

»Das war auch *mein* erster Gedanke.«

»Warum hast du es noch nicht getan?«

Malberg wiegte den Kopf hin und her. »Hast du dir überlegt, was das bedeutet? – Sicher müsste ich eine Reihe unangenehmer Fragen beantworten. Ob ich Feinde habe oder einen Verdacht, wer der unbekannte Anrufer sein könnte. Mit anderen Worten, der Fall Marlene Ammer geriete plötzlich ins öffentliche Interesse. Ihre Mörder, die sich bisher sicher fühlen konnten, weil alle Mitwisser bestochen, bedroht oder umgebracht worden sind, könnten untertauchen oder mich als Ziel eines neuerlichen Anschlags ausspähen. Auch du wärst im Übrigen nicht mehr sicher.«

Erregt sprang Caterina auf und rief in heftigem Ton: »Dann nimm deinen Wagenschlüssel, geh in die Garage, öffne die Autotür und starte den Wagen!«

»Nein!«, rief Lukas nicht weniger aufgebracht. »Das werde ich nicht tun.«

»Also!« Caterina griff zum Telefon und reichte Malberg den Hörer. «Worauf wartest du noch?«

Kapitel 52

Noch am selben Abend flog Caterina nach Rom zurück. Sie war erleichtert. Sprengstoffexperten des Landeskriminalamtes hatten Malbergs Jaguar untersucht und weder eine Bombe noch irgendwelche Manipulationen am Fahrzeug festgestellt.

Lukas musste sich anschließend einem peinlichen Verhör unterziehen. Die Nachforschungen nach dem unbekannten Anrufer ergaben, dass er zur fraglichen Zeit aus einer öffentlichen Telefonzelle im Frankfurter Westend angerufen wurde.

Müde und erschöpft kam Caterina auf dem römischen Flughafen Fiumicino an. Doch von einem Augenblick auf den anderen war ihre Müdigkeit wie verflogen: Sie sah, wie zwei gut gekleidete, kräftige Männer eine wild um sich schlagende Frau unterhakten und mit sanfter Gewalt aus dem Flughafengebäude drängten.

Im Trubel des abendlichen Reiseverkehrs erregte die Szene kaum Aufsehen, und auch Caterina hätte dem Geschehen keine Beachtung beigemessen, wäre da nicht der hilfesuchende, flehende Blick gewesen, den die Frau ihr im Vorübergehen zuwarf.

Es war Signora Fellini!

Caterina hielt verstört inne. Die Haltung des einen Entführers ließ erkennen, dass der Mann unter seiner Jacke eine Waffe auf die Frau gerichtet hielt. Vor dem Ausgang wartete ein Alfa Romeo mit abgedunkelten Scheiben. Die Entführer stießen die Frau auf den Rücksitz des Fahrzeugs. Mit quietschenden Reifen brauste der Wagen davon und verschwand in der Dunkelheit.

Es bedurfte keiner besonderen Kombinationsgabe, um zu begreifen, dass Signora Fellini den Versuch unternommen hatte, sich aus Rom abzusetzen. Sie wusste, sie wurde auf Schritt und Tritt überwacht. Aber offensichtlich ahnte sie nicht, wie perfekt diese Überwachung funktionierte.

Als Caterina am nächsten Morgen in die Redaktion kam, war sie unausgeschlafen und entsprechend mürrisch. Ohnehin betrachtete sie ihren Job, den sie früher mit Begeisterung ausgeübt hatte, nur noch als Broterwerb.

Ihre Sekretärin, eine in Scheidung lebende Vierzigjährige, deren Hauptinteresse bindungswilligen Männern galt, empfing sie mit der unvermeidlichen Morgenzigarette zwischen den Lippen und den knappen Worten: »Anruf vom Chef. Sofort in die Chefredaktion kommen.«

Am frühen Morgen verhieß das nichts Gutes und war in keiner Weise geeignet, Caterinas Laune zu verbessern.

Bruno Bafile, der Chefredakteur des Magazins *Guardiano*, lauerte hinter seinem riesigen Schreibtisch über Titelentwürfen für die nächste Ausgabe. Missmutig musterte er Caterina durch die dicken Gläser seiner Hornbrille. Das war seine Art, sich Respekt zu verschaffen.

Nach einer Weile kam Bafile zur Sache: »Wenn Sie wollen, können Sie wieder in Ihr altes Ressort zurückkehren«, brummelte er und blickte in seine Unterlagen.

Caterina war auf beinahe alles gefasst, nur nicht darauf. Sie warf dem Chef einen skeptischen Blick zu, ob sie seine Worte auch ernst nehmen durfte. Doch Bafile zeigte keine Regung.

»Sie meinen, ich kann wieder in meinem Job als Polizeireporterin arbeiten?«, fragte sie ungläubig.

»Genau das meine ich. Gute Polizeireporter, vor allem Polizeireporter*innen* gibt es nicht gerade häufig. Das hat sich in den letzten Wochen auch bei uns gezeigt.« Für einen Mann wie Bruno Bafile waren diese Worte ein Kompliment, wenn nicht sogar eine Lobeshymne. Denn für den Chefredakteur war Anerkennung ein Fremdwort. Dafür verstand er es auf hinterhältige Weise, die Schwächen seiner Mitarbeiter vor allen anderen bloßzustellen.

So recht wusste Caterina Bafiles Ansinnen nicht zu deuten. Schließlich hatte er sie ohne weitere Erklärungen von heute auf morgen in ein anderes Ressort versetzt. Woher also dieser unerwartete Sinneswandel?

Caterinas Erstaunen machte Bruno Bafile sichtlich nervös. Ohne Grund kramte er in den Titelentwürfen auf seinem Schreibtisch, und mit einer gewissen Hektik in der Stimme sagte er: »Ich habe mich vielleicht nicht ganz korrekt verhalten. Aber glauben Sie mir, ich stand unter einem enormen Druck. Ehrlich gesagt weiß ich bis heute nicht so genau, was da eigentlich vorging.« Bafile nahm die dicke Brille ab und begann die Gläser mit einem Taschentuch zu säubern.

»Das glauben Sie doch wohl selbst nicht!«, erwiderte Caterina. Sie fand sich ziemlich mutig.

»Der Befehl kam von ganz oben«, fügte Bafile brillenputzend hinzu. »Es war eine Drohung, die gegen mich gerichtet war – wenn der *Guardino* weiter über den Fall Marlene Ammer berichten würde. Was blieb mir anderes übrig? Schließlich wusste ich, dass Sie eine Polizeireporterin sind, die nie aufgibt. Mein Gott, ist das so schwer zu verstehen?«

»Ja«, entgegnete Caterina. »Aber was ich noch weniger begreife – warum ist die Angelegenheit jetzt nicht mehr bedrohlich? Was hat sich denn geändert?«

Bafile setzte seine Brille wieder auf und öffnete die Schreibtischschublade. Beinahe angewidert zog er ein Schriftstück hervor und reichte es Caterina: »Genügt das, damit Sie mir keine weiteren Fragen stellen?«

Verwundert nahm sie das Schriftstück entgegen, einen neuen Vertrag als Leitende Redakteurin und Polizeireporterin mit besonderen Aufgaben und einer Gehaltsaufbesserung von fünfhundert Euro.

»Und welche Bedingungen sind daran geknüpft?«, fragte sie, nachdem sie den Vertrag überflogen hatte.

»Bedingungen? Keine.«

»Ich kann also auch uneingeschränkt im Fall Marlene Ammer recherchieren?«

Bafile blickte auf und sah Caterina von unten an. »Tun Sie, was Sie für richtig halten. Die Klärung dieses Falles lässt sich sowieso nicht aufhalten, nachdem sich bereits ein deutsches Magazin der Sache angenommen hat. Und jetzt gehen Sie an Ihre Arbeit.«

»Okay, Chef!« Caterina wandte sich um. Dabei fiel ihr das deutsche Magazin *Stern* auf, das auf seinem Schreibtisch hervorlugte. Die Titelseite trug folgende Schlagzeile:

TOD EINES
KARDINAL-
SEKRETÄRS

»Können Sie mitnehmen«, meinte Bruno Bafile, der Caterinas neugierigen Blick auffing.

»Danke, Chef!« Caterina nahm die Illustrierte und ging.

Für den Beginn eines gewöhnlichen Arbeitstages war das alles ein bisschen viel auf einmal. Caterina kam es so vor, als hätte sich ihr Leben wieder einmal von einem Augenblick auf den anderen verändert. Merkwürdig, sie hatte wieder ihren alten Job, sogar eine Beförderung und mehr Geld in Aussicht, außerdem waren alle Beschränkungen für ihre Berichterstattung aufgehoben. Trotzdem verspürte sie keine überschwängliche Freude, auch keine Genugtuung. Argwohn und eine gewisse Unsicherheit machten ihr zu schaffen.

Zunächst galt ihr Interesse dem Artikel in der deutschen Illustrierten, einem renommierten Blatt, ebenso bekannt für seine Seriosität wie für die Vorliebe, heiße Themen aufzugreifen.

Als zweite Fremdsprache hatte Caterina auf dem Lyzeum Deutsch gelernt, und der Umgang mit Lukas hatte ihre Deutschkenntnisse noch gefestigt, sodass ihr das Lesen des Artikels keine Schwierigkeiten bereitete.

Als sie geendet hatte, hielt sie nachdenklich inne. Der Bericht ließ keinerlei Rückschlüsse darauf zu, dass Sofficis Tod in Zusammenhang mit dem Mord an Marlene Ammer gestanden haben könnte. Ihr Name war nicht einmal erwähnt – von den mysteriösen Umständen, die sich um Marlenes Leben rankten, ganz zu schweigen.

Wie kam Bruno Bafile dazu, beide Fälle in Verbindung zu bringen?

KAPITEL 53

Der Saal des Auktionshauses Hartung & Hartung am Münchner Karolinenplatz war bis auf den letzten Platz besetzt. Dicht gedrängt saßen Bibliothekare der großen Bibliotheken aus Europa, Buchhändler und Antiquare aus Übersee und natürlich Sammler, die auf die eine oder andere Gelegenheit hofften.

Dem Auktionator, einer kleinen, gepflegten Erscheinung mit spärlichem Haupthaar und Goldrandbrille, kam die schier unlösbare Aufgabe zu, in drei Tagen 2540 Positionen Bücher, Manuskripte und Autographen zu versteigern.

Malberg nutzte die Gelegenheit, neue Ware für sein Antiquariat einzukaufen. Wie gewohnt hatte er in der letzten Stuhlreihe Platz genommen, ein Geheimtipp unter gewerbsmäßigen Käufern, um alle anderen Bieter vor sich im Blickfeld zu haben und aus ihrem Kaufverhalten eigene Schlüsse zu ziehen.

Auf diese Weise ersteigerte er ein siebzehnzeiliges Brevier aus dem Jahre 1415, Rufpreis sechzehntausend Euro, für achtzehntausend Euro. Ein günstiger Kauf für eine lateinische Handschrift mit farbigen Bordüren und rot-goldenen Initialen und gut und gerne mit einem Gewinn von hundert Prozent zu veräußern.

Bei einem Kräuterbuch im Folio-Format von Hieronymus Bosch aus dem Jahre 1577 scheiterte er. Das Buch mit blindgeprägtem Ledereinband und zahlreichen Pflanzenholzschnitten aus der Zeit galt als eines der schönsten Kräuterbücher des sechzehnten Jahrhunderts und stammte aus dem Kloster Weingarten. Seit der Drucklegung waren alle Vorbesitzer nachweisbar. Ein solches Buch hatte natürlich seinen Preis. Aber Malberg war nicht bereit, den doppelten Schätzpreis von dreißigtausend Euro zu bezahlen, und stieg bei zwanzigtausend Euro aus.

Die Bietergefechte verliefen rege. Als der Auktionator nach knapp zwei Stunden die Katalognummer 398 aufrief, ging ein Raunen durch den Saal.

Das Buch aus der Mitte des neunzehnten Jahrhunderts hatte, vom Auktionator geschickt lanciert, bereits seit Tagen die Feuilletonseiten der Zeitungen gefüllt und Spekulationen über den zu erzielenden Preis, aber auch über den Inhalt des Werkes ausgelöst.

In der Tat war das Buch mit dem lateinischen Titel *Peccatum Octavum* – »Die achte Sünde« eine Sensation. Denn offiziell durfte es das Exemplar gar nicht geben, weil das Werk von Pius IX. verboten worden war. Auf päpstliche Anordnung mussten damals alle Bibliotheken durchsucht und entdeckte Exemplare im Beisein von Zeugen verbrannt werden.

Autor des Buches war ein Augustinermönch und Naturforscher namens Gregor Mendel, jener Mendel, der den Mendelschen Gesetzen seinen Namen gab, der Wegbereiter der Genetik. Mendel stammte aus Österreichisch-Schlesien, heute Tschechien, und dort lagerte das Exemplar seit Kriegsende unbeachtet in einem Antiquariat zwischen Karl-May-Erstausgaben und einem deutschen Exemplar der *Abenteuer des braven Soldaten Schwejk* in der Abteilung »Fremdsprachen«. Ein Student der Genetik hatte das Buch für zwanzig Euro erworben, weil er den Namen des Verfassers kannte. Allerdings war das Buch, vom lateinischen Titel abgesehen, in einer seltsamen unleserlichen Sprache geschrieben, mit der er nichts anzufangen wusste. Hilfesuchend hatte sich der Student an das renommierte Auktionshaus gewandt und den Bescheid erhalten, es handle sich um eine bibliophile Kostbarkeit und könne auf einer Auktion eine sechsstellige Summe bringen.

»Ich beginne bei einem Rufpreis von fünfzigtausend Euro! Bietet jemand mehr?« Der Auktionator machte ein bedeutsames Gesicht, während er den Blick über die Bieter im Saal schweifen ließ. Eine Zeitung hatte den Wert des Buches, dessen Inhalt so geheimnisumwittert war wie seine Herkunft, auf hunderttausend Euro beziffert.

»Fünfundfünfzig, sechzig, fünfundsechzig, siebzig, fünfundsiebzig, achtzig. Achtzigtausend zum Ersten!«

Stille.

»Fünfundachtzigtausend!« Der Auktionator zeigte auf einen Herrn im grauen Zweireiher in der ersten Reihe.

»Hunderttausend Euro!« Aus dem Hintergrund meldete sich eine Mitarbeiterin, die mit einem Telefonbieter verbunden war.

»Hunderttausend zum Ersten ...«

Im selben Augenblick setzte ein Bietergefecht ein, bei welchem Telefon- und Saalbieter den Preis innerhalb von vierzig Sekunden auf zweihundertdreißigtausend Euro hochtrieben.

»Zweihundertdreißigtausend Euro«, wiederholte der Auktionator mit gespielter Ruhe, »zum Ersten ... zum Zweiten ...«

Plötzlich, als wäre er aus dem Schlaf erwacht, hob der Mann neben Malberg, ein blasser Typ mit langen, nach hinten gekämmten Haaren, mit der Bieternummer 222 die Hand.

»Zweihundertfünfunddreißigtausend Euro für den Herrn in der letzten Reihe. – Zum Ersten, zum Zweiten – niemand mehr? – Zum Dritten.«

Beifall im Saal, wie üblich, wenn besonders hohe Erlöse erzielt wurden.

Malberg sah seinen Nachbarn von der Seite an. Der verzog keine Miene und blickte starr geradeaus, als ginge ihn das alles nichts an. Auch im weiteren Verlauf der Auktion, bei der kostbare Inkunabeln unter den Hammer kamen, blieb der Unbekannte regungslos wie eine Statue.

»Entschuldigen Sie, wenn ich Sie so einfach anspreche«, raunte Malberg dem blassen Typ zu. »Sind Sie ein Sammler?«

Wie eine Marionette drehte der Unbekannte ihm den Kopf zu und sah ihn aus tiefliegenden Augen an. Dann erwiderte er nicht unfreundlich, aber bestimmt: »Ich glaube, dass Sie das nichts angeht, mein Herr!« Obwohl sein Deutsch perfekt war, konnte man einen leichten italienischen Akzent heraushören.

»Natürlich nicht«, antwortete Malberg, und eigentlich betrachtete er das Gespräch damit als beendet. Doch der bleiche Mann fragte zurück: »Woraus schließen Sie, ich könnte ein Sammler sein?«

»Nun ja ...« Malberg fiel die Antwort nicht leicht. »Nur Sammler geben eine so exorbitante Summe für ein Buch von fragwürdigem Wert aus.«

»Sie meinen, das Buch ist eine Fälschung?«

»Keineswegs. Im Gegensatz zum Kunstmarkt kommen auf dem Buchmarkt Fälschungen äußerst selten vor. Sie kennen sicher den Spruch: Camille Corot malte in seinem Leben über zweitausend Bilder, dreitausend hängen allein in Amerika. Nein, Bücher aus der Frühzeit der Druckkunst zu fälschen erfordert einen viel zu hohen Aufwand. Im Übrigen ist es ein Leichtes, das wahre Alter von Pergament und Papier festzustellen.«

»So gesehen ist das Mendelsche Werk sogar ein relativ junges Buch!«

»Eben. Sein Wert beschränkt sich auf das Unikat, seine Geschichte und – natürlich – seinen Inhalt.«

Der vermeintliche Sammler begann plötzlich an Malberg Interesse zu zeigen: »Sie kennen den Inhalt des Buches?«

»Ja, das heißt – nein. Ich weiß nur, worum es in dem Buch geht.«

»Ach.« Der Unbekannte setzte ein überlegenes Lächeln auf, weniger Ausdruck von Freude als von Wissen und Überlegenheit, und verfolgte weiter die Versteigerung. »Dann wissen Sie mehr als ich«, fügte er mit leisem Spott hinzu.

Malberg fühlte sich brüskiert. Der Mann nahm ihn offensichtlich nicht ernst. Malberg beugte sich zu ihm und verkündete im Flüsterton: »Die wenigsten Bibliophilen, nicht einmal Experten, wissen überhaupt von diesem Buch des Gregor Mendel. Dabei gehört es vermutlich zu den bedeutsamsten Büchern, die je geschrieben wurden. Aber weil es als verschollen galt und obendrein in einer verschlüsselten Sprache verfasst wurde, geriet das Werk in Vergessenheit. Kein Wunder, dass das Buch und sein Inhalt zu abenteuerlichen Spekulationen Anlass geben. Aber das ist Ihnen alles sicher längst bekannt. Die Zeitungen sind voll davon.«

»Nein, nein!« Der blasse Mann war plötzlich beeindruckt. »Sie scheinen weit mehr zu wissen, als in den Zeitungen zu lesen war. Ich frage mich nur, woher beziehen Sie Ihre Weisheit?«

Nun war es Malberg, der eine gewisse Arroganz an den Tag legte und mit überlegenem Lächeln erwiderte: »Ich habe Bibliothekswissenschaften studiert und eine Diplomarbeit über verschollene Werke der Weltliteratur verfasst. Dazu zählt auch Gregor Mendels Werk *Peccatum Octavum*. Ich konnte nicht ahnen, dass eines Tages doch noch ein Exemplar auftauchen würde.«

Es ging auf Mittag zu, und die leise Unterhaltung der beiden in der letzten Reihe erregte bereits Unwillen im Auktionssaal.

»Würden Sie mir die Freude machen, mit mir zu Mittag zu speisen?«

Die vornehme Ausdrucksweise des Mannes blieb Malberg nicht verborgen. »Mit Vergnügen«, antwortete er, ohne zu ahnen, welches Abenteuer damit seinen Lauf nahm.

Das Bistro im nahe gelegenen Kunstblock strahlte die Kühle und Nüchternheit postmoderner Architektur aus und war bekannt für seine vorzügliche mediterrane Küche.

Zwischen Pasta und gegrillter Dorade, die der smarte Ober empfohlen hatte, nahm der Unbekannte das Thema wieder auf: »Sie meinen, es wird nicht leicht sein, das Buch, das in einer merkwürdigen Sprache geschrieben wurde, zu übersetzen?«

»Sicher nicht. Aber soweit ich mich erinnere, hinterließ Friedrich Franz, ein Bruder der Abtei St. Thomas in Brünn, in einem seiner Werke einen Hinweis auf das geheimnisvolle Buch des Gregor Mendel. Sowohl was den Inhalt als auch die verschlüsselte Sprache betrifft. Offensichtlich sollten nicht einmal seine Mitbrüder in der Abtei Kenntnis vom Ergebnis seiner Forschungen haben.«

»Sie kennen die Bedeutung des Buchtitels?« Der Fremde setzte ein süffisantes Grinsen auf.

»Wenn ich ehrlich sein soll – nein.«

»Dann habe ich Ihnen wenigstens etwas voraus!«

Malberg konnte sich nur schwer zurückhalten: »Ich bin gespannt!«

Der Unbekannte richtete den Oberkörper auf wie ein Kanzelredner, und mit einer theatralischen Handbewegung erwiderte er: »Die Moraltheologie kennt sieben Hauptsünden. Das sind Stolz, Geiz, Unkenntnis, Neid, Unmäßigkeit, Zorn und Trägheit. Nach Matthäus, 12. Kapitel, sagte Jesus: Jede Sünde und Lästerung wird den Menschen vergeben. Aber dann erwähnt der Evangelist eine weitere, achte Sünde, die Sünde wider den Heiligen Geist. Und diese, sagte Jesus, wird nicht vergeben werden, weder in dieser noch in der zukünftigen Welt.«

Malberg sah sein Gegenüber lange prüfend an. »Sie sind Theologe«, bemerkte er schließlich.

»Wie kommen Sie darauf?«

»Sie gebrauchen Formulierungen, die nur unter Theologen üblich sind.«

Der andere hob die Schultern, ohne auf die Frage einzugehen. Stattdessen fuhr er fort: »Jahrhundertelang haben die Theologen gerätselt, worum es sich bei der Sünde wider den Heiligen Geist handeln könnte. Ich bin sicher, Gregor Mendel beantwortet die Frage in seinem Buch.«

»Soweit ich unterrichtet bin«, meinte Malberg, »steht der Heilige Geist in der Bibel für das Wissen und die Erkenntnis schlechthin. Und das würde bedeuten, Mendel fand heraus, was er wohl besser nicht entdeckt hätte. Dafür spricht jedenfalls das Verbot seines Buches durch den Papst. Ein merkwürdiger Mensch, dieser Gregor Mendel. Finden Sie nicht?«

»Allerdings. Aber seine Merkwürdigkeit hatte vermutlich einen tieferen Grund. Sie wissen, Gregor Mendel wurde zu Lebzeiten nicht als Entdecker der grundlegenden Vererbungsgesetze anerkannt. Erst Jahre nach seinem Tod hat man die Grundlagen der modernen Evolutionsbiologie und die menschlichen Regeln der Vererbung wieder entdeckt. Dass er sich verkannt fühlte, das dürfte für Mendel den Ausschlag dafür gegeben haben, dass er seine größte Entdeckung lange für sich behielt und in Buchform nur einem eingeweihten, kleinen Kreis preisgeben wollte.«

Der Unbekannte mit dem blassen Gesicht hatte das Essen längst eingestellt. Er musterte Malberg bei seiner Rede, als ob er ihm etwas anvertrauen wolle. Schließlich sagte er mit Ernst in der Stimme: »Würden Sie sich zutrauen, den Text des Buches zu entschlüsseln oder zu übersetzen? Über das Honorar würden wir uns sicher einigen. Für eine tadellose Arbeit könnte ich mir, je nach Aufwand, den Sprachcode zu knacken, hunderttausend Euro vorstellen.«

Hunderttausend Euro! Malberg versuchte gelassen zu bleiben. Seine Diplomarbeit lag zwar schon ein paar Jahre zurück; aber wenn er sich recht erinnerte, erwähnte Bruder Friedrich Franz in seiner Arbeit einen einfachen Taschenspielertrick, den Mendel anwandte: Er ersetzte beim Schreiben in deutscher Sprache das lateinische Alphabet durch das griechische, eine Kryptographie, die erstmals zur Zeit der Renaissance Anwendung fand.

»Allerdings«, hörte er den Unbekannten sagen, während er über das Codierungssystem nachdachte, »müssten Sie Ihre Arbeit auf Burg Layenfels am Rhein erledigen.«

Bei Malberg schrillten alle Alarmglocken. Sagte der blasse Mann Burg Layenfels? Burg Layenfels, wo Monsignor Soffici auf mysteriöse Weise ums Leben gekommen war?

Malbergs Sinne spielten verrückt. Burg Layenfels – die Burg mit dem rätselhaften Symbol über dem Eingangstor? Dem Symbol, das auch in Marlenes Medaillon auftauchte?

Er fühlte, wie das Blut in seinen Ohren rauschte, und starrte auf das blendend weiße Tischtuch. Was in aller Welt hatte das zu bedeuten? Die Situation, in die er ahnungslos geraten war, konnte kein Zufall sein.

»Sie müssen das verstehen«, fuhr der Fremde fort, »ich bin nicht bereit, ein so kostbares Buch aus der Hand zu geben.«

»Natürlich nicht«, stammelte Malberg. Er hatte keine Ahnung, wie er sich in dieser neuen Situation verhalten sollte. Einfach abzuhauen war wohl die schlechteste Lösung. *Er* kannte zumindest die Herkunftsstätte des fremden Mannes. Die Frage war, ob der Fremde auch *ihn* kannte.

Unwahrscheinlich, dachte Malberg. Schließlich hatte *er* den Blässling angesprochen und nicht umgekehrt. Und zuerst war der Fremde sehr abweisend gewesen.

»Wann können Sie anfangen?«, fragte der Unbekannte, ohne Malbergs Einwilligung abzuwarten. Er schien es auf einmal eilig zu haben.

Malberg strich sich über das Kinn, als ließe er den Terminkalender der nächsten Wochen Revue passieren. In Wahrheit war er viel zu verwirrt, um eine schnelle Antwort zu finden. Er wollte schon ablehnen, weil er überhaupt nicht wusste, was auf ihn zukam. Andererseits war das die Gelegenheit, den Fall Marlene vielleicht zu lösen.

Er fühlte die stechenden Augen des Mannes auf sich gerichtet und wagte es nicht, dessen Blick zu erwidern. Als der Ober kam und das Geschirr abräumte, empfand Malberg das wie eine Erlösung.

»Sie misstrauen mir«, sagte der Unbekannte in das betretene Schweigen. »Das kann ich Ihnen nicht verdenken.«

Keineswegs, wollte Malberg antworten. Nicht weil es der Wahrheit entsprach, eher aus Höflichkeit und um sein ratloses Schweigen zu erklären. Aber dazu kam es nicht, weil der blasse Mann den schwarzen Aktenkoffer, den er während des Essens unter dem Tisch zwischen den Beinen gehalten hatte, auf den Tisch stellte und öffnete.

Mit großen Augen betrachtete Malberg den Inhalt: Gut und gern eine halbe Million Euro, jeweils zwanzig Fünfhunderter-Scheine zu zehntausend Euro gebündelt und solide mit Banderolen der Deutschen Bank versehen.

Der Unbekannte entnahm dem Koffer zwanzigtausend und schob Sie Malberg über den Tisch: »Betrachten Sie es als Anzahlung für die zu leistende Arbeit.«

»Aber Sie kennen mich doch überhaupt nicht«, stotterte Malberg und blickte sich nach allen Seiten um. Verlegen und einer plötzlichen Eingebung folgend, fügte er hinzu: »Mein Name ist übrigens Andreas Walter.«

»Anicet«, antwortete sein Gegenüber, »nennen Sie mich Anicet. Und jetzt lassen Sie das Geld vom Tisch verschwinden.«

Anicet? Einer der listigsten Dämonen? Seltsamer Name, schoss es Malberg durch den Kopf. Aber er ließ sich seine Unruhe nicht anmerken.

»Also, wann darf ich mit Ihnen rechnen?«, drängte der Mann, der sich Anicet nannte. »Ich darf doch mit Ihnen rechnen?«

»Natürlich«, antwortete Malberg und ließ das Geld in seiner Jackentasche verschwinden. »Sagen wir übermorgen, wenn es Ihnen recht ist.«

»Sie schütteln den Kopf?« Anicet war Malbergs unmerkliche Kopfbewegung nicht entgangen.

»Vor zwei Stunden haben wir uns noch nicht gekannt«, meinte Malberg belustigt, »und jetzt legen Sie mir zwanzigtausend Euro auf den Tisch und hoffen, dass ich mich bei Ihnen melde und eine Leistung erbringe, von der ich nicht einmal sicher bin, ob ich sie erbringen kann.«

Anicet hob die Schultern: »Glauben Sie mir, meine Menschenkenntnis hat mich noch nie im Stich gelassen.«

Malberg zuckte zusammen. Man konnte die Antwort auch als Drohung auffassen. Aber er hatte sich nun einmal für diesen Weg entschieden. Jetzt gab es kein Zurück.

Er musste an die Kette mit dem rätselhaften Medaillon denken, die erst gestern eine neue Spur gelegt und neue Fragen aufgeworfen hatte. Unvermittelt stellte er Anicet die Frage: »Womit beschäftigen Sie sich auf Burg Layenfels? In den Zeitungen war zu lesen …«

»Alles gelogen«, unterbrach Anicet. »Ich hoffe, Sie glauben nicht, was in den Zeitungen steht. Sie kennen doch diese Zeitungsschmierer! Die Bruderschaft der Fideles Fidei Flagrantes wird von hochqualifizierten Wissenschaftlern, Historikern und Theologen getragen, deren Forschungen in der Öffentlichkeit keine Anerkennung fanden. Sei es, weil sie von den Dummköpfen ihrer Umgebung nicht verstanden oder von Konkurrenten diffamiert wurden. Allen gemeinsam ist der Wille, das Wunder des Menschseins zu ergründen. Und dazu zählt natürlich auch das Phänomen des Glaubens. Sie verstehen.«

Malberg begriff nur in Ansätzen, was Anicet meinte. Zweifellos war das geheimnisvolle Buch, das er eben für teures Geld ersteigert hatte, von gewisser Bedeutung für diese Forschungen. Im Augenblick interessierte ihn das alles jedoch wenig. Vielmehr beschäftigte ihn die Frage, welche Verbindung es zwischen der Bruderschaft und Marlene gegeben haben könnte.

»Ach, was ich Sie noch fragen wollte«, meinte er plötzlich, »gibt es in Ihrer Bruderschaft auch Frauen?«

Anicet verzog das Gesicht und antwortete mit einer Gegenfrage: »Sie sind verheiratet?«

»Nein. Es ist nur so eine Frage.«

»Frauen würden in unserer Bruderschaft nur Unruhe stiften. Glauben Sie mir.« Er machte eine künstliche Pause und blickte durch die Glaswand des Lokals ins Freie. »Für den Fall sexuellen Notstands gibt es in Koblenz oder Köln willige Damen. Ich hoffe, Ihre Frage ist damit beantwortet.«

»Ja, natürlich«, antwortete Malberg knapp. Dass Anicet ihn missverstanden hatte, war ihm peinlich.

»Wir sind uns also einig?« Anicet durchbohrte ihn mit seinen Augen.

Malberg nickte zurückhaltend. »Ich hoffe, ich kann Ihnen mit meiner Arbeit dienlich sein.«

»Sie sind genau der richtige Mann!« Anicet versuchte zu lachen, was jedoch irgendwie misslang. »Ein glücklicher Zufall, der uns zusammengeführt hat. Und noch etwas: Verschwiegenheit ist das höchste Gebot unserer Bruderschaft!«

»Ich verstehe.«

»Und bei Ihrer Ankunft auf Burg Layenfels nennen Sie nur das Codewort ›Apokalypse 20,7‹. Das wird Ihnen alle Türen öffnen.«

Malberg merkte, wie seine Hände feucht wurden. Wie unter Zwang murmelte er: »Wenn die tausend Jahre vollendet sind, wird der Satan losgelassen werden aus dem Kerker.«

Seine Worte versetzten Anicet in Erstaunen: »Mir scheint, an Ihnen ist ein Theologe verloren gegangen. Dabei ist nicht einmal allen Theologen der Wortlaut der Geheimen Offenbarung des Johannes gegenwärtig.«

Malberg hob die Schultern und versuchte sein Wissen herunterzuspielen. Sollte er sagen: Die Marchesa, Marlenes beste Freundin, hat, kurz bevor sie auf offener Straße ermordet wurde, ebendieses Codewort genannt? Sollte er dem rätselhaften, blassen Mann gegenüber erklären, dass er sich seither den Kopf zermartert hatte, um zu ergründen, was die Marchesa Falconieri mit ihrem Hinweis bezweckt haben könnte?

Also antwortete er. »Für einen Mann wie mich, der sich mit alten Büchern beschäftigt, gehört die Apokalypse schlechthin zur Allgemeinbildung.«

Die Antwort traf ins Schwarze.

Jedenfalls nickte Anicet anerkennend. »Leute wie Sie«, meinte er nach kurzem Überlegen, »sind wie geschaffen für unsere Bruderschaft. Sie sollten darüber nachdenken.« Dann winkte er den Ober herbei und verlangte nach der Rechnung.

Im selben Augenblick summte Malbergs Mobiltelefon in der Jackentasche.

»Entschuldigen Sie mich«, sagte er, stand auf und eilte aus dem Lokal auf die Straße.

Caterina meldete sich am Telefon.

Malberg unterbrach sie: »Ich kann jetzt nicht sprechen. Verzeih. Ich rufe in zehn Minuten zurück«, beendete er das Gespräch.

Als er in das Lokal zurückkehrte, war Anicets Platz leer.

Einen Augenblick lang war Malberg irritiert. Aber nur einen Augenblick lang.

KAPITEL 54

Es war gegen zweiundzwanzig Uhr. Im Fernsehen lief gerade auf Rai Uno eine der unsäglichen TV-Shows mit leicht bekleideten Mädchen und einem dümmlichen Moderator mit Halbglatze, als jemand an der Tür Sturm klingelte. Caterina blickte auf die Uhr. Um diese Zeit?

»Ja bitte?«, fragte sie durch die geschlossene Tür.

»Signora Fellini«, kam die Antwort. »Ich muss Sie dringend sprechen!«

»Sie hätte ich zuallerletzt erwartet«, sagte Caterina, während sie die Sperrkette beiseiteschob und die Tür öffnete. Sie erschrak. »Um Gottes willen, was ist passiert?«

Die Frau, die seit Kurzem teure Kleider trug und Handtaschen aus der Via Condotti, machte einen heruntergekommenen Eindruck. Keine Frage, sie hatte wieder getrunken. Ihr Gesicht war verschmiert. Wirr hingen ihr die Haare ins Gesicht. Sie rang nach Luft.

»Gestern am Flughafen«, stammelte sie in abgehackten Worten, »Sie haben mich doch erkannt?«

»Ja. Was war da los? Aber kommen Sie doch erst einmal herein!«

Im Wohnzimmer schob Caterina der unerwarteten Besucherin einen Stuhl hin. »Ich hatte den Eindruck, dass Sie einer der Männer mit einer Waffe bedrohte. Jedenfalls sah es nicht so aus, als ob Sie den Kerlen freiwillig gefolgt wären.«

Zusammengesunken wie ein Häufchen Elend und mit den Tränen kämpfend nickte die Signora. »Ich wollte weg. Einfach weg. Egal wohin. Ich dachte, ich könnte mir ein Last-Minute-Ticket kaufen, in den nächsten Flieger steigen und alles hinter mir lassen. In der Hektik ist mir entgangen, dass ich schon auf dem Weg zum Flughafen von zwei Männern verfolgt wurde. Gerade als ich den Passagierbereich betreten wollte, hakten sich plötzlich zwei Männer bei mir unter. Der eine sagte leise: ›Aber, aber, Signora, gefällt es Ihnen denn nicht mehr bei uns? Sie können doch nicht einfach abhauen. Das ist ganz und gar gegen alle Vereinbarungen. Das wissen Sie!‹ Der andere drückte mir von der Seite den Lauf einer Pistole in die Rippen. Er sagte kein einziges Wort, aber ich fasste seine Haltung durchaus als Drohung auf. Haben Sie schon mal einen Pistolenlauf auf den Rippen gespürt?«

»Gott bewahre. Ich glaube, mir bliebe das Herz stehen.«

»Das glaubte ich anfangs auch. Aber es blieb einfach nicht stehen. Im Gegenteil, es schlug wie verrückt, dass mir die Ohren dröhnten wie eine Kirchenorgel.«

»Kannten Sie die Kerle?«

»Nein, jedenfalls nicht dem Namen nach. Aber dass sie in Gonzagas Auftrag handelten, daran gibt es für mich keinen Zweifel. Der eine hat sich nämlich verraten, als er sagte, meine Flucht sei gegen alle Vereinbarungen.«

»Das verstehe ich nicht. Was heißt das: gegen alle Vereinbarungen?«

Signora Fellini strich sich die Haare aus dem Gesicht und hielt den Blick starr auf den Boden gerichtet. Nach einer Weile sagte sie: »Ich habe Angst, furchtbare Angst.«

»Ja, ich verstehe«, erwiderte Caterina. Sie erhob sich und holte eine Flasche Amaretto aus dem Kühlschrank. Die Signora, dachte sie, verspürt ein Mitteilungsbedürfnis wie nie zuvor. Vermutlich bedarf es nur eines kleinen Anstoßes, um sie zum Reden zu bringen.

Sie füllte zwei Gläser fast bis zum Rand. Eines schob sie der Fellini zu. »*Salute!*«, sagte sie, ohne die Signora anzusehen.

Die Signora nahm das Glas und kippte es in einem Zug hinunter.

Caterina rückte näher. »Was meinten die Kerle, als sie sagten, das sei gegen alle Vereinbarungen?«

»Na ja«, begann die Fellini zögernd, »da ist dieser gottverdammte Vertrag!«

»Mit Kardinalstaatssekretär Gonzaga?«

Die Signora nickte stumm und ohne Caterina anzusehen.

»Ein Vertrag, in dem Sie sich verpflichteten, Stillschweigen zu bewahren.«

Sie nickte erneut.

»Stillschweigen über das Verhältnis, das Excellenza mit Marlene Ammer pflegte.«

Caterina sah, wie die Signora stumm das leere Glas umklammerte. Ihre Hände zitterten. Ebenso ihre Lippen.

»Das war es doch, was Gonzaga veranlasste, sich Ihr Schweigen zu erkaufen?«

Da brach es aus der Signora heraus: »Wenn es nur das gewesen wäre! Das ganze Ausmaß der Geschichte übersteigt jede Vorstellung. Sie müssen wissen: In den Tod von Marlene Ammer ist beinahe die gesamte Kurie verwickelt!«

Für ein paar Augenblicke zweifelte Caterina, ob die Signora unter Alkoholeinfluss nicht den Mund zu voll nahm – schließlich wusste sie nicht, wie viel diese schon getrunken hatte. Doch als die Signora zu reden begann, begriff Caterina sehr schnell, dass sie nicht übertrieben hatte.

Langsam, zeitweise stammelnd und nach Worten ringend berichtete Signora Fellini: »Ich könnte mir vorstellen, dass Sie nach allem, was Sie über Kardinal Gonzaga in Erfahrung gebracht haben, der Ansicht sind, er habe Marlenes Ermordung in Auftrag gegeben. Aber diese Annahme ist falsch!«

Caterina sah sie ungläubig an. Die Lider der Signora waren schwer und nur halb geöffnet.

»Nicht Gonzaga? Aber wer steckte dann dahinter?«

»Gonzaga hat in der Kurie einen Todfeind, den Präfekten des Heiligen Offiziums Kurienkardinal Bruno Moro ...«

»Sie meinen Moro ... warum soll gerade Moro ...?«

Die Fellini gab sich größte Mühe, nüchtern zu wirken. Trotzdem wirkte ihre Sprache schwammig, als sie antwortete: »Natürlich blieb das sündhafte Verhältnis des Kardinalstaatssekretärs im Vatikan nicht verborgen. In gewissen Kreisen war es wochenlang Tagesgespräch. Schließlich trat ein geheimes Gremium unter Kardinal Moro zusammen, um zu beratschlagen, wie man dem Problem begegnen könne. Seit Jahrhunderten hatte es in den Mauern des Vatikans keinen solchen Skandal mehr gegeben. Und wenn er bekannt würde, meinte Moro, könnte er der Kirche mehr Schaden zufügen als der Mönch aus Wittenberg. Also müsse alles unter größter Geheimhaltung vonstatten gehen.«

»Aber warum richtete Moro seine Pläne nicht gegen seinen Erzfeind Gonzaga?« Caterina rutschte unruhig auf ihrem Stuhl hin und her.

»In der Tat zielten die ersten Überlegungen wohl dahin, Gonzaga auf irgendeine Weise zu beseitigen. Aber Giovanni Sacchi, der Leiter des Geheimarchivs und Vertraute Moros, gab zu bedenken, dass die Erinnerungen an den mysteriösen Tod Johannes Pauls I. noch allzu gegenwärtig seien und die öffentliche Diskussion aufs Neue entfachen würden. Man wollte keinen Skandal.«

»Das kann ich mir denken«, bemerkte Caterina. »Wenn allerdings herauskommt, dass Moro den Auftrag gab, Marlene zu ermorden, ist der Skandal mindestens ebenso groß!«

»Das wird nicht geschehen.«

»Warum nicht?«

»Weil es nie einen Mordauftrag gab.«

»Das begreife ich nicht.«

»Sie werden es gleich verstehen. – Kann ich noch einen Schluck haben?« Signora Fellini schob Caterina ihr leeres Glas hin.

In der Tat schien der Amaretto ihren Redefluss zu beschleunigen: »Es war Monsignor Sacchi, der plötzlich die Behauptung aufstellte, für das schändliche Verhalten des Kardinalstaatssekretärs gebe es nur *eine* Erklärung: Das Weib sei von einem Dämon besessen und habe Gonzaga verhext.«

»Ach, so einfach ist das! Dass ich da nicht gleich draufgekommen bin«, rief Caterina mit Ironie in der Stimme. »Diese frommen alten Männer im Vatikan sind immer noch der Ansicht, dass die Frau alles Unheil über die Erde gebracht hat.«

»Während einer Dienstreise des Kardinalstaatssekretärs«, fuhr die Fellini unbeeindruckt fort, »gab Moro dem Exorzisten Don Anselmo den schriftlichen Auftrag, an Marlene Ammer den großen Exorzismus vorzunehmen – notfalls mit Gewalt.«

»Mein Gott«, sagte Caterina leise.

»Natürlich leistete Marlene heftigen Widerstand. Ich habe mit eigenen Ohren ihre Schreie gehört. Schließlich war ich die Hausbeschließerin, und mir entging nichts, was im Haus Via Gora 23 vorging. Ich hatte drei Männer hinaufgehen sehen. Deshalb lauschte ich an der Tür. Als ich die inbrünstigen Beschwörungsformeln des Exorzisten hörte, wurde mir klar, dass der Signora der Teufel ausgetrieben werden sollte.«

»Glauben Sie an solchen Unfug?«

Die Fellini schüttelte den Kopf. Ihre Sprache wurde deutlich langsamer: »Ich ahnte Böses, als die Schreie der Signora dumpfer wurden, so als hätte man ihr ein Kissen über den Kopf gestülpt. Plötzlich wurde es still. Nach einer Weile riss einer der Begleiter die Tür auf, stieß mich beiseite und hastete die Treppen hinab, als sei der Teufel persönlich hinter ihm her. Aus dem Innern der Wohnung hörte ich die Worte: ›Don Anselmo, Don Anselmo! Sehen Sie nur!‹«

»Was hatte das zu bedeuten?«

»Das fragte ich mich damals auch. Es dauerte lange Minuten, bis mir klar wurde, was geschehen war. ›Sie ist tot‹, rief der Begleiter des Exorzisten. ›Wir haben sie umgebracht!‹ – ›Unsinn‹, erwiderte Don Anselmo, ›es war der Dämon, der ihren sündigen Leib getötet hat.‹«

»Was geschah dann? Reden Sie weiter!«

Signora Fellini richtete sich auf und holte Luft. »Der junge Begleiter des Exorzisten bekam einen Weinkrampf. Er schrie und lamentierte und drohte, aus dem Fenster zu springen, und es dauerte mindestens zehn Minuten, bis er sich beruhigt hatte. Alles Weitere konnte ich nur ahnen, denn die beiden Männer redeten nur noch im Flüsterton. Ich hörte, wie die Badewanne eingelassen wurde. Danach schleifende Geräusche, als ob jemand gezogen würde. Der Rest ist bekannt.« Die Signora machte eine Pause.

»Und dann?«

»Sie können sich vorstellen, was in mir vorging. Ich war mit den Nerven am Ende. Ich musste damit rechnen, dass der Exorzist und sein Begleiter die Wohnung der Signora jeden Augenblick verlassen würden. Also ging ich in meine Wohnung.«

»Und dann? Was haben Sie getan?«

»Nichts. Zunächst jedenfalls.«

»Was heißt nichts. Sie müssen doch auf irgendeine Weise reagiert haben!«

»Ich war wie gelähmt, zu keinem klaren Gedanken fähig. Und dann dieser Mann, der mich gesehen hatte! Sie können sich das vielleicht nicht vorstellen, aber wenn Sie so etwas erlebt haben, setzt ihr Verstand aus. Erst abends wagte ich mich noch einmal hinauf und öffnete die Wohnung mit meinem Nachschlüssel. Da sah ich die Signora mit dem Kopf unter Wasser tot in der Badewanne. Auf dem Boden lag ihr himmelblauer Schlafrock. Ich machte auf dem Absatz kehrt und verschwand. Die Wohnungstür ließ ich offen stehen, damit das Verbrechen möglichst bald entdeckt würde. Es war der Postbote, der schließlich die schreckliche Entdeckung machte.«

Die Schilderung hatte Caterina ziemlich mitgenommen. Den Kopf in die Hände gestützt, starrte sie zu Boden. Sie hatte Schwierigkeiten, das Gehörte zu begreifen. Das also war die Erklärung, warum die Männer der Kurie bei der heimlichen Beerdigung Marlenes anwesend waren! Sie fühlten sich schuldig an ihrem Tod.

Und das erklärte auch, warum es am Grab zwischen Gonzaga und Moro zu Handgreiflichkeiten gekommen war.

»Gab es außer Gonzaga denn noch andere Männer, die Marlene Ammer den Hof machten?«

Die Signora rieb sich die Augen und gähnte ungeniert.

»Sie meinen, ob Signora Ammer einen hohen Männerverschleiß hatte? – Nein, das kann man nicht sagen. Ich kannte die Signora nicht privat. Ihre Familienverhältnisse interessierten mich nicht.« Sie grinste schief. »Na ja, mir ist nicht entgangen, dass ab und zu ein Kerl auftauchte, nicht mehr der Jüngste, auch nicht der Schönste. Er kam nur sehr selten, und sie sprachen Deutsch miteinander.«

»Hatte er irgendeine Auffälligkeit?«

»Nein. Am auffälligsten war seine Unauffälligkeit. Als Mann war er nur Durchschnitt, wenn Sie verstehen, was ich meine.«

Nach längerem Nachdenken stellte Caterina unvermittelt die Frage: »Woher wusste Kardinal Gonzaga eigentlich, dass Sie gelauscht hatten?«

Die Fellini kämpfte mit ihrer schweren Zunge, als sie antwortete: »Das habe ich mich anfangs auch gefragt. Aber dann fiel mir der dritte Mann ein, der Marlenes Wohnung als Erster verlassen hatte. Wer immer das gewesen sein mochte, er muss Gonzaga von mir erzählt haben. Jedenfalls stand Gonzaga am nächsten Tag vor meiner Tür und erklärte, ich müsse noch am selben Tag meine Wohnung verlassen.«

»Ein bisschen viel verlangt.«

»Das kann man wohl sagen. Aber der Kardinalstaatssekretär duldete keinen Widerspruch. Ich hatte die Wahl: ein Grab auf dem Friedhof oder eine Traumwohnung in bester Lage, mietfrei, und eine Apanage auf Lebenszeit. Einzige Bedingung: mein Schweigen.«

Die Uhr zeigte weit nach Mitternacht. Caterina war hundemüde. Was sollte sie mit der Signora in ihrer Wohnung anfangen? Die Frau tat ihr irgendwie leid. Sie war offensichtlich mit den Nerven am Ende. Aber wie konnte sie ihr helfen?

Caterina erhob sich, trat ans Fenster und blickte auf die menschenleere Via Pascara. Nichts Verdächtiges war zu erkennen, keine finsteren Gestalten, die auf der Straße herumlungerten.

»Wie ist es Ihnen gelungen, Ihre Aufpasser abzuschütteln?«, fragte sie gegen die Fensterscheibe.

»Durch den Hinterhof über die Mülltonnen und ein Garagendach, von dem ich in das Mietshaus einer Parallelstraße flüchtete.« Signora Fellini zupfte an ihrer ramponierten Kleidung. »Ich glaube, man sieht es mir an.«

Minutenlang behielt Caterina die nächtliche Straße im Blick. Sie spürte eine merkwürdige, beunruhigende Atmosphäre. Nach allem, was bisher geschehen war, musste sie damit rechnen, dass Signora Fellini ihr – ohne es zu wollen – Gonzagas Männer auf den Hals hetzte. Sie presste die Stirn gegen die kühle Scheibe. Was sollte sie tun?

Malberg! Sie musste mit Lukas reden. Caterina brauchte seinen Rat.

»Und was haben Sie sich jetzt vorgestellt?«, fragte Caterina in die Nacht.

Als sie auch nach längerem Warten keine Antwort bekam, drehte sie sich um.

Die Wohnungstür stand offen. Signora Fellini war verschwunden.

KAPITEL 55

Achille Mesomedes strahlte hinter seinem Schreibtisch übers ganze Gesicht wie ein Triumphator, dem ein großer Sieg gelungen ist. Der junge Staatsanwalt bot Caterina einen Platz an und kam ohne Umschweife zur Sache.

»Ich habe Sie vorgeladen«, begann er von oben herab und etwas gönnerhaft, »weil Sie die Erste sein sollen, die davon erfährt. Ich darf doch mit Ihrer Diskretion rechnen?«

Schon am Telefon hatte sich Mesomedes ziemlich geheimnisvoll gegeben, weshalb er sie in sein Büro bei der Staatsanwaltschaft einbestellte. »Wollen Sie mir nicht endlich sagen, worum es geht?«

»Burchiello ist tot. Herzinfarkt.«

»Oberstaatsanwalt Giordano Burchiello?«

»Seine Sekretärin fand ihn heute Morgen an seinem Schreibtisch sitzend, die Augen gen Himmel verdreht. Die Schreibtischlampe brannte noch. Es muss gestern am späten Abend passiert sein.«

»Das ist sehr bedauerlich, Dottor Mesomedes; aber ich kannte Oberstaatsanwalt Burchiello überhaupt nicht. Und um mir das mitzuteilen, lassen Sie mich in Ihr Büro kommen?«

»Nicht deshalb«, grinste Mesomedes überheblich. »Sie werden es gleich begreifen. Auf dem Schreibtisch des toten Oberstaatsanwalts lag diese Akte!«

Caterina nahm die Akte mit der Aufschrift »Streng geheim« und begann darin zu blättern, neugierig zuerst und langsam. Dann aber, als sie die Brisanz des Inhalts erkannte, immer hektischer. Kurz blickte sie auf und sah Mesomedes unsicher an, als wolle sie etwas fragen.

Doch der kam ihrer Frage zuvor: »In dieser Akte«, begann er sachlich, »befinden sich alle Antworten auf die Fragen, die sich im Zusammenhang mit dem Tod Marlene Ammers gestellt haben.«

»Aber das ist doch nicht möglich!«

»Ist es *doch*!« Mesomedes nahm Caterina die Akte aus der Hand. »Offensichtlich hatte Burchiello, ein alter Hase in dem Geschäft, schon früh erkannt, dass Gonzagas Geheimhaltetaktik eines Tages platzen würde, und auf eigene Faust weiterermittelt. Es gab einfach zu viele Mitwisser, deren Schweigen der Kardinalstaatssekretär teuer erkauft hatte. In der Akte ...« – Mesomedes blätterte hastig in den Unterlagen – »... hier, findet sich sogar eine formlose Notiz: ›Fünfzigtausend Euro erhalten, Giordano Burchiello‹. Staatsanwälte werden nicht gerade so fürstlich entlohnt, dass sie fünfzigtausend Euro bar auf die Hand nicht in Versuchung bringen könnten.«

»Wie es scheint, plagte den Oberstaatsanwalt jedoch ein schlechtes Gewissen. Es plagte ihn sogar so sehr, dass sein Herz nicht mehr mitspielte.«

»So war es. Burchiello hatte seinem Körper nicht viel mehr als den Gang zur nächsten Trattoria zugemutet. So etwas rächt sich in Verbindung mit psychischer Belastung.«

Caterina zögerte. »Was mich interessieren würde«, begann sie umständlich, »geht aus der Akte auch hervor, wer auf die Marchesa geschossen hat?«

»Allerdings. Zwar ist der Mörder nicht namentlich genannt, aber es geschah im Auftrag von Gonzaga.«

»Der Kardinal ist wirklich der Teufel in Purpur. Bei aller Abneigung – diesen Mann hat die Kirche nicht verdient.«

»Bei Gott nicht!«

»Dann hat Gonzaga wohl auch diesen Brandgesicht auf dem Gewissen? Gibt die Akte darauf eine Antwort?«

Mesomedes nickte bedächtig. »Das wird Sie vielleicht am meisten überraschen. Selbst Gonzaga, dieser Teufel, hatte seinen Meister gefunden. Sein Name ist Monsignor Giancarlo Soffici.«

»Der Sekretär des Kardinalstaatssekretärs?«

»Genau dieser. Eine unscheinbare Erscheinung, farblos bis auf die Purpurschärpe, die er um den Bauch trug. Er litt wohl unter Gonzagas herablassender Behandlung und beschloss eines Tages, sich an seinem Chef zu rächen. Er kannte Gonzagas dunkle Machenschaften und wusste, dass Excellenza über Leichen ging. Also tat er es ihm gleich.«

»Dieser unscheinbare Sekretär des Kardinals?« Caterina schüttelte den Kopf.

»Die hinterhältigsten Verbrecher zeichnen sich durch eine gewisse Unscheinbarkeit aus. In Ihrem Job müssten Sie dieser Tatsache doch schon öfters begegnet sein.«

»Sie haben recht.«

»Jedenfalls war es Soffici, der das Brandgesicht ermorden ließ, um in den Besitz einer Stoffprobe des Turiner Grabtuches zu kommen. Brandgesicht bot das Objekt zunächst Gonzaga an. Aus ungeklärten Gründen kam der Handel nie zustande. Stattdessen interessierte sich plötzlich ein gewisser Malberg für die Stoffprobe.«

»Malberg?«

»Ja, Malberg. Wo steckt der Kerl eigentlich?«

Caterina hob die Schultern.

»Hören Sie«, ging Mesomedes auf Caterina los. »Sie brauchen mir nichts vorzumachen. Ihr Verhältnis mit diesem Antiquar aus München ist längst aktenkundig. Im Übrigen sind Sie zwar eine gute Polizeireporterin, aber eine schlechte Schauspielerin.«

»Er hält sich in Deutschland auf«, antwortete Caterina, um die peinliche Situation zu bereinigen.

Mesomedes fuhr fort: »Soffici wusste vermutlich um den Wert der Stoffprobe und wollte seinerseits das Geschäft machen. Aus irgendwelchen Gründen brauchte er Geld, viel Geld. Und das war Brandgesichts Todesurteil. Aber Soffici witterte offensichtlich ein noch größeres Geschäft und inszenierte die Entführung des Kardinalstaatssekretärs. Zum Schein ließ er sich dabei sogar selbst entführen. In Wahrheit begab er sich mit dem Dienstwagen des Kardinals auf den Weg zu einer obskuren Bruderschaft am Rhein. Aus Gründen, die ich nicht kenne, machte ihm die Bruderschaft offensichtlich ein noch größeres Angebot. Aber Soffici war nicht vom Glück verfolgt. Aus den Unterlagen geht hervor, dass er auf dem Weg zur Bruderschaft bei einem Autounfall ums Leben kam.«

»Und daran glauben Sie?«

»Bisher konnte das Gegenteil nicht bewiesen werden.«

Caterina nickte nachdenklich. »Dann ist der Fall Marlene Ammer doch eigentlich geklärt«, sagte sie schließlich.

»Sagen wir so: Nach Aktenlage kennen wir die Details, unter denen die Signora zu Tode gekommen ist. Sie starb zweifellos bei einem Exorzismus.«

Caterina nickte. Das wusste sie bereits.

»Der Vatikan wollte unter allen Umständen verhindern, dass das bekannt wurde. Trotzdem sind noch zu viele Fragen offen. Sie legen die Vermutung nahe, dass der Tod Marlene Ammers nur eine Lawine ins Rollen gebracht hat, unter der sich ein Geheimnis verbirgt, von dem wir alle nichts ahnen. Hier zum Beispiel!«

Mesomedes zog ein Fax der Staatsanwaltschaft Antwerpen hervor: »Die belgischen Kollegen ermitteln in einem Mordfall an einem gewissen Ernest de Coninck. Dem Mann ging der Ruf voraus, der beste Fälscher der Welt zu sein. Man fand ihn erhängt in seinem Haus in Antwerpen. Aber von Anfang an bestanden Zweifel, ob es wirklich ein Freitod war.«

»Dottor Mesomedes, Sie wollen doch nicht behaupten, dass dieser Fälscher in irgendeinem Zusammenhang mit unserem Fall stehen könnte!«

»Das ist wirklich schwer vorstellbar. Aber vermutlich werden Sie Ihre Meinung schnell ändern, wenn ich Ihnen sage, was die Staatsanwaltschaft in Antwerpen herausgefunden hat. Die Kollegen durchforsteten die Konten des Fälschers, und dabei stießen sie auf zwei Überweisungen von insgesamt einer halben Million Dollar.«

Caterina pfiff leise durch die Zähne.

»Und jetzt raten Sie mal, von wem?«

»Keine Ahnung.«

»Von der Vatikan-Bank IOR, dem Istituto per le Opere Religiose! – Die Antwerpener Kollegen baten um Amtshilfe. Aber nach Aktenlage ging Burchiello nicht auf das Schreiben ein. Allein das macht die Sache verdächtig.«

Während Mesomedes fasziniert in der Akte blätterte, sah ihm Caterina sprachlos zu. Als Reporterin wusste sie nur zu gut, dass das Leben wirklich aufregende Geschichten schrieb. Aber das war mit Abstand die aufregendste. Und sie, Caterina Lima, befand sich mittendrin.

Kapitel 56

»Wohin soll's denn gehen?«, fragte der Taxifahrer.

»Nach Burg Layenfels«, erwiderte Malberg und wuchtete seine Reisetasche auf den Rücksitz des Wagens. Dann nahm er neben dem Fahrer Platz.

Der Fahrer musterte ihn misstrauisch von der Seite. In rheinischem Dialekt meinte er schließlich: »Ich kann Sie aber nur bis zur Weggabelung bringen. Dort muss ich wieder umdrehen. Das letzte Stück müssen Sie wohl oder übel zu Fuß zurücklegen.«

»Warum denn das?«, entgegnete Malberg verärgert. Nach der langwierigen Zugfahrt mit zweimal Umsteigen war seine Laune ohnehin nicht die beste. Zudem pfiff ein kalter Wind über den Bahnhofsvorplatz von Lorch.

»Sie waren wohl noch nie auf Burg Layenfels?«, erkundigte sich der Taxifahrer vorsichtig.

»Nein, warum?«

Der Taxifahrer schnaufte laut durch die Nase. »Es geht mich ja nichts an, aber dann werden Sie auch dort nicht reinkommen. Die Bruderschaft hat sich total abgeschottet. Sie lassen niemanden in ihre Burg. Erst recht kein Taxi. Und weil das letzte Wegstück bis zum Burgtor durch eine Schlucht führt, gibt es keine Möglichkeit zu wenden. Verstehen Sie jetzt, warum ich Sie an der Gabelung absetzen muss?«

»Schon gut«, knurrte Malberg. »Nun fahren Sie schon. Dann eben so weit Sie können.«

»Wie Sie wünschen«, erwiderte der Taxifahrer in einem Anflug von Freundlichkeit, und dabei grüßte er militärisch, indem er die flache Hand seitlich an die Stirn legte.

»Kennen Sie jemanden von der Bruderschaft?«, fragte Malberg, während der Fahrer seinen betagten Diesel bergan quälte.

»Gott bewahre! Man weiß eigentlich nichts über diese Leute. Aber Einheimische, die dem einen oder anderen begegnet sein wollen, behaupten, sie sähen aus wie ganz normale Menschen.«

»Wie sollten sie denn Ihrer Meinung nach aussehen?«

»Wie Genies eben, mit großen Köpfen oder – ich weiß auch nicht. Die Leute reden viel, wenn der Tag lang ist.«

»Ach. Was reden Sie denn?«

»Zum Beispiel, dass die da oben auf einem riesigen Goldschatz sitzen. Oder dass sie verbotene Dinge erforschen. Oder dass sie jeden umbringen, der ohne Aufforderung ihren Boden betritt.«

»Und das glauben Sie?«

Der Taxifahrer hob die Schultern. »Seit die hier sind, gab es eine Reihe rätselhafter Todesfälle. Zuletzt erst vor wenigen Tagen, als ein Monsignore aus Rom in seinem Auto verbrannte. Aber wie immer verliefen alle Spuren im Sand.«

Gerne hätte sich Malberg mit dem Taxifahrer noch länger unterhalten, aber der brachte jetzt den Wagen auf der Schotterstraße zum Stehen, kurbelte das Seitenfenster herunter, streckte den Arm aus und deutete in Richtung des dichten Unterholzes, das den schmalen Weg zu beiden Seiten säumte: »Folgen Sie einfach dem Weg. Er endet am Burgtor. Man kann sich nicht verlaufen. Viel Glück!«

Die Worte des Fahrers klangen nicht gerade ermutigend.

Malberg stieg aus, nahm seine Reisetasche, in der er neben dem Nötigsten ein paar nützliche Bücher verstaut hatte, und steckte dem Fahrer einen Schein zu. Der nickte, wendete sein Fahrzeug und fuhr davon.

Auf einmal war es still, beinahe unheimlich still. Leise raschelte der Herbstwind in den Bäumen. Es roch nach feuchtem Waldboden. Der letzte Regen hatte tiefe Furchen in den unbefestigten Weg gewaschen. Das machte den Anstieg beschwerlich.

Während Malberg missmutig bergan stapfte, kamen ihm Zweifel, ob er nicht besser auf Caterina gehört und Anicet das Geld zurückgegeben hätte. Er hatte keine Ahnung, was wirklich auf ihn zukam, ob es ihm überhaupt gelingen würde, das mysteriöse Buch von Gregor Mendel zu entschlüsseln. Wäre es nur um das Buch und um nichts anderes gegangen, er hätte sicher kehrtgemacht.

Aber da war dieser seltsame Drang, eine unerklärliche Ahnung, die ihn vorantrieb. Er konnte sich selbst nicht erklären, warum er einem undefinierbaren Gefühl mehr vertraute als den Fakten. Denn alles, was Caterina von Signora Fellini erfahren hatte, ließ sich lückenlos in seine eigenen Ermittlungen einordnen. Alles machte Sinn.

Im Wirrwarr seiner Gedanken erreichte Malberg sein Ziel schneller als erwartet. Nach einer Wegbiegung mit Büschen und knorrigem Astwerk auf beiden Seiten wuchs plötzlich vor ihm die gewaltige Burganlage aus dem Boden. Das hohe, spitzbogige Burgtor mit dem eisernen Fallgitter war ihm nicht fremd. Malberg kannte es von dem Foto in der Illustrierten.

Im diffusen Licht des windigen Herbsttages suchte er, die Hand schützend über den Augen, vergeblich nach dem Schild mit dem runenhaften Kreuzzeichen. Seine Blicke bohrten sich förmlich in das Mauerwerk über dem Burgtor. Zunächst sah er nichts. Erst nach längerer Betrachtung schien es, als wüchse das symbolhafte Zeichen allmählich aus dem alten Gemäuer, um schon im nächsten Augenblick wieder zu verschwinden wie eine spukhafte Erscheinung.

Mit dem Kopf im Nacken verfolgte Malberg das seltsame Schauspiel. Es dauerte eine halbe Ewigkeit, bis er die Ursache der merkwürdigen Erscheinung erkannte: Während dunkle Wolken tief über den Himmel jagten, wechselte ständig das Licht. Es warf Schatten, die sich wieder in nichts auflösten. Der Schatten war es, welcher das in Stein gehauene Relief sichtbar machte.

Fünfzehn, vielleicht zwanzig Meter ragte die Burgmauer in die Höhe. Das Falltor mit den spitzen Eisenzähnen, die bis zum Boden reichten, wirkte wie das gefräßige Maul eines Molochs, der darauf lauerte, jeden Ankommenden zu verschlingen.

Malberg stutzte, als er in der Fensterluke des Torturms, links vom Eingang, das gerötete Gesicht eines Wächters erkannte. Wie es schien, beobachtete er ihn schon die ganze Zeit.

»He da!« Malberg gab dem Wächter ein Zeichen, dass er mit ihm in Kontakt treten wolle. Der Rotgesichtige verschwand. Nach kurzer Zeit tauchte er hinter dem Fallgitter wieder auf.

»Wer sind Sie? Was wollen Sie?«, fragte er kurz angebunden.

»Mein Name ist –« Beinahe hätte sich Malberg verplappert, aber im letzten Augenblick fiel ihm ein, dass er Anicet einen falschen Namen genannt hatte, und er antwortete: »Mein Name ist Andreas Walter. Ich möchte zu Anicet.«

»Nennen Sie das Codewort!«

»Apokalypse 20,7.«

Wortlos verschwand der Wächter in der schmalen Tür zur Torstube. Mit einem Geräusch wie ein Donnergrollen fuhr das Fallgitter in die Höhe.

Der wenig gesprächige Wächter erschien erneut, streckte den Arm aus und zeigte in Richtung des Burghofs. »Sie werden erwartet.« Dann verschwand er.

Malberg kam sich vor wie ein Eindringling. Er zweifelte, ob er es auf dieser düsteren, muffigen, übelriechenden Burg lange aushalten würde. Fünf, sechs Stockwerke türmten sich auf allen Seiten des Burghofs, der die Form eines Trapezes hatte, übereinander. Und wenn er den Blick nach oben wandte, erblickte er das pure Misstrauen: Kameras, Scheinwerfer, Bewegungsmelder, Sirenen. Die meisten in einem beklagenswerten Zustand, der die Frage aufkommen ließ, ob sie überhaupt funktionierten.

»Sie sind der Kryptologe Andreas Walter?«

Als wäre er lautlos aus dem Boden gewachsen, stand plötzlich ein gut aussehender Mann mittleren Alters neben ihm und streckte ihm die Hand entgegen: »Mein Name ist Ulf Gruna.«

»Kryptologe ist wohl die falsche Berufsbezeichnung«, erwiderte Malberg. »Ich verstehe nur etwas von alten Büchern und alten Schriften.«

»Dann sind Sie genau der Mann, den wir suchen. Ich bin Hämatologe und am Projekt ›Apokalypse‹ beteiligt. Wenn Sie wollen, zeige ich Ihnen Ihre Zelle.«

Zelle? Das klang verdammt nach Gefängnis, dachte Malberg, oder nach einem Kloster, in dem Mönche bei *ora et labora* ein karges Dasein fristen.

»Sagten Sie Hämatologe?«, erkundigte sich Malberg unsicher.

»Ja. Wundert Sie das?«

»Wenn ich ehrlich sein soll – ja!«

Gruna grinste in sich hinein, als freue er sich, dass die Überraschung gelungen war. »Kommen Sie«, sagte er und wies Malberg den Weg. Dabei machte er eine ausladende Armbewegung. Sie genügte, um für einen Augenblick ein schwarzes T-Shirt zum Vorschein kommen zu lassen, das er unter dem Sakko trug. Doch es war nicht das T-Shirt, das Malbergs Interesse fand, sondern die Kette, die Gruna darüber trug, die gleiche Kette mit einem ovalen Medaillon und dem abgewandelten Kreuz-Symbol, die er in Marlenes Wohnung gefunden hatte.

Malberg wurde schwindlig. Er rang nach Luft, fand jedoch nicht die Kraft, die raue Herbstluft bis in die letzten Spitzen seiner Lungen zu saugen. Er musste aufpassen, dass Gruna seine Panik nicht bemerkte und unangenehme Fragen stellte. Schließlich gab er sich einen Ruck.

Über eine in Stein gehauene, schmale Wendeltreppe, die bei Ungeübten Schwindelgefühle hervorrief, stapften die beiden Männer nach oben in das zweite Stockwerk. Noch bevor sie auf dem oberen Absatz ankamen, hielt Gruna inne und blickte zu Malberg hinunter, der hinter ihm geblieben war.

»Ich weiß, welche Frage Ihnen jetzt auf den Nägeln brennt«, sagte er im Flüsterton. »Sie wollen wissen, was sich hinter dem Projekt ›Apokalypse‹ verbirgt. Aber da muss ich Sie enttäuschen. So richtig weiß das niemand. Auch ich nicht. Wir alle sind Spezialisten auf unserem Gebiet, die meisten sogar Koryphäen von hoher Reputation, doch im Grunde genommen sind wir alle nur Zuträger.«

Malberg zog die Stirn in Falten und warf einen misstrauischen Blick nach oben. Dieser Gruna war schwer einzuschätzen. Warum erzählte er ihm das alles? Wollte er ihn einschüchtern? Was in aller Welt hatte ein Hämatologe auf Burg Layenfels zu schaffen?

Gruna sah Malberg nachdenkliches Gesicht und meinte: »Sie dürfen sich nicht wundern, wenn wir uns hier unterhalten, aber diese Wendeltreppe ist einer der wenigen Orte in diesem alten Gemäuer, der nicht abgehört wird. Und Privatgespräche sind auf Layenfels unerwünscht, genau genommen sogar verboten.«

»Abgehört? – Von wem?«

»Von Anicet. – Wie ist er überhaupt auf Sie gestoßen?«

»Zufall«, erwiderte Malberg, »er saß während der Auktion, auf der er das Mendelsche Buch ersteigerte, auf dem Platz neben mir. Da kamen wir ins Gespräch, und Anicet machte mir ein Angebot. Wo ist er übrigens?«

»Wie viele Mitglieder der Bruderschaft ist Anicet ein Nachtmensch. Sie werden ihn tagsüber selten zu Gesicht bekommen. Deshalb bat er mich, ich solle mich Ihrer annehmen und Sie in Ihre Zelle einweisen. Und jetzt kommen Sie!«

Das alles kam Malberg ziemlich seltsam vor. Die Atmosphäre im Innern der Burg wirkte beklemmend. Nicht nur wegen der Farblosigkeit und Düsternis der alten Mauern, es war die Leere und Stille, die jeden freudvollen Gedanken erstickte.

»Ist dieser Anicet wirklich so geheimnisvoll, wie er tut?«, fragte Malberg, während er den langen Gang, der nach etwa fünfzig Schritten nach links abbog, hinter Gruna hertappte.

Der drehte sich um und legte seinen Zeigefinger auf die Lippen.

In dem bedrückend schmalen Gang reihte sich eine Tür an die andere. Seltsame Fabelwesen und Kriechtiere neben den Türen an der Wand ersetzten die Nummerierung. Sie hatten gewiss schon dreißig Zellen passiert, als Gruna vor einem mit gekonntem Strich an die Wand gemalten Salamander haltmachte und die Tür öffnete.

Der erste Eindruck war weniger enttäuschend, als Malberg erwartet hatte. Die Zelle maß etwa sechs mal dreieinhalb Meter und ähnelte – was die Einrichtung betraf – weniger einer spartanischen Mönchsbehausung als einer nüchternen Studentenbude mit holzgetäfelter Einbauwand samt integriertem Schrank und Klappbett, einem zweisitzigen Sofa, einem bequemen Fauteuil und einem Schreibtisch aus verchromtem Stahlrohr. Sogar ein Tastentelefon gab es.

Gruna trat ans Waschbecken, rechts neben dem Eingang und drehte den Hahn auf. In das Rauschen des Wassers sagte er eher flüsternd: »Das ist die einzige Möglichkeit, sich vor Abhörmaßnahmen zu schützen!« Er zeigte zur Decke. Kirschgroße Knöpfe ließen keinen Zweifel an deren Verwendung aufkommen.

»Warum tun Sie das für mich?«, fragte Malberg und ertappte sich dabei, dass er auch flüsterte. »Ich meine, Sie kennen mich doch gar nicht!« Müde von der Reise stellte er seine Reisetasche auf dem Sofa ab.

Der Hämatologe hob beide Hände. »Ich will Sie nur vor irgendwelchen Dummheiten bewahren. Um auf Burg Layenfels bestehen zu können, sollten Sie sich so verhalten, wie man es Ihrer Meinung nach von Ihnen erwartet. Nur so können Sie hier ohne seelischen Schaden überleben. Und was meine Motive betrifft, vielleicht können Sie uns von größerem Nutzen sein als wir Ihnen. Sie verstehen?«

Malberg verstand überhaupt nichts. »Wollen Sie sich nicht etwas klarer ausdrücken?«, sagte er einigermaßen ratlos.

»Das hat keine Eile«, entgegnete Gruna, und dabei brachte er ein zaghaftes Lächeln zustande. Dann drehte er den Wasserhahn zu und zog sich zurück.

Es dämmerte bereits, als Anicet bei Malberg im Zimmer erschien – die Bezeichnung Zelle zu verwenden, weigerte er sich sogar in

Gedanken. Der schmalschultrige Mann mit den weißen Haaren trat, ohne anzuklopfen, ein.

Die Begrüßung verlief kühl und ohne Umschweife, und als Anicet Malbergs erstauntes Gesicht sah, meinte er: »Auf Burg Layenfels gibt es keine Schlösser und keine Schlüssel, folglich gibt es auch keine abgesperrten Räume. Das haben Sie sicher schon gemerkt. Es ist auch nicht üblich anzuklopfen. Solche alten Bräuche sind nur Zeitverschwendung.«

Was die angebliche Zeitverschwendung betraf, kam Malberg gar nicht dazu, Stellung zu nehmen oder zu antworten, denn Anicet forderte ihn auf, ihm in das im Trakt gegenüber gelegene Archiv zu folgen.

»Sie sollten sich den Weg gut einprägen«, bemerkte er, während sie zum wiederholten Mal eine Treppe hinaufstiegen und, oben angelangt, die Richtung änderten. »Im Übrigen dürfen Sie nicht erschrecken über das scheinbare Chaos in unserem Archiv. In Wahrheit herrscht in den Räumen eine schöpferische Unordnung. Jedes Mitglied der Bruderschaft legt seine Unterlagen, Bücher und Dokumente an einem bestimmten, ihm zugewiesenen Platz ab. Nur Nachschlagewerke und Lexika stehen in einem gesonderten Raum der Allgemeinheit zur Verfügung.«

Ein eigenartiges System für ein Archiv, dachte Malberg. Aber in diesen Mauern war alles ziemlich eigenartig.

Den komplizierten Weg zum Archiv hatte Malberg längst aus dem Gedächtnis verloren, als sie im sechsten Stockwerk durch einen Türbogen in einen weiß gekalkten Raum gelangten, dessen Grundriss ein großes lateinisches D beschrieb. Der Zugang lag genau in der Mitte der Rundung, und vom senkrechten Balken führten zwei weitere Türbögen zu einer Abfolge ineinander übergehender Räume.

Es roch nach Staub und dem unbeschreiblichen Duft, der von alten Büchern ausgeht. Ein kurzer Blick in den ersten Raum genügte, um festzustellen, dass die meisten Bücher viel älter als die Burg in ihrem heutigen Zustand und damit sehr kostbar waren.

»Das also ist Ihr Arbeitszimmer«, bemerkte Anicet und drehte sich mit ausgebreiteten Armen um die eigene Achse.

Die einzige Möblierung bestand aus einem langen, schmalen Tisch, wie er im Refektorium mittelalterlicher Klöster zu finden ist, und einem Stuhl mit geschnitzten Armlehnen. Weil das Zimmer durch ein schmales Fenster zur Linken nur unzureichend beleuchtet wurde, erhellten grelle Neonleuchten den Raum – nicht gerade passend, aber zweckmäßig.

»Und wo ist das Mendelsche Buch?«, erkundigte sich Malberg ungeduldig.

Anicet zog die Augenbrauen hoch und verschwand in der rechten Archivtür. Als er zurückkehrte, umklammerte er das eher unscheinbare Buch wie eine Trophäe. Schließlich legte er es andächtig auf den Tisch.

Malberg setzte sich und schlug die Titelseite auf. Als Antiquar begegnete er jedem alten Buch, das er zum ersten Mal in die Hand nahm, mit Ehrfurcht und einer gewissen Entdeckerfreude. Doch dieses Buch war etwas ganz Besonderes. So weit es die Kürze der Zeit erlaubte, hatte er sich mit entsprechender Literatur und neuesten Arbeiten über Kryptologie eingedeckt.

GREGORIUS MENDEL
PECCATUM OCTAVUM

stand auf dem Titelblatt in lateinischer Sprache zu lesen. Die achte Sünde.

Aber das war auch schon das einzig Verständliche in diesem Buch. Bereits die folgende Seite, vermutlich mit dem Vorwort, setzte sich aus einem undurchschaubaren Kauderwelsch zusammen.

»Gestatten Sie mir eine Frage«, wandte sich Malberg an Anicet. »Was erwarten Sie sich von der Entschlüsselung dieses geheimnisvollen Buches?«

Anicet nestelte nervös an den Knöpfen seines Gehrocks, und

Malberg fand eine gewisse Genugtuung, dass es ihm offenbar – wenn auch ohne Absicht – gelungen war, diesen selbstsicheren, arroganten Mann aus der Fassung zu bringen.

»Das werden Sie noch früh genug bemerken«, antwortete er schließlich. Und beinahe kleinlaut fügte er hinzu: »Bitte haben Sie dafür Verständnis. Wenn es Ihnen gelingt, Mendels Forschungsergebnisse zu entschlüsseln, dann wissen Sie ohnehin, worum es geht. Sollten Sie aber scheitern, dann würde das weder Sie noch die Bruderschaft belasten. Wann wollen Sie mit der Arbeit beginnen?«

»Gleich morgen früh.«

»Dann viel Glück!« Er verschwand, noch ehe Malberg die Frage vorbringen konnte, wie er sein Zimmer wiederfinden sollte.

Die letzten drei Flure und zwei Treppen hatte er im Gedächtnis behalten. Dann aber verlief er sich, denn er konnte sich plötzlich nicht erinnern, vorher an dieser Stelle gewesen zu sein. Als er nach einer Weile erneut an seinem Ausgangspunkt landete, beschloss er, es in entgegengesetzter Richtung zu versuchen und sich beim nächsten Quergang statt nach rechts nach links zu wenden.

Ein Hüne von Mann, dem er dabei über den Weg lief, nickte nur kurz, ohne ihn anzusehen. Er schien mit seinen Gedanken weit weg, und Malberg wagte nicht, ihn anzusprechen.

Irgendwie gelang es Malberg dann doch, sein Zimmer mit dem Salamander zu finden. Als er die Tür öffnete, erschrak er: Gruna hatte es sich auf seinem Sofa bequem gemacht.

»Ich vergaß zu erwähnen«, sagte er mit größter Selbstverständlichkeit, »dass Sie sich Ihr Essen aufs Zimmer bestellen müssen, weil es ohnehin verpönt ist, sich bei Tisch zu unterhalten. Wählen Sie einfach die Neun, dann meldet sich der Chef de Cuisine und sagt, was er zu bieten hat.«

»Danke, ich habe keinen Hunger«, erwiderte Malberg. Das entsprach zwar nicht der Wahrheit, aber er war hundemüde und wollte einfach seine Ruhe haben.

»Und da ist noch etwas«, nahm Gruna seine Rede wieder auf.

Wie selbstverständlich ging er zum Waschbecken und drehte den Wasserhahn auf.

»Ja?«

»Burg Layenfels ist der Sitz der Bruderschaft der Fideles Fidei Flagrantes ...«

»Ich weiß!«

»Aber vermutlich wissen Sie nur wenig über das Ziel dieser Bruderschaft. Alles, was man bisher in den Zeitungen lesen konnte, ist nämlich frei erfunden. Und da die Bruderschaft es sich zum Prinzip gemacht hat, keine dieser Falschmeldungen zu dementieren, sind die absurdesten Geschichten in Umlauf. Keine kommt der Wahrheit auch nur nahe.«

»Dann klären Sie mich auf!«, antwortete Malberg unwillig. Er hatte keine Ahnung, was dieser Gruna eigentlich vorhatte.

Der Hämatologe schüttelte den Kopf: »Nicht hier und nicht heute. Ich will Sie nur warnen. Mit dem Mendelschen Buch haben Sie sich unter Umständen in einen gefährlichen Teufelskreis begeben. Sie wären klug beraten, falls Sie den Text entschlüsselten, Ihr Geheimnis für sich zu behalten.«

Warum?, wollte Lukas Malberg fragen. Aber er kam nicht mehr dazu. Denn Gruna erhob sich, drehte das Wasser ab und verließ, ohne ein weiteres Wort zu verlieren, Malbergs Zelle.

Kapitel 57

Bevor Malberg sich gegen einundzwanzig Uhr zur Ruhe begab, rief er Caterina an. Er benutzte sein Mobiltelefon, weil er sicher war, dass der Apparat in seinem Zimmer abgehört wurde. Um seine Worte für unerwünschte Mithörer unverständlich zu machen, ließ Malberg den Wasserhahn laufen.

»Alles in Ordnung?«, erkundigte sich Caterina. Ihre Stimme klang besorgt.

»Alles in Ordnung«, erwiderte Lukas und fügte hinzu: »Soweit man hier von Ordnung sprechen kann.«

»Wie meinst du das?«

»Weißt du, hier ist alles etwas gewöhnungsbedürftig. Burg Layenfels ist ein Zwischending zwischen Hotel für gestresste Manager und einem Kloster für asketische Mönche.«

»Dann bist du ja richtig!«, machte sich Caterina über seine Worte lustig. »Und – hast du schon eine Idee, was in dem alten Gemäuer eigentlich vonstatten geht?«

»Caterina«, begann Malberg ungeduldig, »ich bin gerade mal ein paar Stunden hier, und da verlangst du von mir, dass ich über alles Bescheid weiß! Ein Hämatologe, der mich empfangen hat und der sich hier offenbar schon Jahre aufhält, meinte, eigentlich wisse niemand so recht, was hier abläuft.«

»Und das glaubst du?«

»Ehrlich gesagt, ich kann mir das auch nicht so recht vorstellen.«

»Hier hat sich inzwischen einiges getan«, fiel ihm Caterina ins Wort. »Heute hatte ich eine Vorladung bei Staatsanwalt Mesomedes.«

»Der schon wieder! Der Kerl ist wohl in dich verknallt.«

»Höre ich da so etwas wie Eifersucht?«

»Ja, natürlich. Was sonst?«

»Im Ernst, Lukas. Mesomedes zeigte mir eine geheime Akte über den Fall Marlene Ammer. Darin sind alle Ermittlungen aufgelistet, von denen wir annahmen, sie hätten nie stattgefunden.«

»Also doch. Und woher hat er diese Akte?«

»Von seinem Chef, Oberstaatsanwalt Burchiello.«

»Burchiello?«

»Mesomedes nahm sie ihm gleichsam aus der Hand.«

»Einfach so?«

»Na ja. Burchiello war tot. Herzinfarkt. Am Schreibtisch. Vor ihm lag die Akte, ›streng geheim‹. Lukas, wir müssen uns unbedingt sehen!«

»Wie stellst du dir das vor? Ich bin hier einem ganz großen Ding auf der Spur. Einer Sache, in die Marlene irgendwie verwickelt war.«

»Lukas, wir wissen doch beide, unter welchen Umständen Marlene zu Tode gekommen ist! Reicht das denn nicht?« Caterinas Stimme klang gereizt.

»Nein. Ich glaube, dass ich durch meine Nachforschungen auf etwas gestoßen bin, das alle Vorstellungen sprengt. Du erinnerst dich doch an das Brandgesicht?«

»Natürlich. Der Mann, der dich vor dem Haus der Marchesa bedroht hat und dessen Leiche eines Morgens in der Fontana di Trevi schwamm.«

»Ganz recht. Aber du hast etwas Wesentliches vergessen. Brandgesicht war es auch, der mich in den Petersdom bestellt und mir für viel Geld ein briefmarkengroßes Teilchen des Turiner Grabtuches angeboten hat. Auf dem winzigen Stoffrest war ein Fleck zu erkennen, bei dem es sich um Blut handeln dürfte.«

»Das Blut des Jesus von Nazareth ...«

»Und damit wären wir bei dem Hämatologen Ulf Gruna, einem Mitglied der Bruderschaft.«

»Lukas, das ist eine wilde Theorie!«

»Keineswegs. – Dieser Hämatologe, der einzige Mensch, mit dem ich bisher reden konnte, trug eine Kette unter seinem Sakko ...«

»Lass mich raten«, unterbrach Caterina. »Eine Kette mit dem Runenkreuz.«

»Du sagst es!«

»Das ist alles ziemlich unheimlich.«

»Ich weiß, ich wage es auch gar nicht, den Gedanken weiterzuspinnen.«

»Und das Buch? Was ist mit dem Buch?«

»Es liegt oben im Archiv, meinem neuen Arbeitsplatz. Ich hielt es in Händen. Ein merkwürdiges Gefühl. Das kannst du mir glauben. Ich bin ziemlich aufgeregt.«

»Glaubst du, du wirst es schaffen?«

»Du meinst, den Text zu entschlüsseln? – Ich bin mir noch nicht sicher. Gerade habe ich mich noch einmal in das Buch von Friedrich Franz, Mendels Mitbruder, vertieft. Er gibt Hinweise auf Mendels Verschlüsselungstechnik und macht sogar Andeutungen, warum der Inhalt dieses Buches so brisant sei.«

»Lukas, versprich mir, dass du gut auf dich aufpasst.« Caterina klang ängstlich.

»Mach dir keine Sorgen. Ich halte dich auf dem Laufenden. Ich küsse dich!«

Damit war das Gespräch beendet.

Malberg war müde. So müde, dass er sich in voller Kleidung auf sein Bett fallen ließ und nach wenigen Sekunden einschlief.

Er hatte keine Ahnung, wie lange sein Schlaf gedauert haben mochte – doch plötzlich war er hellwach. Die Burg, welche sich bisher vor allem durch die Stille in ihren Mauern auszeichnete, schien auf einmal zum Leben erwacht.

Seltsame, undefinierbare Geräusche drangen aus allen Richtungen an sein Ohr, verstummten und begannen von Neuem. Vor seinem Zimmer vernahm er Schritte, die sich näherten und wieder entfernten. An Schlaf war nicht mehr zu denken.

Es wird nicht leicht sein, dachte Malberg, sich an diesen Arbeitsrhythmus zu gewöhnen. Durch seinen Kopf schwirrten tausend Gedanken, und ihn quälte die Frage, was in dieser seltsamen Burg eigentlich vor sich ging.

Eine knappe Stunde wälzte er sich hin und her. Er blickte auf die Uhr: halb zwölf. Da stand er auf. Vor dem Waschbecken spritzte er sich Wasser ins Gesicht. Dann nahm er seine mitgebrachten Bücher unter den Arm und machte sich auf den Weg zum Archiv.

Malberg war darauf gefasst, einen ähnlichen Irrweg zurückzulegen wie Stunden zuvor. Deshalb blickte er irritiert, als er den Eingang zum Archiv unerwartet schnell erreichte. Der Weg dorthin war dunkel, aber der Vorraum mit seinem Arbeitsplatz war hell erleuchtet.

Seine Bücher legte Malberg auf den Refektoriumstisch. Unschlüssig trat er an das einzige Fenster des Raumes und blickte nach draußen. Das Fenster öffnete sich zum Burghof, der jetzt im Dunkeln lag. Hinter einigen Fenstern des gegenüberliegenden Gebäudetraktes flackerte Licht. Hier und da sah man einen Schatten, der vorüberhuschte. Schließlich nahm Malberg hinter dem breiten Tisch Platz.

Das Mendelsche Buch lag vor ihm wie ein Tresor mit unschätzbarem Inhalt. Es galt nur, den Schlüssel zu finden, ins Schloss zu stecken und den geheimnivollen Inhalt zu sichten.

Wie Mendels Mitbruder Franz beschrieben hatte, nahm Malberg ein Blatt Papier und kritzelte das lateinische Alphabet in zwei Reihen untereinander. Die Buchstaben J und Q ließ er aus und kam damit auf vierundzwanzig Buchstaben. Genauso viele Buchstaben hat das griechische Alphabet.

Beginnend mit *alpha* und endend mit *omega*, setzte er darüber die Buchstabenreihe des griechischen Alphabets, also *alpha* über a, *beta* über b, *gamma* über c und sofort.

Zwar lauten die ersten zwei Buchstaben des lateinischen wie des griechischen Alphabets gleich. Aber dann nehmen beide Buchstabenreihen einen anderen Verlauf: In der lateinischen Schrift folgt auf das b ein c, in der griechischen Schrift folgt auf das b ein g. Das Griechische kennt kein j, deshalb ließ Mendel es auch im lateinischen Alphabet weg. Ebenso das q. Und weil es im Griechischen auch kein w gibt, umschrieb Mendel es mit einem f.

Auf diese Weise kam Malberg zu folgendem Codeschlüssel:

α	β	γ	δ	ε	ς	η	ϑ	ι	κ	λ	μ
a	b	c	d	e	f	g	h	i	k	l	m

ν	ξ	ο	π	ρ	σ	τ	υ	φ	χ	ψ	ω
n	σ	p	r	s	t	μ	v	w	x	y	z

Die erste Seite des Mendelschen Buches begann mit den Worten:

Fenn die satrend iape yxllendes rind ...

Schon dieser erste Satz machte deutlich, dass Malberg eine wahre Sisyphusarbeit bevorstand, denn er musste nicht etwa jedes Wort, sondern jeden einzelnen Buchstaben in das von Mendels Mitbruder genannte System übertragen.

Eine Weile hielt er sich bei dem Gedanken auf, dass jede Zeile des Buches fünfzig Buchstaben enthielt und jede Seite dreißig Zeilen. Das machte sechzehnhundert Buchstaben pro Seite. Das Mendelsche Werk hatte zweihundertvierzig Seiten. Also fast vierhunderttausend Buchstaben. Malberg vergrub sein Gesicht in den Händen.

Mutlos, ja verzweifelt begann er schließlich mit seiner Arbeit. Das ging so umständlich, wie er erwartet, aber doch schneller, als er befürchtet hatte.

Es dauerte keine fünfzehn Minuten, und unter dem apokryphen Satz standen die Worte, mit denen das Mendelsche Buch begann:

Wenn die tausend Jahre vollendet sind ...

Wenn die tausend Jahre vollendet sind? Der Text kam ihm bekannt vor. Fieberhaft, wie besessen fügte Malberg die folgenden Buchstaben in das codierte System.

Kurze Zeit später hatte er den ganzen Satz entschlüsselt:

Wenn die tausend Jahre vollendet sind,
wird der Satan losgelassen werden aus dem Kerker.

Malberg sprang auf. Er hatte sich nicht getäuscht. Das war der Satz aus der Apokalypse, Kapitel 20, Vers 7.

Für Augenblicke stand Malberg wie zur Salzsäule erstarrt. Verzweifelt versuchte er in seinem Gehirn einen Zusammenhang herzustellen zwischen Mendels einleitendem Satz und dem Codewort der Bruderschaft. Obwohl es in dem alten Gemäuer eiskalt war, drang ihm der Schweiß aus all seinen Poren.

Plötzlich vernahm er ein Geräusch, als wäre in der Bibliothek ein Buch aus dem Regal gefallen. Malberg war viel zu sehr mit dem Mendelschen Buch beschäftigt, um dem Ereignis Beachtung zu schenken. Doch plötzlich tauchte wie aus dem Nichts eine Gestalt auf, ein Mann mit schütterem grauem Haar und stolzer Haltung. Unter dem linken Arm trug er einen Stapel Bücher und Akten. Er ging an Malberg vorbei und würdigte ihn keines Blickes. Als er schon in der Tür war, drehte er sich noch einmal um und wandte sich Malberg zu.

»Murath«, sagte er trocken, »Professor Richard Murath. Sie haben sicher schon von mir gehört. Sind Sie der neue Kryptologe?«

Malberg erhob sich und antwortete: »Andreas Walter. Was den Kryptologen betrifft, so würde ich mich nicht als solchen bezeichnen. Ich habe mich nur während meines Studiums der Bibliothekswissenschaften intensiv mit Gregor Mendels verschollenem Buch beschäftigt.«

»Und Sie halten sich für qualifiziert genug, das Kauderwelsch seines Buches zu entschlüsseln?«, fragte Murath von oben herab.

»Das muss sich noch herausstellen.«

Der Professor musterte Malberg mit zusammengekniffenen Augen. »Sie können«, meinte er schließlich, »wenn Sie erfolgreich sind mit Ihrer Aufgabe und Mendel uns nicht an der Nase herumgeführt hat, ein bisschen unsterblich werden. Als Zuträger des Molekularbiologen Richard Murath.«

»Das wäre mir ein Vergnügen«, erwiderte Malberg mit deutlicher Ironie in der Stimme.

Murath ging nicht weiter darauf ein. »Ich brauche Ihnen wohl nicht zu sagen«, fuhr er fort, »dass alle schwarzen Akten und Manuskripte, die das rote Runenkreuz tragen, für Sie tabu sind. Wie Sie gemerkt haben, gibt es auf Layenfels weder Schlüssel noch Schlösser, folglich auch keinen Tresor. Der Respekt vor dem anderen fordert absolute Diskretion. Von Ihnen erwarte ich äußerste Zurückhaltung. Ich verbiete Ihnen ausdrücklich, auch nur einen Blick in meine Forschungsergebnisse zu werfen. Wir verstehen uns.«

Die Arroganz, mit der Murath ihm begegnete, widerte Malberg an, und er war froh, als dieser, ohne ein weiteres Wort zu verlieren, verschwand. Über das Mendelsche Buch gebeugt, nahm Malberg seine Arbeit wieder auf. Dabei ließ ihn der Gedanke nicht los, dass er diesen Murath schon irgendwann einmal gesehen hatte.

Kapitel 58

Ein fernes Donnergrollen weckte Malberg am nächsten Morgen. Westlich des Rheins, über dem Soonwald braute sich ein mächtiges Herbstgewitter zusammen.

Erst gegen vier Uhr morgens hatte er ins Bett gefunden. So sehr war er gefangen von dem geheimnisumwitterten Mendelschen Buch. Um in den Genuss eines Frühstücks zu kommen, wählte Malberg die Neun und äußerte seine Wünsche. Wenig später trat ein Alumne der Bruderschaft ein und stellte das Gewünschte vor ihm ab.

Dabei raunte er Malberg zu: »Gruna und Doktor Dulazek erwarten Sie gegen zehn oben auf dem Burgfried!«

Eine merkwürdige Art der Kommunikation, dachte Malberg. Immerhin wusste er jetzt, wie sich die Mitglieder der Bruderschaft untereinander verständigten, ohne Gefahr zu laufen, dass sie abgehört wurden.

Er blickte auf die Uhr. Noch zehn Minuten Zeit zum Frühstücken. Lustlos schlang er zwei pappige Brötchen mit Honig und Marmelade hinunter. Der Kaffee hingegen schmeckte vorzüglich. Dann machte er sich auf den Weg.

Der Burgfried, ein klotziger, quadratischer Turm, überragte die sechsstöckige Burg um weitere drei Stockwerke. Sein mit Zinnen bewehrtes Flachdach war nur über eine Anordnung von schmalen Holztreppen zu erreichen, die im Zickzack nach oben führten. Gut hundertdreißig Stufen lagen zwischen dem Erdgeschoss und der Turmspitze, und es bedurfte einer guten Kondition, um dorthin zu gelangen. Anicet war noch nie auf dem Turm gesichtet worden. Aus diesem Grund hatte Gruna den Treffpunkt gewählt.

Obwohl durchaus von sportlicher Figur, atmete Malberg heftig und schnappte nach Luft, als er oben ankam. Er wurde schon erwartet. Gruna stellte Dr. Dulazek als vertrauenswürdigen Freund vor, als Zytologen und ehemaligen Benediktiner.

»Sicher werden Sie schon bemerkt haben, dass die Bruderschaft nicht nur vertrauenswürdige Männer in ihren Reihen hat«, begann Gruna umständlich.

Malberg war fasziniert von der grandiosen Aussicht, dem Blick über das Rheintal, wo sich tief unter ihnen der breite Strom dahinwälzte. »Heute Nacht machte ich die Bekanntschaft von Professor Murath«, erwiderte er. »Mit Verlaub, ein unangenehmer Zeitgenosse! Er verbot mir, seine Unterlagen, die im Archiv aufbewahrt werden, in die Hand zu nehmen. Anscheinend hatte er Angst, ich könnte ihm einen Gedanken klauen.«

»Womit wir auch schon beim Thema wären«, bemerkte Gruna. »Mit Ihrer Vermutung liegen Sie gar nicht so falsch.«

»Ich verstehe nicht, was Sie meinen.«

Tiefe dunkle Wolken jagten über Burg Layenfels. Sie schienen zum Greifen nahe. Immer lauter werdendes Donnergrollen kündigte das nahende Gewitter an.

Besorgt wandte Gruna den Blick nach Westen. Dann sagte er: »Ich habe Sie angelogen, als ich sagte, keiner wisse so recht, was hier eigentlich vorgeht. Einige wenige wissen es sehr genau. Dazu zählen Dr. Dulazek und ich.«

Während Dulazek den Treppenaufgang im Auge behielt, begann Ulf Gruna zu erzählen: »Sie müssen wissen, dass es sich bei Anicet um den ehemaligen Kurienkardinal Tecina handelt, der sich bei der letzten Papstwahl übergangen fühlte.«

Malberg nickte.

»Aus Enttäuschung darüber verließ Tecina, der sich seither Anicet nennt, die Kurie und gründete mit Mitteln dubioser Herkunft diese Bruderschaft. Per Inserat suchte er in großen europäischen Tageszeitungen nach Spitzenwissenschaftlern, Koryphäen auf ihrem jeweiligen Gebiet, denen ihre Forschertätigkeit und der damit verbundene Erfolg versagt geblieben waren. Kein schlechter

Gedanke in Zeiten von Mobbing und Karrierekampf. Auf diese Weise scharte Anicet in kurzer Zeit etwa hundert Wissenschaftler unterschiedlicher Fachgebiete um sich.«

»Darunter auch Sie beide!«

»Ganz richtig. Wie alle anderen wussten auch wir anfangs nicht, worum es Anicet letztlich ging. Dabei hätte die Umkehrung seines Namens von Tecina in Anicet nachdenklich machen müssen. Anicet ist der böseste unter allen Dämonen. Sein Symbol ist das Kreuz mit einem Schrägstrich, also ein durchgestrichenes Kreuz, was so viel bedeuten soll wie: Es gibt keine Erlösung.«

Malberg trat zwischen die Zinnen des Burgfrieds und blickte in die Tiefe. Schwindel überkam ihn. Dabei wusste er nicht, ob die Höhe des Burgfrieds und der unverwehrte Blick nach unten den Schwindel auslösten oder Grunas Erkärungen. In Panik klammerte er sich an einen der Dachziegel, welche die spitzen Zinnen krönten. Aber der Ziegel gab nach und rutschte auf der Dachschräge nach unten. Wie benommen blickte Malberg dem Geschoss hinterher, das mit einem lauten Schlag auf dem felsigen Grund auftraf und in tausend Scherben zerbrach.

Gruna musste Malbergs Taumeln bemerkt haben. Von hinten legte er seine Hand auf Malbergs Schulter und zog ihn zurück.

»Sie leiden unter Höhenangst?«, fragte er besorgt.

»Bisher war mir das nicht bewusst«, murmelte Malberg. »Aber gestatten Sie mir eine Frage.« Er atmete tief durch, um sich zu beruhigen. »Dann hat also jedes Mitglied der Bruderschaft ein solches Kreuz-Symbol?«

»Ganz recht. Anicet macht es jedem zur Pflicht, ständig dieses Zeichen mit sich zu tragen, egal auf welche Weise.«

Als die beiden Malbergs fragenden Blick sahen, reagierten sie wie auf ein Kommando. Dulazek zog das Kreuz unter seinem Hemd hervor, Gruna nestelte es umständlich aus seiner Hosentasche.

»Ein Mann wie Murath«, fuhr Gruna schließlich fort, »erwies sich für Anicet als Glücksfall. Der Professor für Molekularbiologie war vom Leben ebenso enttäuscht wie der Ex-Kardinal. Tecina hatte man den Papstthron versagt, Murath den Nobelpreis. Das schwedische Komitee verkannte die Bedeutung seiner Entdeckung. Aufgrund von Indiskretionen wurde sogar bekannt, dass sich die Herren über Murath lustig machten. Enttäuscht wandte sich Murath ab vom regulären Wissenschaftsbetrieb. Bei Anicet fand er ein offenes Ohr und Aufnahme in die Bruderschaft.«

»Und welche bahnbrechende Entdeckung hat Murath gemacht?«, fragte Malberg mit einem unguten Gefühl.

»Das soll Ihnen Dr. Dulazek erklären«, sagte Gruna. »Der versteht mehr davon.«

Scheinbar teilnahmslos hatte Dulazek die Rede seines Freundes Gruna verfolgt. Jetzt sah er Malberg ins Gesicht als wollte er prüfen, ob er auch aufnahmefähig war für seine Worte. Schließlich sagte er zurückhaltend, beinahe andachtsvoll: »Murath hat das Gottes-Gen entdeckt.«

»Das Gottes-Gen? Verzeihen Sie, aber das verstehe ich nicht.«

»Ich will versuchen, es mit einfachen Worten zu erklären: Seit Jahrtausenden, seit Beginn der Menschheitsgeschichte glaubt der Mensch an Götter oder auch nur an einen Gott. Ganz gleich, ob sie ihn Zeus, Jupiter, Jesus, Buddha oder Allah nennen. Das ist schon einigermaßen verblüffend. Anfang der neunziger Jahre des zwanzigsten Jahrhunderts, als die Molekularbiologie ihren ersten Boom erlebte, äußerten Wissenschaftler zum ersten Mal den Verdacht, der Glaube könnte von einem menschlichen Gen initiiert sein. Aber unter dreißigtausend Genen des Menschen ausgerechnet jenes zu isolieren, welches dafür verantwortlich ist, dass erwachsene Menschen vor einer Holzstatue auf den Boden fallen oder sich in einer Moschee die Stirn auf dem Teppich reiben, das glich der sprichwörtlichen Suche nach der Nadel im Heuhaufen. Bisher weiß niemand, wie es Murath wirklich gelungen ist, dieses Gen zu finden. Tatsache ist: Alle Anzeichen sprechen dafür, dass Murath aus der Desoxyribonukleinsäure, der sogenannten DNS, das dafür verantwortliche Gen isoliert hat.«

»Interessant«, bemerkte Malberg. Doch seine Bemerkung klang nicht gerade überzeugend.

»Dieses eine Gen«, fuhr Dulazek fort, »wird wie alle Erbinformationen von einer Generation an die nächste weitergegeben. Es ist also dafür verantwortlich, dass der Mensch bereits als religiöses Wesen geboren wird. Und natürlich auch dafür, dass er in fünftausend Jahren Menschheitsgeschichte die schönsten Pyramiden, Tempel, Kirchen und Moscheen gebaut hat. Aber diese Fakten allein sind es nicht, die Muraths Entdeckung so faszinierend machen ...«

Malberg nickte. Ihm dämmerte, worauf Dulazek hinauswollte.

»Gene sind manipulierbar. Ich las von einem Versuch mit Mäusen, die nach der Genmanipulation durch einen Neurobiologen auf einmal, gegen ihre Natur, monogam wurden.«

»Ähnlich manipulierbar wäre natürlich auch das Gottes-Gen beim Menschen. Und Sie wissen, was das bedeutet. Muraths Forschungen könnten dazu führen, jeden Glauben an Gott im Keim zu ersticken, ihn gar nicht erst aufkommen zu lassen.«

»Mein Gott«, rutschte es Malberg heraus. »Und wie lange könnte es dauern, bis kein Mensch auf der Welt mehr an Gott glaubt?«

Dulazek zuckte mit den Schultern. »Ein paar Generationen. Dann sind unsere Tempel, Kirchen und Moscheen nur noch Museen aus einer Zeit, in der das Gottes-Gen unbekannt war.«

»Ich möchte nicht in Muraths Haut stecken«, bemerkte Malberg, und dabei verzog er das Gesicht. »Der Teufel könnte sich keinen perfideren Plan ausdenken.«

»Warum, glauben Sie, hat er sich auf Burg Layenfels zurückgezogen? Es gibt nicht wenige, die ihn lieber tot als lebendig sähen. Früher war Murath in der ganzen Welt unterwegs. Er gehörte zu der Spezies, die in Wissenschaftskreisen ›die Herren Callgirls‹ genannt werden, Wissenschaftler, die auf Einladung von Kongress zu Kongress reisen und wie Popstars gefeiert werden. Aber das hat aufgehört. Murath lebt auf Layenfels sein eigenes Leben, und das unterscheidet sich deutlich von dem der anderen Mitglieder der Bruderschaft.«

Ganz allmählich begann Malberg gewisse Zusammenhänge zu begreifen. Offenbar hatte Murath auch in der Burg seine Feinde.

»Es gibt dabei allerdings noch eine Schwierigkeit«, unterbrach Gruna das Schweigen. »Für die Manipulation des Gottes-Gens braucht Professor Murath eine DNS, die dieses Gen nicht enthält. Und das ist der schwierigste Teil seiner Aufgabe. Denn vorausgesetzt, seine Hypothese ist richtig, so trägt nach den Mendelschen Erbgesetzen jeder Mensch das Gottes-Gen in sich. Bleibt also nur das Turiner Grabtuch mit den Blutresten des Jesus von Nazareth.«

Gruna lachte. »Was meinen Sie, warum der Vatikan alles daran setzte, das Original im Dom von Turin gegen eine Fälschung auszutauschen? Mit den heutigen Mitteln könnte man ohne Weiteres die Blutgruppe unseres Herrn Jesu bestimmen. Kennen Sie einen Gott mit Blutgruppe O oder AB? Wir haben hier das echte Leintuch. Und Jesus kann dieses Gottes-Gen nicht in seiner DNS gehabt haben, sonst wäre er ja nicht Gott gewesen, sondern ein ganz gewöhnlicher Mensch.«

Bei den letzten Worten Grunas zuckte ein Blitz, ein gewaltiger Feuerstrahl über den dunklen Himmel, gefolgt von einem donnernden Paukenschlag, der die Fundamente von Burg Layenfels erzittern ließ. Man hätte meinen können, das alte Gemäuer würde jeden Augenblick einstürzen. Dabei roch es nach trockenem Rauch und Schwefel, als sei der Teufel soeben aus einem Erdspalt gefahren.

Das also war das Geheimnis von Burg Layenfels! Malberg war wie von Sinnen. Was Gruna und Dulazek in trockenen Worten berichteten, hatte genug Sprengstoff, um die Welt aus den Angeln zu heben, genug Zündstoff für ein neues Zeitalter.

Unfähig, einen anderen Gedanken zu fassen, stammelte Malberg: »Und warum erzählen Sie mir das alles? Ich bin für Sie ein Fremder und nicht einmal Mitglied Ihrer Bruderschaft!«

»Eben deshalb!«, beteuerte Gruna. »Wie Sie schon bemerkt

haben, ist auf Layenfels beinahe jeder eines jeden Feind. Aber wenn einer von nahezu allen gehasst wird, dann ist es Professor Murath.«

»Wir wollen ehrlich sein«, fuhr Dr. Dulazek fort. »Bisher ist es uns gelungen, Muraths Forschungsergebnisse mit einem plumpen Trick zu sabotieren. Wir haben alle Proben mithilfe von Taubenblut verfälscht. Murath wird auch mit der neuen Stoffprobe keine Freude haben. Heute Nacht wird er entdecken, dass auch sein letzter Versuch ein Fehlschlag war. Dafür haben wir gesorgt.« Dulazek grinste. »Der Alte wird verrückt werden! Aber früher oder später wird Murath uns vielleicht auf die Schliche kommen. Spätestens dann, wenn Sie das Mendelsche Buch entschlüsseln und der Professor seine Hypothese bestätigt findet. Diesen Erfolg gönnen wir jedem, nur nicht Murath! Deshalb haben wir uns gedacht, Sie könnten vielleicht …«

Weiter kam er nicht. Erneut zuckte ein gelblicher Blitz über den Himmel, unmittelbar gefolgt von einem wuchtigen Donnerschlag.

Die drei Männer zogen die Köpfe ein und drängten zum Treppenabgang. Ein Sturm kam auf und riss Gruna die schwere Holztür aus der Hand. Mit voller Wucht krachte sie gegen Malbergs rechte Schläfe, sodass er benommen zu Boden sackte.

Unter dem schützenden Dach des Treppenhauses kam er nach ein paar Augenblicken wieder zu sich. Dicke Regentropfen prasselten auf die Ziegel. Malberg lag auf dem obersten Treppenabsatz. Verwirrt blickte er in die besorgten Gesichter von Gruna und Dulazek, die sich über ihn neigten.

»Können Sie mich hören?«, rief Gruna mehrere Male hintereinander, als wäre er, Malberg, von allen guten Geistern verlassen.

»Ja«, antwortete Malberg zaghaft. Es dauerte eine Weile, bis ihm klar wurde, dass er alles das, was langsam in sein Gedächtnis zurückkehrte, nicht geträumt hatte.

KAPITEL 59

Sturm und Regen, Blitz und Donner hielten den ganzen Tag über an. Erst als die Dämmerung hereinbrach, beruhigte sich das Wetter. Da machte sich Malberg auf den Weg zum Archiv im sechsten Stock.

Den ganzen Tag hatte er damit verbracht, die neuen Erkenntnisse, die Gruna und Dulazek ihm vermittelt hatten, in das Geschehen der letzten Wochen einzuordnen. Mit einem Mal war ihm auch klar, warum das winzige Stück Leinen aus dem Turiner Grabtuch, das Brandgesicht ihm zum Kauf angeboten hatte, so viel kosten sollte. Jetzt wusste er auch, warum Anicet bereit war, für das verschollene Buch des Gregor Mendel eine aberwitzige Summe zu bezahlen. Mendel, der Vater der Vererbungslehre, hatte sich lange vor Murath mit demselben Thema beschäftigt. Ein seltener Zufall war es allerdings, dass Anicet wie Mendel sich desselben Satzes der Apokalypse des Johannes bedienten, Kapitel 20, Vers 7. Aber sein Inhalt kam wohl beiden auf geheimnisvolle Weise entgegen:

Wenn die tausend Jahre vollendet sind,
wird der Satan losgelassen werden aus dem Kerker.

Der Augustinermönch Gregor Mendel *ahnte*, sollte der Glaube an Gott dem Wesen des Menschen eingepflanzt sein, so würde eines Tages die Möglichkeit bestehen, dieses Phänomen aus seinem Gedächtnis zu löschen.

Anicet hingegen *wusste*, nachdem er von Muraths Forschungsergebnissen erfahren hatte, dass diese Theorie bereits Wirklichkeit war, und machte sie zum Kenn- und Codewort für seine Bruderschaft. Mithilfe von Muraths Forschungsergebnissen würde tatsächlich der Satan losgelassen werden. Eine furchtbare Rache, vor allem an der römischen Kirche, mit der Anicet noch eine Rechnung offen hatte.

Was in Malbergs Überlegungen jedoch keine Erklärung fand, war das Kreuz der Bruderschaft, das er in Marlenes Wohnung gefunden hatte. Zwar war ihr Tod hinreichend geklärt. Nicht jedoch die Frage, wie die Kette mit dem Symbol der Bruderschaft in ihre Wohnung gelangt war. Hatte jemand die Kette bei ihr verloren? Ihre eigene Kette konnte es schlecht sein, denn die Bruderschaft nahm keine Frauen auf. Würde er dieses letzte Rätsel um Marlene jemals lösen?

Marlene!

Über das Mendelsche Buch gebeugt, welches das Neonlicht des Archivraumes so grell reflektierte, dass seine Augen schmerzten, ging Malberg diese Frage nicht aus dem Sinn. Hatte Anicet ihn doch in eine Falle gelockt? Wenn ja, welches Ziel verfolgte er damit? Nein, das alles machte keinen Sinn, und er verwarf den Gedanken wieder.

Malberg blickte auf. Plötzlich sah er Marlene vor sich stehen, allerdings in einer ungewohnten Aufmachung.

Sie trug einen braun-grünen Kampfanzug mit Tarnmuster. Die obersten Knöpfe ihrer Jacke standen offen und ließen den Ansatz ihres Busens erkennen. Das lange dunkle Haar hatte sie zu einem Knoten gebunden. Sie war ungeschminkt, was ihr allerdings nichts von ihrem Reiz nahm.

Dann sah er ihre Hände, die einen großkalibrigen Revolver umklammerten. Keine sechs Meter von ihm entfernt, hob sie langsam die Waffe und richtete den Lauf genau auf seine Brust.

Malberg musste leise lachen. Ein eher verzweifeltes Lachen. Der Stress der letzten Tage hatte zweifellos sein Wahrnehmungsvermögen beeinträchtigt. Er hatte schon des Öfteren solche Halluzinationen gehabt. Bei phantasiebegabten und kreativen Menschen waren derartige Erscheinungen keine Seltenheit.

Um in die Realität zurückzukehren, rieb sich Malberg die Augen. Aber das Trugbild wollte nicht verschwinden.

»Marlene?«, rief Malberg halblaut fragend.

»Steh auf!«, entgegnete die Frau mit tiefer, samtiger Stimme. Es war ihre Stimme, ohne Zweifel. Malberg starrte sie ungläubig an.

»Marlene! Du bist doch ...«

»Tot? Du siehst doch, dass ich lebe!« Sie lachte höhnisch und schrie wild mit dem Revolver fuchtelnd: »Erhebe endlich deinen Arsch und steh auf!«

Malberg wollte etwas sagen. Aber seine Stimme versagte. Sprachlos und totenbleich kam er der Aufforderung nach, erhob sich und nahm langsam die Arme hoch.

Marlene, oder die Frau, die sich für Marlene ausgab, trat hinter Malberg und drückte ihm den Revolverlauf in den Rücken. Ein eigenartiges Gefühl, dachte Malberg. Es war ihm nicht völlig unvertraut. Offenbar kam es in seinem neuen Leben öfter vor, dass jemand ihm eine Waffe in die Rippen stieß. Ironie als Selbstschutz. In Wahrheit hatte er furchtbare Angst.

»Und jetzt geh!«, fauchte die Frau und verlieh ihrer Aufforderung Nachdruck, indem sie Malberg mit der Waffe in Richtung Tür schob.

»Rechts, geradeaus, nochmal rechts!«, dirigierte sie Malberg aus dem Vorraum des Archivs in den langen Gang zum Burgfried.

Vor der Treppe, die nach oben auf die Plattform führte, blieb Malberg stehen. Er wagte nicht, sich umzudrehen. »Bist du wirklich Marlene?«, fragte er zögernd.

»Nicht das Dummchen, das du aus der Schule kennst. Nicht die, die immer den Kürzeren zog. Die, was Kerle betraf, immer mit dem vorliebnehmen musste, was übrig blieb.«

»Das kann nicht sein!«, rief Malberg, während Marlene ihn den langen Gang entlangdrängte. »Ich habe doch mit eigenen Augen gesehen, wie du tot in der Badewanne lagst! Im Wasser! Bin ich denn verrückt?« Seine Stimme überschlug sich.

»Vielleicht«, erwiderte Marlene mit einem Sarkasmus, den er ihr nie zugetraut hätte. »Männer sind doch alle irgendwie verrückt.«

Vor der Tür, die in den Turm führte, blieb Malberg stehen und wandte ihr fragend den Kopf zu.

»Los, nach oben!«, schnauzte Marlene ihn an und verlieh ihren Worten Nachdruck, indem sie die Waffe heftiger gegen seinen Rücken drückte.

Malberg stieß einen Schrei aus. Weniger vor Schmerz als in der Hoffnung, auf sich aufmerksam zu machen. Vergebens.

Da hörte er ein leises Klicken. So viel verstand er von Waffen, dass er wusste, wie es sich anhörte, wenn ein Revolver entsichert wurde. Er wagte kaum zu atmen.

»Was hast du vor?«

»Nach oben!«, wiederholte Marlene und machte eine Kopfbewegung zur steilen Turmtreppe hin.

Die Angst im Nacken, setzte Malberg zögernd einen Fuß vor den anderen, hielt einen Augenblick inne und überlegte, ob er es schaffen könnte, sich umzudrehen und Marlene niederzuschlagen. Aber in der angespannten Situation schien das nicht ratsam. Er hatte in ihre zornig funkelnden Augen geblickt und musste damit rechnen, dass sie kaltblütig abdrückte.

»Was habe ich dir getan?«, stammelte er, während er sich auf der steilen Treppe nach oben bewegte. »Ich habe dich verehrt, ich habe dich sogar geliebt. Weißt du das nicht?«

»Schnauze!«, fuhr ihn Marlene an. »Du lügst. Wenn es so wäre, hättest du dich anders verhalten. Du bist nicht anders als die anderen Kerle. Ein Leben lang habe ich darunter gelitten, dass Männer immer meiner Schwester Liane den Vorzug gaben. Während Liane als Stewardess mit zahllosen Männern herummachte, habe ich mich als graue Maus einem Biologiestudium gewidmet. Biologie! Nicht gerade die beste Möglichkeit, tolle Männer kennenzulernen!«

»Aber ich kannte deine Schwester doch gar nicht. Ich wusste überhaupt nicht, dass du eine Schwester hast!«

»Du lügst schon wieder, du hast sogar versucht, sie anzurufen.«

»Ja. Aber erst nachdem ich zufällig von ihrer Existenz erfahren hatte. Ich hoffte, von ihr nähere Auskünfte über dein Vorleben zu erhalten.«

»Was ging das *dich* an?«

»Marlene, ich dachte, du bist tot, ermordet! Da wurde mir auf einmal klar, dass ich mich unsterblich in dich verliebt hatte. Und ich setzte alle Hebel in Bewegung, um herauszubekommen, was eigentlich passiert war.«

»Und genau das hättest du nicht tun dürfen!«

»Aber warum nicht?« Malberg blieb stehen.

»Weil du damit eine Lawine losgetreten hast. Du hast dich wohl für sehr schlau gehalten, als du dich hier als Kryptologe eingeschlichen hast. Spätestens als Richard mir berichtete, du habest deine Diplomarbeit über verschollene Werke der Weltliteratur geschrieben, wurde ich hellhörig.«

»Richard?«

»Richard Murath. Ich lernte ihn während meines Biologiestudiums in Berlin kennen.«

»Den Mikrobiologen Professor Murath?«

»Genau den. Hast du ihn nicht wiedererkannt? Er hat mit dir telefoniert. – Und jetzt beweg dich weiter!«

Malberg musste an die tiefe, eiskalte Stimme denken, die ihn bedroht hatte.

Schließlich gelangten sie auf die Plattform des Burgfrieds. Erst Stunden zuvor hatte er von Gruna und Dulazek erfahren, was auf Burg Layenfels ablief. Der Tag wich vor der Dunkelheit. Schwer atmend klammerte sich Malberg an eine der Zinnen. Er vermied es, in die drohende Tiefe zu blicken, die sich dunkel vor ihm auftat. Auf seiner Stirn stand kalter Schweiß.

Den Lauf des Revolvers auf ihn gerichtet, nahm Marlene auf der gegenüberliegenden Seite des Zinnenkranzes Aufstellung. Auch ihr war jetzt eine gewisse Aufregung anzumerken. Malberg sah, dass die Waffe in ihren Händen zitterte. Das machte die Situation noch gefährlicher.

»Sag endlich, was das soll!«, sagte Malberg. »Was willst du von mir?« Er versuchte selbstsicher zu wirken, aber seine Stimme klang kläglich.

»Das will ich dir gerne verraten«, erwiderte Marlene kalt. »Du weißt zu viel. Aber jetzt hörst du mir zu.« Sie starrte ihn an wie eine Irre. »Murath war kein attraktiver Mann. Nach einer Scheidung hatte er obendrein einen Berg Schulden am Hals. Aber er war gescheit und machte mir den Hof. Der erste Mann, der mich verehrte. Inzwischen dürfte dir nicht unbekannt sein, dass Murath eine bedeutsame Entdeckung gemacht hat.«

»Ich weiß, das Gottes-Gen.«

»Ich wusste, dass du davon Kenntnis hast. – Um von seinen Schulden herunterzukommen, bot Murath seine Forschungsergebnisse der römischen Kurie zu einem Kaufpreis von zehn Millionen Euro an. Zwar zeigten sich die Herren höchst interessiert, aber die Summe wollten sie nicht bezahlen, und Murath war nicht bereit, mit sich handeln zu lassen. Er hinterließ im Vatikan seine Karte mit dem Hinweis, er sei noch eine Woche in Rom unter meiner Adresse zu erreichen. Am nächsten Tag stand ein kahlköpfiger Mann in dunkelgrauem Zweireiher, eingehüllt von einer Duftwolke, vor der Tür, um noch einmal mit Murath zu reden. Er sah mich, und es war – wie er später erklärte – um ihn geschehen. Ein Kardinal, mehr noch, der Kardinalstaatssekretär verliebte sich in mich!«

Malberg schüttelte fassungslos den Kopf. Der Anblick von Marlene, die wie eine Gorgo, ein schlangenköpfiges Ungeheuer vor ihm stand, trug nicht gerade dazu bei, das alles zu begreifen.

»Und«, fragte Malberg kleinlaut, »kam der Deal jemals zustande?«

»Nein. Gonzaga, der auf eigene Faust gekommen war und die Brisanz der Akte durchaus erkannte, verfügte nur über einen begrenzten Etat.«

In der Annahme, Marlene habe sich beruhigt, trat Malberg einen Schritt auf sie zu.

Da riss sie die Waffe hoch und rief: »Zurück. Keinen Schritt weiter!« Ihr entschlossener Gesichtsausdruck war in der Dämmerung kaum noch zu erkennen. Aber was er sah, verriet, dass sie es ernst meinte.

Zwischen zwei der mannshohen Zinnen gedrängt, überkam Malberg ein Schwindelgefühl. Sein Blut dröhnte in den Ohren. Mit den Händen krallte er sich in das Mauerwerk auf beiden Seiten in dem Bewusstsein, dass es hinter ihm gut dreißig Meter in die Tiefe ging. Malberg stand unter Schock. Er war nicht in der Lage, noch einen klaren Gedanken zu fassen. Wie konnte er sich aus dieser Situation befreien? Er hatte Angst. Nie im Leben hatte er solche Angst gehabt. Er wagte es nicht, Marlene weitere Fragen zu stellen. Obwohl es Fragen über Fragen gab. Jeden Augenblick konnte sie abdrücken. Diese Frau war wahnsinnig – verrückt!

Nur mit einem Ohr hörte er zu, als Marlene fortfuhr: »Zu dieser Zeit hatte ich wieder einmal Besuch von meiner Schwester Liane. Wenn sie nach Rom flog und nichts Besseres vorhatte, kam sie bei mir vorbei. Es ließ sich nicht vermeiden, dass sie von der Geschichte mit Kardinal Gonzaga erfuhr. Sie wollte ihn unbedingt kennenlernen. Dagegen hatte ich nichts. Was ich nicht ahnte, war, dass Liane es auf Gonzaga abgesehen hatte. Es mit einem Kardinal zu treiben bedeutete für dieses kleine Flittchen wohl einen besonderen Kick. Eines Tages kehrte sie von einem Ausflug in die Albaner Berge mit einer Duftwolke in ihren Kleidern zurück, die mir nicht unbekannt war. Die Ausflüge wiederholten sich. Da stellte ich sie zur Rede. Liane machte erst gar nicht den Versuch, alles abzustreiten. Sie könne jeden Mann haben, erklärte sie mir kaltschnäuzig. Ich sann auf Rache. – Hör mir zu!«

Marlene hatte Malbergs geistige Abwesenheit bemerkt und fuchtelte mit dem Revolver wild und unkontrolliert herum.

»Natürlich höre ich dir zu. Es ist nur nicht so angenehm, dabei in den Lauf einer entsicherten Waffe zu starren.«

Marlene überging die Bemerkung und redete weiter auf ihn ein: »Während Liane wieder einmal in den Albaner Bergen weilte« – Marlenes Stimme nahm einen äußerst ironischen Ton an, »erreichte mich ein seltsamer Anruf. Ein gewisser Don Anselmo versuchte mir mit blumigen Worten klarzumachen, dass ich von Natur aus ein guter Mensch sei. Unter widrigen Umständen habe jedoch ein böser Dämon von mir Besitz ergriffen. In Wahrheit habe der, dieser Teufel, es auf Kardinalstaatssekretär Gonzaga abgesehen. Ich wollte schon auflegen und sagen, er solle sich doch selbst zum Teufel scheren, da kam mir plötzlich ein Gedanke. – Du hörst, was ich sage?«

»Ja«, antwortete Malberg schnell.

»Natürlich begriff ich sofort, dass ich es mit einem Exorzisten zu tun hatte. Zum Schein ging ich auf sein Vorhaben ein. Ich einigte mich mit ihm auf einen Termin und sorgte dafür, dass nicht ich, sondern Liane anwesend war. Ich wollte ihr eine Lektion erteilen. Dass sie dabei zu Tode kommen würde, konnte ich nicht ahnen. Aber meine Trauer hielt sich in Grenzen. Überraschend war für mich jedoch, als Murath, bei dem ich mich während der Zeit aufhielt, mir mitteilte, ich sei tot. Es ist ein merkwürdiges Gefühl zu erfahren, dass man tot ist. Auf Umwegen hatte Murath erfahren, dass die Frau, an der gegen ihren Willen der Exorzismus vorgenommen wurde, umgekommen war. Alle glaubten, diese Frau sei ich. Zuerst versuchte man den Tod als Unfall hinzustellen. Mithilfe der engen Kontakte zu höchsten Regierungskreisen gelang das auch. Dann wurde die Tote aus der Badewanne anonym bestattet.«

Obwohl es in dieser Situation nicht die geringste Rolle spielte, sagte Malberg unter dem Eindruck von Marlenes Schilderung: »Aber wir haben doch noch miteinander telefoniert! Das muss vor dem Tod deiner Schwester gewesen sein.«

Marlene lachte hämisch: »Mit dem Mobiltelefon ist alles möglich. Zu der Zeit befand ich mich bereits hier auf Burg Layenfels. Ich wollte dir einen Denkzettel verpassen, vor allem aber wollte ich dich loswerden. Wofür hältst du dich? Denkst du, ich habe nicht das Funkeln in deinen Augen gesehen, als wir uns nach langer Zeit zum ersten Mal wiedersahen? Denkst du, ich wusste nicht, was du dir von deinem Rombesuch versprochen hast? Aber ich habe nicht vergessen, wie du mich verhöhnt hast, als wir noch gemeinsam eine Schulbank drückten. Zugegeben, meine Haare waren gekräuselt, mein Busen nicht das, was man bei einer Siebzehnjährigen erwartet, meine Zahnspange musste ich länger als andere tragen, und für bessere Kleidung war einfach kein Geld da. Aber musstest du mir das alles ins Gesicht sagen? Seit damals habe ich dich gehasst, und ich habe nicht aufgehört, dich zu hassen.«

»Das wusste ich nicht«, stammelte Malberg. »Jedenfalls kann ich mich nicht daran erinnern. Glaub mir, es ist die Wahrheit! Aber wenn es so war, dann tut es mir leid.«

»Ja, jetzt auf einmal tut es dir leid, weil du eine Scheißangst hast!«

»Ja, ich habe Angst. Willst du mich umbringen?«

»Ich dich umbringen? Nein!«, rief Marlene außer sich. »Du wirst dich selbst umbringen! Drei Schritte zurück, und alles ist vorbei.«

In einem Anflug von Mut stieß Malberg hervor: »Du bist ja völlig verrückt. Nein, du wirst mich nicht zwingen, da hinunterzuspringen. Schieß doch, schieß!«

Malberg spürte, wie das Blut in seinen Adern kochte. Mit weit aufgerissenen Augen verfolgte er, wie Marlene drei oder vier Schritte zurücktrat. Keine zwölf Schritte von ihm entfernt blieb sie zwischen zwei Zinnen stehen. Abstand genug, um nicht in Mitleidenschaft gezogen zu werden, wenn sie den Schuss auslöste.

»Ein letztes Mal. Drei Schritte zurück!«, zischte Marlene.

»Du wirst nicht schießen! Und ich werde mich nicht in die Tiefe stürzen!« Im letzten Dämmerlicht bemerkte Malberg, dass sein Auge, der Lauf des Revolvers und Marlenes Auge eine Linie bildeten.

Da vernahm er, begleitet von einem Pfeifton, einen heftigen

Schlag. In seiner Verwirrung glaubte er, er habe den Schuss überhört. Seltsamerweise spürte er gar nichts. Er wartete auf den Schmerz.

Doch dann sah er, dass Marlene ihre Waffe fortschleuderte und schwankte. Sie drehte sich um sich selbst und drohte zwischen die Zinnen zu stürzen. Starr vor Schreck und unfähig zu begreifen, was eigentlich passierte, bemerkte Malberg den Pfeil, der aus ihrem Rücken ragte. Er sah noch, wie sie kopfüber stürzte. Sekunden später vernahm er einen dumpfen Schlag.

Marlene?

Vom Burghof hallten aufgeregte Schreie herauf. Wie benommen trat Malberg zwischen die Zinnen, wo Marlene verschwunden war. Ängstlich klammerte er sich an das Mauerwerk und blickte in die Tiefe.

Neun Stockwerke unter ihm lag Marlenes zerschmetterter Körper.

Auf den Treppen, die nach oben führten, näherten sich Schritte. Gruna tauchte aus der Dunkelheit auf. Er trug einen Bogen bei sich. Ein Präzisionsgerät, wie man es bei sportlichen Wettkämpfen sehen konnte.

»Sie?«, sagte Malberg verwundert.

Gruna nickte. »Ich habe Sie von gegenüber beobachtet. Zunächst glaubte ich an eine harmlose Auseinandersetzung. Aber durch das Zielfernrohr meines Bogens sah ich, dass das Weib einen Revolver auf Sie gerichtet hielt. Da wusste ich, dass es ernst war.«

»Das hätten Sie nicht tun dürfen«, murmelte Malberg in sich hinein. »Nein, das hätten Sie nicht tun dürfen.«

»Es wäre Ihnen also lieber gewesen, wenn *Sie* jetzt tot am Fuße der Burgmauer lägen?«

Malberg schwankte. »Marlene«, sagte er fassungslos, »Marlene.«

»Die einzige Frau unter hundert Männern. Das konnte ohnehin nicht gut gehen. Aber Murath hat Anicet das Zugeständnis abgerungen. Der Professor machte seinen Verbleib auf Burg Layenfels, und damit den Fortgang seiner Forschungen, davon abhängig, dass Marlene bleiben durfte. Er lebte mit ihr zusammen.«

Während Grunas Erläuterungen hielt Malberg die Nase in die Luft.

Jetzt merkte es auch Gruna: »Brandgeruch!«, stieß er hervor und blickte entsetzt in die Tiefe.

»Feuer, die Burg brennt«, rief er wie von Sinnen.

Malberg stolperte zu den Zinnen. Hinter mehreren Fenstern loderten Flammen. Zuerst in dem Gebäudetrakt, der dem Burgfried gegenüber lag. Dann auch in anderen Teilen der trapezförmigen Gebäudeanordnung.

Wie in Trance verfolgte Malberg das schaurige Schauspiel, ohne auch nur einen Gedanken an die Ursache des Feuers zu verschwenden. Auch Gruna konnte sich für Augenblicke der Faszination des nächtlichen Spektakels nicht entziehen.

Aber plötzlich, als sei er aus einem Traum erwacht, stammelte er: »Wir müssen hier raus! So schnell wie möglich.« Gruna legte Malberg, der immer noch wie paralysiert in die Tiefe starrte, die Hand um die Mitte und zog ihn mit sich zum Treppenabgang.

Im sechsten Stock angelangt, wo ihnen dichter schwarzer Qualm entgegenkam, wollte sich Malberg dem langen Gang zuwenden, der zum Archiv führte.

»Sind Sie verrückt?«, brüllte ihn Gruna an. Und dabei hustete er sich die Seele aus dem Leib. Schließlich zog er Malberg am Ärmel zur Treppe zurück.

»Aber das Mendelsche Buch!« Malberg hustete. »Das Buch ist unersetzlich.«

»Ihr Leben ist genauso unersetzlich, Sie Idiot!«

Der Rüffel traf Malberg in seinem Innersten und holte ihn in die Wirklichkeit zurück.

So schnell es die steilen Holztreppen erlaubten, rannten sie nach unten. Eine Traube gestikulierender, hustender, schreiender Männer drängte sich vor dem Ausgang zum Burghof. Auch hier Rauch, dazu pestilenzialischer Gestank.

Als sie endlich das Freie erreicht hatten, schlug Malberg nicht den direkten Weg zum Burgtor ein, den alle anderen nahmen. Er wandte sich nach links, wo, keine zehn Meter vom Ausgang entfernt, ein in einen Tarnanzug gekleidetes Bündel Mensch auf dem Pflaster lag.

Aus dem Kopf, oder dem, was davon noch zu erkennen war, sickerte eine dunkle Blutlache auf das Pflaster. Der Pfeil, den Malberg in Marlenes Rücken gesehen hatte, hatte beim Aufprall ihren Körper durchbohrt und ragte jetzt mit der Spitze aus dem Brustkorb.

Der Qualm und das Feuer über ihm wurden stärker. Die ersten Fensterscheiben splitterten, und Malberg wandte sich zum Burgtor. Noch einmal drehte er sich um und blickte in Richtung des Burgfrieds. Da sah er eine lebende Fackel, eine brennende Gestalt mit einem Kanister in der Hand: Murath.

An mehreren Stellen goss der Professor eine Flüssigkeit aus dem Kanister und entflammte sie mit seiner brennenden Kleidung. Als der Kanister leer war, warf er ihn von sich und tanzte wie ein Teufel um die arme Seele. Er lachte ein irres Lachen und schrie: »Wenn die tausend Jahre vollendet sind, wird der Satan losgelassen aus dem Kerker.«

Kein Zweifel, nachdem auch sein letztes Experiment misslungen war, war er verrückt geworden.

Sein schauriges Geschrei ging beinahe unter im Prasseln des Feuers. Da wandte sich Malberg ab und rannte den anderen Männern hinterher.

In Panik drängten die Fideles Fidei Flagrantes durch die enge Schlucht. Jeder wollte den anderen überholen. Blutrot färbte sich der Himmel. Er warf ein unheimliches, fahles Licht auf die entsetzten Gesichter.

Sirenen heulten in der Ferne, kamen näher von allen Seiten

und vereinigten sich zu einem schauerlichen Chor, der in den Ohren gellte.

Als Malberg umgeben von schreienden, um sich schlagenden Männern die Weggabelung erreichte, stob der Pulk auseinander. Die wenigsten wählten, wie Malberg, die Straße, die nach Lorch ins Tal führte. Wie von Furien gejagt, irrten die Brüder die ganze Nacht durch die Wälder.

Kapitel 60

Auf Burg Layenfels wüteten die Flammen bis zum Abend des folgenden Tages. Aufgrund der abgeschiedenen Lage blieben alle Löschversuche erfolglos. Das trutzige Gemäuer brannte bis auf die Grundfesten nieder.

In den Flammen wurde das Grabtuch des Jesus von Nazareth vernichtet – das Original. Ebenso das kostbare Buch des Gregor Mendel, das nur für kurze Zeit ins Bewusstsein der Menschen zurückgekehrt war, am Ende jedoch sein Geheimnis für sich behielt. Vor allem aber wurde der teuflische Plan zweier Besessener zerstört, die Welt zu verändern und ihr das zu nehmen, was vielen Menschen Halt gibt.

Malberg hatte den Rest der Nacht schlaflos im Hotel Krone in Assmannshausen verbracht. Er war zu aufgewühlt. Zu aufgeregt, um mit Caterina zu sprechen.

Erst morgens gegen sieben, nachdem er lange geduscht hatte, so als wollte er die furchtbaren Erlebnisse der vergangenen Nacht wegspülen, wählte er ihre Nummer.

Verschlafen meldete sich Caterina am Telefon.

»Ich habe mir Sorgen gemacht«, sagte sie, »mehrmals habe ich versucht, dich zu erreichen. Was ist los?«

»Marlene ist tot«, antwortete Malberg leise.

»Ich weiß, Lukas, ich weiß.«

»Nichts weißt du«, erwiderte er, während er in den klaren Morgenhimmel blickte, »und es wird auch nicht einfach sein, dir das zu erklären.« Dabei drückte er den Telefonhörer zärtlich, als wäre es ihre Hand.

»Der deutsche Dan Brown«

STERN

Philipp Vandenberg
DAS VERGESSENE
PERGAMENT
Roman
512 Seiten
ISBN 978-3-404-15778-5

Anno Domini 1412: In Köln, Straßburg, Regensburg, Chartres und Amiens stürzen Pfeiler ein, bersten Treppen, lösen sich Schlusssteine aus den Gewölben der Dome und Kathedralen – Strafe Gottes oder Teufelswerk?

In einem fulminanten Roman erzählt Philipp Vandenberg die abenteuerliche Geschichte des Dombaumeisters Ulrich von Ensingen und der schönen Bibliothekarstochter Afra, die durch Zufall in den Besitz eines geheimnisvollen Pergaments gelangen. Als die Liebenden begreifen, dass sie mit dieser Schrift ein Dokument in Händen halten, für das der Vatikan zu töten bereit ist, sind sie bereits in Lebensgefahr ...

Bastei Lübbe Taschenbuch

WWW.LESEJURY.DE

WERDEN SIE LESEJURYMITGLIED!

Lesen Sie unter www.lesejury.de die exklusiven Leseproben ausgewählter Taschenbücher

Bewerten Sie die Bücher anhand der Leseproben

Gewinnen Sie tolle Überraschungen